열상고전연구회 연구 및 자료총서1 : 한창기 선생이 수집했던 고문헌자료

한창기 선생이 수집한

고문헌 자료의 가치와 인식

순천시립뿌리깊은나무박물관 · 열상고전연구회 편

허경진 · 임성래 · 김석배 · 정명기 · 한영균
구사회 · 권순회 · 김준형 · 백진우 · 엄태식
조재현 · 이선형 · 유춘동

보고사

故 한창기 선생님의 모습

박물관 전경

머리말

열상고전연구회는 지난 몇 년 간 두세 차례 학술대회를 개최하여, 한창기 선생이 평생에 걸쳐 수집했던 고문헌 자료에 대한 가치와 의미를 논한 바 있다. 이 책은 이러한 학회의 연구 성과물을 모아서 단행본으로 만든 것이다.

그 동안 한창기 선생의 삶과 출판인으로서의 위상은 여러 번 논의되었다. 하지만 당신이 평생에 걸쳐 수집했던 판소리(음반) 자료, 시가와 고소설, 국어사 자료, 한문 문집 등은 우리 학회를 통하여 처음으로 그 가치가 알려지고 조명되었다. 이런 면에서 학회원들과 함께 자부심과 아울러 고마움을 느낀다.

이 책의 필진들은 당신이 수집했던 자료의 가치를 누구보다도 잘 알고 있는 이 분야의 전문가들이다. 비록 한창기 선생이 수집했던 삼천여 권의 중요한 전적 중에서 극히 일부만을 다루었지만, 이제부터 본격화될 이 분야의 발판을 마련했다는 점에서 의미가 있다.

이 책의 제1부는 순천시립뿌리깊은나무박물관 자료의 전반적인 성격을 살피는데 목적을 두었다. 자료의 현황을 개괄하고 그 가운데 주목할 만한 자료들과 향후 활용 방안을 제시했다는 점에서 의미가 있다.

제2부에서는 〈가곡원류〉, 〈별춘향전〉, 〈장경전〉, 〈임화정연기봉〉, 〈개벽연역〉을 비롯한 번역고소설, 〈주씨청행록〉, 〈유황후전〉, 〈기연회봉록〉과 같은 개별 자료를 검토했다. 이 중에서 주목할 것은 〈가곡원류〉와 〈임화정연기봉〉이다. 한창기 선생이 수집했던 〈가곡원류〉를 통해서 가객(歌客) 박효관의 생애가 재조명되고, 19세기 후반에서 근대 초

의 가곡 전승의 맥락이 보다 분명해 지게 되었다. 〈임화정연기봉〉을 통해서는 거질의 장편가문소설 〈임화정연〉이 당대 독자들에게 어떻게 읽히고 유통되었는지에 대한 지형 파악이 가능해졌다.

지난 번 순천에서 학술대회를 개최할 때, 개회사를 통해서 앞으로 한창기 선생의 전적에 대한 연구는 열상고전연구회에서 도맡아 정리해보겠다고 다짐했었다. 이제부터 이러한 성과를 계속해서 이어나갈 수 있는 학회 운영의 토대를 마련해 볼 계획이다.

70-80년대를 살았던 이들에게는 한창기란 이름 석 자가 낯설지 않다. 그러나 지금 세대는 그가 누구인지, 어떤 의미를 부여할 수 있는 인물인지 알지 못한다. 우리 문화사에서 판소리의 중요성을 맨 먼저 인식하고 일반인들도 쉽게 접할 수 있도록 길을 열어 주었던 사람, 잡지에도 한글 가로쓰기를 실시하여 한글의 아름다움과 편리함을 인식시켜 주었던 사람, 지난 세대의 고난한 경험을 하나하나 채록하여 우리나라에서 구술사란 영역을 본격적으로 열어주었던 사람, 언론 통제라는 서슬이 퍼렇던 5공 시대에 지성인이라면 해야 할 말을 꼭 했던 사람이 바로 한창기였다.

열상고전연구회에서는 앞으로 순천시립뿌리깊은나무박물관과의 긴밀한 협조를 통해서 이같이 치열하게 한평생을 살았던 한창기의 삶을 재조명하고, 아직까지도 정리되지 못한 전적 하나하나에 생명력을 불어넣는 작업을 계속하고자 한다. 고 한창기 선생과 열상고전연구회의 인연이 꽃을 피우도록 지속적으로 노력할 것이다.

2014년 11월

열상고전연구회 회장 허경진

차례

부록

제1부

순천시립뿌리깊은나무박물관 자료의 전반적인 성격

순천시립뿌리깊은나무박물관 소장 자료의 국어사적 가치

-임란전 간본 및 주요 필사 자료를 중심으로-

1. 서론

2011년 10월 개관한 〈순천 시립 뿌리깊은나무 박물관(앞으로는 당관(當館)으로 줄여 지칭하기로 한다)〉은 70년대 후반과 80년대 초반에 잡지 『뿌리깊은나무』와 『샘이깊은물』을 창간하여 사회적으로 큰 영향을 끼친 한창기 선생(1936~1997) 별세 후 유족들이 박물관에 위탁한 유물 6,500여점을 소장하고 있다. 이 글은 이들 유물 중 典籍 資料를 검토하는 것을 목적으로 한다.[1] 이들 자료는 아직 목록조차 국어학계에 소개된 적이 없다. 이런 점을 고려하여 이 글에서는 전적 자료 중에서 국어사 연구와 관련이 있다고 판단되는 간본(刊本) 자료를 중심으로 필자가 국어사적으로 소개할 필요가 있다고 판단한 자료를 중심으로 살피는 데에 중점을 둔다.

2장에서는 당관의 전적 자료 소장 상황을 개괄적으로 정리하고, 3장

---

1) 이 글을 작성하는 데에는 《순천시립뿌리깊은나무박물관》의 관계자 여러 분의 도움이 컸다. 특히 박세연, 장여동 두 분의 도움이 없었으면 이 글을 쓸 수 없었을 것이다. 이 자리를 빌려 감사하는 마음을 전한다.

및 4장에서는 그 중 典籍 文化財로서의 가치가 높아서 지방 혹은 국가 문화재로 지정하여 보관할 필요가 있다고 판단되는 자료(3장)와 앞으로 국어사적으로 검토가 필요하다고 판단되는 자료(4장)에 대해 간단히 소개하고, 부록으로 박물관 설립시에 유물의 이관을 위해 작성된 당관의 고서 목록을 토대로, 현지 실사를 통해서 확인하여 정리한 언해본 목록을 제시하기로 한다.

2.《순천 시립 뿌리깊은나무 박물관》所藏 典籍 資料 概觀

당관에는 총 891종, 1,691책의 전적 자료가 소장되어 있다. 이 이외에 언간류가 중심을 이루는 낱장 및 두루말이 형태의 고문서 자료가 200점 이상 보관되어 있는 것을 확인하였는데, 고문서 자료에 대해서는 이 글에서 다루지 않는다.[2)]

당관에 소장되어 있는 전적 자료는 대부분 한창기 선생이 생전에 수집한 것들인데, 전반적인 검토 결과 수집 자료의 성격을 어떤 한 분야 혹은 한 부류의 자료에 한정된 것이 아님을 알 수 있었다. 이러한 양상은 한국 전통문화 전반에 관심을 두었던 한창기 선생의 삶과 무관하지 않을 것인데, 국어사 관련 간본만 하더라도 15세기의 것으로 추정되는 목판본부터 광복 이후의 활자본, 20세기에 간행된 영인본(『訓民正音』『東國正韻』)에 이르기까지 복합적 성격을 지니고 있어서 어떤 분야의 것에 한정했다고 이야기하기 어려운 것이다.

891종 1,691책의 전적 자료 중에서 필자가 실사를 통해 확인할 수 있

---

2) 고문서류에 대해서는 앞으로 별도로 정리할 예정이다.

었던 국어사 연구에 활용될 수 있으리라고 판단되는 간본류 언해 자료는 모두 177종 310책이다(간본류 언해 자료의 목록은 부록을 참조하기 바란다.) 이 이외에 소설류가 약 100종, 문집류가 90종, 기타 한문 자료 및 필사본 자료 등이 있는데, 미처 전체를 검토하지는 못했다.

이 글에서 논의의 대상으로 삼은 것은 두 유형이다. 刊本類 언해 자료 중에서 典籍 文化財로서 특히 소개할 필요가 있다고 판단되는 임란 이전의 간본류 00종과 필사 자료 중에서 국어사적으로 검토해 볼 필요가 있다고 판단한 자료 3종 3책이다. 각각에 대해서 장을 달리하여 정리하기로 한다.

3. 典籍 文化財的 側面에서의 主要 資料

필자가 확인한 언해류 간본류 177종 310책 중에서 임진왜란 이전의 간본으로 판단되는(그리하여 일반적 기준에 따르면 전적 문화재로서의 가치를 인정할 수 있는) 것은 20종 31책이다. 이들을 시기별로 그 특징에 따라 정리하면 다음과 같다.

3.1. 15세기 원간본 추정 자료 4종 4책 및 15세기 복각본 추정 자료 1종 1책

당관 소장 간본 자료 중에서 특히 주목되는 것은 비록 낙질 혹은 낙장본일지라도 15세기에 간행된 것으로 추정되는 자료들이 5종 확인되는 것이다. 각각의 자료를 소개하면 다음과 같다.

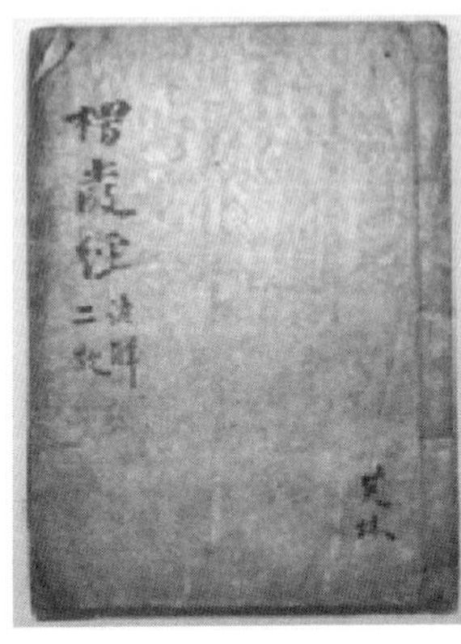
〈사진 1〉『楞嚴經諺解』卷2

〈사진 2〉『法華經諺解』卷2 하 첫 면

〈사진 3〉『法華經諺解』卷2 하 마지막 면

1) 楞嚴經諺解 木版本 卷2(260-26)[3]

『楞嚴經諺解』 목판본은 1462년에 초간본이 처음 인출되었고, 그 후 1472년, 1495년에 각각 같은 판목을 이용하여 인출된 간본이 알려져 있다. 당관 소장의 『楞嚴經諺解』는 卷2만이 전하기 때문에 정확한 인출 시기는 알기 어렵지만, 지질로 보아 서울대학교 규장각 소장의 1472년본과 같은 것이 아닌가 한다. 권2의 첫 장부터 126장까지 音釋 부분까지 완벽한 善本이다(〈사진 1〉)[4]

2) 法華經諺解 권2 하(183-30)

木版本. 『法華經諺解』는 원래 7책으로 만들어 진 것이나 대부분의 현존본들은 각 책을 분책하여 14책으로 전하는 것이 많다. 이 책도 마찬가지이다. 권2의 124장(信解品 第四 이후)부터(〈사진 2〉 참조) 音釋의 마

---

3) 책 이름 다음의 괄호 안의 숫자는 박물관에 위탁하면서 작성된 목록에 부여된 유물 번호이다. 이하 같다.

4) 고서 목록을 작성한 이는 책의 얼룩이 많고 낡아서 보존 상태가 불량하다고 기술하고 있지만, 사실과 다르다.

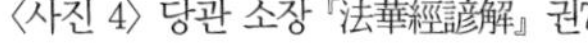
〈사진 4〉 당관 소장『法華經諺解』권7

〈사진 5〉 당관 소장『蒙山法語諺解』

지막(264장)까지 전한다. 책 뒷부분의 250장부터 264장까지 14장은 판심 및 윗부분이 상해 보수한 부분이 보이지만〈사진 3〉, 지질과 인쇄 상태로 보아 서울대학교 규장각에 소장되어 있는『法華經諺解』(국가 지정 보물)와 같은 판본인 것으로 생각된다.[5)]

3) 法華經諺解 권7(260-27)

표지는『東醫寶鑑』이라고 되어 있어 개장한 것으로 보인다(〈사진 4〉). 실제『法華經諺解』卷7의 123장부터 151장까지(14책으로 분책한 경우 권13의 뒷부분에 해당한다)만 전하는 낙장본이다. 대조 결과 ②의 것과 같은 판본인 것으로 판단된다.

4) 蒙山法語諺解(260-36)

1472년 초간. 목판본. 당관 소장본은 표지에는 연필로 '몽산법어'라고

---

5) 이 책에 대해서 고서 목록을 작성한 사람은 활자본으로 16세기에 간행된 권3이라고 기술하고 있다. 확인한 결과 이는 사실과 다르다.

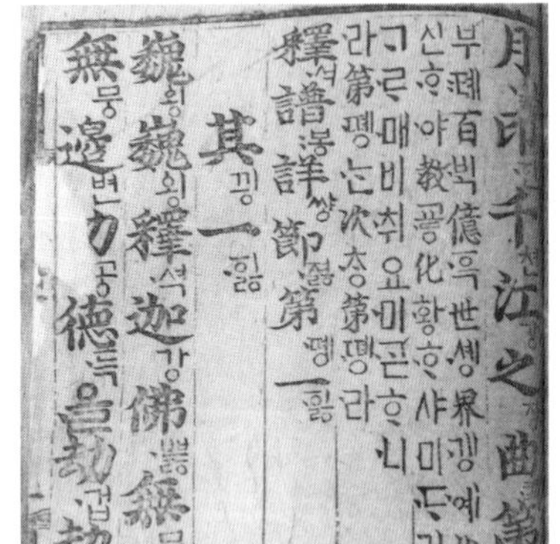
月印千江之曲第一
부톄 百億世界예 化身ᄒᆞ야 敎化ᄒᆞ샤미 ᄃᆞ리 즈믄
ᄀᆞᄅᆞ매 비취요미 ᄀᆞᆮᄒᆞ니라
第ᄂᆞᆫ 次第라
釋譜詳節第一
其一
巍巍釋迦佛無量
無邊功德을 劫劫에

〈사진 6〉 당관 소장(복각본) 제1곡 첫 면

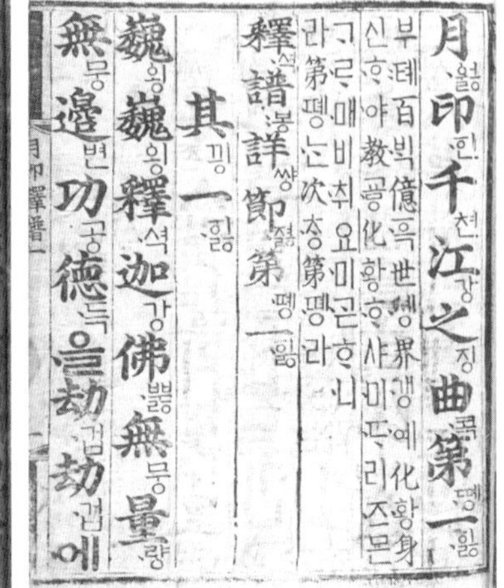
月印千江之曲第一
부톄 百億世界예 化身ᄒᆞ야 敎化ᄒᆞ샤미 ᄃᆞ리 즈믄
ᄀᆞᄅᆞ매 비취요미 ᄀᆞᆮᄒᆞ니라
第ᄂᆞᆫ 次第라
釋譜詳節第一
其一
巍巍釋迦佛無量
無邊功德을 劫劫에

〈사진 7〉 서강대본(원간) 제1곡 첫 면

되어 있고(〈사진 5〉), 권두 첫 장과 권말 70장의 뒷면과 71장이 낙장이어서 간년을 확인할 수 없지만 지질과 인쇄 상태로 보아 원간본으로 추정된다.

5) 月印釋譜 권1(183-20)

목판본. 간지 및 간년 미상. 1459년에 간행된 초간본 10권(권1, 2, 7, 8, 9, 10, 13, 14, 17, 18) 8책과 중간본 4권(권21, 22, 23, 25) 4책이 보물 제745호로 지정되었으며, 초간본 2권(권11·12) 2책이 보물 제935호로 지정되어 있다. 당관 소장본은 앞부분의 훈민정음언해, 변상도, 어제 월인석보 서와 석보상절 서 부분의 일부가 낙장인데, 인쇄 상태로 보아 원간본은 아니지만 아주 이른 시기의 정교한 복각본인 것으로 판단된다. 〈사진 6〉 및 〈사진 7〉의 문면을 대조해 보면 거의 같아 보이지만 방점의 위치, 아래아의 모습 등이 아주 미세하게 다른 것을 볼 수 있다. 그러나 『月印釋譜』 권1의 복각본은 아직 발견된 적이 없으므로 상당히

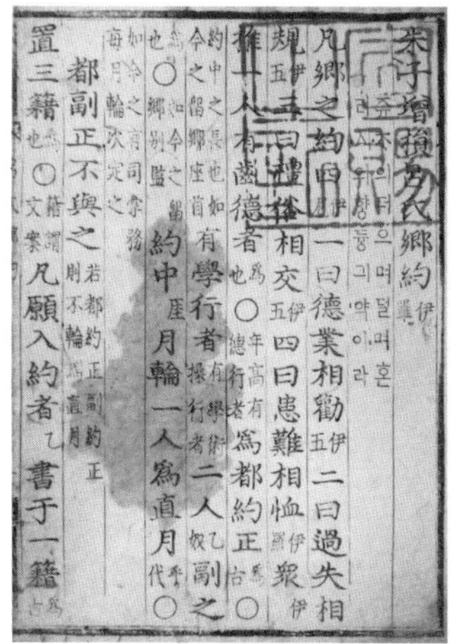

〈사진 8〉『呂氏鄕約諺解』 활자본 첫면

중요한 것으로 판단된다.

3.2. 16세기 원간본 추정 자료 1종

1) 朱子增損呂氏鄕約諺解(269-49) : 16세기 원간본, 을해자본

呂氏鄕約諺解는 16세기 간본 중에도 이본이 많다. 尊經閣本이 가장 먼저 간행된 것으로 보이지만 후쇄본이며, 고려대 화산문고본(간년미상), 1574년 을해자본 및 그 복각본 등이 전한다. 이들은 언해와 원전의 한자에도 차이가 있다. 尊經閣本은 모음으로 시작하는 조사 앞 명사의 말자음을 '사룸믈', '문늬' 등과 같이 이중으로 표기한 데 대하여 다른 이본은 한번만 적은 것 등이다. 원전인 한문도 尊經閣本과 1574년판이 크게 다르고 화산문고본이 중간 위치에 있다. 한문의 차이를 보면 1574년판이 가장 세심한 교정을 거쳐 이루어진 것으로 난상에 주석까지 달아놓았다. 그러므로 尊經閣本, 화산문고본, 1574년판과 그 복각본의 순으로 간행된 것이다. 뿌리깊은나무 박물관의 이 판본은 1574년판과 동일한 을해자본이다. 이 판본의 복각본도 2종이 함께 소장되어 있다. 첫 면에 내사인이 있는데 표지의 안면에 있었을 것으로 추정되는 내사기는 改裝하면서 멸실되었다.

3.3. 16세기 복각본 추정 자료

뿌리깊은나무 박물관에 소장되어 있는 16세기의 복각본으로 추정되는 간본 언해 자료는 총 14종 25책이다. 간기를 확인할 수 있는 것은 목록과 함께 그를 보인다.

> ① 月印釋譜 21 上(175-8), 下(175-18) [嘉靖21年 壬寅 慶尙道 安東 下柯山 廣興寺 開刊 간기, 시주질 1장 낙장] ② 改刊法華經諺解 권1 (260-62)의 복각본[隆慶五年(1571)辛未十一月造作化主道元[간인기], 2책, 31.5×23 ㎝ 安東 下柯山 廣興寺 開刊 간기, ③ 呂氏鄕約諺解(269 -50), 卷首:退溪先生洞中族契立議敍……嘉靖乙丑(1565)……琴蘭秀書, 嘉靖丙辰(1556)……李滉序, ④ 呂氏鄕約諺解(236-87), ⑤ 諸眞言集(260-43)[隆慶三年(1568) 乙巳 全羅道 安心寺 刊記], ⑥ 楞嚴經諺解 권5(260-26), ⑦ 蒙山法語諺解(235-26) 嘉靖四十二年(1563년)癸亥淸州落影山空林寺開刊 간기, ⑧ 法華經諺解 권1 (175-22), 권2(175- 13), 권5(175-17), 권9(175-20), 권11(175-21), ⑨ 法華經諺解 권1 (175-14), 권2(260-64), 권4(235-64), 권5(235-66), 권6(235-51), 권7(235-50), ⑩ 法華經諺解 권1(183-19), ⑪ 法華經諺解 권1(183- 29), ⑫ 法華經諺解 권1(235-65), ⑬ 法華經諺解 권1상(175-15), ⑭ 法華經諺解 권1상(183-22), ⑮ 法華經諺解 권1 낱장(16세기 추정)

앞에서 언급한 복각본 중에서 지금까지 그 존재가 알려지지 않았던 것은 다음 두 가지이다.

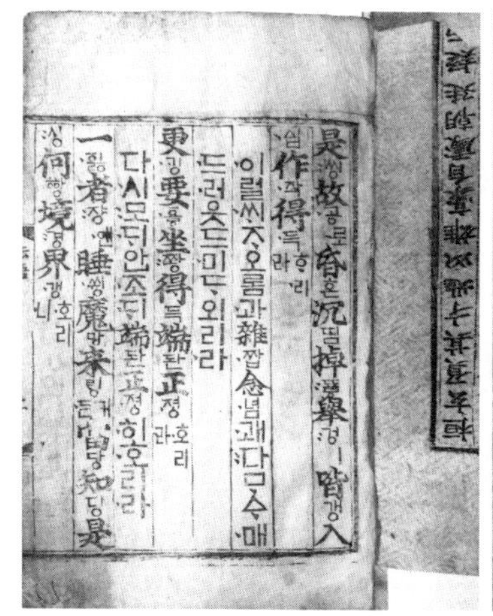

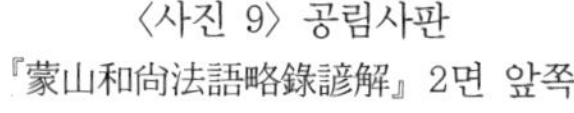
〈사진 9〉 공림사판
『蒙山和尙法語略錄諺解』 2면 앞쪽

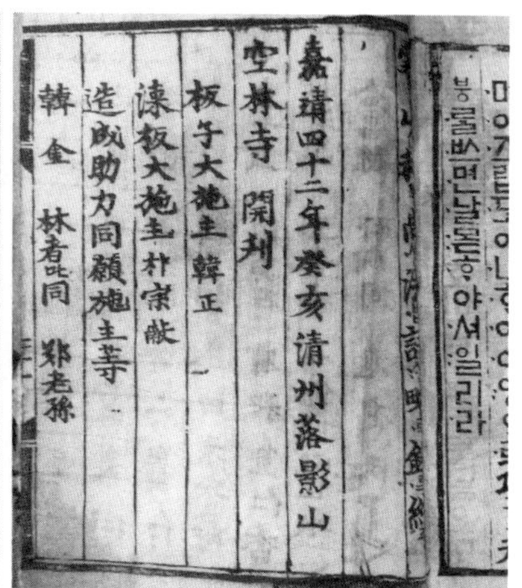
嘉靖四十二年癸亥清州落影山
空林寺 開刊
板子大施主 韓正
漆板大施主 朴宗祇

〈사진 10〉 공림사판
『蒙山和尙法語略錄諺解』 간기 부분

1) 『改刊法華經諺解』 卷1의 1571년 복각본(260-62)

‘隆慶五年(1571)辛未十一月造作化主道元’이라는 간기가 붙어 있다. 『改刊法華經諺解』는 지금까지 권1, 2, 4 네 권이 알려져 있었는데, 1500년에 간행된 것으로 알려진 권1의 복각본이 확인된 것은 당관 소장본이 처음인 것으로 보인다. 그만큼 전적 문화재로서의 가치를 인정할 수 있는 것이다. 개략적으로 비교한 결과 1500년본의 충실한 복각본임을 확인할 수 있었다.

2) 『蒙山和尙法語略錄諺解』(235-26)

[嘉靖四十二年(1563년)癸亥清州落影山空林寺開刊]이라는 간기가 책 뒷부분에 붙어있다.

아세아문화사에서 蒙山和尙法語略錄諺解 6종을 영인해 내면서 실은 박병채(1980) 선생의 해제에 따르면 16세기 이전 간행된 『蒙山和尙法語

略錄諺解』의 이본에는 원간본 계열, 심원사판 계열, 송광사판 계열의 3가지 유형이 있다. 원간본 계열은 세조조에 간행된 원간본을 그대로 복각한 것이고, 심원사판 계열과 송광사판 계열은 새로 새기거나(개각본) 개각본을 복각한 것이다. 특히 송광사판 계열은 개각하면서 내용과 체제가 크게 달라진 것으로 알려져 있다. 당관 소장의 淸州 空林寺판 복각본은 이 중에서 원간본 계열에 속한다. 원간본 및 원간본 계열의 복각본은 지금까지 4종이 알려져 있었다. 세조조 간행의 원간본(만송문고본), 성종조에 세조조의 목판을 그대로 이용하면서 첫 면의 번역자 부분만을 삭제하여 간행한 원간 후쇄본(통문관본), 원간의 복각본으로는 正德十六年(1521)에 간행된 금강산 유점사판(송석하 구장본), 중종 36년(1541)에 간행된 진안 중대사판(연세대 소장본)이 그것이다. 당관 소장의 『蒙山和尙法語略錄諺解』는 마지막 장의 간기에 따르면 嘉靖四十二年 즉 1563년에 간행된 것이므로 16세기 후반, 가장 늦게 간행된 원간본 계열 복각본이다.

4. 國語史的 側面에서의 新資料

4.1. 行狀(241-44)

표지에는 '行狀'이라고 되어 있고, '遺事 附'라는 작은 글씨의 부제가 붙어 있다.

'슉부인 젼쥐 니시 ᄒᆡᆼ장, 슉인 의령 남시 ᄒᆡᆼ녹, 망ᄌᆞ 듕업 ᄒᆡᆼ녹, 졔문'의 네 글이 한 책으로 묶여 있는 한글 필사본이다. 단정한 필체로 동일한 인물이 정서한 것으로 판단된다. '슉부인 젼쥐 니시 ᄒᆡᆼ장'의 마지막에는 슝뎡 긔원후 삼무슐(1778), '슉인 의령 남시 ᄒᆡᆼ녹'의 마지막에는 슝뎡 긔원후 삼신ᄒᆡ(1791), '망ᄌᆞ 듕업 ᄒᆡᆼ녹'의 마지막에는 슝뎡 삼신ᄒᆡ

(1791), '졔문'의 첫머리에는 유슝졍 셰ᄎᆞ 임ᄌᆞ(1792)라는 일자가 기록되어 있어 각 행장과 제문을 쓴 시기를 알 수 있다.

〈사진 11〉 권제응의『行狀』

글이 만들어진 일자에는 14년의 간격이 있지만 한글본의 글씨체는 같다. 따라서 이 자료는 동일한 인물이 한꺼번에 정서한 것으로 볼 수 있을 것이다. 문제는 한글본을 필사한 인물이 누구인가 하는 점인데, 문면의 표현으로 보아 권제응 본인일 가능성이 높다. '슉부인 젼쥐 니시 힝장'의 마지막 구절은 "블쵸고 졔응은 읍혈ᄒᆞ고 ᄋᆡ간ᄒᆞ다", '슉인 의령 남시 힝녹'의 마지막 구절은 "부 안동 권제응은 짓노라", '망ᄌᆞ 듀업 힝녹'의 마지막 구절은 "부 뉵십팔세옹은 눈믈 쑤려 쓰노라", '졔문'의 마지막 구절은 "형이 오히려 일노뻐 위로ᄒᆞᄂᆞ냐 말이 이에 그치디 아니ᄒᆞ니 ᄯᅩᄒᆞᆫ 명회롤 기ᄃᆞ릴더라 오호 ᄋᆡ지"로 끝난다. 이같은 표현은 당사자가 아니면 사용하기 힘든 표현이다.

한글 행장이나 한글 제문은 한문으로 된 것을 나중에 번역하는 경우가 많다. 따라서 이 자료도 한문본의 번역일 가능성을 배제할 수 없다.[6] 그러나 글의 표현 방식이나 글을 맺는 표현을 보면 처음부터 한글로 쓴 것일 가능성이 높은 것으로 보인다.

지은이 권제응[7]에 대한 기록은『국조인물고』나 기타 자료에서 확인

---

6) 권제응의 문집이 남아 있다면 이 글과 관련된 추가 정보를 얻을 수 있을 것으로 기대할 수 있다 그러나 지금까지는 권제응의 문집이 존재하는지 확인할 수 없었다.

7) 권제응은 숙종 때 우의정이었던 권상하의 증손자이며, 권욱의 아들인 권양성의 아들이다.

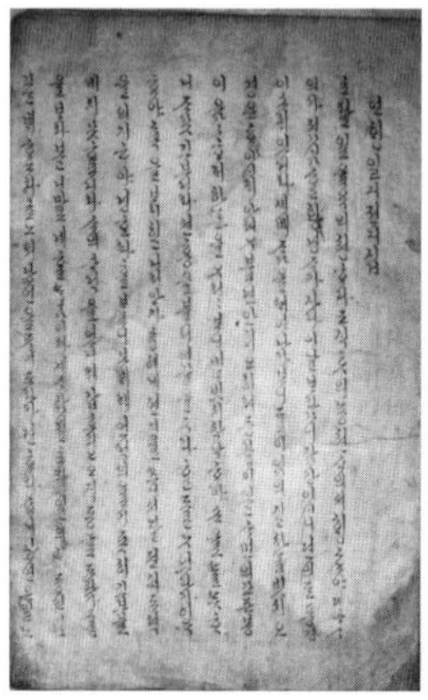

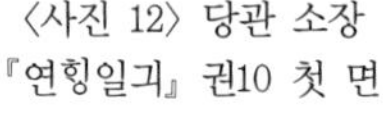

〈사진 12〉 당관 소장
『연힝일긔』 권10 첫 면

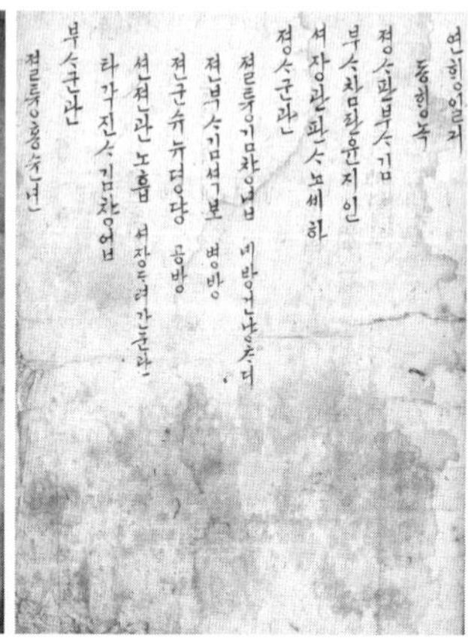

〈사진 13〉『연힝일긔』 권1
(국중도본) 동ᄒᆡᆼ록 부분 첫 면

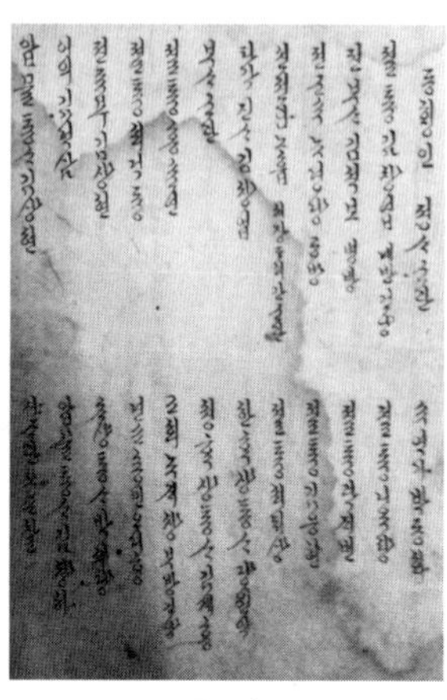

〈사진 14〉『연힝일긔』 권10
(당관소장) 동ᄒᆡᆼ인 부분 첫 면

하기 어렵다. 증조부인 권상하(1641~1721), 조부인 권욱(1658~1717), 아버지 권양성(1675~1746), 아들 권중집(1771~1814)의 생몰 연대는 확인할 수 있었는데, 권제응에 대한 기록은 찾기 어렵다.

한편 '망ᄌᆞ 듕업 힝녹'과 '제문'의 기록을 통해 생년을 추정할 수 있는데, 두 기록에 약간 차이가 있다. '망ᄌᆞ 듕업 힝녹'의 마지막 구절 "슝뎡 삼신ᄒᆡ 모츄일의 부 뉵십팔세옹은 눈물 ᄲᅮ려 ᄡᅳ노라"를 보면 슝뎡삼신ᄒᆡ(1791)에 68세였으므로 생년은 1723년 혹은 1724년이 된다. 그런데 '제문'의 기록에 "녯 무오의 형이 내 집의 드러오니 형은 나히 십오요 뎨의 나흔 십삼이라"라는 기록이 있다. 이 때의 무오(戊午)는 1738년인데 이 때 나이가 13세라고 하였므로 권제응의 생년은 1725년 혹은 1726년이 되는 것이다. 1, 2년의 차이가 있지만 지은이의 생년은 1720년대의 중반으로 확정할 수 있고 이 글이 만들어진 시기가 68세일 때이므로 대체로 18세기 말의 자료로 볼 수 있다. 그 수가 드문 한글 행장 자료이면서 시기가 분명한 자료로 추가되는 것이다.

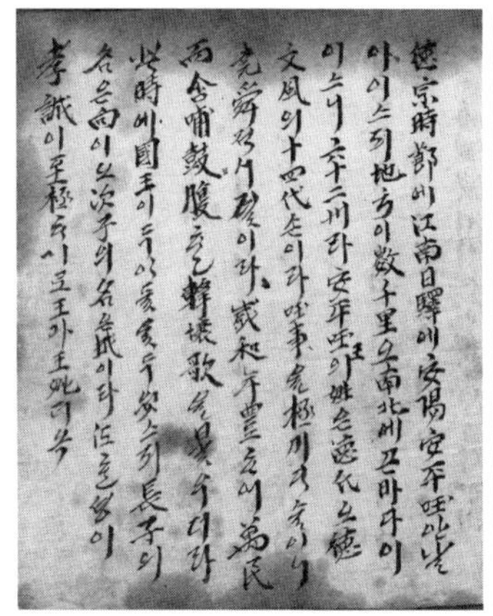

〈사진 15〉『德成義傳』 첫면

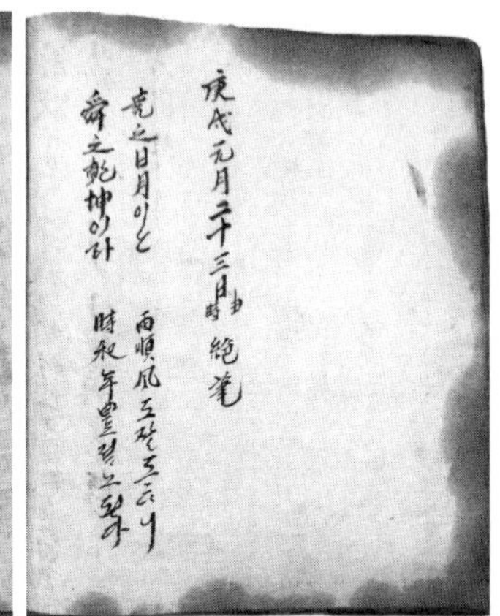

〈사진 16〉『德成義傳』 필사기 부분

4.2. 『燕行日記』 十(269-38)

책 표지에는 '燕行日記 十'으로 되어 있고, 본문의 첫머리에 '연힝일긔 권디십'으로 되어 있다(〈사진 12〉). 국립중앙도서관 소장의 김창업의 『연힝일긔』 권1 첫머리에 있는 동힝녹과 동일한 명단이 이 책의 뒷부분에 들어 있어(〈사진13〉, 〈사진 14〉) 김창업의 『연힝일긔』 제10권임을 알 수 있다. 국립중앙도서관 소장의 권1, 권2, 권4는 동일한 필체임에 비해서 당관 소장본은 그 필체가 전혀 다르다. 별도의 필사본인 것이다. 구체적으로 한문본 및 기존 필사본과의 관계를 살필 필요가 있는 것으로 판단된다.

4.3. 『德成義傳』 단권(268-16)

표지와 속표지에 德成義傳이라는 이름이 붙어 있고, 소설의 말미에 庚戌元月二十三日絶筆이라는 필사기가 있다(〈사진 15〉).

『德成義傳』은 47장으로 이루어진 필사본이고, 뒷부분에는 '농부가'

가 붙어 있다. '적성의전'의 이본인 것이다. 이 자료는 전체가 〈사진 16〉에서 보는 것과 같은 국한혼용문으로 이루어진 점에서 주목된다. 20세기 이전의 고소설 자료에서는 보이지 않는 방식이기 때문이다. '庚戌(1910) 元月'이라는 필사기가 있어서 어느 시기에 만들어진 것인지를 분명히 알 수 있는데, 이러한 문체의 고소설이 등장하는 시기를 정확히 알 수 있다는 점에서 중요한 자료라고 할 수 있다. 현대 한국어 문체의 형성 과정을 설명하는 데에 중요한 자료인 것으로 판단되기 때문이다.

5. 마무리

지금까지 《순천 시립 뿌리깊은나무 박물관》 소장의 전적 자료에 대하여 간략하게 살펴보았다. 몇 차례 현지 실사를 통해 자료를 접하기는 하였지만, 전체 자료를 꼼꼼히 검토하기에는 부족하였다. 부록에 간본 언해 자료의 목록을 작성하여 제시하는 것으로 부족한 부분을 조금이라도 메우고자 했다.

이 글은 당관의 국어사 관련 자료를 검토한 결과를 일차적으로 소개하는 데에 의미를 둔다. 전적 문화재로서의 가치가 높다고 판단된 자료와 국어사적으로 중요하다고 판단된 필사본에 대해서는 조금 구체적으로 기술하였지만, 실제 국어사적인 내용의 검토에는 이르지 못했다. 이에 대해서는 앞으로의 과제로 남긴다.

|| 한영균(연세대학교)

순천시립뿌리깊은나무박물관 소장 한문 문집 자료의 성격과 가치

1. 머리말

본고는 순천시립 뿌리깊은나무 박물관(이하 '박물관')에서 소장하고 있는 한문 문집 자료의 현황을 개괄하고 자료적 가치와 성격을 밝히는 것을 목적으로 작성되었다. 아울러 현재 박물관에서 소장하고 있는 한문 문집 자료의 서지목록을 작성하여 첨부함으로써, 향후 문집 간 이본(異本) 비교 및 후속 연구에 참조가 될 수 있도록 하고자 한다.[1)]

기존에 여러 차례에 걸쳐 학계에 소개된 바 있듯이, 박물관에서는 고(故) 한창기(韓彰琪, 1936~1997) 선생께서 평생에 걸쳐 수집한 문화재 자료 6,500여점을 소장하고 있다.[2)] 여기에는 고문서, 유기, 토기, 책판 등 다양한 유형의 유물이 포함되어 있는데, 이 가운데 고서류는 1,726건으로 밝혀져 있다.[3)] 그런데 이 고서 목록은 책(冊) 수를 기준으로 작성

---

1) 본고의 부록에서 제시하는 서지목록은 국립중앙도서관에서 2000년에 고시한 『한국문헌자동화목록기술규칙-고서용-』을 따랐다.

2) 정명기, 「순천시립뿌리깊은나무 박물관 소장 고소설의 현황과 가치」, 『열상고전연구』 제35집, 열상고전연구회, 2012, 11면; 유춘동 · 서혜은 · 장여동, 『한글고소설 우리말 이야기』, 순천시립 뿌리깊은나무 박물관, 2013; 열상고전연구회, 「한창기 선생이 수집했던 고문헌 자료의 가치와 인식」, 열상고전연구회 2014년 여름, 제66차 정례 학술발표회, 2014.

하였으므로, 일반적으로 학계에서 고서를 헤아릴 때 사용하는 종(種) 수와는 다소 차이가 있다. 향후 실물 자료를 일일이 확인하는 전수조사를 거쳐야겠으나, 일단 현재로서는 박물관에서 소장하고 있는 고서 자료를 대략 640종 1,726책으로 헤아릴 수 있다.

박물관 소장 고서 자료 640종은 비교적 다양한 구성으로 이루어져 있다. 그 가운데 여타 소장 기관에서 찾아보기 어려운 국어학·판소리·가곡집·한글고소설[4]에 관한 자료가 다수를 차지한다는 점은 가장 큰 특징으로 손꼽을 수 있다.[5] 이는 한글과 우리 전통문화에 대한 애착이 남달랐던 한창기 선생의 생전 면모를 반영한 것이라 할 수 있다. 다른 한편으로, 이러한 특징은 한문으로 기록된 자료가 절대 다수를 차지하는 국내의 일반적인 고서 소장 기관의 소장 도서 구성비와는 현격히 차이가 나는 부분이다. 또한 이는 박물관 소장 한문 자료들이 한창기 선생께서 한글 자료를 수집하는 과정에서 부수적으로 획득한 부산물(副産物)일 가능성이 큼을 의미하기도 한다.[6]

---

3) 박물관에서 자체적으로 작성하여 현재 활용하고 있는 '유물목록 총괄표(고서류)'를 기준으로 헤아렸다. 그런데 여기에는 일반적으로 학계에서 고서로 분류하지 않는 근대(주로 일제강점기) 시기의 잡지·교과서·단행본이 모두 포함되어 있다. 예를 들어 『국사독본』, 『Tales from Korea』, 『高等朝鮮語及漢文讀本』, 『歐米偉人列傳』, 『群山案內』, 『글자의 혁명』, 『民族獨立鬪爭史』, 『法學通論』, 『朝鮮常識』 등이 그러하다. 따라서 현재 작성되어 있는 '유물 목록 총괄표(고서)'는 '서적류(또는 도서류)'로 분류하고, 고서목록은 별도로 작성해야 할 듯하다. 추후 이에 대한 목록 작업이 진행되기를 기대한다.

4) 한글 고소설 자료의 현황과 가치에 대해서는 다음의 논문을 참조할 것. 정명기, 「순천시립 뿌리깊은나무 박물관 소장 고소설의 현황과 가치」, 『열상고전연구』 제35집, 열상고전연구회, 2012, 9~31면.

5) 그 밖의 한글 자료에 대해서는 최근 열상고전연구회의 정례 학술발표회를 통해 다양한 각도에서 조망한 바 있다. 「한창기 선생이 수집했던 고문헌 자료의 가치와 인식」, 열상고전연구회 2014년 여름, 제66차 정례 학술발표회, 2014년 7월 12일.

6) 한창기 선생은 한글 전용(專用)을 주장하면서 우리나라에서의 한문 사용을 사대사상(事大思想)과 지식인 계층의 지식 독점욕으로 인식할 정도로 한글에 대한 애착을 보였다. 이에 대해서는 다음의 책을 참조하기 바람. 한창기 저, 윤구병·김형윤·설호정

고서 가운데 한문 자료로 범위를 좁혀 보더라도, 현재 박물관에서 소장하고 있는 자료들이 비교적 다양한 성격으로 구성되어 있음을 확인할 수 있다. 한문으로 기록된 자료 가운데 본고에서 다루는 한문 문집을 제외하고 대략 눈에 띄는 자료들을 유형별로 제시해보면 다음과 같다.

① 의서(醫書)
『석실비록(石室秘錄)』, 『의감(醫鑑)』, 『제중신편(濟衆新編)』, 『동의보감(東醫寶鑑)』 등

② 점술서(占術書)
『직성행년편람(直星行年便覽)』, 『귀곡유적(鬼谷遺跡)』, 『당사주(唐四柱)』 등

③ 정서(政書)
『목민심서(牧民心書)』, 『반계수록(磻溪隧錄)』 등

④ 불경(佛經) 및 불경언해(佛經諺解)
『금강경삼가해(金剛經三家解)』, 『능엄경(楞嚴經)』, 『몽산법어언해(蒙山法語諺解)』, 『묘법연화경(妙法蓮華經)』, 『불설아미타경(佛說阿彌陀經)』, 『월인석보(月印釋譜)』, 『지장경(地藏經)』 등

한문 자료 가운데 특별히 주목할 만한 유형은 불경 및 불경언해류이다. 이 유형의 자료들은 대다수가 15세기 또는 16세기에 간행된 원간본으로서 국어사적으로나 서지학적으로나 자료적 가치가 상당히 크기 때문이다.[7] 이 역시 한글 연구에 대한 한창기 선생의 남다른 관심을 반증

엮음, 『뿌리깊은나무의 생각』, 휴머니스트, 2007.

7) 한영균, 「뿌리깊은나무 박물관 소장 자료의 국어사적 가치-임란전 간본 및 주요 필사

하는 증거이기도 하다. 하지만 그 밖의 자료들은 성격을 특정하기가 어려울 정도로 다양한 유형이며 자료의 숫자가 많지 않다.

박물관에서 소장하고 있는 640여종의 고서 자료 가운데 위에서 제시한 한문 자료와 한글 자료들을 제외하고는 대부분 개인 저자의 시문(詩文)을 모아 엮은 한문 문집 자료로 포섭할 수 있다. 전통적인 사부분류(四部分類)를 적용한다면 '집부(集部)' – '별집류(別集類)' – '한국인찬술(韓國人撰述)'에 해당하는 자료들이며, 그 규모는 총 93종 318책에 달한다.[8)]

이러한 규모는 대개 한문 문집 자료가 가장 큰 비중을 차지하고 있는 국내외의 여타 고서 소장 기관과 비교할 때 그 비중이 크다고는 할 수 없다. 그러나 앞서 언급했듯이 한창기 선생이 주로 국어학·판소리·가곡집·한글소설 등의 한글 자료를 집중적으로 수집했던 사실을 상기해 보면, 적은 숫자라고 하기도 어렵다.

본 논문에서는 박물관에서 소장하고 있는 고서 가운데 한문 문집 자료의 현황을 점검하고 주요 자료를 소개하고자 한다. 비록 한문 문집 자료가 한창기 선생이 중점을 두고 수집했던 자료는 아니라고 하더라도, 현재 박물관에서 소장하고 있는 고서 자료의 전체적인 면모를 밝히는 데 있어서 조금이나마 도움이 될 것으로 기대한다. 또한 향후 후속 연구 및 이본(異本) 비교에 도움이 될 수 있도록 거칠게나마 서지목록으로 정리하여 제시하고자 한다.

자료를 중심으로」, 「한창기 선생이 수집했던 고문헌 자료의 가치와 인식」, 열상고전연구회 2014년 여름, 제66차 정례 학술발표회 발표문.

8) 본고에서 한문 문집의 범위는 전근대시기 개별 저자의 저작물을 한 데 모아 엮은 자료로 설정하였다. 특별한 주제 의식 속에서 체계적으로 집필한 경부(經部)·사부(史部)·자부(子部)에 해당하는 저술은 제외하였다. 한문학 내의 문집의 성격 규정에 대해서는 다음의 논문을 참조. 심경호, 「한국한문문집을 활용한 학문연구와 정본화 방법에 관한 일고찰」, 『민족문화』 제42집, 2013, 290~293면.

2. 한문 문집 자료 현황 개괄

현재 박물관에서 자체적으로 작성하여 활용하고 있는 '유물목록 총괄표(고서류)'를 통해 확인할 수 있는 고서의 서지정보는 서명(書名), 책수(冊數), 그리고 크기 정도이다.[9] 비록 소략한 정보이기는 하지만, 아직 본격적인 서지목록 정리가 진행되지 않았다는 점을 감안할 때 상당히 유용한 정보원이 된다고도 할 수 있다.

본고에서는 우선 640여종의 자료 가운데 서명을 기준으로 '집(集)'·'록(錄)'·'유고(遺稿)'·'유집(遺集)'·'문집(文集)'·'일고(逸稿)'·'시고(詩稿)' 등 문집으로 분류할 수 있을 만한 자료들을 선별하고, 현재 국내외 고서 소장 기관의 고서 목록을 확인할 수 있는 국립중앙도서관의 한국고전적종합목록시스템(http://www.nl.go.kr/korcis)을 활용하여 목록을 새롭게 정리하였다. 이 과정에서 현재 표제(表題)를 기준으로 작성되어 있는 대표서명(代表書名)은 모두 으뜸정보원인 권수제(卷首題)로 정정하였다.

이후 권수제를 확정하고 책수를 기준으로 이본 관계를 추정하여 현전본과의 대조를 진행하였다. 후술하겠지만 박물관 소장본 가운데 상당수가 19세기 후반에서 20세기 전반에 간행된 문집들이기 때문에 간행본을 확정하기가 어렵지는 않았다. 책수 정보만으로 확정이 어려운 자료들에 대해서는 실물을 확인하여 이본 관계를 확정하였다. 또한 이 과정에서 『한국문집총간』 및 『(속)한국문집총간』에 수록된 문집들은 한국고전번

---

9) 이 자료는 엑셀로 작성되었으며, '일련번호'·'분류'·'인수번호'·'수량'·'규격(길이×너비)'·'보관장소'·'순서'·'비고'의 여덟 항목으로 구성되어 있다. 서명에 적힌 한자의 오독(誤讀)이 많다는 점을 감안할 때, 아마도 전체 컬렉션이 박물관으로 이관될 때 참고를 위해 작성한 목록인 듯하다. 위의 서지정보 가운데 책의 전체 크기는 이본 관계를 확정하는 데 있어서 유효한 참조 준거가 되지 못하므로, 서지목록 작성에만 활용하였다.

역원의 고전종합DB(http://db.itkc.or.kr)를 참조 자료로 활용하였다.

이상과 같은 과정을 통해 자료 목록을 새롭게 작성한 결과, 현재 박물관에서 소장하고 있는 한문 문집 자료는 총 93종이며 책수로는 318책으로 확인되었다.[10)]이 93종의 목록을 일별하면, 한창기 선생이 한문 문집 자료를 수집할 때 일정한 목적 또는 방향성을 가지고 진행하지는 않았음을 알 수 있다. 이는 아마도 한창기 선생이 한글 자료에 주안점을 두고 자료를 수집했기 때문이 아닌가 한다. 따라서 박물관에서 소장하고 있는 한문 문집 자료에 억지로 특별한 의미를 부여하기보다는 현재 소장되어 있는 자료들을 토대로 앞으로의 활용 방안에 대해 모색하는 것이 이들 자료에 대한 온당한 접근 방법이라고 생각한다.

이러한 점을 전제로 하고 박물관 소장 문집 자료의 대체적인 특징을 들자면, 19세기 후반에서부터 20세기에 이르는 비교적 최근의 고서 자료가 상당수를 차지한다는 점이다. 심지어 소장 자료의 하한선으로는 1950년대 이후의 자료도 찾아볼 수 있다. 간사년을 확인할 수 있는 자료를 근거로 구체적인 수치를 제시하면 1955년 이후에 간행된 자료는 5종 9책, 1910년부터 1955년 사이에 간행된 자료는 16종 47책, 1850년부터 1909년 사이에 간행된 자료가 18종 48책이다. 이밖에 간사년을 정확하게 확인할 수 없는 자료들 가운데 상당수도 1850년 이후에 간행된 문집으로 추정된다.

이 시기의 자료가 많이 소장되어 있는 이유는 당연히 자료의 입수가 상대적으로 용이했기 때문이라고 할 수 있다. 하지만 그렇다고 해서 이들 자료의 가치를 굳이 평가절하할 필요는 없을 듯하다. 왜냐하면 국공립 기관이나 주요 대학과 같은 대규모 고서 소장 기관을 제외하고는 간

10) 물론 이 숫자는 확정적인 것은 아니며 추후 정밀 조사를 거친 후에 가감이 있을 수 있음을 밝혀둔다. '유물목록 총괄표(고서류)'에는 등재되어 있지만 박물관의 여건으로 인해 열람하지 못한 자료 3종은 제외하였다.

행 시기가 비슷한 자료들이 하나의 컬렉션으로 전해지는 경우를 찾기가 쉽지 않을뿐더러, 현재 박물관에 소장되어 있는 자료들은 보존 상태가 대부분 최상급이기 때문이다.

또한 최근 들어 『한국문집총간』과 『(속)한국문집총간』 수집 및 간행 작업을 완료한 한국고전번역원에서 향후 일제강점기 및 근대 문인들의 문집을 모아 보유편을 간행하는 일을 주요 사업으로 진행하고 있다는 점을 감안할 때,[11] 박물관 소장 자료는 상당히 유효한 원천 자료이자 참조 자료로 활용될 수 있다. 일반적으로 자료 수집 기관이 국내의 자료 소장 현황을 파악하여 선본(善本)을 확정할 때, 박물관과 같은 군소 기관 소장 자료를 사실상 고려의 대상에서 제외하고 있다. 따라서 박물관 소장 자료의 서지 목록을 정확하게 정리하고, 이를 공개하는 것만으로도 상당한 의미가 있는 작업이 될 것이다.

다음 장에서는 박물관 소장 한문 문집 자료 가운데 주요 자료를 소개하고 그 활용 방안에 대해 간략히 논하고자 한다.

3. 주요 자료 소개 및 활용 방안

앞서 한문 문집 자료 현황 개괄을 통해 소개했듯이 현재 박물관에 소장되어 있는 자료는 대부분 1850년대 이후에 간행된 간본(刊本)이며 자료적 가치가 높은 유일본이나 희귀본을 찾기는 어렵다. 박물관 소장 언해본(諺解本) 자료 가운데 상당히 이른 시기의 판본이 다수 있고, 한글

11) 현재 한국고전번역원의 원전정리실에서 이 사업을 진행하고 있다. 이 사업의 타당성 조사를 위해 「일제강점기 전통지식인의 문집 간행 양상과 그 특성에 관한 연구」라는 제목의 연구 과제(2012.11.7.-2013.3.7.)가 진행된 바 있으며, 해당 연구 과제를 정리한 소논문이 발표된 바 있다. 황위주 외, 「일제강점기 전통지식인의 문집 간행 양상과 그 특성」, 『민족문화』 제41집, 한국고전번역원, 2013, 203~296면.

고소설 자료 가운데 유일본이나 희귀본이 상당수 포함되어 있는 것과는 사뭇 다른 양상이다.[12] 아마도 한창기 선생께서 남다른 감식안과 목적을 가지고 한글 자료를 수집했던 것과는 달리 한문 자료의 수집에 있어서는 큰 관심을 기울이지는 않았던 듯하다.

이와 같은 점을 전제로 하고, 박물관 소장 한문 문집 자료 가운데 자료적 가치를 높이 평가할 수 있거나 혹은 이본 대조 및 선본 확정에 있어서 유효한 자료를 몇 가지 제시하면 다음과 같다.

3.1. 『퇴계집』과 『율곡집』

현전하는 여러 이본(異本) 자료들을 세밀하게 연구하고 교감(校勘)하여 학문적 신뢰도가 높은 정본(定本)을 편찬하는 정본화(定本化) 작업은, 그 중요성에도 불구하고 연구 가치를 인정받지 못한 경향이 있다. 다행히 최근 들어 『여유당전서(與猶堂全書)』, 『송자대전(宋子大全)』, 『퇴계전서(退溪全書)』 등, 우리 사상사(思想史)에서 중요한 위치를 차지하는 학자들이 남긴 문집에 대한 정본화 작업이 여러 기관에 의해 수행되고 있다.[13]

정본화 사업은 여러 곳에 흩어져 있는 자료들을 전수조사하고 목록을 만드는 것에서부터 시작된다. 따라서 온전한 형태로 보존되어 있는 문

---

12) 각주 5)와 7)을 참조.

13) 정본화 사업은 현전하는 여러 판본을 비교·검토하고 교감·교열을 거친 후에 현대식 구두를 다는 방식으로 가공하는 작업을 말한다. 이는 원전의 이용, 해석, 번역, DB 구축 등 후속 연구의 토대를 마련하고 표준을 제시한다는 점에서 의의가 크다. 이와 관련해서는 다음의 논문을 참조하기 바람. 안재원, 「왜 '정본'인가」, 『정신문화연구』 통권128호, 한국학중앙연구원, 2012, 31~57면; 심경호, 「한국한문문집을 활용한 학문연구와 정본화 방법에 관한 일고찰」, 『민족문화』 제42집, 2013, 287~336면. 아울러 지난 2012년에 한국학중앙연구원에서 '한국학 고전 텍스트 정본화 사업의 필요성과 시급성'(2012년 6월 18일)을 주제로 개최한 학술대회의 발표문도 유효한 참조가 된다.

집은 이본으로서의 가치가 크며 대조 및 교감의 대상으로서도 유의미하게 활용할 수 있다. 그런 측면에서 볼 때 박물관에 소장되어 있는 이황(李滉, 1501 ~1570)과 이이(李珥, 1536~1584)의 문집은 자료적 가치가 상당히 큰 것으로 보인다.

먼저 이황의 문집으로는 『퇴계선생문집(退溪先生文集)』, 『퇴계선생속집(退溪先生續集)』, 『퇴계선생언행록(退溪先生言行錄)』, 『퇴계선생문집부록(退溪先生文集附錄)』 등 총 4종이 소장되어 있다.[14] 네 종의 문집에는 모두 일제강점기의 문인인 박승언(朴勝彦)[15]의 장서인 2과가 날인되어 있어서 한창기 선생이 이들 자료를 일괄 구득한 것임을 짐작할 수 있다. 이 때문인지 장서의 보존 상태는 무척 훌륭하다.

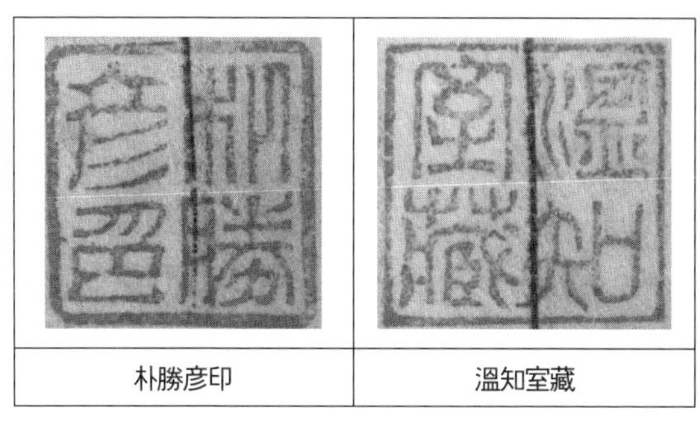

朴勝彦印	溫知室藏

이황과 관련한 4종의 문집 가운데 특히 주목해야 할 자료는 『퇴계선생문집』이다. 이 자료의 서지사항은 다음과 같다.

---

14) 각 문집의 상세한 서지정보에 대해서는 부록의 목록을 참조하기 바람.

15) 박승언에 대해서는 상세히 알려진 바가 없다. 『고은실기(古隱實記)』(국립중앙도서관 소장, 1956년 간행), 『반학정실기(伴鶴亭實記)』(국립중앙도서관 소장, 1957년 간행) 등 1950년대에 간행된 문집 가운데 같은 장서인이 날인된 자료가 여러 종 확인되는 것으로 볼 때, 일제강점기 이후에 활동한 인물로 추정된다.

□ 退溪先生文集 卷1-49(49卷26冊)
李滉(朝鮮) 著
木板本
四周雙邊 半郭 20.4 × 15.9㎝, 有界, 10行18字, 內向2葉花紋魚尾; 33.8 × 22.5㎝

印 : 朴勝彦印, 溫知室藏

서지사항으로 미루어볼 때 이 자료는 1843년에 중간(重刊)된 계묘중각본(癸卯重刻本)으로 짐작된다. 이황의 문집은 1600년에 경자초간본(庚子初刊本)이 간행된 이래 여러 차례에 걸쳐 중간되었는데, 경자본을 저본으로 하는 경자본류(庚子本類)와 중간본류(重刊本類)의 두 계열로 나뉘며, 두 계열이 다시 몇 가지 판본으로 나뉠 정도로 복잡하다.[16] 박물관 소장본은 일단 중간본류 가운데 계묘본으로 볼 수 있지만, 세부적인 출입과 변이(變移)에 대해서는 좀 더 정밀하게 연구를 진행할 필요가 있다.

이이의 문집은 『율곡선생전서(栗谷先生全書)』 1종이 소장되어 있다. 이이의 문집 역시 여러 차례의 편정(篇定) 과정과 간행 과정을 거쳤는데, 전서(全書)는 이재(李縡, 1680~1746)의 주도로 진행되어 1749년에 활자로 간행되었다. 이 활자본은 수요를 감당하지 못했기 때문에 1814년에 활자본을 번각하여 목판으로 다시 한 번 간행하였다.[17] 박물관 소장본은 바로 전서중간본(全書重刊本)으로 지칭되는 이 간본이다. 다음은 박물관 소장 『율곡선생전서』의 서지사항이다.

16) 신승운, 『퇴계집』 해제, 한국고전번역원.
17) 신승운, 『율곡전서』 해제, 한국고전번역원.

□ 栗谷先生全書 卷1-44(44卷38冊)
李珥(朝鮮) 著
木板本
四周雙邊 半郭 20.8 × 15.1㎝, 有界, 11行20字 註雙行, 上下向2葉花紋魚尾; 31.4 × 20.0㎝

跋 : 崇禎再甲子(1744)……李縡

이이의 문집 역시 여러 차례에 걸쳐 간행이 이루어졌으므로 전질이 온전하게 보존되어 있는 박물관 소장본은 비교 및 대조 자료로서 가치가 높다고 할 수 있다.

현재 진행되고 있는 정본화 사업을 통해 짐작할 수 있듯이, 정본을 확정하는 연구는 오랜 기간 동안 많은 인력이 참여해야 하는 대규모의 작업이다. 특히 여러 곳에 흩어져 있는 다양한 이본을 폭넓게 수집하고 이본들 사이에 존재하는 차이점을 밝혀내어 선본(善本)을 확정하는 일이 무엇보다도 우선시된다. 그 과정에서 글자 하나의 출입과 탈락, 후대인의 가필(加筆)이 모두 중요한 의의를 지닌다. 그런 측면에서 볼 때, 온전한 형태로 보존되어 있는 박물관 소장『퇴계집』4종과『율곡선생전서』는 현재 진행되고 있는 정본화 사업의 기초 자료로 활용되기에 손색이 없는 것으로 보인다.

3.2. 열성어제

조선시대 역대 군왕의 시문을 모은 시문집인『열성어제(列聖御製)』는 1631년에 의창군(義昌君) 이광(李珖, 1589~1645)이 태조부터 선조까지의 시문을 모아 최초로 간행하였다. 이후 임금이 바뀔 때마다 선왕(先王)의 유문(遺文)을 수습하여 이전 어제에 덧붙여 새롭게 간행하는 방식으로

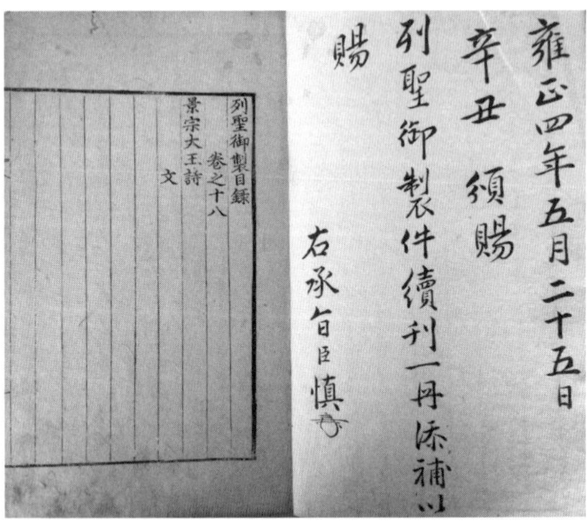

頒賜記(『열성어제』, 책11)

간행이 진행되었다.[18]

박물관에 소장되어 있는 『열성어제』는 영조(英祖) 즉위 직후 선왕인 경종(景宗)의 시문을 모아 이전 시기의 어제에 덧붙여 간행한 1726년 간본이다. 1726년(영조 2)에 서성도정(西城都正) 이작(李焯)이 건의를 하고, 여성군(礪城君) 이집(李楫)과 홍석보(洪錫輔) 등이 편집을 맡아 18권으로 간행하였다. 앞선 시기의 열성어제와 달리, 이 열성어제가 간행될 때에는 전체 시문의 목록을 2권 1책으로 만들어 첫머리에 덧붙였다. 박물관 소장본은 이와 같은 전체 체재를 온전하게 갖추고 있는 선본이다. 서지사항은 다음과 같다.

---

18) 『열성어제』의 간행 및 1726년에 간행한 열성어제의 편찬 및 반사 과정에 대해서는 다음의 논문을 참조. 조계영, 「조선후기 『列聖御製』의 편간과 보존 : 1726년 『景宗大王御製添刊時謄錄』을 중심으로」, 『서지학연구』 44집, 한국서지학회, 2009, 449~489면.

□ 列聖御製 卷1-18(18卷, 目錄2卷, 合11冊)
太祖(朝鮮)等著
木板本
四周雙邊 半郭 23.8×15.5㎝, 有界, 10行20字, 上白魚尾; 33.0×20.5㎝

頒賜記 : 雍正四年(1726)五月二十五日辛丑頒賜列聖御製件續刊一冊添補以賜 右承旨臣愼(無逸)
印 : 玉汝, 宋相琦印, 恩津世家, 玉吾居士, 太史之章 ; 宋一德印

박물관 소장 『열성어제』의 가장 큰 특징으로는 송상기(宋相琦, 1657~1723)의 구장본(舊藏本)이라는 점을 들 수 있다. 송상기의 본관은 은진(恩津)이며 자는 옥여(玉汝), 호는 옥오재(玉吾齋)를 사용하였다. 송상기는 경종 즉위년인 1720년에 간행한 숙종(肅宗)의 열성어제 편찬 작업을 이관명(李觀命, 1661~1733)과 함께 주도한 인물이다. 그러한 까닭으로 숙종 열성어제를 반사(頒賜)받은 듯하다. 해당 자료에 찍혀 있는 장서인은 모두 4과로서 송상기의 장서인이다.[19]

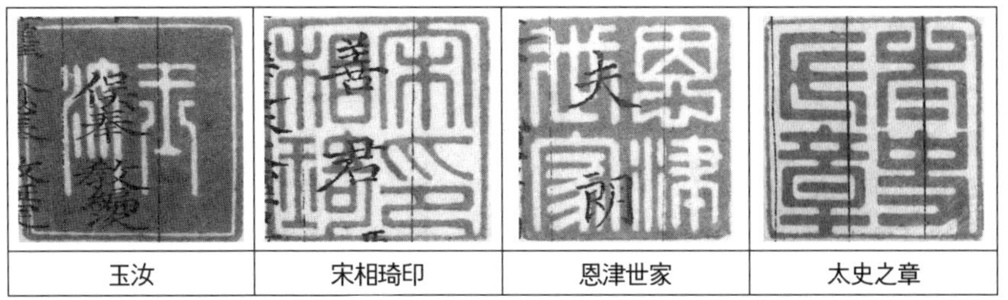

玉汝	宋相琦印	恩津世家	太史之章

송상기의 장서인과 함께 또 한 가지 주목할 부분은 경종의 시문을 실은 마지막 책인 제11책(권18)에 적혀있는 반사기(頒賜記)이다. 반사기의

19) 1726년에 하사받은 목록 2책, 경종어제 1책을 제외한 8책 모두에 날인되어 있다.

내용은 다음과 같다.

雍正四年(1726)五月二十五日
辛丑 頒賜
列聖御製件續刊一冊添補以
賜
右承旨臣愼[20]

위의 반사기는 1726년 간행 『열성어제』의 제작 및 반사 시기의 고증, 그리고 반사 방식 및 대상자의 고증이라는 두 가지 측면에서 중요한 의미가 있다.

당시 『열성어제』의 제작 및 간행 과정을 상세하게 기록한 『경종대왕어제첨간시등록(景宗大王御製添刊時謄錄)』에 따르면, 1726년 정월에 이작의 상소를 기점으로 논의가 시작되었고, 2월 4일에 본격적인 논의가 진행되었으며, 3월 10일까지 경종의 시문과 필찰을 모은 이후 교정 작업을 거쳐 간행 작업이 진행되었다. 4월 21일에 국왕에게 진상(進上)하고, 왕실에 진헌(進獻)하고, 신하들에게 반사할 책들의 인출과 장황까지 마무리되었다.[21]

이 과정에서 간행 비용을 아끼기 위해 1721년에 반사한 『열성어제』를 가지고 있던 이들에게는 전질을 새로 내어주지 않고, 새롭게 목록 2책과 경종의 시문 1책을 추가한 첨간본(添刊本)만을 하사하기로 하였다. 등록에서는 이를 구반사(舊頒賜)라 칭하고 있으며, 총 200건으로 기록되어 있다. 따라서 박물관 소장본은 바로 송상기가 하사받은 구반사본 200건

20) 반사기에는 우승지 愼까지만 적혀 있고, 그 뒤에는 수결을 하였다. 당시 우승지는 愼無逸이다.

21) 조계영, 앞의 논문, 453~460면 참조.

가운데 하나임이 분명하다.[22)]

구반사본은 단독으로 반사하지 않고, 1721년에 반사한 『열성어제』를 모두 간행을 주관한 종부시(宗簿寺)에서 수합한 후에 새롭게 간행한 첨간본과 함께 내려주도록 하였다.[23)]이처럼 구반사본을 수합하는 과정, 그리고 이와 관련한 보고에 대해서는 등록에 자세하게 기록되어 있다. 그러나 실제 하사한 날짜에 대해서는 반사본 실물을 확인할 필요가 있다. 그런 측면에서 볼 때, 반사기가 정확하게 기재되어 있는 박물관 소장본 『열성어제』는 등록에 기재된 반사 과정을 정확하게 확인할 수 있는 근거 자료가 된다.

또한 새로 첨간한 제11책에는 다른 책과는 다르게 송일덕(宋一德, 1760~?)의 장서인이 찍혀 있다. 송일덕은 송상기의 4대손이다. 송상기는 1723년에 세상을 떠났으므로, 그의 아들인 송필환(宋必煥)이 1726년에 첨간본을 하사받아 집안에 보관하던 것이 계속해서 송일덕에게까지 이어진 것으로 볼 수 있다.

박물관 소장 『열성어제』에 기록되어 있는 반사기를 통해서는 위와 같은 간행·반사·유전(流轉)에 대한 정보를 정확히 확인할 수 있다. 또한 왕실의 공식 기록인 등록만으로는 미처 확인할 수 없는 반사일(頒賜日)의 정보까지도 확인할 수 있다. 이와 같은 점에서 이 자료는 기존의 연구를 보완할 만한 가치가 충분하다고 볼 수 있다.

---

22) 한편, 새롭게 첨간한 목록과 경종어제 외에 기존의 열성어제를 함께 간행한 문집을 신반사(新頒賜)본이라 칭하였다. 신반사본은 총 50건을 간행하였으며, 그 명단이 기록되어 있다. 조계영, 앞의 논문, 480면 참조.

23) 이 구반사건의 수취와 신반사건의 반사 과정에 대해서는 조계영의 논문에 자세하다. 조계영, 앞의 논문, 479~484면.

3.3. 기타 주요 자료

앞서 소개한 자료 외에 현전하는 수가 많지 않은 희귀본, 또는 타 기관 소장 자료와 대조해 볼 필요가 있는 자료를 추가로 제시하면 다음과 같다.

1) 취원당선생문집(聚遠堂先生文集)

曺光益(朝鮮) 著
木板本
[刊寫地未詳]：[刊寫者未詳], [刊寫年未詳]
2卷1冊：四周雙邊 半郭 20.9 x 17.5 cm, 有界, 10行20字, 內向2葉花紋魚尾; 34.0 x 22.0 cm

序：睦萬中
序：李彙寧
跋：曺采臣[從六代孫]

퇴계 이황의 문인이었던 조광익(曺光益, 1537~1578)의 문집이다. 역시 퇴계의 문인이었던 지산(芝山) 조호익(曺好益, 1545~1609)의 형이기도 하다. 형제가 모두 효행으로 이름이 널리 알려졌다. 권두에 실린 목만중(睦萬中, 1727~1810)과 이휘령(李彙寧, 1788~1861)이 쓴 서문에도 효행으로 인해 정려(旌閭)를 받았던 사실이 소개되어 있다. 조광익의 문집은 1771년에 2권1책으로 간행이 되었다고 하나 서문을 쓴 이휘령의 생몰년으로 미루어볼 때 초간본은 전해지지 않는 듯하다. 권말에 6대손인 조채신(曺采臣, 1717~1797)의 발문이 실려 있다. 박물관 소장본과 같은 목판본은 규장각, 계명대, 안동대, 연세대 소장본 등 5종 내외만이 확인된다.

2) 매헌선생문집(梅軒先生文集)

郭壽岡(朝鮮) 著

木板本

[刊寫地未詳] : [刊寫者未詳], 1823

2卷1冊 : 世系圖, 四周單邊 半郭 21.3 x 16.2 cm, 10行20字, 內向2葉花紋魚尾; 32.0 x 20.5 cm

序 : 上之二十四年(1800)……李家煥

序 : 聖上二十三年(1799)……金是瓚

跋 : 李源祚

조선후기의 학자인 곽수강(郭壽岡, 1619~1660)의 문집이다. 곽수강의 자는 진옹(鎭翁), 호는 매헌(梅軒), 본관은 현풍(玄風)이다. 권두에 이가환(李家煥, 1742~1801)과 김시찬(金是瓚, 1754~1831)의 서문이 실려 있고, 권말에는 이원조(李源祚, 1792~1872)의 발문이 실려 있다. 권말 부록에는 이익(李瀷, 1681~1763)이 쓴 묘지명과 오광운(吳光運, 1689~1745)이 쓴 묘갈명이 실려 있다.

박물관 소장본과 같은 목판본은 국립중앙도서관, 연세대학교, 한국학중앙연구원 등 3종 내외가 확인된다.

3) 해수선생문집(海叟先生文集)

金禹鼎(朝鮮) 著

木板本

[刊寫地未詳] : [刊寫者未詳], [刊寫年未詳]

1冊 : 四周雙邊, 20.2×15.8cm, 有界, 10行20字 註雙行, 上下2葉花紋魚尾; 31.5×21.5cm

序 : 壬子(1852)五月……東萊府使李彙寧
跋 : 甲子(1864)……十代孫[金]沫達謹識

임진왜란 당시에 포로가 되어 일본에 끌려갔다가 8년 만에 극적으로 탈출하여 조선으로 돌아온 인물인 김우정(金禹鼎, 1551~1630)의 문집이다. 포로로서의 고단한 삶과 고국 조선에 대한 그리움을 노래한 시문이 주로 실려 있다. 최근에 임진왜란 포로실기 문학의 일례로 이 문집에 대한 연구가 제출된 바 있다.[24)] 현재 간본으로는 경상대학교 소장본이 유일본으로 확인되고 있으며, 『광주김씨세고(廣州金氏世稿)』에 합철된 영인본이 전한다. 간행년은 1864년 직후로 보인다.[25)]

4) 오우선생실기(五友先生實記)

閔九齡……等著
木板本
[刊寫地未詳] : [刊寫者未詳], 高宗 11(1874)刊
2卷1冊 : 四周雙邊 半郭 20.4x16.0cm, 有界, 10行20字, 內向2葉花文魚尾

序 : [閔]致久謹序
跋 : 上之十一年甲戌(1874)……[閔]致洪謹跋

경상도 밀양에 세거(世居)한 여흥 민씨(閔氏) 구령(九齡) · 구소(九韶) ·

---

24) 엄경흠, 「『해수선생문집』에 대한 고찰」, 『동남어문논집』 제32집, 동남어문학회, 2011, 127~149면.

25) 엄경흠의 논문에서는 간행년을 1852년으로 보았으나, 발문의 작성 연도를 감안할 때 이는 확증하기 어렵다. 이 논문에서 자료로 삼은 저본을 밝혀두지 않았으므로, 다른 간본의 존재 여부를 확인할 필요가 있다.

구연(九淵)・구주(九疇)・구서(九敍) 5형제의 시문과 행적이 실기이다. 목판의 책판은 현재 경상남도 유형문화재로 지정되어 민씨 종중에 보관되어 있다. 박물관 소장본과 같은 목판본은 국립중앙도서관, 성균관대, 부산대, 연세대, 계명대 소장본 등이 확인된다.

5) 청륙집(青陸集)

金德謙(朝鮮)著

木板本

[刊寫地未詳] : [刊寫者未詳], [仁祖 25(1647)]

4卷2冊(全6卷3冊) : 四周雙邊 半郭 19.8×16.0cm, 有界, 10行18字, 上下花紋魚尾; 26.5×19.5 cm

序 : 丁亥……李景奭

卷末 : 丁亥……尹尙, 乙酉……李植

조선중기의 문인인 김덕겸(金德謙, 1552~1633)의 시문집이다. 자는 경익(景益), 호는 청승(青陞)이다. 저자의 시문 가운데 임진왜란 이전의 작품들은 전란으로 인해 유실되었고, 만년의 시문을 저자의 아들인 김상(金尙)이 수집하여 1647년에 간행하였다. 6권3책으로 편차된 완본이 규장각에 소장되어 있으며, 이 초간본이 『(속)한국문집총간』 7집에 실린 『청륙집』의 저본으로 사용되었다. 박물관 소장본은 중간 부분인 3-4권이 빠진 영본이다.

이상에서 소개한 다섯 종의 자료 외에 이이두(李而杜, 17세기 후반)의 『남회당선생문집(覽懷堂先生文集)』, 김극성(金克成, 1474~1540)의 『김선생우정집(金先生憂亭集)』, 윤광소(尹光紹, 1708~1786)의 『소곡선생유고(素谷先生遺稿)』 등의 자료가 국내에 동일본이 소수만 전하는 희귀본으로 추정된다.

4. 맺음말

이상의 논의를 통해 순천시립 뿌리깊은나무 박물관에서 소장하고 있는 한문 문집 자료의 현황을 개괄하고 주요 자료와 향후 활용 방안에 대해 정리하였다. 박물관 소장 자료의 실물을 확인하고 기존의 연구를 참고해 보면, 한창기 선생께서 생전에 주안점을 두고 수집한 자료가 한글과 관련한 것들임은 부인할 수 없는 사실이다. 따라서 본고에서 검토한 한문 문집 자료의 경우 한글 관련 자료만큼 질적으로 우수하다고 말하기는 어렵다.

그렇지만 한 사람의 수집가가 평생에 걸쳐 모은 컬렉션이 온전하게 보관되어 있다는 점은 높이 살 필요가 있다. 또한 박물관 소장 자료는 전체적으로 보존 상태가 무척 훌륭하다. 특히 19세기 후반 이후의 자료가 다수를 차지하며, 많은 사람의 손을 거치지 않은 듯하다. 이러한 자료는 다른 기관 소장 자료와 비교 검토함으로써 자료적 가치가 더욱 분명하게 드러날 듯하다. 또한 추후 근대 이후 문인들의 문집을 수집・정리하는 작업이 진행될 때 상당히 유효한 참조 자료가 될 것으로 보인다.

이와 같은 점을 고려할 때, 박물관 소장 한문 문집 자료의 현황을 정확히 파악하고 향후 연구자들에게 도움을 주기 위해서는 정밀 조사를 통한 목록 작업이 급선무라고 생각한다.

|| 백진우(고려대학교)

뿌리깊은나무 판소리 음반 전집의 현황과 가치

1. 머리말

주지하듯이 한창기(1936~1997)는 우리의 전통음악에 남다른 애정을 가지고 그것을 가꾸고 보급하는 데 열정적이었다. 1974~1978년에 100회의 판소리 감상회를 열어 고사 직전에 있던 정통 판소리를 되살리는 데 크게 기여하였다. 그리고 1982년 4월에 〈뿌리깊은나무 판소리〉 전집을 출반/출판[1]하였으며, 1984년에 〈뿌리깊은나무 팔도소리〉 전집을, 1989년에 〈뿌리깊은나무 산조〉 전집과 〈뿌리깊은나무 한반도의 슬픈 소리〉와 〈해남 강강술래〉를 출반하였고, 1990년에서 1992년 사이에 〈뿌리깊은나무 판소리 다섯 바탕〉을 출반하여 우리나라의 전통음악에 대한 관심을 불러일으키고 그것을 보존하고 보급하는 데에 이바지하였다.

한창기는 우리 전통문화에도 큰 관심을 가지고 그것을 되살리고 보급하는 데도 대단한 정성을 기울였다. 차, 반상기, 한지, 잿물, 옹기 등을 재현하고 보급하였으며, 전통 미술품, 고대 토기, 목기, 옹기, 전적, 복식 자료 등에도 남다른 안목을 가져 문화재급 유물들을 상당수 수집하

---

1) 음반과 사설집을 함께 내었기 때문에 '출반/출판'이라고 하는 것이 정확하다. 그러나 출반과 출판을 굳이 구별할 필요가 없을 때는 편의상 출반이라고 한다.

였다. 이러한 일들은 모두 남들이 관심을 갖기 전에 그 가치를 꿰뚫어 보고 시작한 선구적인 일들이었다.

한편 한창기는 1976년 3월에 월간 문화종합지 『뿌리깊은나무』를 창간하여 전통문화와 전통예술의 소중함을 널리 알리는 동시에 우리나라의 출판문화에 새지평을 열었으며,[2] 1984년 11월에 『샘이깊은물』을 창간하여 『뿌리깊은나무』에서 다하지 못한 일을 계속했다.

한창기는 평생을 독신으로 지냈다. 그러나 사실은 자신이 하고 싶은 일과 결혼하여 피를 나눈 자식보다 더 자신을 빼닮은 자식을 여럿 두었다. 판소리 전집과 산조 전집 등 우리 전통음악을 담은 음반과 『뿌리깊은나무』·『샘이깊은물』과 한지와 옹기 등은 자신의 손으로 빚은 자식들이고, 그가 수집한 토기와 전적 등은 안목으로 낳은 자식들이다.

한창기는 이승에서의 마지막 순간인 자신의 장례까지 전통적인 절차에 따르도록 챙겼다고 한다. 자신의 장례에 필요한 수의, 관, 상여, 만사, 씻김굿 등을 전통에 맞게 마련하게 했으며, 장례 과정의 모든 것을 사진으로 남기게 했으니[3] 자기 자신이 전통문화가 되고 싶었던 사람이었다.

본고에서는 뿌리깊은나무에서 기획·제작한 판소리 음반 전집인 〈뿌리깊은나무 판소리〉와 〈뿌리깊은나무 판소리 다섯 바탕〉의 현황과 가치에 대해 살펴보고자 한다. 이를 통해 이 두 가지의 판소리 음반 전집에 대한 이해와 한창기 선생이 가졌던 판소리에 대한 관심과 사랑의 일면을 이해하는 데 기여할 수 있을 것이다.

---

2) 1980년 8월 통권 50호를 마지막으로 종간되었다.

3) 설호정, 「가정 잡지 또는 여성 잡지? 아니……」, 강운구와 쉰여덟 사람 지음, 『특집! 한창기』, 창비, 2008, 96~97면.

2. 뿌리깊은나무 판소리 감상회

1960년대에 산업화가 급속히 진행되고 서구문화가 밀물처럼 밀려드는 과정에서 우리의 전통문화와 전통예술은 설 땅을 잃어버리고 하루가 다르게 사라지기 시작하는 운명에 놓였다. 정부에서는 문제의 심각성을 깨닫고 보존할 만한 가치가 있는 전통문화와 전통예술을 보존하고 전승하기 위해서 1962년 1월 20일에 문화재보호법(법률 제961호)을 제정・공포하는 등 법적・제도적 장치를 마련하여 1964년 12월 7일에 종묘제례악이 중요무형문화재 제1호로 지정되면서 소위 '인간문화재 시대'가 열리게 되었다.[4)]

1950~60년대에 전통문화와 전통예술이 겪은 험난했던 풍랑은 판소리라고 예외일 수 없었다. 판소리는 1930년대 조선성악연구회 시절부터 창극 소리로 변질되기 시작하였고, 1950~60년대에 여성국극 바람이 거세게 휘몰아치면서 바람 앞의 등불 신세가 되었다. 그러나 판소리는 다행스럽게 1964년 12월 24일 중요무형문화재 제5호 판소리로 지정되고, 김연수・김소희・김여란・박록주・정광수・박초월 등 6명이 예능보유자로 인정됨으로써 고사 직전에 회생할 수 있는 기틀이 마련되었다.

그러나 1970년대에도 판소리의 사정이 별로 나아지지 않았다. 판소리가 무형문화재로 지정되어 보호받고 있었지만 창극, 국극, 토막소리 등으로 인해 만신창이가 된 정통 판소리는 여전히 겨우 명맥만 부지할 정도였다. 이러한 때에 일부 뜻 있는 소리꾼들 사이에 정통 판소리를 살리고 지켜야 한다는 자성의 목소리가 나오기 시작하였다. 1970년 1월에 판소리보존연구회가 설립되고[5)] 이듬해부터 해마다 판소리유파발표

---

4) 김석배, 「판소리의 보존과 전승 방안」, 『문학과 언어』 31, 문학과언어학회, 2009. 유영대, 「판소리 전승현황과 보존방안」, 『판소리연구』 36, 판소리학회, 2013.

5) 판소리보존연구회는 1970년 1월 31일에 박록주의 자택(원서동 221-1)에서 창립총회

회[6])를 연 것도 정통 판소리를 보존하기 위한 노력의 일환이었다.

1974년 1월에 정통 판소리의 보존과 전승에 획기적인 일이 벌어졌다. 판소리학회와 브리태니커사가 공동으로 주최한 '브리태니커 판소리 감상회'가 열리게 된 것이다. 판소리학회에서 소리꾼을 찾아내고, 브리태니커사에서 경비와 장소를 제공하였는데, 이 감상회는 1978년 9월까지 100회가 열려 판소리 전집 출반의 원동력이 되었다.

브리태니커 판소리 감상회를 마련한 저간의 사정은 다음의 인용문에 잘 드러나 있다.

> 그러나 정말 가슴 아픈 것은 올바른 대로 소리하는 이들의 소리를 낡았다고 하여 듣고자 하는 이도 없고 배우고자 하는 이도 없게 된 것이다. 그래서 올바른 소리를 간직한 소리꾼에게 소리판을 벌일 기회를 주어 그의 소리를 되살리는 일과, 구경꾼들에게 올바른 소리를 자주 들려주어 그들의 귀를 뚫리게 하는 일과, 구경꾼이 소리꾼과 함께 어울려 흥을 돋우는 추임새의 구실을 되찾는 일과, 소리판에서 토막소리로 판을 벌이게 하지 못하고 전판으로 벌이도록 하는 일과, 젊은 소리꾼에게 소리판을 마련해 주어 명창으로 길을 잡게 하는 일이 어느 때보다도 더 절실히 요구되었다. 그래서 판소리학회와 뿌리깊은나무가 공동으로 판소리 감상회를 마련하게 되었다.
>
> 그런 뜻에서 마련된 뿌리깊은나무 판소리 감상회인 만큼 올바른 스승에게 소리를 제대로 힘을 들여 배운 이를 고르게 되었다. 비록 시골에 묻혀 있고 또 세상에 알려져 있지 않다 할지라도 옳은 소리꾼이면 찾아

를 열고 임원으로 이사장 유기룡, 부이사장 강한영, 상임이사 이보형, 이사 金演洙・박록주・김여란・박초월・김소희・박귀희・정광수, 감사 박동진・장영찬, 고문 金蓮洙・이혜구・박헌봉・성경린・한갑수를 선임하였다. 『동아일보』 1970. 2. 17. 그 후 (사)판소리보존회로 명칭이 바뀌었다.

6) 1971년에 명창 권삼득 탄생 이백 주년 기념 제1회 판소리유파발표회(7월 5일, 국립극장)를 연 이래 2013년 제43회까지 해마다 판소리유파발표회를 열고 있다.

서 소리판에 내세웠다. 또 소리꾼은 반드시 전판을 부르도록 하되 한 번의 소리판이 한 시간인 까닭으로 미처 부르지 못한 대목은 다음 소리판에서 마저 부르게 했다.[7]

「판소리鑑賞會」 朴東振씨 「赤壁歌」

—18일 서울 브리태니커社서—

우리 傳統藝術인 판소리를 보급하기 위한 「판소리鑑賞會」가 판소리學會와 브리태니커社 공동주최로 매월 열리게됐다. 오는 十八日(오후七시) 브리태니커社 벤튼홀에서 열리는 제一회 감상회에서는 人間文化財 朴東振씨(사진)가 「적벽가」를 부르고 國文學者 姜漢泳교수가 해설을 맡게됐다. 鼓手 金得洙씨.

판소리 여섯마당 가운데 하나인 「적벽가」는 「화용도타령」이라고도불리는데 三國志의 화용도 부분을 담고 있기때문이다. 따라서 「적벽가」는 說話에서 시작해서 판소리 辭說로 변천하는 판소리 生成과정에 비추볼때 유일한 例外인 셈이다. 曹操가 적벽大戰에서 패하고 關雲長에게 목숨을 구걸하는 대목이 피크가되는 이 「적벽가」는 人命과 人格의 존엄을 강조한 戰爭文學으로 볼수도 있다.

『동아일보』 1974.1.11.

이와 같이 판소리 감상회를 열게 된 취지는 계통이 뚜렷한 판소리 즉 사승 관계가 분명한, 올바른 판소리를 아끼고 살리기 위한 것이었다. 브리태니커 판소리 감상회는 월 1회 열렸는데, 제1회 판소리 감상회는 1974년 1월 18일에 브리태니커사 벤튼홀에서 열렸다. 이 때 박동진이 〈적벽가〉를 불렀고, 고수는 김득수였다.[8] 브리태니커 판소리 감상회는 1975년 6월 5일에 제13회(김소희 〈심청가〉, 고수 박후성)가 열리고 일시 중단되었다. 그동안 박동진, 성우향, 정권진, 박초선, 조상현, 박초월, 김소희가 소리하였고, 고수는 김득수, 박후성, 이정업, 김명환, 김동준이었다. 그리고 해설은 강한영, 이보형, 박황, 정병욱이 하였다.[9]

1976년 3월에 『뿌리깊은나무』가 창간되고, 그 다음 달부터 판소리 감상회가 다시 열렸다. 명칭이 '뿌리깊은나무 판소리 감상회'[10]로 바뀌었고, 매주 금요일 브리태니커사 벤튼홀에서 열렸다. 1976년 4월 16일에

---

7) 이보형, 「금요일마다 남몰래 들인 공-일백 고개 넘은 뿌리깊은나무 판소리」, 『뿌리깊은나무』 1978년 10월호, 19면.

8) 『동아일보』 1974. 1. 11.

9) 1974년 7월과 8월 그리고 1975년 1월과 2월에는 열리지 않았다. 자세한 것은 『판소리연구』 1, 판소리학회, 1975, 79~122면에 수록되어 있어 참고할 수 있다.

10) 앞으로 브리태니커 판소리 감상회와 뿌리깊은나무 판소리 감상회를 특별히 구분할 필요가 없을 때는 편의상 뿌리깊은나무 판소리 감상회라고 한다.

〈적벽가〉 사설집

『뿌리깊은나무』 (1977년 5월호)

제14회 판소리 감상회가 열렸는데, 정권진이 〈수궁가〉(고수 김명환)를 불렀고 강한영이 해설을 하였다.[11] 이 판소리 감상회는 1978년 9월 29일에 국립중앙박물관 중앙홀에서 가진 100회 기념공연을 마지막으로 5년여에 걸친 긴 여정을 접었다.[12] 한창기는 판소리 감상회를 더 열고 싶었지만 판소리 전판이 바닥이 나서 그만 둘 수밖에 없었다고 한다.[13]

뿌리깊은나무 판소리 감상회는 단순히 판소리를 감상하는 소리판이 아니라 학문적인 뒷받침과 진지한 대화가 따르는 감상회였으며 평생 닦아온 소리꾼의 공부와 재주가 학술적으로 인정받는 자리였다. 따라서 소리꾼들은 이 무대에 서는 것을 큰 보람이요 영광으로 여겼다.[14] 100

---

11) 『경향신문』 1976. 4. 15, 『동아일보』 1976. 4. 28. 당시 브리태니커사는 용산구 동자동 17-18 USO건물에 있었으며, 1997년 9월에 신문로 1가의 한글회관으로 옮겼다.

12) 『경향신문』 1978. 9. 28.

13) 『국립국악원 구술총서 2, 이보형』, 국립국악원, 2011, 76면.

14) 이재성, 「다 죽어가는 판소리를 되살린 '뿌리깊은나무 판소리 감상회' 백회」, 『특집!

회에 걸친 감상회에서 박초월, 박봉술, 한승호 등은 전판을 불렀고, 김소희와 김여란 등은 토막소리를 하였다.[15)]

뿌리깊은나무 판소리 감상회의 의의는 다음과 같다. 먼저 이 뿌리깊은나무 판소리 감상회의 가장 큰 의의는 박봉술의 〈춘향가〉·〈홍보가〉·〈수궁가〉·〈적벽가〉와 정권진의 〈춘향가〉·〈심청가〉·〈수궁가〉, 강도근의 〈홍보가〉, 한애순의 〈심청가〉, 박초선의 〈춘향가〉를 들을 수 있게 한 것이다. 이들은 모두 정통 판소리와 뛰어난 기량을 가지고 있었지만 시골에 묻혀 있었던 탓으로 세상에 널리 알려지지 못한 소리꾼들이었다. 둘째, 판소리 감상층을 확대한 점이다. 귀명창뿐만 아니라 젊은 대학생들도 소리판에 모여들어 소리를 듣고 판소리에 대한 공부를 하였다. 제1회부터 제13회에 이르는 동안 청중 수는 1회 평균 70명가량이었고, 그중 약 70%가 대학생들이었다.[16)] 이러한 사정은 그 후로도 마찬가지였던 것으로 보인다. 100회에 이르는 이 소리판에 대략 7,000명이 넘는 청중들이 다녀갔다고 한다.[17)] 셋째, 판소리 사설집 제공 등을 통해 판소리가 학술적 연구의 대상이 되게 하였다. 이 무렵에 판소리학회가 결성되고 1975년 8월에 『판소리硏究』 제1집이 간행되었다.[18)] 넷째, 다양한 판소

한창기』, 279면.

15) 전판 소리는 박초월 – 〈수궁가〉, 박봉술 – 〈춘향가〉·〈홍보가〉·〈수궁가〉·〈적벽가〉, 정권진 – 〈춘향가〉·〈심청가〉·〈수궁가〉, 강도근 – 〈홍보가〉, 한승호 – 〈적벽가〉, 한애순 – 〈심청가〉, 박동진 – 〈심청가〉·〈수궁가〉, 공대일 – 〈수궁가〉, 성우향 – 〈춘향가〉·〈심청가〉·〈홍보가〉, 오정숙 – 〈춘향가〉·〈심청가〉, 박초선 – 〈춘향가〉·〈홍보가〉, 한농선 – 〈홍보가〉, 성창순 – 〈심청가〉, 조상현 – 〈춘향가〉·〈심청가〉·〈수궁가〉, 안향련 – 〈심청가〉, 김영자 – 〈춘향가〉, 박송이– 〈홍보가〉 등이고, 토막소리는 김소희 – 〈춘향가〉, 김여란 – 〈춘향가〉, 박동진 – 〈적벽가〉, 임준옥 – 〈수궁가〉 등이다. 이보형, 앞의 글, 19~20면. 이 글에는 한승호의 〈적벽가〉가 누락되어 있는데, 1976년 7월 2일과 9일에 공연(고수 김동준)한 기록이 있다. 『매일경제』 1976. 7. 1.

16) 『동아일보』 1976. 3. 6.

17) 정병욱, 「브리태니커 판소리 전집의 출반에 부쳐」, 『판소리 다섯 마당』, 한국브리태니커회사, 1982, 3면.

『동아일보』 1982.5.3.

『판소리 다섯 마당』 표지

리 감상회가 열리게 되는 도화선 역할을 했다는 점이다. 1976년 5월부터 삼일로 창고극장에서 열린 월례 판소리 감상회[19]와 1977년 1월부터 국립극장 소극장에서 열린 국립창극단의 판소리 감상회[20]가 그 대표적인 것으로 정통 판소리를 되살리고 뿌리내리는 데 이바지하였다.

이상에서 알 수 있듯이 뿌리깊은나무 판소리 감상회는 〈뿌리깊은나무 판소리〉 전집과 〈뿌리깊은나무 판소리 다섯 바탕〉 전집을 출반/출판할 수 있게 한 '뿌리'요 '샘'이었던 것이다.

18) 당시의 판소리학회는 회장 정병욱, 기획 강한영, 연구 이보형이었다. 현재의 판소리학회는 1984년 5월 19일에 창립하였고, 초대회장은 강한영이었다.

19) 제1회 판소리 감상회는 1976년 5월 25-27일에 열렸다. 『동아일보』 1976. 5. 25.

20) 1974년부터 1975년 사이에 몇 차례 열렸고, 1977년 1월 29일부터는 월 1회 정도 열렸다. 국립중앙극장 엮음, 『세계화시대의 창극』, 국립극장, 2002, 268면, 『국립극장 30년』, 국립극장, 1980, 670~676면 참고.

3. 뿌리깊은나무 판소리 음반 전집의 현황과 가치

한창기는 1982년에 〈뿌리깊은나무 판소리〉 전집을 출반하였고, 1990년에서 1992년 사이에 〈뿌리깊은나무 판소리 다섯 바탕〉 전집을 출반하였다. 뿌리깊은나무 판소리 감상회가 100회를 끝으로 막을 내리자 마땅히 들을 만한 소리가 없어서 음반 만드는 일을 하게 되었다고 한다.[21]

〈뿌리깊은나무 판소리〉 전집이 나오기 전에 완창 판소리 음반이 없었던 것은 아니다. 1981년 1월에 한국문화재 보호협회에서 〈한국전통음악대전집〉(스테레오 LP레코드, 50LP 박스물 전집)을 출반하였는데, 그 속에 김소희의 〈춘향가〉 등 다섯 바탕의 완창 판소리 음반이 들어 있다. 이 음반은 지구레코드에서 1980년 10월 20일 제작하여 1981년 1월 초판 발매한 것으로, 판소리 음반의 음원은 대부분 문화재관리국에서 1976년 무렵에 기록 보존용으로 녹음한 것이다.[22]

이제 뿌리깊은나무에서 기획 · 출반한 불후의 명반인 판소리 음반 전집의 현황과 의의를 살펴보기로 한다.

3.1. 〈뿌리깊은나무 판소리〉 전집

〈뿌리깊은나무 판소리〉 전집은 1982년 5월 1일에 음반 23장(판소리 다섯 바탕을 완창한 음반 22장과 단가 11편이 담긴 음반 1장)과 자세한 주석과 국-영문 해설이 붙은 사설집 6권으로 세상에 나왔다. 이 음반 전집을 흔히 〈브리태니커 판소리〉 전집이라고 한다.

판소리 녹음은 이촌동의 서울스튜디오에서 하였는데, 1980년 4월에

---

21) 김형윤, 「언제나 고향 길 가던 사람, 한창기」, 『월간 사회 평론 길』 87권 3호, 1997, 126면.

22) 〈한국전통음악대전집〉 중에서 30-50집이 판소리이다. 노재명 편저, 『판소리 음반 사전』, 이즈뮤직, 2000 참고.

조상현의 〈춘향가〉 음반 케이스

조상현의 〈춘향가〉(1장–A면)

박봉술의 〈수궁가〉 녹음을 시작으로 1981년 3월에 조상현의 〈춘향가〉를 녹음함으로써 판소리 다섯 바탕의 취입이 완료되었다.[23] 고수는 모두 김명환이었다. 음반 제작은 1982년 2월 10일에 지구레코드공사에서 하였고, 음질을 보장키 위해 1,000질을 제작하였다. 그리고 해설은 이보형이 집필했으며, 사설 채록과 주석은 김영옥 · 홍현숙 · 김진옥 · 노경애 · 홍종선 · 이성계 · 김정수 · 성미령 · 안영빈 · 장애선이 하고 판소리학회(정병욱, 강한영, 이보형)와 하성래의 감수를 받았다. 이 사설집은 따로 묶여 『판소리 다섯 마당』[24]으로 출판되었는데, 앞으로 이 전집의 음반과 관련된 정보는 이 책을 따르고, 더 필요한 것이 있으면 덧붙이기로 한다.

먼저 조상현의 〈춘향가〉부터 살펴보기로 한다. 조상현의 〈춘향가〉는 다음과 같이 음반 6장(총 4시간 31분 8초)에 담겨 있다.

---

23) 이재성, 「다 죽어가는 판소리를 되살린 '뿌리깊은나무 판소리 감상회' 백회」, 앞의 책, 280면.

24) 『판소리 다섯 마당』, 한국브리태니커회사, 1982.

1-A '호남좌도 남원부는'(아니리)에서 '산세를 이르께'(잦은몰이)까지(21' 58")
1-B '춘향이 잠깐 어리석어'(아니리)에서 '여보, 장모, 염려 마오'(잦은중몰이)까지(24' 45")
2-A '춘향모 술잔 받어들고'(아니리)에서 '춘향이가 무색허여'(늦은중몰이)까지(22' 47")
2-B '속 모르면 말 말라니'(아니리)에서 '못허지야, 못허지야'(중몰이)까지(23' 14")
3-A '그때으 춘향이가'(아니리)에서 '청도기 벌였난듸'(휘몰이)까지(22' 37")
3-B '좌기 초 하신 후에'(아니리)에서 '사령 뒤를 따라간다'(진양)까지(23' 34")
4-A '사령들이 달려들어'(아니리)에서 '춘향 모친이 들어온다'(중중몰이)까지(20' 04")
4-B '그때으 교방청 여러 기생들이'(아니리)에서 '어사 변복을 차린다'(중몰이)까지(22' 04")
5-A '한 모롱이를 돌아드니'(아니리)에서 '소인 방자놈'(중몰이)까지(21' 00")
5-B '어사또 생각에'(아니리)에서 '어, 잘 먹었다'(아니리)까지(23' 21")
6-A '초경, 이경, 삼, 사, 오경이'(진양)에서 '운봉이 보시더니'(아니리)까지(21' 36")
6-B '본관이 보다 못해야'(아니리)에서 '그때으 어사또는'(엇중몰이)까지(24' 06")

조상현이 부른 〈춘향가〉는 동편제인 김세종제이다. 김세종은 전라북도 순창 출신으로 어려서부터 집안에 전승되는 동편제 소리를 익혔고, 신재효의 지도를 받아 판소리 이론에 밝았다. 〈춘향가〉에 뛰어났으며, '천자뒤풀이'가 그의 더늠이다. 이 〈춘향가〉는 옛날 명창들의 더늠이 고루 담겨 있고, 조의 성음이 분명하며, 부침새와 시김새가 교묘할 뿐만 아니라 사설도 잘 다듬어져 있는 바디이다. 고종 때의 김찬업을 거쳐 정응민에게 전승되었는데, 조상현은 정응민에게 배웠다.[25)]

조상현(1939~)은 전라남도 보성 출신으로 좋은 목을 천성으로 타고 났다. 13세 때 보성군 회천면 회천리에서 7년 동안 정응민에게 〈춘향가〉, 〈심청가〉, 〈수궁가〉를 배웠다. 1959년에 광주에서 정광수에게 〈적벽가〉를 배웠고, 그 후 박록주에게 〈흥보가〉를 배웠으며, 정권진에게 보성소리를 다시 배웠다. 1974년 남원에서 개최된 전국남녀명창대회에서 1등상을 수상하였고, 1976년 제2회 전주대사습놀이 판소리 명창부에서 장원을 하였다. 그리고 1971년부터 1982년까지 국립창극단 단원으로 활동하였다. 그는 수리성의 소유자로 음량도 크고 힘도 좋으며, 스승으로부터 뛰어난 바디를 전수하였고, 풍채도 좋아서 명창으로서의 조건을 두루 갖추었다.[26)] 1991년 5월 1일에 중요무형문화재 제5호 판소리 〈심청가〉의 보유자가 되었다.

김명환(1913~1989)은 전라남도 곡성군 옥과면 출신으로 17세 때부터 여러 명고수로부터 북장단을 배웠다. 장판개와 주봉현에게 북장단의 이론과 실기에 대한 지도를 받았고, 신찬문에게 북의 너름새에 대한 지도를 많이 받았다. 20대 후반부터 지방에서 임방울을 비롯한 여러 명창들의 북장단을 쳤고, 40세 때부터 4년간 보성에 있던 정응민의 소리방에서 전용 고수로 있으면서 보성소리를 터득하였다. 1960년부터 중앙무대에 진출하여 수많은 판소리 공연에 참가하였고, 1978년 2월 2일에 중요무형문화재 제59호 판소리 고법의 보유자가 되었다.[27)]

---

25) 『판소리 다섯 마당』, 20~21면.

26) 『판소리 다섯 마당』, 25면. 창자와 고수에 대해서는 판소리 음반 전집을 출반하던 당시의 시점에서 기술하였다. 앞으로도 이와 같다.

27) 『판소리 다섯 마당』, 26면. 판소리 고법은 1991년에 중요무형문화재 제5호 판소리에

한애순의 〈심청가〉는 다음과 같이 음반 5장(총 3시간 24분 29초)에 담겨 있다.

1-A '송태조 입국지초에'(아니리)에서 '한숨 쉬어 부는 바람'(중몰이)까지(21' 08")
1-B '유언 소리 끝이 나니'(아니리)에서 '주과포 박잔헤여'(진양)까지(19' 30")
2-A '곽씨 부인을 장사허고'(아니리)에서 '춘하추동 사시절'(중중몰이)까지(17' 22")
2-B '이러한 소문이 원근에 낭자허니'(아니리)에서 '심청이 들어온다'(잦은몰이)까지(21' 58")
3-A '농 안의 옷을 내야'(아니리)에서 '딱 기절을 허는구나'(아니리)까지(18' 31")
3-B '심 봉사는 아무 물색도 모르고서'(아니리)에서 '범피중류'(진양)까지(20' 54")
4-A '소상팔경 지나갈 제'(중몰이)에서 '천지가 명랑허고'(엇몰이)까지(23' 05")
4-B '강두에다 집을 짓고'(아니리)에서 '일관 시켜 택일하야'(중중몰이)까지(17' 58")
5-A '황후는 되였으나'(아니리)에서 '심 봉사가 목욕을 허다'(중몰이)까지(22' 47")
5-B '그때여 무릉 태수 지내시다가'(아니리)에서 '여러 봉사 눈 뜨고'(중중몰이)까지(20' 49")

한애순이 부른 〈심청가〉는 서편제 소리이다. 이 〈심청가〉는 헌종 때의 박유전에서 비롯되어 철종 때의 이날치, 고종 때의 김채만 그리고

통합되었다.

일제강점기 때의 박동실을 거쳐 한애순에게 전해진 것으로 다른 바디에 비해 부침새와 시김새가 정교하다.[28)]

한애순(1924~2014)은 전라남도 곡성군 옥과면 출신으로 어려서부터 소리에 재질이 있었다. 12세 때부터 4년 동안 박동실에게 〈심청가〉와 〈수궁가〉를 배웠고, 〈춘향가〉와 〈적벽가〉도 일부 배웠다. 17세부터 4년 동안 화랑창극단에서, 24세 때부터 3년 동안 임방울창극단에서 활동했다. 38세 때 서울에서 1년 동안 박록주에게 〈흥보가〉를 배웠다. 1973년부터 1981년까지 광주 시립국악원에서 판소리 사범을 하였으며, 1974년 5월 28일에 전라남도 무형문화재 판소리의 보유자가 되었다.[29)]

박봉술의 〈흥보가〉는 다음과 같이 음반 4장(총 2시간 39분 52초)에 담겨 있다.

1-A '아동방이 군자지국이요'(아니리)에서 '흥보 마누라 나온다'(중중몰이)까지(20' 17")
1-B '방으로 들어가서'(아니리)에서 '비나니다, 비나니다'(진양)까지(21' 14")
2-A '증거를 갖다가'(아니리)에서 '겨울 동 자, 갈 거 자'(잦은중중몰이)까지(17' 47")
2-B '거그다가 성주를 한 뒤로는'(아니리)에서 '흥보가 들어온다'(잦은몰이)까지(18' 06")
3-A '흥보가 지붕으로 올라가서'(아니리)에서 '허어어, 자네는 똑 버들속에서'(아니리)까지(20' 47")
3-B '자, 우리, 옷은 나중에'(아니리)에서 '놀보란 놈 공연한 짓'(아니리)까지(19' 51")
4-A '울목에 벌그런 게'(아니리)에서 '두룸박 이마빡'(휘몰이)까지(21'

28) 『판소리 다섯 마당』, 80~81면.
29) 『판소리 다섯 마당』, 83~84면.

24")

4-B '놀보, 기가 맥혀'(아니리)에서 '그 때여 박놀보는'(엇중몰이)까지 (20' 03")

박봉술이 부른 〈흥보가〉는 동편제 소리로 '송흥록→송광록→송우룡→송만갑→박봉래→박봉술'로 전승된 것이다. 서편제 〈흥보가〉가 부드럽고 맛이 있는데 비해 이 〈흥보가〉는 꿋꿋하고 정대하다. '흥보제비노정기'는 김창환의 '제비노정기'를 수용한 것이고, '놀보제비노정기'는 장판개의 '흥보제비노정기'를 수용한 것이다.[30)]

박봉술(1922~1989)은 전라북도 구례 출신으로 어릴 때에 형 박봉래와 박봉채에게 판소리를 배웠고, 서울에 올라와서 송만갑에게 잠깐 배웠다. 박봉래는 송만갑의 수제자로 꼽히던 명창이었다. 박봉술은 '아이 명창'이라는 이름을 얻을 만큼 어릴 적부터 소리를 잘하였으나 변성기에 소리를 너무 심하게 닦다가 목이 상해 버렸다. 그러나 불굴의 노력으로 판소리 다섯 바탕을 모두 익혔는데, 그 중에서도 〈춘향가〉, 〈수궁가〉, 〈적벽가〉에 뛰어났다. 1973년 11월 11일에 중요무형문화재 제5호 판소리 〈적벽가〉의 보유자가 되었다.[31)]

박봉술의 〈수궁가〉는 다음과 같이 음반 3장(총 2시간 1분 15초)에 담겨 있다.

1-A '세재 지정 갑신년'(아니리)에서 '화사자 불러라'(중중몰이)까지 (21' 10")

1-B '별주부, 토끼 화상 받어'(아니리)에서 '범 내려온다'(엇몰이)까지 (17' 49")

---

30) 『판소리 다섯 마당』, 119~120면.

31) 『판소리 다섯 마당』, 120면.

2-A '호랑이란 놈이 내려와'(아니리)에서 '일개 한퇴'(잦은몰이)까지(20' 35")
2-B '가만히 토끼란 놈이 듣더니마는'(아니리)에서 '좌우 나졸 분부 듣고'(잦은몰이)까지(21' 43")
3-A '토끼를 그 영덕전 너른'(아니리)에서 '아서라, 다 바려'(중중몰이)까지(21' 12")
3-B '이놈이 해변 가를 쑥 당도하야'(아니리)에서 '독수리 그제야 돌린 줄 알고'(엇중몰이)까지(18' 20")

박봉술이 부른 〈수궁가〉는 동편제 소리이다. 이 〈수궁가〉는 '송흥록→송광록→송우룡→송만갑→박봉래→박봉술'로 전승된 것으로서 서편제 〈수궁가〉에 비해 당당하고 정대하다. 그리고 '날짐승 상좌다툼'이 없고 '길짐승 상좌다툼'만 있으며, '독수리가 토끼를 얻었다고 좋아하는 대목'(중몰이)이 없다.[32)]

정권진의 〈적벽가〉는 다음과 같이 음반 4장(총 2시간 41분 38초)에 담겨 있다.

1-A '천하 합구즉분하고'(아니리)에서 '조운이 말을 놓아'(잦은몰이)까지(20' 18")
1-B '공명의 높은 재주'(중몰이)에서 '노래 불러 춤추는 놈'(중몰이)까지(20' 41")
2-A '어떠한 늙은 군사 하나'(아니리)에서 '여러 군사 나앉으며'(아니리)까지(18' 38")
2-B '또 한 군사 나오는듸'(아니리)에서 '공명의 거동 보아라'(진양)까지(19' 17")
3-A '이때에 오나라 주유는'(아니리)에서 '창황 분주 도망헐 제'(중몰

32) 『판소리 다섯 마당』, 157~158면.

이)까지(20' 33")

3-B '조조, 가끔 목을 움츠며'(아니리)에서 '애고 애고 통곡허니'(아니리)까지(20' 28")

4-A '일행을 재촉하야'(아니리)에서 '목 움출이 들어온다'(잦은몰이)까지(21' 54")

4-B '행군허여 떠나갈 제'(진양)에서 '제갈량은 칠종칠금허고'(엇중몰이)까지(19' 11")

정권진이 부른 〈적벽가〉는 서편제로 '박유전→정재근→정응민→정권진'으로 전승된 것이다. 이 〈적벽가〉에는 '삼고초려'(진양조)가 초앞에 먼저 나오고, '박망파 싸움'(중머리+자진모리)이 있다. 이에 비해 박봉술의 〈적벽가〉에는 '도원결의'(중머리) 다음에 '삼고초려'가 나오고, '박망파 싸움' 대신 '장판교 싸움'(중머리+자진모리+엇모리)이 길게 짜여 있다.[33]

정권진(1927~1986)은 전라남도 보성군 회천면 출신으로 정응민 명창의 아들이다. 부친에게 판소리를 배워 일가를 이루었다. 군산국악원, 대구국악원, 대전국악원 등에서 판소리 강사로 활동하였고, 1961년에 서울로 올라와 국립창극단 단원으로 활동하였다. 1970년 7월 22일에 중요무형문화재 제5호 판소리 〈심청가〉의 보유자가 되었다.[34]

〈단가〉(11편)는 다음과 같이 음반 1장(총 42분 28초)에 담겨 있다. 박봉술, 정권진, 한애순, 조상현이 소리하였고, 고수는 모두 김명환이었다.

A면 1.〈사창화류〉(박봉술, 4' 13"), 2.〈백발가〉(박봉술, 3' 28"), 3.〈홍문연〉(박봉술, 5' 54"), 4.〈진국명산〉(정권진, 3' 11"), 5.〈죽장망

33) 『판소리 다섯 마당』, 190~191면.

34) 『판소리 다섯 마당』, 193~194면.

혜〉(정권진, 3' 05"), 6.〈효도가〉(정권진, 3' 09")
B면 1.〈사철가〉(한애순, 3' 36"), 2.〈초한가〉(한애순, 4' 30"), 3.〈고고천변〉(한애순, 5' 30"), 4.〈백구가〉(조상현, 1' 51"), 5.〈이산저산〉(조상현, 4' 11")

단가는 창자가 판소리 본바탕을 부르기에 앞서 목을 풀기 위해서 부르는 짧은 노래이다. 대개 산천 유람, 인생무상, 역대 고사 등을 중머리 장단으로 부르는데, 〈사창화류〉와 같은 엇중머리나 〈고고천변〉과 같이 중중모리로 부르는 것도 있다. 대부분 화평한 느낌의 평우조로 부르지만 계면조로 된 것도 있고, 경드름을 곁들여 부르기도 한다.[35)]

정병욱은 이 음반 전집에 대해 그 머리말(「뿌리깊은나무 판소리 전집에 부쳐」)에서 다음과 같이 밝힌 바 있다.

> 무대 위에서 불리는 판소리와는 달리, 이처럼 음반에 실린 판소리는 영원히 사라지지 않을 것입니다. 더구나 귀로 듣는 것만으로는 판소리의 내용을 속속들이 이해하기 어렵다는 점을 생각하여, 사설을 죄다 채록하고, 알기 어려운 구절과 한문 원전을 힘들여 되찾아 누구나 알아보기 쉽도록 자세한 주석을 달아 준 일은 금상첨화격인 뜻 깊은 작업입니다. -중략- 지난날의 감상회가 판소리를 다시 일으키려는 노력이었다면, 이번의 음반 출반 사업은 판소리를 정리하고 발전시키는 보람찬 업적입니다.[36)]

그리고 이 음반 전집은 국제전통음악협회의 호평을 받아서『전통음악연감』(1983년)에 〈영산회상〉(문화공보부 출반)과 〈한국의 전통음악〉(뉴욕 한국문화원 제작)과 함께 그에 대한 평가가 실렸다. 세계적인 민족음악학

---

35)『판소리 다섯 마당』, 229면.
36)『판소리 다섯 마당』, 머리말.

의 권위자인 미국 메릴랜드대 맨틀 후드(Mantle Hood) 교수는 〈뿌리깊은나무 판소리 전집〉에 대해 “중요무형문화재 기능보유자로 지정된 이들의 판소리를 들으면 명창의 경지에 오른 음악성에 경외감을 느낀다. 이들 판소리 명창들에게 ‘위대한’이란 형용사를 붙이는 것은 오히려 적절하지 못하다.”고 높이 평가했다.[37)]

이 판소리 음반 전집은 다음과 같은 의의를 지니고 있다. 먼저 이 음반 전집은 소리꾼의 전성기의 윤기 있는 소리와 명고수의 물 흐르는 듯한 북 가락이 잘 어울린, 말 그대로 판소리의 진수를 느낄 수 있게 하는 기념비적인 명반이다. 특히 김명환의 북 가락은 ‘일고수 이명창’, ‘수고수 암명창’이란 말이 의미하는 바가 무엇인지를 잘 보여주고 있다. 둘째, 이 음반 전집은 최초로 기획 제작한 판소리 다섯 바탕의 완창 음반이라는 음반사적 의의를 지니고 있다. 셋째, 판소리 다섯 바탕의 사설을 모두 기록하고 상세히 주석함으로써 판소리를 정확하게 알아듣고 이해할 수 있는 소리가 되게 하였다. 넷째, 음질을 보장하기 위해 1,000질만 제작하는 등 이 음반 제작에 들인 한창기의 예술정신과 장인정신의 진면목을 잘 보여주고 있다는 점도 이 음반 전집이 지닌 미덕이다.

3.2. 〈뿌리깊은나무 판소리 다섯 바탕〉 전집

〈뿌리깊은나무 판소리 다섯 바탕〉 전집은 음반 22장과 사설집 5권으로 출반/출판되었다. 한국IBM의 지원을 받아 1990년에 〈흥보가〉(1월)와 〈춘향가〉(5월)를 출반하였고, 1991년에 〈적벽가〉(3월)와 〈수궁가〉(12월)를, 1992년에 〈심청가〉(2월)를 출반하였다.

---

37) 『동아일보』 1983. 9. 23. 국제전통음악협회는 유네스코의 지원을 받는 세계적인 학술단체이며 이 협회가 펴내는 『전통음악연감』은 권위 있는 음악학술지로 널리 인정받고 있었다.

송순섭의 〈적벽가〉 음반 케이스

송순섭의 〈적벽가〉(1-A면)

이 음반 전집의 사설집에는 이 음반과 관련된 여러 가지 사항이 자세하게 정리되어 있어 음반에 대한 정보를 정확하게 알 수 있다. 해설은 모두 백대웅이 집필하였는데, 앞으로 음반과 관련된 것은 이를 따르고, 더 필요한 것이 있으면 덧붙이기로 한다.

최승희의 〈춘향가〉(고수 김명환)는 다음과 같이 음반 7장(총 5시간 37분 23초)에 담겨 있다. 성음스튜디오에서 녹음하였고, 주식회사 오아시스에서 제작하였다.

1-A '숙종대왕 즉위 초에'(아니리)에서 '방자의 왼갖 생각'(단중머리)까지(26' 12")[38]

1-B '편지 내어 향단이 주며'(아니리)에서 '춘향 방치레'(중머리)까지(25' 12")

2-A '까딱하면 퇴 맞을까'(아니리)에서 '자진사랑가1'(중중머리)까지(27' 13")

---

38) 이 음반의 1-A면에 시간 기록이 누락되었는데, 26분 12초 분량이 담겨 있다.

2-B '늬가 위로 갔는데도 싫단 말이냐?'(아니리)에서 '한양서 만나자는 춘향이'(중중머리)까지(24' 25")

3-A '오오, 그럼 이별허잔 말씀이오 그려'(아니리)에서 '오리정 이별'(중머리-진양조)까지(25' 00")

3-B '춘향의 울음소리에'(자진머리)에서 '꿈아, 무정헌 꿈아'(진양조)까지(23' 00")

4-A '임 그리는 춘향이'(중머리)에서 '임을 찾어서 갈까 부다'(중머리)까지(27' 00")

4-B '이렇듯 설리 울 제'(아니리)에서 '집장 사령과 구경꾼의 말'(중머리)까지(24' 52")

5-A '월매의 통곡'(자진중중머리)에서 '옥중가와 몽중가'(진양조)까지(18' 40")

5-B '옥중가와 몽중가'(중머리)에서 '서리 역졸 분발'(자진머리)까지(24' 13")

6-A '어사또의 행색'(중머리)에서 '농부가2'(중중머리)까지(27' 24")

6-B '어사또 농부들이 모 심는'(아니리)에서 '어사또가 춘향을 찾아 간다'(진양조)까지(24' 01")

7-A '어사또와 옥중 춘향의 상봉'(중머리)에서 '어사 출또'(자진머리)까지(24' 19")

7-B '어사또 동헌에 좌정허신 후'(아니리)에서 '신바람 난 월매'(중중머리)까지(15' 52")

최승희가 부른 〈춘향가〉는 정정렬(1876~1938)이 새롭게 판을 짠 것이다. 정정렬제 〈춘향가〉는 '정정렬 나고 〈춘향가〉 다시 났다', '정정렬이 판을 막아버렸다'는 말이 있을 정도로 정정렬 스타일의 뛰어난 '신식 〈춘향가〉'이다. 최승희는 정정렬로부터 〈춘향가〉를 전수한 김여란(1907~1983)에게 배웠다. 이 〈춘향가〉는 다른 판에 비해 진취성과 개방성을 띠고 있다. 춘향이 이도령과 편지 교환을 하고, 월매의 허락을 얻기 전에 신방을 먼저 차리며, 오리정에서 이별의 슬픔을 토로하고, 어사가 이도령인 줄 알고는 대상으로 올라가 해후의 감격을 드러내기도 한다. 그리고 김세종판에 있는 '금의 내력', '적성가', '회동 성참판' 대목 등이 없으며, 김세종판에 없는 '춘향의 몽사', '이도령의 심사', '오리정 이별' 대목 등이 있다.[39]

최승희(1937~)는 전라북도 익산 출신으로 어려서부터 '창가'를 잘해서 주위 사람들의 칭찬을 들었다. 19세 때 아버지 몰래 군산성악회에 입학했다가 3달 만에 들켜 집으로 돌아왔고, 그 후 다시 전주국악원에서 소리공부를 하다가 상경하여 김여란에게 정정렬제 〈춘향가〉를 배웠다. 1981년 제7회 전주대사습놀이 판소리 명창부에서 장원을 하였다.[40] 1992년 6월 20일에 전라북도무형문화재 제2-5호 판소리 〈춘향가〉의 보유자가 되었다.

이 음반에 담긴 소리는 KBS에서 1980년 5월에 김명환의 반주로 녹음한 것이다.[41] 뿌리깊은나무에서 최승희의 〈춘향가〉 음반을 내기 위해 1990년 2월과 3월에 전판 녹음(고수 장종민)을 두 차례 하였다. 그러나 최승희의 건강 때문에 상성의 성음이 고르지 못해서 이면을 그리는 데 아쉬움을 남기는 등 음반으로 제작하기에는 미흡해서 부득이 이 음원을 사용하였다. 이 음반의 추임새는 1980년의 녹음을 감상하면서 이순호, 윤봉룡, 김상순이 한 것이다. 채보는 박승률, 오의혜, 김해숙, 백대웅이 하였고, 사설 채록과 주석은 김남기, 강혜선, 임선근, 박기웅, 신경란, 박미아, 강윤주가 하였다.[42]

---

39) 「최승희의 〈춘향가〉 사설집」, 7~8면.

40) 「최승희의 〈춘향가〉 사설집」, 11면.

41) 이 음원은 2005년에 KBS미디어에서 〈최승희의 춘향가〉(5CD, 제작 (주)이엔이미디어)로 발매하였다.

42) 「최승희의 〈춘향가〉 사설집」, 13면.

조상현의 〈심청가〉(고수 장종민)는 다음과 같이 음반 4장(총 3시간 42분 37초)에 담겨 있다. 성음스튜디오에서 녹음하였고, 주식회사 오아시스에서 제작하였다.

1-A '송나라 원풍 말년에'(아니리)에서 '곽씨 부인의 운명'(중머리)까지(26' 21")
1-B '그때여 심봉사는'(아니리)에서 '심봉사의 동냥 행차'(단중머리)까지(27' 30")
2-A '하루는 심청이'(아니리)에서 '심봉사의 우려'(자진머리)까지(27' 41")
2-B '심봉사 그제야 말을 허되'(아니리)에서 '승상 부인께 하직 인사'(진양조)까지(29' 05")
3-A '하직허고 집으로 돌아오니'(아니리)에서 '인당수 전경'(엇머리)까지(27' 00")
3-B '선인들의 제사'(자진머리)에서 '천자 앞에 나타난 심청'(중머리)까지(27' 00")
4-A '천자 보시고'(아니리)에서 '으관 행장을 모도다 가져가 부렀제'(아니리)까지(28' 00")
4-B '심봉사 기가 맥혀'(아니리)에서 '뒤풀이'(엇중머리)까지(30' 00")

조상현이 부른 〈심청가〉는 보성소리이다. 보성소리 〈심청가〉는 박유전의 〈심청가〉가 정응민의 백부인 정재근을 거쳐 정응민에게 전수된 것으로 조상현은 정응민에게 배웠다. 정응민은 고제 판소리의 맥을 꿋꿋하게 지켜온 명창으로 판소리가 창극, 국극으로 확대되는 과정에서 판소리의 수준 높은 음악성과 예술성이 왜곡되는 것을 거부하고, 마치 스러져가는 촛불을 지키듯이 정통 판소리의 법통을 지켰다.[43)]

---

43) 「조상현의 〈심청가〉 사설집」, 7면.

장종민(1955~)은 전라북도 남원 출신으로 국악예술중고등학교를 다녔다. 1982년부터 명고수 김명환에게 판소리 북과 가야금 산조 장단을 배웠으며, 중요무형문화재 제59호 판소리 고법 이수자이다.[44] 2013년 2월까지 20여 년 동안 국립창극단 단원으로 활동하였다.

이 음반에 담긴 소리는 1991년 8월 23일 저녁 7시부터 24일 새벽 2시까지 전 바탕을 2번쯤 한 것 중에서 좋은 것을 가려 뽑은 것이고, 추임새는 녹음 현장에 참여한 김영소, 박평민, 박현명이 한 것이다. 그리고 채보는 박승률, 백대웅, 김해숙, 오의혜가 하였고, 사설 채록과 주석은 박기웅, 신경란, 홍우택이 하였다.[45]

오정숙의 〈홍보가〉(고수 김동준)는 다음과 같이 음반 4장(총 3시간 32분 20초)에 담겨 있다. 녹음처는 에루화 민속기획이고, 제작처는 주식회사 성음이다.

1-A '아동방이 군자지국이요'(아니리)에서 '돈타령'(중중머리)까지(27' 56")
1-B '자 이 돈 가지고 양식을 팔어 오시오'(아니리)에서 '홍보처의 통곡'(중중머리)까지(28' 47")
2-A '이렇듯 홍보 내외 붙들고 우는 통에'(아니리)에서 '제비노정기'(자진중중머리-중중머리)까지(27' 26")
2-B '홍보 양주 앉은 앞에 뚝 떨어뜨려 논'(아니리)에서 '홍보의 놀보 생각'(진양)까지(29' 00")
3-A '이렇듯 홍보가 형을 부르면서'(아니리)에서 '놀보의 홍보집 구경'(중머리)까지(27' 15")
3-B '놀보가 상석으로 턱 앉더니'(아니리)에서 '놀보 제비 거동 보소'

44) 「조상현의 〈심청가〉 사설집」, 11면.
45) 「조상현의 〈심청가〉 사설집」, 12면.

(중중머리)까지(28' 48")

4-A '놀보 받아 들고 여보소 마누라'(아니리)에서 '눈을 딱 부릅뜨고 벽력같은 큰 소리로'(아니리)까지(21' 48")

4-B '어서 바삐 집 뜯어라'(자진머리)에서 '뒤풀이'(엇중머리)까지(21' 20")

오정숙이 부른 〈홍보가〉는 동초제로 김연수(1907~1974)가 새로 짠 것이다. 이 〈홍보가〉는 김연수가 유성준, 송만갑, 이동백, 정응민 등 20세기 초기에 활동했던 명창들로부터 배운 소리들을 바탕으로 재구성한 것으로 현존하는 〈홍보가〉 중에서 가장 길다.[46)]

오정숙(1935~2008)은 전라북도 전주 출신으로 어려서부터 소리와 연극에 남다른 재주를 보였고, 14세 때 김연수의 문하에 입문하여 판소리와 창극을 배웠다. 1972년에 〈춘향가〉를 완창한 이후 해마다 〈홍보가〉, 〈심청가〉, 〈수궁가〉, 〈적벽가〉의 완창발표회를 하였다. 1975년 제1회 전주대사습놀이 전국대회에서 장원을 하였으며, 1977년에 국립창극단에 입단하여 오랫동안 활동했다. 1982년에 중요무형문화재 제5호 판소리 〈춘향가〉의 보유자 후보가 되었다.[47)] 1991년 5월 1일에 중요무형문화재 제5호 판소리 〈춘향가〉의 보유자가 되었다.

김동준(1929~1990)은 전라남도 화순군 북면 출신으로 국악인 집안에서 태어나 어려서부터 북장단과 판소리를 익혔다. 13세 때에 담양에서 박동실로부터 〈심청가〉, 〈적벽가〉 등 판소리를 배워 20세 무렵부터 여러 곳의 국악원에서 소리 선생을 하였다. 40세 무렵부터는 목소리가 변하여 고수의 길로 들어섰고, 소리 내용을 잘 알아서 빈틈없는 치밀한 고법을 구사하기로 유명하였다. 1989년 12월 1일에 중요무형문화재 제

---

46) 「오정숙의 〈홍보가〉 사설집」, 24면.

47) 「오정숙의 〈홍보가〉 사설집」, 28면.

59호 판소리 고법의 보유자가 되었다.[48]

이 음반에 담긴 소리는 1989년 12월 5일에 녹음한 것이고, 추임새는 녹음 현장에 참여한 이윤호, 방기준, 김상순, 윤봉룡이 한 것이다. 채보는 박승률, 백대웅, 김해숙, 이병욱이 하였으며 사설 채록과 주석은 임선근, 김남기, 강혜선, 박기웅이 하였다.[49]

정광수의 〈수궁가〉(고수 정철호)는 다음과 같이 음반 3장(총 2시간 43분 28초)에 담겨 있다. 녹음처는 성음스튜디오이고, 제작처는 주식회사 오아시스이다.

1-A '지정 갑신년중 하지절에'(아니리)에서 '자라의 상소문'(엇머리)까지(26' 16")
1-B '용왕이 보시고'(아니리)에서 '맷돝의 나이 자랑'(중중머리)까지(28' 26")
2-A '한참 이렇게 재미지게'(아니리)에서 '임자 없는 녹수청산'(중머리)까지(29' 04")
2-B '아따 영락없이 옳소'(아니리)에서 '범피중류'(진양조)까지(29' 50")
3-A '좋다 좋다 별유천지비인간이로다'(아니리)에서 '별주부의 읍소'(중중머리)까지(23' 11")
3-B '아 용왕이 발딱 넘어갔든가 보드라'(아니리)에서 '뒤풀이'(엇중머리)까지(26' 41")

정광수가 부른 〈수궁가〉는 동편제인 유성준제이다. 이 〈수궁가〉는 '김세종→장재백→유성준'으로 전승되었는데, 정광수는 유성준으로부터 배웠다. 유성준은 전라북도 남원(또는 구례) 출신으로 송우룡의 제

48) 「오정숙의 〈흥보가〉 사설집」, 28면.
49) 「오정숙의 〈흥보가〉 사설집」, 29면.

자이며, 정춘풍과 김세종의 지침을 받아서 견문이 넓었고, 전도성과 함께 당대에 쌍벽을 이루는 판소리 이론가였다. 장재백은 유성준의 처삼촌이다.[50]

정광수(1909~2003)는 전라남도 나주 출신으로 서편제 명창 정창업의 손자이다. 18세 때부터 5년 동안 김창환(1855~1937)에게 〈춘향가〉와 〈흥보가〉를 배웠고, 정응민에게 〈심청가〉를 배웠으며, 유성준에게 〈수궁가〉와 〈적벽가〉를 배웠다. 일제강점기 때에 조선성악연구회와 동일창극단 등에서 활동하였으며, 1964년 12월 28일에 중요무형문화재 제5호 판소리의 보유자가 되었고, 1974년에 다시 〈수궁가〉의 보유자가 되었다.[51]

정철호(1923~)는 전라남도 해남 출신으로 국악인 집안에서 태어나 7세 때부터 부친에게 〈춘향가〉를 배우기 시작했다. 14세 때부터 약 15년 동안 임방울에게 〈적벽가〉, 〈수궁가〉, 〈춘향가〉를 배웠다. 그리고 한성준의 제자로 임방울의 지정 고수였던 김재선에게 고법을 배워 고법으로 일가를 이루어 1991년에 중요무형문화재 제5호 판소리 고법의 보유자 후보가 되었다.[52] 1996년 9월 10일에 중요무형문화재 제5호 판소리 고법의 보유자가 되었다.

이 음반에 담긴 소리는 창자의 고령(82세)을 고려해서 1991년 7월 29일과 31일의 이틀에 걸쳐 녹음한 것이고, 추임새는 녹음 현장에 참여한 박대두, 정유선, 홍원표, 송갑철이 한 것이다. 그리고 채보는 천은영과 오의혜가 하였으며, 사설 채록과 주석은 박기웅과 홍우택이 하였다.[53]

송순섭의 〈적벽가〉(고수 김성권)는 다음과 같이 음반 4장(총 2시간 56분

---

50) 「정광수의 〈수궁가〉 사설집」, 7면.
51) 「정광수의 〈수궁가〉 사설집」, 11면.
52) 「정광수의 〈수궁가〉 사설집」, 11면.
53) 「정광수의 〈수궁가〉 사설집」, 12면.

51초)에 담겨 있다. 녹음처는 소리방이고, 제작처는 주식회사 성음이다.

1-A '한나라 말엽 위한오 삼국 시절에'(아니리)에서 '장판교 싸움1'(중중머리)까지(24' 06")
1-B '조운이 말께 내려'(아니리)에서 '군사 설움타령3'(중중머리)까지(24' 38")
2-A '이렇듯이 울음을 우니'(아니리)에서 '자룡의 공명 마중'(중머리)까지(23' 28")
2-B '그때여 주유는 일반 문무 장대상에'(아니리)에서 '적벽강의 조조'(중머리)까지(21' 01")
3-A '조조 허허 웃고 대답허되'(아니리)에서 '적벽강 새타령'(중머리)까지(23' 00")
3-B '한참 이리 설리 울다'(아니리)에서 '장승타령'(중중머리)까지(21' 01")
4-A '조조가 깜짝 놀래 잠에서'(아니리)에서 '정욱의 하소연'(중머리)까지(16' 18")
4-B '얘들아 내가 이 신통한 꾀를'(아니리)에서 '뒤풀이'(엇중머리)까지(23' 19")

송순섭이 부른 〈적벽가〉는 소위 송판 〈적벽가〉이다. 이 〈적벽가〉는 '송홍록 → 송광록 → 송우룡 → 송만갑 → 박봉래 → 박봉술'로 전승되었는데, 송순섭은 박봉술로부터 〈적벽가〉를 배웠다. 송순섭의 〈적벽가〉는 정권진의 〈적벽가〉와 비교해 보면 다음과 같은 차이가 있다. 첫째, 송순섭의 〈적벽가〉는 '도원결의'부터 창이 시작되지만 정권진의 〈적벽가〉는 '삼고초려'부터 창이 시작된다. 둘째, 송순섭의 〈적벽가〉에는 '장판교 싸움'이 길게 짜여 있으나 정권진의 〈적벽가〉에는 그 대목이 없는 반면에 송순섭의 〈적벽가〉에 없는 '박망파 싸움'이 간략하게 짜여 있고,

'군사설움'도 더 길게 짜여 있다.[54)]

송순섭(1936~)은 전라남도 고흥 출신으로 22세 때 늦은 나이에 소리꾼의 길에 들어섰다. 22세 때에 광주의 호남국악원에서 공대일 문하에서 본격적인 소리공부를 하였는데, 이 때 공대일에게 〈흥보가〉를, 김준섭에게 〈심청가〉를 배웠다. 그리고 1971년에는 부산에서 김연수에게 〈춘향가〉를 배웠으며, 28세 때에 부산에서 박봉술에게 송판 〈적벽가〉를 전수받았다. 24년간 부산에서 활동한 후 1987년 전남도립국악단의 창악부장을 맡았다.[55)] 2002년 2월 5일에 중요무형문화재 제5호 판소리 〈적벽가〉의 보유자가 되었다.

김성권(1929~2008)은 전라남도 강진 출신으로 고수였던 부친의 영향으로 13세 때부터 북 치는 법을 배우기 시작했다. 19세 때에 김채만의 고수였던 외삼촌 박선향에게 고법을 본격적으로 배웠고, 20세 때에는 정응민에게 판소리도 배웠다. 30세 때부터 북 치는 일에만 전념하여 전남도립국악단 단원으로 활동하였다.[56)] 1991년 11월 1일에 중요무형문화재 제5호 판소리 고법의 보유자가 되었다.

이 음반에 담긴 소리는 1990년 8월 8일에 한 것이고, 추임새는 녹음 현장에 참여한 김오채, 박영수, 전경식, 전경환이 한 것이다. 채보는 오의혜가 하였으며, 사설 채록과 주석은 김은정, 임선근, 박기웅, 신경란이 하였다.[57)]

〈뿌리깊은나무 판소리 다섯 바탕〉 전집은 다음과 같은 의의를 지니고 있다. 첫째, 이 판소리 음반 전집도 〈뿌리깊은나무 판소리〉 전집과

---

54) 「송순섭의 〈적벽가〉 사설집」, 7~8면.

55) 「송순섭의 〈적벽가〉 사설집」, 11면. 호적에는 1939년생으로 되어 있지만 실제는 丙子生이다.

56) 「송순섭의 〈적벽가〉 사설집」, 11면.

57) 「송순섭의 〈적벽가〉 사설집」, 12면.

마찬가지로 명창의 소리와 명고수의 북장단이 조화를 이룬 소리를 담고 있는 명반이다. 최승희의 〈춘향가〉, 조상현의 〈심청가〉, 오정숙의 〈흥보가〉, 송순섭의 〈적벽가〉에서는 한창때인 40-50대의 싱그러운 소리와 만날 수 있다. 그리고 정광수의 〈수궁가〉에서는 80대의 노명창이 도달한 경지를 엿볼 수 있으니 팔순의 노광대 고수관에게 보낸 紫霞 申緯(1769~1845)의 상찬[58]이 허언이 아님을 알 수 있게 한다. 둘째, 귀명창들의 추임새를 반영하고 있다는 점을 들 수 있다. 이 음반 전집 이전에 나온 판소리 완창 음반은 스튜디오에서 녹음하여 창자의 소리와 고수의 북 장단과 추임새만 담았다. 〈뿌리깊은나무 판소리〉 전집도 마찬가지이다. 청중의 추임새는 소리판에서 고수의 추임새와는 또 다른 면에서 중요한 요소이다. 소리판은 청중의 추임새를 먹고 생동한다고 해도 과언이 아니다. 이 음반 전집을 제작하면서 청중의 추임새가 가지는 중요성을 인식하고 그것을 반영하려고 한 의도는 높이 평가할 만하다. 그러나 스튜디오에서 하는 청중의 추임새는 소리판 현장에서 자연스럽게 우러나온 추임새와 같을 수 없다. 아무래도 녹음을 의식하여 의도적인 추임새를 하게 되고, 그 결과 다소 과장되거나 어색한 부분도 있게 된다. 특히 최승희의 〈춘향가〉는 녹음을 듣고 한 추임새여서 옥에 티가 아닐 수 없다. 셋째, 오선보로 채보를 하였다는 점이다. 창자의 특유한 음악어법에 따라 원칙을 정해 채보하여 창자의 소리를 제대로 드러내려고 하였다.[59] 이 음반 전집은 전 바탕을 채보한 것은 아니지만 이전에 김기수가 채보했던 악보[60]보다 세심한 부분까지 채보하려고 노력한 점이

58) 자하는 1843년에 고수관의 소리를 듣고 이별하는 마당에서 이별의 아쉬움을 달래는 시를 지어 주었다. "八旬相對鬢毛蒼 泡滅光陰演劇場 山色碧蘆吟舫子 濤聲海月古禪房 鶯花夢幻張三影 煙景魂消脫十娘 縱使後期能有日 不堪重理舊春香", 〈高壽寬 八十之年 演劇猶能昔時聲調 臨別有詩〉, 『신위전집』 4, 태학사 영인, 1983, 2003면.

59) 판소리를 오선보로 채보하는 것이 어느 정도 가능한지, 또 그것이 어느 정도 유용한지에 대해서는 여전히 의문이다.

돋보인다.

4. 맺음말

본고에서는 뿌리깊은나무에서 기획하여 출반/출판한 판소리 음반 전집인 〈뿌리깊은나무 판소리〉와 〈뿌리깊은나무 판소리 다섯 바탕〉의 현황과 가치에 대해 살펴보았다.

이상에서 살펴 본 바를 간략하게 정리하면 다음과 같다.

첫째, 한국브리태니커회사와 판소리학회가 공동으로 주최한 브리태니커/뿌리깊은나무 판소리 감상회가 1974년 1월부터 1978년 9월까지 100회 열렸다. 박동진을 비롯한 여러 명창과 김득수 등의 명고수가 등장하여 판소리 다섯 바탕을 소리했는데, 이 판소리 감상회가 뿌리깊은나무 판소리 음반 전집을 출반할 수 있게 한 원동력이었다.

둘째, 〈뿌리깊은나무 판소리〉 전집은 1982년 5월에 음반 23장과 사설집 6권으로 출반/출판되었다. 김세종제인 조상현의 〈춘향가〉(6LP, 4시간 31분 8초), 서편제인 한애순의 〈심청가〉(5LP, 3시간 24분 29초), 동편제인 박봉술의 〈홍보가〉(4LP, 2시간 39분 52초), 동편제인 박봉술의 〈수궁가〉(3LP, 2시간 1분 15초), 서편제인 정권진의 〈적벽가〉(4LP, 2시간 41분 38초), 〈단가〉(1LP, 42분 28초)를 담고 있으며, 고수는 모두 김명환이다. 이 판소리 음반 전집은 명창의 소리와 명고수의 북 장단이 조화를 이룬 기념비적 명반이고, 최초로 기획 제작한 판소리 다섯 바탕의 완창

60) 박초월의 〈수궁가〉(1970년), 임방울의 〈적벽가〉(1972년), 박동진의 〈흥부가〉 (1975년), 정권진의 〈심청가〉(1976년), 김소희의 〈춘향가〉(1977년) 등 전승오가 전 바탕을 채보하여 『한국음악』(6, 10, 13, 14, 15, 국립국악원)에 수록하였고, 김기수, 『한국음악』 5[〈적벽가〉, 〈춘향가〉]와 『한국음악』 6[〈수궁가〉, 〈흥부가〉, 〈심청가〉](전통음악연구회, 1981)에 수록되어 있다.

음반으로 판소리 음반사적 의의가 크다. 그리고 판소리 다섯 바탕의 사설을 모두 채록하고 상세히 주석하여 판소리 이해에 크게 이바지하였으며, 한창기의 예술정신과 장인정신의 진면목도 잘 보여주고 있다.

그리고 〈뿌리깊은나무 판소리 다섯 바탕〉 전집은 1990년 1월부터 1992년 2월 사이에 음반 22장과 사설집 5권으로 출반/출판되었다. 정정렬제인 최승희의 〈춘향가〉(고수 김명환, 7LP, 5시간 37분 23초), 보성소리인 조상현의 〈심청가〉(고수 장종민, 5LP, 3시간 42분 37초), 동초제인 오정숙의 〈흥보가〉(고수 김동준, 4LP, 3시간 32분 20초), 유성준제인 정광수의 〈수궁가〉(고수 정철호, 3LP, 2시간 43분 28초), 송판인 송순섭의 〈적벽가〉(고수 김성권, 4LP, 2시간 56분 51초)를 담고 있다. 이 판소리 음반 전집 역시 창자의 소리와 고수의 북 장단이 조화를 이룬 명반이다. 귀명창들의 추임새를 반영하고, 다섯 바탕의 사설을 채록하여 상세히 주석하고, 오선보로 채보하여 판소리를 제대로 이해하는 데에 기여하였다.

‖ 김석배(금오공과대학교)

한창기 선생이 수집했던 조선시대 출판문화 관련 자료들

1. 서론

이 글은 한창기 선생이 수집했던 조선시대 출판문화(出版文化)와 관련된 자료 중에서, 경판본 고소설 『월왕전』의 책판(冊版), 언문반절표의 책판(冊版), 다양한 서목(書目)이 기재되어 있는 책가도(冊架圖), 책을 보관했던 책궤(冊櫃), 액 막이를 위한 부적(符籍) 책판을 검토하고, 이 자료들이 지닌 의미를 살펴보는 것에 목적을 둔다.[1]

한창기 선생은 『뿌리 깊은 나무』와 『샘이 깊은 물』, 『한국의 발견』 등의 간행을 통하여 1970~80년대 하나 둘 사라져가던 한국미(韓國美)를 발굴·복원하는데 주력하였고, 다양한 한글 전적과 민속자료를 수집하면서 선조들의 생활사 보존을 위해 노력하였다. 앞의 것은 그동안 여러 연구자들의 논의를 통하여 그 의미가 부여 되었지만[2] 그가 수집했던 조선시대 출판 관련 자료는 사후에야 비로소 정리되었기에 이 자료들의

---

1) 한창기 선생이 수집했던 자료 중에서 이 영역에 세책본 소설 『임화정연』을 포함시킬 수 있다. 그런데 이 책은 정명기에 의하여 따로 검토되었기 때문에 이 글에서는 제외하기로 한다.

2) 대표적인 예는 다음과 같다. 박암종, 「출판을 통해서 한국미를 구현한 고(故) 한창기」, 『비블리오필리』 8, 1997; 강운구와 쉰여덟 사람, 『특집! 한창기』, 창비, 2008.

가치와 성격 규명은 과제로 남아있다.

한창기 선생이 수집했으나 미공개로 남아있던 자료들은 최근 순천시립 뿌리 깊은 나무 박물관에서 간행된 두 권의 도록을 통하여 일부가 소개된 바 있다.[3] 이 책을 보면 선생은 마을의 수호신이었던 장승에서부터 일상 가구, 의복, 가사도구, 민화, 놀이도구였던 장기판의 장기알에 이르기까지 다양한 민속자료를 수집하였다. 전적(典籍)의 경우 『월인석보(月印釋譜)』와 『능엄경(楞嚴經)』과 같이 한글의 생성 원리와 시대적인 변천을 규명해 줄 수 있는 중요한 국어사 자료부터, 당시 서민들에게 위안과 재미를 주었던 107종 520여 책(동종 작품 포함)에 이르는 다양한 한글고소설을 수집했던 사실도 알 수 있다.

그런데 그가 수집했던 것 중에서 특히 주목되는 것은 조선시대 출판문화의 실상을 알려주는 다양한 자료이다. 그 대표적인 예가 앞서 언급했던 것처럼 경판본 고소설 『월왕전』의 책판, 언문반절표의 책판, 책가도, 책궤, 부적 책판 등이다.[4] 방각본 소설은 현재 경판본, 완판본, 안성판본 등의 다양한 형태로 남아있지만 정작 이를 찍어냈던 책판(冊版)은 거의 남아있지 않다.[5] 언문반절표는 한글을 쉽게 익히기 위한 학습도구로서 여러 종이 존재하지만[6] 책판의 존재 유무는 미상인 채로 남아있다. 책가도 역시 적지 않은 수량이 남아있으나 그림 속의 책들에 대한

---

3) 순천시립 뿌리깊은나무 박물관 편, 『뿌리깊은나무』, 순천시립 뿌리깊은나무 박물관, 2010; 순천시립 뿌리깊은나무 박물관 편, 『뿌리깊은나무 : 한글고소설 우리말이야기』, 순천시립 뿌리 깊은 나무 박물관, 2013. 이하 이 글에서는 '박물관'으로 약칭한다.

4) 이 자료들은 박물관의 박세연, 장여동 선생님을 통해서 존재를 알 수 있었고 검토할 수도 있었다. 지면을 통해서 두 분 선생님께 거듭 감사의 뜻을 전한다.

5) 완판본의 책판 일부는 이태영에 의하여 소개되었다. 한편 강원도 원주의 고판화 박물관에는 완판본 『유충렬전』의 책판 일부가 전시되고 있다. 이태영, 「새로 소개하는 완판본 한글 고전소설과 책판」, 『국어문학』 43, 국어문학회, 2007.

6) 홍윤표 소장본인 『언문반절표』, 『언문초보』 등은 디지털 한글박물관에 잘 소개되어 있고 볼 수도 있다.

정보 등은 알 수가 없다. 그리고 책궤는 소중한 책을 보관하던 일상 소품이었지만 현재 남아있는 수량이 대단히 적은 상황이며, 액막이를 위해 다양하게 만들어져 유통되었던 부적(符籍)에 대해서도 자세히 알 수가 없다.

이러한 점을 고려해본다면 한창기 선생이 수집했던 다양한 조선시대 출판문화 관련 자료는 이 분야의 실상을 구체적으로 보여준다는 점, 당대 생활사 복원과 독서 문화사의 한 측면을 규명해 볼 수 있다는 점에서 중요하다. 이 글에서는 이러한 측면에서 자료를 소개하고 논의해 보기로 한다.

2. 경판본 고소설『월왕전』의 책판[7]

현존하는 방각본 소설은 경판본, 완판본, 안성판본을 합쳐 대략 60여 종이 있다. 그러나 이 소설을 찍어냈던 책판에 대해서는 알려진 바가 거의 없다. 최근에 완판본『삼국지』,『유충렬전』의 책판 일부가 발굴되어 소개되었지만[8] 한 장 분량의 책판만 남아있기에 방각본 소설 책판의 형태와 특성 등을 고찰하기에는 미흡하다.

한창기 선생이 수집한 것은 경판본『월왕전』의 책판이다. 총 여섯 판이 남아있는데, 현재까지 알려진 경판본의 책판으로는 유일하게 전해지는 것이다. 책판의 크기는 가로 48.5cm, 세로 26cm, 두께는 3cm이다. 외형을 살펴보면 〈사진 1〉에서 볼 수 있듯이 앞뒤 소설 내용이 새겨진

7) 필자는『문헌과 해석』을 통하여『월왕전』의 책판을 이미 소개한 바 있다. 이 장은 이 글을 참조하면서 전체 내용을 새로 쓴 것임을 밝힌다. 유춘동,「경판본소설『월왕전』의 책판」,『문헌과 해석』54, 2011.

8) 이태영, 앞의 논문 참조.

〈사진 1〉 경판 『월왕전』의 책판

〈사진 2〉 책판에 새겨진 방각소

판목 본문과 손잡이(마구리)로 구성되어 있다. 그리고 본문에는 판심제, 상화문어미, 장수(張數) 표시가 새겨져 있다.

남아있는 여섯 판의 책판 중에서, 19장 책판 마지막 행에는 〈사진 2〉처럼 "由洞新刊"이라는 간기(刊記)가 새겨져 있다. 경판본은 마지막 장에 간행되었던 시기나 방각소를 알려주는 간기가 존재한다.[9] 이 책판에는 "油洞新刊"이라는 간기가 있어, 현재 을지로 부근에 있었던 것으로 추정되는 경판본 전문 방각소 유동(由洞)에서 책판이 제작되고 간행되었다는 사실을 알 수 있다.

현재 경판본 『월왕전』은 〈상20장〉, 〈중24장〉, 〈하19장〉의 〈3권3책〉으로 된 〈63장본〉이 남아있는데, 이 책은 선행했던 〈2권2책〉 형태의 〈64장본〉의 책판을 가져다가 적절히 분권하여 〈63장본〉으로 만든 것이다.[10] 남아있는 여섯 책판은 〈63장본〉과 대조해 보면 이 책판은 〈63장본〉의 〈하19장〉의 책판임을 알 수 있다.[11] 따라서 이 책판은 〈63장본〉의 〈하19장〉의

9) 이는 경판본뿐만 아니라 완판본, 안성판본에서도 볼 수 있다.

10) 이창헌, 위의 책, 429면.

11) 경판본 『월왕전』의 책판과 『월왕전』 인쇄본과의 대조는 유춘동, 위의 논문, 참조.

책판으로 확정할 수 있다.

이 책판을 보면 이 책판을 한창기 선생이 인수하기에 앞서 한남서림(翰南書林)이 소유하고 있었던 사실을 알 수 있다. 현재 〈63장본〉은 '白斗鏞/曺命天, 京城府仁寺洞百七十番地'라는 한남서림의 판권지가 부착되어 있다. 이 판권지를 보면 이 책판이 유동에서 처음 만들어져 판매를 위해 찍어내다가 한남서림에서 이 책판을 인수하여 대정(大正) 연간 초까지 계속 출간했던 정황이 포착된다.[12] 〈63장본〉은 대략 1860년경에 간행된 것으로 추정되는데, 이 책판을 통해서 1910년대까지 책판이 그대로 남아있었고, 계속해서 소설을 찍어냈다는 사실이 확인된다. 이 책판이 의미 있는 것은 경판본 책판의 내구성은 물론, 당시 경판본의 간행 부수 등을 가늠해 볼 수 있게 되었다.

아울러 이 책판을 통해서 얻을 수 있는 가장 큰 수확은 일반 서적의 책판과도 비교가 가능해 졌다는 점이다. 그동안 고소설을 찍어내던 책판은 남아있는 것이 거의 없어서, 책판의 외형적인 형태나 특성, 제작 방식 등에 대해서는 알 수가 없었다. 이 책판을 보면 형태적인 면에서 일반 책판과 큰 차이가 없음이 확인된다. 이것은 책판을 만드는 과정, 간행 방식에서 일정한 룰(Rule)이 존재했고 공유되었음을 보여준다. 그리고 책판의 기획 제작자나 각수(刻手) 등은 일반 서적을 제작하면서 고소설도 함께 만들었을 가능성을 보여준다.[13]

최근 관아(官衙), 서원(書院), 서당(書堂), 문중(門中) 등에 남아있는 책판을 토대로 책판의 제작자, 제작 과정과 같은 조선시대 출판 문화사를 복원하고 규명하려는 작업이 시도되고 있다.[14] 이 작업에 경판본 『월왕

12) 경판본 소설의 간행 업체였던 유동(油洞)과 한남서림(翰南書林)의 관계를 생각해 볼 수도 있다.

13) 고소설에 각수(刻手)의 이름이 새겨진 예는 완판본 『조웅전』을 들 수 있다.

14) 남권희 · 노경희 · 성봉현 · 손계영 · 송정숙 · 옥영정 · 김순석, 『목판의 행간에서 조선

전』 책판을 포함시켜 생각해본다면 이러한 일련의 작업에 큰 도움을 줄 수 있을 것으로 기대된다.

3. 언문반절표의 책판

언문반절표(諺文反切表)는 "반절표"라고도 불리는데, 한글의 자모음(字母音)을 단기간 내에 익히기 위한 한글 학습서의 하나이다. 이 자료는 한글 교육에 있어서 대단히 중요한 자료로 인식되고 있다.[15)]

그동안 확인된 언문반절표는 목판본으로 인쇄된 한 장 분량의 인쇄본이나 신활자로 찍어서 교과서에 삽입된 것이다. 대표적인 예를 들자면 목판본은 『객관최찬집(客官璀粲集)』(1719), 『화한창화집(和韓唱和集』(1719), 『일용작법(日用作法)』(1869), 『정축신간반절표(丁丑新刊反切表』(1877), 『기축신간반절표(己丑新刊反切表)』(1889), 1918년에 간행된 반절표, 지석영이 만든 반절표(1905), 완판본 『언삼국지(諺三國志)』에 수록된 반절표(1932), 이외에 필사본으로 여러 종이 있다.[16)]

언문반절표는 자료의 중요함에도 불구하고 연구가 거의 이루어지지 못했다. 특히 이 자료가 어떻게 간행되었으며, 이 자료를 찍어내던 책판의 존재 유무 등도 알려진 것이 없다. 이런 점을 생각해 본다면 한창기 선생이 수집했던 언문반절표는 이 분야 연구에서 대단히 중요한 자료이다. 그가 수집했던 언문반절표의 책판을 자세히 살펴보도록 한다.

책판의 크기는 가로 35cm, 세로 27cm, 두께 5cm이며, 책판의 외형은 〈사진 3〉처럼 내용이 새겨진 판목(板木) 부분과 손잡이(마구리)로 되

의 지식문화를 읽다』, 글항아리, 2014.

15) 홍윤표, 『한글이야기1 : 한글의 역사』, 태학사, 2013, 266면.

16) 홍윤표, 위의 책, 262~274면.

〈사진 3〉 언문반절표의 책판

어 있다. 그러나 책판의 손잡이(마구리)는 훼손되어 있다.

책판의 대부분은 한글의 자모음(字母音)으로, 중앙에 9자의 받침자와 16행의 음절표가 새겨져 있다. 가행 상단에는 “개”, 나행 상단에는 “나비”, 다행 상단에는 “닭”, 라행 상단에는 “나팔”, 마행 상단에는 “말”, 바행 상단에는 “배”, 사행 상단에는 “새”, 아행 상단에는 “아기”, 자행 상단에는 “자”, 차행 상단에는 “채”, 카행 상단에는 “칼”, 하행 상단에는 “해”를 그림으로 그려 넣어서 한글을 공부하는데 시각적인 도움을 주고 있다. 이외에도 이 책판에는 혼인궁합법(婚姻宮合法), 삼재출입법(三災出入法), 구구법(九九法), 육갑(六甲)처럼 일상생활에 필요한 정보도 함께 새겨 두었다.

이 책판이 간행된 시기는 정확히 알 수 없다. 그런데 오른쪽 하단을 보면 간기가 지워진 것을 볼 수 있다. 이와 유사한 형태이면서 간기가 존재하는 언문반절표는 정축신간반절표(丁丑新刊反切表, 1877)와 기축신간반절표(己丑新刊反切表, 1889) 두 종이 있다. 두 종을 대조해보면 서로 일치하지 않지만 형태나 수록 내용은 비슷하다. 이런 점을 생각해본다면 이 책판은 이와는 다른 언문반절표의 책판이면서, 간행 시기는 두 목판본이 간행되었던 무렵이었을 것으로 추정된다.[17)]

이 글을 작성하던 과정에 또 다른 언문반절표의 책판이 삼성출판박물관에 소장되어 있다는 사실을 알게 되었다.[18] 두 책판을 통해서 언문반절표의 제작 방식의 규명, 당대 실용서(實用書)의 제작 및 간행과 관련된 일련의 문제를 다시 생각해 볼 수 있다. 이처럼 조선시대 실용서로 분류되는 책들에 대한 연구는 전무한 상태이다. 이를 계기로 이 분야에 대한 자료 확인 등의 작업이 뒤따라야 할 것이다.

4. 책가도(冊架圖)와 책궤(冊櫃)

책가도(冊架圖)는 "책거리", "책병풍", "소병(素屛)", "책가도팔곡병(冊架圖八曲屛)" 등으로도 불리는데, 책만 그려 넣거나 책과 함께 도자기, 문방구, 향로 등을 그려놓은 우리나라의 대표적인 민화이다.

책가도는 18세기 후반 정조(正祖)의 명에 의하여 화원(畵院)에서 처음 제작된 뒤로, 이후 민간에서도 널리 유행했고,[19] 이 유행은 1950년대까

---

17) 이 외에도 대한국문반절표(大韓國文反切表, 1905), 대정(大正) 7년(1918)에 간행된 반절표 4종, 완판본 『언문삼국지』에 실린 언문반절표가 있다. 그러나 이 자료들과 이 글에서 소개한 언문반절표는 다른 것이다. 이런 정황을 본다면 이 책판은 두 책판이 만들어졌던 시기에 만들어졌을 것이다.

18) 삼성출판박물관에 소장된 책판은 도록과 인터넷 자료실을 통해서 확인할 수 있다. 삼성출판사 편, 『고판화 특별기획전』, 삼성출판사, 2004.
인터넷 자료는 http://www.ssmop.org 참조.

19) 책가도에 대한 내용은 다음과 같은 것들을 참조했다. 김진송, 「책거리로 본 민화의 정신세계」, 『미술세계』 42, 1988; 강관식, 『조선후기 궁중 책가도』, 국립중앙박물관, 2001; 박심은, 「조선시대 책가도의 기원」, 한국학중앙연구원 한국학대학원 석사학위논문, 2002; 이인숙, 「책가도・책거리의 제작층과 수용층」, 『실천민속학연구』 6, 2004; 정병모, 『무명화기의 반란, 민화』, 다할미디어, 2011; 박경희, 「책가도에 나타난 도자의 심미의식」, 『한국디자인포럼』 32, 2011; 김재원・김선미, 「조선시대 민화인 책가도를 현대화한 벽지디자인 연구」, 『한국디자인문화학회지』 20권 1호, 2014 등이다.

〈사진 4〉 한창기 선생의 책가도

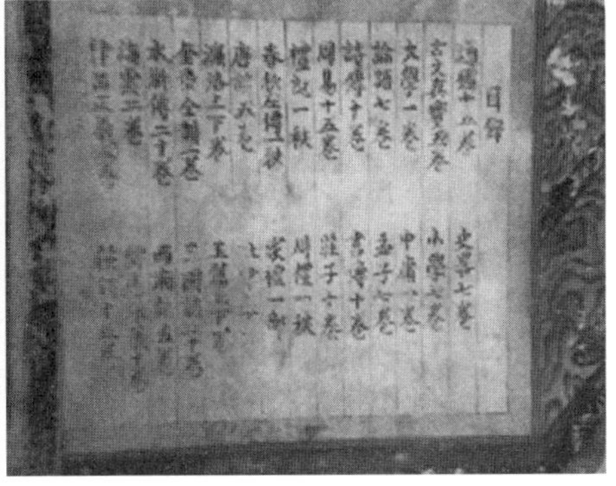

〈사진 5〉 책가도의 서목(書目)

지도 지속되었다고 한다.[20] 이러한 책가도는 크게 궁중에서 제작된 책가도와 민간에서 제작된 책가도로 나뉜다. 전자는 화원(畵員) 장한종(張漢宗), 이형록(李亨祿) 등이 그린 것처럼 서재의 느낌을 주면서 장서(藏書)의 장중한 분위기를 연출하여 선비들의 방안을 장식하는 용도로 쓰였고, 후자는 책만이 아니라 문방사우, 도자기, 일상생활 용품, 기물(器物) 등을 그려놓아 집안을 화려하게 꾸미려는 용도로 쓰였다.

한창기 선생이 수집했던 책가도는 모두 세 종이다. 이 중에서 주목할 것은 〈사진4〉의 책가도이다. 이 책가도는 흔히 볼 수 있는 여덟 폭짜리 병풍이지만, 일반 책가도와 달리 〈사진5〉처럼 28종 책들의 서목(書目)이 자세히 적혀있다. 일반적으로 알려진 책가도의 서목은 사서(四書)인 『논어(論語)』, 『맹자(孟子)』, 『중용(中庸)』, 『대학(大學)』 등으로, 이 책가도와 같이 많은 책들을 서목으로 제시하지 않았다.[21]

---

20) 일반 가정의 생일잔치나 축하연에서 책가도를 사용한 정황을 볼 수 있는데, 무라야마 지준(村山智順)이 찍은 당시의 사진에서 확인할 수 있다. 무라야마 지준, 최순애・요시무라미카, 『조선인의 생로병사 : 1920-1930년대』, 신아출판사, 2013, 39면.

21) 국내에 알려진 책가도의 확인은 박물관에서 간행한 도록을 이용했다. 계명대 박물관 편, 『민화』, 계명대박물관, 2004; 국립민속박물관 편, 『민속유물 이해Ⅱ : 민화와 장식

〈사진 6〉 사서(四書)를 보관했던 책궤

책가도에 기재된 서목을 옮겨보면 사서(四書) 이외에, 『통감(通鑑)』, 『사략(史略)』, 『고문진보(古文眞寶)』, 『소학(小學)』, 『시전(詩傳)』, 『서전(書傳)』, 『주역(周易)』, 『장자(莊子)』, 『예기(禮記)』, 『주례(周禮)』, 『춘추좌전(春秋左傳)』, 『가례(家禮)』, 『당시(唐詩)』, 『두시(杜詩)』, 『염락(濂洛)』, 『옥편(玉篇)』, 『규장전운(奎章全韻)』, 『삼국지(三國誌)』, 『수호전(水滸傳)』, 『서상기(西廂記)』, 『해운(海雲)』 등이다.

이 책가도 쓰여진 책들은 선비라면 늘 곁에 두고 읽어보아야 할 필독서(必讀書)이거나 과거시험을 위한 공구서(工具書)이다. 이 책가도를 통해서 당대 선비나 식자층들이 어떤 책들을 읽었는지를 시각적으로 확인할 수 있다.

특히 주목되는 것은 이 책가도에서 『삼국지』, 『수호전』, 『서상기』와 같은 중국소설이 들어있다는 점이다. 주지하다시피 이 중국소설들은 문헌기록을 통해서 18세기부터 국내에 유입되어 대단한 인기를 얻었고, 이로 인하여 많은 폐해가 지적되고 있다. 이 책가도는 이 책들의 인기를 시각적으로 보여주고 있다. 그리고 이 서목에는 서명(書名) 말고도 "三

병풍』, 국립민속박물관, 2005; 부산박물관 편, 『행복이 가득한 그림 민화』, 부산박물관, 2007; 서울역사박물관 편, 『옛그림을 만나다 : 조선의 회화』, 2009.

國誌 二十卷"처럼 책들의 규모와 체재를 적어놓았다. 이 기록을 통해서 당시 유통되던 책들의 책수와 같은 서지사항이 확인되고 있다. 따라서 이 책가도는 중국소설의 국내 수용 문제에 있어서도 대단히 중요한 자료이다.

한편, 박물관에는 책을 보관하던 책궤가 여러 종 존재한다. 〈사진 6〉의 책궤는 양반사대부들이라면 누구나 읽었던 사서(四書)가 집안에서 어떻게 관리되고 보관되었는지를 보여준다.

오동나무로 제작된 이 책궤는 앞에다가 "論語, 大學"처럼 서명을 써두어 다른 책과의 구분이 가능하게 해놓았고, 책을 언제든지 쉽게 꺼내볼 수 있도록 나무에 홈을 파 여닫지를 만들었다.

이 책궤는 조선시대 한 집안에서 책이 어떻게 관리되고 보관했는지, 그리고 책을 얼마나 소중하게 여겼는지를 보여준다는 점에서 의미가 있다.[22)]

5. 부적(符籍) 책판(冊版)

한창기 선생이 수집했던 자료 중에서 또 주목할 만한 것이 부적 책판이다. 자연에 모든 것을 순응해야만 했던 시절, 사람들이 미래를 예견하고 의존할 수 있었던 대상 중의 하나는 부적(符籍)이었다. 학술적인 측면에서 부적이 언제 만들어졌고, 어떻게 전승되어 내려왔는지를 살펴보는 것은 거의 불가능하다.[23)] 그러나 이 부적들이 오랜 세월 동안, 그리고 지금까지도 전승되고 있다는 점을 생각한다면 이 문제에 대한 학문적인

---

22) 삼성출판박물관에는 불서(佛書)를 보관하던 책궤가 존재한다. 불서도 이처럼 소중히 간직되어 온 정황을 엿볼 수 있다.

23) 김영자, 「한글 부적의 역사와 기능」, 고려대학교 국문과 대학원 박사학위 논문, 2007.

〈사진 7〉 삼두매 부적

검토가 요구된다.

최근 이러한 부적의 의미, 현존하는 한글 부적의 수량에 대해서 몇 편의 연구서가 제출되고 있지만[24] 이 부적을 대량으로 찍어냈던 책판의 존재에 대해서는 알려진 것이 거의 없다. 현재까지 알려진 한글 부적의 책판은 국학진흥원, 영남대 중앙박물관 소장본뿐이었는데, 순천에서도 이를 찍어내던 책판(冊版)의 존재가 확인되었다.

박물관에 소장되어 있는 부적 책판은 삼두매 부적이다. 삼두매 부적은 일명 삼두일족(三頭一足), 삼두일각조(三頭一脚鳥), 삼두일족응(三頭一足鷹) 등으로 불리는데, 이 새는 삼재(三災)를 막아주는 상상의 새, 삼재의 재앙을 피하기 위하여 만들어진 것이다. 무속(巫俗)에서는 사람은 누구나 9년마다 한 번 씩 삼재(三災)가 찾아온다고 한다. 이때의 액운을 막아줄 부적이 필요한 데 그 중에서도 효험이 있는 부적이 바로 "삼두매 부적"이라고 한다.

이처럼 매를 부적으로 만든 이유는 "매의 용맹성과 함께 매서운 부리와 발톱을 이용해서 재난을 가져다주는 잡귀를 낚아채라고 하는 기원이 담겨져 있으며, 머리가 세 개인 것은 세 가지 재난을 하나씩 맡아서 쫓아낼 수 있는 것"이라고 한다.[25]

삼두매 부적은 머리 셋이 달린 매를 그린 것이 보통이지만 삼두매 아

24) 노성환, 「일본 속의 한글 부적」, 『일본학』 22, 2003; 김종대, 「부적의 기능록 서설」, 『한국민속학』 2007.

25) 문화콘텐츠닷컴에서 제시한 삼두매 부적에 대한 설명을 가져왔다. www.culturecontents.com. 참조.

래 호랑이를 함께 그려 넣은 것도 있다. 박물관에 소장되어 있는 삼두매 부적 책판은 〈사진 7〉처럼 머리 셋이 달린 매만 그려져 있는 것이다.

우리나라의 부적은 다양하게 존재하고 민간신앙을 대표하는 유물로도 인식되고 있다. 그러나 앞서 언급했던 것처럼 이러한 부적의 의미나 책판의 존재에 대해서는 논의된 바가 거의 없었다.

박물관에 소장되어 있는 부적 책판을 통해서 일차적으로 삼두매 부적의 제작 과정을 규명해 볼 수 있고, 더 나아가 국내에서 삼두매 부적의 기원이나 역사를 가늠해 볼 수 있게 되었다.

6. 마무리와 과제

지금까지 한창기 선생이 수집했던 조선시대 출판문화와 관련된 자료 중에서, 연구적 가치가 높은 경판본 『월왕전』의 책판, 언문반절표의 책판, 다양한 서목이 기재되어 있는 책가도, 책궤, 부적 책판을 살펴보았다.

그동안 조선시대의 출판문화를 규명하는 작업은 주로 인쇄본만을 대상으로 논의가 이루어졌다. 이 문제를 구체적으로 해결하기 위해서는 인쇄본만이 아니라 다양한 관련 자료를 함께 검토할 필요가 있다. 이러한 논의를 통해서 조선시대 책의 탄생 과정, 책을 만들었던 사람들에 대한 보다 진전된 논의가 가능해 질 것이다. 한창기 선생은 아마도 이러한 문제의식을 갖고 이러한 자료들을 수집했던 것으로 보인다.

이 글은 조선시대 출판문화와 관련된 자료 몇 종을 소개하는 것에 그쳤다. 차후 좀 더 많은 관련 자료의 집적(集積)을 통해서 이 분야 연구를 위한 기초 토대를 마련해 볼 필요가 있다. 이러한 문제는 차후 과제로 넘긴다.

|| 유춘동(선문대학교)

제2부

순천시립뿌리깊은나무박물관 자료의 개별적인 성격

박효관이 하순일에게 준 생애 마지막 가집, 한창기본 『가곡원류』

1. 본고의 관심

본고의 목표는 한창기본 『가곡원류(歌曲源流)』를 학계에 소개하고 그 특성과 가치를 고찰하는데 있다. 한창기본 『가곡원류』는 한국브리태니커 회사를 경영했던 한창기(1936~1997) 선생이 우리 문화에 대한 남다른 애착을 가지고 수집했던 고서 가운데 하나로 그동안 학계에 소개되지 않았던 새로운 자료이다. 현재는 순천시립 뿌리깊은나무 박물관에 소장되어 있다.

주지하는 바 『가곡원류』는 박효관(朴孝寬, 1800~1880)과 안민영(安玟英, 1816~?)이 지속적인 재편집 과정을 거쳐 완성해 나간 가집이다. 그동안 총 18종의 이본이[1] 보고된 바 있다. 이제 한창기본이 학계에 소개됨으로써 우리는 총 19종의 『가곡원류』 이본을 보유하게 되었다.

본고에서 한창기본 『가곡원류』를 특별히 주목하는 이유는 단지 새로

1) 『가곡원류』(육당본), 『가곡원류』(불란서본), 『가곡원류』(동양문고본), 『가곡원류』(국악원본), 『가곡원류』(규장각본), 『해동악장』, 『가곡원류』(하합본), 『가곡원류』(연대본), 『화원악보』, 『가곡원류』(구황실본), 『가곡원류』(일석본), 『가곡원류』(가람본), 『협률대성』, 『가곡원류』(하순일 편집본), 『해동가보』(규장각본), 『여창가요록』(양승민본), 『여창가요록』(동양문고본), 『녀창가요록』(이혜구본)

발굴된 자료이기 때문만은 아니다. 무엇보다 그동안 분명하지 않았던 박효관의 사승 관계를 밝혀줄 결정적 단서를 담고 있기 때문이다. 오늘날 전승되는 가곡은 모두 하규일(河圭一, 1867~1937) 전창(傳唱)이다. 때문에 우리는 근대 초 가곡 연행의 흐름을 하규일 중심으로 이해한다. 박효관의 가곡의 법통이 곧바로 하규일로 이어진 것으로 알려져 있다. 또 박효관은 장우벽(張友璧)의 법통을 오동래(吳東萊)를 통해 이어받은 것으로 파악하고 있다. 문제는 현재 학계에서 두루 통용되고 있는 이러한 내용들이 아무런 근거도 없이 막연하게 추정된 결과라는 데 있다.

이러한 가곡사의 구도는 전승의 다양한 경로와 계기들을 단순화시킬 우려가 없지 않다. 박효관에게 직접 가곡을 배우고 19세기 말에서 20세기 초 가곡 연행의 중심에서 활동했던 하순일(河順一)의 존재가 묻혀 버린 이유이다. 최근에 신경숙은 1910년 하순일이 편집했던 『가곡원류』를 발굴하고 하순일은 박효관의 문생으로 1972년 『가곡원류』의 탄생을 지켜보았고 이후 스승의 원고본을 소장하면서 20시기 초까지 가곡계에서 활동한 인물로 파악했다.[2] 또 조선정악전습소의 가곡 전수 활동에 대한 조명을 통해 하규일보다 하순일이 근대 초 가곡 전승에서 보다 중요한 역할을 담당했다는 사실을 밝히며 기존의 가곡사의 구도에 대해 문제를 제기한 바 있다.[3]

이러한 상황에서 새롭게 발굴된 한창기본 『가곡원류』는 박효관 가곡의 법통을 계승한 인물은 하규일이 아니라 바로 하순일이라는 사실을 보여주는 결정적인 자료이다. 한창기본 『가곡원류』는 박효관이 세상을 뜨기 한 해 전인 1879년 문생 하순일을 위해 특별히 편집한 그의 생애

---

2) 신경숙, 「하순일 편집 『가곡원류』의 성립」, 『시조학논총』 26, 한국시조학회, 2007, 80~84면.

3) 신경숙, 「근대 초기 가곡 교습 : 초기 조선정악전습소를 중심으로」, 『민족문화연구』 47, 고려대학교 민족문화연구원, 2007.

마지막 가집이다. 여기에는 하순일이 박효관의 문하에서 가곡을 배우게 된 내력이 소상하게 기술되어 있다. 더불어 박효관은 젊은 시절부터 가곡을 배웠던 스승으로 김재성(金載成)이라는 인물을 처음으로 언급한다. 이제 우리는 한창기본 『가곡원류』를 통해 그 동안 막연하게 추정했던 19세기 말 20세기 초 가곡 전승의 맥락을 보다 분명하게 밝힐 수 있게 되었다.

2. 서지적 특성

한창기본 『가곡원류』는 필사본 1책 단권본이다. 책의 크기는 세로×가로 33×22cm로 총 80장(표지 포함)이다. 1면에서 8면까지는 여백이다. 9면에서 147면까지 서발문, 악론 등 각종 부가 정보와 시조 902수(남창 699수 여창 203수), 가사 1편이 수록되어 있다. 다시 148-156면까지 여백을 두었다. 가집 앞뒤로 여백을 둔 이유는 정확하게 파악되지 않는다.

표지는 편찬 당시의 것으로 추정되는데 왼쪽 상단에 가집의 제명이 보인다. 현재의 상태로는 "靑邱"라는 두 글자만 판독된다. 뒤에 이어지는 글자는 마모가 심해 전혀 판독할 수 없다.

그런데 이와 유사한 제명을 가지고 있는 『가곡원류』 이본이 있다. 바로 육당본, 하합본, 일석본이다. 육당본의 원래 제명은 "靑丘樂章"이다. 하합본은 겉표지와 내지에 모두 "靑邱永言"이라고 적혀 있으며 일석본의 원제명도 "靑邱永言"이다. 이들은 모두 『가곡원류』 초기본의 흔적이 남아 있는 가집들이다.

오늘날 우리는 박효관이 편찬한 가집을 "歌曲源流"라고 통칭한다. 그런데 이는 본디 있었던 제명이 아니다. 표지가 마모되거나 결락된 경우

표지

재필사 과정에서 권두에 수록된 악론(樂論)의 제목을 내제(內題)로 잘못 알고 표제(表題)로 취한 것이다. 이는 송나라 오증(吳曾)의 〈능개재만록(能改齋漫錄)〉에서 가져온 것이다. 초기본의 제명이 "靑邱"로 시작한다는 점에서 『가곡원류』의 원래 제명은 "靑邱永言" 혹은 "靑邱樂章"과 같은 이름이었을 것으로 추정된다. 이러한 사실로 미루어 추정컨대 한창기본 『가곡원류』의 원제명도 "靑邱永言" 혹은 "靑邱樂章" 가운데 하나였을 가능성이 높다.

오른쪽 상단에는 "男唱 附女唱"이라고 적혀 있다. 이는 이 가집을 편집하면서 그 중심이 남창 가곡에 있음을 분명히 하고자 한 것이다. 이에 대해서는 4장에서 상론하기로 한다.

관리 상태는 좋지 않다. 뒤표지가 심하게 훼손되었고 모서리의 마모가 심해 내용 판독이 어려운 부분도 적지 않다. 또 일부 결락된 부분도 있다. 89~92면의 경우 위쪽 모서리의 일부가 결락되어 해당 부분의 사설 판독이 어렵다. 종이 상태로 보아 한 차례 물에 젖은 적이 있었던 것으로 추정된다.

표기는 국한문혼용이다. 저지(楮紙)에 매우 단정하고 유려한 해서체로 면당 16행씩 필사하였다. 작품 시작 부분에 붉은색으로 "○"를 찍어 작품 사이를 구분하였다. 필체는 매우 고르고 단정하다. 전문 필사자의 글씨로 판단된다. 그런데 여기서 한 가지 흥미로운 사실이 포착된다. 한창기본의 필체가 1872년 완성한 국악원본과 초기본 계열인 동양문고본과 매우 흡사하다는 점이다.

이처럼 초기본과 완성본, 마지막으로 편집한 가집이 거의 동일한 필

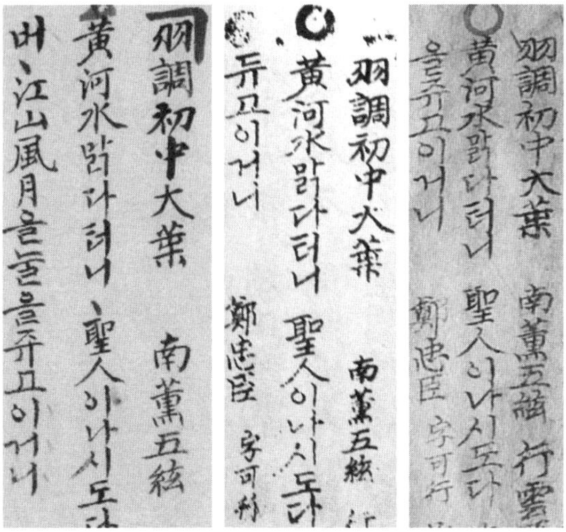

동양문고본 국악원본 한창기본

체라는 사실은 무엇을 말해주는가? 바로 『가곡원류』가 편집되는 수 년 동안 지속적으로 전문 필사자를 동원했음을 시사한다. 여기에는 흥선대원군(興宣大院君) 이하응(李昰應, 1820~1898)의 지속적인 관심과 경제적 후원이 있었음은 물론이다. 한창기본 『가곡원류』 편집 당시 박효관의 나이는 80세였다. 연로(年老)한 나이에 900수가 넘은 작품을 일일이 필사한다는 것도 현실적으로도 어려웠을 것이다.

한창기 선생이 이 가집을 어떠한 경로를 통해 수집했는지에 대해서는 현재 알져진 바가 없다. 서발문, 남창, 여창, 가사 시작 부분에 봉함 문양과 함께 "李淳永章"이라는 인장이 찍혀 있다. "李淳永"이 누구인지는 알 수 없다. 인주의 상태나 여러 정황으로 미루어 한창기 선생 이전에 이 가집을 소장했던 사람으로 추정된다.

3. 한창기본 『가곡원류』의 편집과 하순일

박효관이 한창기본 『가곡원류』를 편집한 데는 특별한 이유가 있었다. 그 경위는 박효관의 발문에 자세하게 나와 있다. 이 발문은 남창이 끝나는 부분과 여창이 시작되는 사이에 배치되어 있는데 그동안 전혀 알려지지 않았던 새로운 자료이다. 한창기본 『가곡원류』를 편집하면서 박효관이 직접 작성하여 첨부한 것이다.

> 내가 20세 무렵부터 성정이 음률을 좋아하여 김재성 어르신에게 노래를 배웠다. 널리 묻고 두루 알아서, 옛날 제가들의 유전하는 드높은 조격을 모으고 모름지기 그 공교함에 통달하고 그 기미를 터득하는데 힘써 일가를 이룬지 육십여 년이 되었다. 시속(時俗)의 난잡함을 만나서 정음이 전해지지 않게 되었다. 마침 하순일군이 품성이 고결하고 성벽이 아가(雅歌)를 혹독히 좋아하여 나를 따라 배우기를 원하였다. 내가 그 가상한 뜻에 탄복해서 오묘한 곡을 입으로 전해주고 거듭 신구가보 수백결을 모아서 손놀림이 둔해지고 눈이 어두워지는 것을 생각하지 않고 써서 한 책을 완성하여 하군이 가장(家藏)할 수 있게 주었다. 때는 기묘 즉 광서 오년(1879) 우리 성상 즉위 16년 겨울 십일월이다. 나의 성은 박씨요 이름은 효관이며 자는 경화, 호는 운애이니 올해 나이는 팔십이다.[4]

발문의 핵심 내용은 박효관이 자신의 가곡 인생을 회고하면서 문생

---

4) “余自弱年, 性好音律, 學歌於先輩金公載成字明秀丈, 而博問廣知, 集古昔諸家流傳之高等調格, 須用力做工通得其微, 自成一家, 于兹六十有餘年矣. 偶値時俗之雜亂, 正音無傳焉. 迺有河君順一, 稟性高潔, 僻好雅歌, 願從余究學. 余慨其志之嘉尙, 乃口授妙曲, 仍輯數百闋新舊歌譜, 不計手鈍目昏, 書成一冊, 贈以爲河君之家藏焉. 維歲己卯卽光緖五年, 我聖上卽祚十六年, 冬十一月, 余姓朴名孝寬 字景華, 號雲崖, 方年八十.”

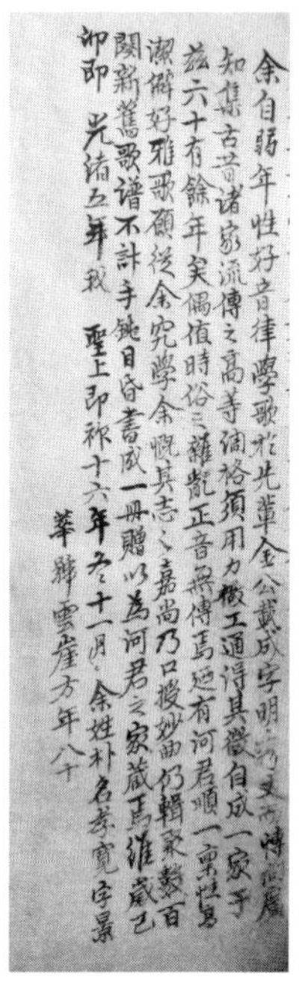
余自弱年性好音律學歌於先輩金公載成字明[illegible]
知其古昔諸家流傳之高等調格須用力做工通得其微自成一家于
茲六十有餘年矣偶値時俗之雜亂正音無傳焉適有河君順一秉性專
潔備好雅歌願從余究學余慨其志之嘉尚乃口授妙曲仍輯[illegible]數百
闋新舊歌譜不計手鈍目昏書成一冊贈以爲河君之家藏焉維歲己
卯卽光緖五年我 聖上卽祚十六年冬十一月 余姓朴名孝寬字景
華號雲崖方年八十

박효관 발문

하순일을 위해 한창기본 『가곡원류』를 엮은 내력을 밝히는 것이다. 먼저 하순일의 품성이 고결하고 성벽이 아정한 노래를 좋아하여 자신을 따라 배우기를 원하였다고 하며 그를 문생으로 받아들이게 된 내력을 밝히고 있다. 이들이 언제 문생 관계를 맺었는지는 알 수 없다. 다만 박효관이 가곡을 처음 배운 자신의 젊은 날을 돌아보면서 이 발문을 썼다는 점에서 대략 하순일의 나이 20세 무렵이 아닐까 짐작된다.

이어 하순일에게 가곡을 직접 가르친 정황이 구체적으로 드러난다. 자신이 직접 노래를 불러가며 오묘한 곡조들을 전수했고, 신구 가보에서 수백 수의 사설을 모아 한 책으로 엮어 하순일이 집에 두고 수시로 볼 수 있게 하였다고 했다. 문생 하순일에 대한 박효관의 각별한 관심이 읽히는 대목이다.

이 자료를 통해 한창기본 『가곡원류』는 1879년 박효관이 직접 편집해서 문생 하순일에게 가장(家藏)할 수 있도록 건네준 가집임이 드러났다. 1879년은 박효관의 나이 80세 되던 해이다. 그는 이듬해 세상을 뜨는데 한창기본 『가곡원류』는 그의 생애 마지막으로 편집한 가집인 셈이다.

그렇다면 하순일은 누구인가? 하규일의 종형으로 하중곤(河仲鯤)[5]과 함께 19세기 말의 유명한 가객이다. 하중곤과 하순일은 부자 사이로 무시로 운현궁을 드나들었던 대령가인(待令歌人)이었다.[6] 하중곤은 승평

5) 하중곤의 이름 표기는 '河仲鯤', '河俊鯤', '河俊權', '河駿鯤', '河俊鴻' 등 다양하다. 모두 동일 인물임을 밝혀 둔다.

6) 신경숙, 「안민영 예인 집단의 좌상객 연구」, 『한국시가연구』 제10집, 한국시가학회, 2001, 240면.

계(昇平契)에도 참여한 인물이다.[7] 하순일의 경우 승평계의 명단에 이름이 보이지 않지만 박효관가단에서 활동했던 것이 확실하다. 또 1909년부터 최초의 민간음악기관인 조양구락부 음악 교사로 활동하며 가곡을 가르쳤다.[8] 1910년 『가곡원류』(국악원본)을 모본으로 남창 한바탕 대표곡 24곡을 편집해서 조양구락부의 남창 가곡 교본으로 활용하기도 하였다.[9] 이처럼 하순일은 박효관과 매우 밀접한 관계를 맺으며 근대 초까지 활발하게 활동했던 전문 가객이다.

여기서 언급한 신구 가보가 구체적으로 어떤 가집인지는 알 수 없으나 박효관이 지속적으로 편집했던 『가곡원류』의 여러 이본들로 판단된다. 박효관의 문생으로 널리 알려진 인물은 안민영뿐이다. 그런데 위의 발문을 통해 하순일이 안민영 못지않게 박효관에게는 매우 중요한 가곡 문생이었다는 사실이 드러났다. 이에 대해서는 아래 5장에서 상론하기로 한다.

4. 남창 중심의 편집 태도

이상에서 우리는 한창기본 『가곡원류』가 문생 하순일을 위해 특별히 편집한 가집이라는 사실을 확인하였다. 박효관은 단순히 기존 가집을 그대로 재필사해서 준 것이 아니다. 하순일이 전문 가창자라는 사실을 염두에 두고 고심을 거듭하며 가집의 완성도를 높였던 것이다. 우리는

---

7) 이동복, 「박효관의 생애와 업적에 관한 연구」, 『국악원논문집』 제14집, 국립국악원, 2002, 145면; 김석배, 「승평계 연구」, 『문학과 언어』 제25집, 문학과 언어학회, 2003, 259~269면.

8) 신경숙, 「근대 초기 가곡 교습 : 초기 조선정악전습소를 중심으로」, 『민족문화연구』 47, 고려대학교 민족문화연구원, 2007, 217~219면.

9) 신경숙, 「하순일 편집 『가곡원류』의 성립」, 『시조학논총』 26, 한국시조학회, 2007.

앞에서 살펴본 박효관 발문을 통해 그 흔적을 엿볼 수 있다. 이제 한창기본 『가곡원류』의 편집 특성에 대한 고찰을 통해 보다 구체적인 양상을 확인해 보기로 한다.

우선 한창기본 『가곡원류』의 편제를 살펴보기로 한다. 편제는 다음과 같다.

① 歌曲源流, 論曲之音, 海東歌謠錄, 金得臣 序, 夫唱歌之法, 朴孝寬 跋文, 海外絶域~, 五音統論, 昔陰康之時~, 古之秦靑~, 詩大序~, 調格, 歌之風度形容十五條目, 長鼓長短, 梅花點長短, 聲彙
② 남창 31곡, 박효관 발문 1, 안민영 발문, 박효관 발문 2
③ 여창 20곡
④ 漁父詞

한창기본 『가곡원류』의 편제는 기본적으로 『가곡원류』계 이본들과 크게 다르지 않다. ①은 가집의 서두부이다. 『가곡원류』 이본 가운데 서두부에 가장 많은 정보를 담고 있다.

「歌曲源流」, 「論曲之音」은 『가곡원류』 계열 가집에 두루 실려 있는 악론(樂論)이다. 「海東歌謠錄」에는 「金壽長序」와 「洪于海序」가 연이어 수록되어 있는데 「金壽長序」 대해서는 별도의 표시가 없다. 「海東歌謠錄」은 『가곡원류』(하합본), 『화원악보』, 『靑丘詠言』(가람본)에도 수록되어 있다. 「金得臣序」는 『가곡원류』계열 가집 중에는 『화원악보』에 수록되어 있고 『靑丘詠言』(가람본)에도 보인다. 「夫唱歌之法~」 역시 『靑丘詠言』(가람본)에 수록된 것이다. 「朴孝寬 跋文」은 두 부분으로 나누어 수록했는데 각각의 끝에 "朴孝寬說"라고 적혀 있다. 『가곡원류』(국악원본), 『가곡원류』(규장각본), 『가곡원류』(가람본), 『가곡원류』(일석본), 『화원악보』, 『가곡원류』(하순일 편집본)에 수록되어 있다. 「海外絶

域~」은 『靑丘詠言』(가람본)과 『가곡원류』(하합본)에만 등장한다. 「五音統論」, 「昔陰康之時~」, 「古之秦靑~」, 「詩大序~」은 『靑丘詠言』(가람본)과 『가곡원류』(하합본), 『화원악보』에 보인다. 이외는 다른 이본에도 실려 있는 음악 관련 정보들이다.

④는 歌詞를 수록한 부분이다. 여창에 이어서 곧바로 필사되어 있다. 십이가사 가운데 〈漁父詞〉 1편만 수록하였다. 이와 유사한 양상이 『가곡원류』(국악원본), 『가곡원류』(규장각본), 『가곡원류』(하순일 편집본), 『여창가요록』(양승민본)에서 포착된다.

②와 ③은 가집의 핵심 부분인 가곡 한바탕이다. 악곡 구성과 악곡별 작품수를 제시하면 다음과 같다.

羽調	初中大葉	1~3(3수)
	長大葉	4(1수)
	三中大葉	5~6(2수)
界面調	初中大葉	7(1수)
	二中大葉	8(1수)
	三中大葉	9(1수)
	後庭花	10(1수)
	後臺	11(1수)
羽調	初數大葉	12~24(13수)
	二數大葉	25~63(39수)
	中擧	64~79(16수)
	平擧	80~103(24수)
	頭擧	104~126(23수)
	三數大葉	127~147(21수)
	搔聳伊	148~160(13수)
栗糖數大葉		161~164(4수)

界面調	初數大葉	165~167(3수)
	二數大葉	168~269(102수)
	中擧	270~328(59수)
	平擧	329~397(69수)
	頭擧	398~470(73수)
界面	三數大葉	471~495(25수)
	蔓橫	496~520(25수)
	弄歌	521~580(60수)
	界樂	581~611(31수)
	羽樂	612~628(17수)
	旕樂	629~657(29수)
	編樂	658~664(7수)
	編數大葉	665~685(21수)
	旕編	686~698(13수)
臺數大葉		699(1수)
女唱秩		
羽調	中大葉	700(1수)
界面調	中大葉	701(1수)
	後庭花	702(1수)
	臺數葉	703(1수)
	將進酒	704(1수)
	臺數大葉	705(1수)
羽調	二數大葉	706~719(14수)
	中擧	720~730(11수)
	平擧	731~739(9수)
	頭擧	740~752(13수)

	平擧追錄	753~754(2수)
栗糖數大葉		755~756(2수)
界面調 二數大葉		757~775(19수)
	中擧	776~798(23수)
	平擧	799~822(24수)
	頭擧	823~835(13수)
	弄歌	836~851(16수)
	羽樂	852~868(17수)
	界樂	869~882(14수)
	編數大葉	883~902(20수)

남창 31곡, 여창 20곡으로 한바탕을 구성하였다. 한바탕의 악곡 구성과 배열은 여타 『가곡원류』 이본들과 크게 다르지 않다. 여창 시작 부분에는 "女唱 秩"이라고 별도의 표시를 하였다. 남창 699수, 여창 203수, 도합 902수를 수록하였다. 이는 『가곡원류』 이본 가운데 최다이다. 한창기본 『가곡원류』 등장 이전에 가장 많은 작품을 수록했던 이본은 『해동악장』이었다. 874수(남창 658수, 여창 216수)를 수록하였다. 한창기본 『가곡원류』의 작품수는 『해동악장』보다 28수가 더 많다. 사설은 빠짐없이 모두 띄어쓰기로 가곡의 5장을 구분하였다. 연음표는 붙이지 않았다. 기명 작자는 265수에 131인이 등장한다. 특히 『가곡원류』 다른 이본에 비해 정철(鄭澈, 1536~1593), 이황(李滉, 1501~1570), 신흠(申欽, 1566~1628), 효종(孝宗) 등 유명 작가의 작품이 많이 실렸다.

그런데 여기서 우리가 특히 눈여겨 볼 대목이 있다. 바로 남창 가곡 한바탕이 끝나는 부분이다. 여기에는 한바탕을 마무리하며 부르는 대가(臺歌)와 발문 3편이 배치되어 있다. 오늘날 '태평가'라고 부르는 "이리ᄒᆞ여도"를 '臺數大葉'이라는 이름으로 남창 한바탕 끝에 두었다. 통상 '태평가'는 '歌畢奏臺'라고 하여 남창과 여창이 끝난 뒤에 병창으로 부른다. 때문에 대부분의 『가곡원류』 계열 가집에는 '歌畢奏臺'가 여창 한바탕 끝에 위치한다. 남창 한바탕 뒤에 배치한 예는 남창만으로 편집된 『가곡원류』(하순일 편집본) 이외에는 찾을 수 없다.

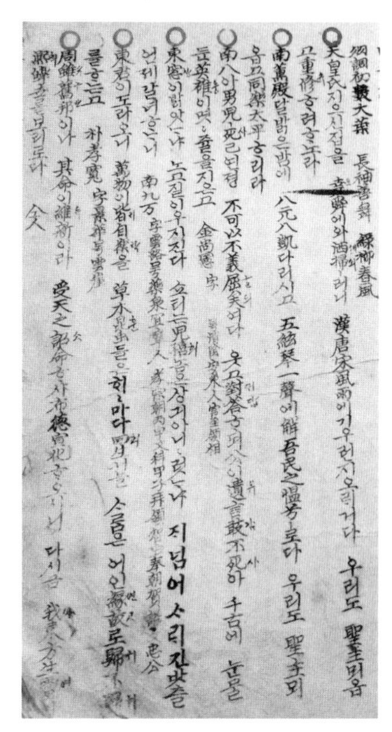

남창 초삭대엽

「박효관 발문 1」은 1876년 작성한 것으로 『금옥총부』(1880)에도 수록되어 있다. 곧이어 수록된 「안민영 발문」은 『금옥총부』에 붙인 안민영 자서인데 『해동악장』(1876)에도 수록되어 있다. 『승평곡』(1873)에도 일부가 같은 발문이 실려 있다. 한창기본 『가곡원류』에 수록된 것은 간기가 1878년으로 바뀌어 있다. 「박효관 발문 2」는 앞에서 확인한 바와 같이 한창기본 『가곡원류』의 편찬 경위를 밝힌 것이다.

이처럼 대가와 발문을 남창 한바탕 끝에 배치한 이유가 무엇일까? 바로 한창기본 『가곡원류』가 남창 위주로 편집된 가집임을 시사한다. 우리는 앞에서 한창기본 『가곡원류』가 그의 문생 하순일을 위해 특별히 편집한 가집이라는 사실을 확인하였다. 따라서 박효관이 하순일의 특성에 맞게 남창 위주로 가집을 편집했음은 물론이다. 남창이 끝나는 부분에 한바탕을 마무리하는 대가와 함께 특별히 자신과 최측근인 안민영의 발문을 배치했던 이유가 바로 여기에 있다. 1876년에 안민영에게 주려고 작성했던 발문과 함께 편찬 경위를 밝히는 발문을 다시 써서 함께 수록했던 것이다. 그리고 같은 문생으로 하순일과 가까웠을 안민영 역시 자신이 작성했던 글을 일부 손보고 간기를 바꾸어 박효관 발문의 앞에 수록함으로써 하순일에 대한 각별한 관심을 표했던 것이다. 요컨대 남창과 여창을 같이 수록하되 대가와 발문을 남창 뒤에 배치함으로써 이 가집의 중심은 바로 남창에 있다는 사실을 분명히 보여주려 했던 것이다. 이 점은 표지의 오른쪽 상단에 적혀있는 "男唱 附女唱"이라는 기록을 통해서도 거듭 확인된다.

이상에서 우리는 한창기본 『가곡원류』는 한바탕의 악곡 구성과 배열이 여타 이본들과 크게 다르지 않으면서도 남창을 중심으로 편집되었다는 사실을 확인하였다. 그렇다면 남창 중심으로 편집했는데도 여창 한 바탕을 덧붙인 이유는 무엇일까? 박효관은 『가곡원류』를 편집하는 과정에서 여창 사설에 대한 다양한 창곡 실험을 시도한 바 있다. 여창 사설의 고정된 레퍼토리 이외에 남창 사설에서 여창에 적합한 사설을 대거 추가하고 또 자신의 주변 인물들의 작품 가운데서도 적합한 사설을 여창에 포함시켜 다양한 창곡적 실험을 거친 후 1853년 단독 여창 가집인 『여창가요록』(양승민본)을 간행한 바 있다. 또 1870년 이를 재편집하여 『여창가요록』(동양문고본)을 편찬하였고 이들이 『가곡원류』 여창 사설의 밑바탕이 되었다.[10] 이후 박효관은 『가곡원류』의 지속적인 편집 과정에서 여창 사설에 대한 관심의 끊을 놓지 않았음은 물론이다. 한창기본 『가곡원류』에도 이러한 고심의 흔적이 곳곳에서 묻어난다.

위의 여창 한바탕 목록을 보면 두거가 끝난 뒤 "平擧追錄"이라는 항목이 눈에 띈다. 여기에는 "님을 밋을 것가"(#753), "님이 혜오시믜"(#754) 두 수가 추록되어 있다. 여백이 아니고 다른 사설과 나란히 필사되어 있는 것으로 보아 이들은 필사 과정에서 누락되었던 것이 아니다. 박효관이 참조했던 신구 가보의 해당 악곡에 빠져 있던 것을 의도적으로 추록한 것으로 짐작된다.

---

10) 권순회, 「단독여창 가집의 형성 과정」, 『우리어문연구』 47, 우리어문학회, 2013.

이들은 다른 가집에서는 대부분 여창 계면 평거 사설로 불리던 작품들이다. 『가곡원류』(규장각본)에만 우조 평거에 수록되어 있다. 뿐만 아니라 한창기본 『가곡원류』에도 계면 평거에 #805, #806으로 나란히 수록되어 있다. 아울러 사설 밑에 "亦羽有"라고 첨록(添錄)하여 우조로도 불리는 사실을 밝혔다. 계면 평거로 널리 불리던 사설이 우조 평거 사설로도 적합하다고 판단하고 이와 같이 편집했던 것이다.

한편 "눈으로"(#738)는 안민영의 〈매화사〉 네 번째 수로 남창 우조 평거로 불린 작품이다. 그런데 이 가집에서는 작자 표기를 하지 않았을 뿐만 아니라 여창 우조 평거에 수록되어 있다. 이와 같은 현상은 한창기본 『가곡원류』와 『가곡원류』(하합본)에서만 포착된다.

이처럼 남창 중심으로 편집하되 여창 사설에 대해서도 꼼꼼한 비평을 거쳐 함께 수록했던 것은 당대에 연창되는 가곡에 대한 박효관 자신의 모든 관심을 문생 하순일에게 고스란히 전달하려고 했던 의도로 파악된다. 이 가집이 박효관이 세상을 뜨기 한 해 전 생애 마지막으로 편집되었다는 점에서도 더욱더 그러하다.

이러한 고심의 흔적은 물론 남창 사설에서도 곳곳에 드러난다. 남창 계면 이삭대엽에 수록된 #251[11]의 경우 『가곡원류』(국악원본) 등 여러 가집에 종장을 "어듸셔 모로는 벗님네는 學少年을 혼다늬"라고 적고 그 아래에 "一作 모르는 분네는 少年을 學혼다 ᄒᆞ더라"는 내용을 첨록해 놓았다. 그런데 한창기본 『가곡원류』의 경우 "一作"으로 첨록된 내용을 종장으로 확정해서 수록하였다. "一作"으로 첨록된 사설은 『지음』, 『가곡원류』(불란서본), 『가곡원류』(육당본), 『가곡원류』(동양문고본) 등 주로 초기본 계열에서 발견된다. 이 두 가지 사설의 미묘한 차이 가운데 첨

---

11) "雲淡風輕近午天에 小車에 술을 싯고 / 訪花 隨柳ᄒᆞ여 前川을 지나가니 / 어듸셔 모르는 분네는 少年을 學혼다 ᄒᆞ더라."

록된 내용이 좀 더 가창에 적합하다고 판단하고 이와 같이 확정했던 것이다.

남창 계면 평거에 수록된 호석균(扈錫均)의 작품 "細柳淸風"(#394) 아래에는 "平頭中擧漏落故追錄"이라고 첨록되어 있다. 국악원본, 연대본, 구황실본 등 9종의 『가곡원류』 이본에 수록되어 있는데 동양문고본, 불란서본, 육당본 등 초기본 계열에는 모두 빠져 있다. 아마도 박효관에게 익숙한 작품인데 참조 했던 가보에 모두 누락된 것을 확인하고 이와 같이 추록했던 것으로 추측된다. "술 먹지 마자하고"(#397)에도 "此亦漏落故追錄"이라고 수록 경위를 밝혀 놓았는데 이 작품은 『가곡원류』 계열 가집 가운데는 『화원악보』에만 수록되어 있는 것으로 보아 널리 불리던 작품은 아니다. 박효관에게는 익숙했던 작품이기에 추록했던 것으로 판단된다. "雲臺上"(#395)은 계면 평거에 수록했으면서 사설 끝에 "中擧"라고 악곡을 첨록하였다. 이는 이 사설이 당시에 중거로도 널리 불렸던 정황을 이와 같이 표시한 것이다. 이 작품은 『가곡원류』(국악원본)에 남창 계면 중거 사설로 올라 있다. "久在山 鬱淑氣因ᄒᆞ니"(326)는 한창기본 『가곡원류』에만 수록된 신출작이다. 박효관이 대원군의 꿈과 관련하여 지은 작품인데 계면 중거와 롱가에 동시에 수록되어 있다.

한편 #900-902에 수록된 정철의 작품 "新院 院主 되야" 3수는 『가곡원류』 이본에는 전혀 등장하지 않던 작품이다. 더욱이 여창으로 불린 사례도 전혀 찾을 수 없다. 주로 남창 이삭대엽으로 불렸는데 여창 편삭대엽 사설로 수록한 이유를 알 수 없다. 여타 『가곡원류』 이본들에 비해 한창기본에는 정철 시조가 유독 많이 수록되었다. 『가곡원류』(국악원본)에는 정철 작품이 이삭대엽에 단 2수만 수록되었다. 그런데 한창기본 『가곡원류』에는 14수나 수록되었다. 아마도 정철에 대한 편자의 특별한 관심으로 가집 끝에 이와 같이 덧붙여 놓은 것이 아닌가 짐작된다.

이상의 사실들은 모두 박효관이 문생 하순일에게 가집을 건네기 위해 창곡과 사설에 대해 얼마나 많은 고심을 거듭했는지를 여실히 보여준다. 발문에서도 밝힌 바와 같이 그는 손놀림이 둔해지고 눈이 어두워지는 상황에서도 혼신을 다해 하순일에게 줄 가집을 편집했다. 박효관은 자신의 이러한 고민의 흔적까지도 고스란히 가집에 남겨 하순일에게 전달하려 했던 것이다.

5. 박효관 가곡의 전승 계보

이제 다시 박효관 발문으로 돌아가 보기로 한다. 앞에 인용한 박효관의 발문에서 특별히 관심을 환기하는 대목이 있다. 바로 첫 문장이다. 20세 무렵부터 음률을 좋아하여 김재성(金載成)이라는 사람에게서 노래를 배워 일가를 이루었다는 사실을 분명하게 밝히고 있다. 박효관은 19세기를 대표하는 가객이지만 생애나 사승 관계에 대해서는 알려진 것이 많지 않다. 특히 생애 초반에 대해서는 알려진 사실이 거의 없다.[12] 이러한 상황에서 박효관이 직접 그의 젊의 시절의 가악 활동을 증언하고 있는 것이다.

그동안 학계에서는 박효관의 사승 관계에 대해 장우벽(張友璧)의 법통을 오동래(吳東萊)를 통해 이어받은 것으로 파악하고, 다음과 같이 가창의 전승 계보를 제시했다.[13]

---

12) 신경숙, 「동양문고본 가곡원류 해제」, 고려대학교 해외한국학자료센터(http://kostma.korea. ac.kr/riks/)

13) 장사훈, 「가곡계의 거장 河圭一」, 김진향 편, 『善歌河圭一先生略傳』, 민속원, 1993, 119면; 장사훈, 「박효관」, 『한국민족문화대백과사전』 9, 한국정신문화연구원, 1991, 121면.

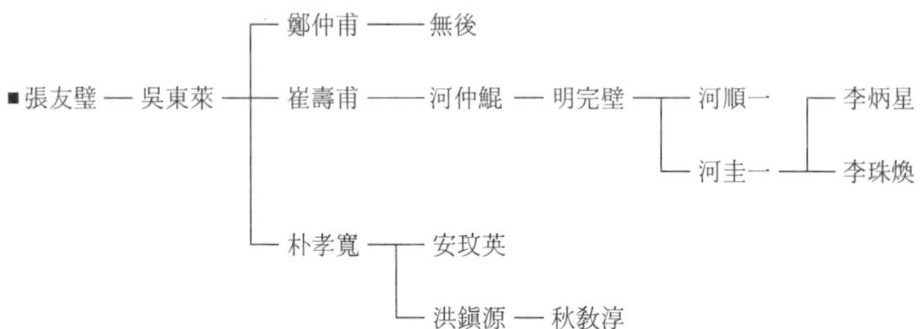

이 계보도는 19세기 후반 가곡을 주도하던 세 인물로 정중보, 최수보, 박효관을 상정하고 있다. 이 가운데 정중보는 후계가 없어 전승이 끊겼고, 최수보의 가곡은 하중곤, 명완벽을 통해 하순일, 하규일로 전해져 최근까지 이어지고 있는 것으로 제시되어 있다. 또 박효관의 가곡은 안민영, 홍진원-추교순으로 이어지고 더 이상 전승되지 않는 것으로 파악했다.

하지만 이렇게 계보를 작성한 근거가 무엇인지는 불분명하다. 그렇다면 이 계보는 무엇에 근거해서 작성된 것인가? 바로 20세기 초 안확(安廓, 1886~1946)의 기억에 의해 작성된 다음 계보도에 근거한 것으로 판단된다.[14)]

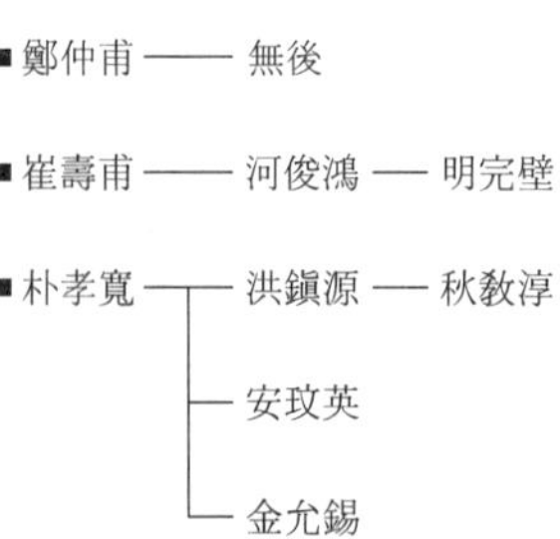

14) 안확, 「歌聖 張竹軒 逝去 120年」, 『조선』 145권, 1929. 11, 장사훈 편저, 『여명의 국악계』, 세종음악출판사, 1988, 24~35면 재수록; 多田正知, 「青丘永言と歌曲源流」, 小田先生頌壽記念會編, 『小田先生頌壽記念朝鮮論集』, 大阪屋號書店, 1934, 585면.

안확은 위와 같이 19세기 후반 정중보, 최수보, 박효관 세 계열로 나누고 후계가 없어 전승이 끊긴 정중보를 제외하고 최수보, 박효관의 전승 맥락이 당시까지 이어지는 것으로 파악했는데 하순일과 하규일의 이름은 보이지 않는다. 최수보의 가곡은 하중곤을 거쳐 명완벽으로 이어지고, 박효관의 문생으로 홍진원, 안민영과 함께 김윤석이 제시되었다. 앞에 제시한 오늘날 통용되는 가곡 계보도는 바로 이 자료를 근간으로 근대 초의 상황을 덧붙여 작성한 것이다.

그런데 여기서 흥미로운 사실이 하나 포착된다. 20세기 초 가곡 전승에 대한 또 다른 기억이 존재한다는 사실이다. 바로 이병기(李秉岐, 1891~1968)가 작성한 가곡의 전승 계보도이다.[15]

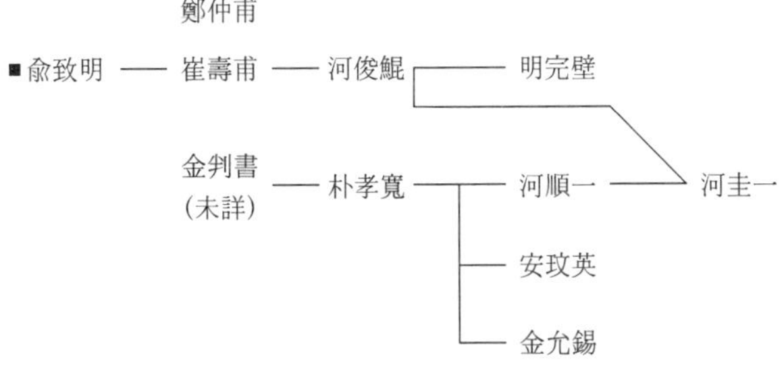

이 자료는 우리가 앞서 살펴본 가곡의 전승 계보와 상당히 다른 양상을 보여준다. "崔壽甫-河俊鯤-明完璧"으로 이어지는 흐름은 안확의 기억과 크게 다르지 않다. 그런데 박효관의 사승 관계는 상당히 다르다. 먼저 "金判書"가 박효관의 스승으로 언급되고 있다. 19세기 후반 가곡을 주도한 인물로 정중보, 최수보와 함께 김판서가 등장하고 박효관은 하중곤과 함께 다음 세대에 활동한 인물로 제시되어 있다. 이병기가 이

15) 多田正知, 앞의 논문, 586면.

와 같이 파악한 근거가 무엇인지는 확실하지 않다. 그런데 하규일의 다음 증언은 이 표의 신빙성을 더해준다.

> 朴孝寬. 大院君 幕下에서 鄭春風, 安玟英 等과 함께 놀든 歌客이다. 少時에 通洞 金判書(?)의 사랑을 받어 一時 成川에 귀향 갔다가 다시 戶曹의 요직에 오른 일도 있다. 歌曲源流 跋文에 門生 安玟英 等으로 더불어 가곡을 증보하였다고 한다. 오늘날 券番歌詞의 系統이 대개 이 박씨에게서 전해 오는 것이 많다고 한다.(樂士 河圭一氏談)[16]

여기서 거듭 언급되고 있는 通洞 金判書는 누구인가? 이병기는 미상(未詳)이라고 하였고 하규일도 구체적으로 어떤 인물인지는 모른다고 의문 부호를 달았다. 그런데 통동에 살았던 김판서는 바로 박효관이 발문에서 언급한 그의 가곡 스승 김재성이다. "少時에 通洞 金判書의 사랑을 받었다"고 하는 하규일의 기억은 "20세 무렵부터 성정이 음률을 좋아하여 김재성 어르신에게 노래를 배웠다"고 하는 한창기본 『가곡원류』 발문의 내용과 정확하게 일치한다.

김재성에 대해서는 字가 明秀이고 통동에 살았다는 것 이외에 아직까지 파악된 정보가 없다. 그가 살았던 통동은 지금의 통인동(通仁洞) 지역으로 박효관의 운애산방(雲崖山房)과 가깝다. 현재까지 파악된 고시조 작가나 가객 목록에서도 전혀 찾을 수 없다. 판서라고 했는데 실제 벼슬 여부는 알 수 없다. 신분도 사대부인지 중인인지 분명하지 않다. 다만 박효관이 선배라고 한 것으로 보아 당시의 유명한 선가자(善歌者)로 판단된다. 그렇지만 이제 우리는 박효관의 가곡 전승 맥락을 재구성할 수 있는 실마리를 찾았다는 점에서 이 자료의 가치는 매우 크다고 할 수

---

16) 김태준, 「조선고대음악가열전」, 『중앙』 2권 6호, 소화 9년 6월호, 조선중앙일보사, 1934, 6; 장사훈, 「여명기 양악계」, 『한국악기도감』, 세광음악출판사, 1991, 53~54면.

있다.

이와 함께 위의 전승 계보에서 주목해야 할 부분이 있다. 바로 박효관의 가곡이 하순일을 통해 하규일로 이어지고 있다고 파악한 것이다. 오늘날 전승되는 가곡은 모두 하규일 전창이다. 근대 가곡을 이야기할 때는 의례히 하규일이 박효관으로부터 배웠고 가곡의 전통을 이은 것으로 이야기 된다.[17] 하지만 그에 대한 구체적인 근거나 정황은 제시되지 않은 실정이다. 아무런 근거도 없이 근대 초 가곡사를 하규일 중심으로 너무 단선적으로 파악하고 있다.

이러한 상황에서 이병기가 파악한 계보는 박효관에서 하규일로 넘어가는 가곡 전승 경로와 하순일에 대한 재검토의 필요성을 환기한다. 우리는 이병기의 또 다른 증언을 통해 그 필요성을 거듭 확인할 수 있다. 바로 함화진(咸和鎭, 1884~1948)이 편찬한 『증보 가곡원류』의 서문이다.

> 지금 이 冊의 寫本, 혹은 謄寫本으로 몇部가 各處에 있는데 故河奎一氏所藏은 朴孝寬의 門生인 河順一所藏으로 그 原稿本을 전하는 것이라 한다.
>
> 이번 刊行하는 增補 歌曲源流는 조선音律에 권위인 咸和鎭氏가 李王職雅樂部樂師長으로 있을 때 故河圭一氏所藏을 抄出하고 여러햇동안 갓갓으로 該當한 歌辭를 모아 正誤增補하여 錦上添花가 된 것이다."[18]

『가곡원류』(국악원본)은 본래 하규일이 소장했던 것으로 그의 사후 이주환(李珠煥, 1909~1972)의 손을 거쳐 국립국악원에 기증된 것으로 널리 알려져 있다. 그런데 이병기는 하규일이 소장한 가집은 애초에 하순일

17) 함화진, 「唯一한 古歌의 權威 河圭一翁의 長逝」, 『朝光』 3권 7호, 조선일보 출판부, 1937. 7. 284면.

18) 이병기, 「서문」, 함화진 편, 『증보가곡원류』, 鐘路印文社, 1943.

이 소장했던 것이라는 사실을 밝히고 있다. 그러면서 하순일은 박효관의 문생이라고 적시 하였다. 이는 기존에 우리가 알고 있던 것과 다른 내용이다. 이병기의 증언을 종합하면 『가곡원류』(국악원본)은 애초에 하순일이 스승 박효관에게 직접 물려받아 소장하고 있다가 하규일에게 전했고, 함화진은 이를 바탕으로 『증보 가곡원류』를 편찬했던 것이다.

이처럼 박효관 가곡의 전승 계보에서 가장 핵심에 위치한 인물이 바로 하순일이다. 『가곡원류』의 가곡 전통은 하규일에게 직접 전승된 것이 아니다. 하순일은 박효관에게 직접 노래를 배운 문생이지만 하규일은 그렇지 않다. 하규일이 박효관에게 가곡을 배웠다는 구체적인 증거는 전혀 없다. 또 박효관이 작고하는 1880년 하규일의 나이는 13세에 불과했다. 따라서 이러한 가곡 전승의 맥락에서 하순일의 역할에 대한 파악이 매우 중요한다. 최근에 신경숙은 하순일이 1910년 『가곡원류』(국악원본)을 모본으로 조선정악전습소의 남창 가곡 교본으로 편집한 『가곡원류』를 발굴하였다.[19] 또 조선정악전습소 초기 활동에 대한 연구를 통해 우리가 알고 있었던 것과 달리 하순일이 근대 초 가곡 전승에서 매우 중요한 역할을 담당했고 하규일은 이를 잇고 발전시키는 역할을 했다는 사실도 밝혔다.[20]

하지만 19세기 후반 하순일의 가악 활동과 박효관과의 관계 대해서는 여전히 알려진 바가 거의 없다. 그가 부친 하중곤과 더불어 운현궁 대령가인이었고 박효관이 주도한 가단 활동에서 중요한 역할을 했을 것이라는 정황이 포착되지만 박효관과의 관계를 밝혀줄 결정적 자료는 없었다.

이러한 상황에서 출현한 한창기본 『가곡원류』는 박효관과 하순일 사

---

19) 신경숙, 「하순일 편집 『가곡원류』의 성립」, 『민족문화연구』 47, 고려대학교 민족문화연구원, 2007.

20) 신경숙, 「근대 초기 가곡 교습 : 초기 조선정악전습소를 중심으로」, 『민족문화연구』 47, 고려대학교 민족문화연구원, 2007.

이의 관계를 보여주는 결정적인 자료이다. 이미 살핀 바와 같이 박효관은 서문에서 하순일과 문생 관계를 맺게 된 내력을 소상히 기술했다. 또 하순일의 인품과 노래에 대한 열정을 높이 사고 그에게 가집을 편집해준 내력을 밝혔다. 또 악곡과 사설의 관계를 세밀하게 따져 하순일에게 줄 가집을 편집했다. 이를 통해 그동안 막연하게 추정했던 하순일이 박효관에게 가곡을 배웠다는 추정이 분명한 사실로 드러났다. 이제 우리는 '김재성-박효관-하순일-하규일'로 이어지는 19세기 후반 근대 초 가곡 전승의 구도를 새롭게 조망할 수 있게 되었다.

하순일은 박효관에게 안민영 못지않은 각별한 문생이었다. 발문에 표현된 각별한 관심 이외에도 세상을 뜨기 한 해 전 혼신을 다해 생애 마지막 가집을 편집하고 이를 하순일에게 전해주었다는 사실은 박효관이 자신의 노래를 이어갈 적자로 하순일을 염두에 두었다는 반증이다. 그동안 박효관이 자신의 문생이라고 직접적으로 언급한 인물은 안민영뿐이었다. 그런데 안민영은 1816년생으로 박효관과는 16세 차이가 난다. 한창기본 편찬 당시 이미 60대 후반으로 박효관의 적통을 계승하기에는 너무 연로한 상황이었다. 안민영은 박효관과 흥선대원군 사이를 연결해주었고 『가곡원류』 편찬에 관여하였다. 또 개인 시조집 『금옥총부(金玉叢部)』를 남겼다. 여기에는 안민영이 창작한 시조 181수가 수록되어 있다. 하지만 그는 실제 가창에는 능하지 않았던 것으로[21] 알려져 있다. 이러한 상황에서 박효관 가곡의 가창의 적통은 바로 하순일로 이어졌던 것이다. 박효관이 세상을 뜨기 한 해 전에 특별히 그를 위해 가집을 편집해준 것이나 완성본이라 할 수 있는 『가곡원류』(국악원본)을 그에게 물려주었던 것은 그의 가곡 유산을 상속받은 적자는 바로 하순일이라는

---

21) "安玟英은 近世人이니 字荊甫오 籍廣州라 善飮酒落拓不羈ᄒᆞ고 口不能歌唱ᄒᆞ며 亦不解音律이로ᄃᆡ 能作歌詞ᄒᆞ야 度之管絃之拍이면 皆合節調ᄒᆞ니 盖妙解天職也러라", 장지연, 『逸士遺事』, 匯東書館, 1922, 68면.

사실에 다름 아니다.

6. 맺음말

이상에서 한창기본 『가곡원류』의 서지적 특성과 편찬 경위, 편집 특성과 박효관에서 하순일로 이어지는 가곡 전승의 맥락을 새롭게 파악하였다. 이제 우리는 한창기본 『가곡원류』를 통해 『가곡원류』의 편집 과정과 가곡 전승의 맥락을 보다 입체적으로 조망할 수 있게 되었다.

무엇보다 한창기본 『가곡원류』는 1879년 박효관이 직접 편집해서 문생 하순일에게 가장(家藏)할 수 있도록 건네준 그의 생애 마지막 가집이라는 사실이 주목된다. 그러한 이유로 한창기본 『가곡원류』는 남창 중심으로 편집되었다. 『가곡원류』의 다른 이본과 같이 남창 31곡, 여창 20곡으로 한바탕을 구성하였음에도 불구하고 한바탕을 마무리하는 대가를 남창 끝부분에 배치하였다. 편찬 경위를 밝힌 박효관 발문이 남창 한바탕 뒤에 배치된 이유도 바로 여기에 있다. 표지에도 "男唱 附女唱"이라고 적어 이러한 편집 의도를 분명히 밝혔다.

이를 통해 그동안 막연하게 추정했던 박효관의 사승 관계가 분명하게 파악되었다. 그는 20세 무렵 김재성(金載成)이라는 사람에게 가곡을 배워 일가를 이루었다고 밝히고 있다. 한창기본 『가곡원류』를 통해 그동안 장우벽, 오동래 등으로 추정했던 박효관의 스승이 처음으로 분명하게 드러났다. 또 하순일과 문생 관계를 맺게 된 내력을 소상하게 기술했다. 하순일의 인품과 노래에 대한 열정을 높이 사고 그에게 가집을 편집해준 내력을 밝혔다. 이를 통해 우리는 '김재성-박효관-하순일-하규일'로 이어지는 19세기 후반에서 근대 초 가곡 전승의 구도가 보다 분명하게 드러났다.

한편 한창기본 『가곡원류』는 남창 699수, 여창 203수, 도합 902수를 수록하고 있는데 이는 『가곡원류』 이본 19종 가운데 최다이다. 또 『가곡원류』(하합본)과 『화원학보』와 매우 유사한 편집 패턴을 보인다. 이에 다른 이본과의 비교 검토를 통해 한창기본 『가곡원류』의 위상을 파악하는 일이 긴요하다. 본고에서는 이 문제에 대해서는 논의하지 못했다. 후고를 기약한다.

|| 권순회(한국교원대학교)

한창기본 필사본 〈별춘향전〉에 대하여

1. 머리말

한창기 선생은 우리 문화에 관심을 갖고, 다양한 사업을 추진해왔다. 그 가운데 국문학도의 입장에서 필자에게 가장 중요한 사업의 하나를 꼽으라면 판소리 감상회를 통하여 여러 명창들에게 판소리를 부를 수 있는 기회를 제공하고, 이들의 소리를 녹음하여 판소리 전집으로 간행함으로써 판소리 연구에 기여한 일을 들겠다. 그리고 오늘 발표와 관련하여 고소설 수집도 중요한 사업 가운데 하나라고 할 수 있겠다.

주지하듯이 한창기 선생의 수집본에는 일찍이 나손에 의해 소개된 완판 29장본 〈별춘향전〉이 있다.[1] 이 작품은 그 동안 학계에서 〈춘향전〉의 모델본 역할을 하던 완판 84장본 〈춘향전〉의 가치를 재고하게 할 만큼 중요한 논의의 장을 마련했던 기억이 있다. 그런데 필자는 오늘 한창기 선생이 수집한 고소설 가운데 그 동안 학계에 소개되지 않았던 또다른 필사본 〈별춘향전〉이[2] 있다는 사실을 알았고, 오늘 이 자리를 빌어 그 작품에 대하여 소개하려고 한다.

---

1) 김동욱, 「別春香傳에 대하여」, 『증보춘향전연구』, 연세대학교 출판부, 1976, 437-442면.

2) 앞으로 한창기본 필사본 〈별춘향전〉을 한창기본으로 약칭한다.

2. 〈춘향전〉의 이본

〈춘향전〉의 이본은 매우 많다. 그처럼 수많은 이본이 존재한다고 해서 그 내용의 편차가 심한 것은 아니다. 말하자면 이도령과 춘향의 사랑의 성취과정을 큰 줄거리로 하고 있다는 점에서 그 내용이 대동소이한 것으로 볼 수 있다. 다만 이본군에 따라서 단락의 세부적인 내용에서는 상당한 차이를 보이고 있어서 그 동안 학계에서는 이를 중심으로 이본의 계열을 분류하여 왔다.

지금까지 〈춘향전〉의 이본을 분류할 때 대체로 경판 계열과 완판 계열, 또는 기생 계열과 비기생 계열, 불망기 계열과 비불망기 계열로 나누어 논의가 진행되었다. 물론 이런 분류는 명칭에 차이를 보이고 있지만 대체로 경판 계열과 완판 계열로 분류하여도 무리가 없는 것으로 보인다. 그런데 이런 이분법 외에 필자는 판소리 사설본 계열이라는 분류를 하나 더 추가하고 싶다. 그 동안의 논의에서 판소리 사설이 중심이 된 〈춘향가〉의 경우에 완판 〈춘향전〉과의 내용상의 친연성 때문에 완판 계열로 분류되기도 했다. 그러나 판소리 사설본 계열의 〈춘향가〉는 완판 계열과 단락의 세부적인 내용 면에서 상당한 차이를 보이고 있으므로 이를 별도의 계열로 분류하는 것이 더 낫다고 생각한다.

한편 〈춘향전〉의 이본 가운데는 〈별춘향전〉이란 제목이 붙은 이본의 숫자도 상당수에 이른다. 그렇다고 해서 〈별춘향전〉이란 제목이 붙은 이본들의 줄거리가 '별'이라는 제목처럼 기존 〈춘향전〉의 줄거리와는 전혀 다른 내용으로 이루어진 것이 아니다. 그리고 〈별춘향전〉이란 제목이 붙은 작품들의 내용이 모두 공통적인 것도 아니다. 말하자면 이들 이본들 사이에는 단락에 따라 세부적인 내용의 차이가 있는 경우도 있으나 그것을 〈별춘향전〉 계열이라는 별도의 이본 계열로 분류할 수 있을 정도의 독립성을 갖춘 단락들을 포함하고 있는 것은 아니다. 그러므로 〈별춘향전〉이란 제목이 붙은 작품들도 〈춘향전〉의 이본에 포함시켜 그 계열을 분류하는 것이 더 타당할 것으로 생각된다. 오늘 소개할 한창기본에 대한 논의도 이런 시각에서 이루어질 것임을 미리 밝힌다.

3. 한창기본의 서지

한창기본은 모두 75장으로 이루어져 있다. 그 가운데 앞뒤 표지 2장과 앞부분의 속지 2장을 제외하면 실제 내용은 71장이다. 그런데 뒷표지 안쪽에서 작품이 끝나기 때문에 실제로 본문의 분량은 71장 반이다. 한 면은 대체로 12줄에서 13줄이고, 1줄은 17자~24자 정도로 불규칙하며, 낙자가 많다. 글씨체도 여러 가지로 나타나고 있어서 여러 사람이 필사에 참여한 것으로 보인다.

이 작품은 표지에 한자로 〈別春香傳〉이라 쓰여 있다. 그 외에 표지에는 글자가 더 쓰여 있는데, 판독이 가능한 글자는 "경술정월" 정도이다. 표지 안쪽 면에는 "승징 별춘힝젼이라"가 두 번 종으로 쓰여 있다. 그 다음 면에는 한자로 "新增別春香傳"이라고 종으로 두 번 쓰여 있고, 다음 줄에 "(冊)讀別春香傳"이라 종으로 쓰여 있고, 별도 종이에 "전남 보성군 벌교 한씨네서 1983년 9월 11일"이라는 메모지가 붙어 있다. 이로 미루어볼 때 이 작품은 한창기 선생이 1983년 9월 11일에 벌교의 한씨네에서 구입한 것으로 보인다. 다음 장에는 "答朴兄0"라는 한문 편지로 보이는 글이 한 장에 걸쳐서 쓰여 있다.

다음 장, 곧 네 번째 장에서 〈춘향전〉의 본문이 시작되는데, 첫장 앞면에 "슨진별춘힝젼이라"라는 제목을 쓰고 이어서 "졀딕가인 싱길젹의"로 본문이 시작된다. 그리고 표지 포함 52장째, 실제 본문으로는 48장의 뒷면에 "승징별춘힝가권지ᄒᆞ라"라고 쓰여 있어서 상하권으로 구성된 것으로 보인다.[3] 여기에서 제목 〈별춘향전〉 앞에 쓰인 '슨진' 또는 '승징'은 한자로 표기된 '新增別春香傳'에서 '新增'의 한글 표기의 오기(誤記) 또는 이기(異記)로 보인다. 그리고 뒷표지 안쪽에 "이 착 본진은 나간 사람 착이오믹 잠간 갓다 등ᄒᆞ엿노라 이 착 시작은 경술 정월 신오일이라 칙 셜화나 보지 글씨 흉괴횡칙하니 눌너 김작하여 보시소셔 슷지그난 경슐 정월 망일 망월 슷지노라 경슐연"이라고 쓰여 있다. 여기서 "경슐 정월 망일"이란 필사 간지가 나오는 것으로 보아 1910년 1월 15일에 필사된 것으로 추정된다. 그러니까 이 책은 낙안사람이 가지고 있던 책을 모본으로 삼아 베낀 것으로 추정된다.

여기서 문제는 '슨진별춘힝젼,' '승징별춘힝가'라는 제목이다. 이를 이 책에 한자로 표기된 〈新增別春香傳〉이란 제목의 오기(誤記) 또는 이기(異記)로 볼 때, '신증'을 어떻게 보아야 하느냐이다. '신증'이란 말은, 조선 후기에 필사된 고소설이나 방각본 소설 가운데는 등장하지 않는 용어이므로, 구활자본 시대에 등장한 단어로 보인다.[4] 그렇다면 이 작품은 구활자본을 모본으로 삼아 필사했을 가능성이 있다. 그러나 필자가 설성경의 자료와[5] 우쾌제의 자료를[6] 검토해보았으나 현재까지 〈춘향전〉의 이본 가운데 〈신증별춘향전〉이나 〈신정별춘향전〉이란 제목의 구활자본은 발견되지 않는다. 그 밖에 구활자본 〈춘향전〉의 이본 가운데 다른 제목으로 된 작품들의 내용도 검토해보았으나 이 작품의 내용과 같은 작품은 아직까지 발견된 것이 없다. 그러므로 현재까지는 이 작품이 어떤 작품을 모본으로 했는지 미상이다.

---

3) 작품을 시작하는 곳에는 '권지상'이나 '상'이라는 글자가 없다.

4) 토론 과정에서 '신정(新訂)'의 '오기' 또는 '이기'가 아니겠느냐는 견해도 있었다. 그렇게 볼 수도 있는데, 신정이란 단어 역시 구활자본 시대에 등장한 단어이다.

5) 설성경, 『춘향예술사 자료 총서』 전8권, 국학자료원, 1998.

6) 우쾌제, 『구활자본 고소설전집』 전33권, 은하출판사, 1984. 동서문화원이 총판을 맡았다.

4. 한창기본의 내용상의 특징

한창기본의 내용은 기존에 소개된 〈춘향전〉의 줄거리와 크게 다르지 않다. 곧 단락의 진행 순서나 내용 등에서 기존에 알려진 〈춘향전〉의 내용을 전반적으로 유지하고 있다. 다만 일부 단락의 세부적인 내용 면에서 다른 이본에는 발견되지 않는, 몇 가지 특이한 내용들이 발견된다. 그러므로 여기서는 한창기본의 내용상의 특징적인 면을 몇 개의 단락의 세부적인 내용을 중심으로 소개하기로 한다. 먼저 여러 단락들 가운데 내용상 다른 이본들과 좀 다르거나 비교될 만한 내용을 가진 단락의 해당 대목을 인용하여 소개하고, 그 내용의 특징을 설명하는 방식으로 논의를 진행하려고 한다. 소개 순서는 서두, 춘향의 하옥 장면, 황능묘 꿈, 이도령의 공부, 과거시험, 이도령의 꿈, 신관의 생일잔치, 상봉 장면, 사후 처리 등의 순서로 한다.

4.1. 서두

> 절ᄃᆡ가인 ᄉᆡᆼ길 젹의 강산졍기 타고난다 약야계연 저나사은 월셔시 자ᄉᆡᆼ이로다 금강슈 ᄋᆡ미봉 탕문ᄐᆡ으 ᄐᆡ주로다 아동국 여이염치 기ᄌᆞ ᄉᆡᆼ인 유풍이라 창업ᄒᆞ신 ᄐᆡ조ᄃᆡ왕 공덕이 놉푸도다 무학졍쇠 멈우로 ᄒᆞᆫ양의 셩도ᄒᆞ이 삼각산이 쥬산이요 관약산이 안ᄃᆡ로서 동젹강이 유구되고 인항산이 쳬계시로서 용산포 논들폰은 만장슈로 드레잇고 열셩조ᄃᆡ며 ᄃᆡ은갸덕힝진에 서신이여즁요슌 안이신가 셩ᄌᆞ선손 쎄난셔업 계계ᄒᆞ하여 신이 쳔지무궁ᄒᆞ리로다(이어서 명승지 구경하는 형식으로 평양의 연광정에서 시작하여 몇 곳을 소개한 후 남원을 자세히 소개한 후에 춘향을 소개하고 있다.)[7] …… 잇ᄊᆡ난 어느ᄊᆡ0 놀기 조흔 삼춘이라 송종ᄃᆡ왕

---

7) 1장. 앞으로 해당 자료는 이처럼 숫자와 장을 표기하여 인용하기로 한다. 뒷면에서 평양을 소개하는 장면에서 "ᄃᆡ동강 모란봉은 월서시 종출ᄒᆞ고"라고 해서 앞에서 서시가 등장하는데, 여기서 다시 서시가 등장하고 있다. 그리고 춘향이 등장하는 대목은 "김작

> 직위초의 시화영풍ᄒᆞ고 국티민안ᄒᆞᆫ미 츙신이 만조졍이요 화자열여가가 지라 젼ᄒᆞ 셩덕 인자ᄒᆞ신사 ᄇᆡᆨ셩 보긔을 자식갓치 ᄒᆞ시고 벼살시긔을 임무로 숭샹ᄒᆞ야 삼천동 사난 이ᄒᆞᆯ님 남원부사 제슈ᄒᆞ엿신이[8)]

한창기본에서 가장 특징적인 부분은 서두이다. “졀ᄃᆡ가인 ᄉᆡᆼ길젹의 강산졍기 타고난다”로 시작하는 서두는 신재효의 남창 〈춘향가〉에 등장한[9)] 이래 몇몇 명창들의 〈춘향가〉 서두에 등장한다. 예를 들어 정광수, 백성환 명창의 〈춘향가〉 서두가 이와 같고, 김소희와 박동진의 〈춘향가〉 서두도 이와 유사하지만 일부 변형되어 있다.[10)] 그러나 위의 인용문에서 보듯이 한창기본의 서두는 그 내용이 중국의 미인인 서시와 기자 조선을 거쳐 조선의 개국과 우리 강산의 아름다움을 노래하고 있어서 지금까지 소개된 어떤 이본의 서두와도 공통점이 많지 않다. 그리고 그 내용도 매우 장황하다. 또 많은 이본에서 볼 수 있는, 예를 들어 경판본 〈춘향전〉과 완판본 〈춘향전〉에 공통적으로 들어있는 서두, 곧 ‘숙종대왕 즉위 초에’로 시작하는 서두 대목도 등장하고 있는데, 그 이하의 부분에서 서술되는 내용은 경판본보다는 완판본의 내용과 일부 비슷한 점이 있다. 곧 경판본은 “화셜 아국 슉종죠 시절의 젼나도 남원부ᄉᆞ 이등사또 자제 니도령이(경판 35장본)”라고 하여 숙종을 언급하면서 바로 이도령을 소개하는 내용이 나오므로 시대적 배경에 대한 설명이 간단하다. 이에 비해 완판은 “슉종ᄃᆡ왕 직위초의 셩덕이 너부시사 셩자셩손은

건ᄃᆡ 창가로다 동원돌이 편시춘은 열ᄆᆡ화용 그티ᄒᆞ고 소여 춘양 ᄉᆡᆼ장ᄒᆞ니 경국절식 너로구나”와 같다.

8) 2장.

9) 김진영 · 김현주 · 김희찬(편저), 『춘향전전집』 1, 박이정, 1997, 11면.

10) 김소희본은 “영웅열사와 절대가인이 삼겨날제 강산정기를 타고 나는디”라고 했고, 박동진본은 “절대가인과 영웅호걸이 생겨날제 강산정기를 타고 나시는디”라고 해서 약간 추가되어 있다.

계계승승ᄒᆞ사……츙신은 만조ᄒᆞ고 회자 열여 가가지라(완판 84장본)"라고 하여 시대적 배경에 대한 설명이 장황하다. 그리고 충신과 효자에 대한 설명은 한창기본과 유사함을 보인다.

4.2. 춘향의 하옥 장면

> ᄃᆡ상ᄃᆡ하 귀경ᄒᆞ난 사ᄅᆞᆷ더리 슈군슈군 들인 말리 집장사령놈 눈 이키엿다가 사문밧겨 나오거든 급살쥬리 져려ᄒᆞᆫ ᄆᆡ질이 원잇시리 칙칼ᄒᆞ옥ᄒᆞ되 철못주어 질러 인봉ᄒᆞᆫ 후의 천방지방 써ᄂᆡ치리 츈양 혼불부건ᄒᆞ여 호련 긔절ᄒᆞ난지라 잇ᄃᆡ 부중 할량드리 모와난ᄃᆡ 무슉이 평슉이 원춘이 츈원이 사지을 쥬무리고 청심환 가락 드리민다 각긔 약을 ᄂᆡ여 져처로 썰저 창황분쥬요란홀졔 춘힝이 거우 진정ᄒᆞ야 눈 들려 사면을 둘너본이[11)]

위의 인용문에서 보듯이 한창기본에서 이 대목은 한량이란 이름으로 왈자들이 등장하여 청심환을 갈아 먹이자 춘향이 깨어나는 내용이다. 춘향의 하옥 장면에서 왈자들이 등장하여 기절한 춘향을 살려내는 과정을 포함하고 있는 대표적인 이본은 〈남원고사〉이다. 〈남원고사〉에서 왈자들이 등장하여 기절한 춘향을 옥으로 옮기는 과정에 일어나는 일들을 묘사하는 대목은 위의 인용문보다 훨씬 장황하다.[12)] 그런데 위의 인용문처럼 짤막하게 한량이 등장하여 춘향을 하옥하는 장면은 완판 29장본 〈별춘향전〉에도 나타난다.[13)] 그러므로 이 두 이본 가운데 한창기본의

---

11) 41-42장.

12) 남원고사에는 왈자들이 12명 등장하여 선소리를 비롯하여 각종 노래와 놀이 등을 하면서 춘향을 위로한다.

13) "등의 업피여셔 긔식ᄒᆞ야 나올 적의 잇ᄯᅢ 남원 ᄒᆞᆫ냥 거슉이 무슉이 평슉이 진슉이 여슉이 부슉이 ᄎᆞ문쥬가 ᄒᆞ올 적의 잇ᄯᅢ 츈향이 즁장ᄒᆞ고 나오물 보고 깜작 놀내 달녀들어 츈향 손 덥벅 잡고 업다 이 ᄋᆡ 원 일이냐 졍신ᄎᆞ려 진졍ᄒᆞ라 동변을 들려라 쇼합환

이 대목은 완판 29장본 〈별춘향전〉과 친연성이 있는 것으로 볼 수 있다.

한편 이 장면에서 왈자들 대신에 기생들이 등장하는 이본도 여럿 있다. 그 대표적인 이본들이 판소리 사설본 계열이다. 판소리 사설본 계열의 이본에서는 왈자나 한량들 대신에 기생들이 등장한다. 그 가운데 이선유본 〈춘향가〉의 해당 대목을 소개하면 다음과 같다.

> 채칼하엿소 삼문 밧긔 내노으니 조방청 기생더리 모도 울고 나온다 금랑아 웨야 웨야 옥절아 웨 그라너냐 죽엇단다 죽엇단다 춘향이가 죽엇단다 아이고 동생 아이고 형님 …… 옥으로 내려갈제 상단이는 춘향을 업고 기생더른 칼머리 들고 옥으로 내려가서[14]

4.3. 황능묘 꿈

> 춘양이 정신이 뇌곤하야 칼머리을 드려놋코 벽을 비긔 누엇더니 모전 여러 잠니 드려 일장춘몽 괴이ᄒᆞ다 ……(아황여영의 시비가 배를 타고 와서 가기를 청하여 배를 타고 간다. 장황한 풍경 묘사가 이어진다. 황능묘라는 현판을 본다. 두 부인을 만나니, 두 부인의 하는 말) …… 셜치ᄒᆞᆯ 날리 오고 ᄇᆡᆨ연가락 조흔 연분 다시 일울 터인니 부ᄃᆡ부ᄃᆡ 도라가셔 선긔을 누셜마라 춘양이 들은 후의 ᄇᆡᆨ비 치하하고 하직ᄒᆞ고 중긔여 되라션니 동편 ᄇᆡᆨ화당의 어더ᄒᆞᆫ 낭자 두리 나오던니 춘양 등을 만지면셔 은근니 ᄒᆞ난 말리 우리ᄂᆞᆫ 진쥬 긔ᄉᆡᆼ 논ᄀᆡ요 평영 긔ᄉᆡᆼ 월션니라 임진왜난사을 ᄉᆡᆼ각하면 청춘의 불평성을 뉘 능히 아을손냐 오날 너을 본

들려라 청심환 들러라 무슉의 썩 ᄂᆡ다라 ᄂᆡ 즙지여 잇던니라 그려면 쇽히 ᄂᆡ소 한 즙을 쥐여 ᄂᆡᆯ 졔 톡기ᄯᅩᆼ이 분명ᄒᆞ다 거슉이 썩 ᄂᆡ돌아 ᄂᆡ 즙치여 청심환 잇던니라 ᄒᆞ고 강집의 급피 가라 춘향을 불너 먹인 후의 정신ᄎᆞ려 진정ᄒᆞ라 평슉이ᄂᆞᆫ 칼머리을 들고 진슉이ᄂᆞᆫ 부축ᄒᆞ야 옥즁의 날려가셔 옥방을 졀찬ᄒᆞ고 뉘여녹코 위로ᄒᆞᆯ 졔 츈향이 정신ᄎᆞ려 통곡ᄒᆞ야(연세대본, 17-18장)"

14) 이선유본 〈춘향가〉, 김진영 · 김현주 · 김희찬(편저), 『춘향전 전집』 2, 41~42면. 성우향본에서는 옥사정이 춘향을 업고 향단이는 칼머리를 들고 여러 기생들이 뒤를 따라 옥으로 내려간다.

이 동싁되리 긔ᄲᅮᆫᄯᅩ다 우리난 임군을 위흠이요 너난 낭군을 위흠이라 일월갓치 말근 충셩 천지 변하엿고 금셕갓치 구든 졀기 송빅갓치 빗낫도다 충셩열여 세 사람이 일셕싱봉 ᄒᆞ옵긔간 이도 ᄯᅩ한 연분이라 이별ᄒᆞ긔 박졀ᄒᆞ나 어셔 ᄲᆞᆯ리 나가셔 천추의 구든 졀기 만고의 유젼ᄒᆞ고 빅셜갓탄 너의 일선 부ᄃᆡ부ᄃᆡ 조심하라 춘힝 선ᄋᆡ ᄒᆞ직ᄒᆞ고 강두의 다다으리 그 편쥬을 다기하고 동히바닥 거려올제 물겔이 흑척ᄒᆞ여 천지가 진동턴이 예업난 일진광풍이 쌀솟다시 일려나면 용초로 ᄭᅳᆫ어지고 ᄶᅡᄃᆡ 도ᄯᅦ가 와찍근 툭짝 부너질제 정신창황망조ᄒᆞ여 호련이 ᄯᅵ다른이 남가일몽이라[15]

위의 인용문은 춘향이 옥중에서 꿈에 황능묘를 찾아가서 이비인 아황과 여영을 만나는 내용이다. 이 내용은 경판본이나 완판 29장본 〈춘향전〉에는 등장하지 않고, 완판 84장본 〈춘향전〉과 판소리 사설본 〈춘향가〉에[16] 등장한다. 그런데 한창기본의 경우 위에 장황하게 인용했지만, 춘향의 황능묘 꿈은 판소리 사설본 계열에 비해 장황하고, 이비가 춘향의 미래사를 알려주는 내용이 포함되어 있다. 그리고 여기서는 다 인용하지 않았지만 다른 이본들과 달리 이비의 시비가 편주를 타고 와서 춘향을 데리고 가는 과정에서 보는 경치의 다양한 아름다움을 설명하는 내용이 포함되어 있다. 또 이비가 춘향에게 곧 연분을 이룰 것이라고 일러주는 내용이 등장한다는 점, 돌아오는 길에 그곳에서 진주 기생 논개와 평양 기생 월선을 만나고, 그들이 춘향을 동류로 설명하면서 일신을 잘 보존하라는 부탁을 하고 있고, 다시 편주를 타고 돌아오다가 파선

---

15) 45-48장.

16) 성우향본 〈춘향가〉에서는 춘향이 문전에서 배회하자 두 여동이 나와 데리고 들어가서 두 부인을 만나 장독이 풀리고 아무 탈 없게 할 술 한 잔과 과실 안주를 얻어먹는다. 그러나 다른 이본들에는 이비가 춘향을 만나 위로하는 것 외에 별로 도와주는 내용은 없다.

하면서 잠이 깨는 것으로 설정되어 있다는 점, 이런 점들은 기존 이본에서 보기 어려운 내용으로 보인다.

4.4. 이도령의 공부

> 각설이라 잇ᄯᅦ의 도련임이 경상의 올나가서 취체ᄒᆞ고 글잇기을 심썰제 광산마철 독ᄒᆞᆫ공부 이태빅 맹세ᄒᆞ고 광체포호 히폰마음 동중서 쏜을 바다 사시삼경에 춘추 무불통달ᄒᆞ고 육도삼약 천문질이 일남척긔ᄒᆞᆫ이 금셰상 긔남자요 출장입상 갈ᄃᆡ업다[17)]

대부분의 이본에서 서울로 올라간 이도령은 공부에 힘쓰다가 과거 방이 나자 과거를 보는 것으로 되어 있어서 그 내용이 간략하다. 경판은 "쥬야불쳘 공부ᄒᆞᆯ졔 맛츰 알셩과가 되는지라"라고 간단히 기술했고, 완판은 "한양셩 도련임은 주야로 시셔빅가어를 숙독하야ᄉᆞᆺ니 글노난 이빅이요 글씨는 왕흐지라 국가으 경사 잇셔 틱평과을 뵈이실식"라고 하여 시서백가어를 숙독하여 글로는 이백, 글씨로는 왕희자에 이르렀다고 했다. 그런데 한창기본의 경우 위의 인용문에서 보듯이 사서삼경과 〈춘추〉를 무불통달하고 육도삼략과 천문지리를 공부하여 출장입상할 기남자로 되어 있어서 그 내용이 상당히 구체적으로 표현되어 있다.

이 장면을 설명하는 여러 이본의 내용 가운데 이와 유사한 대목은 성우향의 〈춘향가〉에 등장하는데, 이를 소개하면 다음과 같다.

> 그 때에 도령님은 서울로 올라가 글공부 힘을 쓸제 춘추 사략 통감 사기 사서삼경 백가어를 주야로 읽고 쓰니 동중서 문견이요 백낙천 계수로다 금강산을 흉중에 품어두고 풍운월노를 붓끗으로 희롱헐제[18)]

---

17) 48장.

18) 김진영·김현주·김희찬(편저), 앞의 책 2, 106면.

물론 위의 인용문에서 보듯이 사서삼경과 〈춘추〉, 동중서 등이 공통적으로 등장하고는 있으나 한창기본의 이도령에 대한 설명은 영웅소설의 주인공처럼 출장입상을 강조하고 있고, 성우향본은 문장을 강조하고 있어서 차이가 있다. 그러나 다른 이본에는 없는 내용이 판소리 사설본 계열에 유사하게 등장한다는 점을 주목하고자 한다.

그리고 이 장면에서 가장 문제가 되는 것은 한창기본의 "취체ᄒᆞ고"란 단어이다. "취체ᄒᆞ고"를 "취처하고"로 해석한다면 이도령이 춘향을 두고 결혼한 것으로 해석할 수 있어서 다른 이본들과 차이를 보인다. 곧 〈춘향전〉의 이본들 가운데 이도령이 서울에 올라가서 취처한 경우는 발견하기 어렵다. 그런데 이 작품에서는 서울로 올라간 이도령이 다른 여성과 결혼한 것이 확실하다. 그러한 근거로 작품 끝에 왕이 이도령을 칭찬하면서 춘향에 대하여 언급할 때 첩이라는 말이 나오는 장면을[19] 들 수 있다. 이러한 내용은 한창기본에만 등장하는 독특한 점이다.

4.5. 과거 시험

> 잇ᄯᅢ 국가틱평ᄒᆞ고 ᄃᆡ비계옵서 영ᄌᆞ을 나흐시고 ᄯᅩ 셰ᄌᆞ동궁 빈궁을 ᄒᆞ엿시믜 복녹이 거룩히긔로 나라으 경과을 뵈이시이 추구궐 망이리라[20]

경판과 완판에서는 국가에서 과거시험을 보는 이유를 아주 간단히 언급하고 있다. 곧 경판은 마침 알성과가 있다고 했고, 완판은 "국가으 경사 잇셔 틱평과을 보이실ᄉᆡ"라고 했다. 이에 비해 한창기본에서는 국가에서 과거를 시행하는 까닭을 설명하는 내용이 위의 인용문에서 보듯이 국가의 태평 외에 대비의 득남과 세자의 동궁 빈궁을 추가하였고, 날짜

---

19) "경으 위국한 츙셩으로 지극ᄒᆞ긔로 이런 열심인난 쳡을 두웟노라"(71장).
20) 48-49장.

도 구체적으로 밝힌 것이 특징이다. 곧 한창기본에서는 대비가 득남하고 세자가 혼인하고, 국가도 태평하여 추구월 망일에 과거를 보인 것으로 구체적으로 설명하고 있어서 간단히 알성과가 있다거나 국가에 경사가 있어 태평과를 보인다는 다른 이본들과 내용의 차이를 보인다.

4.6. 이도령의 꿈

ᄒᆞ로난 황혼이 월식다라 외당의 비회ᄒᆞ던니 석건니 피곤의 좃셔 난의 비겨안자 잠간 조의던이 비몽간의 어더ᄒᆞᆫ 소연니 청포옥ᄃᆡ의 머리의난 유리관니요 손의난 ᄇᆡᆨ원니라 황학을 비겨타고 공중으로 ᄂᆡ려오거날 할님이 연졍ᄒᆞ여 뫼신 후의 경고을 문왈 ᄃᆡ인으 의복과 물식을 뵈오니 전셰 범인 안이옵고 천싱 션관이오면 누지 용염좌의 무감허물 ᄀᆡ유코자 하시난잇가 소연이 ᄃᆡ왈 ᄂᆡ난 동졍용왕으 여식옵던이 소상강 황졍부인으 명령을 바다 할님의겨 부탁ᄒᆞᆯ 말삼이노자 왓사오ᄃᆡ 잠관 남복을 환착ᄒᆞ고 오옵긔간 조션이 여이직국이라 ᄒᆞ옵긔의 남녀유별ᄒᆞ오ᄆᆡ 더불려 슈작ᄒᆞ긔 난감ᄒᆞ오와 이 모양으로 뵈온니 혀물치 마옵소셔 할님이 그부인긔옵셔 무산 분부잇더잇가 소여 ᄃᆡ왈 ᄒᆞᆯ님은 엇지 ᄒᆞᆫ갓 부귀로셔 ᄇᆡᆨ연긔락을 엇지 져바리시난잇가 소쳡 츈양을 이부불경슈졀타가 신간의긔 욕을 바다 엄형중장ᄒᆞ여시니 옥중고혼이 되엿시되 할님 ᄒᆞᆫ갓 공명만 톰ᄒᆞ여 구경을 싱각지 아니ᄒᆞᆫ니 그 안니 원통ᄒᆞ뇨 만일 츈힝이가 옥중익사ᄒᆞ거든며 ᄒᆞᆯ님인들 엇지 안니 무사하리 이려타 칙망ᄒᆞᆫᄃᆡ ᄒᆞᆯ님 듯고 한출쳠ᄇᆡ하면 부복ᄃᆡ왈 소싱이 엇지 구경을 이지잇가마은 그간의 공부ᄒᆞ오ᄆᆡ 그려ᄒᆞ오며 이번장 과긔하여 입신알면하엿기나 아직 결연엄삽긔로 뜻실 이류지 못ᄒᆞ여싸오니 황송ᄒᆞ와 ᄃᆡ답ᄒᆞᆯ 말삼 업나이다 소여ᄃᆡ왈 이난 황영부인으 명영이오ᄆᆡ 부ᄃᆡ 범연이 알지 말옵소셔 ᄒᆞ고 시인ᄒᆞᆯ불견 곳업사오이기 ᄭᆡ달은니 남강일몽이라 칙싱의 지필ᄂᆡ여 몽사 긔록ᄒᆞ고[21)]

---

21) 50장.

위의 인용문에서 보듯이 이도령이 과거에 급제한 후에 꿈을 꾼다. 그 꿈에 이비의 명을 받은 동정용왕의 딸이 남복을 입고 이도령을 찾아와서, 자신은 소상강 황정(영)부인의 명을 받아 왔다면서, 춘향은 정절을 지키려고 신관에게 욕을 당해서 옥중고혼이 될 상황에 처해 있는데, 이도령은 공명만 탐하고 구정(춘향)을 생각하지 않는다고 책망한다. 이것은 이도령이 서울에 올라온 후에 부귀공명을 탐하여 춘향을 버리고 다른 여자와 결혼한 것에 대한 비판으로 보인다. 이에 대하여 이도령은 공부하느라 그랬다고 변명을 하고 있다.

따라서 이 장면은 춘향이 위기에 처해 있음을 이도령에게 알리고, 그녀를 구하라는 이비의 명을 전하여 이도령과 춘향의 결연을 회복시키려는 작자의 의도로 설정된 대목으로 보인다. 이러한 내용은 다른 이본에는 등장하지 않는 것이어서 한창기본의 독자성을 보여주는 것이라고 할 수 있다.

4.7. 신관의 생일잔치

> 어사ᄯᅩ 거동보소 취힝이 도도ᄒᆞ여 융장ᄒᆞᆫ 곳수제로 영산 ᄒᆞᆫ ᄆᆡ두 불을젹의 가져 가져 나난 가져 님을 다라 나난 가졔 님긔로와 상사던가 죽어다네 죽어다네 화비 옥섬월 황혼니 님긔류어 죽어다네 실농씨 상빅초의 편작이 어듸갓노 삼신산 급피 올나 불사락 괘엿다가 님살이오 나난 가졔[22]

위의 인용문은 어사가 신관의 생일잔치에 참석하여 '금준미주'라는 한시를 짓자 참석자들이 그 시의 내용을 보고 떨기 시작하자 눈치를 챈 호장이 관속들을 단속하는 장면 다음에 등장하는 내용이다. 대부분의 이본에서 어사가 한시를 짓고 난 다음의 장면은 이와 다르게 나타난다.

---

22) 66장.

예를 들어 경판은 "어시 이 글로 운봉만 너즈시 뵈고 몬져 도라가라 ᄒᆞ고 홀연 부치롤 드니 군관 셔리 역졸 등이 쳥젼디 평냥닙의 마픠롤 들고 일시의 삼문을 콩쾅 두다려 암힝어ᄉᆞ 츌되라 외며"처럼 운봉을 먼저 보내고, 바로 암행어사 출도를 한다. 완판은 "운봉이 글를 보며 닉렴의 압풀사 이리 낫다 잇써 어사또 하직ᄒᆞ고 간 연후의"처럼 어사의 한시를 읽어본 운봉이 눈치를 채고 어사는 그 자리를 떠난다.

그런데 한창기본은 참석자들이 어사의 한시를 돌려보고 모두 떨고, 호장이 관속들을 단속할 때 위의 인용문처럼 취흥이 도도한 어사가 영산 한 마디를 부르고 있다. 그리고 어사가 부르는 노래에 춘향을 살리러 가겠다는 내용이 암시되어 있고, 그것을 영산이라는 판소리 형식으로 노래하고 있어서 흥미롭다.[23] 이 장면이 한창기본에만 등장하고 있다는 점도 이 작품의 특징 가운데 하나이다.

4.8. 상봉 장면

> 어사또 영도 안이 드를가 춘항이 분부 듯고 분심이 텽천ᄒᆞ여 팔작청산 반만 들고 저성으로 엿자오되 어사또님 듯소시오 십쥬잠힝ᄒᆞ고 민간설고 살피실제 첫치난 충회열여 두치난 탐관오리 상과하긔 셰지난 부모 불외ᄒᆞ난 놈과 형제불목ᄒᆞ난 놈을 저저이 염문하고 네치난 본치 박디하난 놈과 타인천첩ᄒᆞ난 놈과 낫낫치 수탐하여 죄지경중ᄒᆞ신 후의 상벌을 고우로긔 ᄒᆞ여 기과천선ᄒᆞ난 거시 봉명사으 써써한 도리엿날 창가소부 수졀하며 위협으로 휘졀ᄒᆞ난거시 오니 젼싱조령닉의 긔시오 어사또난 어싸가 무삼 어싸오면 여가 어듸요 젼픠모시 긱사가 안이요 치안지척의 이것 엇젼 분부시오 소여난 이즈 주긔리도 전문압펴 죽으면 이도 쏘한 다힝이미 어셔 밥비 죽의주오 이러타시 직고ᄒᆞᆫ니 어사또 춘

23) 이 장면에서는 '웅장한 고수(관)제'로 영산을 불렀다는 내용과 '타령'이라는 용어 대신 '영산'이라는 말을 쓰고 있다는 점이 흥미롭다.

양으 말을 드릐니 독한 열여로다[24]

위의 인용문은 이도령이 춘향과 상봉하기 전에 어사또의 수청을 들라고 하자 춘향이 항거하는 말과 그녀에 대한 어사의 평이다. 곧 춘향은 어사가 해야 할 일을 자세히 이야기하면서 창가 소부의 수절을 훼절하려는 것이 어사의 역할이 아님을 지적하고, 그의 명을 거역하면서 죽여 달라고 한다. 춘향이 어사의 역할을 자세히 언급하면서 어사의 명을 거역하는 내용은 다른 이본에서 발견하기 어려운 것으로, 한창기본에만 등장하고 있다. 특히 한창기본은 다른 이본과 달리 이 장면 바로 앞에, 곧 춘향이 옥중에서 끌려나왔을 때 주변을 둘러보고 그곳이 동헌이 아니라 객사임을 알고 신관이 아니라 어사가 출도했음을 짐작하는 장면도 있다.[25] 이러한 점들은 다른 이본에서 발견할 수 없는 한창기본만의 특징이라고 할 수 있다.

4.9. 사후 처리

변학도난 종누결싱의 강진 고금도로 종신 안치ᄒᆞ고 열여 춘ᄒᆡᆼ은 숙부인 직첩 ᄂᆡ류시면 청천ᄒᆞ시사 경의 위국한 츙셩으로 지극ᄒᆞ긔로 이런 열심인난 첩을 두웟노라 어사 베살 도도와 이조참판의 한셩판유 졔수하고 춘ᄒᆡᆼ은 열ᄒᆡᆼ을 포칙ᄒᆞ야 남ᄃᆡ문 박ᄀᆡ의 자슈경번의 포ᄒᆡᆼ열여정문을 지어두고 운봉영장 조영식과 순천부사 정동후난 어사ᄯᅩ 염무씌의로 ᄂᆡ지 청ᄇᆡᆨ션청슈령으로 임녹되얏긔로 조명식 졀나좌도 자슈권졀도사로 이천하시고[26]

---

24) 69장.

25) “고ᄀᆡ들고 사면을 살피보니 동원이 안이요 ᄀᆡᆨ사 마당인드(68장).”

26) 71장.

위의 인용문은 사후 처리에 대한 것이다. 한창기본에는 끝부분에서 춘향의 열행을 들은 임금이 숙부인 직첩을 내리고 남대문 밖에 정려문을 세우는 내용 외에도 변학도를 강진 고금도로 귀양을 보내고 운봉영장과 순천부사를 청백한 수령으로 임록하는 내용도 등장하는데, 조영식과 정동후라는 그들의 이름까지 나오는 것이 특이하다. 특히 운봉영장은 전라좌도 주수권절도사로 이천하는 내용도 등장하여 다른 이본과는 다른 모습을 보인다.

4.10. 그 외의 것

한창기본에는 이도령이 춘향의 집을 찾아가서 방 구경을 하는 장면에서 각종 벽화들이 등장하는데, 그 가운데 〈구운몽〉의 성진이 석교상에서 팔선녀를 희롱하는 장면의 벽화와 황능묘의 벽화가 등장하고 있어서 흥미롭다. 그것들을 소개하면 아래와 같다.

> ᄯᅩ ᄒᆞᆫ폭을 살펴보이 연화도장 셩진이가 육관ᄃᆡ(사) 명을 바다 동정용궁 드러가셔 자화(주) 취키 먹고 남악형산 차자갈제 먹장삼 잉다가리의 흰 곡갈 숴거씨고 ᄇᆡᆨ발염쥬 목의 걸고 육ᄒᆞᆫ장 손ᄋᆡ 들고 셕경의 조분 길노 이졀처졀처 나갈졔 ᄇᆡᆨ화셥히 일성귀라 팔션여 고ᄒᆞᆫ ᄐᆡ도 셕괴샹 보탑의 호졍을 못이긔여……27)

> ᄯᅩ ᄒᆞᆫ폭을 바ᄅᆡ본이 소상야우 반죽시의 황졍부인 피눈물리 점점이 ᄲᅮ려시이 창오산 저 ᄇᆡᆨ운간의 황능뫼 사당 광쳐 은은이 ᄇᆡᆺ치시며 긔화요초난 만발즁의 별유천지며 비인간을 역역키 긔려구나28)

27) 13-14장. 성진이 희롱하는 장면 등 내용이 긴데, 여기서는 생략했다.
28) 14장.

한편 이도령과 춘향의 첫날밤에 월매가 나가지 않자 이도령이 쫓아낼 꾀를 내니, 월매가 눈치를 채고 나가는 장면이 등장한다.[29] 이 장면은 초기의 판소리 사설에 등장한 듯하나 현재 대부분의 판소리 사설본에서는 이를 다르게 처리하였다.[30]

한창기본에는 춘향이 옥중에 갇혀있을 때 향단이 옥각씨에게 비는 내용과 도깨비와 귀신들이 등장하여 배고프니 밥을 달라고 하고, 목이 마르니 물을 달라고 하는 장면, 중의 형상을 한 귀신이 등장하기도 하는 등 다른 이본과는 다른 옥중풍경이 등장하는 것이 특징이다.

한창기본에는 작품 끝에 필사자가 작품을 평하는 말 곧 후기가 있는데, 그 내용이 이 작품의 주인공인 춘향을 염두에 두고 첩을 두는 사람에 대한 교훈을 기록하려 했다는 점에서 흥미롭다. 이를 소개하면 다음과 같다.

> 그 절ᄀᆡ 일국의 낭자더라 부ᄃᆡ부ᄃᆡ 첩두난 사람이나 첩되난 사람이 부ᄃᆡ부ᄃᆡ 명심ᄒᆞ여 이런 열여 충비 어ᄃᆡ 잇건난가 그 안니 질거운가 이만 긋치노라 ᄐᆡ평셩식 셔하노라[31]

곧 한창기본의 필사자는 후기를 통해 춘향의 열행을 첩되는 사람의 모범적인 행실로 보고, 이를 권장하고 있다는 점에서 다른 이본과 차이를 보인다.

---

29) "눈치업난 춘힝어모 두리 안자 농창치난 거동 장시장관 보자 ᄒᆞ고 안자 문ᄀᆡ면 가지 안코 잇거날 도련님 청마 가란 말 못하고 뫼을 ᄂᆡ여 ᄇᆡ 앙푸다 ᄒᆞ고 발광ᄒᆞᆫ니……춘양어모 눈치 ᄎᆡ고 이려나 밧글 나가면서"(15장)

30) "츈향어모가 쳐음 보난 ᄉᆞ외를 밤ᄉᆡ도록 이ᄋᆡᆨ이로 날을 ᄉᆡ우기로든이 도련님이 헛ᄇᆡ도 알코 엇쪄고 ᄒᆞ엿짜 ᄒᆞ되 알심잇게 늘근 츈향모친이 그럴 이가 잇깃는야"(장자백 창본 춘향가; 김진영・김현주・김희찬(편저), 앞의 책 1, 114면.)

31) 72장.

5. 맺음말

지금까지 한창기본 필사본 〈별춘향전〉에 대하여 간략히 살펴보았다. 이를 간략히 정리하는 것으로 결론을 대신하려고 한다.

한창기본은 1910년 1월에 낙안 사람이 가지고 있던 본을 토대로 필사하였다. 분량은 표지를 포함하여 75장이나 본문은 71장 반이다. 각 면은 12-13줄이고 각 줄은 17-24자로 필사되었다.

한창기본의 줄거리는 장황한 편이고, 일부 단락의 내용은 다른 이본의 내용과는 전혀 다른 내용을 포함하고 있다. 그러한 예를 줄거리의 순서에 따라 소개하겠다.

작품의 서두는 앞부분에서 일부 판소리 사설본과 비슷한 내용이 등장하지만 다른 이본에 없는 내용이 상당한 분량으로 추가되어 있다. 춘향이 태장을 맞은 후 하옥하는 과정에는 남원 한량들이 등장하여 청심환을 먹이는 장면이 있는데, 이런 모습을 장황하게 설정한 〈남원고사〉와 달리 한창기본은 이를 간략하게 처리하고 있어서 완판 29장본 〈별춘향전〉과 비슷한 양상을 보인다. 한편 판소리 사설본 〈춘향가〉에서는 그 장면에 기생들을 다수 등장시켜 춘향과 옥으로 이동하고 있어서 완판 29장본 〈별춘향전〉이나 한창기본과 차이를 보인다. 춘향이 옥중에서 황능묘를 다녀오는 꿈은 판소리 사설본 계열과 완판 84장본에 등장하는데, 한창기본은 이들 계열의 내용에 비해 부연되어 있을 뿐만 아니라 이들 계열에 없는 내용이 추가되어 있다. 이도령의 공부 내용은 경판이나 완판 계열과 차이가 있고, 판소리 사설본 계열과 유사하지만 영웅소설의 주인공의 면모를 보인다는 점에서 차이가 있다. 이 장면에서 한창기본의 가장 두드러진 특징은 다른 이본과 달리 이도령이 서울에 올라가 취처하였다는 점이다. 국가에서 과거를 시행하는 이유를 설명하는 대목에서 한창기본은 다른 이본과 달리 대비의 득남과 세자의 결혼이라는 구체적인 내용을 추가하였다. 과거에 급제한 이도령이 꿈꾸는 이야기는 한창기본에만 등장하는 내용으로, 이비가 이도령이 춘향을 잊고 있음을 책망하여 둘의 결연을 환시시키는 역할을 한다. 그 외에 춘향방의 벽화로 민간에 많이 유통되었던 성진의 석교상의 팔선녀와 희롱하는 장면을 그린 구운몽도가 등장한다든지, 신관의 생일연에서 이도령이 취홍이 도도하여 영산 한 마디를 한다든지, 어사가 춘향을 속이려고 어사의 수청을 명하자 춘향이 어사의 임무를 자세히 나열하면서 그 명을 거역한다든지, 임금이 변학도를 강진에 유배하고 운봉영장을 벼슬을 돋워 이천한다든지, 춘향을 첩으로 설정하고 필사자가 여기에 초점을 둔 후기를 남겼다든지 하는 것들은 한창기본에만 등장하는 흥미로운 내용들이라는 점에서 앞으로 많은 논의거리를 제공할 것으로 보인다.

이상에서 살핀 바를 고려하면 한창기본은 부분적으로는 완판 〈춘향전〉과 유사성이 있고, 부분적으로는 판소리 사설본 〈춘향가〉의 특징을 보여주고 있는 것으로 볼 수 있다. 그러나 전체적인 단락의 내용으로 볼 때 판소리 사설 계열의 요소가 더 많이 나타나고 있어서 판소리 사설 계열에 가까운 것으로 보인다. 그렇지만 판소리 사설 계열에 비해 그 내용이 풍부하고 장황한 것이 특징이다.

필자는 한창기본과 여러 이본들을 비교하여 한창기본이 갖는 특징을 제대로 소개하려고 했으나 시간에 쫓기고, 필사된 글씨의 해독에 어려움이 있어서 완성도를 높이지 못했다. 이 문제는 차후에 좀 더 시간을 갖고 난필의 해독에 집중하고, 다른 이본들과의 비교를 통해서 한창기본이 갖는 이본으로서의 특징과 가치를 밝히는 것으로 해결하려고 한다.

|| 임성래(연세대학교)

한창기본 〈장경전〉의 특징과 가치

1. 들어가는 말

〈장경전〉은 〈장풍운전〉과 더불어 주인공의 하층 체험이 구체적으로 드러났다는 점에서 일찍부터 주목을 받았다. 광대로까지 전락한 장풍운에 비해 지방 관아에서 방자 구실을 했던 장경의 추락 정도가 상대적으로 덜하다 할 수 있다. 하지만 작품에 표출된 주인공의 가문 배경과 하층 체험, 그리고 구원자의 신분 및 역할 등 그 구체성으로 따지면 그 정도는 오히려 장경이 더 심하다. 이 점에서 〈장경전〉은 곧 당대 하층민의 삶을 직접 체험했거나 목도한 사람이 그를 토대로 하되, 부귀영화에 대한 독자의 기대심리를 반영한 작품이라 할 만하다.[1)]

텍스트가 하나가 만들어지면, 해당 텍스트는 독자로부터 공감대를 형성하며 향유된다. 그러나 일부 독자는 원 텍스트에서 담아낸 메시지와 다른 기대지평을 갖기도 한다. 적극적인 독자는 해당 텍스트를 변개하여 전혀 다른 텍스트를 만들어 내기도 한다. 박순호 89장본 〈장경전〉도 그러하다.[2)] 박순호본 〈장경전〉은 경판본을 토대에 두고 개변한 작품으

1) 박일용은 〈장경전〉에는 몰락 농민이나 경제적으로 하층으로 전락한 사람들의 현실적 처지와 욕구가 반영되었다고 보았는데, 이 역시 같은 맥락이다. 「영웅소설의 유형변이와 그 소설사적 의의」, 『국문학연구』 62, 서울대학교 국문과, 1983.

2) 이 책은 『한글필사본고소설자료총서』 41권, 오성사, 1986에 영인되어 있다.

로, 장경의 혈통을 상층으로 끌어올렸다.[3] 〈장경전〉 내용에 대한 불만이 부분적 개작으로 이어졌다. 또한 박순호본에서는 영웅 장경보다 초운의 연인 장경에 더 주목하였다.[4] 기생 초운을 춘향과 동렬에 놓고자 한 독자의 욕망이 반영된 결과라 할 만하다. 향유층의 기대지평에 따라 소설은 원작과는 다른 새로운 형태의 텍스트, 곧 이본을 창출하는 것이다. 우리가 개개의 이본에 주목해야 하는 까닭도 여기에 있다. 하나의 이본은 독자의 기대지평과 욕망을 읽어내는 하나의 코드가 된다. 이 글에서 다룰 한창기본 〈장경전〉도 그러하다. 한창기본 〈장경전〉은 적극적으로 개작을 꾀한 이본이 아니다. 그렇지만 〈장경전〉의 향유 양상과 관련해서 유의미한 정보를 준다. 특히 완판 계열의 향유와 관련해서는 주목할 만하다.

〈장경전〉은 현재 판각본[완판, 경판], 세책본, 필사본, 연활자본 등이 모두 존재한다. 여러 형태가 다 존재하지만, 작품의 내용은 크게 다르지 않다. 그럼에도 향유 양상에 따라 계열화하면 크게 경판 계열과 완판 계열로 양분된다.[5] 경판계열에 속하는 이본으로는 경판본[35장A, 35장B, 25장, 21장, 16장, 천리대(세책), 동양문고(세책), 박문서관] 등이 있고, 완판계열에 속하는 이본으로는 완판본[65장], 나손, 고려대, 홍윤표, 단국대, 전남대, 세창서관] 등이 있다.[6] 박순호본은 경판을 토대로 재구성되었다.[7] 이번에 새로 소개하는 한창기본 〈장경전〉은 범박하게

---

3) 이에 대해서는 박일용의 「장경전 이본의 형상화 방식과 그 문학적 의미」, 『영웅소설의 소설사적 변주』, 월인, 2003을 참조할 것.

4) 이에 대해서는 서대석의 『군담소설의 구조와 배경』, 이화여자대학교 출판부, 1985와 서인석의 「장경전의 판소리계 소설적 변모-박순호본 〈장경전〉을 중심으로」, 『선청어문』 18, 서울대학교 국어교육과, 1989를 참조할 것.

5) 서인석, 「장경전」, 『한국고전소설작품론』, 집문당, 1990, 427~431면.
이경희, 「장경전 이본 연구」, 연세대학교 석사학위논문, 2003.

6) 이경희, 앞의 논문, 38면. 이외에도 충남대・이대 등에도 〈장경전〉 이본이 존재한다.

7) 박일용, 앞의 논문, 2003.

한창기본 〈장경전〉 첫 장

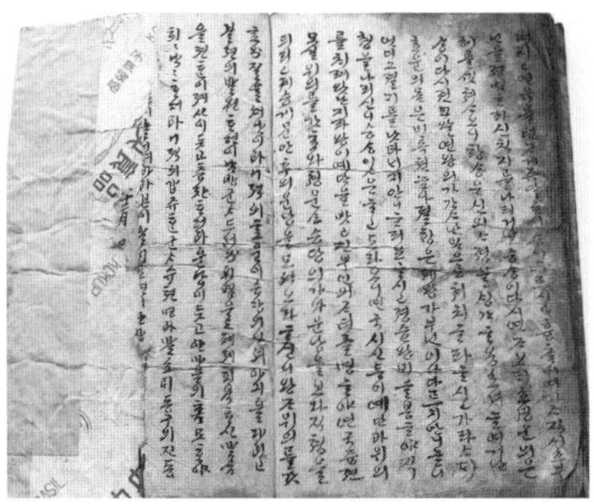
한창기본 〈장경전〉 마지막 장

보면 완판 계열에 속한다고 말할 수 있다. 그렇지만 완판 계열의 소통과 향유와 관련해서 조금은 관심을 둘 만하다. 한창기본 〈장경전〉의 특징을 좀 더 구체적으로 살펴보자.

2. 한창기본 〈장경전〉의 특징

2.1. 한창기본 〈장경전〉의 서지적 특징 및 계열

한창기본 〈장경전〉은 1책으로, 현재는 총 66장으로 되어 있다.8) 매면 10행, 매행 30자 내외로 되어 있다. 남아 있는 글자 수는 대략 39,000자 정도로, 완판본(41,093자)과 비슷하다. 표지 위에 과자점 포장용지로 썼던 크라프트 종이[=시멘트 종이]를 싸서 덧붙인 까닭에 표제는 보이지 않는다. 내제는 '장경전'으로 되어 있고, 권차를 밝힌 '권지' 다음은 뜯겨져 있다. 첫 장 앞면은 10행 중 6행까지만 남아 있고, 그

8) 현전 한창기본은 중간 1장[62장]은 칼로 잘려져 있다. 그리고 마지막 장 이후는 낙장이다. 완판본과 비교해볼 때 낙장은 석 장 분량이다. 이 점에서 보면 본래 한창기본 〈장경전〉은 70장 내외였을 개연성이 높다.

이후는 뭉개져서 내용 식별이 어렵다. 첫 장 뒷면은 10행 중 제1행을 제외하고 나머지는 온전한 상태다. 마지막 장은 앞면 4행까지만 남아 있고, 그 나머지는 모두 뜯겨 훼손되었다. 마지막 장 뒷면은 남은 게 없다. 필사기를 비롯한 이 책과 관련한 부대 정보를 얻을 수 있는 낙서는 없다.

형태적인 측면에서 보면 중간에 한자를 쓰고, 그 옆에 한글을 붙인 경우가 한 차례 있다. 예컨대 "百牲乙(빅셩을) 安接(안졉)켜 ᄒᆞ고 徐州刺史(셔쥬ᄌᆞᄉᆞ)의계 관ᄌᆞᄒᆞ여 白米三千石乙(빅미ᄉᆞᆷ천셕을) 輸運(수운)ᄒᆞ여"와 같은 경우다.[9] 전체 중에서 극히 일부분이지만, 이 책을 필사한 사람이 어느 정도의 한자는 익혔던 인물임을 알 수 있다. 물론 여기에 쓰인 정도로는 그 지식수준이 얼마큼인지는 추단하기 어렵다. 다만 이런 형태의 표기가 주로 20세기 전후에 쓰였다는 점을 고려하면 이 책의 필사 시기도 대략 1900년대로 짐작해 볼 수는 있다.

한창기본 〈장경전〉은 완판 계열에 속한다. 이는 가시적인 현상으로도 금방 확인된다. 예컨대 경판 계열과 완판 계열을 가름하는 두드러진 차이인 문서나 한시 제시에 한자음을 그대로 노출하는가 그렇지 않은가를 확인하는 것만으로도 가능하다. 완판 계열에는 한자음을 노출하는 반면 경판 계열은 한문을 번역하여 수록하기 때문이다. 물론 이것이 두 계열을 구획하는 준칙이라 할 수 없지만, 그 대강의 계열을 파악하는 척도임에는 틀림없다. 한 예로 장경이 초운과 이별하며 준 증시(贈詩) 부분만 보자.

---

9) 이런 부분한 한 군데뿐이다. 한창기본 28장 뒷면. ᄉᆞᆷ군을 호궤ᄒᆞ고 셩중의 드러ᄀᆞ 百牲乙(빅셩을) 安接(안졉)켜 ᄒᆞ고 徐州刺史(셔쥬ᄌᆞᄉᆞ)의계 관ᄌᆞᄒᆞ여 白米三千石乙(빅미ᄉᆞᆷ천셕을) 輸運(수운)ᄒᆞ여 其百牲乙(긔빅셩을) 分給(분급)ᄒᆞ고 위로ᄒᆞ라 ᄒᆞ이, 빅셩이 모다 元帥(원슈) 恩惠(은회)을 치ᄒᆞ〃더라. 各說(각셜)니라. 黃帝(황졔) 黃河(황하) 쇼식을 몰나

[완판 65장본] 칠년을 탁신운낭자ᄒᆞ니, 기은이 유경ᄐᆡ산고라. 금일악슈상별이ᄒᆞ니, 옥누쳠습양나심이라. 미지하일쟝경영아, ᄀᆡᆼ도운쥬방운낭가.[10]

[경판 35장본] 칠년을 운낭의게 의탁ᄒᆞ미여, 그 은혜 오히려 ᄐᆡ산이 가ᄇᆡ압도다! 오놀놀 손을 셔로 나누미며 눈물리 양인의 ᄂᆞ숨을 젹시는도다 아지 못개라, 어ᄂᆡ 날 댱경의 그림ᄌᆡ 다시 운쥬의 니르러 운낭을 반길고[11]

[한창기본] 칠연를 탁신운낭ᄌᆞᄒᆞᆫ이, 그난 경ᄐᆡ산고. 금의 악슈상별ᄒᆞᆫ이, 옥누쳡심양ᄂᆡ숨이라. 비지ᄒᆞ일장경영아, ᄀᆡᆨ도운쥬방운낭가.

완판본에는 한자음이 노출된 반면, 경판본에는 한시가 번역되었다. 두 계열의 차이가 분명하다. 한창기본 역시 한자음을 그대로 드러냈다. 이 점에서 한창기본이 완판 계열에 속함을 확인할 수 있다. 완판본과 대비해보면 오류도 있지만, 같은 계열임에는 췌언이 필요치 않다.[12] 이외에도 글자 출입 및 내용 대비를 통해서도 한창기본의 계열은 금방 확인된다. 예컨대 〈장경전〉 앞부분에 나오는 도사의 예언 부분만 해도 그렇다.

[완판 65장본] 부모 ᄋᆡ즁ᄒᆞ여 ᄒᆞ더니 ᄒᆞ로ᄂᆞᆫ 도ᄉᆞ의 말을 ᄉᆡᆼ각ᄒᆞ고 혹 이별이 이실 ᄃᆞᆺᄒᆞ야 졔 일흠과 ᄉᆡᆼ월ᄉᆡᆼ시을 져거 옷짓 소긔 너헛덧라.

---

10) 완판본 〈장경전〉, 국립중앙도서관본. 특별한 경우가 아닌 한 모두 이 책을 토대로 한 것이므로, 별도의 인용 표기는 하지 않음. 이하 다른 본도 이에 준함.

11) 경판 35장본 〈장경전〉, 파리동양어학교본, 김동욱 편, 『영인고소설판각본전집』 5, 연세대학교 인문과학연구소, 1973.

12) 한시는 "七年託身雲娘子, 其恩猶輕泰山高. 今日幄手相別離, 玉淚沾濕兩羅衫. 未知何日張景影, 更到雲州訪雲娘."로 완판은 음을 정확히 썼다. 반면 한창기본에는 그 음이 빠지기도 하고 오류도 보인다. 이 점에서 보면 한창기본은 이 시를 완전히 이해하지 못한 것으로 보인다. 이후 한창기본에는 한자로 쓴 원정과 제문 등이 빠진 것도 이와 무관하지 않다.

[한창기본] 부모 ᄋᆡ중ᄒᆞ던이 ᄒᆞ로난 도ᄉᆞ의 말ᄉᆞᆷ를 ᄉᆡᆼ각ᄒᆞ고 니별이 혹 잇슬가 져어ᄒᆞ야 일흠과 ᄉᆡᆼ월ᄉᆡᆼ시를 적어 옷짓 쇽의 너허더라.

[경판 35장본] 경이 점점 ᄌᆞ라ᄆᆡ 칠셰의 시셔를 통ᄒᆞ고 무예를 조화ᄒᆞ니, 부뫼 과히 ᄉᆞ랑ᄒᆞ여 그 너무 슉셩ᄒᆞ믈 써리더니 일일은 ᄒᆞᆫ 도ᄉᆡ 지나다가 경을 보고 왈 "이 ᄋᆞ히 일홈이 ᄉᆞ히의 진동ᄒᆞ고 부귀공명을 ᄯᆞ로 이 업거니와 쵸분이 불길ᄒᆞ여 십셰의 부모를 니별ᄒᆞ고 일신이 표박ᄒᆞ리라." ᄒᆞ거늘 쳐ᄉᆡ 가쟝 의심ᄒᆞ여 부인ᄃᆞ려 도ᄉᆞ의 말을 니르고 ᄉᆡᆼ월ᄉᆡᆼ시와 셩명을 써 옷깃ᄉᆡ 감초니라.

표기 현황만으로도 한창기본은 완판본을 전사하되 부분적으로 변화를 주었다는 점을 쉬 확인할 수 있다. 두 본 간에 차이가 크지 않다. 그런데 더 큰 문제는 밑줄 친 부분이다. 완판본에는 '하루는 도사의 말을 생각하고'라는 내용이 뜬금없이 나온다. 앞의 내용에서는 도사가 등장한 적도 없는데, 이 부분에서 도사의 예언을 떠올리는 것은 모순이다. 완판본은 이전에 존재했던 텍스트를 수용하여 판각하면서 뜻하지 않은 오류를 범했던 것이다. 아마도 무의식적으로 특정 부분을 빠트렸거나, 혹은 상업적 목적 성취를 위해 내용을 축약하는 도정에서 체계성을 갖추지 못한 구성을 마련한 결과리라. 완판본에서 빠트린 이 내용은 경판본을 통해 확인할 수 있다.

경판본에서는 장경이 너무 숙성함을 걱정하던 차에, 우연히 지나던 한 도사가 장경을 보고 그의 운명을 예언하는 장면이 온전히 나타나 있다. 밑줄 친 부분이 그러하다. 완판본은 바로 이 부분이 누락된 것이다. 그런데 이런 결정적인 오류를 한창기본은 그대로 답습하고 있다. 이 점에서 한창기본은 맹목적으로 완판본을 필사한 텍스트로 짐작할 수도 있다. 그러나 이는 가시적인 현상을 좇은 평가다. 실제 완판 계열 필사본들과의 관계까지 고려하면 그 양상은 더욱 복잡해진다.

현전하는 완판본은 완정한 텍스트가 아니다. 판본은 여러 차례 보각하는 도정에서 책판이 사라지고 없는 경우도 있다. 이럴 때에는 급한 대로 앞뒤 문맥을 고려하여 책판을 새로 새겨서 다른 책판 사이에 끼워 넣기도 했다. 그런 사정을 고려할 때 불완정한 현재의 완판본을 재구성하기 위해서는 완판에서 파생된 필사본의 역할이 클 수밖에 없다. 그런데 문제는 현전하는 필사본 상호 간에 긴밀한 관련성을 보이지 않는다는 점이다. 원 완판본에서 현전하는 완판본, 홍윤표본, 단국대본, 고려대본, 나손본 등이 각각 파생되었다는 범박한 주장도[13] 어쩔 수 없는 결과다. 텍스트 상호 간에 관계가 없기 때문에 각기 다른 경로로 형성되었다는 결론이 만들어진 것이다. 이런 도정에서 만난 한창기본은 흥미롭다. 한창기본은 여러 이본 중 고려대본과 같은 계열이지만,[14] 두 본 간에는 직접적인 관계가 없다. 이는 두 본이 일실된 특정한 텍스트를 모본으로 하여 각각 파생되었음을 뜻한다. 즉 두 본의 공통적인 요소와 현전 완판본을 대비함으로써 원 텍스트 재구성에 좀 더 유리한 면모를 갖출 수 있게 된 것이다. 이 점에서 한창기본 〈장경전〉은 이본으로서의 가치를 갖는다.

2.2. 한창기본 〈장경전〉과 완판본과의 대비적 고찰

1) 완판본 원형 재구 가능성으로서의 텍스트, 한창기본 〈장경전〉

현전하는 완판 65장본은 여러 차례 보각이나 수정 또는 번각한 형태로 존재한다. 책 말미에 "戊申孟夏完龜洞改刊"이라는 기록이 있으니, 마지막 보각은 무신년(戊申年)에 전주 귀석리(龜石里)에서 이루어졌음을 짐작할 수 있다. 무신년은 1908년이다. 또한 판권지를 보면 대정(大正)

13) 이경희, 앞의 논문, 2003.

14) 이에 대해서는 후술된다.

5년, 곧 1916년에 전주 다가서포(多街書舖)에서 발행했음도 알 수 있다. 1908년에 보각한 판을 전주 다가서포에서 찍었던 정황을 확인케 한다. 이 책에는 각자체가 적어도 네 종류 이상 쓰였는데, 그 중에는 55장본 〈구운몽〉에 쓰인 글씨체도 있다. 〈구운몽〉이 1862년에 만들어진 판을 대상으로 했다는 점을 고려하면,[15] 〈장경전〉 역시 처음 간행된 시기는 그와 비슷하리라 추정할 수 있다.

문제는 새로 인쇄하는 도정에서 판목이 뒤틀리거나 훼손되어 파기되는 경우도 있었다는 점이다. 파기된 판목 중 내용이 확인되면 거기에 맞춰 책판을 만들면 된다. 그러나 내용을 확인할 수 없는 경우는 앞뒤 문맥을 통해 새로 책판을 꾸밀 수밖에 없었을 터다. 현전하는 완판 65장본도 그랬다. 61장을 아예 공백으로 둔 것은 조판 과정에서 나타난 실수로 치부하면 그만이다. 그러나 31장과 45장은 당시 판각 과정의 일면이 어떠했던가를 적실하게 드러낸다.

완판본 64장본 중 31장의 각자체는 32장과 다르다. 문제는 글자체만 다른 게 아니다. 내용에도 문제가 있다. 31장에는 크게 두 가지 에피소드가 실려 있다. 하나는 장경이 부친을 만난 후에 그 사연을 황제께 상소하는 내용이고, 다른 하나는 상소 후 길을 떠나다가 모친이 계신 건주 지방을 지나다가 모친을 만나기 직전까지의 내용이다. 이 부분은 한창기본과 완판본 사이에 내용상 차이가 크다. 완판본에는 상소 내용이 장황하게 이어진 반면,[16] 한창기본은 그렇게까지 장황하지 않다.[17] 한창

---

15) 류탁일, 『완판방각본소설의 문헌학적 연구』, 학문사, 1981.

16) '도총부 ᄃᆡ원슈 장경은 근빅비상언우폐하셩명진하ᄒᆞ옵니다. 신이 봉명남졍ᄋᆡ 심의겨 불명ᄒᆞ와 부결일장ᄒᆞ옵고 일고로 양젹을 쇼멸ᄒᆞ오니 신의 ᄌᆡ릉의로 그려홈이 아니오라 폐ᄒᆞ 은위여천ᄒᆞ시와 원방이 막불회복키로 이러홉이로쇼이다. 신본여남포의로 나이 겨우 오셰의 유간의 날니를 만나 부모와 함기 죵남산즁의 피란ᄒᆞ옵다가 젹병을 만나 부모을 일습고 일신이 의탁이 업사와 유리기결ᄒᆞ옵다가 연지이십예 비로쇼 황은일 입사와 몸이 현달ᄒᆞ옵고 금번 남방의 출젼ᄒᆞ와 다힝이 ᄀᆡ가로 회군ᄒᆞ옵든이 황ᄒᆞ쌍의

기본이 31장 전반부를 축약했다고 보면 그만이다. 그런데 완판 31장 후반부의 내용은 당혹스럽기까지 하다.

> 각셜이라. 원수 회군ᄒᆞ야 여남을 당홀식 병갑이 션명ᄒᆞ고 위의 찰난ᄒᆞ야 사야인민들니 보고 흡션이 여기며 치ᄒᆞ분분트라. 원수 고향산쳔을 당도ᄒᆞᄆᆡ 아무리 금의환힝이여마는 옛일 ᄉᆡᆼ각ᄒᆞᄆᆡ 심회 ᄌᆞ연 살난턴이 홀연 풍편의 우럼 쇼리 들이거늘[18]

이 내용을 보면 장경은 자기의 고향 여남으로 향했다. 이어 금의환향이라고 했으니 오류가 아니다. 그런데 이 내용 뒤, 즉 완판 32장은 다시 원 상태로 되돌려 놓았다. 고향 여남이 아니라, 장경의 모친이 피신해 있는 건주 진어사의 집을 지나는 것으로 된 것이다. 들려오는 울음소리도 진어사 집에서 장경을 그리워하는 모친에게서 나왔으니, 울음소리에 이끌려 장경이 진어사 집으로 향한 행위도 합리적이다. 그런데 완판 31장은 고향을 지나는 것으로 설정하였으니, 명백한 오류다. 이는 책판이 훼손된 상태였지만, 참고할 만한 텍스트가 없었음을 짐작케 한다. 이에 각수는 앞뒤 맥락에 맞춰 새롭게 각자하느라 이런 오류가 나온 것이다.

다다러 신부 장취를 만나ᄉᆞ오이 부ᄌᆞ지간의 십여연 만의 ᄉᆞᆼ봉ᄒᆞ오이 경호 오직ᄒᆞ오릿가만는 당쵸 신부 산즁의셔 유간의게 겁칙을 당ᄒᆞ야 ᄇᆡᆨ방의로 피신코자 ᄒᆞ오나 할 기리 업ᄉᆞ와 목심을 자결코ᄌᆞᄒᆞ다 다시 쳐ᄌᆞ를 만나볼가 ᄒᆞ야 인순ᄒᆞ와 유간의게 잇삽다가 유간의 병픽 취ᄉᆞ홈이 밋쳐 신부도 ᄌᆞ연 죄과의 밋쳐 황화도로 유리정쇽ᄒᆞ와습든니 금번 신의 회군ᄒᆞ옵든 날의 ᄉᆞᆼ명ᄒᆞ엿ᄉᆞ오며 신부가 죄적 즁의 잇ᄉᆞ온직 신의 마음의 막막황숑ᄒᆞ옵기로 쳔위지ᄒᆞ의 감이 앙당ᄒᆞ오이 특별ᄒᆞ히지턱을 듸리ᄉᆞ 아부 죄을 ᄉᆞᄒᆞ시고 신의 몸의로 ᄃᆡ신 죄를 당케 ᄒᆞ시면 만번 쥭ᄉᆞ와도 여ᄒᆞᆫ이 업ᄉᆞ외다.'

17) 'ᄃᆡ원슈 장경은 근ᄇᆡᆨ비상언우펴ᄒᆞ젼의 올이난이다. 남편호지민이라. 연이 오세여 부ᄌᆞ 각긔 갈여 유리ᄒᆞ옵고 싱장도로ᄒᆞ여 미면아쥴지셩일넌이다. 향이 황감ᄒᆞᆫ 덕턱를 입어 양적를 쇼멸ᄒᆞ고 회군지로의 ᄋᆡ비를 맛나사온이 쳔은이 망극ᄒᆞᆫ지라. 니졔 직첩를 졔슈ᄒᆞ옵신이 븍원 펴ᄒᆞ난 환슈직첩ᄒᆞ옵쇼셔.'

18) 완판본 31장 뒷면.

그런데 이 장면이 한창기본은 다음과 같이 나타난다.

> 원슈의 힝ᄎᆞ 건쥬의 지ᄂᆡ던이 닌읍 상ᄒᆞ 인민이 다 원슈의 군힝를 보려ᄒᆞ고 구름 뫼듯ᄒᆞ더라. 니젹의 진어ᄉᆞ 부인니 장쳐ᄉᆞ 부인을 다리고 원슈의 위의를 귀경코ᄌᆞ ᄒᆞ야 동손의 올나 본이 도로 분〃ᄒᆞ야 금갑 입운 곤ᄉᆞ 지ᄂᆡ가면셔〃로 니로ᄃᆡ "우리 ᄃᆡ원슈 니번 싸홈의 승젼ᄒᆞ시고 난중의 니려던 부친를 졀도의 맛난이 니난 젼고의 드문 이리로다." ᄒᆞ고 지ᄂᆡ가거날, 쳐ᄉᆞ 부인이 듯고 자연 마음이 비창ᄒᆞ여 가군과 자식를 싱각ᄒᆞ고 눈믈을 흘여 쇼릭 나난 쥴을 ᄭᆡ닷지 못ᄒᆞ고 방셩ᄃᆡ곡ᄒᆞ이, 진부인과 시비 위로ᄒᆞ더라. 원슈 윤거의 놉피 안져 힝ᄒᆞ던니 풍편의 우름소릭 들니거날[19)]

한창기본은 군더더기가 전혀 없다. 장경은 모친이 피신해 있는 건주를 지나가고, 모친은 대원수의 행차를 구경하러 나왔다가 문득 남편과 자식 생각에 절로 울음소리가 나왔다는 설정이다. 합리적 구성이다. 이는 무엇을 말하는가? 적어도 이 부분은 현전하는 완판본 번각 이전의 내용이었을 개연성이 높다. 즉 본래 완판 65장의 31장은 한창기본과 같은 형태의 책판이었을 개연성이 높다. 이는 추론으로 그치지 않는다. 고려대본과 나손본도 함께 보면 그 양상이 더욱 분명해진다.

> [고려대본] 원슈 힝취 건주로 지ᄂᆡᆫ지라. 상ᄒᆞ 인민이 다 원수의 군힝을 구경코져 ᄒᆞ여 구름 못틋ᄒᆞ더라. 이젹의 진어ᄉᆞ 부인이 장쳐ᄉᆞ 부인을 ᄃᆞ리고 원수 위의을 구경코져 ᄒᆞ여 동산의 올나 보시던니 도로 분〃ᄒᆞ여 나려오며 드르니 금갑입은 군식 지ᄂᆡ가며 셔로 일오ᄃᆡ "원쉬 이번 ᄊᆞ홈의 승젼ᄒᆞ고 난중의 일허던 부친을 져도의셔 맛닌이〃은 젼고의 드

19) 한창기본 〈장경전〉 33장 앞.

> 문 일이라." ᄒᆞ거놀 쳐ᄉᆞ 부인이 드르시고 마으미 ᄌᆞ연 비창ᄒᆞ여 가군과 ᄌᆞ식을 ᄉᆡᆼ각ᄒᆞ고 눈물을 흘여 쇼ᄅᆡᄂᆞ난 즐 ᄶᅵ 닷지 못ᄒᆞ고 슬피 통곡ᄒᆞ시니 진어사과 시비 등이 위로ᄒᆞ더라. 원쉬 윤건의 놉피 ᄂᆞᆫᄌᆞ 힝ᄒᆞ더니 풍편의 우름쇼ᄅᆡ 들이거놀
>
> [나손본] 원슈 힝ᄎᆞ 근쥬의 기ᄂᆡ더니 닌읍 슈령 상ᄒᆞ 인민이 원슈의 군힝를 보랴고 구름 모덧ᄒᆞ더라. 이젹의 진어ᄉᆞ 부인이 즁쳐ᄉᆞ 부인을 다리고 원슈의 위의를 관광코ᄌᆞ ᄒᆞ야 동ᄉᆞ의 올나 보시더니 도로 분〃ᄒᆞ야 군ᄉᆡ 지ᄂᆡ가며 셔로 일오ᄃᆡ "ᄃᆡ원슈 이번 ᄊᆞ홈의 승젼ᄒᆞ시고 ᄯᅩ한 난듕의 이러던 부친을 난듕의셔 만나시니 쳔고의 드문 이리다." ᄒᆞ며 가거날, 장쳐ᄉᆞ 부인이〃말을 드르ᄆᆡ 마음이 ᄌᆞ연 비ᄎᆞᆼᄒᆞ여 가군과 ᄌᆞ식을 ᄉᆡᆼ각ᄒᆞ고 ᄒᆡ음업시 눈물이 흘너 소ᄅᆡ 나난 쥴 모로고 통곡ᄒᆞ시니, 진부인과 시비 등이 위로할 ᄎᆞ의 원슈 윤거의 놉이 안ᄌᆞ 풍편의 우름 소ᄅᆡ을 듯고[20]

표기상의 차이가 일부 있지만, 한창기본은 고려대본 및 나손본과 동일하다. 고려대본은 같은 계열인 반면, 나손본은 전혀 달리 향유된 이본이다. 하지만 이 대목은 다르지 않다. 경로를 달리해도 같은 내용이라는 점은 이 부분은 원 완판본에 존재했던 내용임을 확인케 한다. 완판 65장본의 31장은 번각 도정에서 기존 판목과 다른 내용을 새겨 기존 판목에 합체한 것인 셈이다. 본래의 31장의 내용은 한창기본을 비롯한 필사본이 더 원 완판본에 가깝다고 할 수 있다.

완판 64장본의 45장도 마찬가지다. 이 판목에 새긴 내용 역시 앞뒷장과 긴밀하지 않다. 억지로 내용을 꾸며 끼워 넣었다고 볼밖에, 다른 생각은 전혀 할 수 없다. 44장에는 소부인이 모략으로 초운이 다른 남자와 통간한다는 함정에 빠트린 후, 다른 두 부인[왕부인, 진부인]을 불러 어

---

20) 나손본 〈장경전〉 『필사본고소설자료총서』 51, 보경문화사, 1993, 641~642면.

떻게 처치할 것인가를 묻는다. 한창기본에서는 소부인의 물음에 대해 두 부인 모두 소부인에게 일임한다. 그런 후 진부인이 밤에 몰래 시비 향낭을 시켜 초운에게 편지를 보내 복중 아기를 생각해서라도 기운을 차리라고 한다. 이에 초운은 울면서 그 은혜에 감사하며 답장을 준비하는 데까지로 나온다. 자연스러운 전개다. 이 내용 역시 고려대본이나 나손본이나 다를 게 없다. 그러나 완판본의 45장은 이와 다르다.

소부인이 초운을 어떻게 처치할 것인가에 대한 반응부터 다르다. 왕씨[부인이라고도 하지 않았다]는 초운이 평소의 행실은 얌전하지만 근본이 창기인지라 어떻게 해야할 지 갈팡지팡하고, 진씨는 침음할 뿐이다. 그러자 뜬금없이 소씨의 욕설이 나온다. "네 니 년! 요망ᄒᆞ고 음특ᄒᆞᆫ 연. 네 아무리 놀유장화 몸의로 남 오장을 쏩는 연이들……" 하며 이어진다. 이전의 미감과 전혀 다른 천박한 욕설이 당혹스러울 정도다. 그리고 옥에 갇힌 초운의 심정이 길게 이어진다. 초운은 그 심정을 편지를 써서 누구에게든지 전달하려 한다. 그 때 정말 우연히 진부인의 시비 향란이 왔다. 황당한 전개다. 편지의 수신자를 생각하지 않고 쓴 편지. 그러나 완판의 46장을 보면 그 편지가 진부인이 보낸 편지에 대한 답장이어야 하니, 45장에서 아무에게나 보이려고 편지를 썼다는 내용은 모순이 된다.

한창기본에서 보였던 급박한 서사 전개가 완판본에는 전혀 다르게 나타났다. 고려대본과 나손본 역시 한창기본과 약간의 차이가 있지만, 기본 틀은 동일하다. 앞서 보았던 완판본의 31장과 같은 양상이다. 완판본을 번각하는 도정에서 나온 중대한 오류다. 이는 당시 도시에서 상업적 출판문화가 어떻게 급조되고 변모되어 왔는가를 엿보게 하는 한 현상이기도 하다. 책판이 파기되었을 때에는 꼼꼼한 고증을 통해 새로 판을 짜는 것이 아니라, 대충 내용을 조작해서 책판을 만들던 정황이 분명해진다. 조금만 시간을 두고 보면 가능할 일을 이렇게 급조하는 데에는 그 이유가 있었을 법하다. 아마도 출판사 각수 작가가 체계적으로 분업이 이루어진 것이 아니라, 책판과 관련된 일은 오로지 각수에게 맡긴 탓에서 비롯된 것이 아닐까 짐작만 해볼 뿐이다. 정해진 시간 내에 책을 출간해야 하는 입장에서는 내용을 정치하게 파악하기보다 급히 책을 인쇄하는 일이 더 급했을 터기 때문이다. 이런 상황에서 한창기본은 원 완판본의 원형을 재구하는 데에 유의미한 가치를 갖는다고 할 만하다. 완판본과의 차이를 읽어낼 뿐 아니라, 다른 완판 계열 이본들과 더불어 원 완판본의 존재 양상을 확인케 하는 수단으로서 한창기본은 일정한 의의를 갖는다. 이 문제는 다른 이본들과 대비적 고찰이 함께 이루어질 때 보다 유의미한 가치를 얻을 수 있을 터다.

2) 필사와 개작의 경계, 한창기본 〈장경전〉

한창기본 〈장경전〉은 이미 있던 텍스트를 필사하였다. 그 양상은 다음을 통해서도 알 수 있다.

> [완판본] "신이 삼남일녀을 두엇ᄉᆞ오ᄃᆡ ᄌᆞ녀을 안치고 님의 졍혼ᄒᆞ엿습거놀 ①<u>우승샹이 쯧밧긔 즁ᄆᆡ을 보ᄂᆡ엿ᄉᆞ오ᄆᆡ 허치 안이ᄒᆞ엿ᄂᆡ이다.</u>" 우승샹이 엿ᄌᆞ오ᄃᆡ "쇼셩운은 삼남일녀을 두어ᄉᆞ오나 ②<u>후ᄉᆞ을 염여ᄒᆞᆯ ᄇᆡ 업ᄉᆞ오ᄃᆡ 쇼신은 다만 일녀을 두엇ᄉᆞ온이</u> 만일 쟝경을 못 어드면 후ᄉᆞ을 젼ᄒᆞᆯ 고지 업ᄂᆡ이다."
>
> [고려대본] "신이 ᄉᆞᆷ남일여을 두엿시되 ᄎᆞ여을 안치고 임의 졍혼ᄒᆞ엇거ᄂᆞᆯ ①<u>우승상이 듯박계 즁ᄆᆡ을 보ᄂᆡ여ᄊᆞ오ᄆᆡ 허치 안이ᄒᆞ엿ᄂᆞᆫ니다.</u>" 우승상이 엇ᄌᆞ오ᄃᆡ "쇼셩운은 ᄉᆞᆷᄂᆞᆷ일여을 두엇ᄉᆞᆫ니 족히 ②<u>후ᄉᆞ을 염여 업ᄉᆞ오ᄃᆡ 쇼신은 다만 일여을 두엇ᄊᆞ오니</u> 말일 쟝경 곳 안이오면 후ᄉᆞ을 젼ᄒᆞᆯ 고지 업난이다."
>
> [한창기본] "신이 ᄉᆞᆷ남일여를 두어씨되 자여를 안치고 니무 졀혼ᄒᆞ여삽거날. <u>[누락]</u>" 우승상이 엿ᄌᆞ오ᄃᆡ "쇼셩운언 ᄉᆞᆷ남일여를 두어사온이 <u>[누</u>

락] 만일 장경를 못 어드도 후ᄉᆞ를 젼할 고지 엇난이다."

한창기본에는 완판본에 있는 ①과 ②가 모두 빠져 있다. ①은 '우승샹이'라는 같은 글자 앞에서, ②는 '두엇ᄉᆞ오니'라는 같은 글자 앞에서 무의식적으로 특정 부분을 건너뛰고 필사한 것으로 보인다. 같은 계통에 속한 고려대본 역시 이 부분이 그대로 존재한다. 한창기본에서만 누락이 있었음을 확인케 한다. 특히 ①은 한 줄 정도의 분량에 해당한다. 한창기본의 모본이었던 텍스트는 한 행 당 25자 내외로 이루어진 본이었을 가능성이 높다. 실제 한창기본에는 25자 내외의 글자가 빠진 경우가 적잖이 보인다.

> ③ 운남을 쳐 엇고 <u>셩듕의 웅거ᄒᆞ야던이 대원슈 오단 말을 듯고 즉시 적셔을 젼ᄒᆞ여</u> 쓰오쟈 [22장 뒷면]
> ④ 비감ᄒᆞ여 <u>즁군의 분부ᄒᆞ여 내 진어ᄉᆞ덕의 단여갈 거시니 잠간 누진ᄒᆞ라 ᄒᆞ고</u> 윤거를 모라 [33장 뒷면]
> ⑤ 졀도ᄉᆞ을 <u>다리고 단기다가 원슈 만난 ᄉᆞ연을 알외니 부인이 쏘ᄒᆞᆫ 장경을</u> 일코 집의 나려 [35장 앞면]
> ⑥ 일홈을 <u>명현이라 ᄒᆞ고 취향의 마리을 싹가 명현의 샹좌을 삼고 일홈을</u> 청원이라 ᄒᆞ이 [52장 앞면]

인용문에서 밑줄 친 부분은 한창기본에만 빠져 있다. 비의도적인 오류를 범한 경우로, 필사 도정에서 무의식적으로 한 줄을 건너뛰고 필사한 사례다. 빠진 글자 수는 각각 26자(③), 27자(④), 25자(⑤), 25자(⑥)다. 이로써 보면 한창기본의 모본은 한 행에 25자 내외로 이루어진 텍스트일 개연성이 높다. 25자 내외는 완판본 한 줄에 해당하는 글자 수와도 유사한지라, 한창기본은 이전에 존재하던 완판본을 토대로 필사했을 가능성도 배제할 수 없다.

한창기본은 고려대본과[21] 계통을 같이한다. 두 본을 다른 본과 대비해볼 때 크게 네 군데서 두드러진 차이를 보이는데, 그 차이가 두 본에서는 공통적으로 나타난다. 네 양상은 첫째, 장취가 올리는 제문(祭文)이 통째로 빠짐. 둘째, 1차 전쟁 후 출전 장수에 대한 훈록(勳錄) 부분이 축약됨. 셋째, 유배를 가게 된 장경이 황제께 올리는 원정(原情)이 통째로 빠짐. 넷째, 반역자 건성을 처치하기 위해 전쟁을 준비하는 장면이 대폭 축약됨 등이 그러하다. 두 본이 같은 계통에 속함을 뜻한다. 그렇지만 두 분 간에는 직접적인 관련이 없다. 그 양상은 다음의 예만으로도 입증할 수 있다.

① [완판본] 남만왕 셜영국은 근돈슈빅비ᄒᆞ옵고 대원슈 졀하ᄒᆞᄂᆞ이 신이 오쳥인국지참ᄒᆞ고 망발싱의ᄒᆞ와 감범황졔련이 지궁병픽ᄒᆞ와 계경이 죠ᄒᆞ야

[고려대본] 남만왕 설영국은 돈슈빅비ᄒᆞ옵고 원슈졀하에 화친을 쳥ᄒᆞᄂᆞ니 신이 오쳥인국지언ᄒᆞ니 만죄ᄉᆞ무셕옵고 망발싱의ᄒᆞ야 갑병을 거ᄂᆞ려 황상의 근심이 되여더니 지궁병픽ᄒᆞ와

[한창기본] 남만왕 셜영국은 돈슈빅비ᄒᆞ고 망발싱의ᄒᆞ와 황졔젼의 지궁병픽ᄒᆞ와

② [완판본] 졔물을 갓초와 졔훌ᄉᆡ 고묘졔문의 ᄒᆞ여시되 (제문 생략) 상향ᄒᆞ옵쇼셔 ᄒᆞ고 슬피 통곡ᄒᆞ니 산천초목이 다 우ᄂᆞᆫ 듯ᄒᆞ더라. 분묘의 ᄒᆞ직ᄒᆞ고

[고려대본] 졔물을 셩비히 ᄒᆞ여 비추의 졔ᄉᆞᄒᆞ고, 분묘의 하직ᄒᆞ고

---

21) 고려대본 2장 이면에는 "慶尙北道 奉化郡 物野面 北枝 1114(壹仟壹佰拾肆) 枝東宅入納"과 "張慶傳 主人은 鄭生員 枝東宅"이라는 낙서가 있다. 주소를 쓰듯이 지번까지 밝히는 경우는 대체로 20세기 이후에 필사된 것이라는 점을 고려하면 고려대본 역시 1900년 이후에 필사되었을 개연성이 높다.

> [한창기본] 졔물을 갓쵸와 츅문을 지여 통곡ᄒᆞᆫ이 산쳔쵸목이 다 우난 듯ᄒᆞ더라. 분뫼의 하직ᄒᆞ고

완판본을 기준으로 놓고 볼 때 ①은 고려대본이 선본이라 볼 수 있고, ②는 반대로 한창기본이 선본의 형태를 띤다. 상호 간에 직접적인 관련이 없음을 입증한다. 두 본은 같은 텍스트, 혹은 같은 텍스트에서 파생된 본을 토대로 각자 형성되었음을 알 수 있다. 그런데 두 본 간에 전혀 이질적인 내용도 있다. 이는 해당 텍스트의 필사자의 욕망이 투사된 결과라 할 수 있다. 독자의 기대지평에 따른 필사자의 욕망이 작품 개작으로까지 이어졌다고 평가할 수 있다. 한창기본에도 이런 현상을 볼 수 있다. 이런 현상이 가장 두드러진 장면은 작품의 시작 부분이다.

한창기본의 배경은 "여남 북촌 설학동"이다. 본래 경판 계열과 완판 계열은 배경부터 다르게 설정되어 있다. 경판 35장본이 "화셜. 숑시졀의 여람 북촌 셜학동의 ᄒᆞᆫ처식 잇스니"로 시작하는 반면, 완판본은 "각셜이라. 녜 진시졀의 녀남 ᄡᅡ의셔 사ᄂᆞᆫ 장쉬란 션비 이시되"로 시작한다. 경판은 송나라로, 완판은 진나라로 나온다. 경판은 여남 북촌 설학동으로 지명이 구체적으로 드러나는 반면, 완판은 단지 여남으로만 설정되었다. 배경의 차이는 두 계열을 구분하는 주요한 근거가 되기도 한다.[22] 한창기본은 완판 계열에 속하지만, 배경은 경판 계열에 가깝다는 점이 흥미롭다. 왜 이런 현상이 나타난 것일까? 이를 확인하기 위해 우선 한창기본 〈장경전〉의 서두를 읽어볼 필요가 있다.

> ᄃᆡ명 쇼졔 시졀의 국ᄐᆡ민안ᄒᆞ고 가급닌죡이라. 이ᄯᆡ 여남 북촌 셜학동의 ᄒᆞᆫ ᄉᆞ롬이 잇스되 셩은 댱이요, 명은 쉬요, ᄌᆞ난 츈익이요, 별호ᄂᆞᆫ

---

22) 이경희, 앞의 논문, 2003, 40면.

> 쳐ᄉᆞ위명ᄒᆞ난ᄃᆡ 일즉 몸이 현달ᄒᆞ여 가손이 요부ᄒᆞ되 연즁사십토록 실ᄒᆞ의 일ᄀᆡ 혈육 업셔 그 부닌 여씨로 더부러 ᄆᆡ일 셜워ᄒᆞ더니 ᄒᆞ로난 부닌이 쳐ᄉᆞ게 엿ᄌᆞ오ᄃᆡ 듯ᄉᆞ온ᄃᆡ ᄐᆡ힝산 쳔(……이하 10여자 결……)이 거로ᄒᆞ야 혹 무ᄌᆞᄒᆞᆫ ᄉᆞ롬이 페ᄇᆡᆨ을 갓쵸와 지셩발원ᄒᆞ오면 혹 ᄌᆞ식(……이하 2자 결……)다 ᄒᆞ오니[23]

다른 이본들에서는 전혀 볼 수 없었던 시작이다. 모두가 “대명 쇼제 시졀의 국ᄐᆡ민안ᄒᆞ고 가급닌죡이라”다. 판소리 소설의 개장 방식을 차용하였다. 완판과 경판을 비롯한 여타 필사본에서는 전혀 볼 수 없는 서두다. 다른 필사본들도 마찬가지다. 다른 필사본들 역시 대부분은 “각셜. 옛 진시 시졀의 여람 닷의 ᄒᆞᆫ ᄉᆞ롬잇 성읜 장니요, 명은 츄라.”처럼[24] 시작하는 것이 일반이다. 그런데 한창기본은 이에 대해 전혀 다른 형태를 취한다. 거기에 배경도 ‘대명(大明)’이다. 진[완판]과 송[경판]이 아니라, 명이다. 현재까지 명을 배경으로 한 〈장경전〉은 없었다. 그러나 구체적인 지명은 경판 계열에서 보았던 ‘여남 북촌 설학동’이니, 서두 부분은 경판에 가깝다고 할 수 있다.

이 자체만으로도 독특한데, 한창기본은 더욱 파행적으로 이야기를 전개한다. 한창기본은 이 서두를 이어 곧바로 ‘처사로 이름을 얻은 장취가 40이 넘도록 슬하에 자식이 없어서 부인 여씨와 더불어 슬퍼하다가 태행산 천축사에 가서 기자치성을 드리겠다’는 내용으로 이어지기 때문이다. 이 내용은 별반 문제될 것이 없어 보인다. 익숙한 영웅소설의 패턴이기 때문이다. 하지만 모든 〈장경전〉 이본에는 이 내용에 앞서 반드시 나타나는 내용이 있다. 빈한한 선비 장취가 집이 가난하여 늦도록 취처하지 못하다가 방능 땅의 여씨와 혼인한다는 내용. 그리고 너무 가난한

---

23) 한창기본 〈장경전〉 1장 앞면.

24) 나손본 〈장경전〉, 『필사본고소설자료총서』 51, 보경문화사, 1993.

탓에 납폐로 드릴 게 없어 어머니가 남긴 옥지환으로 그를 대신한다는 내용이 그러하다. 한창기본에는 이 내용을 전부 지웠다. 앞서 제시한 서두를 이어 곧바로 기자치성으로 전개시켰다.

지워진 이 부분은 장취의 가난함을 극대화한 대목으로 〈장경전〉에 비치는 하층 체험의 사실성이 비교적 잘 그려져 있다. 하지만 한창기본에서는 이 부분을 모두 지웠다. 소설 주인공이 하층민의 삶을 드러내는 것에 불만을 가진 누군가가 의도적으로 내용을 개작하기 위해 해당 부분을 지웠다고 볼 수도 있다. “셰간이 가난ᄒᆞ야 나히 만토록 취쳐을 못ᄒᆞ야던” 장취, “집이 간난ᄒᆞ미 혼슈홀 거시 업셔 쥬야의 한탄ᄒᆞ”던 장취를 한창기본에서는 “일즉 몸이 현달ᄒᆞ여 가손이 요부”한 장취로 바꾸었다. 한창기본에서 장경의 부친은 현달하였고, 가산도 요부했던 인물로 만들었다. 전혀 새로운 인물이 등장한 셈이다. 이로써 서두에 나타나는 장취의 하층 체험은 한창기본에서는 완전히 사라졌다. 기존 〈장경전〉에서는 전혀 볼 수 없는 파격적인 시도다. 이를 어떻게 이해할 것인가? 적어도 애초 작품을 시작할 즈음에는 한창기본 〈장경전〉의 필사자가 적극적인 개작을 지향했음을 의미하는 것은 아닐까? 작품의 서두 부분만 보면 한창기본은 기존 〈장경전〉에 상당한 불만을 품고, 그에 따라 새로운 형태로 개작을 하려 했음을 짐작할 수 있다.

그러나 이 추정은 반은 타당하지만, 반은 타당치 않다. 왜냐하면 한창기본 필사자가 이런 시도를 한 것은 어쩔 수 없었던 이유가 있었기 때문이다. 바로 한창기본의 모본이었던 텍스트의 앞부분이 훼손되어 낙장으로 존재했던 이유가 그러하다.[25] 모본이 이미 파손된 상태였기에, 그를

25) 고려대본 〈장경전〉 앞부분이 상당히 축약된 것도 함께 고려할 만하다. 고려대본 역시 서두 부분은 축약이 되었는데, 이는 본래 이 계열 모본의 상태가 그리 좋지 않았던 데 그 동인이 있었던 것이 아닌가 짐작할 수 있다. 그랬기에 같은 계열에 속한 고려대본은 축약의 형태로, 한창기본은 전혀 새로운 내용으로 꾸몄던 것이 아닌가 한다.

필사할 수 없었던 필사자는 파손된 부분을 기존 독서 경험으로 임의로 채워넣은 내용이 바로 한창기본 서두 부분이라 할 만하다. 한창기본 〈장경전〉의 필사자는 파손된 부분을 기존 영웅소설의 유형화된 내용을 관습적인 틀에 의거하여 삽입해 놓았던 것이다. 실제 이 장을 지나면 완판본과 글자 출입도 거의 없을 만큼 동일한 형태를 취하고 있다는 점은 이를 방증하는 한 예가 된다. 또한 이런 식으로 짜깁기하는 현상은 이미 유재영본 〈금선각〉과 같은 텍스트에서 확인된 바도 있다.[26)]

이런 현상은 여기서 그치지 않는다. 완판본 55장 뒷면 5행부터 56장 뒷면 5행까지 3면 총24행에 해당하는 내용이 한창기본에는 아래와 같이 되어 있다.

> 빅이혜 왈 "승상의 츙셩은 ᄒᆞᆫ나리 아난 ᄇᆡ이 풍낭 지식ᄒᆞ긔을 ᄒᆞᆫ날젼의 비난이다." 쟉금 잇던이 풍낭이 지식ᄒᆞ거날, 승상이 폐졔을 바로 모셔 쳥운손의 계시계 ᄒᆞ고 남방 각진을 두로 단여 약쇽ᄒᆞ고

완판본의 24행을 이렇게 바꾸어 놓았다. 완판본 한 면이 12행이니, 24행은 곧 한 장에 해당한다. 한창기본 필사자는 아마도 필사 도중에 한 장이 결락되었기에 앞뒤 맥락을 고려하여 그 부분을 인용문처럼 진술해 놓은 것이리라. 그러나 이 내용은 오류다. 풍랑이 지식(止息)하면 폐제가 있는 황토섬에 갈 수도 없는데, 여기서는 풍랑이 지식하기를 빌었고, 실제로 풍랑이 멈췄다. 내용과 전혀 다른 결론이 나왔다. 또한 뜬금없이 폐제를 장경의 첩 초운이 있는 초운산 비구니 절에 머물도록 한 것도 오류다. 이후에도 폐제는 여전히 황토섬에 모셔져 있었다. 결과적으로 인용문은 오류를 범한 것이다. 이 현상은 앞서 보았던 완판본

---

26) 김준형, 「장풍운전 이본고-한문본 금선각을 중심으로」, 『우리어문연구』, 우리어문학회, 2013.

에서 책판이 유실되었을 때, 그 내용을 기워 넣었던 것과 다를 바 없다. 필사본은 완판본처럼 글자 수에 제한을 받지 않기 때문에 요약적으로 진술하였다는 차이만 있을 뿐이다. 이는 그 내용에 따라 상당히 확장될 수도, 줄어들 수도, 혹은 전혀 다른 내용으로 변개될 수도 있음을 증명한다.

필사자가 훼손된 부분을 새로운 내용으로 요약하거나 기워 넣는 것은 소설 형성과 관련하여 극히 작은 현상이지만 창작의 한 단면을 보여주었다고 평가할 만도 하다. 서두 부분에서 한창기본은 완판 계열을 따르면서 배경은 경판 계열을 취했다. 이는 특정 계열과 다른 계열과의 복합적이고 혼잡한 텍스트를 만드는 하나의 동인이 된다. 또한 55장의 훼손된 부분은 요약적으로 진술하기도 했다. 한창기본의 필사자는 적극적으로 창작하지 못했지만, 경우에 따라서는 풍부한 내용을 향할 수 있는 가능성도 열어둔 셈이다. 많은 고전문학 텍스트들에게서 발견되는 이런 현상의 일단이 한창기본 〈장경전〉에서 나타나고 있다는 점은 기억할 만하다. 이외에 축약이라든가 변개의 양상을 통해 한창기본의 지향이 어디로 향했는가가 더욱 분명해진다. 이에 대해서는 항을 달리하여 살펴보자.

3) 축약과 변개, 독자의 기대지평과 이야기의 욕망

다른 어떤 영웅소설에 비해 〈장경전〉은 경판과 완판의 내용 차이가 크지 않다. 그러면서도 굳이 지적해야 하는 두 본의 두드러진 차이는 군담 화소가 경판에는 거의 없는 반면, 완판에는 그것이 퍽 확장되어 있다는 점을 들 수 있다. 군담 화소는 소설의 구조보다 오락적 흥미를 높이기 위한 데에 목적을 둔 경우가 많다. 그러나 독자에 따라 군담보다 다른 화소에 더 흥미를 갖는 경우가 있다. 이에 따라 나손본처럼 애정 화소를 좀 더 부각하기도 한다.[27] 한창기본에는 축약이 많은데, 그 중에서도 작품 후반부의 군담 부분은 상당히 축소되었다. 세세한 묘사보다 이야기 전달 그 자체에 초점을 맞춘 까닭이다. 그 양상은 한 예만 봐도 금방 확인할 수 있다.

> [완판본] "내 과연 망명도쥬ᄒᆞ엿건이와 그ᄃᆡ 날을 잡어 반적 건성의게 밧치면 쳔금상의 만호후을 봉ᄒᆞ연이와 쳔금후 직도 조켜이와 인경이 ᄯᅩ한 지듕ᄒᆞᆫ지라. 그ᄃᆡ 소견의 족키 용ᄉᆞ할 듯ᄒᆞ되 원슈라 ᄒᆞ이 과연 아지 못ᄒᆞ노라." ᄒᆞᆫᄃᆡ 그 놈이 드른 쳬 안이ᄒᆞ고 호령왈 "너는 내 아비 쥭인 원슈라. 엇지 살기을 바라리요." ᄒᆞ고 범슈코져ᄒᆞ되 승상이 일홈이 유명ᄒᆞᄆᆡ 감이 달여드지 못ᄒᆞ더니 문득 거마 쇼릐 나며 군ᄉᆞ 요란이 오거놀, 보니 우총독 밍덕이라. 승상이 반겨 불너 왈
>
> [고려대본] "과연 망명도쥬ᄒᆞ잇스나 나을 잡아 반젹 건셩의겨 밧치면 쳔금상의 만호후을 봉ᄒᆞ리라 쳔금과 후직도 조컨이와 인명이 지중ᄒᆞ니 그ᄃᆡ 쇼건의 용셔홀 듯ᄒᆞ되 ᄂᆡ와 원쉬라 ᄒᆞ니 과연 아지 모ᄒᆞ노라. 그 놈이 드른 쳐 안이ᄒᆞ고 호령왈 "너는 ᄂᆡ 아비 주긴 원쉬라. 엇지 살기을 바리리요." ᄒᆞ고 범수코져 ᄒᆞ되 승상의 일홈이 유명ᄒᆞᄆᆡ 감히 다려드지 못ᄒᆞ고 거즛 댱담ᄒᆞ더니 문득 거믹 쇼릐 나며 군싀 요란이 오거놀 보니 우총독 밍덕이라. 승상이 반겨 불너 왈
>
> [한창기본] "ᄂᆡ 과연 망명도쥬ᄒᆞ여거니와 그ᄃᆡ 충희갓탄 쇼견으로 깁피 헤아려 젼혐을 용사홀가 ᄒᆞ노라." ᄒᆞᆫᄃᆡ 익이 더옥 격분ᄒᆞ여 범슈코져 할 졔, 쳔망몽외여 우총독 밍덕이 군ᄉᆞ을 거나려 오거날, 승승이 대히 ᄒᆞ야 불너 왈

같은 계통의 고려대본이 완판본과 대차가 없는 데 반해, 한창기본은 축약 정도가 심하다. 특히 완판본의 후반부, 즉 장경이 자기 막하에 있

27) 나손본에서 장경과 소난영이 서로 바라보는 장면 등은 이 텍스트에서만 나온다.

던 장수를 찾아다니면서 폐제 홍복을 논의하는 장면은 퍽 장황하다. 반면 한창기본에서는 이 부분이 간략하게 정리되었다. 이런 현상은 장경 군대와 건성 황제의 군대가 대결하는 장면에서도 동일하다. 한창기본은 해당 부분이 상당히 축소되었다. 이는 전쟁에서 벌어지는 구체적인 전략・전술이나 전쟁 장면은 필요치 않다고 생각한 까닭이다. 거세된 군담이 지워진 자리는 자연히 초운과 장경의 애정담이 차지하게 된다. 한창기본이 다른 이본들에 비해 장경과 초운의 애정이 돋보이는 이유는 군담이 거세된 까닭이다. 한창기본은 어떤 세세한 화소가 주는 즐거움보다 이야기의 줄거리 자체가 주는 구성(plot)에 더 주목했음을 알 수 있다.

이와 관련하여 한창기본에서는 장황하게 제시되는 교술적인 글들, 예컨대 제문이라든가 원정같은 문예문들도 가능한 한 축약하거나 삭제되었다. 예컨대 완판본에는 장경의 부친 장취가 신원하여 고향에 내려가 선영에 소분하고 제문을 올리는 내용이 있다. 거의 한 면을 차지할 만큼 장황한 분량이다. 그러나 한창기본에는 이를 모두 삭제한다. 이 내용이 없어도 내용을 전개하는 데에는 아무런 장애가 없다. 오히려 이 내용으로 인해 호흡이 끊긴다는 한계를 안기도 한다. 이 점에서 한창기본에서는 이 내용을 모두 삭제한 것으로 보인다. 교술적 내용을 담은 장르를 삭제하는 경우는 또 있다. 〈장경전〉에는 장경이 어쩔 수 없이 황제의 형 건성과 독주를 마시다가 모략에 빠져 전(前) 황제의 첩 비군과 동침하는 장면이 있다. 결국 장경은 투옥되는데, 이 때 장경은 장황한 원정(原情)을 써서 황제께 올린다. 한 면을 조금 넘는 분량이다. 하지만 한창기본에서는 이 내용 역시 지운다. 내용 전개와 무관하다고 볼 때에는 과감하게 삭제하고 있음을 알 수 있다.

이런 현상은 필사자의 기대지평이라 할 만한데, 그들이 가지고 있는 이야기의 오락성에 교술적인 내용은 배제하고 있었음을 짐작케 한다.

이야기에 동화되는 데에 장애가 되는 요소는 모두 배제시킨 것이다. 한창기본에서 제문이나 원정이 빠진 것도 이와 관련지어 생각해 볼 필요가 있음직하다.

또한 필사자는 작품에 깊이 동화되다보면 해당 주인공에 대한 개인적인 평가를 하는 경우도 있다. 특히 장경의 세 부인과 첩을 바라보는 시각이 그러하다. 왕부인, 소부인, 진부인, 그리고 초운. 세 부인 모두 전반부에는 하자가 없다. 영웅소설의 구조가 가문의 외적 창달, 가정의 내적 정비, 그리고 그로 인한 후손들의 번영으로 이어진다고 볼 때, 첫 번째 구조인 가문의 외적 창달을 하는 도정에서 세 부인은 완벽한 여인으로 등장한다. 특히 〈장경전〉의 경우는 다른 영웅소설과 대비해 봐도 어느 한 사람을 악역으로 만들기 어려울 만큼 완벽해 보인다. 그러나 두 번째 구조로 접어들면서 한 사람을 악역으로 만들어야 한다. 가정의 내적 정비를 일으키려면 누군가가 혼란을 야기해야 하는데, 그 역할을 누군가에게 떠맡겨야 한다. 〈장경전〉의 고민은 여기서 시작된다.

〈장경전〉에서는 소부인을 악역으로 만들었다. 장경을 구완해 준 소성운의 딸이 그 역을 맡았다. 그리고 그 상대역은 초운이 맡았다.[28] 초운의 협조자는 진부인이 맡았다. 그렇다면 이제 남은 첫 번째 부인 왕부인은 어떤 입장을 표방해야 하는가? 이 문제는 퍽 흥미롭다. 독자에 따라 왕부인에 대한 평가는 각기 다르게 나타나기 때문이다. 이들에 대한 평가를 엿볼 수 있는 가장 좋은 대목은 장경이 유배를 떠나면서 초운에게 암시를 주는 대화에 있다.

---

28) 사실 영웅소설에서 초운이 내적 가정 정비의 주동자가 되었다는 점은 파격적이다. 가정이 내적 정비를 갖추려면 그 가정의 최고 책임자가 희생을 당하였다가 재기하는 것이 체제를 공고히 하고 안정적으로 유지하기 때문이다. 초운에게 그 역할을 맡긴 것은 〈장경전〉이 그만큼 하층민의 욕망을 강하게 반영한 소설이고, 또한 그 작가 및 향유층 역시 그런 부류였을 개연성을 높인다.

> [한창기본] 승상이 쵸운의 숀를 잡고 귀희예계 왈 "진부인은 네계 극진흔이 왕쇼 두 부인이 편벽흔이 각별 죠심ᄒᆞ라." 쵸운이 답왈
> [완판본] 승상이 초운의 손을 잡고 귀에 ᄃᆡ이고 왈 "진부인은 네계 극진ᄒᆞ나 왕소 두 부인이 편벽ᄒᆞ니 각별 조심ᄒᆞ라." 초운이 울며 왈
> [경판본] 초운의게 종용히 일너 왈 "진부인은 어질며 ᄯᅩ 졍이 가장 후ᄒᆞ고, 왕부인은 무헤무덕ᄒᆞ나, 소부인은 텬셩이 편벽되니 각별 조심ᄒᆞ라." 초운이 눈물 흘녀 왈
> [고려대본] 승상이 쵸운의 숀을 잡고 귀예 다이고 일오ᄃᆡ "진부인은 네겨 극진ᄒᆞ 왕부인이 편벽흔ᄒᆞ니 각벌히 조심ᄒᆞ라." ᄒᆞ니 쵸운이 답왈
> [나손본] 승상이 초운의얼 손얼 줍고 귀예 다니고 왈 "왕진 두 부인은 네게 극진나 소부인이 편벽ᄒᆞ니 각별 조심ᄒᆞ라." 초운이 울며[29]

완판본은 왕부인을 소부인과 동일시했다. 즉 왕부인 역시 편벽된 사람으로 인식했다. 반면 경판본에서 왕부인은 무해무덕(無害無德)한 존재로 그렸다. 해도 없고 득도 없는 무의미한 존재로 본 셈이다. 한창기본은 완판본을 따라 왕부인을 소부인과 동급으로 보았다. 그러나 나손본은 그렇지 않다. 같은 완판 계열이면서 왕부인을 긍정적인 존재로 그렸다. 왕부인을 진부인과 같이 협조자로 형상화한 것이다. 고려대본은 오히려 왕부인을 편벽된 존재로 밝혔다. 물론 고려대본은 이후의 독자가 왕을 지우고 '소'라 써 놓았으니, 소부인에게 책임을 전가하였다고 볼 수 있다. 왕부인은 아예 언급도 하지 않았다. 경판본과 같은 시선이라 할 만도 하다. 각각의 텍스트가 이 부분에서만큼은 서로 다르게 언급하고 있다.

이런 현상은 선악 구도가 분명하지 않은 왕부인을 바라보는 독자의 시선이 반영된 결과다. 독자는 그에 따라 왕부인을 자신들의 독서 경험

29) 나손본 〈장경전〉『필사본고소설자료총서』 51, 보경문화사, 1993, 665~666면.

에 맞춰 재편한 것이다. 이렇게 재편하면 차후 이어지는 내용들도 달라진다. 예컨대 나손본의 경우에는 초운을 어떻게 처치할 것인가를 묻는 소부인의 말에 최고 결정권을 가진 왕부인은 "편지 글씨가 분명ᄒᆞ고 니러ᄒᆞᆫ이 엇더켜 쳐치ᄒᆞ계 ᄒᆞ옵쇼셔."라고 하여 그 결정을 소부인에게 넘긴다. 이는 왕부인을 편벽된 사람으로 본 결과다. 그러나 같은 완판 계열이면서도 나손본은 왕부인은 아무 말도 하지 않는다. 완판본에서 왕부인이 한 말도 소부인이 한 말로 바꾼다. "차상을 엇지 쳐치ᄒᆞ오릿가? 진시 글시가 분명ᄒᆞ니 고관쳐치ᄒᆞ게 ᄒᆞ쇼셔."라고 하여 악역은 소부인 혼자의 몫이 된다. 악역이 분명하지 않은 인물을 악역으로 만들 때에 독자들의 반응은 다층적으로 나타나는 한 현상을 읽을 수 있다. 한창기본은 이 점에서는 완판 계열을 충실히 따랐지만, 다른 이본들과의 대비적인 고찰을 통해 그 양상은 보다 분명하게 드러낼 수 있으리라 본다.

3. 맺는 말

이본 연구는 궁극적으로 소설의 향유와 소통과 관련된다. 특정 이본이 생성되었다는 것은 그 생성 이유가 있고, 필사 과정에서 독자의 기대지평 및 필사자의 욕망이 반영되기도 한다. 이본이 지니는 가치도, 이본 연구가 필요한 이유도 여기에 있다. 이본을 통해 당대 독자의 기대지평을 이해하고, 소설 향유자의 욕망을 이해함으로써 소설의 가치를 확인하려는 것. 그것이 일차적인 이유가 아닌가 한다. 이본 연구를 통해 당대의 문화사를 읽어내려는 노력이 요구되는 것도 당연하다. 이런 점에서 한창기본은 일정한 의의를 갖는다.

한창기본 〈장경전〉은 완판 계열에 속한다. 현존하는 65장본의 31장과 45장을 어떤 참고 자료도 없이 새로 새겨놓았다. 따라서 앞뒤의 내용이 상호 긴밀하게 연결되지 않을 뿐 아니라, 모순이 되기도 한다. 이는 철저한 고증 없이 앞뒤 맥락에 맞게끔 급히 책판을 만든 까닭이다. 한창기본을 비롯한 여러 이본들은 이런 모순을 보완한다. 즉 이전에 존재했던 완판본의 모습을 재구하는 데에 중요한 역할을 한다. 특히 한창기본은 이전에 존재했던 완판본을 필사한 본일 개연성이 높다. 한창기본 모본의 한 줄이 25자 내외이고, 한 면이 12행은 현존하는 완판본의 형태와 동일하기 때문이다. 이 점에서 한창기본은 완판본의 원형을 재구하는 데에 중요한 텍스트라 할 만하다.

그러나 한창기본의 모본 역시 적어도 두 장 이상이 낙장 상태로 있었다. 이 부분은 한창기본 필사자가 기워 넣어야 했는데, 그 양상이 흥미롭다. 시작 부분은 전혀 새롭게 써 넣었고, 중간 부분의 낙장된 곳은 요약적으로 진술하였다. 이야기를 수용할 때에 어떤 식으로 수용하는가를 보여준 한 예라 하겠다. 한창기본의 필사자는 적극적으로 창작하지 못했지만, 경우에 따라서는 풍부한 내용을 향할 수 있는 가능성도 열어둔 셈이다. 많은 고전문학 텍스트들에게서 발견되는 이런 현상의 일단이 한창기본 〈장경전〉에서 나타나고 있다는 점은 기억할 만하다.

축약과 평가를 통해서도 이야기는 개작되기도 한다. 이야기 화소에 대한 기호에 따라 특정 화소를 축약하기도 했는데, 한창기본에서는 군담 화소를 절반 가까이 삭제하였다. 이로써 애정 화소가 더 부각되는데, 이는 경판본의 지향과도 유사하다. 군담과 애정 중에 어느 쪽을 선택하는가에 따라 그 양상이 복잡하게 나타남을 확인하였다. 또한 독자들은 이야기를 나름대로 평가하기도 하는데, 소설 속 등장인물에 대한 품평도 그러하다. 〈장경전〉에서 선악 구도가 분명하지 않은 왕부인을 바라보는 시선이 이본마다 각기 다르게 나타난 것도 그 한 예다. 독자의 기대지평에 따라 이야기의 전개가 달라지고 있음을 확인케 한다.

이 글은 한창기본 〈장경전〉에만 초점을 맞추었다. 따라서 다른 이본들 간의 관계에서 한창기본의 가치와 문화사적 구도를 따지는 일은 미흡할 수밖에 없었다. 특징과 가치는 말할 수 있지만, 소설 문화에서 한창기본의 의의를 따지는 일은 이제부터 다시 시작해야 할 일이다. 이본 수합에 따른 〈장경전〉 전체적인 소설사적 구도는 차후의 과제로 남을 수밖에 없다.

|| 김준형(부산교육대학교)

강촌재본 『임화정연기봉』을 넘어서

- 세책본소설 · 순천시립 뿌리깊은나무 박물관본 · 구활자본과의 비교를 통해서 본 -

1. 들어가는 말

『임화정연』(『임화정연긔봉』)[1]에 대한 관심은 최근 들어 보다 활발히 이루어지고 있다.[2] 그것은 강촌재본 『임화정연긔봉』(72권 72책)의 출현에 의하여 촉발된 듯하다. 洪羲福(1794~1859)의 『제일기언』 서문[3]과 육당의 세책본 소설에 대한 선각자적인 언급[4] 등에서 보이는 세책본소설로

1) 위 자료는 박재연 외, 『님화뎡연긔봉』 1~6, 학고방, 2008로 공간되었다.

2) 강촌재본 『임화정연』을 대상으로 한 연구논문으로는 다음 연구 성과들이 있다. 송성욱, 「필사본 〈임화정연〉 72책본 텍스트 연구-구활자본과의 비교를 중심으로-」, 한편 이 논문은 박재연 외 『님화뎡연긔봉』 1~6, 학고방, 2008, 8, 1~17면에 재수록 되어 있다. 편의상 본고에서는 해당 자료를 인용한다. 송정진, 「〈임화정연〉 연구-필사본 72권 72책을 중심으로」, 고려대학교 석사논문, 2009; 김지연, 『〈임화정연〉의 서사전략 연구』, 고려대학교 박사논문, 2009, 12.

3) 정규복 · 박재연 교주, 『제일기언』, 국학자료원, 2001, 21~22면.

……(전략)……닉 일즉 실학ᄒᆞ야 과업을 닐우지 못ᄒᆞ고 훤당을 뫼셔 한가ᄒᆞᆫ 씌 만흐므로 셰간의 젼파ᄒᆞᄂᆞᆫ 바 언문쇼셜을 거의 다 열남ᄒᆞ니 대져 『삼국지』 · 『셔유긔』 · 『슈호』 · 『녈국지』 · 『셔쥬연의』로부터 넉대연의에 뉴ᄂᆞᆫ 임의 진셔로 번역ᄒᆞᆫ 빈니 말솜을 고쳐 보기의 쉽기를 취ᄒᆞᆯ ᄲᅮᆫ이요, 그 ᄉᆞ실은 ᄒᆞᆫᄀᆞ지여니와 그 밧 『뉴시삼대록』 · 『미소명힝』 · 『조시삼대록』 · 『츙효명감녹』 · 『옥원직합』 · **『님화졍연』** · 『구리공츙녈긔』 · 『곽장양문록』 · 『화산션계록』 · 『명힝졍의록』 · 『옥닌몽』 · 『벽허담』 · 『완월회밍』 · 『명쥬보월빙』 모든 쇼셜이 슈샴십 종의 권질이 호대ᄒᆞ야 혹 빅 권이 넘으며 쇼불하 슈십권에 니르고……(하략)……(굵은 표시와 밑즐은 필자가 표시)

서의 『임화정연기봉』의 실물이 온전히 현전하지 않는 상황[5] 속에서 강존재본 『임화정연기봉』의 출현은 그 자체만으로도 우리의 주목을 끌기에 족하다. 그것은 해당 이본이 완질의 형태로 이루어지고 있다는 점에서 뿐만 아니라, 선행 필사본인 『임화정연기봉』의 후반부를 과감히 刪略한 가운데 이루어진 것으로 드러난 구활자본 『四姓奇逢 임화정연』[6]과 어떠한 점에서 같고 다른지를 구체적으로 보여주고 있다는 점만으로도 더욱 그렇다.

---

4) 최남선, “조선의 가정문학” 八, 〈각종 소설류〉, 「매일신보」 1938.07.30. 편의상 여기서는 『육당 최남선전집』 9, 현암사, 1974, 10, 440~441면을 참조했다.
“대저 언문소설이란 것도 그 곬이 여럿이 있어서, 그 가장 고급한 것은 궁중에서 기구있게 번역하여 보던 것으로, 〈홍루몽〉과 같은 大部性의 것과, 〈禪眞逸史〉와 같은 남녀애정 관계의 것까지 내외 · 고금에 걸쳐 심히 다수의 종류를 포괄하여 있으며, 그 가장 저급의 것은 일반 민중을 對手로 하여 손쉽게 팔기를 목적으로 하여 아무쪼록 간단단소한 것, 설사 원문이 긴 것이라도 기어이 간단 단소하게 만들어서 열 장, 스무 장의 한 권으로 판각해 낸 것이니, 이런 것은 아마 京鄕을 합하여 불과 4, 50종쯤 될 것이며, 이 두 가지의 중간을 타고 나간 것에 아마 京城에만 있는 듯한 貰冊이란 것이 있으니, 곧 大小長短을 물론하고 무릇 대중의 홍미를 끌만한 소설 종류를 謄寫하여 3, 40장씩 한 권으로 만들어 많은 것은 수백 권 한 秩, 적은 것은 2, 3권 한 질로 하여, 한, 두 푼의 貰錢을 받고 빌려주어서 보고는 돌려보내고, 돌아온 것을 또 다른 사람에게 빌려주는 조직으로 한창 盛時에는 그 종류가 수백종 누천권을 초과하였었습니다. 수십년 전까지도 서울 香木洞이란 데 – 시방 黃金町 一丁目 사잇골 –에 세책집 하나가 남아 있었는데, 우리가 조만간 없어질 것을 생각하고 그 목록만이라도 적어두려 하여 세책 목록을 베껴 둔 일이 있는데, 이때에도 실제로 세 주던 것이 총 120종, 3,221책(내에 同種이 13종 491책)을 算하였습니다. 이중에는 〈尹河鄭 三門聚錄〉은 186권, 〈林河鄭延〉은 139권, 〈明珠寶月聘〉은 117권, 〈明門貞義〉는 116권인 것처럼 꽤 장편의 것도 적지 아니합니다.”

5) 이 자료는 화산서림의 주인이었던 이성의란 인물이 1928년 6월 9일 서울대학교 도서관에 판매한 다양한 소설 종류 가운데 한 종임이 틀림없어 보인다. 분류 도서기호에 따르면, 古 3350-17, 총 139권으로 이루어진 것으로 되어 있다. 우연의 일치일 가능성 또한 없지 않겠지만, 139권으로 이루어져 있다는 점에서, 해당 자료는 육당 자신이 향목동에서 조사했던 **<林河鄭延> 139권**과 동일한 이본일 것으로 생각된다. 그러나 유감스럽게도 그 실물은 현재 서울대학교 도서관에서 찾아볼 수 없다. 정병설, 「도서원부를 통해 본 경성제국대학 도서관의 한국고서 수집」, 『문헌과 해석』 63호, 태학사, 2013, 132~134면 참조.

6) 김기동 편, 『활자본고소설전집』 8 · 9권, 아세아문화사, 1977, 06.

그렇다면 여기서 강춘재본 『임화정연그봉』에 대한 본격적인 문학적 가치 탐색에 앞서서 해당 이본이 完本 또는 善本으로서의 가치[7]를 지니고 있는가에 대한 근본적인 의문을 제기할 여지는 과연 없는 것일까?

본고는 이런 물음에 대한 답변의 실마리를 순천시립 뿌리깊은나무 박물관(이하 뿌리본으로 줄임) 소장 『임화정연그봉』 권 57과 권 66[8], 필자가 소장하고 있는 세책본 『임화정연그봉』 권 12, 권 95을 주 대상으로 하면서, 다른 2종의 자료 곧 강춘재본 『임화정연그봉』, 구활자본 『임화정연』에서 확인되는 서술문면과의 비교를 통하여 마련하여 보고자 한다.

논의는 일단 현전하는 『임화정연그봉』 이본들에 대한 간단한 소개를 이어, 세책본소설인 필자 소장의 권 12화 · 권 95와 강춘재본 · 구활자본과의 비교 분석을 통해 이들 이본들의 관계 양상을 밝혀, 原 『임화정연그봉』의 존재 가능성에 대한 구체적인 근거를 마련한다. 마지막으로 뿌리본 권 57 · 권 66과 강춘재본 · 구활자본과의 비교 분석을 통해 앞에서 검토한 논의가 이들 이본군 내에서도 그대로 적용 가능한 것인지를 따져보는 것으로 한정한다.

그러나 부끄러운 일이지만, 필자는 일찍이 『임화정연그봉』을 완독한

7) 송성욱, 앞의 논문, 8면에서 "따라서 72책본 역시 〈임화정연〉의 원전은 아닌 것으로 짐작된다. 물론 활자본을 구성하는 작가가 이런 부분을 더 참가했을 수도 있지만 2배 이상의 축약을 하면서 이런 부분을 정교하게 만들어 넣지는 않았을 것이다. 이런 사실을 두고 본다면 〈임화정연〉은 필사본으로도 다양한 종류의 이본이 존재했을 가능성을 짐작할 수 있으며, 이것은 이 작품의 인기가 그만큼 높았음을 반증하는 것이라 하겠다."고 하여, 72책본이 〈임화정연〉의 원전이 아닐 것으로 추단한 바 있다. 물론 타당한 주장이기는 하지만, 그러나 그의 논의는 구활자본과의 비교만으로 이루어진 가운데 도출된 주장에 그치고 있으므로, 72책의 完本 또는 善本 여부에 대한 논의까지는 이르지 못했던 것이 아닌가 생각된다.

8) 뿌리본에는 이들 두 이본(곧 권 57과 권 66) 이외에도 권수 미상의 자료 외 권 2, 권 43, 권 53, 권 63 등의 이본이 더 있는 바, 필자가 입수한 것은 앞의 세 종에 불과한데, 권수 미상의 자료는 앞부분과 뒷부분에 상당한 부분의 결락이 있는 것으로 보여지기에 본 논의에서는 구체적으로 다루지 않는다. 여기서 같이 다루고 있지 못한 다른 이본들에 대해서는 시간을 두고 구체적으로 검토하기로 한다.

기억이 없다. 이런 실정임에도 이런 논의를 하게 되었다는 점에서 필연적으로 많은 오류가 있을 수밖에 없을 것이다. 차후 보완을 약속한다.

2. 『임화정연긔봉』의 이본 소개

필자가 본고에서 주로 검토하는 『임화정연긔봉』 이본은 다음과 같다.

2.1. 『님화뎡연긔』 권 12(뒤에 붙인 자료-1을 참조하라.)

표지는 林華鄭延記, 내제는 『님화뎡연긔』로 되어 있다. 가로 18 × 세로 25cm, 총 44장, 매면 11행, 매행 17~8자로 이루어져 있다. 책의 말미에 〈셰지경ᄌᆞ뉵월 쵸 쳥픽신셔〉라 기재되어 있는 바, 세책본업소 가운데 하나인 청파[9]에서 1840년 또는 1900년도에 필사・유통되던 세책본 소설로 확인된다. 이 이본은 강촌재본 권 9의 69장부터 권 10의 56장까지, 구활자본의 14회에서 15회의 일부까지에 해당하는 내용이다. 필자 소장본이다.

---

9) 세책본업소 가운데 청파에서 필사, 유통된 세책본소설로는 고려대 도서관 소장의 『하진양문록』을 들 수 있다. 현재 29권 29책 가운데 권 4, 5, 6이 결권인 상태로 전하고 있는데, 위 『님화뎡연긔』와 마찬가지로 같은 해인 '경자년'에 필사된 자료라는 점에서 주목을 끈다고 하겠다. 이들 두 자료는 같은 '경자년'에 이루어졌음에도 서지 형태 면에서 미묘한 차이를 드러낸다. 곧 매면 11행, 매행 17자 내외로 글자 수에서도 큰 차이가 없음에도, 『님화뎡연긔』가 권당 44장으로 이루어져 있는 반면, 『하진양문록』은 권당 31장 내지 32장으로 되어 있다는 점이 바로 그것이다. 동양문고본에 소장되어 있는 대부분의 세책본소설들은 서지 형태 면에서, 『님화뎡연긔』의 그것과는 분명한 차이를 보이고 있는 바, 필자는 이 점에 착안하여 『님화뎡연긔』를 세책본소설 가운데 초기 세책본의 형태를 지니고 있는 자료로 봐야 한다고 생각하고 있다.

2.2. 『님화뎡연긔봉』 권 95(뒤에 붙인 자료-1을 참조하라.)

표지에는 그 제명이 적혀 있지 않지만, 내제에는 『님화뎡연긔봉』으로 되어 있다. 가로 17.5cm × 세로 24.5cm, 낙장본으로 현재 38장까지만 남아 있다. 매면 11행, 매행 17~8자로 이루어져 있다. 후반부가 낙장인 관계로 세책본업소 가운데 특정한 어느 지역에서 필사・유통된 것인지는 알 수 없다. 이 이본은 강촌재본 권 63의 44장부터 권 64의 22장까지, 구활자본의 88회부터 89화 일부까지에 해당하는 내용이다. 필자 소장본이다.

2.3. 『님화뎡연긔봉』 권 57

표제는 없고, 내제는 『님화뎡연긔봉』으로 되어 있다. 총 40장, 매면 12행, 매행 18~21자로 되어 있다. 권말에 필사기가 〈셰지을축삼월일 뎐셔유당교〉로 나타나므로, 1926년에 이루어진 듯하다. 일부 연구자[10)]는 이 자료와 아래서 다룰 자료 또한 세책본소설로 보고 있지만, 그렇게 봐도 과연 좋은 것인지에 대해서는 의문이 없지 않다. 이 이본은 강촌재본 권 49의 59장부터 권 50의 51장까지, 그리고 구활자본의 73회, 74회에 해당하는 내용이다. 순천 시립 뿌리깊은나무 박물관 소장이다.

---

10) 순천시립 뿌리깊은나무 박물관, 『한글고소설 우리말 이야기』(2013. 12), 58면에서 유춘동은 "뿌리깊은나무 박물관에 소장되어 있는 필사본 『임화정연긔봉』은 2종이다. 6책본은 당상교 세책점에서 필사되어 읽혔던 세책본이다. 1책본은 일반 필사본이다." 고 주장하고 있으나 이들 이본들이 세책본소설의 일반적 서지형태 등과는 큰 차이를 지니고 있다는 점, 나아가 필사기의 장소 또한 일찍이 알려진 바 없었던 지역이라는 사실 등을 토대로 생각해볼 때, 본고에서 다루는 뿌리본 『임화정연긔봉』은 세책본소설의 자장권에 포괄, 논의할 작품으로는 볼 수 없다는 것이 필자의 생각이다.

2.4. 『님화뎡연긔봉』 권 66

표제는 없고, 내제는 『님화뎡연긔봉』으로 되어 있다. 총 40장, 매면 14행, 매행 18~9자로 되어 있다. 필사기 또한 적혀 있지 않다. 이 이본은 강촌재본 권 63의 44장부터 권 64의 22장, 그리고 구활자본의 84회, 85회 해당하는 내용이다. 순천 시립 뿌리깊은나무 박물관 소장이다.

3. 세책본소설 『임화정연긔봉』 · 뿌리본 『임화정연긔봉』과 강촌재본 · 구활자본의 비교

3.1. 세책본소설 『임화정연긔봉』과 강촌재본·구활자본의 비교

세책본소설 『임화정연긔봉』은 139권 139책, 또는 141책본[11]의 형태로 유통되었지만, 현재는 망실된 듯하다. 필자는 세책본소설로 유통되었던 『임화정연긔봉』 가운데 권 12와 권 95을 소장하고 있다.

그런데 여기서 세책본소설 『임화정연긔봉』과 강촌재본 · 구활자본의 비교 검토를 위해서는 우선 해당 자료가 강촌재본과 구활자본의 어느 부분에 해당하는지를 분명히 밝힐 필요가 있다. 검토 결과, 권 12는 강촌재본 권 9의 69장부터 권 10의 56장까지, 그리고 구활자본의 14회에서 15회의 일부까지 해당하고, 한편 권 95는 강촌재본 권 63의 44장부터 권 64의 22장까지, 구활자본의 88회와 89화 일부까지 해당하는 것으

---

11) 이에 대해서는 정명기, 「세책본소설의 유통양상」, 『고소설연구』 16집, 한국고소설학회, 2003.12, 92면에서 『당진연의』 14권 20장의 내지에 적혀 있는 세책장부의 기록을 통해 밝혀낸 바 있다. 간략히 보이면 다음과 같다. "『林花』 1秩 · 『雙鳳』 10권 百五十一卷, □七十五兩 五錢"란 기록에서 『쌍성봉효록』 10권과 『임화정연』 1질을 합한 권수가 151권이니, 이 기록으로부터 『임화정연』이 141권으로 유통되던 경우도 있었다는 상황을 짐작할 수 있다.

로 드러났다.

여기서 효율적인 논의를 위하여, 이들 이본들 사이에서 차이가 두드러지게 나타나는 부분을 다음과 같이 나누어 살펴볼까 한다. 편의상 권 12부터 다룬 뒤, 이어서 권 95를 다룬다.

첫째, 세책본에는 있되 강촌재본에서 나타나지 않는 부분.
둘째, 세책본에는 없되 강촌재본에서 나타나는 부분.
셋째, 세책본과 강촌재본의 같은 문면에서 대체가 나타나는 부분.

첫째, 세책본에는 있되 강촌재본에서는 나타나지 않는 부분으로 다음 문면들을 들 수 있다.

㉮ 양반이 긋허여 이쇽을 심방허미 죠흔 일이 ᄋᆞ니요, 나는 본ᄃᆡ 무론승ᄒᆞ허고 슌실헌 ᄌᆞ를 경ᄃᆡ허는 고로(권 12-18.뒤)

ⓐ 양반이 긋타여 리쇽을 심방함이 조흔 일이 아니요, **남이 드르면 고이한 듯하나**〃는 [본ᄃᆡ 무론승ᄒᆞ허고] **셩품이** 슌실한 자를 경대하는 고로(구활자본 14회, 208면)

㉯ 어ᄉᆡ 변ᄉᆡᆨ왈 "차언을 ᄂᆡ 밋지 ᄋᆞ니허나니 좌우는 지현의 부즁의 ᄀᆞ 숑파를 ᄌᆞᆸᄋᆞ오ᄃᆡ 슌히 쥬지 ᄋᆞ니커든 ᄂᆡ당은 셜만치 못헐 거시니 옥즁을 일〃히 슈험허여 ᄎᆞᄌᆞ오라." 졔인이 청녕허니 지현이 착급허여 쇼ᄅᆡ 질너 왈 "슌무ᄃᆡ인이 비록 위치 존즁허시나 ᄒᆞ관도 천ᄌᆞ의 벼슬을 밧ᄋᆞ 일현을 다ᄉᆞ리니 한ᄀᆞ지로 나라 신ᄒᆡ라. ᄉᆞ문의 쳬면이 잇거늘 ᄒᆞ간ᄃᆡ로 부즁을 즉난허리요? 숑파를 ᄀᆞ도왓슬진ᄃᆡ 쾌히 불너오리니 무슴 연고로 슘겨 두고 ᄂᆡ지 ᄋᆞ니리요? 역젹의 집이라도 나라히 뒤여 ᄌᆞᆸ고 살인의 집이라도 치지 못허거든 ᄃᆡ인이 웃지 쇼관의 집을 슈험허시리요?"(권 12-21.뒤~22.뒤)

ⓑ 어ᄉᆡ 변ᄉᆡᆨ왈 "차언을 내가 밋지 〈안나〉(ᄋᆞ니허나)니 좌우는 지현의

부즁에 가 송파를 잡아오되 슌히 쥬지 안커든 [닉당은 셜만치 못헐 거시니] 옥즁을 [일〃히] 슈험하야 차져오라.” 졔인이 쳥령하니 디현이 착급하야 소래 질너 왈 “순무대인이 비록 위톄(취) 존즁하시나 **한가지로** [ᄒᆞ관도 쳔ᄌᆞ의] 벼슬을 바다 일현을 다사리니 〈동시 일태라〉(한ᄀᆞ지로 나라 신힉라). 사문에 톄면이 잇거늘 [ᄒᆞ]간대로 부즁을 **소요하야** 작난하리요? 송파를 가두엇왓슬진대 쾌히 불너오리니 무삼 연고로 슘겨 두고 내지 아니리요? 역젹의 집이라도 나라이 뒤여 잡고 살인에 집이라도 뒤(치)지 못하거든 대인이 엇지 소관의 집을 슈엄(험)하시리요?”(구활자본 14회, 210면)

㉰ 송파의 잡혀ᄀᆞ물 닉당의 고허니 경씨 놀난 ᄀᆞ슴이 쒸는 듯허여 딕쳥으로 닉다르며 이를 웃지 허리요? 송파의 한 말의 우리 일기 맛츠리로다 허며 통곡허니 일기 황〃허고 공직 겨유 정신을 졍허나 쵸죠 측급허는지라. 동쳔 셜ᄉᆼ의 어름 물을 혀니 본딕 허약헌 복즁이라. 찬 물이 드러ᄀᆞ믹 일장을 더 써니 복통이 급허여 딕변이 활허여 즉긱의 셜ᄉᆞ를 여러 번 허고 비를 알흐니 경씨 갓득헌딕 쳡〃헌 근심을 맛나 약을 쓰며 더운 딕 누며 구완허더라(권 12-27.앞~뒤)

ⓒ 송파의 잡혀감을 내당에 고하니 경시의 놀난 가슴이 〈찌여지는〉(쒸는) 듯[허여] 대청으로 〈해다니더니〉(닉다르며) 이를 엇지 〈할고〉(허리요)? [<u>송파의 한 말의 우리 일기 맛츠리로다</u>] 하며 통곡하니 일기 황〃**송률**하고 공직 겨우 정신을 졍하나 쵸죠 착급〈하야〉(허는지라.) 〈엄동 셜한〉(동쳔 셜ᄉᆼ)에 어름 〈을 년하야 먹으니〉(물을 혀니) 본대 허약한 복즁이라. 찬 물이 드러감에 일쟝을 〈썰더니〉(더 써니) 복통이 급하야 [딕변이 활허여] 즉각에 셜사를 여러 번 하고 〈복통으로 견대지 못하니〉(비를 알흐니) 경시 갓득한대 쳡〃한 〈시름〉(근심)을 맛나 약을 쓰며 더운 데 〈눠여〉(누며) 구원(완)하더라(구활자본 14회, 212면)

㉣ 마지뷔 ᄯᅩ한 불명허미 심허여 간인의 쬐를 ᄉᆡᆼ각지 못허고 믹낭헌 젼셜을 취신허여 비ᄉᆼ지원을 일우니 관원이 되여 몽농허미 이갓흐리

요?" 셜파의 노긔 츙천허고 긔식이 북풍 갓흐니 좌위 한츌첨의허고 (권 12-36.앞)

ⓓ 마지뮈 ᄯᅩ한 불명함이 심하야 간인의 ᄶᅬ를 생각지 못하고 맹낭한 젼셜을 취신하야 비상지원을 이르니 관원이 되여 몽롱함이 **엇지** 이갓흐리요?" 셜파에 노긔 츙텬하고 긔〈위〉(식이) 북풍 갓흐며 좌위 한츌첨배(의)하고(구활자본 15회, 216~7면)

ⓜ 져 공ᄌᆡ 더옥 겁어위즁허여 부지불각의 크게 통곡허니 쇼릐 흉녕헌지라. 승ᄒᆞ 첨시ᄌᆡ 불승경히허여 션는 군관이 불근 곤즁으로 엽흘 쓔시며 왈 "예ᄀᆞ 어ᄃᆡ완ᄃᆡ 감히 곡셩을 ᄂᆡ는다?" 공ᄌᆡ 쇼릐를 못허고 눈물이 ᄀᆞ로 흐르니 좌위 셔로 ᄀᆞ르쳐 함쇼허고(권 12-37.앞~뒤)

ⓔ [져] 공ᄌᆡ 〈ᄊᆡᆨ경함을 마지 안니하야〉(더옥 겁어위즁허여) 부지불각에 [크게] 통곡함에 그 쇼래 흉영한지라. 〈이 광경을 보는 재〉(승ᄒᆞ 첨시ᄌᆡ) 불승경해하야 〈겻해 잇던〉(션는) 군관이 붉은 곤장으로 엽을 〈치〉(쓔시)며 왈 "〈여긔〉(예)가 어대관대 감이 곡셩을 **임이로** 〈하리요〉(ᄂᆡ는다)? **슈이 그치라.**" 공ᄌᆡ 쇼래를 못허고 눈물이 자(ᄀᆞ)로 흐르니 좌위 [셔로] 가르쳐 함쇼하고(구활자본 15회, 217면)

위에서 제시한 예문들은 세책본에는 있되 강촌재본에서는 보이지 않는 부분을 뽑은 것이다. 그렇다면 여기서 세책본에는 있되 강촌재본에서는 나타나지 않는 이들 부분들이 구활자본에서는 어떻게 나타나고 있는지를 살펴보자. 이는 세책본이 강촌재본과 구활자본 중 어느 이본과 더한 친연성을 갖고 있는지를 확인하기 위한 성격을 띤다. 여기서 ⓐ~ⓔ는, 세책본소설에서 드러나는 ㉮~ⓜ의 서사문면에 해당하는 구활자본의 문면인 바, 이들 두 이본의 문면을 비교해 보면 앞서 든 세책본소설에 나오는 ㉮~ⓜ의 서사문면과 사소한 부분에서의 탈락, 첨가, 대체 등이 나타나고 있을 뿐 전반적으로는 그것과 동일한 양상으로 나타나고 있음을 알 수 있다. 물론 하나의 이본에서 드러난 현상을 두고 이와 같이 일반화해도 좋을 것인가에 대한 의문과 반박 또한 충분히 가능하다. 그렇기는 하지만, 워낙 자료가 많이 남아 있지 않은 현 상황에서는 이러한 측면에서의 접근 또한 필요하다고 본다.

일찍이 이윤석은 몇 종의 구활자본 고소설을 대상으로 하여 이들 작품의 대본이 세책본소설이었음을 구체적으로 밝힌 바 있다[12]. 필자 또한 세책장부를 통하여 廣橋 소재 高裕祥冊肆에서 『월왕전』·『남정팔난기』·『삼국지』 등을 차람한 기록으로부터 세책본소설과 구활자본과의 관련 양상을 주목해야 할 필요성을 제기한 바[13] 있다. 앞에서 검토한 현상과 동일한 양상이 아래 경우에서도 계속 출현한다면, 세책본소설 『임화정연긔봉』 또한 구활자본 『임화정연』의 대본으로서의 역할을 담당하고 있다고 할 수 있겠지만, 아래에 보이는 예문은 반드시 그렇지만은 않을 가능성이 있음을 또한 보여주고 있다.

둘째, 세책본에는 없되 강촌재본(구활자본)에서 나타나는 부분으로 다음 문면을 들 수 있다.

> ㉮ 어ᄉᆡ 크게 깃거 즉시 길ᄒᆞᆯ 출혀 경ᄉᆞ로 보ᄂᆡ기를 뎡ᄒᆞ더라. 쇼졔 단ᄉᆡᆼ의 연쇼져를 흠모ᄒᆞ여 ᄯᅩ 흉계로 연공을 먼니 ᄂᆡ여 보ᄂᆡᆫ 일을 ᄉᆡᆼ각ᄒᆞ니 불승통한ᄒᆞ여 ᄉᆞ비를 ᄃᆡᄒᆞ여 왈 "딘ᄌᆡ 쳐〃의 음패 무례ᄒᆞᆫ 의ᄉᆞ를 ᄂᆡ여 ᄯᅩ 져리 ᄒᆞ거니와 졔 어이 연대인 부녀를 쇽이리오마넨 대인이〃리 오시고 연ᄆᆡ ᄌᆞ뫼 업시 어린 오라비로 더브러 외로이 잇다 ᄒᆞ니 극히 위태ᄒᆞᆫ더라. 밧비 경ᄉᆞ의 나아가 져의 ᄒᆞᆫ 팔 힘을 도아 연대

---

12) 이윤석, 「구활자본 고소설의 원천에 대하여-세책을 중심으로-」, 한국고전문학회 월례발표회, 2000, 4. 이 발표문은 뒷날 이윤석·정명기 공저, 『구활자본 야담의 변이양상 연구』, 보고사, 2001, 104~162면에 보완, 수록되었다. 여기서 검토의 대상이 된 구활자본 소설은 『춘향전』·『설인귀전』·『곽해룡전』 등이다.

13) 정명기, 바로 위의 논문, 84면.

인의 디우ᄒᆞ신 은혜를 갑흐리라." 가절이 쇼이디왈 "딘싱이 쇼비 등의 쇠의 쌔져 남은 ᄋᆡ마ᄌᆞ ᄉᆞᆺ쳐디리니 엇디 텬의 아니리오?" 쇼졔왈 "한셜을 말고 님시응변ᄒᆞ리니 ᄌᆡ조를 ᄌᆞ랑ᄒᆞ미 패륜가 ᄒᆞ노라." ᄉᆞ인이 다 웃고 어ᄉᆡ 하령ᄒᆞ여 평안ᄒᆞᆫ 술위와 여러 필 거마를 ᄀᆞᆺ초아(권 10-1~2 : 굵은 표시 부분)

㉯ ᄇᆞ라미 눈이 현황ᄒᆞ고 디ᄒᆞ미 정신이 상쾌ᄒᆞ여 십삼 쇼녀ᄌᆡ로ᄃᆡ 단엄 인ᄌᆞᄒᆞᆫ 거동이 셩현 군ᄌᆞ를 ᄃᆡᄒᆞᆫ ᄃᆞᆺ 공경ᄒᆞᄂᆞᆫ ᄆᆞ음이(권 10-35 : 굵은 표시 부분)

㉰ ᄎᆞ마 엇디 【엇디】찰원 아문의 나아가 욕을 보리오? ……(중략)…… 쇼졔왈 "불가ᄒᆞ이다. 태〃팔좌의 명부로 디위 존즁ᄒᆞ시거늘 어ᄉᆞ 대하의 나아가 욕되믈 보시고 대인 톄면을 상ᄒᆡ오디 마르쇼셔. 더옥 간인의 흉언이 무상ᄒᆞ여 태〃가시면 쇼녜 필연 도쥬ᄒᆞᆫ 거ᄉᆞᆯ 태〃거즛 쇼녀의 죄를 벗긴다 ᄒᆞ여 즐겨 항복디 아니ᄒᆞ리니 ᄇᆞ득이 쇼녜 갈디라. 므ᄉᆞ 일노 태〃조차 욕을 당ᄒᆞ리잇고? 모친은 존듕ᄒᆞ시고 ᄒᆡᄋᆡ 규듕 쳐ᄌᆡ나 졔 죄의 가미 당연ᄒᆞᆫ디라(권 10-49 : 굵은 표시 부분).

ⓒ 참아 엇지 〈찰원〉(ᄋᆞ문)에 나아가 욕을 보리요? ……(중략)…… 쇼져왈 "불가하니이다. 태〃게오셔 팔자의 명부로 지위 존즁하시거늘 이졔 어사 대하에 나아가 욕됨을 보시고 대인의 톄면을 상해오시면 더욱 간인의 흉언이 무상하와 필연 쇼졔 도쥬한 것을 태〃거즛 쇼녀의 죄를 엄익한다 하와 즐겨 항복지 아니하오리니 사셰 마지 못하와 쇼네 가올지라. 무삼 일오 태〃좃차 욕을 당하시리요?"(구활자본 15회, 220면)

㉱ 쇼졔왈 "어미 말도 올흐나 오히려 하류의 쳔견이로다. ᄎᆞ인의 쇼힝이 스ᄉᆞ로 졔 몸을 ᄒᆡᄒᆞ미라. 우리게 일시의 욕이 되나 ᄋᆡᄌᆞ디원을 필보ᄒᆞ믄 협천ᄒᆞᆫ 사ᄅᆞᆷ의 일이라. 졔 비록 대간 대악이나 ᄯᅩᄒᆞᆫ 인심이니 나의 구ᄒᆞ믈 감복ᄒᆞᆯ 거시오. 〈졔〉(ᄎᆞ인의) 죄명이 듕ᄒᆞ나 국가의 간셥ᄒᆞ미 업거늘(권 10-52 : 굵은 표시 부분)

ⓓ 쇼졔 [왈] "어미 말〈은 다만 그 일을 통해함이니 ᄯᅩ한〉(이) 올흐나

오히려 하류의 쳔견이로다. 차인의 사오나옴이 스사로 제 몸을 해롭게 함이라. 우리게는 일시 욕됨이 참 분하나 원슈를 반닷이 갑흐려 함은 좁은 사람의 일이라. 제 비록 대간 대악이나 인심이 나의 구함을 항복하야 다시 악사를 생각지 아니할 것이요, 죄명이 중하나 국가의 간셥함이 업거늘(구활자본 15회, 221면)

㉱ 텬경 등 [죄인]을 경ᄉᆞ로 보ᄂᆡ〈기를 뎡ᄒᆞ고〉(물 결단헌 후) 셔안의 비겨 ᄉᆡᆼ각ᄒᆞᄃᆡ '**나의 녀ᄋᆞ를 셰샹의 무빵ᄒᆞᆫ 줄노 넉엿거니 이번 힝노의 냥개 슉녀를 만나니 그 디모와 힝식 다 녀ᄋᆞ의 우히라. 텬하의 긔이ᄒᆞᆫ 녀ᄌᆞᄂᆞᆫ 여러히 이시ᄃᆡ 긔특ᄒᆞᆫ 군ᄌᆞᄂᆞᆫ 보기 어려오니 조믈이 브졀업시 빨ᄃᆡ업ᄉᆞᆫ 녀ᄌᆞᄂᆞᆫ 비상히 픔슈ᄒᆞ고 국가의 보댱ᄒᆞᆯ 남ᄌᆞᄂᆞᆫ 졔셰ᄒᆞᆯ 지죄 업ᄉᆞ니 가히 한흡도다! 뎡·화 냥인으로 남ᄌᆡ(54) 되던들 국가 동냥이 아니리오?** 나의 〈녀ᄋᆞ〉(쇼녀)와 뎡화 냥인〈이인〉은 **딘짓 뇨됴** 슉녀니 **니른바 삼 졀홰라**(권 10-53~4 : 굵은 표시 부분)

ⓔ **셔안에 의지하야** 생각하되 '**나의 녀아가 이 세상에 무쌍한가 하엿더니 이번 행로에 양개 숙녀를 만나니 지모와 령광이 녀아에 나흔지라. 텬하의 긔특한 녀자는 여럿이 잇스되 긔특한 군자는 보지 못하니 됴물이 부졀업는 녀자는 비상히 품슈하고 국가를 보장할 남자는 나이지 아니시니 가히 차흡도다! 경·화 양인으로 하야금 남자가 되엿던들 엇지 국가 동양이 되지 아니하리요?** 나의 쇼녀와 경·화 이인은 **짐짓 요됴** 숙녀이니 **이른바 삼 졀화이라. 아지 못게라!**(구활자본 15회, 221면)

위의 예문들 가운데 굵게 표시한 문면이 세책본소설에는 없되 강촌재본에서 첨가되어 나타나고 있는 부분이다. 계속해서 세책본에는 없되 강촌재에서 나타나는 부분이 구활자본에서는 어떻게 나타나고 있는지를 살펴보도록 하자. 여기서 ⓒ~ⓔ는, 강촌재본에 나오는 ㉰~㉱의 서사문면에 해당하는 구활자본의 문면인 바(㉮·㉯ 부분은 구활자본에서는 보이지 않는다), 이들 두 이본의 문면을 비교해 보면 앞서 든 강촌재본

㉰~㉲의 서사문면과 사소한 부분에서의 탈락, 첨가, 대체 등이 나타나는 가운데서도, 앞에서 검토했던 예문에서 얻어진 잠정적인 결론과는 달리 색다른 면모를 드러내고 있다. 이들 예문은 세책본소설과 구활자본의 친연성이, 세책본소설과 강촌재본에 비하여 훨씬 더 강하다는 앞서의 주장을 근본적으로 뒤엎고 있는 현상으로 이해될 수 있다. 이는 곧 구활자본을 세책본소설의 자장권 내에만 파악해서는 아니됨을 보여주는 좋은 보기이다. 물론 이런 양상은 이윤석이 다룬 비교적 단편에 해당하는 작품과는 달리, 『임화정연긔봉』이 장편소설이기에 발생한 현상일 수도 있다. 세책본소설이 상당수에 달하는 구활자본의 대본으로 기능했다는 점은 일부 사실이기도 하지만, 그것을 반드시 세책본소설과의 관계 아래서만 파악하려는 시각은 그 실상을 제대로 드러내지 못할 오류에 빠지게 할 수도 있다는 점에서 보다 세심한 주의를 기울일 필요가 있다. 곧 구활자본의 대본으로 어느 하나의 부류만을 상정할 것이 아니라, 그것이 다층적으로 존재했을 가능성을 열어두자는 것이다. 이는 곧 지금은 그 존재 여부가 분명치는 않지만, 세책본소설・강촌재본・구활자본의 서사문면을 고루 갖추고 있었을 原『임화정연긔봉』이란 존재의 상정 필요성이 높음을 말하는 것이다.

셋째, 세책본과 강촌재본・구활자본의 같은 문면에서 대체가 나타나는 부분으로 다음 문면을 들 수 있다. 대표적인 경우만을 들어 제시한다.

㉮ ᄃᆡ인의 ᄎᆡᆨ허시미 여ᄎᆞ허시니 욕ᄉᆞ무지로ᄃᆡ 강ᄉᆞᆼ 죄인이 잇다 허시문 ᄭᆡ닷지 못허나니 무숨 죄인이 잇관ᄃᆡ ᄒᆞ관이 ᄋᆞ지 못허니잇고?(권 12-8.앞)

㉠ 대인의 초책하심이 여차하시니 욕사무디오며 강상 죄인이 [잇다 허시문 ᄭᆡ닷지 못허나니] 어대(무숨) [죄인이] 잇관대 하관이 아지 못

하나잇가?(구활자본 14회, 203면)

ⓐ 대인의 칙ᄒᆞ시미 이의 밋ᄎᆞ시니 욕ᄉᆞ무디로**소이다**. **뎌인이** 강상 [죄인]이 잇다 ᄒᆞ시믄 **실노** ᄊᆡᄃᆞᆺ디 못ᄒᆞᄂᆞ이다(권 10-5)

㉯ 어시 ᄂᆡᆨ노왈 "그ᄃᆡ ᄀᆞ지록 무ᄉᆞᆼ허고 염치 ᄉᆞᆼ진허여 죄목이 현져허ᄃᆡ 항복지 ᄋᆞ니〃 ᄂᆡ 과연 명ᄇᆡᆨ헌 징험을 ᄂᆡ리라."(권 12-31.앞)

㉡ 어시 익로왈 "그대 이졔도 불복하니 내 맛당히 명백한 증거를 내여 뵈리이라." **하더라**.(구활자본 14회, 214면)

ⓑ 어시 ᄋᆡᆨ노왈 "그ᄃᆡ 죵시 항복지 아니ᄒᆞ니 내 과연 명ᄇᆡᆨᄒᆞᆫ 증거를 ᄂᆡ리라."(권 10-33)

㉰ 어시 ᄎᆞ탄왈 "화씨의 지모는 진평·ᄌᆞ방이라도 좃지 못허리로다."(권 12-39.앞)

㉢ 어시 차탄왈 "화시의 지모는 셰상에 무쌍하야 짐짓 규방의 긔상이요, 녀즁영웅이로다." 하야 칭복 탄상함을 마지 아니하더니(구활자본 15회, 218면)

ⓒ 어시 ᄎᆞ탄왈 "화시의 디모ᄂᆞᆫ 진평이 믁특을 쇽이ᄂᆞᆫ 쐬라. 딘짓 규방 긔지오, 녀듕 영웅이라." ᄒᆞ며 칭복 탄상ᄒᆞ믈 마디 아니ᄒᆞ더니"(권 10-45)

㉱ 연노의 이심헌 총명으로 우리 부ᄌᆞ를 이쳐럼 곤욕을 보게 허니 부ᄃᆡ 져를 ᄒᆡ허여 오날〃 원슈를 갑흐리라(권 12-41.앞)

㉣ 연로의 〈밝은 정사가〉(이심헌 총명으로) 〈우리 부자의 죄를 찰〃이 잡아내고 화녜 능휼하야 사긔를 쥬밀히 하고 잇다가 이러한 작용을 행하니 이는 여자를 업슈히 녁이다가 일 여자로 하야 전정을 맛치이니 엇지 애닯지 아니하리요? 연뢰 과연 고집하니 화가 친척이 업더라도 졔 스사로 힘서 돕고자 하고 나는 졔 아비 쥭인 원슈 아니언마는 결코 해코자 하니 졔 비록 어사의 위권이 잇스나〃를 쥭이든 못하리니 목숨이 남거든 내 반닷이>(우리 부ᄌᆞ를 이쳐럼 곤욕을 보게 허니) 부ᄃᆡ 져를 해하야 [오날〃] 원슈를 갑흐리라(구활자본 15회, 219면)

ⓓ **공교히** 연노의 이심히 붉히므로 우리 부ᄌᆞ의 죄ᄅᆞᆯ 출〃히 잡아ᄂᆡ고 화녜 능휼ᄒᆞ여 ᄉᆞ긔를 쥬밀이 ᄒᆞ고 잇다가 이런 작용을 ᄒᆞ니 ᄋᆞ녀ᄌᆡ라 업슈히 넉이다가 맛ᄎᆞᆷᄂᆡ 젼졍을 맛ᄎᆞ니 엇디 ᄋᆡᄃᆞᆲ디 아니리오? 연뇌 괴벽 고집ᄒᆞ미 이상ᄒᆞ야 화가 친척이 아니로ᄃᆡ 힘ᄡᅧ 돕고 나ᄂᆞᆫ 졔 아비를 죽인 원수런ᄃᆡ 브ᄃᆡ ᄒᆡᄒᆞ니 졔 셜ᄉᆞ 어ᄉᆞ의 위권이〃시나 날을 죽인든 못ᄒᆞ리니 목숨이 남거든 브ᄃᆡ 져를 ᄒᆡᄒᆞ야 오날〃 원슈를 갑흐리라(권 10-48)

앞에 든 예문들 가운데서 ㉮는 세책본, ㉠은 구활자본, ⓐ는 강촌재본을 가리킨다(이하 다 같다). 앞의 두 예문(곧 ㉮·㉠·ⓐ/㉯·㉡·ⓑ)은 세책본에 비해 구활자본과 강촌재본에서 축약, 탈락이 나타나고 있는 경우를 가리키고, 뒤의 두 예문(곧 ㉰·㉢·ⓒ/㉱·㉣·ⓓ)은 강촌재본이나 구활자본에 비하여 세책본에서 간략히 축약되어 나타나는 경우를 가리킨다. 이런 점에서 본다면 현재까지 전해지는『임화정연긔봉』이본들 가운데는 原『임화정연긔봉』에 해당하는 자료는 없다고 하겠다.

이제까지 앞에서 권 12를 대상으로 논의해 왔는데, 이어서 권 95를 앞에서와 같은 방법으로 논의를 진행해 보자.

여기서 효율적인 논의를 위하여, 이들 이본들 사이에서 차이가 두드러지게 나타나는 부분을 다음과 같이 나누어 살펴볼까 한다.

첫째, 세책본에는 있되 강촌재본에서는 나타나지 않는 부분.

둘째, 세책본에는 없되 강촌재본에서는 나타나는 부분.

셋째, 세책본과 강촌재본의 같은 문면에서 대체가 나타나는 부분.

첫째, 세책본에는 있되 강촌재본에서는 나타나지 않는 부분을 살펴보자.

㉮ 노얘 응당 그 고을 가신즉 옥ᄉᆞ롤 픔홀 거시니(권 95-4.뒤)

㉯ 진실노 죄범이 업ᄉᆞ오니 복걸 부모 대야ᄂᆞᆫ 술피쇼셔(권 95-11.앞)

ⓑ 복걸 부모 대야는 살피쇼셔(구활자본 88회, 526면)

㉰ ᄉᆡ비롤 반기ᄒᆞ고 쥰이 문 안희 셧거ᄂᆞᆯ 나아가 읍ᄒᆞ고 왈 "이거시 어졔 슈륙ᄒᆞ던 딘대관 우쇠냐?(권 95-28.앞)

ⓒ 시비를 반개하고 쥰이 문 안에 셧거늘 나아가 읍하고 왈 "이곳이 진대관의 집이냐?(구활자본 89회, 529면)

㉱ 셩신이 녁〃 ᄒᆞᆫ디 촌 니술이 듁닙의 ᄯᅥ러져(권 95-34.앞)

㉲ 지믝의 긔특ᄒᆞᆫ 즁 경물의 ᄀᆞ려ᄒᆞᄆᆞᆫ 일 구로 형용치 못ᄒᆞ고(권 95-38.앞)

세책본에는 있되 강촌재본에는 없는 부분 가운데, 구활자본의 경우 ⓑ,ⓒ 두 예문에서만 해당 문면이 드물고 나타나고 있다. 이들 두 이본의 차이는 세책본소설인 ㉯, ㉰의 서술문면에서 특정 문면(곧 〈진실노 죄범이 업ᄉᆞ오니〉와 〈어졔 슈륙ᄒᆞ던〉)이 탈락되는 데서 확인된다.

한편 여기서 이와는 달리 세책본에 있는 서술문면이 구활자본의 도처에서 탈락되고 있는 현상을 주목할 필요가 있다(이런 가운데서도 강촌재본은 구활자본의 경우와는 달리 이런 양상을 전혀 지니고 있지 않다). 이를 통해 세책본소설과 강촌재본·구활자본의 관련양상을 보다 정확히 파악할 수 있을 것으로 기대된다. 약 20여 곳에 달하는 부분14)에서 확인 가능한데, 여기서는 번다함을 피하기 위하여 가장 대표적인 보기 하나만을 제시한다.

14) 해당 면수만을 제시한다. (세 95-3.뒤~5.뒤/강 63-47~9), (세 95-7.앞~뒤/강 63-51~2), (세 95-13.앞/강 63-59~60), (세 95-15.뒤~16.앞/강 63-62~3), (세 95-16.뒤~17.앞/강 63-65), (세 95-17.앞~22.뒤/강 63-65~71), (세 95-23.뒤~24.앞/강 63-72~3), (세 95-24.뒤~25.앞/강 64-2), (세95-26.뒤~27.앞/강 64-4~5), (세 95-27.뒤~28.앞/강 64-5), (세 95-28.뒤~29.앞/강 64-6~7), (세 95-33.앞/강 64-13), (세 95-33.뒤/강 64-13), (세95-33.뒤/강 64-13) 외.

뒤에 따로 붙인 세책본소설 95권 17장 앞면부터 22장 뒷면까지의 해당 문면이 바로 그것인데, 강촌재본은 나름의 변이 속에서도 이들 문면이 거의 대부분 그대로 나타나는데(자료-2을 참조하라) 반하여, 구활자본에서는 완전히 탈락되어 있다. 이런 점에서만 본다면, 세책본소설과 강촌재본의 친연성이 세책본소설과 구활자본에 비하여 더 강한 것으로 생각된다. 그러나 이어서 살필 강촌재본에서 확인되는 첨가 변이의 양상 등을 두루 고려할 때, 결코 그렇게 볼 수만은 없을 듯하다. 이 지점에서 다시 세책본과 강촌재본을 아우를 수 있는 原『임화정연긔봉』의 존재 가능성을 상정할 계기가 마련된다. 그런 가운데서도 곧 구활자본은 강촌재본보다는 세책본소설을 의도적으로 축약한 가운데 후대에 출현한 이본임에는 틀림없어 보인다. 다음 절을 통해 그 점 확인토록 하자.

둘째, 세책본에는 없되 강촌재본에서는 나타나는 부분을 살펴보자.

㉮ 디뷔 관복을 뎡제ᄒᆞ여 안ᄌᆞᆺ고 뜰의ᄂᆞᆫ **관니와 니민이** 가득ᄒᆞ여 어ᄉᆞ**의 영풍을** 칙〃**칭션ᄒᆞ여** 엄슉ᄒᆞᆫ 위의ᄂᆞᆫ 니ᄅᆞ도 말고(권 63-55, 굵게 표시한 부분)

㉯ **쳔만** ᄋᆡᄆᆡᄒᆞ**니이다. 셔뫼 상것시라. 각 집의셔** ᄉᆞ**다가 브디거쳐**ᄒᆞ오**니** 쇼인은 실노 ᄋᆡᄆᆡᄒᆞ오니 **신명ᄒᆞ신 노야**ᄂᆞᆫ 져 창모의 말ᄉᆞᆷ을 고디듯디 마ᄅᆞ시고(권 63-63)

㉰ **고어의 '공이 실ᄒᆞ면 텬신이 감동ᄒᆞᆫ다.'** ᄒᆞ엿ᄂᆞ**니** 쇼비 ᄆᆞ음을 갈딘이 ᄒᆞ여 공을 드리면 일이 아니 일우리잇가? **비ᄌᆞᄂᆞᆫ 임의 텬의를 아ᄂᆞᆫ 일이니 녀노야 고집은 근심 업고 됴쇼졔 환경이 쉽디 못ᄒᆞᆯ가** ᄒᆞᄂᆞ**이다**(권 63-73).

㉱ **가월이** 쇼원을 일우디 못ᄒᆞ니 **울울불낙**ᄒᆞᄂᆞᆫ **듕 울젹히 당듕의 깁히 드러 잇기를 즐겨 아냐 츄밀과 이부인긔** 하딕왈(권 64-1~2)

㉲ 공듕을 향ᄒᆞ여 빅비ᄒᆞ고 싱각ᄒᆞ되 **'신인이 날을 명명이** ᄀᆞᄅᆞ**쳐 현녀**

낭낭 유디를 마ᄌᆞ가라 ᄒᆞ여시니 ᄀᆞᄅᆞ치ᄂᆞᆫ 곳의 가 보리라.' ᄒᆞ고(권 64-16~7)

강촌재본의 이들 문면은 구활자본에서는 전혀 찾아지지 않는다. 이는 곧 세책본소설과 구활자본의 관련 양상이 더 밀접함을 보여주는 증좌이다. 그렇다고 강촌재본의 필사자가 임의로 이들 문면을 자기 마음대로 새롭게 창작하여 작품 내에 산입한 것으로는 결코 보이지 않는다. 강촌재본에서의 이런 면모는 原『임화정연긔봉』 또는 그 자장권 내에 있는 어느 모본을 바탕으로 후대에 轉寫하는 가운데 출현했을 가능성이 높다. 곧 原『임화정연긔봉』의 존재를 상정할 필요가 있음을 역으로 보여주는 경우라 하겠다. 이런 점 또한 강촌재본과 구활자본의 거리가, 세책본소설과 구활자본의 그것에 비해 다소 먼 것임을 바로 증빙해주는 좋은 보기로 판단된다.

셋째, 세책본과 강촌재본・구활자본의 같은 문면에서 대체가 나타나는 부분을 살펴보되, 대표적인 경우만을 들어 제시한다.

㉮ 고이ᄒᆞᆫ 변홰 이셔 은이 돌이 되고 ᄌᆞᆷ은 쇽의 은이 스ᄉᆞ로 간 ᄃᆡ 업ᄉᆞ니 엇지 긔괴치 아니리오?" 일 인왈 "챵뫼 갑ᄉᆞᆯ ᄎᆞ즈려 ᄒᆞᆫ들 은이 간 ᄃᆡ 업셔 져리 ᄊᆞ호니 그 일이 실노 결단이 어려오니 챵뫼 졍소ᄒᆞ여 갑ᄉᆞᆯ ᄎᆞᄌᆞ려 ᄒᆞᆫ들 엇던 관원이 명졍이 쳐결ᄒᆞᆯ고?(권 95-6.앞~뒤)

㉠ 괴이한 변홰 잇서 은이 돌이 되고 잠은제 쇽의 은이 [스ᄉᆞ로] 간 대 업스니 엇지 <u>괴이</u>치 아니리오?" 일 인왈 "챵뫼 갑슬 차지랴 <u>하나</u> 은이 간 데 업셔 져리 싸호니 그 일이 실노 결단이 어려우니 챵뫼 졍소하야 갑슬 <u>바드</u>려 한들 엇던 관원이 명<u>찰</u>[이] 쳐결할고?(구활자본 88회, 525면)

ⓐ <u>창모의 딘시 판 ᄇᆡᆨ은이 변ᄒᆞ여 흰돌이 되고 딘쥰은 상ᄌᆞ의 너ᄒᆞᆫ 은</u>

<u>이 간 곳 업다 ᄒᆞ니 창모ᄂᆞᆫ 쥰이 요인을 보ᄂᆡ여 누의를 도로 다려 ᄒᆞᆫ 글이 이시ᄆᆡ 은을 도로 달나 ᄒᆞ미 괴이치 아닌더라. 창모와 딘쥰이 셔로 ᄡᅡ화 창뫼 은을 ᄎᆞᄌᆞ려 ᄒᆞ고 관부의 졍소ᄒᆞ리라 ᄒᆞ니 그런 밍낭ᄒᆞᆫ 일이 어ᄃᆡ 이시리오?</u>(권 63-51~2)

㉯ 챵뫼 어ᄉᆞ 안젼의 업ᄃᆡ여 고왈 "쇼인이 져 딘가의 젼후 죄상을 셰〃히 알외리니 은샹 노야ᄂᆞᆫ 통촉ᄒᆞ쇼셔." ᄒᆞ고 젼후 셜화롤 셰〃히 고ᄒᆞ니 형상이 목젼의 버러ᄂᆞᆫ 듯ᄒᆞ고 ᄯᅩ 고ᄒᆞ되 '쇼인이 딘녀롤 다려온 후 제 즐겨 연화의 풍뉴롤 감심치 아니ᄒᆞ니(권 95-12.뒤)

㉡ 창모 어사 안젼에 업대여 고왈 "쇼인이 져 진가의 [젼후] 죄상을 <u>일〃이</u> 알외오리니 [은샹] 로야는 통촉하소셔." 하고 젼후 <u>죄상을</u> 셰〃히 고하니 형상이 목젼의 버렷는 닷하고 ᄯᅩ 고하대 '쇼인이 진녀를 다려온 후 제 질겨 연화의 풍뉴를 감심치 아니[ᄒᆞ]니(구활자본 88회, 527면)

ⓑ 인ᄒᆞ여 당샹을 우러러 고왈 "노얘 이곳의 도임ᄒᆞ샤 딘가의 대역브도의 죄를 므ᄅᆞ시니 쇼인이 남의 젼졍을 막아 원슈를 딋디 아니려 ᄒᆞ옵더니 딘가의 허무ᄒᆞ미 빅디의 쇼인의 슈쳔 냥 은을 모로노라 ᄒᆞ니 마디 못ᄒᆞ여 져의 무상홈과 은ᄌᆞ의 근본을 고ᄒᆞᄂᆞ이다. 딘쥰이 졀염의 ᄆᆡ뎨를 블너 뵈며 ᄉᆞ라 ᄒᆞ니 연화의 미인 ᄉᆞ기ᄂᆞᆫ 본ᄃᆡ 소장이라. 갑술 의논ᄒᆞᄆᆡ 슈쳔 냥을 주면 팔고 그러치 아니면 파디 못ᄒᆞ리라 ᄒᆞ오ᄆᆡ 딘녀의 졀셰ᄒᆞ믈 긔특이 넉여 져의 달나 ᄒᆞᄂᆞᆫᄃᆡ로 갑술 출혀 주고 다려가온즉 딘쥰의 셔모 늙시 망연이 모로다가 ᄯᆞᆯ을 판 줄 알고 모녜 븟드러 통곡ᄒᆞ고 노치 아니며 딘네 호졀이 녈녈ᄒᆞ여 죽으려 ᄒᆞᄂᆞᆫ디라. 딘쥰이 대로하여 누의를 구박ᄒᆞ여 쇼인을 맛디니 늙시 발악ᄒᆞ여 ᄯᅡ라오ᄆᆡ 소ᄅᆡ 요란ᄒᆞ니 방인이 알고 시비하라가 두려 늙시 흔적 업시 죽이려 ᄒᆞ고 ᄉᆞ디를 결박ᄒᆞ고 입을 막아 인적 업ᄉᆞᆫ 님듕의 가 남긔 다라 ᄌᆞ딘케 ᄒᆞ엿더니 인ᄒᆞ여 죵젹이 업ᄉᆞ니 필연 죽여 깁히 뭇딜너 업시ᄒᆞ미라. 이ᄂᆞᆫ 강상 일죄어ᄂᆞᆯ 누의를 쇼인의게 갑밧고 ᄯᅩ 엇던 요슐ᄒᆞᄂᆞᆫ 쇼년과 동심ᄒᆞ여 돌뎅이를 변ᄒᆞ여 은이 되게

ᄒᆞ여 쇼인의게 와셔 딘시를 ᄉᆞ디라 ᄒᆞ니 딘네 쇼인의게 오므로브터 식음을 젼폐ᄒᆞ고 향벽 체읍ᄒᆞ여 다릐고져 ᄒᆞ믈 초긱갓치 넉이니 창가의 쇼임을 아닐 거동이오, ᄉᆞ긔 녈녈ᄒᆞ니 두어도(권 63-58~9)

㉰ 젼후 죄과와 신인의 셜화며 어ᄉᆞ의 분부를 셜파ᄒᆞ고 죄를 일ᄏᆞ라 말숨이 진정이니 원의 ᄯᅩᄒᆞᆫ 긔특이 넉여(권 95-31.앞)

㉢ 썰치며 모르노라 하다가 애련이 빌믈 들음애 신명이 가르쳐 옴을 니르고 말삼이 정대한지라. 그 회과함을 기특이 녁여(구활자본 89회, 530면)

ⓒ 져의 환란과 관부의셔 뉵시를 죽이다 ᄒᆞ고 어싀 져를 죽이려 ᄒᆞ다가 아딕 술나 뉵시를 ᄎᆞᄌᆞ 드리라 ᄒᆞ니 도망ᄒᆞ여 뉴리ᄒᆞ며 셕일 죄악을 뉘웃쳐 슈륙ᄒᆞ던 ᄉᆞ연과 신명이 ᄀᆞᄅᆞ쳐 ᄎᆞᄌᆞ오믈 니ᄅᆞ고 죄를 일ᄏᆞ라 말숨이 뎡대ᄒᆞ고 헛되디 아니ᄒᆞᆫ디라. 원의 ᄯᅩᄒᆞᆫ 긔특이 넉여(권 65-9~10)

㉱ 월이 경의ᄒᆞ여 ᄇᆞ라보니 일위 션인이 향젼ᄒᆞ여 왈 "벽암의 든 거시 이시니 가져가라." ᄒᆞ거놀 월이 공듕을 향ᄒᆞ여 무슈 샤례ᄒᆞ고(권 95-34.뒤)

ⓓ 놀나고 괴이히 넉이나 본디 범인이 아니라 신인의 법녁을 디강 비화 신션의 조화를 아는 고로 필연 신긔ᄒᆞᆫ 효험이 이실 줄 알고 황망이 뜰의 나려 공듕을 향ᄒᆞ여 합장 비례ᄒᆞ더니 구롬이 열니는 곳의 일위 션이 운상무의로 염염이 나아오거놀 월이 년망이 ᄭᅮ러 머리를 조으니 션네 운몌를 드러 왈 "셕낭아! 너희 긔특ᄒᆞ믈 하날이 감동ᄒᆞ샤 젼셰 죄를 샤ᄒᆞ시고 션경의 올니려 ᄒᆞ샤 인간의 도를 일우게 ᄒᆞ엿ᄂᆞ니 모로미 힘쓰고 힘뼈 송듁의 구드믈 효측ᄒᆞ라. 됴가 녀지 젼싱 죄로 삼신 년 고초를 격근 후 바야흐로 삼청의 뎨지 되어 도를 닥게 ᄒᆞ엿더니 너희 디셩이 금셕 갓기로 명년의 소원을 일우게 ᄒᆞ엿ᄂᆞ니 네 맛당이 현녀 냥낭 유디를 밧드러 몬져 도관을 일우고 고요히 참션ᄒᆞ면 됴시는 ᄌᆞ연 빗너 도라오리니 이 절 좌녁 바회 ᄉᆞ이의 셕함이 잇셔 그 쇽의 현녀 낭낭 유디 이시니 이곳 숑적 득도ᄒᆞᆫ 평암딘인이 일

운 거시니 병난이 도관이 다 파훼훌 제 유식흔 도인의 감촌 빅니 네어디 가 존숍호고 이러틋 탕유호여 정신을 닛비 말나. 명녕 초츄 즈음이 다시 가르치미 이시리라." 가월이 불승경희호여 년망이 고두호고 다시 말솜을 디답고져 흐더니 듁님의 조으던 학의 소릭 청월호여 옥경즈를 두다림 굿튼디라. 월이 놀나 씨드르니 몸이 초당 난간의 의디호여 일장 신몽이라. 흠신호여 니러나 우러러 보니 둘이 셔잠의 기울고 별이 드므러 거의 실 듯호더라. 심하의 몸둥 신녀의 말을 싱각고 깃브믈 니긔디 못호여 [월이] 공듕을 향호여 빅비호고(권 64-15~6)

㉤ 층〃흔 셕암과 첩〃흔 봉만이〃시니 어닉 곳의 벽암이 잇는 쥴 몰나 정히 방황호더니 믄득 큰 바회 亽이로셔 흰 긔운이 공듕을 쎄쳣고 긔이흔 구름이 니러나되 오히려 텬식이 붉지 아냣시무로(권 95-35.앞)

ⓔ 층〃흔 바회와 아〃흔 봉만이 첩〃호니 어닉 곳이 셕함 잇는 곳인 줄 알니오? 정히 방황호더니 믄득 큰 바회 亽이로셔 흰 긔운이 바로 공듕의 뻣쳐는딕 좌우로 붉은 안개 은은호거놀 둘빗치 나아가 보니 큰 바회 셔로 다핫고 亽이로 긔운이 나거놀 이곳의 긔이흔 일 이실 줄 알딕 텬식이 치 붉디 아냐(권 64-17)

㉣, ㉤에 해당하는 구활자본 문면은 필자가 아직껏 찾지 못했기에 그 문면을 제시할 수 없었다. 여기서 ㉮·㉠/㉯·㉡의 서술문면은 거의 동일한 양상을 지니고 있다. 그러나 그에 해당하는 강촌재본의 ⓐ·ⓑ는 앞의 두 보기와는 확연히 차이를 드러낸다(특히 ⓑ에서 더욱더 두드러진다). 이런 문면 또한 강촌재본의 필사자가 자기 독단적으로 이본 내에 산입할 수는 없었을 듯하다. 곧 강촌재본의 필사자가 대본으로 삼았던 선행 이본을 轉寫하는 과정에서 이런 대체 변이가 발생한 것으로 봐야 한다. 보다 정확히 말하면 강촌재본의 선행 대본은 우리가 앞에서 검토해 온 이본들 내에서는 없다고 할 수 있다. 나아가 ㉰·㉢·ⓒ는 같은

서술문면에 해당하는 부분인데도 각기 색다르게 나타나고 있어 흥미를 끈다. 이러한 이질적인 면모가 간혹 나타나고 있음에도 세책본소설과 구활자본의 친연성은 상대적으로 세책본소설과 강촌재본에 비해 더 강한 것으로 확인된다.

앞에서 검토한 현상과 동일한 양상이 아래에서 살펴볼 뿌리본 소장 이본들의 경우에서도 계속 출현한다면, 세책본소설 『임화정연긔봉』 또한 구활자본 『임화정연』의 대본으로서의 역할을 담당하고 있다고 할 수 있겠지만, 아래에 보이는 예문은 반드시 그렇지만은 않을 가능성이 있음을 또한 보여주고 있다.

3.2. 순천시립 뿌리깊은나무 박물관 『임화정연긔봉』과 강촌재본 · 구활자본의 비교

뿌리본에는 도합 7종의 『임화정연긔봉』이 소장되어 있지만, 여러 사정으로 인하여 본고에서는 권 57과 권 66의 2종의 이본을 살펴볼 수밖에 없었다. 따라서 여기에서 얻어진 논의가 『임화정연긔봉』 이본들에 두루 적용될 것이라고는 필자 또한 생각하지 않는다. 이에 대한 계속적인 관심이 요청되는 까닭이다.

먼저 뿌리본 권 57을 강촌재본과 비교한다. 뿌리본 권 57은 강촌재본의 권 49의 59장부터 권 50의 51장까지에 해당한다. 그 부분을 구체적으로 검토한 결과, 다음 몇 가지 양상으로 나타나고 있었다.

첫째, 뿌리본에는 있되 강촌재본에서는 나타나지 않는 부분.
둘째, 뿌리본과 강촌재본의 동일 서술문면이 과도하게 생략되는 부분.
셋째, 뿌리본과 강촌재본의 같은 문면에서 대체가 나타나는 부분.

첫째, 뿌리본에는 있되 강촌재본에서는 나타나지 않는 부분을 살펴 보자.

㉮ 셩옥이 가로디 "그 약 일홈을 무어시라 ᄒᆞᄃᆞ뇨? 변형ᄒᆞᄆᆞᆯ 그ᄃᆡ 친히 보왓난가?" 목싱이 가로디 "이난 나의 친히 본 ᄇᆡ라. ᄂᆡ 쥬인ᄒᆞ엿든 집 ᄌᆞ식이 두 계집을 두어 본쳐난 박ᄃᆡᄒᆞ고 벽음을 ᄉᆞ랑ᄒᆞ니 그 녀ᄌᆡ 벽음을 업시코져 ᄒᆞ여 약을 그 쟝부를 먹여 ᄆᆞ음을 두로혀긔 ᄒᆞ고 얼골 변ᄒᆞ난 약을 스ᄉᆞ로 삼켜 져의 얼골이 되여 밤의 드러가 구고를 치고 욕ᄒᆞ니 쟝뷔 ᄃᆡ로ᄒᆞ여 그 계집을 ᄂᆡ니 그 녀ᄌᆡ 분앙ᄒᆞ여 그 약환의 졍젹을 들쳐ᄂᆡ여 신원ᄒᆞ니 본 계집이 도로혀 ᄂᆡ친 양을 보왓노라." 셩옥이 유심이 듯고 무ᄅᆞ니 ᄃᆡ왈 "ᄆᆞ음 변ᄒᆞ난 거슨 회심단이오, 얼골 밧고이난 거슨 ᄀᆡ용단이오, 본형이 다시 되난 약은 외면 회단이니 갑시 가장 만하 가난ᄒᆞᆫ 뉴난 심이 밋지 못ᄒᆞ난 거실너이다."(뿌리본 권 57-8.앞~뒤)

㉯ 한픠 번연이 가용 칭션왈 "쇼졔의 현심 슉덕은 진실노 신기를 감동ᄒᆞᆯ지라. 엇지 노애의 뇌졍지노를 도로혀지 못ᄒᆞ시며 소부인 모지 감회치 아니리오?" 인ᄒᆞ여 두 됴시 밤의 ᄊᆞ호든 형샹을 니ᄅᆞ고 웃기를 마지 아니ᄒᆞ니 쇼졔 빈미 탄왈 "일ᄆᆞᄃᆞ 한심ᄒᆞ거날 셔모난 우음이 어ᄃᆡ로 나난잇가?" 픠 쇼왈 "져의 부뷔 ᄎᆞᆷ마 못ᄒᆞᆯ 계교로 동싱을 ᄒᆡᄒᆞ다가스ᄉᆞ로 함졍의 ᄲᅡ져시니 악인이 화를 ᄌᆞ취ᄒᆞ고 벌을 바드미 쳔니의 덧〃 ᄒᆞᆫ지라. ᄌᆡᆼ그러오미 가려온 ᄃᆡ를 글금 갓거날 더옥 그 ᄌᆡᆼ힐ᄒᆞ든 거동이 비록 포ᄉᆡ라도 우슬 거시여늘 노신이 엇지 ᄎᆞᄆᆞ 웃지 아니ᄒᆞ리잇가?" 쇼졔 다만 탄식ᄒᆞᆯ ᄯᆞ름이라. 부인이 가로디 "샹공이 불명ᄒᆞ시고 ᄂᆡ 어ᄒᆞ의 덕이 업셔 젹국과 의자를 감화치 못ᄒᆞ고 가변의 망극ᄒᆞ미 이 지경의 니ᄅᆞ니 싱각ᄒᆞᆯᄉᆞ록 심한골경ᄒᆞ여 스ᄉᆞ로 붓그려ᄒᆞ난 바난 셩ᄋᆡ 비록 나의 친싱 복ᄋᆡ 아니나 명위모진즉 쳔륜의 듕함과 ᄌᆞᄋᆡ의 친ᄒᆞ미 엇지 듕아와 일호 간격이〃시리오? 이ᄌᆡ 듕ᄋᆡ 신빅ᄒᆞ나 셩ᄋᆡ 당

> 죄ᄒᆞ면 피ᄎᆞ 한 가지 골육이라. 흑ᄇᆡᆨ의 깃부미 이시며 결말의 쾌ᄒᆞ미 이시리오? 녀ᄋᆡ 뜻지 ᄂᆡ 뜻과 갓트니 진실노 가ᄒᆡᆼ의 ᄒᆡ연ᄒᆞ미 불가ᄉᆞ문어ᄐᆞ인이라. 녀아난 ᄆᆞ음을 다ᄒᆞ여 샹공 셩노ᄅᆞᆯ 도로혀 가화ᄅᆞᆯ 잘 미봉ᄒᆞᆯ지어다." 인ᄒᆞ여 한파드려 왈 "셩아나 듕아나 다 너의게 ᄒᆞᆫ 가지 젹ᄌᆡ요, 더욱 셩아난 일가의 듕한 ᄇᆡ라. 너희 도리 엇지 간격ᄒᆞ리오? 져의 모ᄌᆞ 부체 ᄉᆡᆼ각을 그ᄅᆞᆺᄒᆞ여 듕ᄋᆡ 탈젹ᄒᆞᆯ가 ᄉᆡ심이 만복ᄒᆞ여 오날날 이런 망극ᄒᆞᆫ 변이 니러나니 이난 다 샹공의 화평치 못ᄒᆞ고 언ᄉᆞ의 젼도ᄒᆞᆫ ᄐᆞ시라. 엇지 ᄋᆡᄃᆞᆲ지 아니리오? 수삼 ᄀᆡ ᄌᆞ녀ᄅᆞᆯ 화ᄒᆡ치 못ᄒᆞ여 뉸긔 산난ᄒᆞ고 형졔 구ᄉᆔ 되니 오가 가ᄒᆡᆼ이 엇지 한심치 아니며 ᄃᆡ인ᄒᆞᆯ 낫치 이시리오? 나난 져의 모ᄌᆞ 부〃ᄅᆞᆯ 위ᄒᆞ여 ᄋᆡᄃᆞᆲ고 참황ᄒᆞ미 아신의 당ᄒᆞᆫ 듯 골돌ᄒᆞ거날 져 모ᄌᆞ 부〃난 우리 모ᄌᆞᄅᆞᆯ 원슈로 지목ᄒᆞ니 엇지 한심치 아니리오?" 셜파의 기리 탄식ᄒᆞ니 한픠 만구 탄샹ᄒᆞ고 셕연 감복ᄒᆞ여 고두 칭샤왈 "부인의 현심 슉덕이 이러틋 호ᄃᆡᄒᆞ시니 신명이 엇지 감동치 아니리잇가? 부인의 현덕을 하날이 감오ᄒᆞ샤 군ᄌᆞ 슉녀의 ᄌᆞ녀ᄅᆞᆯ 갓초 두시고 뇨쇼뎨 갓튼 현부ᄅᆞᆯ 갓초시니 하날이 엇지 ᄉᆞᆯ피미 업다 ᄒᆞ리잇고?" 언미파의 좌위 보왈 "노얘 도라오시나이다."(뿌리본 권 57-31.앞~33.앞)

위에 보인 두 예문만으로도 강춘재본이 결코 完本 또는 善本이 될 수 없다는 사실은 익히 드러난다. 물론 이들 문면을 뿌리본 권 57의 필사자가 임의로 작품의 문면 내에 첨입한 데서 빚어진 현상이라고도 생각할 수 있겠지만, 앞뒤 문면을 고려해 볼 때, 그럴 가능성은 거의 없어 보인다. 왜냐하면 뿌리본의 해당 문면이 이들 부분을 갖고 있지 않은 강춘재본에 비해 보다 자연스럽게 읽히기 때문이다. 여기서 강춘재본이 비록 완질의 형태로 오늘날 남아 전하고는 있지만, 『임화정연그봉』의 선행본이자 善本이 될 수 없는 근거가 드러난다.

둘째, 뿌리본과 강촌재본에서 동일 서술문면이 과도하게 생략되는 경우를 살펴보자. 대표적으로 다음 세 문면만을 제시한다.

앞 두 예문은 뿌리본의 특정 서술문면(㉮·㉯)이 구활자본(㉠)이나 강촌재본에서 과도하게 축약·산략된 경우(ⓐ·ⓑ)이고, 뒤의 예문은 강촌재본의 특정 서술문면(ⓒ)이 뿌리본에서 과도하게 축약·산략된 경우(㉰)를 보여준다. 강촌재본의 권 50의 2장부터 26장까지 무려 25장에 달하는 부분이 바로 그것인 바, 굉장히 많은 분량에 달하는 서술문면이 뿌리본에서는 상대적으로 심하게 축약·산략되는 양상을 보이고 있다. 그런데 구활자본에서는, 강촌재본의 해당 서술문면 가운데 4개처에 걸친 탈락과 1개처에 걸친 축약, 1개처에 따른 대체 부분이 출현하는 것[15]을 제외하고서는 거의 대부분이 그대로 나타나고 있어 흥미를 끈다. 이로부터 뿌리본과 강촌재본이 분명 그 전승경로를 달리하고 있는 이본이라는 점과 나아가 강촌재본과 구활자본의 관련양상 또한 그렇게 먼 것만은 아니라는 사실이 드러난다. 이런 점에서만 본다면, 강촌재본을 해당 문면이 완전히 탈락된 뿌리본이나, 해당 문면의 몇몇 서사단위를 축약·대체·탈락하는 것으로 나타나는 구활자본과는 달리 원『임화정연기봉』의 모습에 가까운 이본이라고 할 수 있다. 그렇기는 하지만, 위에서 언급한 사항(첫째) 등을 고려할 때, 강촌재본이 원『임화정연기봉』을 그대로 轉寫하는 가운데 이루어진 것으로는 보이지 않는다(번다함을 피하기 위해 구체적인 면모는 뒤에 따로 붙인 자료(3)으로 대신한다.)

한편 뿌리본과는 달리 구활자본은 강촌재본의 서술문면을 거의 가능한한 그대로 수용하고 있는 바, 이런 점에서 본다면 앞 절에서 살펴본

---

15) 해당 부분만의 권과 면수만을 제시한다. 강촌재본 권 50-12~3, 같은 권-14~20, 같은 권 21~2, 같은 권-23~5이 구활자본에서 탈락된 부분, 권 50-4~12는 축약되어 출현하는 부분, 같은 권-26은 대체되어 출현하는 부분이다.

경우와는 달리, 구활자본과 강촌재본의 관련 양상 또한 결코 무시해서는 안될 것으로 여겨진다. 망실된 것으로 알려진 세책본소설과의 구체적인 비교 검토를 할 수 없다는 점에서 이 문제에 대한 더 이상의 추적은 불가능하다. 한시바삐 자료의 탐색과 검토가 이루어져야 한다.

㉮ 크긔 쇼리ᄒᆞ여 가로ᄃᆡ "텬하의 엇지 이런 요망ᄒᆞᆫ 일이〃시리오? 아모커나 셔당의 가 듕옥이 잇난가 불너오라." [계옥이 황망이 셔당의 니ᄅᆞ니 ᄎᆞ시 듕옥이〃런 변을 모로고 다만 심ᄉᆡ 경〃ᄒᆞ여 잠을 니로지 못ᄒᆞ고 기리 탄식ᄒᆞ드니 문득 금녕 쇼ᄅᆡ 급ᄒᆞ고 가듕이 요란ᄒᆞ니 ᄯᅩ 무ᄉᆞᆷ 변난이 잇난가 놀나드니 홀연 계옥이 문을 열고 드러오며 가로ᄃᆡ "듕제난 ᄌᆞ난냐?" 공ᄌᆡ ᄃᆡ왈 "아직 ᄌᆞ지 아녓거니와 이 심야의 엇지 오시며 금녕 쇼ᄅᆡ 어즈러오니 ᄯᅩ 무ᄉᆞᆷ 일이 잇난이잇가?" 계옥이 숨을 ᄂᆡ쉬며 니ᄅᆞ되 "뎨샹의 엇지 이런 망측한 가변이〃시리오?" 인ᄒᆞ여 ᄃᆡ강을 니ᄅᆞ고 "야애 네 모양ᄒᆞᆫ 사ᄅᆞᆷ과 됴시란 거슬 친히 잡으시ᄆᆡ 질노ᄒᆞ샤 독약을 ᄉᆞ〃ᄒᆞ려 ᄒᆞ시니 호련 됴쉬 당젼의 니ᄅᆞ러 여ᄎᆞ〃〃ᄒᆞ시니 엇지 일가지ᄂᆡ의 두 됴시 이시리오? 야〃어이 업서 날노 ᄒᆞ여곰 현제ᄅᆞᆯ 잇난가 보와 불너오라 ᄒᆞ시니 ᄲᆞᆯ니 드러가 진가ᄅᆞᆯ 분변ᄒᆞ라. 일노좃ᄎᆞ 너의 죄명이 신ᄇᆡᆨᄒᆞ리니 엇지 다ᄒᆡᆼ치 아니리오?" 공ᄌᆡ 청파의 뇨망한 변괴 고금의도 듯지 못ᄒᆞᆫ ᄇᆡ라. 골경신히ᄒᆞ야 어린 듯 이윽이 묵연ᄒᆞᄃᆞ가 ᄇᆡ야흐로 셔안을 치며 일셩 장탄의 눈물이 죵힝ᄒᆞ여 가로ᄃᆡ "ᄎᆞ난 쳔고의 희한ᄒᆞᆫ 변괴라. 쇼졔 비록 누명을 신ᄇᆡᆨᄒᆞ나 무어시 깃부며 즐거오리오? 일노 말ᄆᆡ암아 슈족이〃즈러지고 쳔륜이 어ᄌᆞ러오리니 쇼졔 찰하리 죽어 모로교져 ᄒᆞ나이다." 계옥이 가로ᄃᆡ "ᄂᆡ 몸의 악명을 버ᄉᆞ면 깃 쌜 ᄯᆞᄅᆞᆷ이라. 요인의 정젹을 다ᄉᆞ리미 쾌ᄒᆞᆯ 거시여날 엇지 슬허ᄒᆞ며 근심ᄒᆞ리오? 야애 ᄇᆡ야흐로 심ᄉᆞᄅᆞᆯ 경치 못ᄒᆞ시니 밧비 드러가ᄌᆞ." ᄒᆞ니 공ᄌᆡ 기 형의 혼암무지ᄒᆞ믈 ᄀᆡ탄ᄒᆞ여 다시 말을 아니ᄒᆞ고 몸을 니러 계옥으로 더부러 ᄂᆡ당의 드러가 계ᄒᆞ의 부복ᄒᆞ여 가ᄆᆡᆼ 머리ᄅᆞᆯ 드지 못ᄒᆞ니 계옥니 나

ᄋᆞ가 고왈 "셔당의 듕옥이 잇삽거날 불너 왓나이다." 공이 더옥 놀나 눈을 드러보니 듕옥이 헛튼 머리의 관을 벗고 계하의 업듸엿거날 쇼ᄅᆡᄒᆞ여 가로ᄃᆡ "ᄲᆞᆯ니 오ᄅᆞ라." 공ᄌᆡ 돈슈 비읍왈 "욕ᄌᆡ 명교의 득죄ᄒᆞ온 몸이라. 엇지 감히 당상의 올으리잇가?" 공이 여셩왈 "금야의 큰 변괴 이시나 극히 고히ᄒᆞ니 아직 쇼〃셜화난 날회고 ᄲᆞ린 나아와 이 형상을 보라." 공ᄌᆡ 마지 못ᄒᆞ여 당의 올나 부모긔 ᄌᆡ빅ᄒᆞ고 눈을 드러보니 당듕의 등쵹이 휘황ᄒᆞᆫᄃᆡ 부모와 계옥 부체며 가듕 뎨인과 샹ᄒᆞ 노쇽 당샹 당ᄒᆞ의 삼 버듯ᄒᆞ여 됴시 냥인과 졔 얼골 되니난 공의 압의 압회 이시니 경식이 심히 ᄎᆞ악ᄒᆞᆫ지라. 공이 두 듕옥과 두 됴시를 보니 진실노 진가를 분변치 못ᄒᆞᆯ지라. 좌위 보나니 다 갓다 ᄒᆞ난 쇼ᄅᆡ 진동ᄒᆞ고 강부인은 일언을 아니코 머리를 슈겨 다만 탄식 ᄲᅮᆫ이라. 공이 눈을 모호로 ᄯᅳ고 경신이 당황ᄒᆞ여 이에 고셩왈 "네붓터 니ᄆᆡ망냥의 변홰 왕〃이〃시나 은거ᄒᆞᆫ 산듕이나 혹 그윽한 벽쳐의 작얼ᄒᆞ여] 사ᄅᆞᆷ을 농ᄒᆞ미 잇거이와 이 쳥평 셰계의 **변화 가듕의** 요얼이 **감히** 이러틋ᄒᆞ리오?(뿌리본 권 57-19.뒤~21.뒤)

㉠ 크게 소리 질러 왈 "고금 텬하에 엇지 이런 일이 잇스리오? 아모러나 셔당에 나아가 즁옥이 잇나 보라." 하야 계옥을 명하야 보내다(구활자본 74회, 379면)

ⓐ 크게 소리ᄒᆞ여 왈 "텬하의 엇디 이런 요망ᄒᆞᆫ 변이 잇시리오? 아모커나 셔당의 가 듕옥이 잇는가 보라." 〈시뇌 쳥녕ᄒᆞ고 가더니 즉시 공ᄌᆞ를 다려왓거늘 금외 더옥 놀나 셔안을 치며 ᄀᆞᆯ오ᄃᆡ "이는 벅벅이 요괴읫 거시〉 사ᄅᆞᆷ을 농ᄒᆞ미이니와 이 쳥평셰계의 요얼이 이러틋ᄒᆞ리오?(강촌재본 권 50-36)

㉯ 됴시 어이업셔 도로혀 웃고 한파를 ᄃᆡᄒᆞ여 가로ᄃᆡ "빅명 인싱이 **초상의** 죽지 아니고 ᄉᆞ랏다가 이런 **희한**ᄒᆞᆫ 변고를 당ᄒᆞ니 쳡이 스ᄉᆞ로 **누명을** 슬허ᄒᆞ며 **ᄎᆞ경을 한치** 아니나 ᄎᆞ인을 위ᄒᆞ여 위터ᄒᆞ믈 넘네ᄒᆞ거날 ᄉᆞ롬이 강박ᄒᆞ여 이러틋 당돌ᄒᆞ니 가장 강악한 요괴로소이다." 픽 **탄식왈** "쳡 갓튼 뉴난 가듕이 못ᄒᆞ여야 심식

편ᄒᆞᆯ 거시여날 이러틋 이상ᄒᆞᆫ 변난이 층ᄉᆡᆼᄒᆞ니 불승송구ᄒᆞᆫ지라. 죄목이 아무 지경의 밋츨 줄 모로니 엇지 두렵지 아니리잇가? 이제 ᄃᆡ 공ᄌᆞ와 니쇼졔 업ᄉᆞ니 실노 고히한지라. 어듸ᄅᆞᆯ 가고 가듕의 큰 몸이 되여 이런 변난을 ᄉᆞᆲ피지 아니ᄒᆞ시난고? 실노 두려ᄒᆞ나이다." 됴시 탄왈 "쳡은 명일 누명을 결ᄉᆞᄒᆞ면 일명을 결ᄒᆞᆯ 인ᄉᆡᆼ이니 아무러ᄒᆞ여도 두렵지 아니ᄒᆞ거니와 노부의긔 불효ᄒᆞᆯ 깃치옵고 청춘 인ᄉᆡᆼ이 늣겁고 가셕ᄒᆞ믈 슬허ᄒᆞᄂᆞ이다." ᄑᆡ 타류왈 "쇼졔의 앗가온 긔질노 신셰 가련ᄒᆞᆫ 듕 가지록 이런 ᄋᆡᆨ경좃ᄎᆞ 당ᄒᆞ시니 진실노 가셕ᄒᆞ거니와 누명을 신ᄇᆡᆨᄒᆞ신 후야 무ᄉᆞᆷ 일 청춘의 몸을 바려 셔하의 불효ᄅᆞᆯ 깃치리오? 인명이 지듕ᄒᆞ니 ᄉᆞᄉᆡᆼ을 간ᄃᆡ로 결ᄒᆞ리오? 젼도이 념치 ᄆᆞᄅᆞ쇼셔." 됴시 기리 탄식고 답지 아니ᄒᆞ니 유모 시녀 등이 가 됴시ᄅᆞᆯ 가ᄅᆞ쳐 ᄃᆡ즐왈 "그ᄃᆡ 우리 쇼졔와 갓고져 ᄒᆞ거든 우리 쇼졔의 얼아이나 될 것 아니냐? 엇지 우리 쇼졔ᄅᆞᆯ ᄉᆞ지의 녀코져 ᄒᆞᄂᆞ뇨? 명일 본형이 낫ᄐᆞ날 제 츰아 붓그러워 얼골을 취워 들고 ᄉᆞᆯ기ᄅᆞᆯ 바라리오?" 가 됴시 욕경을 당ᄒᆞ여 민망 갑〃ᄒᆞ나 할 일업고 명일을 ᄉᆡᆼ각ᄒᆞᄆᆡ 몸이 오고라지난 듯 심ᄉᆡᆨ 요〃ᄒᆞ니 욕셜을 ᄃᆡ답ᄒᆞ리오? 공연이 실혼지인이 되엿드라. 이ᄣᆡ 셩옥의 심ᄉᆡᆨ 니시와 이량이라. 듕옥과 한 방의 갓치이니 듕옥 공ᄌᆞᄂᆞᆫ 벼ᄀᆡ의 구러져 ᄋᆡ닯고 셜워 눈물이 죵힝ᄒᆞᆯ ᄯᆞᄅᆞᆷ이라. 입을 여지 아니되 셩옥은 무수히 즐욕ᄒᆞ나 공ᄌᆡ 들은 쳬 아니〃 필경은 셩옥이 칼ᄅᆞᆯ ᄲᆡ혀 가로ᄃᆡ "ᄃᆡ인이 불명ᄒᆞ여 ᄉᆞᆯ피지 아니시고 진가ᄅᆞᆯ 분변ᄒᆞᆯ 졔면 ᄂᆡ 반ᄃᆞ시 듕히 맛거나 죽글 거시니 찰하리 요인을 죽기리라." 언파의 다라드러 바로 지ᄅᆞ려 ᄒᆞ난지라. 공ᄌᆡ ᄃᆡ경ᄒᆞ여 연망이 ᄂᆞᆲᄯᅥ나 칼을 앗고 가로ᄃᆡ "명일 ᄃᆡ인이 ᄉᆞ실ᄒᆞ시ᄆᆡ 죽거나 살거나 결단이〃시리니 엇지 이러틋 졈〃악ᄉᆞᄅᆞᆯ 힝ᄒᆞ여 죄 우희 죄ᄅᆞᆯ 더ᄒᆞ리오?" 인ᄒᆞ여 창 틈으로 칼을 ᄂᆡ고 아역을 블너 업시 ᄒᆞ라 ᄒᆞ니 셩옥이 ᄉᆡᆼ각ᄒᆞ되 '우리 비록 약을 먹고 얼골이 변ᄒᆞ여시나 외면 회단을 먹지 아니면 본형이 드러나지 아니리니 약이 나의 낭듕의 이시니 뉘 약환의 변홴 줄 알니오? 이졔 듀옥을 죽기면 반ᄉᆡᆼ 믭든 한을 풀고 날을 듀옥이라 ᄒᆞ여 희쥬와 강부인이 구ᄒᆞᆯ 거시니 죽지 아닐 거시오, ᄯᅩ 일ᄉᆡᆼ을 듀옥이 되다 ᄒᆡ로ᄒᆞ리오? 불ᄒᆡᆼᄒᆞ여 일이 드러나 비록 죽난다 ᄒᆞ여도 듀옥을 죽여시면 죽어도 무한이오. ᄃᆡ인과 강부인이 셜워 ᄋᆡ 써러지리니 족이 우리 모ᄌᆞ의 한을 풀니라.' 흉심이 ᄆᆡᆼ동ᄒᆞᄆᆡ 의ᄉᆡ 젼도ᄒᆞ여 급히 벽샹의 걸닌 쳘편을 나리와 눈 우희 놉히 드러 공ᄌᆞ의 머리ᄅᆞᆯ 향ᄒᆞ고 힘ᄭᆞᆺ 치니 공ᄌᆡ 본ᄃᆡ 눈이 밝고 효용이 과인ᄒᆞᆫ지라. 얼풋 몸을 ᄲᅱ여 셩옥의 등뒤 후로 비다라 그 허리ᄅᆞᆯ 안고 팔을 잡아 하슈치 못ᄒᆞ긔 ᄒᆞ니 셩옥이 ᄋᆡᆨ노ᄒᆞ여 ᄭᆞ지져 왈 "ᄂᆡ 아모리면 살긔 되엿ᄂᆞ냐? 쾌히 요인을 죽기로 죄ᄅᆞᆯ 죄ᄅᆞᆯ 당ᄒᆞ리라." 평ᄉᆡᆼ 힘을 다ᄒᆞ여 몸을 ᄲᅢ히려 ᄒᆞ나 일호 요동ᄒᆞ미 이시리오? 이러틋ᄒᆞᄆᆡ ᄌᆞ연 요란ᄒᆞ니 창외의 직흰 아역이 불승경아ᄒᆞ여 노야긔 고ᄒᆞ쟈 ᄒᆞ니 공ᄌᆡ 그 쳘편을 아ᄉᆞ 챵밧긔 ᄂᆡ치고 조용히 물너나되 조곰도 언어의 불공ᄒᆞ미 업ᄉᆞ니 ᄎᆞ시 쟝홍이 밧긔 이셔 셩옥의 무지ᄑᆡ악ᄒᆞ여 공ᄌᆞᄅᆞᆯ 샹ᄒᆞᆯ가 져허 거ᄌᆞᆺ 안흐로 나오난 체ᄒᆞ고 소ᄅᆡᄅᆞᆯ 놉혀 가로ᄃᆡ "노얘 분부 ᄂᆡ의 너희 조곰이나 ᄐᆡ만이 직희다가 ᄎᆞ실ᄒᆞ미 이시면 ᄉᆞ죄ᄅᆞᆯ 면치 못ᄒᆞᆯ 거시오, 공ᄌᆞᄂᆡ 혹 셔로 ᄊᆞ와 요란ᄒᆞ거든 급히 고ᄒᆞ라. 이졔로 잡아드려 큰 ᄆᆡ로 져즐 거시니 ᄲᆞᆯ니 아라드리라 ᄒᆞ시니 여등은 조심ᄒᆞ여 잠ᄌᆞ지 말고 잘 검찰ᄒᆞ라. ᄯᅩ 공ᄌᆡᄂᆡ도 안졍이 머무러 죄ᄅᆞᆯ 더ᄒᆞ지 마ᄅᆞ쇼셔." 아역 등이 년셩 응낙ᄒᆞ난지라. 셩옥이 쟝홍의 말을 듯고 져허 다시 흉ᄉᆞᄅᆞᆯ 발뵈지 아니ᄒᆞ고 ᄒᆞᆫ 구셕의 쓰러져 누으니 공ᄌᆞ난 방심치 못ᄒᆞ여 죵야토록 셔안의 비겨 쟝탄 우슈ᄒᆞ난 ᄇᆡ 젼혀 셩옥을 위ᄒᆞ여 근심ᄒᆞ믈 마지 아니ᄒᆞ더라. ᄌᆡ셜 녀가 시네 뎡부의 나ᄋᆞ가 쇼졔ᄅᆞᆯ 보고 거야 ᄉᆞᄅᆞᆯ ᄃᆡ강 알외고 급히 브ᄅᆞ시믈 고ᄒᆞᆫᄃᆡ(뿌리본 권 57-26.뒤~30.앞)

ⓑ 됴시 어히업셔 도로혀 웃고 한파를 ᄃᆡᄒᆞ여 왈 "박명인ᄉᆡᆼ이 죽디

> 아니코 ᄉᆞ랏다가 **금일** 이런 변고를 당ᄒᆞ니 쳡이 스ᄉᆞ로 슬허ᄒᆞ미 아냐 ᄎᆞ인을 위ᄒᆞ여 위틱히 넉이거놀 ᄎᆞ인이 가디록 여ᄎᆞ 당돌ᄒᆞ니 가장 강악ᄒᆞᆫ (43)요괴로소이다." **한패 탄식고 위로ᄒᆞ며 가 됴시를 간악히 넉이더라.**
>
> 지셜, 녀부 시네 뎡부의 나아가 쇼져를 보아 거야 ᄉᆞ를 ᄃᆡ강 고ᄒᆞ고 급히 청ᄒᆞ시믈 젼ᄒᆞᆫᄃᆡ(강촌재본 권 50-42~3)

앞의 〈㉮·㉠·ⓐ〉는 뿌리본의 동일 서술문면이 구활자본·강촌재본에서 크게 축약되어 나타나고 있는 부분이다. 곧 계옥이 중옥을 데리러 갔다가 주고받는 대화를 통하여 드러나는 두 사람의 人性을 잘 묘파하고 있는 장면인데, ㉮의 문면이 작품 내에서 나름의 기능을 담당하고 있는 것으로 여겨진다는 점에서 구활자본과 강촌재본인 ㉠·ⓐ의 문면은 ㉮를 대폭 축약한 것이 틀림없어 보인다. 한편 ㉯의 문면에서 한파와 조씨의 대화, 성옥과 중옥의 행동, 장홍의 중개 역할 등을 보여주는 여러 서술문면이 계기적으로 나타나고 있는데 반하여, ⓑ에서는 이들 문면들을 극히 요약적으로 압축 서술하고 있는 바, 이를 통해서도 강촌재본이 비록 완본이기는 해도 선본이 될 수 없다는 증거가 확연히 드러난다. 나아가 구활자본 또한 이 부분의 바로 앞인 〈24.뒤~27.앞〉[16]은 물

---

16) 번다한 느낌은 없지만, 논증 과정상 제시하여 둔다. 〈언파의 분긔롤 니긔지 못ᄒᆞ여 긔운이 막힐 듯ᄒᆞ니 부인이 탄식왈 "가운이 불힝ᄒᆞ고 아ᄌᆞ의 운익이 비샹ᄒᆞ여 쳔고의 희한ᄒᆞᆫ 거죄 진실노 ᄉᆞ린의 들니미 ᄎᆞᆷ괴ᄒᆞᆫ지라. 샹공은 범ᄉᆞ롤 죠용ᄒᆞ믈 취ᄒᆞ시고 너무 강박ᄒᆞᆫ 위엄을 발ᄒᆞ여 요란이 ᄆᆞᄅᆞ쇼셔. 셩옥 부쳬 비록 불쵸ᄒᆞ나 ᄎᆞᆷ아 이런 거조롤 ᄒᆞ여 동싱을 히ᄒᆞ리잇가? 보지 못ᄒᆞᆫ 말을 억견으로 미뢰지 못ᄒᆞ리니 아직 듕ᄃᆡᄒᆞᆫ 말을 ᄆᆞᄅᆞ시고 ᄌᆞ시 ᄉᆞ획ᄒᆞ여 비록 셔ᄋᆞ의 작용이라도 다 나의 ᄌᆞ식이니 한나흘 ᄉᆞ로려 ᄯᅩ 한나흘 죽기미 가ᄒᆞ리잇가? 부의 ᄌᆞ은을 싱각ᄒᆞ시고 더옥 모로난 소부인을 죄의 지목ᄒᆞ리오? 소부인이 당죄ᄒᆞ난 날은 아직 비록 누명을 버ᄉᆞ나 인류의 셔지 못ᄒᆞ리니 형과 어미롤 죽기고 어딕 가 용납ᄒᆞ리잇가? 바라나니 샹공은 과도ᄒᆞ믈 삼가 눈긔롤 샹히오지 ᄆᆞᄅᆞ쇼셔. 샹공이 고셔롤 박남ᄒᆞ시니 모ᄌᆞ 형제 눈샹의 막ᄃᆡᄒᆞ믈 싱각지 아니ᄒᆞ시난잇가?" 공이 청파의 불열왈 "부인지언이 연ᄒᆞ나 셩옥 부쳬 이 일을 ᄭᅬᄒᆞ여실진ᄃᆡ 동싱 히ᄒᆞ난 죄 강샹의 밋고 ᄒᆞ믈며 아비롤 능욕ᄒᆞ여 말이 시역ᄒᆞ기의 밋ᄎᆞ니 이난 역지라.

론 위에 인용한 문면까지 다 탈락되어 있다는 점에서 강촌재본과의 친연성은 거의 없는 것으로 봐도 무방할 듯하다. 곧 단위담을 이루는 서술문면의 탈락 등은 『임화정연긔봉』에서도 극히 다양한 모습으로 나타나기에, 그들 사이의 관련 양상이 이와같이 다기한 모습으로 나타날 수밖에 없다는 것은 어찌 보면 극히 자연스럽기까지 한 현상이 아닐까 한다.

셋째, 뿌리본과 강촌재본(구활자본)의 같은 문면에서 대체가 나타나는 부분을 살펴보자. 매우 빈번하게 드러나므로, 대표적인 예문만을 제시한다.

㉮ **이렁구러** 수월이 되ᄆᆡ 졍츄밀 등이 **발힝ᄒᆞᆯ 기약이** ᄃᆞ〃**ᄅᆞ니 힝니ᄅᆞᆯ 졍졔**ᄒᆞ고 ᄐᆡᆨ일ᄒᆞ여 텬졍의 ᄇᆡ샤ᄒᆞ오니 황애 ᄉᆞ쥬ᄒᆞ시고 면유왈 “경등이 외국의 나ᄋᆞ가ᄆᆡ 맛당이 ᄃᆡ국 위엄을 빗ᄂᆡ고 원노 힝역의 보듕

일회나 요ᄃᆡᄒᆞ리오? 그런 ᄌᆞ식을 고륙이라 유렴ᄒᆞ여 살낫다가 다시 멸문지화ᄅᆞᆯ 취ᄒᆞ리오? 결단코 요ᄃᆡ치 아니리니 부인은 니ᄅᆞ지 말나.” 셜파의 분긔ᄅᆞᆯ 이긔지 못ᄒᆞ니 부인이 공의 심식 ᄇᆡ야흐로 분〃ᄒᆞ엿난ᄃᆡ 약셕 간언이 발뵈지 못ᄒᆞᆯ 줄을 알고 다시 말을 아니코 황부인으로 더부러 가환의 비샹ᄒᆞ믈 ᄎᆞ셕ᄒᆞ니 계옥 부쳬 심혼이 산난ᄒᆞ여 다만 져두무언일너라. 이렁구러 날이 발그ᄆᆡ 공이 시비ᄅᆞᆯ 뎡부의 보ᄂᆡ여 녀아ᄅᆞᆯ ᄲᆞᆯ니 오라 ᄒᆞ고 위엄을 베프러 소시 좌우ᄅᆞᆯ 져주고져 ᄒᆞ드니 국가의 옥식 이셔 공을 명쵸ᄒᆞ시니 즉시 입궐ᄒᆞᆯ식 가인을 엄칙ᄒᆞ여 죄인을 도망치 못ᄒᆞ긔 직희라 ᄒᆞ니 범 갓튼 아역이 ᄂᆡ외 문을 잠가 집안 ᄉᆞᄅᆞᆷ도 츌입지 못ᄒᆞ더라. ᄎᆞ야의 두 됴시 한 당의 갓쳐 한ᄑᆡ·니ᄑᆡ 등이 직희여시니 가 됴시난 긔운이 져샹ᄒᆞ되 경 됴시난 노호온 긔운이 츄샹 갓ᄐᆞ야 가 됴시ᄅᆞᆯ 가ᄅᆞ쳐 ᄃᆡ즐왈 “ᄂᆡ 본ᄃᆡ 그ᄃᆡ로 더부러 원쉬 업거날 무ᄉᆞᆷ 뜻드로 날노 ᄒᆞ여곰 쳔고의 싯지 못ᄒᆞᆯ 죄명의 밀쳐 모함ᄒᆞ다가 필경은 나의 얼골이 되여 ᄂᆡ 명을 맛ᄎᆞ려 ᄒᆞ니 무ᄉᆞᆷ 은원이요? ᄂᆡ 본ᄃᆡ 잔쳔을 결ᄒᆞ려 ᄒᆞ엿나니 신누ᄅᆞᆯ 벗난 날은 그ᄃᆡ 원ᄃᆡ로 쾌히 죽그려니와 그ᄃᆡ 무ᄉᆞᆷ 쾌ᄒᆞ미 이시리오? 슬프다! 악인의 심슐이 공연ᄒᆞᆫ ᄉᆞᄅᆞᆷ 히ᄒᆞ미 이 갓트니 하날이 두렵지 아니랴?” 가 됴시 변ᄉᆡᆨ왈 “어ᄃᆡ로 온 요괴 ᄂᆡ 얼[골]이 되야 뇨언 망셜노 ᄉᆞᄅᆞᆷ을 합졔코져 ᄒᆞ나뇨? 명일 진가ᄅᆞᆯ 분간ᄒᆞ난 날은 네 요인이 육장이 되리라.” 됴시 어이업셔 도로혀 웃고 한파ᄅᆞᆯ ᄃᆡᄒᆞ여 가로ᄃᆡ “ᄇᆡᆨ명 인ᄉᆡᆼ이 초상의 죽지 아니고 ᄉᆞ랏다가 이런 희한ᄒᆞᆫ 변고ᄅᆞᆯ 당ᄒᆞ니 쳡이 스ᄉᆞ로 누명을 슬허ᄒᆞ며 ᄎᆞ경을 한치 아니나 ᄎᆞ인을 위ᄒᆞ여 위티ᄒᆞ믈 념네ᄒᆞ거날 ᄉᆞᄅᆞᆷ이 강박ᄒᆞ여 이러틋 당돌ᄒᆞ니 가장 강악한 요괴로소이다.”〉

ᄒᆞ라." ᄒᆞ시니 냥인이 고두 주왈 "폐히 신 등으로써 ᄃᆡᄉᆞ를 맛지시니 신 등이 비록 용녈ᄒᆞ오나 셩샹 탁교를 욕되게 ᄒᆞ리잇가? 삼가 폐히 위덕을 빗ᄂᆡ오리니 복원 폐하난 옥체 안강ᄒᆞ시믈 원ᄒᆞ나이다." 인ᄒᆞ여 ᄉᆞᄇᆡᄒᆞ고 물너 집의 도라와 일가 친권을 니별ᄒᆞ고 츄밀이 냥부인을 당부ᄒᆞ여 문정을 엄이 ᄒᆞ며 무ᄉᆞ이〃시믈 부촉ᄒᆞ니 냥인이 원노 힝녁의 지체 보듕ᄒᆞ시믈 일ᄏᆞᄅᆞ 셔로 니졍이 의〃ᄒᆞ더라. ᄉᆡᆼ이 녀부의 나아가 악부모긔 하직고 <교위의 니ᄅᆞ니 화시랑 등 일반 붕ᄇᆡ며 됴졍 친위 다 쥬호를 잇그러 먼니 젼송ᄒᆞ여 원노 힝녁의 진듕ᄒᆞ믈 당부ᄒᆞ니 냥인이 칭샤ᄒᆞ고 ᄉᆞ마를 두로혈ᄉᆡ 위의 졀월이 도로의 현황ᄒᆞ고 지나난 ᄇᆡ 각관 쥬현 등이 지ᄃᆡ 지앙ᄒᆞ난 녜 픙셩ᄒᆞᄃᆞ라>(뿌리본 권 57-6. 앞~뒤).

㉠ 슈일을 지나 정·연 량인이 행장을 정돈하고 텬졍에 배사한 후 〈교의에 올으니 화시랑 등 일반 붕우와 됴뎡 백료 쥬효를 갓초아 가지고 닐으러 젼송하며 원로에 거평안 래평안하기를 당부하니 량인이 칭사하고 이에 사마를 두루히니 위의 졀월이 도로에 황홀하고 지나는 각관에 지대 지영하더라〉(구활자본 73회, 372면).

ⓐ 슈월 후 츄밀 등이 턱일ᄒᆞ여 텬졍의 하딕ᄒᆞ고 집의 도라와 친척을 니별ᄒᆞ고 각각 집을 부탁ᄒᆞ여 잘 보젼ᄒᆞ믈 니ᄅᆞ고 위의를 거ᄂᆞ려 월국을 향ᄒᆞ니 위의 졀월의 도로의 니어시며 쇼과군현이 디영 디숑ᄒᆞ더라(강촌재본 권 49-66~7)

㉯ 한파난 황망이 드러가고 쇼졔 젼도이 당의 ᄂᆞ려 야〃를 마ᄌᆞ 졀ᄒᆞ기를 맛고 공의 ᄉᆞᄆᆡ를 붓드러 실셩 유체ᄒᆞ니 공이 경아왈 "녀ᄋᆡ 이러틋 슬허ᄒᆞ문 무삼 일이요?" 쇼졔 체읍 주왈 "히ᄋᆡ ᄉᆡᆼ어십팔년의 희한ᄒᆞᆫ 역경을 갓초 지ᄂᆡ고 가간의 변난이 층ᄉᆡᆼᄒᆞ여 부ᄌᆞ 형졔 ᄉᆞ이 뉸상이 문허져 화긔를 일ᄉᆞ오니 엇지 슬프지 아니ᄒᆞ리잇가?" 공이 빈미분연왈 "셕ᄉᆞᄂᆞᆫ 니ᄅᆞ지 말고 즉금 변괴 만고를 기우려도 듯지 못ᄒᆞ든 일이 ᄂᆡ 집의 삼겨시니 진실노 한심 통히ᄒᆞ나 듕옥이 누를 벗고 악인을 잡아 다ᄉᆞ리면 십쎈 쾌ᄒᆞ고 깃분 일이라. ᄂᆡ 일즉 요인을 져주어

경격을 알녀 ᄒᆞ엿드니 맛초와 국식 이셔 궐듕의 드러가시나 심식 번민ᄒᆞ여 총〃이 좌긔를 파ᄒᆞ고 도라왓나니 너도 동싱이 누명을 신셜ᄒᆞ면 깃불 거시여날 도로혀 슬허ᄒᆞ믄 엇진 일이요?" 인ᄒᆞ여 당의 올ᄂᆞ 좌졍ᄒᆞᄆᆡ 쇼졔 념용 ᄃᆡ왈 "야〃셩심의난 듕옥・됴시의 얼골 된 쟈를 짐작ᄒᆞ시난잇가?" 공이 가로ᄃᆡ "가듕 샹ᄒᆞ를 샹고ᄒᆞᆫ즉 셩옥 부쳬 업ᄉᆞ니 다시 거쳐를 ᄎᆞᄌᆞ 업슨즉 역ᄌᆞ 부쳐의 작용이 아니리오?" 쇼졔 ᄃᆡ왈 "거게 비록 현효치 못ᄒᆞ나 이ᄃᆡ도록 악ᄉᆞ를 힝ᄒᆞ리잇가? 슈연이나 거〃부뷔 혹 변형ᄒᆞ여실진ᄃᆡ 야애 엇지 쳬치코져 ᄒᆞ시난잇가?" 공이 문득 노발이 츙관ᄒᆞ여 셔안을 치며 녀셩왈 "셩옥 불쵸와 니시 흉인의 작얼일진ᄃᆡ ᄎᆞ난 고왕금ᄂᆡ의 업슨 흉한 픽악ᄒᆞᆫ 악죵이라. 엇지 일시나 일월지하의 ᄉᆞᆯ나 두리오? 당〃이 머리를 버히고 심통을 ᄲᅢ혀 후인을 징계ᄒᆞ리니 엇지 무러 알 ᄇᆡ리오?" 말노 좃ᄎᆞ 분긔격발ᄒᆞ여 모진 위엄이 밍호 갓트니(뿌리본 권 57-33.앞~34.앞)

㉡ 한파는 황망히 돌아가고 쇼져는 젼도히 하당 영지하야 근일 존후를 뭇고 가변이 층츌함과 작야 변고를 치위하온대 공이 일변 녀아를 반기며 량아의 변고를 닐으고 일변 형장 긔구를 갓초라 하며 왈 "내ㅣ 소루하야 가즁 요얼을 업시지 못하야 가즁 변란이 층츌하니 이번은 찰녀와 불초자를 쥭여 문호를 보젼하리라." 언파에 모진 호령이 상셜 갓흐니(구활자본 74회, 381면)

ⓑ 한파ᄂᆞᆫ 황망이 도라가고 쇼졔 젼도히 당의 나려 마ᄌᆞ 〈근일 존(45)후를 뭇ᄌᆞᆸ고 가변을 치위ᄒᆞ온ᄃᆡ 공이 일변 녀ᄋᆞ를 반기고 일변 형장 긔구를 출히라 ᄒᆞ고〉 모딘 위엄을 발ᄒᆞ니(강촌재본 권 50-44~5)

㉮・㉠의 〈 〉한 부분이 거의 완전히 부합하고 있다는 점에서 뿌리본과 구활자본이 많은 친연성을 지니고 있음이 드러난다. 이런 점에서 뿌리본이 지금은 없어진 것으로 보고된 세책본소설의 원 대본이었을 가능성 또한 있겠지만, 실물이 전하지 않는 이상 더 이상의 추론은 불가능하

다. 한편 ㉯의 문면을 살펴볼 때, 家變을 일으킨 흉인이 성옥 부처임을 알고 격노하는 부친과 그것을 말리려 여러모로 애쓰는 딸의 대화가 수차례 오고가며 작품 내에서 극적 긴장감을 높이고 있는데 반하여, ⓑ의 문면은 평면적인 서술에 그치고 있다는 점 뿐만 아니라, 동일한 서사상황임에도 이와 같이 이질적인 면모를 드러내고 있다는 점을 통해, 우리는 강촌재본과 뿌리본이 그 모본을 달리하여 형성·유통된 이본임을 어렵지 않게 짐작하게 된다. 이런 점에서도 강촌재본을 完本이자 善本으로 措定하기에는 많은 어려움이 따른다. 나아가 ㉡에서 밑줄 친 부분이 ⓑ에서 빠져 있는 것을 제외하고서는, 두 서술문면이 완전히 부합하고 있다는 사실로부터도 강촌재본의 서술문면이 지금은 失傳 상태인 특정한 이본(예컨대 세책본소설)을 축약하는 가운데 형성된 것이 분명해 보인다는 점에서도 더욱 그렇다고 하겠다.

마지막으로 뿌리본 권 66을 강촌재본과 비교해 보자. 뿌리본 권 66은 강촌재본의 권 59의 62장부터 61권의 9장까지에 해당한다. 그런데 뿌리본 권 57을 강촌재본에 비겨볼 때, 도합 64장으로 이루어져 있는 반면, 권 66은 92장 분량으로 되어 있다. 이는 권 57과 권 66이 한 질에 속해 유통·전래한 이본이 아닐 가능성이 높음을 보여주는 증거로 기능한다. 그렇게 추정하는 또 다른 근거로 이들 이본의 서지형태가 다르게 나타난다는 점을 들 수 있다. 곧 권 57이 매면 12행으로 되어 있는데 비하여, 권 66은 매면 14행으로 되어 있다는 점, 나아가 그 필사체 또한 다르게 나타난다는 점이 그것인데, 이들 이본이 만약 한 종에 속하는 자료라고 한다면 이런 현상을 자연스럽게 설명할 방법이 없다는 점 등에서 이들 두 이본은 각기 별도로 필사, 전승·유통되어 온 이본임이 틀림없어 보인다. 그만큼 『임화정연긔봉』은 다양한 종류의 이본이 존재했었고, 당대의 독자층에게도 널리 읽혔다고 하겠다.

첫째, 뿌리본에는 있되 강촌재본에서는 나타나지 않는 부분.

둘째, 뿌리본에는 없되 강촌재본에서는 나타나는 부분.

셋째, 뿌리본과 강촌재본의 동일 서술문면이 과도하게 생략되는 부분.

넷째, 뿌리본과 강촌재본에는 있되 구활자본에서는 나타나지 않는 부분.

다섯째, 뿌리본과 강촌재본의 같은 문면에서 대체가 나타나는 부분.

첫째, 뿌리본에는 있되 강촌재본에서는 나타나지 않는 부분을 살펴보자.

㉮ 쥬ᄉᆡᆼ이 ᄃᆡ쇼왈 "뎡형의 분심이 ᄭᅳᆯ난 물 갓ᄐᆞ얏고 녀시 망극ᄒᆞ미 〈하날이 문허진 ᄃᆞᆺ 가ᄂᆡ 솔난ᄒᆞ엿거날〉 위문은 아니코 귀경은 무슴 일고?" 이인이 쇼왈 "우리난 녀시를 보지 못ᄒᆞ여시니 엇지 말ᄆᆡ암아 위문ᄒᆞ며 이보난 평ᄉᆡᆼ 절치ᄒᆞ든 녀시를 만나니 무ᄉᆞ 일 위문ᄒᆞ리오?" 쥬ᄉᆡᆼ왈 "냥형은 이러틋 니ᄅᆞ지 말나. 뎡슉과 우리 ᄌᆞ당이 녀시를 죽이며 ᄂᆡ치지 못ᄒᆞ리라." ᄒᆞ시고 냥ᄋᆞ를 고렴ᄒᆞ시니 녀시의 일이 ᄐᆡ반이나 무ᄉᆞᄒᆞᆯ ᄃᆞᆺᄒᆞ니 이보 형이 아모리ᄒᆞᆫ들 부뫼 허치 아니시면 임의로 쳐살ᄒᆞ리오? 연ᄉᆡᆼ이 눈셥을 찡그여 왈 "녀시 젼후 음샤ᄒᆞᆫ ᄒᆡᆼᄉᆡᆨ 무샹ᄒᆞ거날 ᄎᆞᄆᆞ 군ᄌᆡ 경시ᄒᆞ며 그 죄를 샤ᄒᆞ리오? 여니나 고륙은 바리지 못ᄒᆞ려니와 기모난 샤치 못ᄒᆞᆯ가 ᄒᆞ노라." 화ᄉᆡᆼ이 가로ᄃᆡ "ᄇᆡᆨ거형은 일편된 말〃나. 녀시 이보 향ᄒᆞᆫ ᄆᆞ음이 금셕 갓트ᄆᆡ 신명이 인도ᄒᆞ여 인년을 지시ᄒᆞ미니 위연한 일이 아니오, ᄐᆞ인의긔 몸을 더러인 ᄇᆡ 업고 그 ᄉᆡᆼᄒᆞᆫ 바 ᄌᆞ네 이보의 고륙이 니 유ᄌᆞ식한 쳐ᄌᆞ를 실졀 아닌 후 무슴 죄단으로 죽기리오? 녀시 스ᄉᆞ로 그 몸을 함ᄒᆞ미지 이보의 신샹의 유ᄒᆡᄒᆞ미 업나니 분ᄒᆞ여 죽기도록 할 일이〃시리오? 뎡ᄃᆡ인 관홍 인ᄌᆞᄒᆞ시므로써 원부의 한이 깁긔ᄒᆞ리오?" 쥬ᄉᆡᆼ이 쇼왈 "ᄌᆞ헌형의 말이 의리의 맛당한지라. 이ᄋᆞ의 젼졍을 조렴치 아니코 간ᄃᆡ로 인졍을 각박히 ᄒᆞ리오?" 연ᄉᆡᆼ이 웃고 맛당ᄒᆞ믈 칭ᄒᆞ더라. 이러틋 말

ᄒᆞ며 뎡부 셔헌의 니ᄅᆞ니 샹셔와 츄밀이 안희셔 밋쳐 나오지 아녀시미(뿌리본 권 66-6.앞~7.앞)

㉯ 오시 웃고 가로되 "녀쇼졔 쳡의게ᄂᆞᆫ 뮈온 일이 업ᄉᆞ니 ᄉᆞ톰을 급화의 구ᄒᆞ문 인ᄌᆞ의 일이오, 져 어엽븐 냥ᄋᆞ의 정ᄉᆡ 가련치 아니리잇가? **녀쇼졔 당신 몸을 함할지언졍 샹공긔 무슴 ᄒᆞ로오미 이시리잇고? 낭군의 풍치 츌뉴ᄒᆞ실ᄉᆡ 미인이 ᄯᆞ오니 이 ᄯᅩ한 남ᄌᆞ의 호승이오, 더옥 바라지 아닌 ᄌᆞ녀ᄅᆞᆯ 나ᄋᆞ드리니 이 고ᄆᆞ온 일이라. 낭군이 져런 졍을 갑지 아니코 도로혀 죽기지 못ᄒᆞ믈 한ᄒᆞ시니 ᄎᆞ난 비인졍이라. 쳡이 실노 그 ᄯᅳᆺ들 몰나 ᄒᆞᄂᆞ니** 젼일 낭군이 녀부인 달니실 졔 무어시라 ᄒᆞ시니잇가?(뿌리본 권 66-11.뒤~12.앞)

㉰ 오시 녀시을 가보고져 ᄒᆞ나 부인 ᄯᅳᆺ들 모로고 츄밀이 미안홀가 ᄒᆞ여 니별치 못ᄒᆞ드니 뎡부인 말슴을 듯고 **부인긔 고왈 "녀시 비록 죄즁ᄒᆞ오나 쳥츈 쇼년 녀ᄌᆡ 벽항 궁촌의 가난 심ᄉᆡ 츰연ᄒᆞ옵고 그 셰간을 아니 가져가오니 그 졍ᄉᆡ 가련ᄒᆞ온지라. 약간 긔용 즙물을 보ᄂᆡ여 쓰긔 ᄒᆞ오미 맛당홀가 ᄒᆞ나이다."** 부인이 오시을 명ᄒᆞ여 녀시의 협ᄉᆞ를 ᄎᆞ려 동쟝으로 보ᄂᆡ고(뿌리본 권 66-24.앞)

㉱ 출하리 <u>ᄯᆞᆯ을 죽기믄 쾌히 녀기려니와 너의 쳡으로 두든 아니리니</u> **이러틋 홀 졔난 녀시 당〃이 장션궁의 엄젹ᄒᆞ야 너를 다시 보지 아닐 거시니** ᄃᆡ쟝뷔 엇지 쇼ᄉᆞ를 긔의ᄒᆞ여 **어즈러오믈 취ᄒᆞ리오? 샹문 쳐니시 갓튼 거슨 과연 더럽고 간악한 음녀연이와 녀시난 그러치 아녀 너를 위한 졀이 아름답고 너를 아라보고 좃ᄎᆞ니 엇지 용셔홀 도리 업ᄉᆞ며 ᄉᆞ족 녀ᄌᆞ를 임의 녜로 ᄆᆞᄌᆞ ᄌᆞ식이〃실 ᄲᅮᆫ 아니라 황샹이 임의 부인 직쳡을 주어 계시니 무슴 연고로 쳡으로 나리오며 증젼 불미지ᄉᆞ를 들추워 나의 ᄌᆞ식의 젼졍을 막그리오? 한젹 진평의 쳐 다슷번 ᄀᆡ가ᄒᆞ여시되 부인 위를 주웟나니 ᄒᆞ물며 슈졀한 녀지를 간ᄃᆡ로 쳔ᄃᆡᄒᆞ리오? ᄌᆞ산 형은 식니 군지니 결단코 녀시를 쳡으로 나리오지 아니리니 현질은 다만 부여을 슌슈ᄒᆞ리어다."** 츄밀이 쳥파의 슉부의 말슴이 ᄉᆞ리의 온당ᄒᆞ믈(뿌리본 권 66-33.뒤~34.앞)

위에 제시한 뿌리본의 서술문면은 강촌재본과 구활자본 두 이본 모두에서 전혀 출현하지 않고 있다. 이는 뿌리본이 이들 두 이본과는 그 전승과정을 달리하여 이루어진 것임을 여실히 보여준다.

둘째, 뿌리본에는 없되 강촌재본에서는 나타나는 부분을 살펴보자.

ⓐ 쥬공이 역쇼왈 "ᄌᆞ등과 ᄌᆞ장은 외인이니 ᄌᆞ산의 집 긔괴ᄒᆞᆫ 변을 모로려니와 나ᄂᆞᆫ 잠간 드럿ᄂᆞ니 ᄌᆞ산이 업던 손ᄌᆞ와 미부를 엇고 딜ᄌᆡ 고인을 만나시니 극ᄒᆞᆫ 경ᄉᆡ어늘 엇딘 고로 변이라 ᄒᆞᄂᆞ뇨?" 언파의 대쇼ᄒᆞ니 연·화 이공이 희연 쇼왈 "아등은 그런 줄 바히 몰낫더니 ᄌᆞ산이 어ᄃᆡ 가 손ᄌᆞ를 어덧ᄂᆞᆫ고? 가히 하례ᄒᆞ염즉ᄒᆞ도다. 그러므로 희ᄉᆞ를 ᄌᆞ랑ᄒᆞ려 우리를 쳥ᄒᆞ여 잔ᄎᆡᄒᆞ려 ᄒᆞ미니 우리 등이 오날이야 이 집 쥬찬을 어더 먹게 되여시니 삶을 잘 ᄉᆞ엇던가? 다힝토다." (강촌재본 권 60-3~4)

ⓛ 차시 미쥐 천만 망극한 본색이 패루하야 혼비백산하고 오장이 촌렬하야 즉셕에 출화를 당하든지 혹은 죽음을 당할가 하야 망지소조함애(구활자본 84회, 482면)

ⓑ ᄎᆞ시 미쥐 텬디망극ᄒᆞᆫ 본젹이 ᄑᆡ루ᄒᆞ니 넉시 홋터디고 오ᄂᆡ 촌졀ᄒᆞᄆᆡ 스ᄉᆞ로 죄를 혜아려 즉ᄀᆡᆨ의 츌화를 만나거나 츄밀이 죽이기를 의논ᄒᆞᆯ가 가슴의 블이 나고 젼일 ᄌᆞ가를 졀치ᄒᆞ여 용납디 아닐 줄노 대언ᄒᆞ미 심상치 아니턴 거시ᄆᆡ 구츅ᄒᆞ미 시ᄀᆡᆨ을 넘기디 아닐 줄노 알고 더옥 초조ᄒᆞ여 노쥐 ᄃᆡᄒᆞ여 가슴을 두다리더니 홀연 뎡당 시녜 유모를 블너 가ᄃᆡ(강촌재본 권 60-17~8)

ⓒ 츄밀이 다시 녀시의 말을 아니코 죵용이 한담ᄒᆞ다가 도라가니라. 이 말이 젼셜ᄒᆞ여 태ᄉᆞ 부부와 가듕이 다 알고 실ᄉᆡᆨ경아ᄒᆞ여 녀시의 의ᄉᆞ를 궁흉타 ᄒᆞ고 태ᄉᆡ 뎡부인긔 무러 ᄌᆞ시 알고 뎡공의 쳐치 관인ᄒᆞ믈 탄복ᄒᆞ며 후일 츄밀을 조아 녀시의 말을 일ᄏᆞᄅᆞ니 츄밀이 운ᄋᆡᆨ이 긔구ᄒᆞ므로ᄡᅧ ᄃᆡᄒᆞ더라.(강촌재본 권 61-5~6)

위에 제시한 강촌재본의 세 서술문면 가운데 구활자본인 ㉡에서의 축약 서술을 제외하고서는 뿌리본과 구활자본 두 이본에서 다른 두 서술문면은 보이지 않고 있다. 앞에서 살펴본 경우와는 이질적인 모습을 보이는 경우인데, 곧 이런 점은 강촌재본을 포함하여 현재까지 남아 전하는 『임화정연긔봉』의 이본군 가운데서는 原 『임화정연긔봉』에 해당하는 자료가 없다는 사실을 일러주는 좋은 예이다.

셋째, 뿌리본과 강촌재본의 동일 서술문면이 과도하게 생략되는 부분을 살펴보자. 앞에서와 마찬가지로 대표적인 보기 하나만을 제시한다. 강촌재본 권 60-37~57장까지의 결코 적지 않은 분량이 뿌리본에서 극히 소략하게 축약된 경우가 바로 그에 해당한다. 한편 구활자본에서는 그 축약·산략의 정도가 더 심하게 나타나고 있다(구체적인 예문은 뒤에 붙인 〈자료 4〉로 대신한다). 이로부터 뿌리본과 강촌재본이 분명 그 전승과 유통 경로를 달리하고 있는 이본이라는 점과 나아가 강촌재본과 구활자본의 관련양상 또한 결코 가까운 것만은 아니라는 사실을 거듭 확인할 수 있었다. 이런 점에서 다시 原 『임화정연긔봉』의 존재를 상정해야 할 타당성이 거듭 제기된다.

넷째, 뿌리본과 강촌재본에는 있되 구활자본에서는 나타나지 않는 부분을 살펴보자.

다음 세 문면이 그에 해당한다. 곧 강촌재본 권 59-70~60-17과 뿌리본 권 66-4.뒤~14.앞부분까지, 강촌재본 권 60-27~30과 뿌리본 권 66-18.뒤~20.뒤 부분까지, 강촌재본 권 60-30~37과 뿌리본 권 66-20.뒤~25.앞부분까지 공히 나타나고 있는 서술문면이 구활자본에서는 전혀 나타나지 않는 것이 그에 해당한다. 이들 문면은 연·화·주삼생과 추밀간에 오고가는 대화를 주로 보여주고 있는 장면인데(구체적인 예문은 생략한다), 구활자본의 경우 어떠한 이유에서인지는 정확히 판단할 수 없지만 이들 선행 이본들의 문면을 나름대로 탈락시켰던 것으로 이해된다. 여기서 한 가지 안타까운 사실은 『임화정연긔봉』 가운데 세책본소설로 유통되던 자료의 거의 대부분이 망실된 현재 상황에서, 이것과 뿌리본・강촌재본・구활자본과의 비교 검토를 따져 이들 상호간의 연관성을 구체적으로 따져볼 수 없다는 점이다. 이 문제에 대한 보다 적극적이고 타당한 결론을 내리기 위해서라도 계속적으로 세책본소설의 존재를 탐문해야 하는 과제가 남아 있다.

다섯째, 뿌리본과 강촌재본의 같은 문면에서 대체가 나타나는 부분을 살펴보자. 대표적인 예문을 제시한다.

㉮ 천한 ᄌᆞ식을 유렴ᄒᆞ여 음샤한 계집을 용샤ᄒᆞ리잇가?" 〈뎡공이 문득 졍식 ᄎᆡᆨ왈 "ᄎᆞ시 네 몸의 유ᄒᆡᄒᆞ미 관듕ᄒᆞ뇨? 모로고 한 일이여니와 네 명현 신듕치 못ᄒᆞ기로 규슈의 몸을 더러이고 남의 가상을 쩌ᄅᆞ쳐 ᄒᆡᆼ식 가히 붓그럽거날 졔 죄난 ᄉᆡᆼ각지 아니ᄒᆞ고 남만 나모라 죽기려 ᄒᆞ나뇨? 녀시 비록 처음 ᄒᆡᆼ실을 그ᄅᆞᆺ ᄒᆞ여시나 맛ᄎᆞᆷᄂᆡ 슈졀ᄒᆞ여 도라온즉 죽기며 츌거할 죄목이 무어시오? 몸이 쟝뷔 되여 이만 일을 헤아리지 못ᄒᆞ고 혈긔지분으로 살ᄉᆡᆼ을 경히 녀기니 엇지 한심치 아니리오?" ᄉᆡᆼ이 황공ᄒᆞ여 면관 샤죄왈 "ᄒᆡᄋᆡ 인ᄉᆡ 혼암ᄒᆞ여 ᄒᆡᆼ식 불민ᄒᆞ오니 감쳥ᄉᆞ죄로소이다." 공이 긔위 묵〃ᄒᆞ여 슉연이 말이 업ᄉᆞ니 연・화 이공이 위로 ᄀᆡ유ᄒᆞ니 츄밀이 물너나ᄆᆡ 연・화・쥬 삼공이 츄밀을 희롱ᄒᆞ며 찬양ᄒᆞ여 쇼에 낭〃ᄒᆞ니 뎡ᄉᆡᆼ이 듯기 괴로워 광미ᄅᆞᆯ 찡긔고 한 말 ᄃᆡ답이 업ᄉᆞ니 쥬ᄉᆡᆼ이 쇼왈 "뎡형의 ᄆᆞ음이 비야흐로 홋탄 실 갓거날 형ᄂᆡ난 긔롱이나 말나〉(뿌리본 권 66-10.앞~뒤)

ⓐ 쳔ᄋᆞ를 거리쪄 대간 대음의 계집을 용셔ᄒᆞ리잇고? 〈ᄒᆞ믈며 대인

과 쇼지 당당ᄒᆞᆫ 딘신명관으로 음녀의게 졀졀이 쇽은 줄을 타인이 드ᄅᆞᄆᆡ 녀녀를 다ᄉᆞ리디 아니ᄒᆞ고 ᄂᆡ치지 아니ᄒᆞ다 ᄒᆞ면 인인이 우리 부ᄌᆞ를 춤 밧타 쑤디ᄌᆞ리니 녀녀를 ᄂᆡ치기로 냥ᄋᆞ의 젼졍을 맛ᄎᆞ리잇가? 공지 ᄇᆡ어를 머므ᄅᆞ시고 기모를 ᄂᆡ치ᄃᆡ ᄇᆡ에 인뉸의 틍슈ᄒᆞ엿습ᄂᆞ니 복망 대인은 녀녀를 영츌ᄒᆞ시면 ᄒᆡᄋᆞ의 심ᄉᆡ 편ᄒᆞᆯ가 ᄒᆞᄂᆞ이다. 녀공이 비록 과격ᄒᆞ나 기녀를 죽이기 쉬올 ᄇᆡ 아니오며 ᄯᅩᄒᆞᆫ 죽여도 졔 죄의 가ᄒᆞ오니 므오시 앗가오리잇고?" 인ᄒᆞ여 머리를 두다려 간쳥ᄒᆞ니 공이 두로 의논이 합디 아녀 ᄋᆞ직 분긔 ᄐᆡᆼ듕ᄒᆞ니 져를 가타 ᄒᆞᆫ즉 심시 편치 못ᄒᆞᆯ 거시오, 녀시의게 누ᄎᆞ 쇽으미 용녈ᄒᆞ거ᄂᆞᆯ 다ᄉᆞ리디 아닌즉 ᄉᆞ린의 긔쇼를 취ᄒᆞᆯ디라. 녀가의 업슈히 ᄂᆡ임도 바들 ᄇᆡ니 ᄒᆞᆫ 번 계칙을 아니치 못ᄒᆞᆯ디라. 츌거ᄒᆞ여 슈졸케 ᄒᆞ미 올흐ᄃᆡ 져의 친졍이 먼니 잇셔 유소취오, 무쇼거ᄂᆞᆫ 셩인의 경계라. ᄉᆞ쳬 난쳐ᄒᆞ여 빵이믈 찡긔고 말 업ᄉᆞ니 삼공이 츄밀의 분발ᄒᆞ믈 보고 ᄀᆡ유왈 "녀시의 젼후 죄악은 실노 샤ᄒᆞ염즉디 아니ᄃᆡ 이 ᄋᆞ의 낫출 아니 보디 못ᄒᆞᆯ 거시니 녀시 ᄇᆡ어의 모 갓튼 죄상은 업ᄉᆞ니 대댱뷔 엇디 ᄋᆞ녀ᄌᆞ의 하상디원을 술피디 아니리오? 녕존이 임의 션쳐ᄒᆞ실 ᄯᅳᆺ이 계시니 현딜이 엇디 너모 고집ᄒᆞᄂᆞ뇨? 심당의 두어 셩명을 ᄃᆡ희게 ᄒᆞᆯ ᄯᆞ롬이오, 후박은 현딜의 임의로 ᄒᆞ리니 엇디 블쾌ᄒᆞᆯ ᄇᆡ 이시리오? 셔로 보디 아니며 믓디 아니면 먼니 이시나 다ᄅᆞ랴?" 뎡공왈 "아직 녀시를 졀치홈도 올흘디라. 명일 다시 쳐치ᄒᆞ미 이시리니 오ᄋᆞᄂᆞᆫ 너모 조급히 구디 말나. 비록 용녈ᄒᆞ나 이만 쳐치ᄂᆞᆫ ᄉᆡᆼ각ᄒᆞ리니 너ᄂᆞᆫ 아비 쳐치ᄃᆡ로 ᄒᆞ미 맛당토다." 츄밀이 다시 간치 못ᄒᆞ더라. 공은 삼공으로 더브러 쥬ᄇᆡ로 말숨ᄒᆞ니 츄밀과 졔ᄉᆡᆼ이 난간 밧긔 나와 머믈ᄉᆡ 츄밀이 분한ᄒᆞ믈 니긔디 못ᄒᆞ여 두 번 녀시의게 쇽으믈 괴참ᄒᆞᄆᆡ 광미를 찡긔고 말을 아니니 연·화 이ᄉᆡᆼ이 뉴슈 ᄀᆞᆺ튼 말숨으로 위로ᄒᆞ고 간간이 희담미어로 희허를 즐기ᄂᆞᆫ디라. 언언이 츄밀을 희롱ᄒᆞ고 이 ᄋᆞ를 찬양ᄒᆞ니 츄밀은 더옥 듯기 괴로이 넉이니 쥬ᄉᆡᆼ이 쇼왈 "표형이 심ᄉᆡ 바야흐로 녈화 갓거ᄂᆞᆯ 냥형은 엇디 보치기를 이심히 ᄒᆞᄂᆞ뇨?〉(강촌재본 권 60-9~11)

㉯ 슈연이나 녀시난 **현슉한 녀ᄌᆞ라.** 아희 신세 구ᄎᆞ코 박명을 슬허 쟝부ᄅᆞᆯ 권유ᄒᆞ미 지셩의 밋츨 거시니 연경이 녀시 듕ᄃᆡᄒᆞ미 가비얍지 아닌 듕 셕일 거죄 이실가 겁ᄒᆞ여 져ᄅᆞᆯ 부〃지도ᄅᆞᆯ 폐치 아닐 듯ᄒᆞ니 녀시 뎡문의 안거ᄒᆞᆯ 거시오, ᄌᆞ네 이시니 삼죵 의탁이 되려니와 쇼〃녀ᄌᆞ의 족용이〃러틋 궁곡ᄒᆞ고 긔묘ᄒᆞᆯ 줄 ᄯᅳᆺᄒᆞ여시리오?" 부인과 ᄌᆞ네 분〃이 의논ᄒᆞ여 혹 긔특ᄃᆞ ᄒᆞ며 혹 간교타 ᄒᆞ여 시비 분〃ᄒᆞ니 샹ᄒᆡ 뎐셜ᄒᆞ여 친척이 다 알고 놀나며 ᄒᆡ연이 녀기더라(뿌리본 권 66-35-뒤)

ⓑ 슈년이나 대녀시ᄂᆞᆫ 아의 신세 구ᄎᆞᄒᆞ믈 셜워ᄒᆞ리로다." ᄒᆞ더라 (강촌재본 권 61-1)

㉰ 간비의 그ᄅᆞᆺ 인도ᄒᆞ미라. 죵시 절을 굿긔 ᄒᆞ여 복ᄋᆞᄅᆞᆯ 진여 뎡문의 도라오니 일이 비록 정되 아니나 근본인즉 니슌ᄒᆞ고 부ᄌᆞ 텬눈을 완젼케 ᄒᆞ니 도로혀 긔특고 희한한 일이오, 군직 독신으로 지협이 귀ᄒᆞ미 만금 갓ᄐᆞ니 엇지 녀시의 젼과ᄅᆞᆯ 굿ᄐᆞ여 졔긔ᄒᆞ며 부인이 엇지 ᄎᆞᆷ괴ᄒᆞ여 ᄒᆞ실 ᄇᆡ리오? 부인이 ᄆᆡ양 넝제의 일노써 운우ᄅᆞᆯ 삼아 근심ᄒᆞ시믈 쳡이 비록 우몽ᄒᆞ나 아지 못ᄒᆞ리오? 구두의 일캇지 아니나 역시 심ᄂᆡ의 닛지 못ᄒᆞ여 쟝ᄂᆡ 혹 불미한 쇼문이 이실가 념녀ᄒᆞ엿ᄃᆞ니 도로혀 고금의 희한ᄒᆞᆫ 거조로써 슈절 정심이 긔특ᄒᆞ여 ᄆᆞᆺᄎᆞᆷᄂᆡ 군ᄌᆞ긔 녜로 도라와 부〃부직 완취ᄒᆞ니 이 엇지 긔특지 아니리오? 녀시 만일 힝실을 쳔누이 ᄒᆞ여시면 부인이 괴ᄎᆞᆷᄒᆞ시려니와 져의 힝실이 희한ᄒᆞ고 슈절ᄒᆞ미 아름ᄃᆞ온지라(뿌리본 권 66-38.뒤~39.앞)

ⓒ 간비의 그ᄅᆞᆺ 인도ᄒᆞ미라. 간고풍상을 감심ᄒᆞ고 슈졀ᄒᆞ여 뎡문의 도라오니 ᄯᅩ 우연ᄒᆞᆫ 일이 아니오, 골육을 보젼ᄒᆞ여 부ᄌᆞ 텬셩을 완취ᄒᆞ여시니 일변 희한ᄒᆞᆫ 일이라. 상공이 안항이 소조ᄒᆞ샤 척영의 그림지 외로오시니 ᄌᆞ네 번셩ᄒᆞ여 극ᄒᆞᆫ 영쾌라. 냥개 ᄌᆞ녀를 고렴ᄒᆞᆫ들 군ᄌᆞ 간ᄃᆡ로 박히 ᄒᆞ리오? 부인의 근심ᄒᆞ실 ᄇᆡ 업ᄂᆞ이

다(강촌재본 권 61-6~7)

㉮ⓐ의 예문은 뿌리본과 강촌재본 가운데, 뿌리본이 강촌재본의 서술문면을 대체하여 변이가 나타나고 있는 경우이고, ㉯ⓑ, ㉰ⓒ의 예문은 그와는 반대로 강촌재본이 뿌리본의 서술문면을 대체하여 변이가 나타나고 있는 경우를 제시한 것이다.

이런 예문을 통해서, 우리는 뿌리본과 강촌재본 모두 原『임화정연긔봉』에 비할 때, 일정한 이상의 서술문면이 탈락된 이본이라는 점을 충분히 짐작하게 된다. 일반 필사본 소설인 뿌리본은 原『임화정연긔봉』또는 그 계열에 속한 선행 이본을 轉寫할 때, 필사자의 주관에 따라 해당 원문을 임의로 변개했을 가능성이 세책본소설에 비하여 그리 높아 보이지 않는다는 점 또한 고려할 필요가 있겠다. 곧 이들 두 이본에서 위에 보인 것과 같은 많은 차이가 나타나고 있다는 사실이야말로, 原『임화정연긔봉』의 존재를 想定하는 가운데, 현재까지 전해지고 있는 여러 이본들을 함께 고려하면서 그 같고 다름을 따져봐야 할 필요성을 제고하는 것이라고 이해해야 한다.

4. 原『임화정연긔봉』의 존재 가능성과 강촌재본의 자료적 성격

필자는 앞에서 세책본소설『임화정연긔봉』권 12 · 권 95, 뿌리본 권 57 · 권 66을 강촌재본 72권 72책, 그리고 후대에 간행된 구활자본과의 비교 검토를 통하여 이들 이본들간의 친연성 및 강촌재본의 完本 내지 善本 여부를 밝혀보고자 검토해 왔다.

그러나 이 작업을 본격적으로 비교 검토하기 위한 이본들이 그렇게 많이 남아 있지 않은 현실적 상황 아래서, 검토 대상 가운데 유일하게 완질로 전하는 강촌재본이 과연 完本이자 善本이 될 수 있는가를 살피는 작업은 결코 용이하지만은 않았다.

본고에서 얻어진 논의가 과연 이 문제를 규명하는데 얼마만큼 큰 의미를 띨 수 있는 것인가에 대한 회의를 필자 또한 지니고 있을 만큼, 해당 이본들의 상호 관련 양상은 매우 多岐하며 복잡한 양상으로 드러났다다. 여기서 검토 대상이 된 소수의 이본들로부터 얻어진 논의를 과연 일반화시켜도 좋은 것인가에 대한 어려움 또한 있었다는 점을 부인할 수는 없다. 강촌재본에 대한 '흠집내기'를 하는 것은 아닌가 하는 느낌(?)이 들었다고 하는 편이 제대로 된 표현일 수도 있다. 이러한 어려움 속에서도 필자는 강촌재본의 서술문면을 몇몇 이본들과 비교 검토해 본 결과, 완질인 강촌재본임에도 다른 이본들과 때로는 같고, 또 때로는 다른 모습을 지니고 있다는 사실을 확인하게 되었다. 그 같고 다름을 밝히는 준거로 다음 다섯 가지를 선택, 검토해 보았다. 곧 첫째, 세책본 또는 뿌리본에는 있되 강촌재본에서는 해당 부분이 나타나지 않는 부분, 둘째, 세책본 또는 뿌리본에는 없되 강촌재본・구활자본에서는 해당 부분이 나타나는 부분, 셋째, 뿌리본과 강촌재본의 동일 서술문면이 과도하게 생략되는 부분, 넷째, 뿌리본과 강촌재본에는 있되 구활자본에서는 나타나지 않는 부분, 다섯째, 세책본 또는 뿌리본과 강촌재본의 같은 문면에서 대체가 나타나는 부분 등이 그것이었다.

앞에서 번거로울 정도로 제시한 문면들을 통해 강촌재본의 자료적 성격을 다시 한 번 갈무리해보도록 하자. 첫째, 뿌리본 권 57의 서술문면을 축약하는 가운데 이루어진 듯한 강촌재본의 다음 문면들 - 곧 권 57-19.뒤~21.뒤(江 권 50-36), 권 57-27.앞~30.앞(江 권 50-43), 권 57-30.앞~뒤(江 50-43), 권 57-33.앞~34.앞(江 50-44~5) -과 강촌재본 권 60의 서술문면을 축약하는 가운데 이루어진 듯한 뿌리본의 다음

문면들 - 곧 권 59-72~60-1(뿌리 66-5.뒤!6.앞), 60-9~11(뿌리 66-10.앞~뒤), 61-1(뿌 66-35.뒤), 61-6~7(뿌리 66038.뒤~39.앞) -을 묶어 고려할 때, 일반 필사본인 뿌리본과 강촌재본의 서술문면을 모두 포괄하고 있는(세책본소설과 구활자본까지도) 原『임화정연긔봉』의 존재를 떠올리게 되는 것은 극히 자연스러운 현상이다. 이들 이본들은 原『임화정연긔봉』 또는 그것을 모본으로 하여 산생된 선행 이본들을 축약·산략하는 과정 속에서 이루어졌을 것이다.『임화정연긔봉』 이본 자료들이 그렇게 많이 남아 전하지 않고 있는 현실에서 이들 이본들의 관련 양상에 대한 보다 깊이 있는 분석은, 이런 점을 유념할 때 아직은 새로운 출발선상에 놓여 있다고 해도 과언은 아니다.

완질인 강촌재본이 完本이자 善本이 될 수 없는 또 다른 근거로 發話主體의 착종이 빈번하게 나타나고 있다는 사실을 마지막으로 지적해 두고 논의를 마친다. 이런 사실은 강촌재본이 선행 이본을 轉寫하는 과정에서 나타난 결정적 오류로, 완질이라고 해서 무비판적으로 수용·연구해서는 아니됨을 증명해주는 좋은 경우라 하겠다.

㉮ 공이 정식왈 "딕ᄉᆞ난 부인도 간예치 못ᄒᆞ거날 네 엇지 감히 한셜을 ᄒᆞ리오?" 오시 황공 묵연ᄒᆞᄃᆞ라. 부인이 가로딕 "냥ᄋᆞ도 기모롤 좃ᄎᆞ 보닉려 ᄒᆞ시난잇가?" 공이 왈 "삼셰 유ᄋᆡ 무슴 죄 잇다 ᄒᆞ고 닉치리오? ᄎᆞᄋᆞ난 네갓치 부인이 무ᄋᆡ홀지니 ᄐᆞᄋᆞ로 이실 적도 부인이 힘써 다려ᄃᆞ가 손ᄋᆞ 갓치 양휵ᄒᆞ엿나니 이지 진짓 손ᄌᆞ롤 닉치리오?" 부인이 딕츰ᄒᆞ여 다시 말을 못ᄒᆞ더라(뿌리본 권 66-19-뒤~20.앞).

ⓐ 공이 정식왈 "대ᄉᆞ의는 부인도 간예치 못ᄒᆞᄂᆞ니 네 엇디 감히 한셜을 ᄒᆞᄂᆞ뇨?" 오시 믁연이어늘 부인왈 "이는 졔 어미를 좃ᄎᆞ 보닉려 ᄒᆞ시ᄂᆞ니잇가? ◆◆◆ 삼, ᄉᆞ 셰 유ᄋᆡ 므슴 죄 잇관딕 닉치리오? ᄎᆞᄋᆞ는 부인이 네 갓【치】 무휼홀디니 타ᄋᆞ로 이실 젹도 부인이 힘뼈 구ᄒᆞ여 다려와 친손갓치 양휵ᄒᆞ엿ᄂᆞ니 딘짓 손ᄌᆞ를

ᄂᆡ치리오?" 부인이 대참 무언이러니(강촌재본 권 60-29: ◆◆◆는 필자 표시한 것임)

㉯ 츄밀이 ᄃᆡ왈 "쇼질이 갓 올나와 죵〃ᄒᆞ기로 져〃긔 이런 말ᄉᆞᆷ을 아녀숩거니와 져〃난 녀시의 낫츨 보와 더옥 녀녀ᄅᆞᆯ 두호ᄒᆞ시리니 셕일붓터 져〃난 녀네 슈졀ᄒᆞ면 바리지 못〈<u>ᄒᆞ리라 ᄒᆞ여 겨시니 이 말ᄉᆞᆷ을 드ᄅᆞ신즉 져ᄅᆞᆯ 위쟈ᄒᆞ시미 극ᄒᆞᆯ 거시오, 쇼질을 권유ᄒᆞ시미</u>〉 듯지 아녀 알니로소이다." **샹셰왈** "ᄌᆞ산과 질녀난 의리와 녜졀을 〈심ᄉᆞ하나니〉 엇지 각박한 의논이〃시리오? 네 비록 쇼견이 훤ᄃᆡᄒᆞ고 〈유식ᄒᆞ나〉 맛ᄎᆞᆷᄂᆡ ᄌᆞ산과 질녀의긔 밋지 못ᄒᆞ리니 다만 질녀의 말ᄃᆡ로 쥰힝ᄒᆞᆯ지어다."(뿌리본 권 66-34-뒤)

ⓑ 츄밀이 ᄃᆡ왈 "쇼딜이 갓 도라왓기로 아ᄃᆡ 져져긔 이 말을 고치 못〈<u>ᄒᆞ엿숩거니와 져져ᄂᆞᆫ 녀시의 안면을 보아 녀녀를 더옥 두호ᄒᆞ오리니 젼일</u>〉 져졔 니ᄅᆞ샤ᄃᆡ 져 녀가 녀ᄌᆡ 슈졀ᄒᆞ면 ᄇᆞ리디 못ᄒᆞᆯ 줄 니ᄅᆞ시니 쇼딜만 그ᄅᆞᆫ 줄 노ᄒᆞ실디라. 권유ᄒᆞ시미 디극ᄒᆞ시리니 듯디 아냐도 알소이다." **딘승 부뷔** 쇼왈 "뎡형과 딜녀ᄂᆞᆫ 의리와 녜졀을 〈깁히 아ᄂᆞ니〉 엇디 각별ᄒᆞᆫ 의논이 이시리오? 네 비록 소견이 훤츌ᄒᆞ고 〈식니 통달ᄒᆞ나〉 맛ᄎᆞᆷᄂᆡ 뎡형과 딜녀만 못ᄒᆞ리니 현딜은 다만 부명을 슌ᄒᆞ고 딜녀의 말을 좃ᄎᆞ라."(강촌재본 권 60-70~1)

㉮ⓐ는 사소한 어구상의 차이를 제외하고서는, 공과 부인의 대화가 거의 동일한 양상으로 출현하고 있다. 그런 가운데 ⓐ에서 ◆◆◆ 부분이 탈락되어 있다. 이로 인하여 '삼, ᄉᆞ 셰 유ᄋᆡ 므슴 죄 잇관ᄃᆡ ᄂᆡ치리오? ᄎᆞᄋᆞᄂᆞᆫ 부인이 네 갓【치】 무휼ᄒᆞᆯ디니 타ᄋᆞ로 이실 젹도 부인이 힘ᄡᅧ 구ᄒᆞ여 다려와 친손갓치 양휵ᄒᆞ엿ᄂᆞ니 던짓 손ᄌᆞ를 ᄂᆡ치리오?' 부분의 발화 주체가 부인이 된다. 이 부분의 서술문면이 정확한 것이라면, 발화가 끝난 뒤 바로 이어 부인이 〈대참(大慙) 무언(無言)이러니〉라는 문면과

같이 극히 이해하기 곤란한 상황은 출현할 수가 없다. 이 서술문면을 정확히 이해하기 위해서 우리는 다시 ㉮의 서술문면을 주목할 필요가 있다. 곧 ◆◆◆ 부분은 뿌리본에서의 〈공의 왈〉 부분이 어떠한 이유에서인지는 모르겠지만, 강촌재본에서 누락된 결과 파생된 오류에 불과하다. 곧 강촌재본의 필사가가 선행 모본을 전사하는 과정 속에서 〈공이 왈〉이라는 발화 주체를 그릇 누락시킨 데서 빚어진 오류로 파악된다. 이러한 사소한 부분을 통해서도 강촌재본이 지닌 자료로서의 한계가 거듭 확인된다. 일찍이 송성욱도 적절히 지적한 바[17] 있지만, 강촌재본이 분명 『임화정연』의 원전이 될 수 없는 요인 가운데 또 하나의 요인으로 이런 현상을 추가함직 하다고 본다.

5. 맺는말

본고는 강촌재본 『임화정연긔봉』에 대한 본격적인 문학적 가치 탐색에 앞서서 해당 이본이 完本 또는 善本으로서의 가치를 지니고 있는가에 대한 근본적인 의문에 답하기 위해서 이루어졌다. 검토의 대상이 된 여러 자료들(세책본소설・뿌리본・구활자본)과 강촌재본 『임화정연긔봉』의 서사문면의 같고 다름을 구체적으로 비교해 본 결과, 강촌재본 『임화정연긔봉』은 결코 完本 또는 善本에 해당할 수 없다는 사실을 밝힐 수 있었다. 그 근거는 첫째, 세책본 또는 뿌리본에는 있되 강촌재본에서는 해당 부분이 나타나지 않는 부분, 둘째, 세책본 또는 뿌리본에는 없되 강촌재본・구활자본에서는 해당 부분이 나타나는 부분, 셋째, 뿌리본과 강촌재본의 동일 서술문면이 과도하게 생략되는 부분, 넷째, 뿌리본과

17) 송성욱, 위에 든 논문, 8면.

강촌재본에는 있되 구활자본에서는 나타나지 않는 부분, 다섯째, 세책본 또는 뿌리본과 강촌재본의 같은 문면에서 대체가 나타나는 부분 등을 들 수 있다.

나아가 완질인 강촌재본 『임화정연긔봉』이 결코 完本이자 善本이 될 수 없는 또 다른 근거로 發話 主體의 착종이 빈번하게 나타나고 있다는 사실을 제시하였다.

이런 사실은 강촌재본 『임화정연긔봉』이 原 『임화정연긔봉』이나 그것을 대본으로 후대에 이루어졌던 선행 이본을 轉寫하는 과정에서 나타난 결정적 오류인 바, 강촌재본 『임화정연긔봉』이 완질이라고 해서 무비판적으로 해당 자료를 수용・연구해서는 아니됨을 보여주는 좋은 경우라고 하겠다. 이점이 바로 본고에서 거둔 소득이다.

|| 정명기(원광대학교)

한창기 선생이 수집했던 한글 필사본 번역고소설에 대한 연구

1. 서론

순천시립 뿌리깊은나무 박물관은 『뿌리깊은나무』와 『샘이깊은물』의 발행자 겸 편집자였던 한창기 선생(1936~1997)의 업적을 기리고, 그가 평생 수집했던 국보급 문화재와 민속자료, 한글 관련자료 및 전적(典籍) 등을 보존・전시하기 위하여, 2011년 11월 그의 유족들과 순천시가 힘을 모아 세운 것이다. 이 박물관에는 107종 520여 책(동종 작품 포함)의 고소설이 소장되어 있다.[1)]

그가 수집했던 고소설 컬렉션의 규모와 가치, 경판 방각소설 『월왕전』의 판목(板木)에 대해서는 정명기, 엄태식, 이선형, 조재현, 필자가 검토한 바 있다.[2)] 그러나 정명기가 지적했듯이 이 연구는 한창기 컬렉션의 일부만을 다룬 것이기에 후속 연구가 지속적으로 필요하다.[3)]

---

1) 정명기, 「순천시립 뿌리깊은나무박물관 소장 고소설의 현황과 가치」, 『열상고전연구』 35, 2012, 11면.

2) 열상고전연구회에서는 '순천시립 뿌리깊은나무박물관 소장 고소설에 대한 연구'를 35집의 기획논문으로 다룬 바 있다. 그리고 최근 박물관에서는 박물관에 소장되어 있는 자료 목록을 간행하였다. 순천시립 뿌리깊은나무박물관편, 『뿌리깊은나무: 한글고소설 우리말이야기』, 순천시립 뿌리깊은나무박물관, 2013.

3) 정명기, 앞의 논문, 25면.

이 글에서는 후속 연구의 일환으로, 한창기 선생이 수집했던 한글 필사본 번역고소설을 살펴보려 한다. 그의 컬렉션에는 『개벽연역』, 『분장루기』, 『삼국지』 3종, 『서유기』 2종까지 총 7종의 한글 필사본 번역고소설이 있다. 거론한 작품들은 이미 여러 연구자들에 의하여 연구가 이루어졌기 때문에 낯선 작품이 아니다. 그러나 선행 연구를 보면 몇 가지 미진한 부분들이 있다.

먼저, 『개벽연역』은 선본(善本)으로 평가받는 낙선재본이 검토되었으나 원전(原典)을 모두 번역한 것이 아니라는 견해가 있어 재고의 여지가 있다.[4] 『분장루기』의 경우에는 한 종의 번역본만이 알려져 있어 자료의 발굴과 작품의 수용 양상이 좀 더 확인되어야 한다.[5] 그리고 『삼국지』와 『서유기』는 많은 연구가 있었으나[6] 번역본의 계통을 밝히는 식의 총체적인 논의가 필요하다.

한창기 선생이 수집했던 7종의 한글 필사본 번역고소설은 이러한 문제에 대한 여러 시사점을 제공하고 있다. 그가 수집했던 『개벽연역』은 낙선재본에서 빠진 〈권5〉이다. 이 책에는 선행연구에서 번역 과정 중에서 제외시켰다고 설명한 부분이 고스란히 담겨 있어 번역 문제를 다시 검토할 수 있다. 그리고 『분장루기』의 경우에는 지금까지 유일본으로 알려졌으나 한창기본의 존재를 통해서 당시 독자들 사이에서 이 소설이 비교적 널리 읽혀졌음을 알 수 있다. 또한 『삼국지』와 『서유기』는 궁중이나 상층 사대부가에서 읽혔던 것으로 추정되는 자료로, 번역본의 계통 문제, 번역 고소설의 유통 문제에 대한 여러 정보를 담고 있다. 따라서 한창기 선생이 수집했던 한글 필사본 번역고소설은 중국소설 번역본

---

4) 박재연, 『기벽연역/분장누』, 이회, 2002, 12~13면.

5) 박재연, 앞의 책, 14~15면.

6) 이 부분은 민관동・김명신, 『조선시대 중국고전소설의 출판본과 번역본 연구』, 학고방, 2013.

연구에 있어서 새로운 사실과 쟁점을 보여준다는 측면에서 중요하다. 이 글에서는 이러한 내용에 중심을 두고 논의를 진행하려 한다.

2. 한창기의 고소설 수집 과정

한창기 선생이 수집한 고소설은 총 107종 520여 책이다. 이 책들의 수집 과정에 대해서는 현재로서는 구체적인 사실 확인이 어렵다. 도자기나 회화는 인사동의 상점을 통해서 구매했다고 자신이 직접 언급했지만[7] 책에 대해서는 이렇다 할 기록이 없다.

그런데 그가 수집한 자료를 통해서 몇 가지 단서를 찾을 수 있을 뿐이다. 한창기본 『슨진별춘힁젼이라』를 보면 표지 뒷장에 자필로 "전남 보성군 벌교 한씨네서"라는 메모가 남아있다. 이를 보면 그가 직접 자료를 수소문하고 적극적으로 구입했던 것으로 보인다. 하지만 아쉽게도 나머지 자료에서는 이런 종류의 메모를 찾아볼 수가 없다.

또 다른 단서는 여러 책에서 자주 보이는 가격에 대한 기록이다. 〈사진〉에서처럼 책의 가격을 연필로 써놓는데, 39책의 『삼국지』와 8책의 『삼국지』의 경우, 표지 뒷면에 38,000원, 50,000원이라는 기록이 있다.[8]

흥미롭게도 이러한 가격 표시는 서강대 로욜라도서관에 소장되어 있는 자료들에서도 확인된다. 이곳의 자료는 대부분 통문관(通文館)을 통해서 구매한 것이다. 한창기 소장본과 이를 대조해보면 동일하게 연필로 가격을 썼고 필적(筆跡) 또한 일치한다. 이를 보아서는 한창기 선생은 통문관을 통해서 고소설의 대부분을 구매했던 것으로 여겨진다.

---

7) 한창기, 「나는 항아리를 하나 샀다」, 『뿌리깊은나무의 생각』, 휴머니스트, 2007, 29면.
8) 이외에도 『유씨삼대록』을 비롯한 여러 자료에서 이러한 기록이 있다.

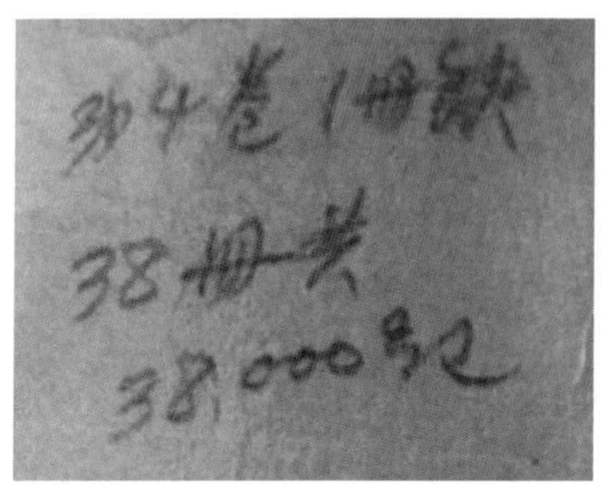

〈사진 1〉 한창기본『삼국지』에서 볼 수 있는 가격 표시

한창기 선생이 수집했던 한글 필사본 번역고소설의 경우,『분장루기』를 제외한『개벽연역』,『삼국지』,『서유기』는 모두 궁중이나 상층사대부 집안에서 소장했던 자료로 추정된다. 그 근거는 규장각이나 장서각에 소장되어 있는 책들과 마찬가지로 표지가 청색 비단으로 장정(裝幀)되어 있고, 필체 또한 이 자료들과 유사하기 때문이다. 그리고 무엇보다도 중요한 점은 이들 자료에서는 그동안 낙선재 소장본이나 궁중, 상층사대부가에서 읽혔던 중국소설 번역본의 특성이 그대로 볼 수 있기 때문이다. 통문관에서 취급했던 고소설 자료 대부분은 상층사대부 집안에서 유통되었던 것으로 알려져 있다.[9] 따라서 그가 수집했던 자료 또한 이와 같은 유(類)의 자료가 분명한 것으로 여겨진다. 따라서 이 자료들은 연구사적인 측면에서 볼 때 대단히 중요한 것들이다.

3. 한창기가 수집했던 한글 필사본 번역고소설의 성격과 가치

3.1. 한창기본『개벽연역(開闢演譯)』

『개벽연역』은 중국소설『개벽연역통속지전(開闢衍釋通俗志傳)』의 한글번역본이다. 숭정(崇禎) 을해년(1635)년에 처음 간행되었다고 알려진 이 소설은 반고씨(盤古氏)의 인간 세상 창조에서부터 달기(妲己)로 인하

9) 이겸로,『통문관 책방비화』, 민학회, 1987.

여 멸망하게 된 상(商)나라 역사를 다루고 있다.

현재 국내에서 확인되는 『개벽연역』의 이본은 필사본, 활판본의 형태로 10여 종이 확인되며, 활판본에서는 '천지개벽(天地開闢)'과 같이 다른 제명을 쓰기도 하였다.[10)]

이 소설에 대한 연구로는 원전과의 관계, 번역 양상 등이 밝혀졌다.[11)] 선행 연구에서는 낙선재본을 선본(先本)으로 판단했고, 52회에서 65회까지를 일부러 생략했다고 하였다. 그러나 한창기본을 보면 번역에서 빠졌다고 하는 이 내용이 고스란히 보인다. 따라서 한창기본은 무엇보다 이 점에 초점을 두고 살펴볼 필요가 있다.

먼저 이 책의 표제는 '開闢演譯 卷之五', 내제는 'ᄀ벽연역 권지오'이며, 서배(書背)에 '共六'으로 적혀있다. 전체 50장으로, 매면 10행, 행당 22~24자 내외로 필사되었다. 낙선재본과 책의 외형, 체제, 필적을 대조해보면 정확히 일치한다. 따라서 기존에 알려진 낙선재본은 〈5권5책〉이 아닌 〈6권6책〉로 된 본임을 알 수 있다.

한창기본은 내용에 앞서 52회에서 65회까지의 장회명을 미리 제시해 놓았다.

〈예1〉

○ 우ᄋ지쥬폄의덕/졔휘닙계즉뎨위/예션우훈폐태강/듕강즉의탐희화/후예찬하시뎨샹/한착유민살후예/쇼강듕흥멸한착/칠뎨인명향태평/뉴루혜농공공갑/걸통미희살농방/걸왕이슈탕우하디/걸왕긔뎡회졔후/탕빙이윤어신야/탕이윤방걸멸하

○ 禹惡旨酒貶儀狄(52回)/諸侯立啓即帝位(53回)/羿宣禹訓廢太康(54回)/

10) 활판본『천지개벽』은 덕흥서림(德興書林)에서 소화(昭和) 10년(1935)에 간행된 것이 확인된다.

11) 박재연, 앞의 책, 14면.

仲康卽位斬羲和/後羿簒夏弑帝相(56回)/寒浞誘民殺後羿(57回)/少康中興滅寒浞(58回)/七帝仁明享太平(59回)/劉累醢龍貢孔甲(60回)/桀寵妹喜殺龍逄(61回)/桀王囚湯於夏台(62回)/桀王擧鼎會諸侯(63回)/湯聘伊尹於莘野(64回)/湯伊尹放桀滅夏(65回)

제시한 〈예1〉은 한창기본 〈권5〉의 장회명과 원전인 『개벽연역통속지전』의 장회명을 대조해 놓은 것이다. 한글로 적어놓은 장회명은 원전과 정확하게 일치한다. 따라서 장회명만 보더라도 낙선재본은 원전의 일부를 번역했던 것이 아니라 전권(全卷)을 번역했음을 알 수 있다.

한창기본 〈권5〉의 번역 양상을 살펴보면 원전을 충실하게 번역했음을 확인할 수 있다. 이때 직역보다는 축약번역의 방식을 택했다. 그 결과 각 회는 대략 5~6장 정도의 분량으로 만들어졌다.

〈예2〉

○ 일일은 뎐의 올라 동셔 냥노 졔후롤 회계예 모호고져 ᄒᆞ야 익을 명ᄒᆞ야 셩지롤 녕ᄒᆞ야 가라 ᄒᆞ니 익이 왕긔 하딕ᄒᆞ고 몬져 힝ᄒᆞ야 동셔이노 졔후 이십구 위롤 모호니, 복희, 신롱, 황뎨, 요슌 됴의 봉ᄒᆞ야 셰온졔니, 녀황후 명, ᄉᆞ황후 산, 빅황후 흔, 호영후 뎡, 신방후 실, 음강후 회, 갈빅후 다, 혁셔후 갈, 돈녀후 원, 늪눅후 딘, 님긔후 통, 뎨승후 셤, 뎨명후 슈, 뎨니후 극, 뎨니후 졍, 뎨의후 닉, 셩디후 금, 유망후 졍, 유호후 녕, 다항후 보, 용셩후 교, 졍녀후 경, 삼위후 유, 쇼영후 익, 졍디후 녈, 계통후 좌, 녕일후 셔, 방풍후 좡이라.

왕이 술위롤 명ᄒᆞ야 수일이 못ᄒᆞ야 회계예 니ᄅᆞ니 졔휘 ᄀᆞ즉이 버러 긔가롤 맛고 각 쳐 문뮈 회계예 ᄉᆞ후ᄒᆞ더라. (2장 뒷면, 3장 앞면)

○ 且說. 王一日登殿, 欲會東西兩路諸侯於會稽, 命益領旨前去. 益辭王先行, 會東西二路諸侯.二十九位, 乃伏羲, 神農, 黃帝, 堯舜朝封立者, 不知姓名是誰, 且看開列於左. 女皇侯, 史皇侯, 柏皇侯, 無懷侯,

昊英侯, 辰放侯, 陰康侯, 葛伯侯, 赫胥侯, 尊盧侯, 慄陸侯, 臨魁侯, 帝承侯, 帝明侯, 帝來侯, 帝里侯, 帝宜侯, 成帝侯, 榆罔侯, 有扈侯, 茶鄕侯, 庸成侯, 征黎侯, 三危侯, 小英侯, 正地侯, 啓統侯, 定日侯, 防風侯. 王命排駕, 同群臣不數日到了會稽. 諸侯齊列迎駕, 各帶文武於會稽侯候. (『개벽연역통속지전』 권1, 제1회)

제시한 〈예2〉를 살펴보면 원전의 차설(且說), 삽입시 등을 제외하고 본문만을 충실하게 축약번역하였음을 쉽게 확인할 수 있다. 특기할 만한 점으로는 등장인물명이 원전은 시호(諡號)만 제시되어 있으나 번역본에서는 본명(本名)도 함께 병기되고 있다는 것이다. 이는 독자의 편의를 위한 방안으로 판단된다. 특히 중국 인물에 대해서는 지식이 부족한 독자가 많았을 것이다. 번역본에서는 이러한 점을 고려하여 자세한 설명을 달아놓았다. 또한 어려운 단어가 나올 때에도 작은 글자로 반드시 각주를 달아 보충 설명을 해놓았다.

한창기본 〈권5〉에는 언제, 누군가에 의해 번역되었는지를 알려줄만한 아무런 단서가 없다. 다만 곳곳에서 반복된 글자나 빠진 내용에 대한 보충을 볼 수 있다. 이때 주묵(朱墨)으로 지우거나 필요한 내용을 새로 써놓았다. 예를 들어, 2장 앞면, 6장 앞면, 18장 뒷면이 대표적이다. 이런 점을 볼 때 이 책은 원전을 가져다가 처음 번역한 것이 아니라 후대에 누군가에 의하여 재전사(再轉寫)된 본임을 알 수 있다. 선행연구에서는 고어와 고문체를 근거로 낙선재본을 영정조(英正祖) 무렵에 번역된 것이라고 했지만 분명하지는 않다.

3.2. 한창기본 『분장루기(粉墻樓記)』

『분장루기』는 중국소설 『분장루전전(粉粧樓全傳)』의 한글번역본이다. 가경(嘉慶) 2년(1797)에 처음 간행되었다고 알려진 이 소설은 『설당전전

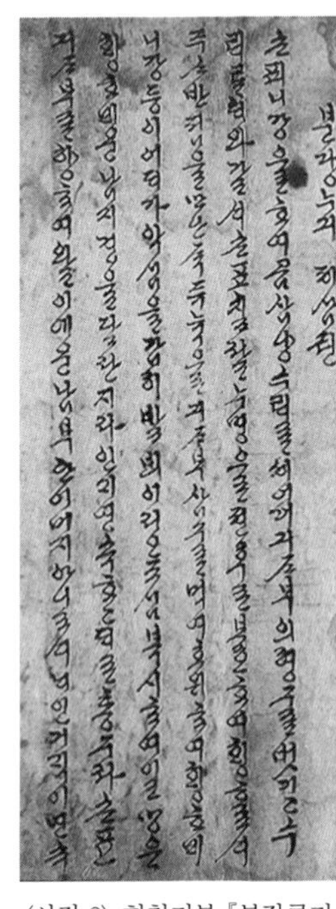

〈사진 2〉 한창기본 『분장루기』

(說唐全傳)』의 속편(續編) 격으로 초당 공신의 후예와 간신들의 투쟁을 다루고 있다.[12)]

현재 국내에서 확인된 『분장루기』는 박재연 소장본 한 종뿐이다. 선행연구에서는 이 번역본이 유일본이란 점에 초점을 두고, 번역본의 저본, 번역 시기와 번역 양상 등을 다루었다. 그러나 한창기본 『분장루기』를 통해서 이 소설이 유일본으로만 존재하는 것이 아니라 비교적 많은 사람들에게 읽혔으리라 짐작케 한다. 따라서 이 자료를 통해서 중국소설 『분장루전전』의 번역 및 수용의 양상을 새로 밝힐 수 있게 되었다. 한창기본 『분장루기』는 이 점에 초점을 두고 살펴볼 필요가 있다.

책의 외형을 살펴보면 한창기본 『분장루기』는 권3, 권4, 권5로, 3책만 남아있는 낙질본이다. 이 책의 필사 시기는 권5 마지막 장의 "갑ᄌᆞ 납월 념사일 막필 등셔ᄒᆞ노라"라는 필사기, 서배(書背)의 "入納乙丑春二月隱朱金○○"라는 기록을 통해 추정해 볼 수 있다. 이 책에서의 갑자년은 1804, 1864, 1924년, 을축년은 1805, 1865, 1925년으로 좁혀볼 수 있다. 한창기본은 지질(紙質), 표기 및 단어, 필사 내용을 보았을 때 필사 시기는 1924년, 1925년으로 추정된다.

한창기본 각 권의 표제는 '粉墻樓記 卷之三, 粉墻樓記 卷之四, 粉墻樓記 卷之五', 내제는 '분댱누긔 졔삼권, 분장누긔 졔사권, 분장누긔 졔오권'이다. 각 권은 〈사진〉처럼 매면 10행, 행당 28~30자 내외, 내용은

12) 劉世德 外, 『古本小說叢刊』 23, 中華書局, 1991, 작품 해제 참조.

권 당 87장 정도로 필사되었다.

각 권을 원전과 대조해보면 권3은 33회에서 50회, 권4는 51회에서 67회, 권5는 68회에서 80회까지이다. 이때 장회명, 화설(話說), 차설(且說), 차청하회(且聽下回)와 같은 용어, 삽입시 등은 생략한 채 내용만을 번역해 놓았다.

한창기본은 원전과 전체적으로 내용에서는 큰 차이가 없으나 원전의 내용을 축약-번역한 양상은 확인 가능하다. 이는 다음의 예문을 통해서 볼 수 있다.

〈예3〉

○ 第三十三回. 祁巧雲父女安身 栢玉霜主僕受苦

(……前略……) 孫彪喝令兩個幫差, 到鎭上雇暸三輛車兒, 替祁子富寬暸刑具, 登車上路. 孫彪同八個哆兵, 前後保著車子, 慢慢而行, 凡遇鎭市村莊, 酒飯店, 便買酒肉將養祁子富一家三口兒. 早晩之間, 要行要歇, 都聽孫彪吩咐, 但有言伺, 非打卽罵. 李江, 王海等怎敢違拗, 只得小心, 一路伏侍.[13)]

○ 소퓌 분부 왈, "너의 진상의 가 셰 슐위롤 亽오라" ᄒᆞ니, 공인이 슐위롤 亽오거ᄂᆞᆯ 긔ᄌᆞ부 장이랑 긔교운을 티우고 공인을 시겨 긔ᄌᆞ부의 머리의 쓴 칼을 벗기고 손퓌 팔ᄀᆡ 누병을 양ᄀᆡ 공인으로 슐위를 호송ᄒᆞ여 힝ᄒᆞ야 쥬졈의 반뎜을 만나미 쥬육을 ᄉᆞ 긔ᄌᆞ부 삼인을 먹여 삼ᄉᆞ일을 힝ᄒᆞ니 이강 등이 감히 태만치 못ᄒᆞᄂᆞᆫ지라. (박재연본, 권3, 7장 앞면)[14)]

○ 손픠 니강으로 ᄒᆞ여곰 삼냥 수릐롤 셰 어더 긔ᄌᆞ부의 형구롤 벗기고 수릐롤 티와갈시, 손표 칠팔 누명으로 젼후롤 보호ᄒᆞ여 힝홀시, 주ᄉᆞ 반점을 만난즉 쥬뉵으로 긔자부 삼구롤 먹여 호위ᄒᆞ여 힝ᄒᆞ미 니강 등

13) 劉世德 外, 앞의 책, 2045면.

14) 박재연, 앞의 책, 250면.

이 어디가 악심을 감히 발뵈이리오. (한창기본, 권3, 1장 앞면)

제시한 〈예3〉은 후등(侯登)에게 매수된 이강(李江)이 기자부(祁子富)를 야저림(野豬林)에서 죽이려 할 때 의인(義人) 손표(孫彪)가 등장하여 그를 구해준다는 내용이다. 이 부분은 『분장루기』에서 가장 극적인 장면으로, 『수호전』에서 임충이 노지심에게 구출되는 장면을 차용한 것이라고 한다.[15] 이해를 위하여 원전(原典), 박재연본, 한창기본 세 본을 나란히 제시했는데, 한창기본이 축약번역의 방식을 택하고 있음을 알 수 있다.

그런데 위의 경향과는 달리 한창기본에서는 원전과 거의 동일하게 번역된 부분이 있다. 이는 남주인공인 나혼이 여주인공인 백옥상, 정옥매, 기교운 등과 차례로 가연(佳緣)을 맺는 대목이다. 원전인 『분장루전전』은 나찬, 나혼 형제와 계조산 영웅들이 간신들과 투쟁하는 내용을 고려하여 역사연의소설로 분류되고 있지만 나찬, 나혼 형제가 여주인공과 결연을 맺는 애정담도 큰 비중을 차지한다. 이로 인하여 학자에 따라서 이 소설을 재자가인소설로 분류하기도 한다.[16] 한창기본 『분장루기』는 이러한 원전의 내용을 고려해서 남녀 결연 과정에 대해서는 축약을 가하지 않고 원전에 가깝게 번역했다.

중국소설이 국내로 전래되고 번역되는 과정을 거칠게 살펴보자면, 최초의 번역은 원전을 가능한 그대로 번역했을 가능성이 높다. 이후 번역본이 유통되어 읽히면서 저본을 그대로 필사한 것, 특정 내용을 축약-변형시킨 본, 원전과는 전혀 다른 필사본이 만들어지는 순서일 것이다. 이러한 중국소설 번역본의 일반적인 양상을 고려했을 때 한창기본은 후자

15) 劉世德 外, 앞의 책, 해제 참조.

16) 박재연, 앞의 책, 13면.

에 가깝다. 그 이유는 아마도 필사자가 이 소설의 군담보다는 애정담에 더 많은 흥미를 갖고 있었기 때문이었을 것이다. 한창기본 『분장루기』는 이러한 번역 고소설의 변형, 유통의 문제를 생각해 볼 수 있는 중요한 자료이다.

3.3. 한창기본 『삼국지(三國誌)』 3종

『삼국지』는 중국소설 『삼국지통속연의(三國志通俗演義)』의 한글번역본이다. 이 작품은 중국 역사에서 후한(後漢) 이후, 대륙의 패권을 차지하기 위하여 각축을 벌였던 위, 촉, 오 삼국의 역사를 기반으로 만든 대표적인 역사연의소설(歷史演義小說)이다.

현전하는 『삼국지통속연의』는 가정본(嘉靖本) 계통, 지전본(志傳本) 계통, 모종강본(毛宗崗本)의 세 계열로 나뉜다. 세 계열은 판식(版式), 자구(字句)와 내용, 주(註), 삽입시가의 차이, 작품에 관우(關羽)의 셋째 아들인 관색(關索)의 등장 여부로 구분된다.[17)]

현재 국내에서 확인된 한글번역본 『삼국지』는 대략 200여 종으로, 선행연구를 통해서 번역본의 저본, 번역 양상, 번역 시기, 번역본의 주석 등이 이루어졌다. 그러나 현재까지 대다수의 『삼국지』 이본은 검토가 이루어지지 못하고 있다. 따라서 이에 대한 체계적인 정리가 필요하고 번역본의 관계, 번역본의 변형 및 수용의 양상에 초점을 두고 살펴볼 필요가 있다.

한창기가 수집한 『삼국지』는 39책본, 20책본, 8책본으로 모두 3종이다.[18)] 이중에서 39책과 8책본은 가정본 『삼국지』를 저본으로, 20책본

---

17) 유춘동, 「부산광역시립 시민도서관 소장 삼국지연의의 연구」, 『동양학』 49, 2011.
18) 이외에도 1책만 존재하는 낙질본 4종이 있다. 순천시립박물관편, 『뿌리깊은나무: 한글고소설 우리말이야기』, 순천시립 뿌리깊은나무박물관, 2013, 28면.

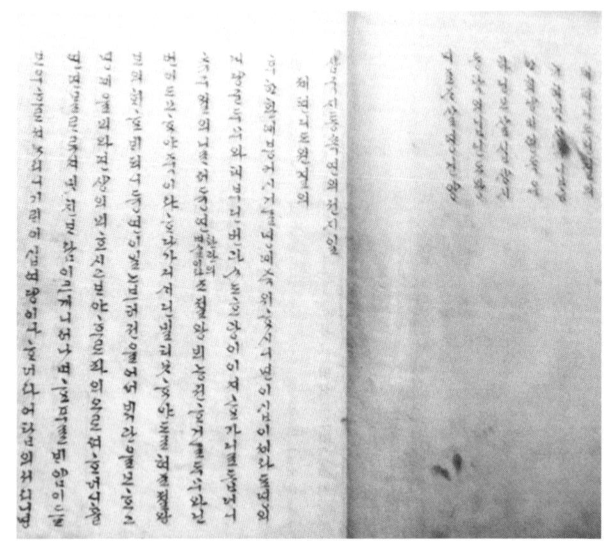

〈사진 3〉 한창기본 『삼국지』

은 모종강본 『삼국지』를 저본으로 번역한 것이다.

가정본은 전체 240회로 되어 있고, 제1회가 '祭天地桃園結義'라는 장회명으로 시작하여 제240회는 '王濬計取石頭城'으로 끝이 난다. 39책본은 권1의 첫 장회명이 '제텬디도원결의'이며, 권39의 마지막 장회명은 '왕윤계취셕두셩'이다. 따라서 장회명만 보더라도 39책본은 가정본을 저본으로 한 번역본임을 알 수 있다.

8책본은 낙질본이지만 권1의 첫 장회명이 '제텬디도원결의'이며, 권8의 마지막 장회명은 69회의 '뉴현덕우ᄉᆞ마휘'이어서, 이 책 또한 장회명만으로도 가정본을 저본으로 한 번역본임을 알 수 있다.

각 책을 좀 더 구체적으로 살펴보자면 먼저 39책본은 표제가 '三國誌 一~三國誌 三十九'이며, 내제는 '삼국지통쇽연의 권지일~삼국지통쇽연의 권지삼십삼'이다. 매면 10행, 행당 23~25자 내외로, 권 당 60장 내외로 필사되었다. 전체 39권 39책이지만 현재 권4가 빠져 있다. 각

권은 원전의 6회 분량을 필사해 놓았다. 그러나 5회, 7회, 8회를 실어놓은 권도 있다.[19]

8책본은 표제가 '三國誌 一~三國志 八'이며, 내제는 'ᄉᆞᆷ국지통쇽연의권지일~ᄉᆞᆷ국지통쇽연의권지팔'이다. 매면 10행, 행당 25~28자 내외로, 권 당 70장 내외로 되어 있다. 원래 30권 30책이었지만 현재 8책만 남아있다. 각 권은 원전의 8회 분량을 필사해 놓았지만 7회, 10회를 실어놓은 권도 있다.[20]

39책본과 8책본은 가정본을 저본으로 한 번역본이지만 내용에서 차이가 있다. 8책본은 39책본과는 달리 한(漢)나라 태조 유방의 건국에서부터 사마의가 삼국을 통일하기 전까지의 역사를 정리한 뒤에 본문이 시작된다.[21] 그러다가 〈예4〉처럼 두 책 간의 동일한 내용도 나타난다.

---

19) 5회는 권19, 권31, 권32, 권33, 권39이며, 7회는 권9, 권15, 권17, 권22, 권28, 권37, 권38, 8회는 권12, 권16이다.

20) 7회는 권7, 권8, 10회는 권2, 권3, 권6이다.

21) 예를 들면 다음과 같다. "한 태조 고황뎨 셩은 뉴요 명은 방이오 ᄌᆞᄂᆞᆫ 계니, 진 시졀 초국 패읍 사ᄅᆞᆷ이라. 진시황이 신묘년의 죽거ᄂᆞᆯ 그 아ᄃᆞᆯ이 셰 황뎨 셧더니, 첫히 임진셰의 태죄 긔병ᄒᆞ야 항우와 ᄒᆞᆷᄭᅴ 니러나니, 삼년의 진을 멸ᄒᆞ고 다ᄉᆞᆺ ᄒᆡ의 초ᄅᆞᆯ 텨파ᄒᆞ고 항우ᄅᆞᆯ ᄒᆡ하의 가 죽이고 뎨 되니, 뎨 요시 ᄌᆞ손이라. 한 텬ᄌᆞ 되기 ᄉᆞᄇᆡᆨ여년이라. 일시 영웅읫 사ᄅᆞᆷ이 신해되니, 댱냥, 쇼하, 조참, 딘평, 쥬ᄇᆞᆯ이러라. 션 여ᄃᆞᆲᄒᆡ 만의 븡커ᄂᆞᆯ 태ᄌᆡ 셔니 혜뎨라. 일븡ᄒᆞ니 고조 황후 녀시 님됴ᄒᆞ야 ᄌᆞ손을 다 봉왕ᄒᆞ랴 ᄒᆞ거ᄂᆞᆯ, 딘평과 쥬ᄇᆞᆯ이 녀시ᄅᆞᆯ 다 죽이고, 고조 후궁 박시에 ᄌᆞᄅᆞᆯ 셰오니, 이 문뎨라. 관후ᄒᆞ고 어디러 텬해 태평ᄒᆞ야 ᄇᆡᆨ셩이 가난ᄒᆞ니 업고, 창곡의 곡셕이 무거 ᄡᅳ디 못ᄒᆞ더라. 아ᄃᆞᆯ이 셔니 경뎨라. 션뎨의 풍이 잇더라. 태ᄌᆡ 셔니 무뎨라. 고조 ᄀᆞᄐᆞᆫ디라. ᄉᆞ방 오랑캐ᄅᆞᆯ 티고 신션을 구ᄒᆞ더라. 소렬 조샹은 듕산졍왕이라. 무뎨 동ᄉᆡᆼ이러라. 소뎨ᄂᆞᆫ 무뎨 태ᄌᆡ니 나히 열네 ᄒᆡ 공ᄉᆞᄅᆞᆯ 긔특이 ᄒᆞ더니, 일 죽거ᄂᆞᆯ 무뎨 부인 니시 아ᄃᆞᆯ 챵읍왕이 셔셔 사오납거ᄂᆞᆯ 곽광이 내티고 무뎨 태ᄌᆞ의 아ᄃᆞᆯ 션뎨셔니 졈어셔 옥의 가텨실제 옥듕의 텬ᄌᆞ의 긔운이 잇다 ᄒᆞ거ᄂᆞᆯ 무뎨 옥의든 사ᄅᆞᆷ을 다 죽이려 ᄒᆞ다가 손ᄌᆡ가 텨시믈 알고 긔특이 넉이더라. 션뎨ᄂᆞᆫ 닌가의셔 ᄉᆡᆼ당ᄒᆞ니 민레ᄅᆞᆯ 알며 어디러 텬해 태평ᄒᆞ더라. 태ᄌᆞ 원뎨셔니 압녈ᄒᆞ여 고쟈 홍공과 셕현으로 국졍을 맛뎌 ᄉᆞ부 쇼망지ᄅᆞᆯ 죽이니 한이 망케되니라. 태ᄌᆞ 셩뎨셔니 됴비연의게 혹ᄒᆞ야 왕시의게 졍ᄉᆞᄅᆞᆯ 브티니, 왕시 권듕ᄒᆞᆷ이 이에 비롯다. 태ᄌᆞ ᄋᆡ뎨 나라 일을 맛나더라. 평뎨적 왕망 족하로셔 간사ᄒᆞ야 처음은 어딘 톄ᄒᆞ다가 나라 권을 맛다가 진후의 령뎨ᄅᆞᆯ 티독ᄒᆞ여 죽이고 어린 아기ᄅᆞᆯ 셰오니 이 유ᄌᆞ영이라. 왕망이 신나라 ᄒᆡ뎨로라ᄒᆞ니, 셔한이 망ᄒᆞ다. 동한

〈예4〉

○ 후한 환뎨 붕커시거ᄂᆞᆯ 녕뎨 즉위ᄒᆞ시니, 년이 십이셰라. 됴뎡의 대쟝군 두무와 태부 딘번과 ᄉᆞ도 호광이 이셔 ᄒᆞᆫ가디로 돕더니, 츄 구월의 니ᄅᆞ러 듕연〈환관의 벼슬리라〉 조졀, 왕뵈 농권ᄒᆞ거ᄂᆞᆯ 두무와 딘번이 도모ᄒᆞ야 죽이랴 ᄒᆞ다가 긔ᄉᆡᆨ 딘밀티 못ᄒᆞ야 도로혀 죠졀, 왕보의 해ᄒᆞᆫ ᄇᆡ 되니, 듕연이 일로브터 권을 어더 ᄇᆡᆨ관을 모호고(……후략……) (한창기본 39책, 권1, 1장)○ (……전략……) 동한황뎨 붕ᄒᆞ시거ᄂᆞᆯ 녕뎨 즉위ᄒᆞ시니 ᄂᆞ히 십이세러라. 됴뎡의 ᄃᆡ쟝군 두무와 ᄐᆡ부 진번과 ᄉᆞ도 호광이 ᄒᆞᆫ가지로 나라ᄅᆞᆯ 도우더니, 죠졀, 왕보, 즁년 등이 권을 농ᄒᆞ거ᄂᆞᆯ 두무, 진번이 ᄢᅬᄒᆞ야 죽이려 ᄒᆞ다가 일이 탄로ᄒᆞ야 도로혀 조졀, 왕보의 ᄒᆡᄅᆞᆯ ᄇᆞ드니, 즁년이 〃로븟터 권을 어덧더라. (한창기본 8책, 권1, 3장)

제시한 〈예4〉를 보면 후한(後漢)의 어지러운 정치적 상황을 묘사하는 대목에서 자구가 일치하는 것을 확인할 수 있다. 현재까지 확인한 바로 가정본을 저본으로 한 번역본은 장서각본 39책, 규장각본 30책과 27책,

---

광무황뎨 명은 슈요 ᄌᆞᄂᆞᆫ 문슉이니, 경뎨 황후 쫑당위란 계집을 취ᄒᆞ야 댱사 뎡왕을 나핫더니, 광무ᄂᆞᆫ 뎡왕의 ᄌᆞ손이라 용능의셔 사더니, 망의 변을 듯고 ᄉᆞ방의 도적이 니러나믈 보고 형연으로 더브러 긔병ᄒᆞ야 한실을 듕흥ᄒᆞ려ᄒᆞ니, 얼굴이 긔특ᄒᆞ고 ᄯᅳᆺ이 커 고조 ᄀᆞᆺ더라. 왕망을 티고 황뎨 되니, 모든 군ᄉᆡ 왕망을 졈졈이 빠흐다. 댱안으로 올마 낙양의 도읍ᄒᆞ니, 이 셔경이라. 그 신하ᄂᆞᆫ 등우·풍이·구슌·가복·마완 등이러라. 태ᄌᆞ 명뎨셔니 셔역 부텨의 ᄲᅧ와 경을 어더 드리니, 블경이 첨으로 듕국의 비롯다. 댱뎨ᄂᆞᆫ 관인ᄒᆞ니 텬해 태평ᄒᆞ더라. 화뎨ᄂᆞᆫ 졈어셔 셔니, 태휘 님됴ᄒᆞ야 졍ᄉᆞᄅᆞᆯ ᄒᆞ더라. 안뎨 적은 나라 권이 외쳑과 고자의게 도라갓더라. 슌뎨ᄂᆞᆫ 일붕ᄒᆞ다. 튱뎨 졈어셔 죽거ᄂᆞᆯ 외쳑과 냥거와 냥태휘 졍ᄉᆞᄒᆞ다. 환뎨ᄂᆞᆫ 유약ᄒᆞ니 어딘 사ᄅᆞᆷ과 영웅은 ᄡᅳ디 아니ᄒᆞ고 오ᄃᆡᆨ 십샹시 셩ᄒᆞᆷ이 이에 니ᄅᆞ다. 태ᄌᆡ 셔니 병뎨라. 붕ᄒᆞ거ᄂᆞᆯ 태ᄌᆞ 홍능왕이 셧더니, 동탁이 폐ᄒᆞ야 죽이고 아ᄋᆞ 딘뉴왕을 세오니 이 헌뎨라. 뉴비, 손권, 조〃, 동탁이 다 이 시졀의 나다. 소렬황뎨 명은 비오, ᄌᆞᄂᆞᆫ 현덕이니 파쵹의 도읍ᄒᆞ니, 이 쵹한이라. ᄐᆡᄌᆡ 셔니 이 니ᄅᆞᆯ 후황뎨라. 명은 션이오 ᄌᆞᄂᆞᆫ 공시니, ᄌᆡ위 ᄉᆞ십일 년의 위의 항복ᄒᆞ야 안낙공이 되니 한이 이에 ᄆᆞᄎᆞ니라. 조〃의 아ᄃᆞᆯ 조비 헌뎨ᄅᆞᆯ 아사 셔니 이 위 문뎨오, 옷나라 손권이 오짜흘 아사 황뎨되니, 텬하ᄅᆞᆯ 세히 논화시니 삼국이러라. 나죵의 위 신하 ᄉᆞ마의 아ᄃᆞᆯ이 통합ᄒᆞ야 진나라히 되다. (서강대본 권1, 1~3장).

서강대본 24책이 4종이 있다. 이 중에서 8책본과 같이 서두에 원전에도 없는 내용을 등장시킨 것은 서강대본이다.

〈예5〉

○ (……전략……) 동한황뎨 붕ᄒᆞ시거늘 녕뎨 즉위ᄒᆞ시니 나히 열둘히시러라. 됴뎡의 대쟝군 두무와 태부 진번과 ᄉᆞ도 호광이 ᄒᆞᆫ가지로 나라흘 돕더라. 조졀, 왕보, 듕년 등이 권을 농ᄒᆞ거늘 두무, 진번이 ᄭᅬᄒᆞ야 죽이려 ᄒᆞ다가 일이 ᄀᆞ만티 못ᄒᆞ야 도로혀 조졀, 왕보의 해ᄒᆞᆫ 배 되니, 듕연이 일로브터 권을 어덧더라. (서강대본 권1, 3장)

○ (……전략……) 동한황뎨 붕ᄒᆞ시거늘 녕뎨 즉위ᄒᆞ시니 ᄂᆞ히 십이셰러라. 됴뎡의 ᄃᆡ쟝군 두무와 ᄐᆡ부 진번과 ᄉᆞ도 호광이 ᄒᆞᆫ가지로 나라를 도우더니, 죠졀, 왕보, 즁년 등이 권을 농ᄒᆞ거늘 두무, 진번이 ᄭᅬᄒᆞ야 죽이려 ᄒᆞ다가 일이 탄로ᄒᆞ야 도로혀 조졀, 왕보의 ᄒᆡ롤 ᄇᆞ드니, 즁년이 〃로붓터 권을 어덧더라. (한창기본 8책, 권1, 3장)

〈예5〉를 통해서 서강대본과 한창기 8책본은 동일한 계통임을 확인할 수 있다.

한편, 한창기본 39책은 장서각본 39책본과 자구나 내용 대부분이 일치한다. 예를 들어 제시한 〈예6〉과 같이 "듕연"과 같이 어려운 표현에 달아놓은 각주까지도 일치한다.

〈예6〉

○ 후한환뎨 붕ᄒᆞ시거늘 녕뎨 즉위ᄒᆞ시니, 년이 십이셰라. 됴뎡의 대쟝군 두무와 태부 딘번과 ᄉᆞ도 호광이 이셔 ᄒᆞᆫ가지로 돕더니, 츄 구월의 니르러 듕연〈환관의 벼살리라〉 됴졀, 왕뵈 농권ᄒᆞ거늘 두무와 진번이 도모ᄒᆞ야 죽이랴 ᄒᆞ다가 긔식 딘밀티 못ᄒᆞ야 도로혀 죠졀, 왕보의 해ᄒᆞᆫ 배 되니, 듕연이 일로브터 권을 어더 빅관을 모호고 (……후략……)

(장서각본 39책, 권1, 1장)

○ 후한환뎨 붕커시거놀 녕뎨 즉위ᄒᆞ시니, 년이 십이세라. 됴뎡의 대쟝군 두무와 태부 딘번과 ᄉᆞ도 호광이 이셔 ᄒᆞᆫ가디로 돕더니, 츄 구월의 니ᄅᆞ러 듕연〈환관의 벼슬리라〉 조졀, 왕뵈 농권ᄒᆞ거놀 두무와 딘번이 도모ᄒᆞ야 죽이랴 ᄒᆞ다가 긔식 딘밀티 못ᄒᆞ야 도로혀 죠졀, 왕보의 해ᄒᆞᆫ비 되니, 듕연이 일로브터 권을 어더 빅관을 모호고(……후략……) (한창기본 39책, 권1, 1장)

이전까지는 장서각본 39책, 규장각본 27책의 관계만이 논의되었다. 그러나 한창기본 39책본과 8책본의 존재로 이들『삼국지』번역본의 계통과 관계가 좀 더 명확해졌다. 결론부터 말하자면 국내에서 확인할 수 있는 가정본 계열의『삼국지』는 크게 두 가지이다. 하나는 가정본을 저본으로 그대로 번역한 본과 서두에 원전에도 없는 역사적 사실을 수록해놓고 이후에는 가정본의 내용을 따르는 번역본, 이 두 가지이다. 전자는 장서각본, 규장각본, 한창기 39책본이 해당되고, 후자는 서강대본, 한창기본 8책본이 이에 해당된다. 이러한 요인은『삼국지』를 소설로 인식하기보다는 중국의 역사를 공부하는 역사책으로 이해했던 것에서 생겨난 것으로 보인다.22)

한편, 한창기 20책본은 모종강본『삼국지』를 저본으로 번역한 것이다. 모종강본은 지전본 계통에서 파생된 이탁오본(李卓吾本)을 저본으로, 240회의 장회를 120회로 줄이고, 권두사(卷頭辭)에 양신(楊愼)의 임강선(臨江仙)를 삽입시켰으며, 시작을 "天下大勢, 分久必合, 合久必分"로 바꾸었다. 그리고 협비(夾批)와 총평을 가하는 데서부터 시작하여 문체를 다듬고 줄거리마다 적절한 첨삭을 가하며, 논찬(論贊)이나 비문(碑文) 등을 삭제하여, 시가를 유명 시인의 시가로 대체함으로써 문장의 합

22) 유춘동, 앞의 논문, 참조.

리성, 인물 성격의 통일성, 등장인물의 생동감, 스토리의 흥미를 대폭 증가시켰다. 또한 내용면에서는 촉한(蜀漢) 정통론과 '존유폄조(尊劉貶曹)'를 강조했다.[23] 이러한 모종강본의 특징은 한창기 20책본에서도 그대로 드러난다. 이는 장회명과 내용을 대조하면 쉽게 알 수 있다.

〈예7〉 연도원호걸삼결의 참황건영웅슈립공

화셜. 텬ᄒᆞ 대셰 난호연지 오릭면 반ᄃᆞ시 합ᄒᆞ고 합ᄒᆞᆫ지 오릭면 반ᄃᆞ시 난회ᄂᆞ니 쥬말의 칠국이 징웅타가 합ᄒᆞ여 진이 되고 진이 멸ᄒᆞᆫ 후의 쵸한이 다토다가 ᄯᅩ 합ᄒᆞ여 한이 되니 한 고졔 흰 비암을 참ᄒᆞ고 의롤 일희여 텬ᄒᆞ롤 일통ᄒᆞ고 광뮈 즁흥ᄒᆞ여 셔로 젼ᄒᆞ여 헌졔의 이르러 삼국이 난호이니 그 난의 근본을 혜아리면 (……후략……). (한창기본 20책, 권1. 1장 앞면)

第一回. 宴桃園豪傑三結義 斬黃巾英雄首立功

話說. 天下大勢, 分久必合, 合久必分. 周末七國分爭, 幷入於秦. 及秦滅之後, 楚漢分爭, 又幷入於漢. 漢朝自高祖, 斬白蛇而起義, 一統天下. 後來光武中興, 傳至獻帝, 遂分爲三國. 推其致亂之由, (……後略……). (모종강본 권1, 1장 앞면)

제시한 〈예7〉은 두 본의 시작 부분으로, 번역본과 원전의 내용이 정확히 일치한다. 그러나 한창기 20책본에서는 원본의 일부 어려운 내용은 쉬운 표현으로 바꾸고, 편지, 표(表), 상소문(上疏文) 등은 모두 축약하였다. 번역은 원본의 내용을 훼손하지 않는 범위에서 이루어졌으나 서사전개에 방해가 되는 개장시(開場詩), 주(註), 평어(評語), 매회의 마지막에 등장하는 시(詩)는 모두 생략하였다. 또한 한창기본 『삼국지』에서는 내용을 고려하여 장회명이 미리 제시되는 경우도 있고 간혹 내용

23) 유춘동, 앞의 논문, 참조.

이나 인물명 등에서 오류가 보이기도 한다.

이처럼 한창기가 수집했던 39책본, 8책본, 20책본『삼국지』는 당시 유통되었던『삼국지』번역본의 흐름이나 특성, 그리고 번역본의 관계 및 양상 등을 밝힐 수 있다는 점에서 의미가 있다. 이 글에서 구체적으로 다루지는 못했지만『삼국지』한글 번역본의 경우 시간차에도 불구하고 내용상 큰 변화 없이 필사되고 유전되었음을 확인할 수 있었다.[24]

3.4. 한창기본『서유기(西遊記)』2종

『서유기』는 중국소설『서유기(西遊記)』의 한글 번역본이다. 이 작품은 고승(高僧) 현장(玄奘)이 인도로 불경(佛經)을 구하러 가는 여행 중에 겪었던 갖가지 모험과 고난을 담은 대표적인 신마소설(神魔小說)이다.

현전하는『서유기』는 크게 명대판본(明代版本) 계통, 청대판본(淸代版本) 계통로 나뉜다. 두 계통은 판식(版式), 삽화(揷畵), 자구(字句)와 내용, 주(註), 삽입시가의 차이의 여부로 구분되며, 현존하는 판본 중에서 세덕당간본(世德堂刊本)이 선본(先本)으로 알려져 있다.[25]

현재 국내에서 확인되는 한글번역본『서유기』는 약 30종이다. 선행 연구를 통해서 원전의 전래 및 번역 시기, 번역본의 실태, 번역의 양상 등이 다루어졌다.[26] 그러나 한글번역본『서유기』는 완질로 전해지는 것이 드물고, 특히 권1이 남아있는 본은 영남대본과 활판본 두 종밖에 없다.[27] 따라서 한글번역본『서유기』의 번역 양상은 많은 이본이 확인

---

24) 이 부분에 대한 논의는 차후 과제로 넘긴다.

25) 磯部 彰,『西遊記資料の研究』, 東北大學出版會, 2007.

26) 박재연 외,『셔유긔』, 이회, 2001. ; 김장환 외,『셔유긔: 연세대 소장본』, 학고방, 2009. ; 박재연 외,『셔유긔: 계명대 소장본』, 학고방, 2009. ; 박재연 외,『셔유긔: 영남대 소장본』, 학고방, 2011.

27) 계명대본은 권1이 없고, 연세대본의 경우 권1-2, 권10, 권12가 결본(缺本)이다.

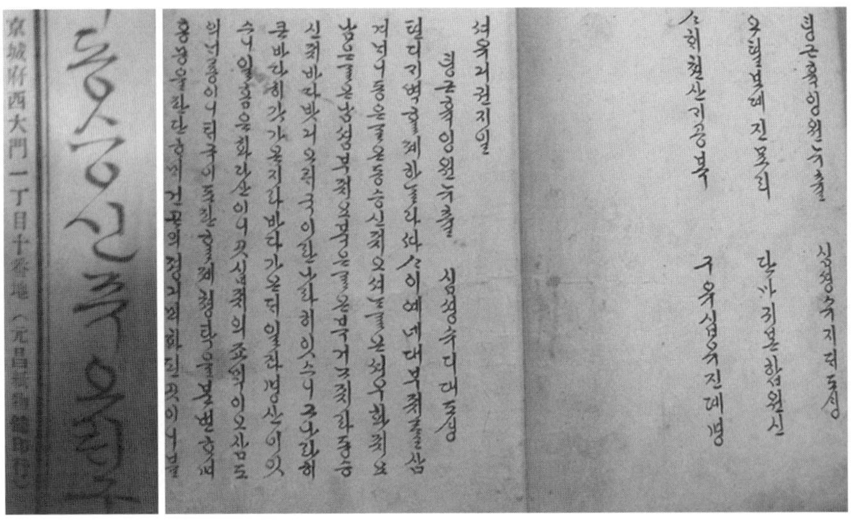

〈사진 4〉 한창기본 『서유기』

됨에도 불구하고 명확하게 파악하기가 어려운 상황이다.

한창기가 수집했던 한글번역본 『서유기』는 2종인데, 하나는 〈권1〉만 남아있는 낙질본이고 다른 하나는 완질본이다. 앞의 것은 표지가 청색 비단으로 장정되어 있고 글씨체는 규장각본이나 장서각본에서처럼 달필(達筆)이어서 궁중이나 상층사대부가에서 읽혔던 것으로 보인다. 뒤의 것은 원래 40책이었으나 한 권을 두 권씩 묶어서 다시 20책으로 장정한 것이다. 이 본은 〈사진〉과 같이 "京城府 西大門 一丁目 十番地 元昌紙物鋪 印行"이라고 기재된 종이 위에 정갈하게 필사하였고, 마지막 권에 "庚午 秋菊日……記謄中外日報"라는 필사기가 또 있다. 따라서 이 본은 "원창지물포"에서 『중외일보』에 연재되었던 『서유기』를 필사하여 만든 것임을 알 수 있다.

한창기본 『서유기』를 통해서 확인 가능한 사실 중에 주목할 점은 궁중이나 상층사대부가에서 읽혔던 『서유기』의 〈권1〉이 남아있어, 완질의 규모, 번역의 양상, 무엇보다도 영남대본, 활판본과의 대조를 통해서 『서유기』가 어떻게 번역되었는가를 대조해볼 수 있게 되었다는 점이다. 또한 20책본을 통해서 새롭게 확인할 수 있는 사실은 1930년대에 지물포에서 중국소설의 한글번역본이 필사되어 판매되었다는 점이다. 이때는 활판본이 간행되었던 시기인데도 이와는 별도로 한글필사본에 대한 수요, 그리고 이를 읽었던 독자가 존재했음을 보여주고 있다. 두 자료를 구체적으로 살펴보기로 한다.

〈권1〉만 남아있는 한창기본 『서유기』의 외형을 살펴보면 표제는 '西遊記', 내제는 '셔유긔 권지일'이며 서배(書背)에 '共三十'으로 적혀있다. 〈권1〉은 전체 50장으로, 매면 10행, 행당 18~20자 내외로 필사되었다. 〈사진5〉에서 볼 수 있는 것처럼 장회명을 먼저 제시하고 내용을 번역해 놓았다.

한창기본은 〈권1〉이 존재하는 영남대본, 활판본과 대조해보면 이 본이 원본에 가장 가깝게 번역되었음을 알 수 있다. 삽입시를 번역한 예를 살펴보기로 한다.

〈예8〉

○ 原來是歌唱之聲, 歌曰: 觀棋柯爛, 伐木丁丁, 雲邊谷口徐行. 賣薪沽酒, 狂笑自陶情. 蒼逕秋高, 對月枕松根, 一覺天明. 認舊林, 登崖過嶺, 持斧斷枯藤. 收來成一擔, 行歌市上, 易米三升. 更無些子爭競, 時價平平. 不會機謀巧算, 沒榮辱, 恬淡延生. 相逢處, 非仙卽道, 靜坐講黃庭. (서유기, 제1회)

○ 과연 ᄒᆞᆫ ᄉᆞ름이 노ᄅᆡ롤 부르되, "바독 두ᄂᆞᆫ 양을 보ᄆᆡ 도치 잘니 무르도다. 벌목ᄒᆞ믈 뎡뎡ᄒᆞ이여 구름 가히며 골쇽으로 쳔쳔이 단녀 셥플파라 술을 사미치게 우으며 스ᄉᆞ로 졍을 머믈워 푸른 길노 향ᄒᆞ여 솔불희롤 의거ᄒᆞ여 ᄀᆞ을이 놉흘 제 빗난 달을 ᄃᆡᄒᆞ여 하늘히 볼그믈 ᄭᆡ닷지 못ᄒᆞᄂᆞᆫ도다. (한창기본 권1, 9장 뒷면)

○ 과연 ᄒᆞᆫ 사람이 노ᄅᆡ을 부르거날 가로ᄃᆡ, "섭풀 파라 술을 사먹고 밋치계 우으며 스ᄉᆞ로 졍을 머무러 푸른 길을 힝ᄒᆞ야 솔 뿌리을 힝ᄒᆞ며 의지ᄒᆞ여 ᄒᆞ나리 발그면 잠을 ᄢᆡ는도다. (영남대본 권1, 4장 뒷면)

제시한 〈예8〉은 손오공이 장생불사(長生不死)의 방법을 배우기 위해 스승을 찾아다니다가 우연히 나무꾼이 부르는 『황정경』을 듣는 장면이다. 원전을 영남대본, 활판본과 대조해보면 원전에 가장 가깝게 번역한 것은 한창기본이다. 이 외에도 원전에는 있으나 영남대본과 활판본에서는 삭제된 서사, 삽입시 등이 한창기본에는 그대로 번역되었다. 따라서 〈권1〉만 존재하는 한창기본 『서유기』는 언제 번역되었는지는 분명하지 않지만 적어도 현재 확인된 한글번역본 『서유기』 중에서는 선본(先本)으로 여겨진다.

앞서 이 본의 장정 상태, 필체 등을 볼 때 궁중이나 상층사대부가에서 읽혔던 것이라고 하였다. 현재까지 낙선재에 소장되어 있었던 중국소설의 번역본 중에서 유일하게 서목(書目)에서 확인되지 않고 있는 것이 『서유기』이다. 한창기본 『개벽연역』, 『삼국지』 등이 낙선재본, 규장각본과 동일한 계열의 본이었다는 점을 생각해 본다면 『서유기』 또한 이곳에서 번역되고 읽혔던 것으로 추측된다.

한편, 한창기가 수집했던 20책본 『서유기』는 경오년(1930) 경성(京城) 서대문(西大門) 근처에 존재했던 원창 지물포(元昌紙物鋪)에서 전문 필사자로 추정되는 인물에 의하여 필사된 것이다. 이 본은 앞서 언급했듯이 『중외일보』에 연재되었던 『서유기』를 모아 필사하여 만든 것이다. 20책본 『서유기』를 통해서 1930년대 중국소설 번역본의 유통 문제, 수요의 문제 등을 생각해 볼 수 있다. 이에 대한 논의는 차후로 미루기로 한다.[28]

---

28) 20책본 『서유기』는 열람은 했지만 박물관의 사정으로 전체 촬영은 할 수 없었다. 차후 박물관과 협의하여 이 자료를 공간(公刊)하는 방법을 모색하기로 한다.

4. 마무리와 과제

한창기 선생이 수집했던 상당수의 고소설은 최근에 와서야 소개되고 연구 성과가 나타나고 있다. 이 글은 그 중의 일부인 한글 필사본 번역 고소설을 대상으로, 이 자료들이 지닌 의미를 종합적으로 살펴보았다.

『개벽연역』를 통해서 낙선재본은 원래 〈6권6책〉이었고 원전의 전권(全卷)을 번역했다는 사실을 확인할 수 있었다. 『분장루기』를 통해서는 이 소설의 번역본이 유일본으로만 존재하는 것이 아니라 상당수 독자를 확보하였다는 점, 원전을 번역하는 과정에서 특별히 남녀의 결연 과정에 주목하여 원전을 충실히 번역했다는 점을 확인하였다. 그리고 『삼국지』의 경우에는 39책본, 8책본, 20책본을 통해서 번역본의 계통, 번역본의 양상을 검토해보았다. 마지막으로 『서유기』는 권1만 존재하는 낙질본과 20책본을 통해서, 전자는 현재 전하지는 않지만 낙선재본, 규장각본이었을 가능성, 후자는 1930년대 중국소설 번역본의 유통 문제, 수요의 문제를 제기해 보았다.

현재 유입이 확인된 중국소설은 400여 종이 넘고, 한글로 번역된 것은 대략 70여 종이다. 그리고 기록만으로 확인되는 번역소설까지 더한다면 훨씬 더 많은 번역고소설이 존재했을 것이다.[29] 그동안의 연구가 자료의 발굴, 번역의 양상을 따지는 것에 치중했다면 이제는 이러한 한글 번역고소설이 지닌 특성, 통시적인 변화, 거시적인 안목에서의 검토가 필요한 시점이 되었다. 한창기 선생이 수집했던 7종의 한글 필사본 번역고소설은 이러한 연구를 수행하는데 있어서 중요한 시사점을 제공하고 있다.

|| 유춘동(선문대학교)

---

29) 선문대학교 중한번역문헌연구소, 『조선시대번역소설희곡자료총서』 1-74, 1995-2003. ; 김영, 『조선후기 명청소설 번역필사본 연구』, 학고방, 2013. ; 민관동 · 김명신, 『조선시대 중국고전소설의 출판본과 번역본 연구』, 학고방, 2013.

한창기본 〈숙영낭자전〉 소재 가사 작품 8편에 대하여

1. 머리말

전남 순천의 뿌리깊은나무 박물관에는 한창기(韓彰琪, 1936~1997)선생이 평생 수집한 6,000여점의 민속자료와 107종 520여 책(동종 작품 포함)의 고소설이 수장되어 있다.[1] 그 중 전적 자료는 모두 891종 1691책이고, 국어사 관련 자료는 목판 및 활자본 86종, 필사본으로 고소설 67종, 기타 한글 행장 등이 있는 것으로 알려졌다.[2]

박물관에 소장된 고소설에 대해서는 그동안 몇 차례의 조사를 통해 그 규모나 내역이 밝혀졌다. 반면에 시가 자료는 가사집 6종이 수장되어 있다는 사실 이외에 달리 알려진 것이 없다. 그런데 고소설 자료에 대한 조사를 하면서 박물관에 수장된 〈슉영낭ᄌ전〉에 8편의 가사 작품이 함께 필사되어 있는 것이 확인되었다.[3] 8편의 가사 작품은 〈규영헌가〉·

---

1) 정명기, 「순천 시립 뿌리깊은나무 박물관 소장 고소설의 현황과 가치」, 『뿌리깊은나무 한글고소설 우리말이야기』, 순천시립 뿌리깊은나무 박물관, 2013, 118면.

2) 한영균, 「뿌리깊은나무 박물관 소장 자료의 국어사적 가치-임란전 간본 및 주요 필사 자료를 중심으로」, 『한창기 선생이 수집했던 고문헌 자료의 가치와 인식』, 열상고전연구회 2014년 여름, 제66차 정례 학술발표회, 2014, 7월 12일, 별지 1면.

3) 〈숙영낭자전, 6종〉, 『뿌리깊은 나무 한글고소설 우리말이야기』, 순천시립 뿌리깊은나무 박물관, 2013, 35면.

〈사냥자석별가〉·〈사모가〉·〈계미사〉·〈동상연분가〉·〈직여사〉·〈셰황가〉·〈바늘가〉인데, 이 중에서 5편은 아직 학계에 보고되지 않은 새로운 가사 작품이다.[4)]

뿌리깊은나무 박물관에 다른 시가 관련 자료가 수장되어 있는지는 추가적으로 확인할 필요가 있다. 이번에 한창기본 『가곡원류』가 소개되면서 박효관과 하순일 사이의 새로운 관계를 확인할 수 있는 단서도 포착되었다.[5)] 다만, 박물관에 수장되어 있는 가사집 6종의 구체적 내역을 확인하지 못한 것은 아쉽다. 그나마 다행스러운 것은 박물관에 수장된 고소설 〈슉영낭즈젼〉에 필사된 가사 작품 8편을 뒤늦게 확보할 수 있었다. 이 논문에서는 〈슉영낭즈젼〉에 필사된 가사 작품 8편을 우선 살펴보고자 한다.

먼저, 가사 작품이 수록된 서책 자료와 함께 가사 작품 8편의 주요 내용을 검토한다. 이어서 이들 작품이 지닌 자료적 가치를 따져본 다음, 부록으로 작품 전문을 제시하겠다. 이 논문은 가사 작품을 발굴하여 소개하려는 목적으로 작성되었다. 이들 작품에 대한 구체적 논의는 지면 관계상 다음 기회로 미룬다.

---

4) 새로운 가사 작품 5편은 〈규영헌가〉·〈사모가〉·〈계미사〉·〈셰황가〉·〈바늘가〉이다. 이 중에서 〈규영헌가〉는 한국가사문학관에 〈규영헌가〉라는 가사명과 '어와 거룩할 ᄉ 우리조션 거룩할ᄉ'라는 첫 어구만 기록되어 있다. 〈사냥자석별가〉도 일부만 필사되어 있음.(한국가사문학관)

5) 권순회, 「한창기본 〈가곡원류〉의 성격과 가치」, 『한창기 선생이 수집했던 고문헌 자료의 가치와 인식』, 열상고전연구회 2014년 여름, 제66차 정례 학술발표회, 2014, 7월 12일, 별지 10면.

2. 문헌 자료의 검토

가사 작품 8편이 수록된 서책의 크기는 22.5×32.5㎝이다. 〈숙영낭자전〉이 77면에, 이어서 가사 작품 8편이 60면에 걸쳐 모필로 필사되어 있다. 책명은 표지가 망실되어 알 수 없다. 서책의 겉면에는 한글 편지로 여겨지는 글씨가 적혀 있고, 이면부터 '슉영낭ᄌ젼'이라는 제목과 함께 소설이 시작하고 있다. 〈숙영낭자전〉의 필체와 글씨 크기는 부분적으로 조금씩 달라진다. 반면에 가사 작품은 처음부터 끝까지 일정한 필체이고 글씨 크기도 고르다. 〈슉영낭ᄌ젼〉은 각 면이 11행의 세로쓰기로, 가사 작품은 내구와 외구를 짝하는 편언대우법으로 한 면이 6쌍의 3단 세로쓰기로 배열되고 있다

주지하다시피, 〈숙영낭자전〉은 남주인공 백선군과 여주인공 숙영의 사랑을 담은 작자 미상의 애정소설이다. 예전에는 비현실적인 소설 내용으로 낮은 평가를 받기도 하였다. 근래에는 효도로 비롯되는 강제화된 유교적 가치관에 반대하고 애정 추구라는 인간의 본능적 욕구를 긍정적으로 서술한 소설 작품으로 평가를 받고 있다.[6] 현재 뿌리깊은나무박물관에는 〈쉬경낭자전〉, 〈슈경옥낭ᄌ젼〉, 〈슉영낭ᄌ젼〉, 〈슈경전〉, 〈슈경낭자젼〉, 〈낭ᄌ젼〉이라는 제목의 〈숙영낭자전〉 6종이 소장되어 있다. 이 중에서 〈슉영낭ᄌ젼〉에만 가사 작품 8편이 부기되어 있다.

〈슉영낭ᄌ젼〉에 부기된 가사 작품 8편은 모두 '아래아', 'ㅺ', 'ㅼ', 'ㅽ' 등의 복자음과 복모음이 혼용되고 있다. 주격조사인 '가'나 소유격 조사인 '의'의 표기도 자리를 잡고 있다. 어휘도 생소하지 않고 낯설지 않은 편이다. 규방가사인 〈사낭자석별가〉나 〈동상연분가〉에서는 화자의 구술을 그대로 받아적었을 정도로 곳곳에 영남 방언이 반영되어 있다.

---

6) 김일렬, 「비극적 결말본 〈숙영낭자전〉의 성격과 가치」, 『어문학』 66권, 한국어문학회, 1999, 151~171면.

한창기본 〈슉영낭ᄌᆞ젼〉과 가사 작품은 필체가 서로 다르다. 〈슉영낭ᄌᆞ젼〉이 먼저 기록되었고 가사 작품이 나중에 필사된 것으로 보인다. 이들 고소설과 가사 작품은 표기법을 살펴볼 때, 개화기로부터 애국계몽기로 이어지는 시기에 필사된 것으로 짐작된다.

3. 한창기본 〈슉영낭ᄌᆞ젼〉 소재 가사 작품 8편

3.1. 〈규영헌가(奎影軒歌)〉

〈규영헌가〉는 송축가사의 일종이다. 〈규영헌가〉라는 노래명이 한창기본에 처음 보이는 것은 아니다. 담양에 있는 한국가사문학관이 소장하고 있는 『화조가』라는 자료집에 〈규영헌가〉의 가요명과 '어와 거룩할 ᄉᆞ 우리조션 거룩할ᄉᆞ'라는 작품 한 구절만 기록되어 있다. 그런데 이번에 한창기 소장본에 〈규영헌가〉의 가사 전문이 수록되어 있었다. 따라서 한창기본 〈슉영낭ᄌᆞ젼〉에 부기된 〈규영헌가〉는 새로운 발굴 작품으로 봐야한다.

〈규영헌가〉는 2음보 1구로 계산하여 222구의 중형가사이다. 내용을 살펴보면 〈규영헌가〉는 경북 영주시 안정면 용산리에 '규영헌(奎影軒)'이라는 집을 지으면서 송축한 작품으로 추정된다. '규영헌(奎影軒)'이 당호라는 것은 작품의 202구에서 208구에 이르는 부분에서 확인된다.[7] 작품의 56구에서 64구를 보면 규영헌을 지은 곳은 영주(옛 홍주)의 광천이라는 것을 알 수 있다.[8] 더 나아가 96구에서 122구를 보면,[9] 옛 홍주

---

7) 〈규영헌가〉, "이집ᄋᆡ 단 현판언 규영헌 이름ᄒᆞ나/규영언 이인말고 규산이 빈취였다/찬~ᄒᆞᆫ 져규성이 하날우ᄋᆡ 빗쳐도야/들보우의 빈취난닷 창틈으로 빈취난닷"

8) 〈규영헌가〉, "이러ᄒᆞᆫ 조흔 ᄯᅵ에 우리도 지어보식/글자ᄒᆞ든 도중셔도 광쳔이예 사라써던/ᄒᆞ물며 우리 마은 초명이 광쳔이라/광쳔은 어느짜고 홍주고을 소속이라/빅두산 너룽으로 ᄐᆡ빅산 되야잇고."

의 광천(현, 경북 영주시 안정면 일대)에 있는 산이름이나 사물 이름들이 등장하고 있다. 여기에서 '요(용)암산', '주마산', '도술바위', '낙안봉' 등의 이름은 오늘날에도 확인되는 이름이다.

〈규영헌가〉에서는 유생들이 공부하는 '규영헌'이라는 학사(學舍)를 짓는 과정을 흥미롭고 실감나게 서술하고 있다. 한편, 〈규영헌가〉는 부분적으로 이미 다른 가사 작품의 어구와 겹치거나 중복되는 내용이 등장하는 것을 알 수 있다. 예로써 〈규영헌가〉에 나오는 단군의 출몰이나 기자의 백마 동출이나 팔조법금, 삼한세계와 고려의 불교 숭상은 기존의 〈역대가〉류 가사 작품과 중복되는 화소이다. 영주 광천의 산세나 지세가 좋아서 인물들이 많이 나올 것이라는 대목은 기존의 풍수가사에서 나타나는 표현 방식이다. 〈규영헌가〉는 기존의 가사 양식에 있는 어구나 표현 방식을 가져다 쓰거나 변형시키는 상호텍스트성이 엿보인다.

3.2. 〈사낭자석별가(四娘子惜別歌)〉

〈사낭자석별가〉는 신변탄식류 규방가사의 일종이다.[10] 지금까지 〈사낭자석별가〉는 필사본 2종이 전한다. 한국가사문학관에 박순호본 〈사낭자석별가〉와 권영철본 〈서낭자석별가(徐娘子惜別歌)〉이 있다. 그

---

9) 〈규영헌가〉, "일홈조타 요암산은 구름어더 날상이오/그 아ᄅᆡ 구름ᄌᆡ난 용을 조차 이러난다/다라난다 주마산은 홍진으로 달라난다/덧다바라 ᄆᆡ봉ᄌᆡ난 운소의 쓰절두고/제밋태 도술바위 쌍교갓치 쑴미녹고/ᄀᆡ이코 이상ᄒᆞ다 ᄂᆡ다보니 져봉두리/뒤서난 독서당 뒤서난 장원봉/ᄒᆞᆫ편은 괘방니오 ᄒᆞᆫ편은 ᄊᆞᆼ적ᄂᆡ라/엇지본이 뭇그치오 엇지본이 일산ᄃᆡ라/그엽헤 낙안봉은 비취난닷 ᄂᆡ미난닷/어여부다 아미산은 우난단 찡ᄀᆡ난당/삼천분ᄃᆡ 옥여봉은 주~리 버러서고/오ᄇᆡᆨ부쳐 나안봉은 첩~이 안자난다"

10) 권영철은 규방가사의 유형을 잠정적으로 21항을 설정하였다. ①계녀교훈류, ②신변탄식류, ③사친연모류, ④상사소회류, ⑤풍류소영류, ⑥가문세덕류, ⑦송축송도류, ⑧제전애도류, ⑨승지찬미류, ⑩보은사덕류, ⑪의인우화류, ⑫노정기행류, ⑬신앙권선류, ⑭월령계절류, ⑮노동서사류, ⑯언어유희류, ⑰소설내간류, ⑱개화계몽류, ⑲번안영사류, ⑳남요완상류, ㉑기타 등이다. (권영철, 『규방가사 I』, 한국정신문화연구원, 1979, 647면)

러다가 이번에 한창기본이 새로 나왔으니 〈사낭자석별가〉는 이제 3종의 필사본이 존재하는 셈이다. 권영철본과 한창기본은 표기를 제외하고 별다른 차이가 없다. 박순호본은 작품의 첫 9구만 필사되어 있어서 내용을 확인할 수 없다. 결국 〈사낭자석별가〉의 온전한 필사본은 권영철본과 한창기본이다.

가사 제목을 살펴보면, 권영철본은 〈서낭자석별가(徐娘子惜別歌)〉이다. 권영철본에서 그렇게 붙인 것은 필사된 제목이 '서'로도 읽히고 '사'로도 읽히기 때문이다. 결국 서씨라는 여성의 성을 따서 〈서낭자석별가〉로 정리고 있다. 그렇지만 작품의 어디에도 서씨(徐氏)라는 언급은 없다.

반면에 박순호본과 한창기본에서는 〈사낭자석별가〉로 적고 있다. 그렇게 제목을 붙인 경위는 알 수 없다. 그렇지만 내용을 살펴보면 왜 그렇게 붙였는지 추정할 수 있다. 주지하다시피, 조선후기 여성들은 결혼하면 출가외인으로 친정 식구나 친구들을 마음대로 만나지 못하는 처지였다. 그래서 규방가사를 보면 작자인 여성들은 그러한 자신들의 신세를 한탄하는 내용을 많이 읊었다. 〈사낭자석별가〉에서도 화자는 출가하였다가 오랜만에 친정에 와서 옛 친구들을 만나 여자의 신세 한탄과 함께 다시 만날 날을 기약하고 있다.

이 노래에서 화자의 고백을 들어주는 객체는 어려서 함께 성장하여 출가한 '제천댁', '노림댁', '파곡댁', '청뜰 형님'이라는 네 명의 여성이다. 화자는 오랜만에 친가에 와서 이들을 만나 처지를 하소연하다가 시댁으로 돌아오라는 연락을 받고 아쉬운 이별을 고한다. 가요명을 〈사낭자석별가〉라고 한 것은 작중 화자가 이들 네 명의 아녀자와 석별하는 내용을 담고 있기 때문이다. 따라서 이들 노래는 〈서낭자석별가(徐娘子惜別歌)〉가 아니라, 〈사낭자석별가(四娘子惜別歌)〉로 부르는 것이 옳다.

한편, 〈사낭자석별가〉는 자료 수집과 공간 해체의 측면에서 이들 작품의 생성 공간을 알 수 있다. 한창기본 〈사낭자석별가〉가 함께 수록되어 있는 〈규영헌가〉, 박순호본 〈사낭자석별가〉에 함께 수록되어 있는 〈규영헌가〉나 〈용암산화전〉의 작품 공간을 살펴볼 필요가 있다. 박순호가 소장했던 〈사낭자석별가〉는 자료집에 〈화조가〉·〈시골여승의 서른 슈경봄가다〉·〈규영헌가〉·〈권효가〉·〈용암산화전〉·〈우미인가〉·〈경계가〉와 필사되어 있다. 여기에서 〈규영헌가〉와 〈용암산화전〉을 살펴보면 이들 작품의 생성 공간이 경북 영주지방에서 제작되어 수집과 공간 이동의 과정을 거친 것으로 보인다. 이들 작품에 등장하는 인물들의 활동 공간은 모두 경북 영주 지방이었기 때문이다. 한창기본 〈슉영낭즈젼〉과 박순호본 〈사낭자석별가〉가 수록된 가사 집도 본래는 경북 영주 지방에서 창작되었거나 전해지던 가사로 여겨진다.

3.3. 〈사모가(思母歌)〉

한창기본 〈사모가〉는 사친연모류(思親戀慕類) 규방가사의 일종이다. 조선후기의 가부장적인 사회에서 여성은 결혼하면 출가외인으로 친정 나들이도 쉽지 않았다. 그래서 규방가사에는 여필종부의 사회 문화를 한탄하면서 친정 부모님과 형제들을 그리워하는 가사 작품들이 많다. 〈사친가〉와 〈사친곡〉, 〈사모가〉와 〈사모곡〉도 그런 부류이다.

〈사모가〉과 〈사모곡〉은 친정 모친을 그리워하는 가사 작품인데, 내용상 크게 두 가지로 구분할 수 있다. 하나는 구정길본 〈ᄉᆞ모가〉나 이현조본 〈ᄉᆞ모가라〉에서처럼 출가하여 연로한 친정 부모님을 그리워하는 것이고, 다른 하나는 김경욱본 〈사모가〉나 한창기본 〈사모가〉에서처럼 돌아가신 모친을 그리워하는 것이다.

김경욱본은 2음보 1구로 200구의 중형가사이고, 한창기본은 2음보 1구로 618구의 장형가사이다. 김경욱본은 열 살이 되기 전에 삼남매를 두고 돌아가신 어머니를 그리워하는 노래이다. 작품에서 화자는 의탁할 곳도 없이 어렵게 성장하며 고단했던 지난 시절을 되돌아보면서 비통한 내면을 절절이 토로하고 있다. 반면에 한창기본은 두 살에 부친을 여의고 편모슬하에서 자란 무남양녀의 막내딸이 화자가 되어 돌아가신 어머니를 그리워하는 작품이다.

한창기본을 비롯한 이들 작품들은 주제는 같지만 내용 전개가 다르다. 한창기본 〈사모가〉는 사친연모류 규방가사에 해당하지만 내용을 살펴보면 이전에 없던 새로운 작품이다. 분량상으로도 618구로써 〈사친가〉류 중에서 가장 길다. 2음보 1구로 계산하면 이현조본이 96구, 구정길본이 142구, 김경욱본이 204구인 것과 비교하면 차이가 난다.

한창기본 〈사모가〉는 장형가사라는 것 이외에도 내용상으로 주목되는 점이 있다. 이현조본이나 김경욱본에서는 출가한 화자가 어머니를 그리워하는 서정적인 내용으로 일관하고 있다. 반면에 한창기본은 집안 내력과 병석에 든 어머니의 별세, 조부모님의 양육과 어머니에 대한 추억, 외조부의 별세 등과 같은 서사적 진술이 많은 분량을 차지한다. 그러면서도 화자는 돌아가신 어머니를 꿈속에서 조우하여 아녀자로서 갖추어야 할 미덕과 함께 행실의 일깨움을 받기도 한다. 구체적으로 사구고(事舅姑 : 시부모를 섬김), 사군자(事君子 : 남편을 섬김), 목친척(睦親戚 : 친척들과 화목하게 지냄), 봉제사(奉祭祀 : 제사를 받들어 모심), 접빈객(接賓客 : 손님을 맞아 접대함), 태교, 육아, 어노비(御奴婢 : 종 거느리기), 치산(治産), 출입(出入), 항심(恒心)의 내용을 담고 있다. 이 대목에 이르러서는 교술적 성격이 강화된다.

따라서 한창기본 〈사모가〉는 어머니를 그리워하는 서정가사로의 면모, 사건을 서술하는 서사가사, 유교적 윤리 규범을 내세우는 교술가사로서의 특징을 함께 지니고 있다. 한편, 이 가사의 창작 발생지는 경북 안동의 하회강이 흐르는 풍산지역이다.

3.4. 〈계미사(誡妹詞)〉

〈계미사(誡妹詞)〉는 〈계녀가〉와 함께 계녀교훈류 규방가사에 속한다. 〈계녀가〉는 사대부가의 부녀자들이 출가를 앞둔 딸에게 시집살이에 도움이 될 만한 규범적인 내용을 자신의 시집살이와 결부시켜 노래한 것이다. 이들 가사는 〈계녀가〉를 비롯한 여러 이름으로 창작되었고 변형도 많았다. 다만, 그것의 전형적 패턴을 지니고 있는 것은 대부분 〈계녀가〉로 되어 있어서 일반적으로 계녀가로 명명하고, 광의적인 견지에서 계녀가계로 부른다.[11] 〈계미사〉도 〈계녀가〉와 마찬가지로 출가를 앞둔 누이에게 시집살이에 도움이 될 만한 규범적인 내용을 담고 있다.

〈계녀가〉는 많은데 〈계매ᄉᆞ〉는 한창기본 말고는 권영철본 〈계매가〉가 있을 뿐이다. 권영철본 〈계매가〉는 여러 종매(從妹)들에게 집안의 아녀자로서 갖추어야 할 미덕과 행실을 일깨우는 내용이다. 구체적으로 사구고(事舅姑 : 시부모를 섬김), 사군자(事君子 : 남편을 섬김), 목친척(睦親戚 : 친척들과 화목하게 지냄), 봉제사(奉祭祀 : 제사를 받들어 모심), 접빈객(接賓客 : 손님을 맞아 접대함), 태교, 육아, 어노비(御奴婢 : 종 거느리기), 치산(治産), 출입(出入), 항심(恒心)의 내용을 담고 있다.

한창기본 〈계미사〉는 부모를 일찍 여읜 4남매가 6촌에 의탁하여 어렵게 자랐는데 작중 화자가 누이의 출가를 앞두고 시집살이에 도움이 되는 윤리 규범을 일깨우는 내용이다. 부부가 오륜의 으뜸이라는 덕목을 강조하며 시부모를 섬기고 남편을 공경하며 형제 친척들과 화목하게 지내라는 등의 내용을 언설하고 있다. 노비를 자식처럼 대하고 제사를 중히 여기고 재물을 아끼라고 전언한다. 〈계매가〉에 나오는 규범적인 내용이 표현의 차이가 있지만 〈계미사〉에 그대로 용해되어 있다. 그리고 〈계녀가〉의 표현 방식이 무미건조하고 딱딱하다면, 〈계미사〉는 유연

11) 권영철, 『규방가사연구』, 이우출판사, 1980, 169면.

하고 자연스럽다. 문학적 형상화에서도 〈계미사〉가 〈계매가〉보다 뛰어나다.

권영철본 〈계매가〉와 한창기본 〈계미사〉는 둘 다 계녀교훈류 규방가사이다. 이들 작품은 계녀가류의 변형 작품으로 규정할 수 있다. 권영철본 〈계매가〉와 한창기본 〈계미사〉는 이본 관계가 아니며 창작자도 다르다.

3.5. 〈동상연분가(同床緣分歌)〉

〈동상연분가〉는 상사소회류(相思所懷類) 가사 작품이다. 작중 화자는 남성으로 설정되어 임을 그리워하는 내용이다.

그동안 〈동상연분가〉는 경상북도 봉화군 봉화면 서곡리의 청암정에서 제공한 1종이 있었다. 그런데 이번에 〈슉영낭ᄌᆞ젼〉에 부기된 한창기본 〈동상연분가〉가 확인되면서 이제 2종이 존재하는 셈이다. 청암정본은 216구로 이뤄져 있고 이번에 새로 나온 한창기본은 284구이다. 한창기본이 청암정본보다 68구가 많다.[12] 둘 다 한글로 가요명이 기사되어 있다. 그런데 가사 작품의 '폭반요의 두리누니/ 반이나 젼혀비고/ᄒᆞᆫ벼기을 두리빈이/ ᄒᆞᆫ구역이 다남난닷/이러ᄒᆞᆫ 조흔인싱/ 남ᄃᆡ도 ᄯᅩ잇난가' 라는 어구에서 〈동상연분가〉는 〈同床緣分歌〉를 뜻한다는 것을 알 수 있다.

청암정본에서는 양반 자제로 보이는 남성 화자가 이웃 마을의 조신한 처녀를 좋아하여 사모하다가 중매를 통해 구혼하여 처가에서 혼인식을 올리고 장인장모의 사랑을 받는다. 그리고 신랑으로 보이는 화자는 십팔 세에 과거에 합격하여 삼일유과를 하고 뭇사람들의 선망을 받는 내

---

12) 한창기본은 기존에 알려진 청암정본이 끝나는 곳에서 60구가 더 이어지고 있다. 뿐만 아니라, 한창기본은 청암정본에 없는 "철석산인 이ᄂᆡ 간ᄌᆞᆼ 잠시에 다녹안다. 청신으로 부을 쓰고 문결살을 당게걸고, 산수병풍 그늘안의 두로~~살피보니, 철업난 처남사촌 상직은 무삼일고"라는 어구가 더 있다.

용이다. 여기에서는 양반 자제로 보이는 남성 화자가 좋아하는 처녀와 결혼하고 과거에 급제하는 것처럼 보인다. 이어서 화자가 깊은 밤에 임이 살고 있는 마을로 내려오면서 동네 개들이 짖고 있는 것으로 끝난다.

반면에 한창기본에서는 그것에 이어 화자가 마을로 내려와 처자집 담을 넘으려다 집식구들이 모두 잠에서 깨어나고 마침내 웃음거리가 된다는 내용이다. 마지막 부분에 이르러 화자는 마음을 고쳐먹고 과거 공부에 열중하려 하지만 글자마다 임의 얼굴만 보인다고 푸념을 늘어놓는다. 그리고 그는 기필코 장원 급제하여 임과 함께 하겠다고 다짐하고 있다. 한창기본을 읽다보면 앞서 청암정본에서 과거에 급제하여 뭇사람의 선망을 받는다는 내용은 사실이 아니라 하나의 상상일 뿐이라는 것을 알 수 있다.

이들을 비교해보면, 처자가 그리워 이웃 마을로 내려오는 대목에서 끝나는 청암정본보다 처자를 그리워하면서 장원 급제를 다짐하는 것이 더욱 자연스럽다. 한 마디로 작품의 완결성을 갖추지 못한 청암정본보다 한창기본이 완성본에 보다 가깝다는 것을 알 수 있다.

3.6. 〈직여사(織女詞)〉

〈직여사(織女詞)〉는 〈직녀가(織女歌)〉와 함께 상사소회류에 가까운 규방가사이다. 지금까지 〈직녀가〉는 대표적으로 임익수본[13]과 권영철본[14]을 꼽을 수 있다. 임익수본 〈직녀가〉는 여자로 태어나서 고달프게 사는 여성의 삶을 견우와 직녀의 이야기를 통해 탄식하는 내용이다. 반면에 권영철본 〈직녀가〉는 견우를 이별한 직녀가 길쌈을 하면서 견우를 그리워하며 해후할 날을 기다리는 내용이다.

---

13) 이화여대 한국어문학연구회 편, 위의 책.
14) 권영철, 『규방가사 - 신변탄식류』, 효성여대 출판부, 1985.

임익수본 〈직녀가〉는 서로 사랑하면서도 일 년에 한 번밖에 만나지 못하는 견우와 직녀의 애달픈 사랑을 제재로 화자 자신의 애달픈 삶을 형상화하고 있다. 반면에 권영철본 〈직녀가〉에서는 항아와 직녀의 긴 대화로 이어지는데 이 과정에서 〈베틀가〉가 뒤섞여 들어가고 있다. 〈직녀가〉는 임익수본이 권영철본에 비해 길이가 짧지만 작품의 완성도는 상대적으로 높다.

이번에 공개하는 한창기본 〈직여사〉는 권영철본과 작품명만 다르지, 동일한 작품이다. 다만, 권영철본은 2음보 1구로 계산하여 240구의 길이이다. 그런데 한창기본은 604구의 작품이다. 한창기본은 권영철본과 240구까지 표기법 말고는 차이가 없다. 한창기본은 권영철본에 364구가 더 있는 셈이다. 이것은 한창기본이 권영철본에 더해진 것이 아니라, 권영철본이 제대로 필사되지 못한 것이다. 한창기본은 권영철본에 비해 완본에 가깝다. 필사 시기는 서로 비슷한 시기에 필사된 것으로 보인다.

3.7. 〈셰황가(歲況歌)〉

〈셰황가〉는 설을 맞이하여 자신의 회포를 술회하면서 다짐하는 가사 작품이다. 따라서 〈셰황가〉는 '歲況歌'를 한글로 적은 것이다. 〈셰황가〉는 전체 76구로 이뤄졌고 지금까지 알려지지 않았던 새로운 가사 작품이다. 창작 연대는 신미년인데 표기법이나 내용을 유추해보면 1811년이나 1871년 중에서 후자로 추정된다. 화자의 이름은 형제가 다섯인 '언던'이라는 남성이다. 성씨는 전주이씨이다. 따라서 작자 이름은 '이언던'이다.

화자는 한 해 중에서 설날이 으뜸이고 좋은 날이지만 근심과 즐거움이 반반이라고 푸념한다. 왜냐하면 하늘이 불공평하여 재능을 골고루 주지 않아서 자신은 아직 벼슬이 없기 때문이란다. 그렇지만 그 자신은 일찍 일어나서 설날을 맞이한다. 모든 일가친척들이 모여서 차례를 지내고 형님은 앞에 서고 아우가 뒤따르며 세배를 다닌다. 세배를 마치고서 생각하는 것은 오로지 공부뿐이다. 자신은 뼈대 있는 집안의 후손으로서 머잖아 집안이 흥성할 것임을 의심치 않는다. 화자는 언젠가 장원급제하여 부모님 앞에 떳떳하게 인사를 올리는 것이 소망이다. 〈세황가〉는 설날을 맞이하는 사람들의 심리와 포부, 그리고 설날에 일어나는 일들을 흥미롭게 담고 있는 가사 작품이다.

3.8. 〈바늘가〉

길쌈과 바느질은 조선시대 여성들이 반드시 갖추어야 할 주요 덕목 중의 하나였다. 삼이나 모시, 목화나 누에로 피륙을 짜는 길쌈이나 그것으로 바느질을 하여 의복을 만드는 것은 모두 여성들의 몫이었다. 길쌈이나 바느질과 관련된 내용이 여성들의 문학 작품에 많이 등장하는 것도 그런 까닭이다. 부러진 바늘을 애도하여 지은 조선 순조 때의 유씨부인이 지은 〈조침문(弔針文)〉이나 바느질할 때 사용하는 도구를 소재로 세태를 풍자한 작자 미상의 〈규중칠우쟁론기(閨中七友爭論記)〉가 그것의 대표적인 사례이다. 여성들이 지은 가사 작품도 예외가 아니어서 길쌈하기와 관련된 〈직녀가〉나 바느질을 노래한 〈바늘가〉가 있다. 근대시기에 이르러서도 진솔하고 담백한 표현으로 여성의 바늘에 대한 섬세한 감각을 노래한 민요 〈바늘노래〉가 있다.[15)]

규방가사에서 길쌈하는 것과 관련된 작품은 〈직녀가〉라는 이름의 여러 필사본이 전한다. 반면에 바느질과 관련된 가사 작품은 예상과 달리, 현재 전하는 것이 거의 없다. 한국가사문학관이나 역대가사문학전집에도 보이지 않는다. 다만, 1980년대에 채집된 자료집에 〈바늘노래〉라는 이름의 가사가 보인다.[16)] 이들의 내용은 달라서 각각의 독자적인 가사 작품이

---

15) 임동권, 『한국민요집Ⅰ』, 집문당, 2011, 155~157면.

다. 따라서 바늘과 관련된 가사 작품은 모두 2종으로 한창기본 〈바늘가〉와 이대준본 〈바늘노래〉이 존재하는 셈이다. 그런 점에서 이 번에 공개하는 한창기본 〈바늘가〉는 일단 자료적 가치가 있다.

그런데, 이대준본 〈바늘노래〉가 모두 74구로 완결된 가사 작품인데 비해서, 한창기본 〈바늘가〉는 작품의 일부인 28구만 필사되어 있다. 후자는 한창기본 〈슉영낭ᄌ젼〉의 마지막 부분에 필사되어 있고 더 이상 적을 여백이 없어서 작품의 일부만 필사되어 있다. 〈바늘노래〉는 바늘을 의인화하여 그것의 군자적 성품을 드러내고 있다. 한창기본 〈바늘가〉도 마찬가지로 같은 의인체 가사 작품이지만 이대준본과 달리, 그것의 생성 과정에 초점을 맞추고 바늘 종류에 따른 바느질을 언급하고 있다.

4. 맺음말-자료적 가치와 함께

지금까지 전남 순천의 뿌리깊은나무 박물관에서 소장하고 있는 고소설 〈슉영낭ᄌ젼〉에 부기된 8편의 가사 작품에 대해서 살펴보았다. 가사 8편은 〈규영헌가〉·〈사낭자석별가〉·〈사모가〉·〈계미사〉·〈동상연분가〉·〈직여사〉·〈셰황가〉·〈바늘가〉이다. 이 중에서 〈규영헌가〉·〈사모가〉·〈계미사〉·〈셰황가〉·〈바늘가〉는 학계에 보고된 적이 없는 새로운 작품이다.

〈규영헌가〉는 한국가사문학관에 가사 제목과 첫 구절만 전하고 이번에 나온 한창기본을 통해 전모를 확인할 수 있었던 새로운 작품이다. 〈사모가〉는 사친연모류 규방가사의 일종이고 〈계미사〉는 계녀교훈류 규방가사의 일종으로 이들과 유사한 이름의 작품들이 많다. 하지만 한

---

16) 이대균 편, 『낭송가사집』, 안동문화원, 1986, 268~270면.

창기본은 기존 작품의 내용과 전혀 다른 새로운 작품이다. 〈셰황가〉와 〈바늘가〉은 예전에 전혀 알려지지 않았던 새로운 작품이다. 다만, 〈바늘가〉는 새로운 작품이지만 작품 일부만 기록되어 있다.

나머지 〈사낭자석별가〉·〈동상연분가〉·〈직여사〉는 이미 학계에 알려진 것으로 새로운 작품이 아니었다. 그렇지만 기존의 〈동상연분가〉와 〈직여사〉에는 누락 부분이 있다. 이번 검토를 통해 뿌리깊은나무 박물관에서 소장하고 있는 한창기본이 원전에 가깝다는 것을 확인할 수 있었다.

문헌 자료에 대한 수집과 해체의 측면에서 이들 가사 작품의 생성 공간을 확인할 수 있었다. 이들 작품들은 경북 내륙 지방에서 창작되어 수집과 공간 이동의 과정을 거친 것으로 보인다. 〈규영헌가〉와 〈사낭자석별가〉는 경북 영주에서, 〈사모가〉는 경북 안동 지역에서 작품이 생성되었다. 이 점은 박순호가 소장했던 〈사낭자석별가〉와 〈규영헌가〉, 그리고 〈용암산화전〉을 통해 그대로 확인된다.

한 마디로, 이들 한창기본 〈슉영낭ᄌᆞ젼〉 소재 작품 8편의 자료적 가치는 높다. 여기에는 지금까지 전혀 알려지지 않았던 가사 작품이 5편이나 있었고, 이미 알려진 작품도 완성도가 높아서 기존의 작품을 대체할 수 있기 때문이다.

|| 구사회(선문대학교)

한창기본 〈주씨청행록〉과 〈도앵행〉의 관련 양상 및 구성적 특징

1. 서론

〈주씨청행록〉은 아직까지 학계에 논문으로 보고된 적이 없는 작품이다. 〈주씨청행록〉의 이본은 단국대학교 율곡기념도서관 소장본[단국대본]과 박순호 소장본[박순호본]만 알려져 있었는데, 순천시립 뿌리깊은나무박물관에도 〈주씨청행록〉이 소장되어 있다. 본고는 뿌리깊은나무박물관 소장본, 곧 한창기본[1]을 비롯한 〈주씨청행록〉 이본을 소개하고 그 구성적 특징을 밝히기 위해 작성된 글이다.

필자가 〈주씨청행록〉의 내용을 확인한 결과, 〈주씨청행록〉은 〈도앵행〉의 이본이었다. 그간 〈도앵행〉은 이수봉의 논의[2]를 시작으로 몇 편의 논문이 발표되었다. 이승복은 〈도앵행〉과 〈옥환기봉〉의 관련 양상을 주로 다루었고,[3] 한길연은 〈도앵행〉에 나오는 '재치 있는 시비군'에 대해 논하였으며,[4] 최윤희는 〈도앵행〉의 이본을 검토하고 갈등 양상 및

---

1) 뿌리깊은나무박물관 소장본 〈주씨청행록〉은 故 한창기 선생이 소장하고 있던 자료이므로, 본고에서는 이를 '한창기본'이라 부르기로 한다.

2) 이수봉, 「도앵행전 연구」(『개신어문연구』 11, 개신어문연구회, 1994).

3) 이승복, 「인물 형상을 통해 본 도앵행의 의미」(『국어교육』 107, 한국어교육학회, 2002).

구성 방식을 살폈다.[5] 또 박은정은 〈옥환기봉〉 연작을 연구하면서 〈도앵행〉을 다루었다.[6] 이처럼 〈도앵행〉은 연구 성과가 그리 많지 않은데, 〈주씨청행록〉은 그간의 〈도앵행〉 연구에서 언급된 적이 없다. 이에 본고에서는 〈주씨청행록〉 이본을 소개하고, 〈주씨청행록〉과 〈도앵행〉의 관련 양상을 살펴본 뒤, 작품의 구성적 특징과 그 의미에 대해 논하고자 한다.[7]

2. 〈주씨청행록〉의 이본

한창기본 〈주씨청행록〉은 2권 2책의 국문필사본이며, 낙장이 없는 완질이다. 表題는 '朱氏淸行錄 一'과 '朱氏淸行錄 二'이고, 內題는 '쥬시쳥힝녹 권디일'과 '쥬시쳥힝녹 권지이'이다. '주씨'는 『後漢書』 逸民列傳에 나오는 '周黨'을 가리키므로, 표제의 '朱氏'는 잘못된 표기이다. 한창기본 제1권은 86면[43장]이고, 매 면 11행에 행당 글자 수는 일정하

---

4) 한길연, 「도앵행의 재치있는 시비군 연구」(『한국고전여성문학연구』 13, 한국고전여성문학회, 2006).

5) 최윤희, 「도앵행의 문헌학적 연구」(『우리어문연구』 29, 우리어문학회, 2007); 최윤희, 「도앵행의 갈등 양상과 그 구성 방식」(『어문논집』 56, 민족어문학회, 2007).

6) 박은정, 「도앵행 연구-옥환기봉 연작과 관련하여」(『동아인문학』 13, 동아인문학회, 2008); 박은정, 「옥환기봉 연작 연구」(영남대학교 박사논문, 2008).

7) 본고에서 〈주씨청행록〉은 한창기본을, 〈도앵행〉은 연세대본을 대본으로 한다. 연세대본 〈도앵행〉은 최윤희, 「도앵행의 문헌학적 연구」(『우리어문연구』 29, 우리어문학회, 2007)에서 '연세대A본'이라 일컬었던 이본인데, 이에 따르면 〈도앵행〉 이본 가운데 善本이다. 한편 박은정, 「옥환기봉 연작 연구」(영남대학교 박사논문, 2008), 26~31면에서는 연세대A본·규장각본·천리대본은 큰 차이가 없다고도 하였다. 이하 자료 인용 시에는 작품명·권수·쪽수만을 표시한다. 여기서 쪽수는 '권'의 쪽수가 아니라 '책'의 쪽수이며, 그것은 각 책에서 작품이 시작되는 면을 1면으로 하여 계산한 것이다. 한편 논의 전개상 원문의 誤字를 밝힐 필요가 있을 경우에는 오자 뒤에 '[오자→정자]'를 표시하기로 한다.

지 않은데, 대개 25~30자 정도이다. 제2권은 108면[54장]이고, 매 면 11행에 행당 글자 수는 역시 일정하지 않지만, 장당 평균 글자 수는 제1권에 비해 조금 많은 것으로 보인다. 두 책은 字形이 확연히 구분되지만, 책의 크기와 형태는 동일하다. 제2권 마지막에는 "경ᄌ 지월 초육일 궁평 필셔"라는 필사기가 있는데, 경자년은 1900년 이전이기 어렵다고 생각한다. 한창기본은 책의 보존 상태가 매우 좋고 여러 사람의 손을 거친 흔적을 발견하기 어려우며 字體도 국문필사본 고전소설로서는 괜찮은 편이지만, 誤脫字가 너무 많아 이본을 참조하지 않으면 독해가 불가능할 정도이다. 필사자가 소설의 내용을 이해하면서 필사했다고 보기 어렵다.

단국대본과 박순호본은 모두 낙질본이다. 단국대본은 2권 1책에 106면[53장]인데, 한창기본의 제2권 15쪽까지에 해당하는 내용인 권1・2만 있다. 또 박순호본은 2권 1책에 150면[75장]이고 권3・4만 남아 있는데, 주목할 것은 박순호본의 제3권 시작 부분이 단국대본 제2권의 마지막 부분과 정확히 연결된다는 점이다. 다음은 한창기본의 제2권 15면, 단국대본의 제2권의 마지막 부분, 박순호본의 제3권 앞부분이다.

> 너ᄂᆞᆫ 말ᄒᆞ게 구러 장난의 ᄯᅳᆺ을 누셜ᄒᆞ여 ᄃᆡᄉᆞ을 픽루케 말나 ᄒᆞ더라 어시의 가시 ᄒᆞᆫ 죠각 영ᄒᆞᆫ 마음이 장난이라 ᄒᆞᄂᆞ 니 필연 난이 쥴 씨ᄃᆞ라 크게 깃거 식문을 열녀 ᄒᆞ니(한창기본 〈주씨청행록〉2, 15쪽)

> 너는 말ᄒᆞ게 구러 쟝낭의 ᄯᅳᆺ을 누셜ᄒᆞ야 대ᄉᆞ롤 패류케 말나 ᄒᆞ더라(단국대본 〈주씨청행록〉2, 104쪽)

> 셜표 어시에 가시 ᄒᆞᆫ 조각 녕ᄒᆞᆫ ᄆᆞ음이 쟝낭이라 ᄒᆞᄂᆞ 니 필연 난인 쥴 씨ᄃᆞ라 크게 깃거 식문을 열녀 ᄒᆞ니(박순호본 〈주씨청행록〉3, 1쪽)

이처럼 단국대본과 박순호본은 내용상 정확하게 연결된다. 그런데 단국대본은 매면 행자수가 일정치 않지만 매면 평균 17행에 행당 평균 자수는 20자가 조금 못 되고, 박순호본 역시 면당 행자수는 일정하지 않으나 매면 평균 14행에 행당 평균 자수는 15자 정도이다. 또 두 이본은 책의 형태가 완전히 다르고, 필체도 차이가 난다.[8] 하지만 단국대본과 박순호본은 동일인에 의해 필사되었을 가능성이 높다.

첫째, 두 이본에 동일한 형태의 장수 표시가 나타난다는 점이다. 단국대본에는 제1권의 끝에 '이십오장'이라는 표시가 있다.[9] 단국대본 제1권의 뒤에는 〈홍화찬〉과 〈빙전 경계하는 글〉이 붙어 있는데 그 말미에 'ᄉ쟝반'[10]이라는 표시가 있으며, 제2권의 마지막 부분에도 '이십숨쟝'이라는 장수 표시가 있다.[11] 그런데 박순호본 제3권의 말미에도 'ᄉ십일쟝'[12]이라는 표시가 있는바, 이것들은 모두 동일한 형태[2행]의 잔글씨로 쓰였다.

둘째, 단국대본과 박순호본의 필사기를 통해 두 이본 모두 동일인이 필사했다는 사실이 확인된다는 점이다. 다음은 단국대본 제1권, 단국대본 제1권 뒤에 붙어 있는 〈빙전 경계하는 글〉, 단국대본 제2권, 박순호본 제3권의 뒤에 각각 붙어 있는 필사기들이다.

셰지 임진 지월 초슌의 강화 덕곡 민쇼져는 남창 하의셔 시셔ᄒᆞ니 글시

---

8) 필자는 두 이본의 실물은 확인하지 못했다. 단국대본의 형태사항은 '線裝2卷1冊(53張):17行字數不定, 無界;27.6x24.7cm'이고, 청구기호는 '고 395.1233 주152'이다. 박순호본 역시 복사본으로만 보았으나, 단국대본과 동일한 형태의 책이라고 생각되지는 않는다.

9) 단국대본 〈주씨청행록〉1, 47면.

10) 단국대본 〈주씨청행록〉1, 57면.

11) 단국대본 〈주씨청행록〉2, 104면.

12) 박순호본 〈주씨청행록〉3, 82면.

괴약괴약 망측ᄒᆞ다 ᄯᅩᄒᆞᆫ 낙ᄌᆞ 무슈ᄒᆞ니 보시ᄂᆞᆫ 이 웃지 말디어다 지필묵이 연ᄎᆞ 이러ᄒᆞ니 더옥 (……)(단국대본 〈주씨청행록〉1, 47~48쪽)

호일 셕의 강화 덕곡 남창 하의셔 총총이 필셔ᄒᆞ다 슬흔 거술 겨요 쓰니 낙ᄌᆞ 무슈ᄒᆞ고 글시 더욱 괴악괴악ᄒᆞ니 ᄋᆡ닯다(단국대본 〈주씨청행록〉1, 57쪽)

셰지 임진 지월 념이일 강화 덕곡 샹낭 남창 하의셔 민쇼져ᄂᆞᆫ 총총이 필셔ᄒᆞ다 막필노 슬흔 거술 겨유 쓰니 ᄯᅩᄒᆞᆫ 글시 괴약괴약ᄒᆞ고 낙ᄌᆞ 무수ᄒᆞ니 보시ᄂᆞᆫ 니 필지의 용녈ᄒᆞᄆᆞᆯ 웃지 말지어다(단국대본 〈주씨청행록〉2, 104쪽)

셰지 무신 계츈의 시셔ᄒᆞ다 민쇼져 년 이십ᄉᆞ 셰로ᄃᆡ 평ᄉᆡᆼ 지조 무지ᄒᆞ야 글시 괴약ᄒᆞᆯ ᄲᆞᆫ 아니라 낙ᄌᆞ 무슈ᄒᆞ니 보시ᄂᆞᆫ 니 필지의 용열용축ᄒᆞᄆᆞᆯ 웃지 말지어다 셜화가 보암 즉ᄒᆞ오니 졍히 보시고 즉숑즉숑ᄒᆞᄅᆞ(박순호본 〈주씨청행록〉3, 82쪽)

단국대본과 박순호본에 나오는 필사자 '민소저'가 동명이인일 가능성은 거의 없다. 앞서 보았듯이 단국대본과 박순호본이 내용상 정확히 연결될 뿐만 아니라, 필사기의 말투가 동일인의 그것임이 분명하기 때문이다. 필사기에 따르면, 민소저는 壬辰年 11월 초순에 단국대본 필사를 시작해 그달 22일에 완료했고, 戊申年 3월에 박순호본 필사를 시작했다. 그런데 임진년은 1832년 · 1892년 · 1952년이고 무신년은 1848년 · 1908년이어서 시차가 너무 크다. 두 이본에 보이는 '임진'과 '무신'은 자형이 분명하여 '임신'과 '무진'으로 읽을 수 있는 가능성은 없다.

박순호본의 필사기에 의하면, 민소저는 무신년에 24세였다. '민쇼져 년 이십ᄉᆞ 셰로ᄃᆡ'는, 원문을 보면 '년'과 '이'를 이어서 쓰고 '이'와 '십'

을 띄어 썼기에 '민쇼져 년이 십ᄉᆞ 셰로ᄃᆡ'로 읽을 수도 있다. 단국대본과 박순호본이 19세기 말에서 20세기 초에 필사되었다고 가정한다면, 박순호본의 무신년이 1908년일 경우, 단국대본의 임진년은 1892년이고, 민소저는 무신년에 24세, 임진년에 8세였다고 보아야 한다.[13] 하지만 그녀가 왜 16년의 시차를 두고 〈주씨청행록〉을 필사했는지는 알 수 없다. 물론 그 때문에 단국대본과 박순호본은 책의 형태와 필체가 달라졌겠지만, 혹 민소저가 〈주씨청행록〉을 두 질 이상 필사했을 가능성도 완전히 배제할 수는 없다.

민소저가 필사한 소설은 〈주씨청행록〉뿐이 아니다. 박순호본 〈손천사영이록〉도 민소저 필사본인데, 여기에도 내용이 끝나는 부분에 잔글씨[2행]로 '뉵십일쟝'이라는 표시가 있고, 〈주씨청행록〉과 동일한 말투의 필사기가 있다.[14]

> 시셰 신히 밍츄 념일 강화 덕곡 민소졔는 동챵 하의셔 총총이 막필 셔ᄒᆞ노라 막필노 슬흔 거술 겨유 강잉ᄒᆞ야 쓰니 글시 괴약용열용졸홀 뿐 아니라 낙ᄌᆞ 무수ᄒᆞ니 필지의 용열ᄒᆞ믈 보시나 니 웃지 말지어다[15]

〈주씨청행록〉의 필사 연도를 추정한 것과 동일한 기준을 적용한다면, 여기서의 신해년은 1911년이고 그때 그녀의 나이는 27세이다. 단국대본 〈주씨청행록〉, 박순호본 〈주씨청행록〉, 박순호본 〈손천사영이록〉은 모두 흘림체의 중간에 정자체가 섞여 있는 형태인데, 세 이본 가운데 박순

---

13) 민소저가 1908년에 14세였다면 1892년에는 태어나지도 않았으므로, 임진년은 1952년일 수밖에 없다. 이 경우 1952년에 그녀의 나이는 58세여서 스스로 소저라고 일컬을 수 없다.

14) 관련 내용은 최윤희, 「손천사영이록의 이본 특징과 존재 의미」(『한국학연구』 32, 고려대학교 한국학연구소, 2010), 174면 참조.

15) 월촌문헌연구소 편, 『한글필사본고소설자료총서』 25(오성사, 1986), 621~622면.

호본 〈주씨청행록〉 필체와 박순호본 〈손천사영이록〉 필체 사이의 유사성이 좀 더 크다. 그러나 단국대본 〈주씨청행록〉과 박순호본 〈손천사영이록〉이 모두 강화 덕곡에서 필사되었다는 사실이 확인되므로, 세 이본의 필사자 민소저는 동일인이라고 해야 할 것이다.

이상 살펴본 바와 같이 현재까지 알려진 〈주씨청행록〉의 이본은 모두 세 종이다. 하지만 단국대본과 박순호본이 동일인에 의해 필사되었다는 사실이 밝혀졌으므로, 〈주씨청행록〉의 이본은 사실상 한창기본과 민소저 필사본[단국대본・박순호본] 두 종이 남아 있는 셈이다. 이 두 이본은, 고전소설 이본들 간에 일반적으로 발생하는 차이를 제외하면, 그 내용은 동일하다. 한창기본은 민소저 필사본에 비해 오류가 많다는 약점이 있지만, 어쨌든 완질이기 때문에 〈주씨청행록〉 이본 가운데는 善本이다. 따라서 이하의 작품 분석에서는 한창기본을 대상으로 논의를 진행하도록 하겠다.[16]

3. 〈주씨청행록〉과 〈도앵행〉의 관계

서론에서 언급했듯이 〈주씨청행록〉은 〈도앵행〉의 이본이다. 하지만 〈주씨청행록〉은 작품의 앞부분이 〈도앵행〉과 다르게 시작된다. 다음은 〈주씨청행록〉 서두의 서사 진행 순서와 한창기본 〈주씨청행록〉 제1권의 쪽수를 표로 나타낸 것이다.

16) 이하 인용하는 〈주씨청행록〉은 모두 한창기본이므로 이본의 명칭은 적지 않는다.

구분	내용	쪽수
①	周黨 및 그 가족 소개.	1~3
②	막씨가 둘째 아들 주원성을 부귀한 집 사위로 삼고자 함.[17]	3
③	태원백 정원 및 정위주 소개. 정원이 정위주를 주원성과 혼인케 하고자 주매파를 막씨에게 보냄.	3~7
④	막부인이 주당·주원성이 임천에 간 틈을 타 주매파의 말을 듣고, 주당이 돌아오기를 기다려 이 사실을 알리나, 주당에게 꾸짖음만 당하므로 계교를 생각함.	7
⑤	주당이 부부가 힐난함을 불편하게 여겨 주원성과 함께 出遊함.	7
⑥	막씨가 주당·주원성이 출유한 틈을 타 정원에게 빙폐를 보냄. 정원이 주당이 돌아오기를 기다림.	7~8
⑦	주당·주원성이 천하강산을 유람하다가 南頓에 이름.	8
⑧	유백희 및 그 가족 소개.	8~13
⑨	훗날 劉秀가 光武帝가 되고 그 누이들이 공주가 됨.[18]	13
⑩	유백희가 유수에게 농업을 힘쓰자고 권함. 유백희와 유수 등이 숙부 곁을 떠나 함께 남돈으로 가 농업에 힘씀.[19]	13~15
⑪	유백희가 德行으로 집안을 화평케 함. 유백희 집안 여성들의 이야기.	15~19
⑫	유백희가 시집갈 나이가 되자, 劉伯升이 남돈에 온 주당의 구혼을 허락함.[20]	19
⑬	유백희와 주원성이 혼례를 치름. 주당과 주원성이 태원으로 돌아옴.	19~23
⑭	광무제가 즉위한 후 사방에 일이 많아, 영평공주 유백희가 見舅姑의 예를 행하지 못하다가, 建武 2년에 태원으로 감.[21]	23
⑮	주당이 집으로 돌아와 주원성의 혼사를 이야기하고, 막씨가 몰래 혼사를 약속한 것을 꾸짖은 뒤 정씨 집안에 보낸 빙폐를 찾아오게 함.	23~26
⑯	정위주가 주당과 다투려는 정원에게 諫하고, 빙폐로 받은 물건 중 봇꽂이를 다른 것으로 바꾸어 보냄.	26~28

17) 이 부분은 "막부인이 ᄎᆞᄌᆞᄂᆞᆫ 부귀ᄒᆞᆫ 딥 녀셔ᄅᆞᆯ ᄉᆞᆷ고져 ᄒᆞ더니"(〈주씨청행록〉1, 3면)라는 서술이다.

18) 이 부분은 "후의 광뮈 낙양의 도읍ᄒᆞ야 졔위의 즉ᄒᆞ시ᄆᆡ 댱ᄆᆡ 황으로 회양공쥬ᄅᆞᆯ 봉ᄒᆞ고 듕ᄆᆡ 원으로 난양공주ᄅᆞᆯ 봉ᄒᆞ니라 녕평공쥐 일일은 광뮈을 ᄃᆡᄒᆞ야 왈"(〈주씨청행록〉1, 13면)이라고 간략히 서술된다.

19) 이 부분에서 유백희는 '영평공주'로, 유수는 '광무'로 호칭되지만, 유수가 즉위하기 전이다.

20) 이 부분은 유백희와 그 자매의 이야기가 나온 후 "연긔 빈혀 ᄭᅩᆺ기의 밋쳐 ᄐᆡ원 쳐ᄉᆞ

다음은 위 표의 번호에 따라 〈도앵행〉 서두의 서사 진행 순서 및 연세대본 〈도앵행〉 제1권의 쪽수를 나타낸 것이다.

> ⑧(1~5)→⑩(5~6)→⑪(6~10)→⑫(10~11)→⑬(11~16)→⑭(16)→①(16~17)→②(17)→③(17~21)→④(21~22)→⑤(22)→⑥(22~23)→⑮(23~24)→⑯(24~27)

이후의 서사 전개는 〈주씨청행록〉과 〈도앵행〉이 전혀 차이가 없다. 요컨대 〈주씨청행록〉은 주당에 대한 소개로 시작되고 〈도앵행〉은 영평공주 유백희에 대한 소개로 시작됨으로 인해 이와 같은 서사 전개상의 차이를 보이게 된 것이며, '주씨청행록'은 '주당'을 작품 서두에 내세움으로써 붙게 된 제목이라 할 수 있다.

그렇다면 〈주씨청행록〉과 〈도앵행〉 가운데 어느 것이 기존의 작품을 변개한 것일까? 필자는 현존하는 이본의 존재 양상이나[22] 작품 서두의 내용 전개 등으로 볼 때, 〈도앵행〉을 의도적으로 변개한 작품이 〈주씨청행록〉이라고 생각한다.

우선 〈주씨청행록〉 서두의 이야기 전개가 상대적으로 자연스럽지 못하다는 점이다. 〈도앵행〉에서 ⑥과 ⑮가 연결되는 부분은 다음과 같다.

> ⑥ (……) 뎡공이 바다 대희ᄒᆞ여 쇼져를 맛기고 매ᄑᆞᄅᆞᆯ 듕샹ᄒᆞ고 비쥬를 여러 즐기며 혼구를 정제ᄒᆞ여 쳐식 회환ᄒᆞ믈 기ᄃᆞ렷더니 ⑮밋 쳐식 도라

쥬당이 아ᄌᆞ로 더브러 천하의 운유ᄒᆞ야 남돈의 이르러 공쥬의 덕힝을 듯고 소ᄌᆞ 원셩으로 구친ᄒᆞ야 빅승이 허혼ᄒᆞ미"(〈주씨청행록〉1, 19면)라는 서술로써 시작된다.

21) 이 부분은 "이후 오라디 아냐 긔병ᄒᆞ야 광뮈 낙양의 도읍ᄒᆞ야 제위의 즉ᄒᆞ시니 밋 천히 초정의 ᄉᆞ방이 분분ᄒᆞ야 공주 현구고디예을 힝치 못ᄒᆞ얏더니 건무 이년의 틔원의 도라가니라"(〈주씨청행록〉1, 23면)라는 서술이다.

22) 현재까지 알려진 〈도앵행〉의 이본은 20종 가량이고, 〈주씨청행록〉의 이본은 3종이다.

오매 노ᄎᆞ의셔 ᄋᆞᄌᆞ를 셩인ᄒᆞ여 신부의 아름다온 쇼식을 젼ᄒᆞ난지라 부인이 막불ᄎᆞ악ᄒᆞ여 놀나는 사식을 ᄀᆞᆷ초지 못ᄒᆞ니(〈도앵행〉1, 22~23쪽)

한편 〈주씨청행록〉에서 ④⑤⑥⑦에 해당하는 부분은 다음과 같다.

④ (……) 부인이 ᄃᆡ희과망ᄒᆞ야 연ᄒᆞ야 고기 조아 응낙ᄒᆞ고 쳐시 도라오기을 괴로이 기다려 고ᄒᆞᄆᆡ 쳐시 ᄇᆡᆨ안넝쇼ᄒᆞ고 뇌거ᄒᆞᄂᆞᆫ디라 셔너 번 힐난ᄒᆞ다가 ᄃᆡ칙을 밧고 무류코 분ᄒᆞ야 뎡히 계교롤 ᄉᆡᆼ각ᄒᆞ더니 ⑤쳐시 그 부인의 거동을 보[보→보고] 위인을 통히ᄒᆞ나 부뷔 힐난ᄒᆞ믈 불평ᄒᆞ야 츌유ᄒᆞ믈 ᄉᆡᆼ각ᄒᆞᆯ식 공ᄌᆞ롤 다려가믄 막시 고이ᄒᆞᆫ 거조로 ᄒᆞ야 뎡가의 ᄉᆞ회 될가 ᄒᆞ야 부지 한가디로 원힝ᄒᆞᆯ식 이 힝도의 ᄇᆡᆨ년가긔을 일워 도라올 쥴 엇디 알니오 ⑥막시 쳐ᄉᆞ 부ᄌᆞ 원힝ᄒᆞ믈 계교을 어들와 ᄒᆞ야 발힝 후 즉시 주ᄆᆡ파롤 불너 빙폐을 보ᄂᆡᆯ식 거즛 소겨 이ᄅᆞᄃᆡ 쳐시 원방의 벗을 맛초아 실긔치 못ᄒᆞ야 힝빙을 기다리디 못ᄒᆞ고 가다 ᄒᆞ야 옥션초 일 면과 반쥭 붓고디로ᄲᅧ 보ᄂᆡ니 궁ᄒᆞᆫ 딥이 ᄉᆞ벽ᄲᅮᆫ이라 엇디 빙폐ᄒᆞᆯ 예물이 이ᄉᆞ리오 공지 필연과 쳐시 부인긔 납빙ᄒᆞ던 션초로ᄲᅧ 보ᄂᆡ니 뎡공이 ᄃᆡ희ᄒᆞ야 소져을 맛기고 ᄆᆡ파을 중상ᄒᆞ고 ᄇᆡ쥬을 여러 즐기고 혼구을 뎡뎨ᄒᆞ야 쳐시 환가ᄒᆞ기을 기다리더라 ⑦초의 쳐시 아ᄌᆞ로 더브러 ᄉᆞ히팔황과 쳔ᄒᆞ강순을 ᄎᆞ즐식 족젹이 아니 밋촌 곳이 업ᄂᆞᆫ디라 팔□강순을 유람ᄒᆞ니 경믈의 거록ᄒᆞᄆᆡ 쳐ᄉᆞ의 쳥홍을 도으니 일월이 가믈 아디 못ᄒᆞ고 ᄒᆞᆫ 곳의 니르니 이곳은 한 종실 뉴ᄇᆡᆨ승의 가솔이 잇ᄂᆞᆫ 곳이라(〈주씨청행록〉1, 7~8쪽)

〈주씨청행록〉은, 유백희의 이야기로 서두를 시작한 〈도앵행〉과는 달리, 위의 대목에 이를 때까지 유백희에 대한 언급이 전혀 없으므로, ⑦ 이후의 ⑧에 이르러서야 유백희의 이야기가 나오게 된다. 하지만 ⑦은 매우 부자연스럽다. ⑦의 서두는 '초의'로 시작되는바, 이 말은 대개 이야기를 과거로 돌릴 때 사용된다. 그런데 〈주씨청행록〉에서는 이 '초의'

에 해당하는 부분이 바로 몇 줄 위의 ⑤인 것이다.

〈도앵행〉에서는 유백희와 주원성의 성혼 이야기 다음에 주당에 대한 소개가 나온다. 〈도앵행〉에서 ⑭와 ①이 연결되는 부분은 다음과 같다.

> ⑭ 이후 오ᄅᆡ지 아냐 긔병ᄒᆞ야 삼년을 전진의 방황ᄒᆞ고 텬ᄒᆞ 초정ᄒᆞ야 ᄉᆞ방의 분분ᄒᆞ미 현고지네ᄅᆞᆯ 힝치 못ᄒᆞ얏더니 건무 이년의 태원의 도라가니 ①원ᄂᆡ 쥬쳐ᄉᆞᄂᆞᆫ 당셰의 ᄃᆡ은이라 놉흔 지조와 엇지 못ᄒᆞᆯ 고졀이 잇고 경슐과 문쟝이 광박ᄒᆞ야 경뉸ᄃᆡᄉᆞᄅᆞᆯ 두어시되(〈도앵행〉1, 16쪽)

한편 〈주씨청행록〉에서 ⑭와 ⑮가 연결되는 부분은 다음과 같다.

> ⑭ 이후 오라디 아냐 긔병ᄒᆞ야 광뮈 낙양의 도읍ᄒᆞ야 제위의 즉ᄒᆞ시니 밋 천히 초정의 ᄉᆞ방이 분분ᄒᆞ야 공주 현구고디예을 힝치 못ᄒᆞ얏더니 건무 이년의 ᄐᆡ원의 도라가니라 <u>화셜 주처ᄉᆡ 아ᄌᆞ로 더부러 천하풍경을 ᄎᆞ즐ᄉᆡ 힝ᄒᆞ야 남돈의 이르러ᄂᆞᆫ 제인이 다 ᄇᆡᆨ승의 큰 ᄯᅳᆺ과 광무 후풍을 일캇고 공주의 성효ᄃᆡ덕을 아니 일ᄏᆞᆺᄂᆞᆫ ᄌᆡ 업ᄂᆞᆫ디라 처ᄉᆡ 긔특이 여기고 ᄯᅩ ᄒᆞᆫ실 긔엽으로 가ᄉᆡ 영낙ᄒᆞ믈 알고 공주의 성힝을 아ᄅᆞᆷ다이 넉 드ᄃᆡ여 아ᄌᆞ로 구혼ᄒᆞ야 밋 성인ᄒᆞ미 공주의 아ᄅᆞᆷ다오믄 아ᄌᆞ의 나리디 아니ᄒᆞ니</u> ⑮ᄃᆡ힝ᄒᆞ야 이의 아ᄌᆞ로 더브러 도라와 노ᄎᆞ의서 아ᄌᆞ를 성인ᄒᆞ야 신부의 아ᄅᆞᆷ다오믈 전ᄒᆞᄂᆞᆫ디라 부인이 청필의 막블ᄎᆞ악ᄒᆞ야 놀나ᄂᆞᆫ ᄉᆞ식을 감초디 못ᄒᆞ니(〈주씨청행록〉1, 23~24쪽)

〈주씨청행록〉의 ⑭에 나오는 "화셜 주처ᄉᆡ 아ᄌᆞ로 더부러~아ᄌᆞ의 나리디 아니ᄒᆞ니"는 〈도앵행〉에는 없는 내용이다. 물론 이 대목은 ⑭를 ⑮와 연결하기 위해서는 들어갈 수밖에 없는 것이긴 하지만, 결과적으로 앞서 나온 내용[⑦]을 중복한 게 되었다.

〈주씨청행록〉이 〈도앵행〉을 의도적으로 변개했음은 ⑧의 시작 부분인 다음 예문에서 확실히 드러난다.

> ①부친 남돈공은 조세ᄒᆞ고 오ᄃᆡ ᄉᆞᆷ지 잇스니 장은 연이오 ᄎᆞᄂᆞᆫ 즁이오 ᄉᆞᆷ은 슈니 곳 광무황뎨라 ②왕망이 ᄒᆞᆫᄎᆞᆫ[ᄒᆞᆫᄎᆞᆫ→ᄎᆞᆫᄒᆞᆫ]ᄒᆞᄆᆡ ᄇᆡᆨ승(伯升)이 쥬야ᄋᆡ 물통비분ᄒᆞ야 ᄉᆞᄃᆡᆨ을 회보ᄒᆞ고 쳔하ᄅᆞᆯ 광구ᄒᆞᆯ ᄯᅳᆺ을 두어 빈ᄀᆡᆨ을 ᄉᆞ괴야 영웅을 셥납ᄒᆞ고 ᄉᆞᆫ업을 도라보디 아니ᄒᆞ고 ③가ᄉᆡ 영ᄂᆞᆨᄒᆞ야 ④족젹이 강호의 표랑ᄒᆞ고 ᄃᆞᆼ이 ᄯᅩᄒᆞᆫ 형을 좃고 광뮈 ᄉᆞᆨ부 뉴량의 양휵ᄒᆞ믈 ᄇᆞ다 모친 번부인이 혈혈이 ᄉᆞᆷ녀ᄅᆞᆯ 의디ᄒᆞ야시니 ⑤ᄇᆡᆨ승이 삼ᄆᆡ 잇ᄉᆞ니 소ᄆᆡ ᄇᆡᆨ희 더옥 ᄲᅢ혀나 ⑥모친 번부인이 ᄭᅮᆷ의 ᄒᆞᆫ 션녀 왕희의 복식으로 ᄎᆡ운을 멍의ᄒᆞ여 나려오믈 보고 남둔 초ᄉᆞ의셔 ᄉᆡᆼᄒᆞ니 갓 나ᄆᆡ 아ᄅᆞᆷ답기 쥬옥 갓고 조키 빙셜 갓더니 밋 ᄌᆞ라ᄆᆡ 용뫼 ᄇᆡᆨ년 갓고 소담한아ᄒᆞ야 여ᄉᆞ의 풍이 잇ᄉᆞ며 ᄐᆡ되 지란 갓흐니 견지 ᄀᆡ특이 여ᄀᆡ고 그 셩되 경공온슌ᄒᆞ야 어딘 덕도와 ᄲᅢ혀ᄂᆞᆫ ᄌᆡ딜이 당셰파[파→의] 독보ᄒᆞ야 향니 경탄ᄒᆞ고 거족이 ᄃᆞᆼ이 녁이ᄂᆞᆫ 비요 그 형 남ᄇᆡᆨ승[남ᄇᆡᆨ승→ᄇᆡᆨ승]이 쳥고강ᄀᆡᄒᆞᆫ 우인이 쳔하의 안공ᄒᆞ야 남녀 간의 허가ᄒᆞᆫ ᄉᆞᄅᆞᆷ이 업ᄉᆞᄃᆡ 오ᄃᆡ 소ᄆᆡ로ᄡᅥ 당허ᄒᆞ야 왈 ᄃᆞᆼᄆᆡ 원은 고상쥰졀ᄒᆞ야 열녀 풍치 잇ᄉᆞ니 놉기 극딘ᄒᆞᄃᆡ 너모 넝담ᄒᆞ고 소ᄆᆡ ᄇᆡᆨ희ᄂᆞᆫ ᄉᆞ덕ᄇᆡᆨᄒᆡᆼ이 구비ᄒᆞ야 이른ᄇᆞ 진짓 요조ᄉᆞᆨ녀니 복덕과 ᄌᆡ모ᄅᆞᆯ 겸젼ᄒᆞ믄 쳔고의 구ᄒᆞᄆᆡ ᄲᅡᆨ이 업ᄉᆞ리라 ᄒᆞ고 광뮈 ᄌᆞ소로 심복ᄒᆞ야 졔형의 ᄀᆡᄃᆡᄒᆞᄂᆞᆫ 비오 모부인이 크게 셩덕이 잇셔 ᄌᆞ녀 훈칙ᄒᆞᄃᆡ 오ᄃᆡ 소녀을 ᄃᆞᆼᄋᆡᄒᆞᆯ ᄲᅮᆫ 아냐 교훈으로 더으며 ᄋᆡᄃᆞᆼᄒᆞ미 비ᄒᆞᆯ ᄃᆡ 업더라 ⑦강보ᄅᆞᆯ 갓 면ᄒᆞ며 부친 남돈공이 조셰ᄒᆞ고 ⑧삼형이 ᄉᆞᆨ부ᄅᆞᆯ 조ᄎᆞ 종ᄉᆞ을 회복ᄒᆞᆯ ᄯᅳᆺ을 두어 가ᄉᆞᄅᆞᆯ 도라보디 아니니 그 빈궁ᄒᆞ미 비ᄒᆞᆯ ᄃᆡ 업고 ⑨모부인이 오ᄃᆡ ᄉᆞᆷ녀을 의디ᄒᆞ여시니 ⑩ᄇᆡᆨ희 비록 나히 어리나 쳔셩ᄃᆡ회 범인과 다른디라 부인 좌하의 좃ᄎᆞ 온ᄂᆡᆼ을 맛보며 근심을 능히 푸러 부인의 슈회ᄅᆞᆯ 위로ᄒᆞ며 온화ᄒᆞᆫ ᄀᆡ운과 간간ᄒᆞᆫ 말ᄉᆞᆷ이 화긔 가득ᄒᆞᄃᆡ 스ᄉᆞ로 ᄃᆞᆼ심의 엄친의 면목을 모르믈 슬허ᄒᆞ며, 졔ᄉᆞᄅᆞᆯ 님ᄒᆞᄆᆡ 그 ᄋᆡ통ᄒᆞ미 방인을 동ᄒᆞ고 말ᄉᆞᆷ이 션친긔 밋ᄎᆞᄆᆡ 쳬읍디 아닐 ᄃᆡ 업ᄉᆞᄃᆡ, 일즉 부인의 보ᄂᆞᆫ 곳의ᄂᆞᆫ 비

회ᄅᆞᆯ 졀억ᄒᆞ야 ᄉᆞ식을 감초고 간ᄒᆞ고 위로ᄒᆞ미 지셩이 발ᄒᆞ야 능히 모친의 슬프믈 푸더라(〈주씨청행록〉1, 8~11쪽)

위 예문의 번호를 기준으로 할 때, 〈도앵행〉의 서두는 '[6]→[7]→[3]→[2]→[4]→[10]'의 순서로 이야기가 진행된다.

화셜 녕평공쥬의 명은 ᄇᆡᆨ희니 동한 광무황졔 소ᄆᆡ오 ᄐᆡ원 쳐ᄉᆞ 쥬당의 ᄎᆞ뷔니 [6]모친 번부인이 ᄭᅮᆷ의 한 션녜 왕희의 복식으로 치운 쇽으로셔 ᄂᆞ려오믈 보고 ᄢᅵ여 남둔 초ᄉᆞ의셔 ᄉᆡᆼᄒᆞ니 아름답기 쥬옥 갓고 조흐미 빙셜 ᄀᆞᆺ더니 밋 ᄌᆞ라ᄆᆡ 용뫼 ᄇᆡᆨ년 갓고 ᄐᆡ되 지란 갓트여 쇼담허미 연운 갓트니 견지 ᄀᆡ특이 녁이고 셩되 겸숀공근ᄒᆞ니 어진 덕도 츌뉴헌 ᄌᆞ질이 당세의 독보ᄒᆞ니 향니 경탄ᄒᆞ고 그 형 ᄇᆡᆨ승이 쳥고강개ᄒᆞ야 쳔ᄒᆞ의 안공ᄒᆞ야 남녀 간의 일작 허심ᄒᆞᆫ 리 업ᄉᆞᄃᆡ 오직 공쥬로ᄡᅧ 당허왈 듕ᄆᆡ 원은 고샹ᄒᆞ야 녈녀의 ᄀᆡ샹이니 놉기 극진ᄒᆞ되 너무 닝담ᄒᆞ고 ᄇᆡᆨ희 소ᄆᆡᄂᆞᆫ ᄇᆡᆨ힝ᄉᆞ덕이 구비ᄒᆞ야 진딧 뇨됴슉녜니 복덕과 ᄌᆡ뫼 겸젼ᄒᆞ미 쳔ᄒᆞ의 구ᄒᆞ매 그 ᄧᅡᆨ이 업ᄉᆞ리라 ᄒᆞ고 광뮈 ᄌᆞ쇼로 심복ᄋᆡᄃᆡᄒᆞ야 졔형 등의 ᄀᆡᄃᆡᄒᆞᄂᆞᆫ 비요 모친 번부인이 크게 셩덕이 잇셔 ᄌᆞ녀 교훈이 일졍일동의 반ᄃᆞ시 녜법으로ᄡᅧ 훈칙ᄒᆞ되 오직 공쥬ᄂᆞᆫ ᄒᆞᆫ갓 즁ᄋᆡ헐 ᄲᅮᆫ이오 교훈으로ᄡᅧ 더어 ᄋᆡ즁ᄒᆞ미 비길 데 업더라 [7]초의 공쥬 강보를 갓 면ᄒᆞ며 부친 남둔군이 블힝ᄒᆞ야 조셰ᄒᆞ고 [3]가식 녕낙ᄒᆞ니 [2]ᄇᆡᆨ승이 왕망의 찬한ᄒᆞ믈 보고 듀야 ᄋᆡ통비분ᄒᆞ야 사직을 회복ᄒᆞ고 텬ᄒᆞᄅᆞᆯ 광구ᄒᆞᆯ ᄯᅳᆺ을 두어 빈ᄀᆡᆨ을 ᄉᆞ괴여 영웅을 결납ᄒᆞ고 산업을 도라보지 아냐 [4]죵적이 강호의 표탕ᄒᆞ고 ᄎᆞ형 듕이 ᄯᅩ한 형을 좃고 광무 슉부의 양휵ᄒᆞ믈 바ᄃᆞ 부인이 홀노 혈연이 삼녀ᄅᆞᆯ 의지ᄒᆞ야시니 [10]공쥬 나히 어리나 텬셩ᄃᆡ효로 범인과 다른지라 부인 좌와의 좃ᄎᆞ 온닝을 맛초며 근심을 프러 수회를 위로ᄒᆞ니 온화헌 ᄀᆡ운과 간간한 말숨이 화ᄀᆡ 가득ᄒᆞ니 즁심의 부친 면목도 모ᄅᆞ믈 슬허ᄒᆞ야 졔ᄅᆞᆯ 님ᄒᆞ매 그 ᄋᆡ통ᄒᆞ미 방인을 동ᄒᆞ고 말이 밋ᄎᆞᄆᆡ 톄읍 아닐 젹이 업ᄉᆞ나 부인이 보시ᄂᆞᆫ ᄃᆡᄂᆞᆫ 비회ᄅᆞᆯ

> 졀억ᄒᆞ야 비식을 감초고 간ᄒᆞ고 위로ᄒᆞ미 지졍쇼발이러라(〈도앵행〉1, 1~3쪽)

여기서 주목할 것은, 〈주씨청행록〉에서 [4]의 뒷부분과 [9]가 중복되며, [8]과 [2][3]이 사실상 같은 내용이라는 점이다. 〈주씨청행록〉의 작자가 〈도앵행〉의 서두를 의도적으로 변개하는 가운데 이 같은 중복 서술의 오류를 범하였음을 확인할 수 있다.

다음으로 '주씨청행록'이란 제목이 매우 부자연스럽다는 점이다. 고전소설에서 가문이 아닌 개인을 지칭할 때 '~氏'로 일컫는 경우는 대개 여성이며, 남성을 '~씨'로 부르는 경우는 별로 없는 것 같다. 게다가 〈주씨청행록〉에서 周黨은 단 한 번도 '주씨'로 일컬어지지 않는다. 주당은 정위주·유백희와 더불어 작품의 주인공에 해당한다고 할 수 있기에 작품의 제목에 그의 이름을 내세울 수는 있으나, 〈주씨청행록〉이든 〈도앵행〉이든 간에 주당의 '淸行'이 작품의 중심 내용이라고 보기는 어렵다.

〈주씨청행록〉과 〈도앵행〉은 그 내용이 동일하지만, 묘사나 서술에서 일정한 차이가 있다. 최윤희는 연세대본[연세대A본]이 최선본이고, 단국대본과 일사본에서는 생략과 축약이 일어났다고 했는데,[23] 〈주씨청행록〉은 연세대본 〈도앵행〉에 비하여 전반적으로 경치나 인물의 묘사 대목이 확대 혹은 첨가되어 있다는 특징이 있다. 다음은 주당이 불이 난 정위주의 처소를 찾아가 그녀의 모습을 보는 장면이다.[24]

---

23) 최윤희, 「도앵행의 문헌학적 연구」(『우리어문연구』 29, 우리어문학회, 2007), 376~390면.

24) 여기서 인용하는 〈주씨청행록〉은 모두 한창기본이지만, 한창기본의 해당 대목은 박순호본에도 모두 있다.

션ᄉᆡᆼ이 운졔을 인ᄒᆞ여 옹을 압셰우고 졔이층의 올ᄂᆞ 보니 쇼졔 당즁의 단졍이 안ᄌᆞᆺ고 좌우 시녜 명촉을 잡아 피화ᄒᆞ시믈 고두ᄒᆞ고 ᄋᆡ걸ᄒᆞᄂᆞᆫ 모양이 비록 ᄃᆡ화 즁이ᄂᆞ 명분이 군신의 의 갓흐니 쳐ᄉᆡᆨ 눈을 드러 쇼져을 ᄒᆞᆫ번 보니 현ᄌᆡ 품슈ᄒᆞᆫ 바 건곤 슈긔와 산쳔 녕이ᄒᆞᆫ 골법을 모다시니 엇지 쇼쇼 녀ᄌᆞ의 화월지ᄐᆡ의 비게 의논ᄒᆞ리오 념념ᄒᆞᆫ 광ᄎᆡᄂᆞᆫ ᄐᆡ양 홍일이 부상 쳣 가지을 더위잡ᄂᆞᆫ 듯 월ᄋᆡᆨ 운환은 셔ᄆᆡ[ᄆᆡ→ᄋᆡ] 총농ᄒᆞ고 양미 츈산은 오ᄎᆡ 현요ᄒᆞ니 일쳔 ᄌᆞᄐᆡ로 년화 양협의 어릐고 일만 광휘로 홍슌의 먹음어시니 그 윤ᄐᆡ[ᄐᆡ→ᄐᆡᆨ] 풍녕ᄒᆞ믄 ᄎᆡ운이 부상의 어린 듯ᄒᆞ며 추상 ᄉᆞ일이 벽파의 부쇠미라 현년이 놉고 쇄락이 맑은 골격은 쇼상쳥빙이 불급ᄒᆞ고 아즁ᄒᆞᆫ ᄌᆞᄐᆡᄂᆞᆫ 부용이 녹파의 ᄂᆞ왓ᄂᆞᆫ 듯 광ᄎᆡᄂᆞᆫ 혜왕지쥐의 빗ᄂᆞ믈 ᄉᆞ양ᄒᆞ고 죡교 쳔숀이 상좌을 ᄉᆞ양ᄒᆞᆯ지라. 쳐ᄉᆞ ᄒᆞᆫ번 얼푸시 보ᄆᆡ 놉ᄒᆞᆫ 군ᄌᆞ의 눈을 놀ᄂᆡ고 녜법의 슴엄ᄒᆞᆷ과 위의에 단엄졍슉ᄒᆞ미 션ᄉᆡᆼ의 고산ᄐᆡᄋᆡᆨ 갓ᄒᆞᆫ 마음의도 그윽이 충북[충북→칭복] 공경ᄒᆞ믈 이긔지 못ᄒᆞ야 유〃쥬져ᄒᆞᆯ ᄉᆞ이의 보모 와셔 울고 간ᄒᆞᆫᄃᆡ 쇼졔 졍ᄉᆡᆨ고 니ᄅᆞᄃᆡ ᄇᆡᆨ희ᄂᆞᆫ 부인이로ᄃᆡ 오히려 보뫼 니ᄅᆞ지 아니ᄒᆞᄆᆡ ᄂᆞ리지 아냐ᄂᆞ니 ᄂᆞ는 규슈의 몸가 의을 어그릇고 ᄉᆞᄂᆞᆫ 것손 쥭음만 갓지 못ᄒᆞ니라 이의 난간이 문허지ᄃᆡ ᄉᆞᄉᆡᆨ을 불변ᄒᆞ야 단좌ᄒᆞ엿더라(〈주씨청행록〉2, 80~81쪽)

션ᄉᆡᆼ이 운뎨ᄅᆞᆯ 인ᄒᆞ야 옹을 압셰우고 뎨이층의 올라 보니 소졔 당듕ᄒᆞ야 옥상의 단졍이 안잣고 좌우 시비 명촉을 잡고 피화ᄒᆞ시ᄆᆞᆯ 고두ᄒᆞ고 청ᄒᆞ여 보뫼 울고 간ᄒᆞᆫᄃᆡ 소졔 니로ᄃᆡ ᄇᆡᆨ희ᄂᆞᆫ 부인이로ᄃᆡ 오히려 보뫼 이ᄅᆞ지 아니므로 ᄂᆞ리지 아냐ᄂᆞ니 허ᄆᆞᆯ며 나ᄂᆞᆫ 쳐ᄌᆞ의 몸이 의ᄅᆞᆯ 어그ᄅᆞᆺ고 사ᄂᆞᆫ 거손 죽음만 갓지 못ᄒᆞ니라 이에 ᄂᆞᆫ간이 믄허지되 ᄉᆞᄉᆡᆨ을 면치 아니ᄒᆞ더라(〈도앵행〉2, 72~73쪽)

정위주의 목숨이 경각에 달린 절박한 장면에서, 〈주씨청행록〉과 같은 외양 묘사는 매우 부적절한 것이 아닐 수 없다. 〈주씨청행록〉의 묘사

대목이 원작 〈도앵행〉에서부터 이미 있었던 것인지, 아니면 후대에 첨가된 것인지는 단언할 수 없으나, 후자일 가능성이 높지 않은가 생각한다.

〈도앵행〉과 〈주씨청행록〉은 주원성이 정위주를 친영하여 돌아온 후의 서술에서도 차이가 있다. 〈주씨청행록〉에서는 합근・교배 장면이 매우 상세하게 묘사되어 있고, 〈도앵행〉에는 보이지 않는, 정위주의 처소 이름 '매설각'이 나온다. 또 〈도앵행〉에서는 주원성이 녹앵과 죽취 같은 국색을 보고도 마음이 무심했다는 서술 뒤에 주당이 정위주의 앵혈을 희롱하는 장면이 나오지만, 〈주씨청행록〉에서는 이 두 대목의 순서가 반대로 되어 있다.

> [1] 고상단엄ᄒᆞᆫ 위의 ᄌᆞ연 ᄉᆞ람으로 ᄒᆞ여곰 공경ᄒᆞ믈 닐위고 (……) 죵일 진환의 홍일이 셔흐로 기우니 졔ᄀᆡᆨ이 각귀기가ᄒᆞᄆᆡ 신부을 침쇼 ᄆᆡ셜각[25]으로 보ᄂᆡ니 (……) ᄉᆞ식이 안코 다시 의관을 슈렴ᄒᆞ야 공경ᄒᆞᄂᆞᆫ 거동이 여빈ᄒᆞ고 야심ᄒᆞᄃᆡ 촉을 멸ᄒᆞ고 ᄂᆞ위의 ᄂᆞ아가ᄆᆡ 공경ᄒᆞ미 더으고 [2]은정이 교칠 갓더라 명죠의 쇼졔 관셰ᄒᆞ고 문안ᄒᆞ니 구고 ᄉᆡ로이 아름다이 넉이더라 [3]쇼졔 장난으로 본부을 직희오고 ᄉᆞ시졔향의 몸쇼 ᄂᆞ아가 향화을 밧들며 녹ᄋᆡᆼ 쥭취을 다려와 죵ᄉᆞ케 ᄒᆞ더라 [4]부ᄆᆡ ᄋᆡ경긔ᄃᆡᄒᆞ고 [5]왕시와 공쥬 심복예ᄃᆡᄒᆞ야 부즁이 관져 갈담의 시을 외와 이람 풍쇽을 다시 볼너라 [6]왕쇼졔와 공쥬 뎡쇼져의 위인과 덕ᄒᆡᆼ을 ᄋᆡ모 ᄉᆞ랑ᄒᆞ야 [7]골육 져ᄆᆡ ᄀᆞᆺ흐니 일턱이 츈풍이 이러나 화긔 융융ᄒᆞ더라 [8]일노븟터 쳐ᄉᆡ 뎡쇼져 ᄉᆞ랑이 날노 더어 혹 글도 강논ᄒᆞ며 뎡공 ᄉᆞ적을 무를ᄉᆡ 쇼져 응ᄃᆡ여류ᄒᆞ야 죠곰도 티만ᄒᆞ미 업ᄉᆞᄃᆡ 뎡공이 희롱ᄒᆞ야 팔의 ᄋᆡᆼ혈노 글쁜 말이 올턴고 무ᄅᆞ니 쇼졔 옥안이 잠홍ᄒᆞ고 취미 ᄂᆞ죽ᄒᆞ야 감히 답지 못ᄒᆞ니 쇄락ᄒᆞᆫ 광치 완연이 홍일이 부상의 더위침 ᄀᆞᆺ타니 부인이 크게 ᄉᆞ랑ᄒᆞ야 친히 그 셤슈을 ᄃᆞ리여 옥비을 ᄲᆡ혀

25) 이 뒤에 細注로 "뎡쇼졔 위인이 ᄆᆡ셜 갓다 ᄒᆞ야 쳐ᄉᆞ 친히 현판ᄒᆞ다"라는 설명이 붙어 있다.

> 보고 부뷔 각각 ᄃᆡ쇼ᄒᆞ니 쇼졔 황공감은ᄒᆞ야 명심간폐ᄒᆞ더라 [9]녹잉 쥭취 양인이 쇼져을 죵ᄉᆞᄒᆞ미 옥안화모와 면[면→명]모호치 졀ᄃᆡ가인이라 텨되 신션 ᄀᆞᆺ흐며 ᄉᆡ혀ᄂᆞ ᄒᆞᆫ 쌍 국식이로ᄃᆡ 부ᄆᆡ 본ᄃᆡ 덕이 놉고 힝실이 두터오며 쥬식물욕이 업ᄉᆞ 도덕군ᄌᆡ라 져 ᄀᆞᆺ흔 미식을 보ᄆᆡ 담연무심ᄒᆞ야 그 마음이 넷 우물의 물결 업슴 ᄀᆞᆺ타야 유의ᄒᆞ미 업ᄉᆞ니 양인이 쇼졔 군ᄌᆞ 비ᄒᆞ믈 힝희ᄒᆞ고 신셰 계활이 편홈을 ᄒᆞ례ᄒᆞ더라 [10]ᄎᆞ년 츄구월의 공쥐 도라가ᄆᆡ(〈주씨청행록〉2, 94~98쪽)

> [1] 고상ᄒᆞ고 단엄ᄒᆞᆫ 위의 ᄌᆞ연 ᄉᆞ람으로 ᄒᆞ여곰 공경ᄒᆞ믈 일위니 구괴 ᄃᆡ열ᄋᆡ지ᄒᆞ야 힝ᄉᆞᄅᆞᆯ 볼ᄉᆞ록 쳐ᄉᆞ의 톄톄ᄒᆞᆫ ᄌᆞᄋᆡ와 부인의 친ᄋᆡᄒᆞ믄 니ᄅᆞ디 말고 [4]부ᄆᆡ ᄋᆡ경긔ᄃᆡᄒᆞ야 [2]은졍이 교칠 갓고 [5]왕시와 공쥐 다 심복녜ᄃᆡᄒᆞ여 [7]졍이 골육 갓더라 [3]쇼졔 장난 난형으로 본부ᄅᆞᆯ ᄃᆡ희고 ᄉᆞ시향화ᄅᆞᆯ 몸쇼 ᄂᆞ아가 졍셩을 다ᄒᆞ며 녹잉 쥭취ᄅᆞᆯ ᄃᆞ려와 죵ᄉᆞ킈 ᄒᆞ니 [9]비록 쇼져ᄅᆞᆯ ᄇᆞ라지 못ᄒᆞᄂᆞ 옥안화모와 명모호치 졀ᄃᆡ라 ᄌᆡ죄 신션 갓고 ᄌᆡ힝이 빼혀ᄂᆞ ᄒᆞᆫ 빵 국식이로ᄃᆡ 부ᄆᆡ 덕이 놉고 힝실이 두터워 쥬식 믈욕이 업ᄉᆞᆫ 도덕군ᄌᆡ라 뎌 갓튼 미식을 보되 담연무심ᄒᆞ야 그 ᄆᆞ암이 녜 우믈의 물결 업슴 ᄀᆞᆺᄐᆞ여 뉴의ᄒᆞ미 업ᄉᆞ니 냥인이 쇼졔 군ᄌᆞᄅᆞᆯ 비ᄒᆞ믈 힝희ᄒᆞ고 신셰 계활이 편ᄒᆞ여 ᄒᆞ더라 [8]일일은 쳐ᄉᆡ 쇼져ᄅᆞᆯ ᄂᆞ아오라 ᄒᆞ여 쇼이문왈 뎡공이 희롱ᄒᆞ야 폴희 잉혈노 쁜 말이 올튼가 무ᄅᆞ니 쇼졔 옥안이 담홍ᄒᆞ고 취미 ᄂᆞ죽ᄒᆞ야 감히 답지 못ᄒᆞ니 부인이 크게 ᄉᆞ랑ᄒᆞ여 친히 옥비ᄅᆞᆯ 빼혀 보고 부뷔 잠쇼ᄒᆞ더라 [10]ᄎᆞ년 츄구월의 공쥐 도라가(〈도앵행〉2, 87~89쪽)

〈도앵행〉에는 중복되는 서술이 없지만, 〈주씨청행록〉 [5][6]의 앞부분은 서로 겹치는 내용이고 [3][9]에는 녹앵과 죽취가 종사한다는 내용이 중복 서술되어 있다. 〈주씨청행록〉에서는 [1]과 [2] 사이에 두 면이 조금 못 되는 분량으로 정위주의 혼인과 관련된 내용이 들어가 있고 [2] 다음에 [3]이 나오는데, 그보다는 〈도앵행〉에서와 같이 녹앵·죽취와 관련된 내용[[3][9]]이 한 번에 나오는 게 자연스럽다고 할 수 있다. 그렇다면 결국 〈도앵행〉의 서술이 원래의 것이고, 〈주씨청행록〉에서는 개작・부연의 과정에서 순서가 바뀌면서 중복 서술이 발생했다고 보는 게 타당할 것이다.

또한 〈도앵행〉에서는 장난이 여중서 官敎를 사양하고 돌아와 부인에게 자신의 사정을 말한 뒤에 곧바로 녹기 이야기가 나오지만,[26] 〈주씨청행록〉에서는 장난의 말 다음에 왕씨와 그 자손 이야기가 언급되고 이어 녹기 이야기가 나온다.[27] 왕씨는 주당의 장자인 주원량의 부인인데, 작품에서 별다른 역할이 없는 주원량・왕씨 부부의 자손 이야기가 나오는 것은 적절치 않아 보인다.

〈도앵행〉의 이본은 최윤희의 논문에서 언급된 19종[28]과 본고에서 소개한 〈주씨청행록〉 3종, 그리고 선행 연구에서 언급되지 않았던 경상대학교 소장본 〈도앵행〉[29]과 화봉문고 소장 세책본 〈도앵행〉[30]까지 포

---

26) 난이 고두ᄒᆞ야 구지 ᄉᆞ양ᄒᆞ고 믈너와 칭병ᄒᆞ고 ᄐᆡ원의 도라가 부인긔 고왈 쳔신이 궁신의 ᄲᆡ이몰 어더 몸이 불쳔ᄒᆞ야 가문을 회복ᄒᆞ미 엇지 영힝치 아니리잇고마는 (……) 엇지 부인의 호호ᄒᆞᆫ 빗출 니ᄌᆞ리오 ᄒᆞ더라 녹긔로 션싱긔 신임ᄒᆞ야 슈학ᄒᆞ야 크게 셩취ᄒᆞ니 가즁이 갈싱이라 칭ᄒᆞ고 공경ᄒᆞ더니(〈도앵행〉2, 94~95면)

27) 난이 고두ᄉᆞ양ᄒᆞ야 물너와 병을 일컷고 ᄐᆡ원의 도라가 부인을 ᄃᆡᄒᆞ야 ᄀᆞᆯ오ᄃᆡ 쳔신이 궁인의 섀히믈 어더 몸이 발쳔ᄒᆞ야 가문을 회복ᄒᆞ미 엇지 영힝치 아니리잇고마는 (……) 엇지 부인의 호흔ᄒᆞᆫ 빗출 니ᄌᆞ리오 ᄒᆞ더라 션싱의 ᄯᅩᄒᆞᆫ 가졍의 훈을 니어 쳔고 긔졀ᄒᆞᆫ 위인이 일즉 문달을 구치 아니ᄒᆞ고 청계션싱이 되고 왕부인이 츌어범유ᄒᆞ야 효봉구고의 화우금당ᄒᆞ며 금슬이 창화ᄒᆞ니 슬하의 ᄉᆞᆷᄌᆞ일녀을 두니 도학군ᄌᆞ와 풍유걸ᄉᆞ와 우흐로 냥ᄌᆞᄂᆞᆫ 위인이 졍ᄃᆡ돈후ᄒᆞ야 벼술이 공경의 니ᄅᆞ고 제ᄉᆞᆷᄌᆞᄂᆞᆫ 위인이 호방ᄒᆞ며 만고녕걸이니 부공이 ᄆᆡ양 엄칙ᄒᆞᄃᆡ 그 어려셔 힝시 호방ᄒᆞᆷ미 만흐ᄃᆡ 년긔 장셩ᄒᆞᄆᆡ 엄즁ᄒᆞᆫ 체격이 ᄯᅩᄒᆞᆫ 긔특ᄒᆞ며 녀아ᄂᆞᆫ 더옥 아름다와 녀즁군ᄌᆞ의 풍이 잇시니 부뫼 과ᄋᆡᄒᆞ야 긔특ᄒᆞᆫ 녀셔을 어더 ᄌᆞ숀이 번셩ᄒᆞ고 ᄉᆞᄀᆡ ᄌᆞ녀의 복녹이 무량ᄒᆞ야 ᄇᆡᆨᄌᆞ쳔숀ᄒᆞ고 향슈무강ᄒᆞ니라. 녹긔ᄂᆞᆫ 션싱게 신임ᄒᆞ며 슈학ᄒᆞ야 타일 크게 셩취ᄒᆞ니 가즁이 갈싱이라 칭ᄒᆞ고 공경ᄒᆞ더라.(〈주씨청행록〉2, 102~103면)

28) 최윤희, 앞의 논문.

29) 소장 위치는 남명학관 문천각 고서실이고, 청구기호는 '古(춘추)D7A 도62'이다. 이 이본은 隆熙 4년[1910년]에 필사된 것이며, 연세대본과의 차이점은 거의 없다.

함하면, 총 24종이다. 〈주씨청행록〉은 〈도앵행〉 서두의 서사 전개 순서를 바꾸고 제목을 변개한 작품이지만, 〈도앵행〉과 내용상의 차이점은 없으므로, 〈도앵행〉의 이본으로 간주해도 무방할 것이다. 그렇다면 누가 과연 무슨 이유로 〈도앵행〉을 변개하여 〈주씨청행록〉으로 만들었을까? 추측에 불과하겠지만, 다음과 같은 두 가지 경우를 생각할 수 있다고 본다.

첫째, 〈도앵행〉에 불만을 품은 독자가 작품의 주인공을 주당으로 보고 변개를 가했을 가능성이 있다. 〈도앵행〉에서 주당은 정위주나 유백희 이상의 비중을 가진 인물이며, 작품의 실질적인 주인공이라고 할 수 있다. 게다가 〈도앵행〉의 말미에는 『후한서』 〈주당열전〉의 내용이 논평 형식으로 붙어 있다. 이 부분은 작품의 내용과 긴밀한 관계를 맺고 있지는 않지만 대부분의 이본에 들어 있으므로, 〈도앵행〉의 독자들 가운데는 주당을 주인공으로 이해한 경우가 많았을 것이다. 그렇다면 이와 같은 〈도앵행〉 독자들의 독서 경험이 〈도앵행〉의 한 이본으로서의 〈주씨청행록〉을 산출케 한 동인이 아니었을까 짐작해 볼 수 있다.

둘째, 好事者 혹은 서적 관계 업자에 의해 의도적으로 변개됐을 가능성이 있다. 〈주씨청행록〉과 〈도앵행〉은 작품 앞부분의 서사 전개 순서를 제외하고는 내용상의 차이점이 거의 없다. 만약 '주당'과 관련된 어떤 이유 때문에 변개가 가해졌다면, 작품 전반에 걸쳐 내용상의 변이가 나타나야 정상일 터인데, 실질적으로 〈주씨청행록〉이 주당의 이야기로부터 시작함으로써 〈도앵행〉과 변별성을 가지게 된 점은 없다고 봐도 무방하다. 그렇다면 〈주씨청행록〉은 호사자의 의도적인 변개에 의해 만들어졌거나, 〈도앵행〉을 새로운 작품처럼 보이게 하고자 한 서적 관계 업자에 의해 조작·필사되었을 가능성도 배제할 수 없는 것이다.

30) 화봉책박물관, 『한글 중국을 만나다』(화봉문고, 2012), 16면.

4. 〈도앵행〉의 구성적 특징 및 〈구운몽〉과의 관련성

앞서 살펴본 바와 같이 〈주씨청행록〉과 〈도앵행〉은 내용상의 차이점이 없다. 이에 이 자리에서는 연세대본 〈도앵행〉을 중심으로 작품의 구성적 특징과 그 의미를 살펴보도록 하겠다.

〈도앵행〉은 〈옥환기봉〉의 파생작으로 볼 수 있으나, 원작과의 관련성이 거의 없다고 한다.[31] 하지만 〈도앵행〉은 〈옥환기봉〉보다도 〈구운몽〉과의 친연성이 큰데, 이는 작품을 一讀해 보면 금세 알 수 있다. 선행 연구에서도 〈도앵행〉과 〈구운몽〉의 관련 양상이 언급되기는 했지만,[32] 구체적으로 논의된 적은 없다. 기실 〈도앵행〉은 '〈구운몽〉의 패러디'라고 해도 과언이 아닌바, 필자는 이 점이 작품 연구에서 중요하게 고려되어야 한다고 생각한다.[33]

첫째, '桃櫻杏'이라는 제목이 〈九雲夢〉의 題名 방식과 유사하다는 점이다. 주지하듯이 '도앵행'이라는 제목은 '桃源洞・櫻花園・杏花村'의 앞 글자를 따서 지은 것인데, 이는 대개 '~傳'이나 '~錄'인 한국 고전소설의 제명 방식이라기보다는 중국소설의 제목을 흉내 낸 것이며, 이 점에서 〈구운몽〉의 그것과 같다고 할 수 있다.

하지만 〈도앵행〉은 〈구운몽〉의 경우와는 달리, '도앵행'이라는 제목이 작품의 서사 및 주제와 맺고 있는 관련성이 거의 없지 않은가 한다. '도앵행'은 정위주가 거처와 관련하여 붙은 명칭이지만, 기실 〈도앵행〉

---

31) 이승복, 앞의 논문, 394면. 하지만 박은정, 「옥환기봉 연작 연구」(영남대학교 박사논문, 2008), 45~62면에서는 〈도앵행〉과 〈옥환기봉〉・〈한조삼성기봉〉・〈취미삼선록〉의 관련 양상을 분석한 뒤, '〈옥환기봉〉→〈도앵행〉→〈취미삼선록〉→〈한조삼성기봉〉'의 순으로 작품이 창작되었다고 했으며, 〈도앵행〉을 〈옥환기봉〉의 '파생형 연작'으로 규정하였다.

32) 이승복, 위의 논문, 378~391면.

33) 본고에서 〈구운몽〉은 『구운몽(한글本)』(고려서림, 1986)에 수록된 서울대본[규장각본] 〈구운몽〉이다. 인용 시에는 작품명과 이 책의 쪽수만을 표시하기로 한다.

에서 정위주의 비중은 주당이나 가씨[가월화]・장난 등에 비해 크다고 할 수 없으며, '도원동・앵화원・행화촌'이라는 명칭 역시 어떤 상징성을 가지고 있다고 말하기 어렵다. 역으로 '도앵행'이라는 제목을 만들기 위해 '도원동・앵화원・행화촌'이라는 이름을 억지로 붙인 게 아닌가 하는 의심이 들 정도이다.

둘째, 〈도앵행〉의 갈등 양상과 서사 전개, 그리고 인물 구성 등이 〈구운몽〉의 그것과 매우 유사하다는 점이다. 〈도앵행〉에는 惡人이 존재하지 않기에 갈등이 그다지 첨예화되지 않는데, 이 점 〈구운몽〉과 동일하다. 하지만 〈도앵행〉이 완전한 무갈등의 소설은 아니다. 〈도앵행〉에서 등장인물 간의 갈등은 주당이 조정의 관료 및 녹기와 설전을 벌이는 장면에서 드러나는데, 이 역시 〈구운몽〉에서 양소유가 천자와 논쟁을 벌이고 태후와 갈등 관계에 놓이게 되는 것과 유사하다. 또 〈도앵행〉은 주당으로 인해 발생한 혼사 갈등을 장난과 가씨의 '속임수'를 통해 해결하고 있는바, 이는 '속임수'로 점철되어 있는 〈구운몽〉의 서사 전개 방식을 차용한 것이라 할 수 있다.[34] 즉 〈구운몽〉이 '양소유 속이기'라면, 〈도앵행〉은 '주당 속이기'인 셈이다. 한편 〈도앵행〉은 유백희・정위주가 주원성과 혼인한다는 내용의 소설인데, 이는 〈구운몽〉의 중심 내용인 이소화・정경패가 양소유와 혼인하는 이야기를 취한 것으로 볼 수 있다. 뿐만 아니라 〈도앵행〉과 〈구운몽〉은 인물 구성에서도 대개 비슷한 양상을 보이고 있으니, 대체적으로 '정위주 : 정경패', '유백희 : 이소화', '주당・주원성 : 양소유', '장난・가씨 : 진채봉・가춘운', '태후 : 태후', '광무제 : 천자' 등의 대응 관계가 성립한다.

이처럼 〈도앵행〉은 갈등 양상과 서사 전개, 그리고 인물 구성에서

34) 〈구운몽〉에 나타난 '속임수'의 양상에 대해서는 신재홍, 「구운몽의 서술원리와 이념성」(『한국몽유소설연구』, 계명문화사, 1994), 345~354면 참조.

〈구운몽〉의 그것을 수용했지만, 〈구운몽〉처럼 '무갈등의 서사'와 '속임수의 수법'을 작품의 주제의식이나 소설미학의 차원으로 끌어올리지는 못하고 있으며, 인물 구성이나 형상화에서도 〈구운몽〉에 미치지 못하고 있다. 이런 예는 매우 많지만, 여기서는 장난 등이 주당을 정위주의 처소로 유인하는 장면만을 들어보기로 한다.

남장을 하여 주당의 제자가 된 장난은 정위주가 은신하고 있는 백운산 옥소동으로 주당을 유인하는데, 이 부분은 〈구운몽〉에서 정십삼이 양소유를 종남산 자각봉으로 데려가 귀신으로 분장한 가춘운을 만나게 하는 대목을 패러디한 것으로 보인다. 이 일이 벌어지기 전, 주당은 이미 정원과 정위주에 대한 악감정을 거의 다 씻어냈다. 이에 장난은 정위주의 절행을 주당이 직접 목도하게 하기 위해 한 가지 계책을 짜냈으니, 그것은 정위주의 처소에 불을 질러 주당을 다급하게 만든다는 전략이었다. 선행 연구에서는 이를 두고 '재치 있는 시비들의 고단수의 지략'이라고 보기도 했지만,[35] 과연 그렇게까지 평가할 수 있을지 의문이다. 장난이 주당을 정위주의 처소로 데려갔을 때에는 이미 火勢가 급하여 불이 난간에까지 옮겨 붙고 있었다. 이때 보모가 와서 어서 나가자고 말하는데 정위주는 정색을 하고 "빅희는 부인이로딕 오히려 보뫼 이르지 아니므로 느리지 아냐느니 나는 쳐즈의 몸이 의룰 어그릇고 사는 거슨 죽음만 갓지 못ᄒᆞ니라"[36]라는 소리를 하면서 불에 타죽으려 하고, 이런 말을 하는 사이에 불은 더 가까이 옮겨 붙어 난간이 무너질 지경이 된다. 이처럼 장난 등은 주인을 죽음으로 몰아넣는 '무모한 짓'을 하는데, 이를 두고 시비들이 기지를 발휘한 것이라 볼 수 있을까? 더욱 납득할 수 없는 것은 정위주라는 인물에 대한 일관되지 않은 형상화이다. 사실 정위

35) 한길연, 앞의 논문, 357~358면.

36) 〈도앵행〉2, 72~73면.

주는 장난이 자신의 처소로 가씨를 데려왔을 때, 가씨가 영평공주가 보낸 시녀임을 단번에 알아차릴 정도로 뛰어난 혜안을 가진 인물이었다. 그런 정위주가 시종일관 장난 등의 거짓말에 속고 뒤늦게야 녹앵에게 그 사실을 알게 되었다고 말한다는 것은, 아무리 보아도 일관성이 없는 인물 형상화라 할 수 있다.

셋째, 〈도앵행〉의 여러 장면들이 〈구운몽〉의 그것과 유사하다는 점이다. 주원성이 광무제의 명으로 궁궐에 들어갔다가 술을 마시고 취하는 장면은 〈구운몽〉에서 양소유가 봉래전으로 불려 들어가는 장면과 유사하다. 장난[37]이 비단 부채를 들고 있다가 영평공주 앞에 불려가는 대목은 〈구운몽〉에서 진채봉이 비단 부채에 화답시를 써 넣었다가 천자 앞에 불려가는 대목과 비슷하다. 장난의 부채에 쓰인 시에는 『詩經』의 周南 〈桃夭〉와 召南 〈鵲巢〉의 구절, 古人의 시에 나오는 鳷鵲樓, 그리고 織女와 烏鵲橋 이야기 등이 나오고 이를 영평공주가 평론하는데, 이는 〈구운몽〉에서 태후가 정경패와 이소화의 시를 논평하는 장면 및 거기 나온 전고들을 그대로 가져온 것이다.[38] 가씨가 장난을 찾아갔을 때 갈옹이 "신션의 긔 구름 밧게 지즈니 속긱이 왓는가"[39]라고 말한 것은 〈구운몽〉에서 양소유가 종남산 자각봉으로 올라갈 때 물 위에 떠내려오는 계수나무 잎에 "신션의 개 구롬 밧긔 즈즈니 아니 양[앙→완]낭이 왓는가"[40]라고 쓰여 있었던 것과 동일하며, 장난이 파리채로 병풍을 치며 죽취와 난형을 나오라고 말하는 장면[41]은 〈구운몽〉에서 정사도가 파리

37) 이 대목에서는 장난이 '교란'이라는 궁녀로 위장한 것으로 되어 있다.

38) 〈桃夭〉는 『詩經』 周南의 편명인데, 〈구운몽〉에서는 〈도요〉를 '召南'의 편명으로 잘못 기록하였고, 〈도앵행〉에서도 이 오류를 답습하였다.

39) 〈도앵행〉1, 116면.

40) 〈구운몽〉, 149면.

41) 장난이 프리치롤 드러 병풍을 치며 죽취와 난형은 ᄂᆞ오라 너 아을 무슴 너외ᄒᆞ나뇨(〈도앵행〉2, 1면)

채로 병풍을 치며 장여랑[가춘운]을 부르는 장면42)과 일치한다.

이처럼 〈도앵행〉의 여러 장면들은 〈구운몽〉을 수용했지만, 그것들은 대개 작품의 서사 전개와 긴밀한 관계를 맺고 있지 않을 뿐만 아니라, 엉뚱하게 들어갔다고 생각할 수밖에 없는 경우가 많다. 그 대표적인 예가 가씨와 장난이 주당을 속일 계획을 세운 뒤 밤새 거문고를 타고 퉁소를 불며 즐기는 장면일 것이다. 장난이 난형으로 하여금 거문고로 〈상령곡〉·〈능파곡〉 등을 연주하게 하고 용문으로 하여금 퉁소로 〈봉구황〉 등을 연주하게 하자, 가씨는 이 곡들에 대해 논평하는데, 〈도앵행〉에서는 이 장면에 적지 않은 분량을 할애하였다. 이 대목은 〈구운몽〉에서 양소유가 여장을 하고 정경패 앞에서 거문고를 연주한 대목을 패러디한 것이지만, 〈도앵행〉에서 이 장면은 서사 전개나 인물 형상화와 별 관계가 없다.

이상 살펴본 바와 같이 〈도앵행〉은 〈구운몽〉의 패러디라 하여도 무방한 작품이지만, 그 서사 기법은 〈구운몽〉의 수준에 미치지 못하고 있다. 물론 〈도앵행〉을 한국 고전소설의 秀作 가운데 하나인 〈구운몽〉과 비교하면서 그 우열을 평가하는 것은 지나친 일일 것이다. 그럼에도 불구하고 본고에서 굳이 두 작품을 비교해 본 이유는, 선행 연구에서 〈도앵행〉과 〈구운몽〉의 관계가 논의되지 않았을 뿐 아니라, 〈도앵행〉의 작품성에 대한 평가가 실상보다 과장된 면이 있다고 생각하기 때문이다.

선행 연구에서 〈도앵행〉은 주당의 허위의식과 명분론적 사고를 비판한 작품으로 논의되었고, 주당과 대척하는 장난과 가씨 등은 현실적 사고를 가진 인물로 파악되었다. 이에 따라 〈도앵행〉은 남성 지배 이념의 횡포를 고발하고 여성주의적 사고를 드러내는 작품 혹은 경직된 사고를

42) ᄉᆞ되 왈 네 보라 ᄑᆞ리치로 병풍을 ᄒᆞᆫ 번 티며 ᄀᆞᆯ오ᄃᆡ 당녀랑이 어ᄃᆡ 잇ᄂᆞ뇨(〈구운몽〉, 176면)

가지고 있는 상층에 대한 하층의 비판 의식을 담고 있는 작품으로 평가되었으며,[43] 주당이 진왕·관료 및 녹기[녹낭]와 벌인 설전의 의미가 중요하게 다루어지기도 했다.[44] 또 주당을 인조반정 이후 등장한 山林의 정치적 입장 및 진퇴의 문제와 관련하여 설명하면서 〈도앵행〉의 작자가 남성에게는 진보적 시각을, 여성에게는 보수적 시각을 견지하고 있다고 본 견해도 있었다.[45]

〈도앵행〉의 갈등은 산림의 처사를 자처하는 주당의 완고한 태도로 인해 발생한다. 주당은 정원이 王莽의 벼슬을 받았다는 이유로 주원성과 정위주의 혼인을 거부하며, 광무제가 경시제를 내치고 왕이 되었다는 이유로 영평공주와 주원성의 혼사를 못마땅하게 여기고 광무제를 비판하는데, 이는 주당이 조정 관료 및 녹기와 설전을 벌이는 장면에서 드러난다.[46]

먼저 주당이 진왕 및 조정의 관료들과 벌인 논쟁을 보자. 주당은 진왕에게 영평공주를 어쩔 수 없이 맞아들이기는 하지만 공주가 가난을 견딜 수 없을 테니 어서 데려가라고 말한다. 이 말을 들은 예부상서는 어찌 이렇게 聖主를 기롱할 수 있느냐고 따지고, 이에 주당은 "닉 이제 왕샹의 발난반정ᄒᆞ야 듕홍태평ᄒᆞ신 공덕을 모르미 아니오 경시의 혼암무도ᄒᆞ믈 올타 ᄒᆞ미 아니로딕 군신의 도는 맛춤닉 밧고이니 빅승의 뜻만 갓지 못한지라"[47]라고 말하며 광무제가 잘못되었다고 말한다. 이 말을 들은 정자사가 武王은 紂를 쳤지만 광무제는 경시제를 친 일이 없다고 말하니, 주당은 "경시의 혼암ᄒᆞ미 쥬의 포학만 갓지 못ᄒᆞ고 무왕의

---

43) 이승복, 앞의 논문; 한길연, 앞의 논문.

44) 최윤희, 「도앵행의 갈등 양상과 그 구성 방식」(『어문논집』 56, 민족어문학회, 2007).

45) 박은정, 「옥환기봉 연작 연구」(영남대학교 박사논문, 2008), 126~132면.

46) 최윤희, 앞의 논문, 153~161면에서는 이 부분이 '臣爲君'과 '事二君'의 문제를 다루고 있으며 결국 녹기와 장난의 논리에 의해 주당의 의식이 깨우쳐졌다고 했다.

47) 〈도앵행〉1, 46면.

벌쥬가 황상의 합친한 뇌부신ᄌᆞ와 다ᄅᆞ니라"[48]라고 대답한다. 이와 같은 논리로 인해 주당은 조정 신료들과의 논쟁에서 승리하는데, 문제는 그럼에도 불구하고 주당이 영평공주를 돌려보내지 못하고 순순히 받아들인다는 사실이다. 주당의 논리에 의하면 광무제는 역적이나 마찬가지다. 백이·숙제를 자처하는 주당이 역적과 사돈 관계를 맺는다는 것은 상식적으로 납득할 수 없는 일일 뿐만 아니라, 이는 그가 정원·정위주를 대하는 태도와도 양립할 수 없는 것이다. 그럼에도 불구하고 작자는 이 같은 모순을 전혀 고려하지 않은 채, 혼사 갈등을 안이하게 해결하고 있다.

주당과 관료들 사이에서 벌어진 이 논쟁은 주당과 녹기 사이에서 다시 벌어진다. 녹기는 무왕이 주를 친 것에 대하여 임금을 시해했다고 하지 않는 이유를 주당에게 묻는데, 주당은 주가 무도하여 제후가 함께 쳤으므로 시해가 아니라고 대답한다. 이에 녹기가 경시제는 도가 있었느냐고 물으니, 주당은 좌우를 돌아보다가 결국 경시제는 도가 없었다고 대답한다. 녹기가 다시 포학함에 대해 묻자, 주당은 주가 달기를 총애하고 비간·기자 같은 충신을 죽이고 가두며 인민을 溝壑에 뒹굴게 한 일이 그것이라고 말한다. 녹기는 주당에게 다음과 같이 말한다.

> 쇼지 드ᄅᆞ니 경시 혼음ᄒᆞ야 졍ᄉᆞᄅᆞᆯ 페ᄒᆞ고 간신 쥬유ᄅᆞᆯ 통ᄒᆞ여 초모의 마ᄌᆞ 셰운 충[충→충]신 빅승을 간ᄒᆞ믈 노ᄒᆞ여 쥬ᄒᆞ고 금상은 활달ᄃᆡ도의 지텬이오 텬ᄒᆞ 뎡ᄒᆞᆫ 공신이어ᄂᆞᆯ 죽이기ᄅᆞᆯ ᄭᅬᄒᆞ야 병을 드러 티니 이ᄂᆞᆫ 잔젹지인이라 텬희 반ᄒᆞ고 싱민이 도탄ᄒᆞ여 한이 다시 망ᄒᆞ여 샤직이 복망ᄒᆞ고 능침이 훼ᄒᆞ니 쥬상이 반ᄃᆞ시 벌쥬지의로 치셤직ᄒᆞᄃᆡ 신졀을 다ᄒᆞ여 발검ᄌᆞ살ᄒᆞ랴 ᄒᆞ니 군하ᄅᆞᆯ 믈니티고 피위ᄒᆞ람ᄒᆞ시니 엇지 무왕긔 비기리오 경시 스ᄉᆞ로 위ᄅᆞᆯ 일코 촌낙의 유락ᄒᆞ거ᄂᆞᆯ 마ᄌᆞ 왕낭

---

48) 〈도앵행〉1, 46면.

을 좋케 ᄒᆞ니 은이 망ᄒᆞᄆᆡ 탕ᄉᆡ ᄭᅳᆫ허디고 뒤 보옥을 닙고 퇴[퇴→회]신이 됨과 갓ᄐᆞ리잇가 그러나 문무도 셩인이시니 공부ᄌᆡ 칭지ᄒᆞ사 죳ᄂᆞ라 덕이 셩타 ᄒᆞ얏ᄂᆞ니 션싱이 임의 슈양산의 아ᄉᆞᄒᆞᄆᆞᆯ 판득디 못ᄒᆞ여 한쇽을 신[신→식]지ᄒᆞ고 한 공쥬롤 위부ᄒᆞ고 홀노 허명을 빙ᄌᆞᄒᆞ야 실디롤 페ᄒᆞ시리잇가 쇼ᄌᆡ 션싱을 만나 슈학한 냥일의 경ᄉᆞ의 태통을 아니시니 공ᄌᆡ 텬ᄒᆞ롤 텰환ᄒᆞ시고 밍ᄌᆡ 졔냥지간의 오유ᄒᆞᄉᆞ 왕의 쓰시믈 여일망지ᄒᆞ시믄 님군을 구ᄒᆞ야 도롤 텬ᄒᆞ의 힝코져 ᄒᆞ시미오 공ᄌᆡ 숨월무군즉 황황여야ᄒᆞ샤 옥취[옥취→출]강의 필ᄌᆡ지라 ᄒᆞ고 공명의 왈 고지인이 삼월무군즉ᄒᆞ[ᄒᆞ→조]라 ᄒᆞ니 션싱이 엇지 아지 못ᄒᆞ시ᄂᆞ뇨 이눈은 유신 ᄯᅩ 쳐ᄉᆞ로ᄃᆡ 하ᄉᆞ비군이며 하ᄉᆞ비민이리오 ᄒᆞ야 티역딘ᄒᆞ며 난역딘ᄒᆞᄃᆡ ᄒᆞᆫ 불의롤 힝ᄒᆞ며 ᄒᆞᆫ 불고롤 살ᄒᆞ여 텬ᄒᆞ롤 쥬[쥬→득]ᄒᆞ믄 ᄇᆡᆨ이와 이윤과 공ᄌᆡ 다 ᄒᆞ디 아니시리니 그 되 갓다 ᄒᆞ시니 만일 탕의 빙페롤 물니텨 쳐ᄉᆞ로 종신ᄒᆞ면 그 도롤 뉘 알니잇가 이졔 텬히 티평ᄒᆞ고 셩쥐 나셔 안거ᄉᆞ륜으로 산님은덕지인을 구ᄒᆞ시미 ᄃᆡ장부의 공명ᄉᆞ업을 셰울 ᄯᆡ오 ᄃᆡ군ᄌᆞ의 왕도롤 셰울 졀이라 션싱이 티국ᄐᆡ민ᄒᆞᆯ ᄌᆡ죄 업ᄉᆞ면 말녀니와 엇지 한뎨의 후례롤 ᄉᆞ양ᄒᆞ시며 이 시졀을 남 으라[남 으라→나 모라] ᄒᆞ시리오 션싱이 미록 도덕이 놉흐시나 공밍의 밋지 못ᄒᆞᆯ 거시오 한뎨 졔냥지군의 비ᄒᆞᆯ ᄇᆡ 아니라 ᄒᆞ물며 보텬지히 막비왕토오 솔토지민이 막비왕신이니 그 ᄂᆞ라히셔 그 님군을 훼방ᄒᆞᄂᆞᆫ 도리 잇시리잇가 션싱이 가라티시ᄃᆡ 거텬ᄒᆞ지광거ᄒᆞ며 입텬ᄒᆞ지ᄃᆡ도ᄒᆞ야[입텬ᄒᆞ지ᄃᆡ도ᄒᆞ야→입텬ᄒᆞ지정위ᄒᆞ며 힝텬ᄒᆞ지ᄃᆡ도ᄒᆞ야] 득지ᄒᆞ야ᄂᆞᆫ 여민유지ᄒᆞ고 브득지ᄒᆞ야ᄂᆞᆫ 힝지도[힝지도→독힝기도]ᄒᆞ야 부귀블능음ᄒᆞ며 빈쳔블능이ᄒᆞ며 위부[부→무]블능굴이니 이 닐온 ᄃᆡ장뷔라 ᄒᆞ시니 셩인의 말숨이 지극ᄒᆞ신지라 엇지 ᄒᆞᆫ갓 ᄇᆡᆨ년을 송쇽[쇽→독]ᄒᆞ며 스ᄉᆞ로 힝티 못ᄒᆞ시닛고 무릅흘 안고 ᄑᆞ람ᄒᆞ며 옥ᄒᆞᄉᆞ담ᄒᆞ며 큰말ᄒᆞ며 구학의 죵유ᄒᆞ야 지취롤 숨고 뎐야의 감농ᄒᆞ야 업을 숨아 봉고의 늙으면 인싱 백 년이 ᄒᆞ로아춤 쑴이니 명현군ᄌᆞ의 도로 상반티 아니리잇고 밝은 세상의 페치 못ᄒᆞᆯ 거슨 오륜이라 텬ᄒᆞ의 무군무부ᄒᆞᆫ ᄉᆞ

> 람이 업ᄂᆞ니 원컨ᄃᆡ 녑신힝도ᄒᆞ야 이현부모ᄒᆞ고 진ᄉᆞ진츙ᄒᆞ며 퇴ᄉᆞ보과ᄒᆞ여 군ᄌᆞ지ᄉᆞ틴지힝도[군ᄌᆞ지ᄉᆞ틴지힝도→군ᄌᆞ지ᄉᆞ틴지힝과 ᄉᆞ상지도]롤 다ᄒᆞ야 오륜을 갓초쇼셔(〈도앵행〉2, 31~35쪽)

이와 같은 녹기의 말을 들은 주당은 거백옥과 자로의 예를 들면서 자신의 잘못을 시인한다. 녹기의 말에는 『맹자』 등에 나오는 구절들이 장황하게 인용되어 있지만, 사실 가장 중요한 내용은 바로 앞부분에 나오는 바 경시제와 광무제 사이에 벌어졌던 일들이며, 이로 인해 주당은 광무제는 무왕보다도 낫고 경시제는 주왕과 같은 존재임을 깨닫게 된다. 다시 말해 주당은 이전까지 광무제가 신하의 절개를 지켜 자살까지 하려 했다는 사실을 알지 못했고 경시제가 혼암하기는 하지만 紂와 같이 포학했다는 사실을 몰랐는데, 녹기의 말을 듣고서야 그 실상을 비로소 알게 된 것이다. 이처럼 주당과 녹기의 대결은, 마치 『맹자』라는 유교경전의 해석을 둘러싸고 벌어진 논쟁처럼 보이지만, 기실 주당의 패인은 참으로 허무하게도 그의 '無知' 때문이었던 것이다. 녹기의 말이 사실인지의 여부와 주당이 이 사실을 알고 있었는지의 여부는 작품에 언급되어 있지 않다. 중요한 것은 〈도앵행〉이 이런 식으로 갈등을 해결하고 있다는 사실 그 자체이다.[49]

이와 같은 허무한 갈등 해결은 주당과 정원·정위주 사이의 그것에서도 동일하게 나타난다. 위의 논쟁이 있은 지 얼마 되지 않았을 때, 녹기는 주당 앞에서 이윤과 관중의 이야기를 꺼낸다. 주당은 녹기의 말을 듣고 이윤과 관중이 누구를 비유한 것이냐고 묻는데, 이에 녹기는 다음

---

49) 박은정, 「옥환기봉 연작 연구」(영남대학교 박사논문, 2008), 137~142면에서는 주당과 녹기의 논쟁이 문답의 방식으로 이루어지면서 주당을 높은 곳으로부터 아래로 끌어내리는 기능을 한다고 하였다. 하지만 주당과 녹기의 논쟁에서의 핵심은 문답의 방식이라기보다는 주당이 알지 못했던 새로운 사실을 녹기가 알려준 데 있다고 해야 할 것이다.

과 같이 대답한다.

> 이는 타인이 아냐 태원빅 뎡공이니 쇼지 멸노 더브러 반면의 분이 업고 지친의 의가 업스니 무스 일 황구쇼의 뎡공의 무덤 속 이운 쎄를 위ᄒᆞ여 신변ᄒᆞ리잇가 일즉 드ᄅᆞ니 망이 찬역ᄒᆞ여 경[경→평]졔 시역ᄒᆞ믈 듯고 뎡공이 칠일블식ᄒᆞ고 진뎐의 통곡ᄒᆞ여 의병을 드러 쥬ᄒᆞ랴 ᄒᆞ더니 그 모신 갈통이 통곡ᄒᆞ여 왈 망적이 텬ᄒᆞ 권을 잡아 님군을 쥬빅 간의 시ᄒᆞ고 위엄이 사방의 딘동ᄒᆞ니 태원 탄ᄌᆞ만ᄒᆞᆫ 짜히 쇼강약과 듕딕[딕→과]브덕ᄒᆞ미 츄인과 초인이 젼ᄒᆞ믹 비기리잇고 속졀업시 사당의 빠화 듁을 ᄯᆞ름이라 ᄒᆞᆫ갓 틱원지긔[긔→디]마ᄌᆞ 함몰ᄒᆞ여 ᄯᆞᄒᆞᆯ 딕흰 신지 셩을 함ᄒᆞ고 나라와 님군의긔 유익ᄒᆞ미 업술디라 ᄎᆞ는 ᄉᆞᄉᆞ명졀을 위ᄒᆞ미오 여국가동휴척ᄒᆞ여 죵ᄉᆞ롤 위ᄒᆞ는 뉘셰훈노지신의 일이 아니오 님군의 ᄉᆞᄉᆞ신ᄌᆞ의 일이니 원컨딕 쥬군은 대계를 위ᄒᆞ여 잠간 몸을 굴ᄒᆞ여 젹초둔냥ᄒᆞ여 십 년을 싱취ᄒᆞ고 진쥬롤 기ᄃᆞ려 ᄒᆞᆫ이 듕흥ᄒᆞ믈 도으면 이 엇디 금일 듁는 니의셔 낫디 아니ᄒᆞ리잇고 싱각ᄒᆞ쇼셔 뎡공이 과연이 씌ᄃᆞ라 십 년을 긔약ᄒᆞ여 인의롤 베플고 젹초둔냥ᄒᆞ여 지물과 창곡이 누거만이오 인심이 슌부ᄒᆞ여 이졔 오히려 기친 풍속과 남은 직곡이 가히 그 쯧을 볼 거시오 긔명과 셔칙의 년월 보면 한을 ᄉᆞ모ᄒᆞ야 녕[녕→평]뎨 년호롤 쓰며 글을 지어 툐탕ᄒᆞ는 듕의롤 볼 거시 잇ᄂᆞ니 션싱이 만일 밋디 아니시거든 유적을 ᄎᆞ자 쇼ᄌᆞ의 말숨을 시험ᄒᆞ여 보쇼셔 진쥐 셰상의 나시믈 모ᄅᆞ고 망의 셰 졈졈 구드믈 보고 ᄯᅩ 녀지 강기ᄒᆞ니 드ᄃᆞ여 망ᄉᆞ롤 용납지 아니코 됴공ᄒᆞ기롤 긋쳣더니 듕곡이 비분ᄒᆞ믈 춤아 형용이 쵸쳬ᄒᆞ고 안식이 고고ᄒᆞ여 즁도의 듁으니 부인이 니어 닙졀ᄒᆞ고 그 녀지 슌졀ᄒᆞ야 잇시니 이 ᄯᅩ 튱신녈녀의 문이라 션싱이 엇지 ᄉᆞ람의 쯧을 모ᄅᆞ고 용납디 아니시ᄂᆞ뇨(〈도앵행〉2, 37~39쪽)

이 말을 듣고 주당은 "아니 뎡가의 셰긱이냐 만일 그러티 아니면 ᄂᆡ이 지척의셔 듯지 못ᄒᆞ고 훼졀사피흠만 아ᄂᆞ뇨"50)라고 말한다. 작품에서는 녹기의 이 말 때문에 주당이 마음을 돌렸는지는 언급되지 않는다. 하지만 주당이 정위주를 며느리로 맞아들이게 된 결정적인 계기가 그가 정원에 대한 새로운 사실, 곧 정원이 平帝가 독살 당한 뒤 의병을 일으키려 하였으나 사세가 여의치 않았다는 점, 그가 평제의 연호를 쓰면서 왕망에게 조공하지 않았다는 점 등을 알게 된 데 있다는 것만은 분명하다. 이에 대해 이승복은 녹기의 말이 사실인지는 분명치 않으나 어찌 되었건 이는 주당에 대한 비판과 풍자의 의미를 담고 있다고 보았는데,[51] 여기서 중요한 것은 주당과 정원・정위주 사이의 갈등을 해결하는 방식이 주당과 광무제・영평공주 사이의 그것과 동일하다는 점이다.

이처럼 〈도앵행〉의 갈등은 주당의 '無知' 때문에 발생한 것이고, 그것은 주당이 '새로운 사실'을 알게 됨으로써 해결된다.[52] 〈도앵행〉의 논쟁 장면들에는 익히 알고 있는 『논어』나 『맹자』 등의 내용이 언급되므로 마치 대단한 의미를 담고 있는 것처럼 보이지만, 그 실상은 결국 갈등의 안이한 해결을 위한 서사 기법에 불과한 것이다.

그 밖에도 〈도앵행〉이라는 작품의 수준을 의심케 만드는 요인들은 무척 많다. 정위주는 빙폐를 되돌릴 때, 주원성의 붓꽂이를 다른 물건으로 바꾸어 보낸다. 이에 대해 "빙물로 받은 붓꽂이를 남겨 두며, 후일 주처사

---

50) 〈도앵행〉2, 39면.

51) 이승복, 앞의 논문, 388~389면에서는 "사실 이 말의 진실성 여부는 분명치 않다. 그것은 작품의 서두에서 정위주가 부친의 훼절을 부끄러워하여 부친에게 간하여 칭신하기를 그치고 토지와 관작을 돌려보내게 하였다고 했기 때문이다. 그러나 어느 경우든 주처사에 대한 비판의 의미를 담고 있는 것은 마찬가지이다. 만약 녹랑의 말이 진실이라면 이는 주처사가 현실을 정확히 파악하지 못한 채 신하는 두 임금을 섬기지 않는다는 명분에만 얽매여 있음을 비판한 것이며, 설사 그것이 진실이 아니라 하더라도 주처사를 속이고 희롱하는 것 자체가 주처사에 대한 비판, 풍자의 의미를 담고 있기 때문이다."라고 하였다.

52) 상식적으로 생각했을 때, 주당의 無知는 주당과 조정 관료들의 논쟁 때 드러났어야 마땅하다. 하지만 작품에서는 주당과 녹기가 논쟁을 벌이는 대목에 이르러서야 비로소 경시제・광무제・정원 등에 관한 새로운 사실이 드러나고 있는 것이다.

가 마음을 돌이키면 며느리로 대접받을 수도 있다는 것은, 인정을 받든 그렇지 않든 간에 스스로를 주씨 집안 사람으로 생각한다는 것이다."[53] 라는 견해가 있었지만, 문제는 붓꽂이 화소가 이후의 서사 전개에 아무런 영향도 미치지 않는다는 점이다. 웬만한 수준의 소설이었다면, 이런 화소는 복선이 되었을 것이다. 또 서두에서는 마치 악역을 맡을 것처럼 그려지는 막씨가 작품에서 별다른 역할을 하지 않는다는 점도 〈도앵행〉이라는 작품의 수준을 보여주는 예라 하겠다.

마지막으로 〈도앵행〉에 등장하는 시비들에 대해 언급하고자 한다. 〈도앵행〉은 시비들의 역할이 부각되어 있다는 점에서 매우 독특한 작품이라고 할 수 있는데, 이에 대하여 〈도앵행〉의 시비들이 주체적으로 행동하면서 경직된 상층을 일깨우고 있고 여성공동체 속에서 자매애를 실현하고 있다는 견해가 있었다.[54] 하지만 필자는 〈도앵행〉이 이 정도까지 나아간 작품은 아니라고 보며, 〈도앵행〉에 등장하는 여성 인물들의 독특한 면모 역시 〈구운몽〉의 패러디 이상의 의미를 부여하기 어렵다고 생각한다.

> 당난 녹잉 죽취 난형 등이 가취ᄒᆞ몰 죽기로뼈 원티 아냐 왈 텬ᄒᆞ ᄒᆞ쳔 가온ᄃᆡ 우리 무리의 ᄇᆡ필 될 ᄌᆡ 잇ᄉᆞ리오 그 몸을 일흐며 부인을 써ᄂᆞ믄 결연히 힝치 못ᄒᆞ리라 ᄒᆞ여 가시로 더브러 오인이 ᄌᆞᄆᆡ 되여 평싱을 즐기고 시졀 경을 ᄯᆞᆯ와 듀인을 좃ᄎᆞ 원님 ᄉᆞ이의 놀고 사시지경을 즐기고 홍치ᄅᆞᆯ 부쳐 산뎡 슈ᄋᆡ ᄉᆞ이의셔 고금을 논난ᄒᆞ고 산과 믈 ᄉᆞ이의 홍치ᄅᆞᆯ 붓쳐 문장을 등졔ᄒᆞ야 입의 셰상 말이 ᄂᆞ지 아니ᄒᆞ며 부녜의 틔되 젼혀 업셔 스ᄉᆞ로 쳥신ᄌᆞ즁ᄒᆞ야 고사의 격죄 잇고 혹 년화ᄅᆞᆯ 써고 마람을 ᄏᆡ며 국화ᄅᆞᆯ ᄎᆞᆺ고 ᄆᆡ화ᄅᆞᆯ ᄉᆞ랑ᄒᆞ고 향ᄃᆞ와 과합을 잇글고 창낭

53) 이승복, 앞의 논문, 383면.

54) 한길연, 앞의 논문.

> 의 관영을 삐고 발ᄅᆞᆯ 씨ᄉᆞ며 ᄆᆞᆯ근 경을 ᄃᆡᄒᆞ야 붓ᄉᆞᆯ 둘러 시ᄅᆞᆯ 지으니 운 가온ᄃᆡ 경을 ᄡᅳ며 ᄯᅳᆺ이 ᄆᆞᆰ고 죠흐며 민쳡ᄒᆞ야 풍경 쓰기ᄅᆞᆯ 진졀이 ᄒᆞ야 붓ᄉᆞᆯ 멋츄지 아니ᄃᆡ 구늘이 뎡ᄒᆞ고 공교ᄒᆞ야 ᄯᅳᆺ이 넙넙ᄒᆞ고 한가ᄒᆞ야 ᄒᆞᆫ ᄌᆞ도 경졀티 아닌 거시 업ᄉᆞ니 비록 몸이 미ᄒᆞ나 그 텬긔ᄅᆞᆯ ᄐᆞ나미 쵸월ᄒᆞᆫᄃᆡ 한믁 ᄉᆞ이의 노라 부인의 놉흔 문장ᄌᆡ화ᄅᆞᆯ 흔념ᄒᆞ고 ᄀᆞᄅᆞ치ᄆᆞᆯ 어드며 ᄯᅩ 강산풍경을 편답ᄒᆞ야 눈의 ᄐᆡᄉᆞ쳔의 장관이 잇고 ᄌᆞᄆᆡ 셔ᄅᆞ 슈창ᄒᆞ고 화답ᄒᆞ야 날노 창셩ᄒᆞ니 이 엇지 풍아의 격죄 아니리오마ᄂᆞᆫ 쇽졀업시 바회의 ᄡᅳ고 거믄고의 올녀 부인의 등졔ᄒᆞᄆᆞᆯ 구ᄒᆞ고 봉ᄂᆡ부 취운누ᄅᆞᆯ 집 숨아 깁을 닙으며 난초ᄅᆞᆯ ᄇᆞᆲ고 진슈ᄅᆞᆯ 념ᄒᆞ야 경ᄋᆡᆨ을 마시며 ᄇᆡᆨ 년을 한갈갓티 즐기며 두 부인긔 튱셩을 다ᄒᆞ니 뎡부인이 그 가츼ᄒᆞᄆᆞᆯ 권ᄒᆞ야 당년의 부인긔 ᄒᆞ던 말노ᄡᅧ 옴겨 니ᄅᆞ니 졔네 낭쇼ᄃᆡ왈 쳡등은 쳔인이라 션왕의 법을 엇지 알니잇가 겸ᄒᆞ여 형졔 잇셔 부모의 졀ᄉᆞᄒᆞᄂᆞᆫ 념녀ᄂᆞᆫ 업ᄂᆞ니이다 하더라 시인이 부마의 풍치 ᄆᆡ몰ᄒᆞᄆᆞᆯ 우셔 거두믈 권ᄒᆞ면 부ᄆᆡ 화연이 쇼왈 ᄂᆡ 셩이 담담ᄒᆞ여 번화셩식의 ᄯᅳᆺ이 업ᄉᆞ니 냥체 족ᄒᆞᆫ지라 비ᄇᆡᄅᆞᆯ 뉴련ᄒᆞ야 힝실을 혹 숀ᄒᆞ며 져 무리 ᄯᅩ한 이상ᄒᆞᆫ 죵뉴라 엇지 분의ᄅᆞᆯ 어ᄌᆞ러일 일리 잇시리오 ᄒᆞ더라(〈도앵행〉2, 96~98쪽)

이 대목에 대해 한길연은 "〈도앵행〉에서 장난 등이 혼인하지도 않은 채 그녀들끼리의 공동체를 이루며 살 수 있었던 것은, 이들이 하층 여성이라는 점이 면죄부가 되었음을 알 수 있다. 하층에 속하지만 비범한 재능을 지닌 재치 있는 시비군을 통해 여성의 삶의 새로운 한 방식을 선보이고 있는 것이다."[55]라고 의미를 부여하였다. 하지만 〈도앵행〉의 시비들은 〈구운몽〉의 6첩에 해당하는 인물들인바, 이 대목은 〈구운몽〉에서 2처 6첩이 결의형제하는 장면 및 취미궁에서의 생활 장면 등을 차용한 것으로 보아야 한다. 또한 시비들이 천하의 하천 가운데 어찌 배필

55) 위의 논문, 368면.

이 될 자가 있겠느냐고 말하며 혼자 산다는 것에 대하여, '혼인한 뒤 누릴 수 있는 한계를 간파한 데서 비롯된 행동'[56]으로 볼 근거도 희박하다. 〈도앵행〉의 정원성은, 〈구운몽〉의 양소유와는 달리 두 명의 아내조차 과분하게 여기고 여색에 전혀 관심이 없는 인물이었기 때문에 시비들을 첩으로 들이지 않았으니, 바로 이 점이 시비들이 혼인하지 않는 근본적인 이유이다. 이처럼 〈도앵행〉에 등장하는 시비들의 독특한 면모들은 결국 〈도앵행〉의 작자가 〈구운몽〉을 염두에 둔 데서 비롯된 것이기에, 여기에 특별한 의미를 부여하기는 어렵다고 생각한다.

이상으로 〈도앵행〉의 구성적 특징을 살펴보았는데, 그 결과 〈도앵행〉은 〈구운몽〉을 패러디한 작품이라는 사실을 알 수 있었다. 그렇다면 도대체 누가 왜 이런 작품을 창작했을까?

선행 연구에서 이미 지적했듯이, 〈도앵행〉은 〈옥환기봉〉의 파생작이지만 원작과의 서사적인 연관성은 거의 없다. 〈도앵행〉과 〈옥환기봉〉의 관계에서 가장 중요한 것은 두 작품에서 모두 영평공주가 주당의 아들 주원성과 혼인한다는 사실인데,[57] 필자는 바로 이 점에 주목할 필요가 있다고 생각한다. 〈도앵행〉의 작자는 〈옥환기봉〉과 〈구운몽〉을 감명 깊게 읽은 사람이며, 여성이었을 가능성이 높지 않은가 한다. 그(녀)는 그 밖에도 여타 국문장편소설을 읽었을 수 있는데, 추측건대 이와 같은 독서의 과정에서 〈옥환기봉〉의 파생작을 창작하고 싶었을 것이다. 문제는 영평공주의 이야기를 쓰면서 참고한 작품이 하필 〈옥환기봉〉과는 무척 다른 성격을 가진 〈구운몽〉이었다는 점이다. 〈도앵행〉의 작자는, 소설 독서의 경험은 있으나 창작 능력은 떨어지는 상황에서 파생작을 만들기는 했지만, 〈구운몽〉처럼 제대로 된 작품이 나오기는 어려웠던 것이다.

---

56) 위의 논문, 366~367면.

57) 이승복, 앞의 논문, 377면.

5. 결론

본고는 〈주씨청행록〉과 〈도앵행〉의 관련 양상 및 그 구성적 특징을 살펴본 글이다. 그 내용을 요약하면 다음과 같다.

본고에서 처음으로 소개하는 〈주씨청행록〉은 한창기본·단국대본·박순호본의 3종이 있는데, 이본 간에 내용상의 차이점은 없다. 그리고 단국대본과 박순호본은 민소저라는 동일인에 의해 필사된 이본일 가능성이 높다.

〈주씨청행록〉은 〈도앵행〉의 이본이며, 〈도앵행〉과 내용상의 차이점은 없다. 하지만 〈주씨청행록〉은, 〈도앵행〉과는 달리 서두가 주당의 이야기로 시작되고, 〈도앵행〉에 비해 전반적으로 묘사 대목이 확대되어 있다는 특징이 있다. 〈주씨청행록〉과 〈도앵행〉을 비교해 보면, 〈주씨청행록〉이 〈도앵행〉을 의도적으로 변개한 작품이라는 사실이 드러난다.

지금까지 〈도앵행〉은 〈옥환기봉〉 연작의 하나로 다루어졌다. 하지만 작품의 제목, 갈등 양상, 서사 전개, 장면 묘사 등에서 볼 때, 〈도앵행〉은 〈구운몽〉을 패러디한 작품이라고 할 수 있다. 〈도앵행〉의 작품 수준은 〈구운몽〉에 훨씬 미치지 못하는바, 이는 작자의 창작 역량에서 비롯된 결과로 보아야 할 것이다.

|| 엄태식(조선대학교 BK21+연구교수)

한창기본 〈유황후전〉 연구

1. 머리말

필사본 〈유황후전〉은 여주인공 유태아가 황후가 되기까지 고난과 역경을 극복하는 과정을 중심으로 한 고전소설로, 특히 유태아와 태자 장의 애정담이 흥미를 끌고 있다. 필사본 〈유황후전〉은 본래 한창기 개인이 소장하였다가 현재 순천시립 '뿌리깊은나무 박물관'에 보존되어 있다.

그런데 필사본 〈유황후전〉의 내용을 분석해본 결과, 이 작품은 기존에 널리 알려진 〈태아선적강록〉의 이본이며, 시기상으로 볼 때 활자본 〈류황후〉에 앞선 작품임을 알 수 있었다. 새롭게 발견된 고전소설 〈유황후전〉을 보다 면밀히 살피기 위하여, 본 연구에서는 필사본 〈유황후전〉과 단국대, 국민대에 소장되어 있는 필사본 〈태아선적강록〉, 활자본 〈류황후〉를 비교하여 작품의 영향 관계를 밝혀보고자 한다. 본 연구는 새로운 텍스트를 발굴하여 학계에 소개함으로써 〈유황후전〉의 소설적 가치를 조명해보고, 기존 이본 연구(〈태아선적강록〉, 활자본 〈류황후〉)를 보다 발전시키는 데에서 의의를 찾을 수 있으리라 생각한다.

2. 〈유황후전〉, 국민대본·단국대본 〈태아선적강록〉, 〈류황후〉 서지사항 비교

새롭게 발굴한 필사본 유황후전과 관련하여 동일한 내용을 지닌 소설로 볼 수 있는 작품은 현재 알려진 바에 따르면 다음과 같다. '태아선적(택)강(각)록'의 표제로 국민대본, 단국대본, 개인소장본(趙炳舜)이 전해지며 모두 필사본으로 존재한다. 그리고 '유(류)황후전'의 표제로 대창서관·보급서관 판인 활자본이 존재하며 북한(김일성 대학 인민대학습당 소장)에도 작품이 전하는 것으로 조사되었다.[1)]

〈태아선적강록〉에 관한 연구는 1999년 조희웅[2)]이 국민대 소장 고전소설을 중심으로 줄거리와 서지사항을 살핀 바 있다. 그리고 최근 김진영·차충환[3)]이 〈태아선적강록〉과 〈류황후〉의 내용을 비교분석하였다.

---

1) 논의 전개를 위해 이후 국민대본(필사본 〈태아선적강록〉), 단국대본(필사본 〈태아선적강록〉), 조병순본(필사본 〈태아선적강록〉)은 "-본 〈태아선적강록〉"으로 표기하기로 한다.

2) 「국민대 省谷기념도서관 소장 고전소설에 대하여 -「태아셔젹각녹」·「장하뎡슉연긔」·「홋씨호공록」을 중심으로」, 『어문학논총』 18, 국민대학교 어문학연구소, 1999. 39~59면.

조희웅은 〈태아선적강록〉의 줄거리를 매우 구체적으로 제시하고, 등장인물의 갈등을 중심으로 작품의 성격을 간명하게 밝혔다. 그리고 국민대본 〈태아선적강록〉과 조병순본이 동일본일 가능성이 있으나, 조병순본을 확인한 바 없어 유보하고 있다. 또한 이원주의 주장에 의하면 작품의 이본이 경북 상주군 낙동면 화산리 남수여씨댁 및 승장리 김노아씨댁에도 소장되어 있다고 하나 원문을 확인할 수 없음을 밝혔다. 이후 연구자들 역시 국민대본과 단국대본 두 이본만을 실제 〈태아선적강록〉의 작품분석 대상으로 하고 있다. 본 연구 역시 조병순본과 북한소장 활자본 원본을 직접 확인할 수 없으므로, 국민대본과 단국대본 〈태아선적강록〉, 활자본 〈류황후〉을 대상으로 필사본 〈유황후전〉과 비교하기로 한다.

3) 「〈태아선적강록〉과 〈유황후전〉의 비교 연구」, 『어문논총』 146호, 한국어문교육연구회, 2010, 247~270면.

김진영·차충환은 국민대본, 단국대본, 북한본, 활자본 〈유황후전〉의 내용을 살핀 결과, 〈태아선적강록〉은 일반적인 고전소설의 관습적인 모습을 많이 따르고 있으나, 다음과 같은 점이 변별점으로 보인다고 하였다. 첫째, 남녀주인공이 혼전 성관계를 본고는 필사본 〈유황후전〉을 보다 면밀히 살피기 위해, 필사본 〈유황후전〉, 국민대본과 단국대본 〈태아선적강록〉 2종, 활자본 〈류황후〉을 비교하고 작품의 영향 관계를 살펴보고자 한다.[4] 우선 네 작품의 제목, 원전상황, 필사기록 등을 중심으로 이본 간 서지사항을 살펴보고자 한다.

본 연구에서 논의하는 네 작품(필사본 〈유황후전〉, 국민대본, 단국대본 〈태아선적강록〉, 활자본 〈류황후〉)은 우선 제목에 따라 크게 '〈태아선적강록〉'과 '〈유황후전〉'으로 나눌 수 있다. 〈태아선적강록〉을 풀이하면 '천상계의 태아선녀가 인간세계로 적강한 기록'(太娥仙謫降錄)이다. 이는 소설 초반에 나타나는 여주인공 유태아의 전생과 관련 있는 내용으로, 옥황상제에게 죄를 지은 태아선녀가 유양과 정씨부인의 꿈에 나타나 현실계에 의탁하고자 하는 태몽에 나타난다. 그리고 동시에, 여주인공의 一代記-비단 현생뿐 아니라 전생까지 아우르는-를 통틀어 함축적으로 풀이하고 있는 서술형 제목임을 알 수 있다. 그에 비하여 〈유황후전〉이라는 제목은, 여주인공 유태아가 여인으로서 최고의 지위라 할 수 있는 황후의 자리에 오르기까지의 생애에 주목한 것이라 할 수 있다. 여주인공의 정체성을 전생의 '선녀'에 두는 〈태아선적강록〉에 비하여 현실계에서 최상의 자리라 할 수 있는 '황후'에 주목한 것으로 보아 유태아의 현생에 중점을 두고 지은 제목이 아닌가 생각한다.[5]

통해 애정의 진정성을 획득한다는 점, 주인공이 악인들에게 대응해나가는 방법이 합리적이라는 점, 충성스런 시비가 자결로 종말을 고한다는 점 등이다. 또한 언급한 필사본 작품들은 모두 동일계열이며, 활자본 〈유황후전〉은 이들 필사본 〈태아선적강록〉에서 형성되었다고 보고 있다.

4) 필사본 〈유황후전〉의 자세한 서사단락은 부록으로 제시하기로 한다.

5) 그러나 사실상 작품내용에서 제목과 관련한 의미의 차이점을 보이고 있다고 생각하기 어렵다. 동일한 서사를 기본으로 하고 있는 작품에서 '태아선적강록'과 '유황후전'으로 제목이 나타나는 것은 고전소설에 자주 나타나는 현상으로 생각할 수 있다. 작품의 주요내용을 요약적으로 보여주는 제목과 주인공의 이름을 대표로 하는 제목이 함께 유통되는 양상은 고전소설 작품에서 자주 찾을 수 있는 모습이라 할 수 있다.

네 작품의 원전상황을 중심으로 보면 일반적으로 단국대본의 필사상태가 좋지 않고 탈자나 오기가 매우 많은 반면, 국민대본은 필사상태가 좋은 것으로 알려져 있다. 그러나 두 본을 직접 비교해본 결과, 비록 국민대본의 필체가 좋기는 하나 단국대본과 마찬가지로 오자나 탈자뿐 아니라 문장 탈락 현상 또한 빈번한 편에 속함을 알 수 있다. 이것으로 보아 두 작품 모두 잘 정서된 본이라 할 수는 없다고 생각한다. 국민대본과 단국대본은 서사단락뿐 아니라 각 장의 구체적인 표현 또한 동일하게 나타난다.[6] 이것으로 미루어보아, 두 이본의 선후 관계를 정확히

---

6) 두 작품을 비교해보면 서사단락뿐 아니라, 구체적인 표현까지 매우 흡사함을 알 수 있다. 구체적인 예를 모두 열거할 수 없으나 예를 들면 다음과 같다.

> 슈일 후 마암을 참지 못하여 자로 왕ᄂᆞ하니 유비 민망하여 간하ᄃᆡ 듯지 아니하시고 비쳬읍간왈 만일 이 말이 누셜치 아니하면 가실 쥴 모라시니 쳔쳡에 잔명은 앗갑지 아니하오나 ᄃᆡ한이 옥체에 밋차리니 엇지 두렵지 아니리오 중시 듯지 아니하시고 일변 왕ᄂᆡ하시니 엇지 궁즁목쳐바이 에심이 업사리오 틱자 자로 왕ᄂᆡ 하시물 의혹하여 일오ᄃᆡ 유비 반다시 사랏다 의논이 분분하니 황휘 드라시고 틱직을 불어 문왈 요마리 낭자하니 실싱을 기지말나 하시니…… 국민대본 〈태아선적강록〉, 68~69면.
> 수日후 마암을 참지 못하여 자로 왕ᄂᆡ하니 뉴비 민망하여 간한ᄃᆡ 드지 이오시면 가실 쥴 모로니 뉴비 체읍간 曰 만일 니 마리 누설하면 쳡쳡의 잔명은 아갑디 아이하나 ᄃᆡ환이 옥쳬여 밋차리이 엇 두렵지 아니리요 ᄋᆡ절한ᄃᆡ 종시 더디 가이시고 일연을 왕ᄂᆡ하시니 엇디 궁즁복쳡이 의심치 이리요 틱자 (자)조 출입하시물 부우하여니 로ᄃᆡ 뉴비 반다시 사라다 하야 의논이 분〃하니 황후 드러시나 틱자난 모라시고 왕ᄂᆡ 하더라 일〃은 황후 틱자다려 문왈 드라난 마리이 낭자하니 그이지 말나…… 단국대본〈태아선적강록〉, 34면.

이처럼 국민대본과 단국대본은 작품의 분량면에서나 문장의 표현 또한 거의 동일함을 알 수 있다. 또한 작품을 종합적으로 살펴보면 국민대본에서 문장이 빠진 부분은 단국대본에서, 단국대본에 빠진 단어와 같은 부분이 국민대본에서 나타남을 알 수 있다.

> 유비 후원 양츈각의 드러간이 옥소아 난간을 의지하엿다가 <u>놀ᄂᆡ고 그뷔 뉴시한틱 더러가이</u> 뉴비 죄인이복을 입고 비기을 이지ᄒᆞ엿가 놀ᄂᆡ 이러맛자이 틱자 옥슈을 잡고…… 단국대본〈태아선적강록〉, 32면.
> 유부의 후원 양츈각의 드러가시니 유소의 난간을 의지하고 <u>차을 따리다가 놀ᄂᆡ 이러마자니 틱직비 인난 곳을 뭇고 급히 드러가시니</u> 뉴비 죄인의 의복을 입고 베기의 지렷다가 놀ᄂᆡ 이러 마자니 틱직 옥슈을 잡고 ……국민대본〈태아선적강록〉, 66면.

알기는 어려우나 적어도 두 이본이 동일한 본을 저본으로 하여 필사된 것이라 추정할 수 있다.

필사본 〈유황후전〉은 총 42장으로 이루어져 있으며 각 장 14행, 한 행 당 글자 수는 20~24자를 잘 유지하고 있다. 국민대본이 58장이고 각 장 12행, 단국대본이 54장 10행 내외인 것[7]으로 보아 분량 면에서 크게 차이를 보이지는 않으며, 서사전개의 측면에서도 여타 이본들이 보유한 삽화가 모두 나타난다. 한두 번 오자나 어구가 탈락된 경우가 있으나, 오자나 탈자 혹은 글자가 뒤바뀐 경우, 대부분 그에 대한 표시를 하여 독자의 이해를 돕고 있다. 또한 한 장의 좌우 첫 번째와 두 번째 행의 마지막 글자 수는 여타 행에 비하여 4자 정도 적게 기록되어 있다. 이처럼 4자 정도 글자를 적게 기록하는 까닭은 독자가 책장을 넘기는 부분을 감안하여, 독자가 책을 읽을 때 글자가 보이지 않는 부분이 생기는 문제와, 나아가 종이가 헤져 글자가 보이지 않을 수 있는 문제를 사전에 해결하려는 노력이다. 이는 독자를 배려하는 태도로 필사자가 소설 필사에 대하여 비교적 전문적인 소양을 갖추고 있음을 짐작할 수 있다.

필사자는 嶂峴 貞洞宅 金性均이라고 표기되었는데, 김성균 옆에 연한 글씨로 金道均이라는 이름 또한 나타나는 것으로 보아, 필사자는 김성균 혹은 김도균이라고 볼 수 있다. 김성균과 김도균의 관계는 정확히

듕당ᄋᆡ 이라러 교ᄇᆡ하고 침실ᄋᆡ 나아가이 소졔 화용월티 안광을 ᄂᆡ난지라 깁퓨ᄆᆡ 금침ᄋᆡ 나아가나 실ᄉᆞᆼ은 무미하더라 명조ᄋᆡ 실낭을 쳥혀여 볼ᄉᆡ 시랑부부 깃부을 니기지 못하여 을웃긴니……단국대본〈태아선적강록〉, 41면.

좌졍교ᄇᆡ 맛찬 후 침실에 나아가이 소제의 화용월티 안광을 놀ᄂᆡ난지라 밤이 깁흐ᄆᆡ 금침에 나아가니 동쌍이 철이 갓더니 이기지 못하여 소져랄 두웃기니……국민대본〈태아선적강록〉, 83면.

그러나 글씨체나 필사방식으로 볼 때 동일한 필사자는 아니며, 동일한 작품을 저본으로 하여 필사되었을 가능성이 농후하다.

7) 글자 수는 각 장이 일정하지 않아 정확히 말하기 어려우나, 단국대본이 국민대본에 비하여 글자의 크기가 작은 편이다.

알 수 없으나 중간에 글씨체나 표기특징이 바뀌지 않는 것으로 보아 한 사람이 써내려간 것으로 본다. 필사본 〈유황후전〉은 목격적 조사 '을'을 구결식 표현인 '乙'로 바꾸어 표기하고 있다는 점에서 특징적이라 할 수 있다. 그리고 책의 표지에 '冊主人 蔡氏'라고 표기되어 필사자와 책주인이 다른 사람임을 알 수 있다.

엄밀히 보면 발견된 작품들 중에서 母本이 있다고 보기보다, 아직 모본이 될 만한 작품이 발견되지 않았다고 보는 편이 정확하리라 생각한다. 그러나 이미 발굴한 작품들 중에서 살펴보면, 작품의 분량과 서사전개의 충실성, 필사상태 등으로 보아 필사본 〈유황후전〉이 가장 잘 정서된 작품으로 볼 수 있다.

다음으로 네 작품의 필사시기에 대해 살펴보면 다음과 같다. 본 연구에서 논의 대상으로 삼은 네 작품(필사본 〈유황후전〉, 국민대본, 단국대본, 활자본 〈류황후〉)에는 모두 작품 말미에 필사시기가 정확히 나타나 있다. 기록된 필사기를 보면 단국대본은 甲子(1804. 1864) 정월, 국민대본은 합철된 작품에 戊寅(1818. 1878) 츈삼월 초삼일로 표기되어 있어[8] 대략 19세기 후반에 필사되었으리라 추정한다. 활자본 〈류황후〉은 세창서관・보급서관 1926년 발행으로 나타나 20세기 초반에 간행되었음을 알 수 있다.[9]

---

8) 국민대본 〈태아선적강록〉 작품 말미에는 필사기가 없으나, 동일한 필사체로 뒤이어 우미인가와 칠석가가 쓰여 있고 각각 필사기가 '무인년 츈삼월 초삼일', '삼월 초사일'로 기록되어 있으므로 이 기록을 작품의 필사연대를 추정하는 근거로 쓰고자 한다.

9) 선행 연구에서 이미 〈태아선적강록〉의 필사연대에 대하여 이본 존재상황 및 필사기를 통해 19세기 후반으로 추정하고 있으며, 작품의 창작 및 유통시기를 19세기로 보고 있다. 본고 역시 이 의견에 동의하여 1800년대 중후반에 창작, 유통된 작품으로 논의를 진행한다. 김진영・차충환의 연구에서는 1920년 12월 30일에는 광고가 등장하지 않았다가 1921년 11월 23일에 활자본 〈류황후〉의 광고가 등장한 점을 들어, 해당 작품의 발행시기를 1921년까지 앞당겨 보고 있다. 활자본 〈류황후〉의 말미에 간행 시기가 1926년으로 정확히 표기되어 있으므로, 1921-1926년을 발행시기로 추정하는 것이 적합하리라 생각한다.

필사본 〈유황후전〉은 작품 말미에 쓰인 기록에 따르면 광무 3년 기해년(1899년)에 필사되었음을 알 수 있다.[10] 필사시기로만 보자면, 필사본 〈유황후전〉은 필사본 〈태아선적강록〉과 활자본 〈유황후전〉 사이에 존재하는 작품이라 할 수 있다. 그렇다면 필사본 〈유황후전〉은 필사본 〈태아선적강록〉 작품들(단국대본, 국민대본)의 특성을 받아 활자본 〈류황후〉에 영향을 미친 작품으로 생각할 수 있는가? 그러나 작품간 영향관계는 단순히 필사시기만으로 단정할 수 없는 문제이다. 필사시기가 작품의 창작시기를 의미하는 것은 아니며, 무엇보다 이본 간 영향관계를 분석하기 위해서는 작품의 서사 문맥과 핵심적인 사건이 비교분석의 대상이 되어야 비로소 가능하다. 따라서 다음 장에서는 단국대본 · 국민대본 〈태아선적강록〉, 필사본 〈유황후전〉, 활자본 〈류황후〉을 대상으로 이본 간 영향을 준 요소에 대하여 살펴보기로 한다.

3. 〈유황후전〉, 국민대본 · 단국대본 〈태아선적강록〉, 〈류황후〉의 영향관계

앞서 살펴본 바와 같이 필사본 〈유황후전〉은 기존에 연구된 필사본 〈태아선적강록〉(국민대본, 단국대본)과 비교하여 필사상태가 좋고 주요 에피소드 역시 충실히 나타남을 알 수 있다. 이본 간 영향관계를 효과적으로 하기 위해 작품의 서사단락을 중심으로 간략히 도표화하면 다음과 같다.

---

10) 필사본 〈유황후전〉의 말미에 '己亥 正月 晦日 投筆 嶂峴 貞洞宅 金性均 [金道均]書 大韓 光武 三年 己亥' 라는 정확히 필사시기가 나타나있다. 책등에 '大韓 光武 八年 甲辰 臘月'이라 씌여 있는 것으로 보아, 필사자인 김성균 혹은 김도균이 광무 3년에 필사한 것을 책주인 채씨가 소유한 시점이 광무 8년일 가능성이 있다.

주요 서사단락	필사본 〈유황후전〉	단국대본 〈태아선적강록〉	국민대본 〈태아선적강록〉	활자본 〈류황후〉
유양과 정씨부인은 천상 선녀가 적강하는 태몽을 꾸고 딸을 낳아 이름을 유태아라 짓는다.	○	○	○	○
어느 날 병귀들이 유태아를 황후라 칭하며 도망하는 사건이 일어나자, 유양과 정씨부인은 유태아가 범상한 인물이 아님을 알게 된다.	○	○	○	○
유태아가 어려서 정씨부인이 세상을 떠난 후 만풍경의 勒婚을 거절한 유양이 만풍경의 천거로 인하여 남방(교지, 안락국) 전장으로 나가게 된다.	○	○	○	○
유태아는 유양을 이별한 후 자신의 거짓 장례를 치러 늑혼을 피한 후 양춘각에 은거한다.	○	○	○	○
피접 나온 태자가 우연히 유태아를 보고 첫눈에 반한 후 여장을 하고 주소저로 변장하여 관음사에서 유태아에게 접근한다.	○	○	○	○
주소저로 변장한 태자가 유태아의 집에 기거하며 유태아의 인덕과 재질에 더욱 감동한다.	○	○	○	×
태자가 유태아와 동침을 시도하다 들키자 자신의 정체를 밝히고 유태아를 설득하여 동침한다.	×	○	○	×
태자와 결혼 후 유태아는 만귀비의 흉계에 빠져 황제의 지위를 탐해 용포 만들고, 만귀비 아들 독살하였다는 누명을 쓴다. 임신 중이던 유태아는 출산 후 사약을 받을 위기에 처한다.	○	○	○	○
유태아가 아들 낳은 후 태자와 태후의 지시를 받은 환관(강문창)의 도움으로 몰래 궁을 탈출한다.	○	○	○	○
유태아가 남장하고 외숙인 장사 태수를 만나러 가던 중 이원충을 만나 의탁하다 여자임을 숨기고 이원충의 딸 이소저와 결혼한 후 태자비임을 밝힌다.	○	○	○	○

주요 서사단락	필사본 〈유황후전〉	단국대본 〈태아선적강록〉	국민대본 〈태아선적강록〉	활자본 〈류황후〉
태자와 정첩여가 만귀비, 만비의 모해로 간통 누명 쓴 까닭에 태자는 폐궁되고 임신 중이던 정첩여는 궁에 갇혀 목숨이 위태롭게 된다.	○	○	○	○
이원충의 보호를 받으며 지내던 유태아가 태자가 위험하다는 소식을 듣고 비통해하자 시비 옥소아가 황제의 후궁으로 들어가 만귀비, 만비의 악행에 대해 직간하여 누명 사건을 바로잡는다.	○	○	○	○
황제가 옥소아의 충고를 받아들여 만귀비를 조사한 까닭에 만풍경의 역심과 만귀비의 악행이 드러난다. 만풍경은 참형 당하고 만귀비는 유배되었으며, 태자와 정첩여는 누명을 벗는다.	○	○	○	○
황제는 옥소아의 충고를 받아들여 태자에게 선위하고, 유태아는 황후가 된다.	○	○	○	○
만귀비가 사위와 몇몇 신하들과 반란을 모의하다 발각되어 참형 당한다.	×	○	○	×
옥소아는 선황제의 후궁으로서 유태아와 돈독하게 지내며 행복하게 산다.	○	×	×	○
옥소아는 선황제가 죽자 유태아에게 자식을 부탁하고 자결한다.	×	○	○	×
유태아는 남방 전장에 나가 있던 아버지 유양과 상봉하여 행복하게 지낸다.	○	○	○	○
유양이 죽자 유태아는 둘째아들로 유씨가문의 후사를 잇게 한다.	○	○	○	○

살펴본 바와 같이 국민대본, 단국대본 〈태아선적강록〉, 활자본 〈유황후전〉, 필사본 〈유황후전〉의 서사골격은 거의 흡사하게 나타난다. 그러나 주요한 화소의 개입 여부나 사건의 처리방식 등에서 약간의 차이점을 보이고 있다. 따라서 이러한 차이점을 중심으로 비교해보면 각 작품

간 영향관계를 파악할 수 있으리라 생각한다. 〈태아선적강록〉과 필사본 〈유황후전〉, 활자본 〈류황후〉을 비교하는 데 있어 가장 큰 변개로 지목되고 있는 부분은 대략 세 가지로 나타난다. 첫째, 유태아와 태자의 혼전 동거 및 동침 여부, 둘째, 유태아의 충직한 시비 옥소아의 자살 여부, 셋째, 만귀비의 역모와 처벌 관련 양상이다.

첫째, 유태아와 태자의 애정담과 관련하여 두 인물의 혼전 동거 및 동침 여부에 대하여 살펴보면 국민대본, 단국대본〈태아선적강록〉과 필사본 〈유황후전〉에서는 혼전 동거하는 모습이 나타난다. 우연히 유태아의 모습을 보고 한 눈에 반한 태자는 '주소저'로 변장하고 관음사로 가 유태아에게 접근한다. 국민대본, 단국대본〈태아선적강록〉, 필사본 〈유황후전〉에서 태자의 여장이 매우 성공적인 모습으로 나타난다. 필사본 〈유황후전〉에서 주소저는 아름답고 고결하여 한눈에도 범인이 아님을 알 수 있는 용모로 묘사되어 있다. 단국대본, 국민대본 〈태아선적강록〉에서 유태아는 주소저에게서 龍虎의 기상이 있음을 보았으나, 그것이 범상한 여인이 아닌 貴人의 기품 때문이라 생각하고 더욱 호의를 품는다.[11] 이후 단국대본, 국민대본〈태아선적강록〉, 필사본 〈유황후전〉에서는 주소저로 변장한 태자가 유태아의 집까지 따라와 한 방에 기거하며 친분을 쌓아가는 과정이 나타난다.

---

11) 유소져 또한 츄파을 드러 쥬소졔을 보이 유한경경 터더 잠간 규중의난 비겨나 쇄락한 징한 풍도 셕셕엄슉한 위의 진짓 용호의 긔생이라 엇지 범연한 여자의 비기리요 유소졔 심즁의 경혹하여 가만이 혜오딕 용모 빠여나문 이라지 말고 기생이 빽빽이 귀인의 모양이라 하여 가쟁 경딕하더라……국민대본〈태아선적강록〉, 23면.

뉴소져 쏘한 추피을 흘여 쥬소제을 잠간 보이 유정정한 텩도 짐관만 보아 눈의 버셔나미 업고 쇄락한 양안 픙모와 식식엄숙한 위의 진짓 용호애 기상이라 엇디 범연한 여자의계 비하리요 뉴소져 심의 경혹하여 너렴의 이로딕 용여 바나문이라도 말 썩썩하기 귀인의 모양니라 하고 가장 경딕하더라……단국대본〈태아선적강록〉, 12면.

뉴소져 쏘한 쥬소져乙 살펴보니 식락쳐슈ᄒᆞ여 진짓 텬양국식이라 ᄆᆞ음의 탄복ᄒᆞ물 마디 아니하ᄃᆞ가……필사본 〈유황후전〉, 20면.

단국대본, 국민대본〈태아선적강록〉에서는 잠든 유태아의 모습에 정욕을 참지 못한 태자가 금침 속으로 들어가 동침하려다 유태아에게 들킨 후 정체를 밝히고 유태아를 설득하는 장면이 나타난다. 유태아는 처음에는 준절히 거절하다 태자의 설득으로 인하여 결국에는 동침하게 된다.

> 소졔은 츈경을 이기지 못하여 잠을 드러거날 틱지 촉은 발히이 원앙침싱의 옥갓탄 얼골이 더욱 아리답고 금금 쏘옥의 빅셜갓탄 가삼이 반만 드러나이 완연이 운우에 명원이 반만 나은 듯 한지라 엇지 마암이 요동치 아니리오 심신이 살난하여 이불을 들고 베기의 누어 소제 놀닉 씨여 왈 비록 정이 깊흐나 여자의 은공한 힉실이 아니라 하고 팔을 드러 뿌리치니 틱지 우음을 머금고 몸을 이러 소제 몸겻히 이라니……이날 침셕을 한 가지로 할식 조밀한 졍니 원앙이 녹슈의 놀며 비취연니 요지예 깃드림 갓더라……12)

> 뉴소제난 춘고을 못이기여 담이 깁히 드러거날 틱자 촉불을 발키고 보신이 원앙침상의 옥갓탄 얼고리 더옥 아람답고 규규소옥의 빅셜갓한 가삼이 반만 비치 드러나이 이여히 명워리 반만 빈치난닷 한지라 엇지 마암이 온전하리요 심신이 살난하여 이불을 들비기 누은이 소졔 놀닉여 왈 비록 졍 깁푸나 여자 온공한 힝실이라 하고 픅을 드럿부릿친이 틱자 우슘을 머금고 몸을 이러 소졔 몸 겻틱 이러른난지라……이날 틱자 심석을 한 가지로 할식 조밀한 정이 원망의 녹슈놀며 빗최연이 지에 깃드림 갓더라……13)

그런데 단국대본, 국민대본 〈태아선적강록〉에서는 유태아와 태자의 혼전동침이 분명히 나타나는데 비하여 필사본 〈유황후전〉에서는 그 부

---

12) 국민대본 〈태아선적강록〉, 40~46면.

13) 단국대본 〈태아선적강록〉, 20~23면.

분을 의도적으로 뺀 듯한 느낌을 준다.

> 이령구려 슈월이 되ᄆᆡ 하로는 ᄐᆡᄌᆞ 뉴소져와 바둑乙 두ᄃᆞ가 ᄐᆡᄌᆞ 누소져의 옥슈乙 잡고 크거 웃고 실사乙 닐너 왈 나는 너ᄌᆞ 아너 남ᄌᆞ라 ᄒᆞᆫ던 소져 이 말乙 듯고 ᄃᆡ경ᄒᆞ여 ᄆᆡᆼ셩으로 복부乙 불너 왈 여등은 빨니 도적乙 결박ᄒᆞ라. 너는 엇더ᄒᆞᆫ 놈이완ᄃᆡ 변복ᄒᆞ고 ᄌᆡ상가 귀슈乙 엿보고 동졍乙 탐디하니 이는 쳔고의 듯디 못한 변이라……이윽고 소져 안흐로 드려ᄀᆞ니 ᄐᆡᄌᆞ 즉시 ᄃᆡᄅᆡ의 드려ᄀᆞ 낭던계 뵈온ᄃᆡ 반기고 듀곳기미 비할 ᄊᆡ 업다라. ᄐᆡᄌᆞ 이의 뉴소져의 유한지덕과 뇨조지식이 이셔 졍비로 텩ᄒᆞ물 고ᄒᆞ온던 상이 ᄏᆡ활이 너겨 왈 경의 소원乙 엇디 쫏디 아니리요 즉시 너복[예부]의 하조ᄒᆞ여 황도 길일乙 턱하여 길기(거) 슈슌乙 격ᄒᆞ엿는디라……14)

위에서 본 바와 같이 필사본 〈유황후전〉에서는 바둑을 두던 태자가 갑자기 유태아의 손을 잡으며 큰 소리로 웃은 후 자신이 남자임을 밝히고 황궁으로 들어가 황제에게 혼인하기를 청하는, 다소 부자연스러운 방식으로 이야기가 전개된다. 이는 〈태아선적강록〉에 비해 필사본 〈유황후전〉의 필사자가 혼전 동침에 대하여 부정적인 인식을 지니고 있는 것이 아닌가 추측할 수 있다. 필사본 〈유황후전〉의 필사를 살펴보면, 거의 오자나 탈자의 흔적을 찾아보기 어렵다. 간혹 글자가 뒤바뀌거나 오자가 있는 경우, 대부분 필사자가 해당 글자 옆에 표기를 하여 독자의 이해를 돕고 있다. 이와 같은 필사상황에서 비추어보건대, 필사본 〈유황후전〉의 필사자는 여타 〈태아선적강록〉의 필사자보다 혼전동침에 관하여 상대적으로 보수적인 윤리 관념을 지니고 있는 것은 아닌가 생각한다.

---

14) 필사본 〈유황후전〉, 15~17면.

흥미롭게도 활자본 〈류황후〉에서는 태자가 여인으로 변장하는 女裝男子의 화소는 나타나나, 앞서 언급한 작품들과 같은 혼전 동거나 동침으로 이야기가 진행되는 부분은 나타나지 않는다. 활자본 〈류황후〉에서는 태자의 여장이 흥미롭게 제시되나 단지 남녀 주인공의 첫만남을 제공하는 수단에 그칠 뿐이다.

> 류소져ㅣ 잠시 추파를 흘녀 주소져를 살피니 백셜긔부는 형산의 백옥갓고 효셩봉안은 추수의 정신을 씌엿스나 수려한 긔상과 단아한 풍골이 남자에 갓가운지라 심하에 의심하나……이는 소저의 정성이 출텬하심으로 신명이 도으심으니 소저의 효셩은 가히 증자를 짜르리이다 하며 여러 가지로 취맥하니 진실로 현숙한 셩덕을 가진지라 마암에 흠모함을 견대지 못하야 언어슈작에 자연 남자의 호탕한 긔색이 낫하나니 류소저ㅣ 처음붓터 그윽히 의심하다가 졈젼 활발하야 녀자의 졸직한 태도ㅣ 업슴을 보고 더욱 크게 의심하야 다시 일언을 아니하고 슉소로 도라와 시비 등을 재촉하야 교자에 올나 본부로 도라오니 태자ㅣ 또한 류소저의 의혹함을 보고 자긔의 간상이 탄로한가 하야 즉시 궁녀를 거나리고 환궁하샤 궁녀로 하야곰 변복하고 려렴에 나아가 류소저의 소식을 탐하라 하시니……태자ㅣ 류소저의 지혜출중함을 못내 칭찬하시고 즉시 모후께 입조하야 류소저의 요죠지덕과 유한지색을 갓초와 주달하며……15)

유태아는 태자의 여장을 어색하게 보았으며, 생김새 뿐 아니라 말투를 통해 호방한 남자의 기운을 눈치 채고 자리에서 물러나 집으로 가버리고 만다. 주소저로 변장한 태자 역시 유태아를 뒤쫓아 가기보다는 정체가 탄로 날까 하여 그대로 황궁으로 돌아온 후 혼례의 예법에 맞게 태자비로 맞아들이는 것으로 나타난다.

---

15) 활자본 〈류황후〉, 108~111면.

활자본 〈류황후〉에서는 태자의 여장남자 삽화에 대하여 흥미를 보이고 있으나, 그보다는 이후 전개될 여주인공 유태아의 궁중수난담과 그로 인한 신세한탄(심경고백)에 비중을 두고자 한 것으로 생각할 수 있다. 또한 필사본 〈유황후전〉에서 〈태아선적강록〉 계열에서 나타나는 혼전 동침 부분을 배제하고 이야기를 전개시켰다면, 활자본 〈류황후〉에서는 아예 혼전 동거나 동침 사건을 빼고 유황후와 만귀비의 갈등관계에 흥미를 높이기 위해 유태아를 배반하는 시비 교란의 비중을 늘리고 있는 모습을 보이고 있다. 따라서 혼전 동거 및 동침 화소를 중심으로 살펴보면, '단국대본, 국민대본 〈태아선적강록〉-필사본 〈유황후전〉-활자본 〈류황후〉'의 순으로 남녀주인공의 동거 및 동침 삽화의 비중이 점차 약화되는 양상을 보이고 있음을 알 수 있다. 이와 같은 양상이 나타나는 연유에 대해서 명확히 설명하기 어렵다. 그러나 19세기~20세기 초반의 소설 속 여주인공의 성향이 어떠한 면에서 보면 보다 윤리적·도덕적으로 완벽함을 추구하는 방향으로 보수화되어 나타나는 경향이 있다는 논의[16]를 근거로 하여 볼 때, 혼전 동거나 동침으로 인해 여주인공 유태아의 도덕성에 결점을 만들지 않으려는 당대 향유층의 통속적 욕구의 반영으로 생각할 수 있으리라 본다.

둘째, 유태아의 충직한 시비 옥소아의 자살 여부가 작품에 따라 다르게 나타난다. 단국대본, 국민대본 〈태아선적강록〉에서 선황제가 세상을 떠나자 옥소아는 유태아에게 자신의 후사를 부탁하고 자결한다.

> 이날 년희 ᄐᆡ후와 상과 후에 압ᄒᆡ ᄂᆞ아가 고왈 신쳡이 오세붓터 낭낭을 ᄆᆡ셔 늘도록 가부을 엇지말고 일싱을 ᄆᆡ실쥴 ᄆᆡᆼ세하엿삽더니 쳔만의위예 쳔한 몸으로써 천자에 귀비되엿사오니 엇지 외람치 아니리잇가 젼

16) 주형예, 「19세기 한글통속소설의 서사문법과 독서경험」, 『고소설연구』 29, 한국고소설학회, 2010, 392면.

> 혀 낭낭은 구할계교을 하미라 얼골을 곱게 하며 인사을 꾸며 황제의 마암을 도로히게하니 이난 본심이 아니오 노쥬분게 가치아니하미 맛당히 천명을 못다 살지라 어린 자식이 잇사오니 낭낭은 어엿비 녁이시물 바라나이다 하고 후당에 드러가 자결하여 쥭어니……[17)]

> 이날 연히 틱후와 상과 회 압픠 나아가 고 曰 신첩이 오셰에붓터 낭낭을 뫼와 늘도록 가부을 엇디말고 일싱을 뫼실 쥴노 밍슈하엿던니 천만위예 천한 몸니으로서 천자와 낭구하올 하오미어날 얼골 고겨하여 언스을 구며 황졔의 마암을 도로혀겨한니 이난 본심이 아니요 쏘 노쥬분의을 갓초지 안이오믹 맛당히 천명을 못다 살지이다 어린 자식을 맛기오니 낭낭은 여엿비 녁물 바릐나니다 하고 궁의 드러가 자결하여 쥭은니……[18)]

여주인공의 시비가 선황제의 후궁이 되어 궁중의 일을 해결하는 이야기는 흔하지 않은 삽화이다. 특히 유교적인 사회의 신분질서관념이 비교적 충실히 나타나는 우리나라 고전소설에서, 시비가 주인보다 웃어른이 되는 관계는 상상하기 어렵기 때문이다. 그러한 측면에서 생각해보면 단국대본, 국민대본 〈태아선적강록〉에서는, 신분사회에서 주인과 노비의 관계를 전복시킬 수 없다는 보수적 논리를 작품 내에서 그대로 유지하고 있다.

선황제가 세상을 떠난 후 어떠한 갈등을 일으킬만한 사건이나 동기 없이 옥소아가 자살을 결심한 까닭은 다른 무엇보다 주인을 두고 외람되게 선황의 총애를 입었기 때문이다. 옥소아의 입장에서 보면 아무리 정황이 급박하였다 하더라도, 주인(유태아)을 두고 다른 주인을 섬기는

---

17) 국민대본 〈태아선적강록〉, 112면.
18) 단국대본 〈태아선적강록〉, 55면.

불충을 저지른 일이 된다. 또한 유태아가 선황제의 며느리이므로, 선황제의 후궁이 되는 일은 상하관계가 전복되는 불충에 속하는 일이기 때문이다. 그렇다고 선황제가 살아 있을 때 자결하는 일은 나라의 지존인 선황제에 대한 불충이 된다. 옥소아의 딜레마는 이 지점에서 증폭되어 있으며, 결국 옥소아는 선황제가 세상을 떠나자마자 유태아에게 상황을 설명하고 자살하는 선택을 하게 된다. 여기서 옥소아의 자살은 주인과 노비의 상하수직관계를 유지하기 위한 보수적인 관념이 개입된 문제해결방식이라 생각한다.

그런데 흥미롭게도 필사본 〈유황후전〉에서는 유태아가 황후가 된 후에도 옥소아를 선황제의 후궁으로 예우하며 주–노 관계를 개의치 않는 것으로 나타나며, 옥소아 역시 잘 지내는 것으로 나타난다.

> 이후붓터는 뉴후 지극한 호셩으로 낭던乙 셤기미 쳡에와 슉인乙 관디하되 빈쥬 분의乙 알은 테 아니하시니 이는 뉴후의 덕셩이 지극한디라. 죵용한 씌乙 타 슉인의 신원한 공乙 티하〃드라……[19]

이러한 모습은 활자본 〈류황후〉에서도 똑같이 볼 수 있다.[20] 활자본 〈류황후〉 역시 옥소아가 자살하는 이야기는 나타나지 않는다. 이는 적어도 필사본 〈유황후전〉과 활자본 〈류황후〉에서는 앞서 언급한 주–노 관계의 보수적인 관념으로부터 보다 자유로워진 모습을 반영한 것으로 생각해 볼 수 있다. 신분제에 대하여 유연해진 사고가 개입된 까닭에, 유태아와 옥소아는 개인적인 주–노 관계를 해체하고 황후와 선황의 후

---

19) 필사본 〈유황후전〉, 39면.

20) 류후ㅣ 량뎐을 지효로 셤기고 뎡셥여를 애즁히 녁이며 유익슈(유수애)를 후대하야 젼일 노류지분을 일호도 거녁지 아니하고 리비를 대졉함이 동긔에 나리지 아니하니……〈류황후〉, 155면.

궁으로서 서로 화해할 수 있는 지점을 마련한 것이 아닌가 생각한다.

셋째, 만귀비로 나타나는 악인의 결말 처리 방식이 다르게 나타난다. 모든 작품에서 공통적으로 악인으로 등장하는 만귀비는 나중에 모든 죄과가 드러나 처형당할 위기에 처하였으나, 태자와 유태아의 도움으로 선처를 받아 목숨을 구하는 대신 유배를 가게 된다. 그런데 단국대본·국민대본 〈태아선적강록〉에서는 이후 만귀비가 자신의 딸과 사위, 몇몇의 신하들과 함께 역모를 꾀하다 잡혀 처벌당하는 사건이 등장한다. 그에 비하여 필사본 〈유황후전〉에서는 선황제의 명으로 만귀비가 먼 곳에 유배되는 것으로 사건이 종결되며, 활자본 〈유황후전〉에서는 꿈에 등장한 노인의 꾸짖음으로 인하여 만귀비가 그간의 죄를 뉘우치는 것으로 나타난다.

동일한 서사전개를 보이고 있는 이본 사이에서 악인의 결말처리 방식이 차이를 보이는 까닭은 무엇인가? 이 작품에서 악인으로서 중요한 위치를 차지하고 있는 인물은 다른 누구보다도 만귀비라 할 수 있다. 전반부 勒婚의 주모자인 만풍경은 소설 전개상 유태아를 아버지와 떼어놓은 동시에, 태자와 사사로이 만나게 하는 계기를 만드는 역할을 한 이후로는 작품에서 구체적인 모습을 보이지 않는다.[21] 작품에서 주된 갈등을 이루고 사건을 일으켜 서사를 전개시켜나가는 주동적인 역할을 하는 악인형 인물은 만귀비이다. 이러한 만귀비를 징치하는 방식은 주인공의 성공과 행복한 결말을 위해 중요하다. 유태아 개인의 원한을 갚는 것뿐 아니라 가문의 복수와 국가의 안정과 흥성까지 연결되어 있기 때문이다.

이러한 측면에서 볼 때 만귀비의 처리방식은 단국대본·국민대본〈태아선적강록〉과 필사본 〈유황후전〉, 활자본 〈류황후〉에 따라 다르게 나

21) 작품 후반부에 황제의 명을 받아 만귀비의 처소를 뒤지던 중, 만풍경이 불충한 일을 꾸민 증거가 발견되어 처형되는 것으로 나타날 뿐, 이후 주도적으로 사건을 꾸미거나 진행시키는 역할을 찾아보기는 어렵다.

타난다. 단국대본, 국민대본〈태아선적강록〉에서 만귀비는 황후로 등극한 유태아와 태자의 선처로 인하여 처형될 위험에서 벗어나 멀리 유배가게 된다. 그러나 그것으로 사건이 종결 되지 않고 만귀비가 일당을 만들어 다시 한 번 반란을 도모하는 사건이 일어난다.

> ᄆᆞᆫ씨 상오라온 마암을 곳치지 못하야 그 여서 부마 공쥬원과 병부상셔 이지동을 더부러 모ᄋᆡ하다가 일이 혈누하여 조정니 발군하여 ᄌᆞ부려 할졔 ᄋᆡᆨ비 국운이 쥬비하여 ᄐᆡ상황이 붕하신이 상이 망극하신 즁 반적을 염여ᄒᆞ셰던니 역작을 ᄌᆞ바 즁문ᄒᆞᆨ셰하니 다만 귀지회라 사귀 못하여 만비 모여와 부마 잔당을 다 처참한 후 성복을 지ᄂᆡ시다……22)

> 만씨 사오라온 마음을 곳치지 아녀 그 여셔 부마 공쥬월과 노왕쳐부 경남산과 병부상 이지동을 더부러 모의하다가 이 일이 혈누하니 조졍이 발군하여 잡으려 할ᄃᆡ에 굼운이 즁비하샤 황샹이 붕하시니 상이 망극하신 즁 만적을 염여하시더라 다힝이 역젹을 잡아 국문하니 다 만비에 지위라 마지못하여 만비 보여와 부마 간당은 쳐참하여 진정한 후 셩복을 지ᄂᆡ시이다……23)

그 전까지 만귀비는 황궁의 암투를 지휘하는 악녀의 모습을 지녔다면, 자신의 딸과 사위, 여러 신하들을 동원하여 반란을 도모한 이후로는 군대를 동원하여 정벌해야 할 國賊으로 확대되는 경향이 있다. 따라서 단국대본과 국민대본 〈태아선적강록〉에서는 만귀비를 작품에서 반드시 제거해야 할 대상으로 규정하여 단죄하는 모습을 보인다.

그에 비하여 필사본 〈유황후전〉에서는 만귀비의 악행에 대하여 확대

---

22) 단국대본 〈태아선적강록〉, 54면.
23) 국민대본 〈태아선적강록〉, 111면.

된 의미를 부여하지 않는다. 만귀비를 치죄하는 부분에서 유태아나 태자는 어떠한 역할도 하지 않고, 단지 황제가 죽이려 하였으나 극형을 면하게 하여 사람이 살지 않는 곳에 유배 보내는 모습을 보이고 있으며, 이후 만귀비가 풀려났다는 사실만 한 문장으로 첨기되어 있다. 필사본 〈유황후전〉에서는 주인공에 대칭되는 역할에 있는 악인형 인물에 대하여 집중하거나 의미를 부여하기 보다는 이후 유태아의 행복과 유씨집안의 부흥에 더 의미를 두고 있다.

그런가하면 활자본 〈류황후〉에서는 만귀비의 결말이 다르게 나타난다. 필사본 〈유황후전〉에서는 갈등이 더 이상 심화되거나 반복되지 않고 사건을 마무리 짓는 모습을 보인다면, 활자본 〈류황후〉에서는 악인 만귀비의 개과천선으로 이야기를 종결하는 모습을 보이고 있다. 만귀비의 악행에 대하여 분노하는 황제에게, 유태아와 태자는 '웃어른이자 서모에 대한 효성'을 앞세워 목숨만은 살려주기를 간절히 청한다. 이로 인하여 만귀비의 수족이 되어 움직이던 시비 교란이 처형되고 만귀비는 멀리 유배 간다. 그러나 아무런 뉘우침이 없이 유태아와 태자를 원망하며 지내던 중, 황후가 된 유태아의 도움을 입어 유배지에서 풀려난다.

> 하로밤은 일몽을 어드니 일위로옹이 쥭장을 집고 니르러 머리를 두다리며 꾸지저 왈 오히려 마암을 곳치지 아니하고 모진 마음이 갈사록 깁흐니 만일 죵시 회개함을 아지 못할 진대 차생 후생에 무슈한 고초를 면치 못하리라 하고 홀연 간 곳이 업거늘 놀나 깨다르니 남가일봉이라 심신이 요란하야 송구함을 진정치 못하다가 적이 마음을 도리키매 눈물이 어대로좃차 나오는 줄을 아지 못하고 이욱히 쥬류가 방방하다간 가즤 마암을 꾸지저 왈 내 젼일을 생각하니 죄악이 하날에 다앗는지라 엇지 벗기를 바라리오 현인을 모해하다가 텬도가 무심치 아니하사 사세가 여차함에 니르니 엇지 타인을 원망하리오 이는 자작얼이라 엇지

면키를 바라리오 황상의 하날갓흐신 은덕으로 하방원귀가 되기를 면하고 사명을 어더 도라가나 장차 무산 면목으로 륙궁을 대하리오 나는 모진 마암으로 현인을 모해코저 하엿더니 류후는 그를 혐의치 아니하고 쥭게된 사람을 구하니 여텬대은은 임의 말할 것 업스나 무산 면목으로 다시 대하리오 차라리 쥭어 모름만 갓지 못할지라……량뎐이 만귀비 회과함을 보시고 깃버하사 황후의 지감을 더욱 탄복하사 애즁하심이 젼일보다 더하시고 륙궁비빙이 황후의 어진 덕으로써 만귀비의 악한 마암이 일죠에 회개하야 어진 사람이 됨을 보고 칭복지 아니 리 업더라……[24)]

황궁으로 가던 도중 만귀비는 신이한 노인이 나타나 꾸짖는 꿈을 꾸고 자신의 죄를 뉘우치고 유태아에게 지난 날 악행에 대하여 용서를 빌게 된다. 만귀비가 스스로 죄를 뉘우치자 유태아뿐 아니라 선황제 부부 역시 그녀를 용서하여 다시 선황의 후궁으로 받아들인다. 이로서 활자본 〈류황후〉에서는 악인이 교화되어 살아남고 모두가 행복해지는, 다시 말해 갈등이 擴大되거나 劇化되기보다는 無化되는 것으로 이야기를 맺고 있음을 볼 수 있다. 악인을 懲治가 아닌 敎化의 대상으로 바꿈과 동시에, 주인공 유태아의 윤리적・인격적 완전성을 더욱 강조하는 방향으로 나아가고 있는 것이다. 이처럼 악인을 징치하는 방식은 작품이 어떠한 부분에 비중을 두느냐에 따라 조금씩 다르게 나타난다.[25)]

---

24) 활자본 〈류황후〉, 161~162면.

25) 작품에 나타나는 악인의 징치양상에 대하여 살펴볼 만한 작품들로 推奴界 소설인 〈김학공전〉과 〈신계후전〉, 〈박만득박금단전〉을 들 수 있다. 가문의 원수를 찾아 복수하고 가문을 부활시키는데 중점을 둔 〈김학공전〉에서는 김학공이 자신을 위험에 빠지게 한 노비 박명석뿐 아니라 노비들이 살고 있는 섬 전체를 몰살시키는 극단적인 복수를 선택하고 있다. 반면, 〈신계후전〉에서는 가문의 원수를 갚는 서사 뿐 아니라 주인공 신계후와 경애의 애정담에도 비중을 둔 까닭에 상대적으로 추노담의 갈등이 약화되어 나타나며, 결국 신계후는 김씨부인의 은혜를 생각하여 가문의 원수인 험탐 일가를 살려주는 모습을 보이고 있다. 한편 〈박만득박금단전〉에서는 박만득의 거듭된 애정담뿐 아니라 박만득과 박금단의 남매이합담 또한 비중을 두고 있기에 추노담 자체는 소재적인 측면

이러한 측면에서 살펴보면 〈태아선적강록〉에서는 유태아를 고난에 빠지게 한 만씨일가 에 대한 처벌이 상대적으로 강화된 것으로 볼 수 있다. 그리하여 유씨가문의 부활과 만씨가문의 완전한 패배의 구도로 이야기가 귀결되는 양상을 보이고 있다. 필사본 〈유황후전〉에서는 만귀비가 유배 간 후 만귀비와 유태아와의 갈등관계에 대하여 큰 비중을 두지 않는 인상을 받게 된다. 활자본 〈류황후〉에서는 아예 만귀비가 개과천선하여 본래의 후궁 지위를 회복하고 모두가 행복을 찾은 까닭에 갈등 자체가 무화되는 양상을 보인다. 활자본 〈류황후〉에서는 만귀비의 악행보다는 유태아의 이상적인 인간상에 초점을 맞추어 이야기를 귀결시키고 있는 것으로 생각된다. 이처럼 만귀비의 징치 양상이 〈태아선적강록〉-필사본 〈유황후전〉-활자본 〈류황후〉의 순서대로 점차 갈등이 약화되거나 무화되는 모습을 보이고 있다.

이처럼 유태아와 태자의 혼전 동거 및 동침 여부, 옥소아의 자살 여부, 만귀비의 역모와 처벌 관련 양상을 기준으로 살펴본 바를 종합해보면, 단국대본, 국민대본 〈태아선적강록〉은 세 가지 측면에서 모두 동일한 양상을 보이고 있음을 알 수 있다. 이에 비하여 필사본 〈유황후전〉은 유태아와 태자의 혼전 동침 이야기에 대하여서는 의도적으로 배제하였으며, 활자본 〈류황후〉에서는 태자와 유태아의 혼전 동거 및 동침 부분을 완전히 제거하고, 대신 이후 전개되는 유태아의 궁중 수난담에 비중을 둔 모습을 볼 수 있다. 또한 유태아의 충직한 시비 옥소아 역시 단국

에 머무르는 것으로 변화되고 있다. 따라서 〈박만득박금단전〉에서 박만득은 가문의 원수라 할 수 있는 춘덕을 살려주었을 뿐 아니라, 자신을 죽이려 했던 김참봉의 죄를 용서하고 오히려 벼슬을 올려주는 모습을 보이고 있다. 이처럼 작품이 추구하는 바에 따라 악인의 징치에 대한 양상에 일정한 변화가 있으며, 서사적인 변개가 나타남을 알 수 있다. 〈김학공전〉, 〈신계후전〉, 〈박만득박금단전〉의 작품 비교에 대한 분석은 졸고 〈박만득전〉과 推奴系 小說의 비교 연구(『국민어문연구』 8, 국민대학교 국어국문학연구회, 2000, 115~140면.)를 참고하였음을 밝힌다.

대본, 국민대본 〈태아선적강록〉과는 다르게 필사본 〈유황후전〉과 활자본 〈류황후〉에서는 主-奴의 위치가 전복된 것에 대한 갈등이나 고민 없이 화목하고 행복하게 지내는 모습으로 나타난다. 악인을 징치하는 양상에 있어서도 필사본 〈유황후전〉과 활자본 〈류황후〉은 만귀비의 징치보다는 여주인공 유태아의 仁德과 그로 인한 행복한 결말에 더욱 의미를 부여하고 있다. 따라서 단국대본, 국민대본 〈태아선적강록〉에서 만귀비가 역적이 되어 참형 당한 것과 달리, 유배를 가는 것으로 종결되거나 악인이 교화되어 선인이 되는 또 다른 보수윤리를 충실히 반영하게 된 것으로 볼 수 있다.

이러한 특징을 살펴본 결과, 필사본 〈유황후전〉은 〈태아선적강록〉과 서사전개방식 뿐 아니라 문장표현 또한 매우 흡사하게 나타나나 몇 가지 중요한 서사단락에서 〈태아선적강록〉과 다른 면모를 보이고 있으며, 이것이 활자본 〈류황후〉에서 찾아볼 수 있는 서사의 변용에 긴밀한 영향을 주었다고 할 수 있다. 필사본 〈유황후전〉은 단국대본, 국민대본 〈태아선적강록〉과 활자본 〈류황후〉에서 보이는 서사적 변용을 이해할 수 있는 중요한 단계의 작품이 된다는 측면에서 의의를 찾을 수 있으리라 생각한다.

4. 맺음말

지금까지 순천 시립 '뿌리깊은나무' 박물관 소장 필사본 〈유황후전〉에 대해 살펴본 바를 종합해보면 다음과 같다. 필사본 〈유황후전〉은 서사단락과 등장인물의 명칭 및 성격을 비교하여 볼 때 〈태아선적강록〉 계열의 이본이며, 필사상태와 작품 분량 및 주요 에피소드를 고려하여 볼 때 동일 계열의 이본 중 가장 잘 정서된 작품이라 할 수 있다.

필사본 〈유황후전〉은 유태아와 태자의 혼전 동침 이야기에 대하여서 의도적으로 배제하여 여주인공 유태아의 정절을 보다 중요시여기는 보수 윤리적인 모습을 보이고 있다. 또한 악인을 징치하는 양상에 있어서도 만귀비의 징치보다는 여주인공 유태아의 仁德과 그로 인한 행복한 결말에 더욱 의미를 부여하고 있다. 이와 같은 모습은 〈태아선적강록〉계열 작품과는 다른 전개방식이며, 활자본 〈류황후〉의 소설적 변개양상을 가늠할 수 있다는 측면에서 의의를 찾을 수 있다. 요컨대 필사본 〈유황후전〉은 〈태아선적강록〉 계열의 이본으로서 활자본 〈류황후〉 창작에 가장 직접적인 영향을 준 작품으로 볼 수 있으리라 생각한다.

여주인공이 혼인 전 만난 태자와 애정관계를 이루고 마침내 황후의 지위에 오르는 서사가 자주 등장하는 것은 아니다.[26] 필사본 〈유황후전〉은 동일한 서사를 기본으로 하여 다양한 소설적 변모를 보일 수 있는 가능성을 보여주고 있다는 측면에서, 앞으로 지속적인 연구가 필요한 작품이라 생각한다.

|| 조재현(국민대학교)

---

26) 〈정비전〉은 〈태아선적강록〉·〈유황후전〉계 소설과 기본적인 서사맥락이 같으나, 정비의 여성영웅적 활약이 돋보이는 軍談이 작품 분량 중 삼분의 일을 차지할 만큼 많은 비중을 차지하고 있다. 따라서 군담에 비중을 둔만큼 정비의 성격 역시 자연스럽게 무예와 병법에 능하며 담대한 마음과 신이한 능력을 지닌 여성으로 묘사되어 있다. 〈태아선적강록〉·〈유황후전〉계 소설에서는 출생(謫降)-고난(抑婚)-결연-고난(陋名)-고난극복- 황후 등극에 이르기까지, 여주인공의 일대기에 충실히 집중하고 있다. 그러나 반면 작품의 성격이나 주인공의 인물성향이 뚜렷하게 나타나지 않고 있다면, 〈정비전〉은 여주인공의 여성영웅적인 성격이 확실히 드러남을 알 수 있다. 정비는 아버지를 구하고 나라를 구하는 여성영웅이며, 때문에 가문과 나라를 위해 복수를 다짐하고 그 복수를 직접 행하는 일관된 모습을 보이고 있다. 요컨대, 〈정비전〉의 여주인공 정비는 자신을 둘러싼 갈등과 문제를 직접 해결해나가고 있기에 악인의 역할이나 사건의 전후맥락 역시 자연스럽게 이어지는 모습을 보인다. 동일한 서사를 중심으로 작품의 성격과 주인공의 특징이 전혀 다르게 나타난 양상은 당시 고전소설의 창작 및 변개 상황과 향유층의 욕구를 반영하고 있다는 측면에서 매우 홍미롭다. 이에 대한 연구는 후고를 기약한다.

한창기본 〈기연회봉록〉 연구

1. 머리말

〈기연회봉록〉은 남주인공 유봉상과 여주인공인 황채란, 전학선, 손롱선, 채혜운이 헤어지고 만나 가족을 이루는 내용의 소설이다. 남녀주인공이 만남과 헤어짐, 여주인공이 남주인공과 분리되었을 때 경험하는 수난과 忍苦의 과정, 극적인 재상봉 등을 다채롭게 풀어나가고 있다. 남주인공의 영웅적 면모보다는 여주인공들과의 만남을 통해 사랑 성취에 의미를 두고 있다는 점에서 〈기연회봉록〉은 애정소설, 기봉소설의 범주에 든다고 본다.

일찍이 조희웅의 『고전소설 이본목록』[1]에서는 〈유봉상전〉이 존재하고 있으나 아직까지 발굴되지 않았다고 제시한 바 있다. 본고에서 소개할 〈기연회봉록〉 내지에는 '유봉상전'이라고 밝혀놓았는데, '유봉상전'은 〈기연회봉록〉의 또 다른 제목이 아닐까 생각된다.

이처럼 〈기연회봉록〉은 이제껏 작품의 그 존재 여부가 확인되지 않았으나, 순천 시립 뿌리 깊은 나무 박물관에 소장되어 있으며, 본고에서 처음으로 소개하는 작품이다.[2] 이 글에서는 유일본인 〈기연회봉록〉을

---

1) 조희웅, 『고전소설 이본목록』, 집문당, 1999.

2) 〈기연회봉록〉은 정명기 선생님께서 2011년 4월 11일에 순천 시립 뿌리 깊은 나무 박물관을 답사하여 확인한 자료이다. 필자는 정명기 선생님으로부터 본 자료를 제공받아

서지 사항과 경개 및 작품의 구조를 소개하고자 한다.

2. 〈기연회봉록〉의 서지 사항과 작품 경개

2.1. 서지 사항

본고에서 소개할 〈기연회봉록은〉 현재 故 한창기 선생의 소장 자료 대부분은 '순천 시립 뿌리 깊은 나무 박물관'에 소장되어 있다. 〈기연회봉록〉은 표지에 '奇緣回逢錄긔연회봉록'으로 되어 있고, 내지에는 '류봉샹전'이라고 써 놓았다. 작품 내용은 제목에서도 알 수 있듯이 '남녀가 기이한 인연이 있기 때문에 긴 시간을 돌아 또다시 만난다'라는 이야기이다. 정확한 책의 크기는 확인할 수 없었으나, 총 132면에 자수는 약 40,000여자이다. 단편소설로 보기에는 길이가 길고 중편소설로 보기에는 다소 짧은 감이 있다.

본문은 면당 가로 12, 3행, 행당 자수는 적게는 21字, 많게는 30字 정도이다. 책의 보관상태가 깨끗하고 필체는 단정하여 판독은 용이한 편이다. 필사자는 오탈자가 생기거나 반복해서 쓴 단어가 있는 경우, 책의 초반부에는 오른쪽에 꼼꼼히 정정해 놓았으나, 후반부에는 이런 과정을 생략하기도 하였다. 이야기 중간 부분에 종이가 바래져서 판독이 되지 않는 몇몇 글자가 있는 경우도 있지만 대체로 읽기 쉬웠다. 필사자는 상당히 정성을 들여 글씨를 썼지만, 아쉽게도 필사 후기를 자세히 기록하지 않았다. 마지막 면에 "외종 소남ᄒᆞ니 션싱게셔 이칙을 민드시니라"라고 하여 〈기연회봉록〉의 작자가 필사자의 외가 쪽 누군가임을 밝히고 있으나 필사자가 누구인지는 알 수 없다. 또 필사년도가 기록되

연구할 수 있었다. 이 자리를 빌려 필자에게 연구의 기회를 주신 선생님께 감사드린다.

어 있지 않아 작품의 창작 시기나 필사 시기도 유추할 수 없다.

2.2. 〈기연회봉록〉의 줄거리

① 가정 년간에 재상 류열은 일찍 부인을 잃고 남매 류인상, 류시란을 키우다가 주변의 권유로 이씨부인과 혼인을 한다.
② 이씨부인은 류인상남매를 친자식처럼 키우는데, 하루는 기이한 꿈을 꾸고 아들 류봉상을 낳는다.
③ 류열은 류시란과 류인상을 왕희진과 장씨부인에게 혼인을 시키고, 류인상이 산중에 은거하며 지내겠다고 하자 뜻을 존중하여 막내아들 류봉상을 혼인 시킨 뒤 함께 떠나려고 한다.
④ 류열은 왕종에게 소개 받은 황처중의 딸 황채란을 류봉상의 부인으로 삼기로 한다.
⑤ 황채란의 계모인 최씨부인은 전처소실인 황채란이 혼인을 하면 재산을 나눠야 한다는 사실에 두 사람의 혼인을 방해할 결심을 한다.
⑥ 최씨부인은 시비 옥섬을 사주하여 황채란에게 姦夫가 있는 것처럼 보이게 한 뒤 신혼 첫날밤 류봉상을 내쫓는다.
⑦ 옥섬의 남편 자도는 최씨부인의 계교대로 하기로 하고, 후일 최씨부인이 빼돌린 재산을 가로채려고 한다.
⑧ 류봉상은 첫날밤에 도적이 들이닥치자 놀란 나머지 신부를 버려두고 홀로 도망을 나와 한 마을에 도달한다.
⑨ 류봉상은 노새에게 의지해 산속을 무사히 벗어나고, 노새가 멈춘 집(전팔주의 집)에 들어가 하루 밤 머물기를 청하고 유숙한다.
⑩ 전팔주와 손중무는 친구로 남양 속군에서 함께 살다가 늦게야 각각 딸 전학선, 손롱선을 낳는다.(전학선과 손롱선은 동년 동월 동일에 태어나 친자매처럼 지낸다.)
⑪ 늦은 밤 류봉상은 글 읽는 소리를 듣고 글을 나누고 싶은 마음에 학선루로 찾아가 전학선을 만난다.
⑫ 그날 전학선은 청룡이 몸을 감싸는 꿈을 꾸고 난 뒤 류봉상을 만나고,

손롱선 역시 기이한 꿈을 꾸고 난 뒤 학선루로 찾아간다. 둘은 庶人이라는 신분적 한계를 느끼지만 류봉상을 만나 부부의 연을 맺기로 약속한다.
⑬ 류봉상이 떠나게 되자 세 사람은 서로 시, 거울, 옥지환을 나눠 가진 뒤 헤어진다.
⑭ 류봉상은 집으로 돌아와 류인상과 류시란에게 결혼 첫날밤 도적이 들어 황채란을 버리고 도망 나온 일과 전학선·손롱선과 만나 후일을 약속한 일을 이야기한다.
⑮ 황채란은 후선관에서 난 큰 소리에 류봉상이 도망을 가고 사라지자, 신혼 첫날밤 머물던 그 자리에서 한발자국도 움직이지 않은 채 곡기를 끊고 지낸다.
⑯ 최씨부인은 황채란의 상황을 듣고 거짓 놀라며, 황원길을 황처중에게 보내 사실을 알리고 황채란을 찾아가 위로하는 척한다.
⑰ 황처중은 첫날밤 사라진 류봉상을 찾기 위해 사람들을 사방으로 보내 수소문하지만 끝내 찾지 못하고, 류열의 집에 노복을 보내지만 만나지 못해 실망한다.
⑱ 류봉상은 부모의 허락을 받고 자하동으로 매파를 보내 전학선과 손롱선을 맞이하려 하지만, 두 사람은 죽어 장례를 치르고 그 부모는 마을을 떠났다는 말에 더 이상 결혼을 하지 않을 결심을 한다.
⑲ 전학선(유수재)과 손롱선(전수재)은 부모가 혼인을 시키려하자 남복을 하고 손중무의 집에서 머무는데 남장을 한 사실이 들통이 날까봐 절로 들어가 몸을 숨기기로 한다.
⑳ 전학선과 손롱선은 우연히 길가에서 유리걸식하는 남동을 보고 적선을 하는데, 사람됨이 착하여 함께 절로 들어가 지내기로 한다.
㉑ 세 사람은 도적이 창궐하다는 말을 듣고 몸을 피하던 중 도적이 들이닥쳐, 전학선과 손롱선이 헤어진다.
㉒ 전학선은 남동과 자신만 살아남은 줄 알고 손롱선에게 미안한 마음을 감추지 못한 채 물에 빠지는데, 남동은 미처 말리지 못해 슬퍼한다.
㉓ 석근(백운선생)은 전학선이 물에 빠져 죽을 것을 알고 배를 몰고 나와

전학선을 구하고, 울고 있던 남동을 데리고 자신의 집으로 데리고 간다.

㉔ 석근은 전학선의 남장을 알아보고 딸(석운선)로 삼아 친자식처럼 키우고, 남동도 자신의 아들 석연련과 함께 공부를 가르친다.

㉕ 손롱선은 절로 찾아 들어가 운수선사에게 몸을 의탁하려 하는데, 운수선사가 정안보살에게 보내며 여승으로 지낸다.

㉖ 정안보살은 손롱선의 머리를 깎아 혜각이란 법명을 주고, 함께 보광사(관해암)에서 지내도록 한다.

㉗ 류봉상은 전학선과 손롱선의 죽음을 듣고 애통해하며 쌍련사로 찾아가 佛道를 익힐 결심을 하는데, 채성주가 누이 채혜운을 좋은 사람에게 再嫁시키려 한다며 청혼을 하자 채혜운과 혼인을 한다.

㉘ 류봉상은 과거에 급제하여 형양에서 순무를 돌던 중 석근을 만나고 석근의 간곡한 청에 그의 딸 전학선과 마음에도 없는 혼인을 한다.

㉙ 전학선은 또다시 억지로 혼인을 해야하는 상황이 되자 죽을 결심을 하는데, 신방에서 류봉상이 이름을 부르며 반가워하자 이에 놀라며 학선루에서 나눈 증표를 나눠 보고 재회한다.

㉚ 채혜운은 시집으로 들어가 시부모님께 사랑을 받는데, 류봉상이 형주로 순무를 떠나자 동서인 장씨부인은 시어머니가 채혜운과 계속해서 비교하자 불만을 품는다.

㉛ 시비 매향이 장씨부인의 걱정을 덜어주기 위해 채혜운과 이씨부인의 사이를 모함하자고 충돌질하여 채혜운에게 姦夫가 있는 것처럼 꾸며 채혜운을 모함하여 내쫓는다.

㉜ 채혜운은 우연히 만난 정안보살을 따라 보광사(관해암)로 들어가 승려(묘희)가 되어 손롱선(혜각)과 함께 지내며, 후일 류봉상을 다시 만나기를 축원한다.

㉝ 류봉상은 점괘를 통해 황채란에게 문제가 생겼음을 알고 석근이 준 환약을 들고 남동과 함께 황채란을 찾아간다.

㉞ 주점에서 만난 노인이 도망간 신랑을 기다리는 황채란의 절개를 칭찬하자 류봉상은 과거 도적이 든 일이 이상하다는 사실을 깨닫고 황처

중을 찾아간다.

㉟ 유봉상은 황처중의 집 노복을 불러 是非를 가리려 하는데, 옥섬과 자도가 자수를 하자 두 사람을 벌한다. 최씨부인은 자신의 죄가 명백히 밝혀지자 悔改한다.

㊱ 류봉상은 죽기 직전인 황채란을 찾아가 가지고 간 약으로 살린 뒤, 그녀가 자신의 오해로 인해 고생을 했음을 위로하고 집으로 데리고 간다.

㊲ 류봉상은 황제의 명으로 청주를 순무하며 민심을 문란하게 한 괴수 범각을 평정한다.

㊳ 류봉상이 전팔주를 만나 딸의 생사여부를 확인하고, 그간의 일을 숨기는 전팔주에게 전학선이 살아있음을 알려준다. 손중무는 자신의 딸만 생사여부를 확인할 수 없다고 하자 슬퍼한다.

㊴ 류봉상은 석연련, 남동과 집으로 돌아가는 길에 보광사(관해암)를 구경하는데, 남동이 손롱선을 알아보자 손롱선에게 옥지환을 보내 자신이 찾아왔음을 알린다.

㊵ 손롱선은 류봉상이 이미 전학선과 만났고, 다른 여인과 결혼을 했다는 사실에 낙담하지만, 류봉상이 그간 사정을 이야기하자 마음을 풀고 還俗하기로 한다.

㊶ 채혜운은 곁방에서 있으며 손롱선과 류봉상의 재회를 듣는데, 손롱선이 곁방으로 와 류봉상이 왔음을 알려주지만 모함을 받고 쫓겨난 몸이라 쉽게 류봉상과 만나지 않겠다고 한다.

㊷ 류봉상은 채혜운에게 매향으로부터 모함을 받은 사실을 알고 있다며 위로하자, 마음을 돌려 류봉상, 손롱선과 시집으로 돌아간다.

㊸ 류봉상은 두 부인을 데리고 집으로 돌아가 매향을 잡아 징벌하고, 장씨부인은 채혜운을 만나 그간 노고를 위로한다.

㊹ 황채란, 전학선, 손롱선, 채혜운은 서로의 인품이 뛰어남을 좋아하여 친자매처럼 지내고, 오래도록 류봉상과 함께 산다.

〈기연회봉록〉은 유봉상과 황채란, 전학선, 손롱선, 채혜운의 離合 과정을 중심으로 한 소설이다. 이야기 중간 부분에 짤막하게 유봉상의 영웅적 면모를 기술하고 있지만 서사구조상 큰 비중을 차지하지 않는다. 오로지 남녀주인공의 만남과 이별, 여주인공의 고난과 고난극복, 남녀주인공의 재상봉의 서사 구조이다.

〈기연회봉록〉은 내용상 크게 세 부분으로 살펴볼 수 있다. 큰 틀은 '유봉상과 황채란의 결연-혼사장애-재상봉'이며, 이 속에 '유봉상과 전학선·손롱선의 결연-혼사장애-재상봉', '유봉상과 채혜운의 결연-혼사장애-재상봉'의 이야기가 들어 있다. 혼사장애와 재상봉 과정에는 여주인공들의 고난을 세밀하게 기술하였으며, 남녀주인공의 이합과정은 고전소설들에서 쉽게 볼 수 있는 이야기들로 이루어져 있다는 점에서 볼 때, 〈기연회봉록〉의 창작시기는 다양한 소설과 이야기들이 혼재한 조선 후기가 아닐까 추정된다.

'유봉상과 황채란의 결연-혼사장애-재상봉'은 서사단락 ④~⑧, ⑭~⑰에 해당된다. 그런데 전반부의 유봉상과 황채란의 이야기는 〈정을선전〉의 전반부와 흡사하다. 남녀주인공이 신부 계모의 모함으로 인해 혼인 첫날밤 헤어지지만 후일 남편이 순무하던 중 정절을 지키던 부인이 죽을 지경에 이르렀다가 再合을 한다는 점에서 동일한 이야기 구조이다. 그러나 〈정을선전〉이 후반부에 쟁총형으로 이야기가 진행된다면, 〈기연회봉록〉의 후반부는 남주인공이 더 많은 여성을 만나고 헤어지는 이야기를 삽입하고 있다는 점에 차이가 난다.

'전학선·손롱선의 결연-혼사장애-재상봉'은 유봉상이 황채란과 혼인 후 도적을 피해 나왔다가 전팔주의 집에 머물며 시작한다. ⑨~⑬은 세 사람이 기이하게 만나고 헤어지는 과정인데, 기봉류소설이나 애정소설에 자주 등장하는 '남녀의 증표 나누기' 화소가 있다. ⑲~㉑은 전학선과 손롱선이 정절을 지키기 위해 남장을 하고 집을 나온다. ㉑에서 두 사람은 도적을 만나 헤어지는데 이때부터 두 사람의 이야기는 또다시 세분화된다. ㉒~㉔, ㉘, ㉙, ㊳은 전학선이 석근의 집에서 머물다가 유봉상과 만나고, ㉕, ㉖, ㉜, ㊴~㊶은 손롱선이 보광사에 들어가 승려가 되었다가 보광사로 들어온 채혜란과 함께 지내던 중 우연히 유봉상을 만나 환속을 한다. 이들의 만남과 헤어짐은 애정소설에서 남녀주인공이 의례적으로 겪는 '초합(初合) - 분리(分離) - 재합(再合) - 결말(結末)'의 진행방식을 반복적으로 제시하고 있다는 점에서 흥미롭다.3)

'유봉상과 再婚을 한 채혜운의 결연-혼사장애-재상봉'은 ㉗, ㉚~㊱, ㊶~㊸에 해당한다. 채성주가 일찍 남편을 여읜 채혜운을 인품 좋은 유봉상에게 재혼시키는바, 두 사람 모두 초혼이 아니라는 사실이 독특하다. 유봉상은 채혜운과 혼인을 한 뒤 과거에 급제하고 능력을 사회적으로 인정받는 등 탄탄대로를 걷는다. 이에 반해 채혜운은 유봉상이 순무하기 위해 집을 떠난 순간부터 장씨부인의 시비인 매향의 모함을 받아 시집에서 쫓겨난다. 그녀는 손롱선과 함께 지내던 중 유봉상을 다시 만나 집으로 돌아온다.

〈기연회봉록〉은 이처럼 유봉상의 영웅적 모습보다는, 유봉상과 황채란・전학선・손롱선・채혜운이 어떻게 만났다가 헤어지며 재상봉하고 있는가, 그리고 여주인공들이 혼사 장애 과정에서 어떤 고난을 겪고 극복하다가 남주인공과 만나고 있는가를 집중적으로 다룬 이야기라고 할 수 있다.

남녀결연과 혼사장애라는 화소를 가지고 있는 〈기연회봉록〉은 고전소설 장르 중 애정소설과 기봉소설의 특성을 두드러지게 보이고 있으며, 남녀주인공의 재합을 위해 혼사장애 화소를 두루 삽입하고 있다. 혼사장애 종류는 계모의 재산 탐욕, 동서 간의 모함, 정절 지키기 등으로

---

3) 양혜란은 『기봉류 소설 연구』(이회, 1995, 116~117면)에서 일찍이 "기봉류소설은 결연의 성취가 주인공의 목표가 되고 있으며, 〈만남과 헤어짐, 다시 만남〉의 구조가 작품의 핵심사건으로 짜여져 있다."고 하였다. 서사구조적으로 동일한 양상을 가지고 있다는 측면 외에 남녀 결연시 주고받는 신물이 기봉류 소설에서 나오는 화소들이 거의 대부분은 다 등장하고 있다는 점에서 기봉류와의 상관성을 무시하지 못할 것이다.

가정소설에서 자주 접할 수 있는 요소이인데, 〈기연회봉록〉에서는 이것들이 복합적으로 나타나고 있다. 〈기연회봉록〉은 다양한 혼사장애에도 불구하고 남녀주인공이 그들의 사랑을 성취해 나간다는 이야기 구조를 가지고 있는 것으로 보아, 비록 필사년도는 알 수 없으나 적어도 19세기 말이나 20세기 초에 창작된 소설이 아닌가 조심스럽게 추측할 수 있다. 이미 다양한 고전소설을 향유한 독자들을 위해 〈기연회봉록〉의 작자는 독자의 호응이 높았던 화소들만 뽑은 작품이라고 추론할 수 있다.

3. 〈기연회봉록〉의 혼사 장애 양상

3.1. 첫날밤 소박맞은 신부의 伸寃과 점괘에 의한 재상봉

유봉상과 황채란은 부모가 通婚을 하여 혼인을 한다. 양쪽 부모들의 열망은 두 사람이 결혼 상대를 찾아 행복한 가정을 만드는 것에 있다. 그래서 〈기연회봉록〉은 곧바로 유봉상과 황채란의 결연으로 이야기가 시작된다. 하지만 결혼은 두 사람의 결합이 아닌 가문의 결속이다. 조선은 일부다처제를 허용하고 있었으며, 이와 관련한 문제를 소설 속에서 꾸준히 등장하고 있었다. 〈기연회봉록〉 역시 남녀주인공의 결연 과정과 이합 구조 속에 이 같은 사회적 문제를 내포하고 있는 작품이다.

황채란은 전처소생의 딸로 황처중의 후처인 최씨부인의 질투와 시기를 받고 자란다. 후처의 총애 다툼은 계모형 가정소설에서 흔하게 찾을 수 있는 화소이다. 최씨부인이 열등감[4]을 극복하기 위해 황채란의 도덕

---

4) 도ᄉᆡ ᄆᆡ양 그 모친을 일코 비모의 ᄎᆞ지 못ᄒᆞ믈 붓ᄉᆞᆼ이 여겨 더욱 ᄉᆞ랑ᄒᆞ여 왈 ᄎᆡ란의 긔ᄉᆞᆼ이 비범ᄒᆞᆫ지라 ᄂᆡ 귀한 ᄉᆞ회를 갈혀 ᄇᆡ필 ᄉᆞᆷ고 ᄌᆡ산을 반분ᄒᆞ여 일ᄉᆡᆼ을 부귀케 ᄒᆞ리라 ᄒᆞ시니 최씨 심즁에 시긔ᄒᆞ더니……(〈기연회봉록〉, 13면)
 * 이후 작품의 서지 표시는 생략하고 쪽수만 밝히기로 한다.

성에 흠집을 내는 모습이 낯설게 보이지 않는 이유이다. 최씨부인은 대를 이을 아들 황원길과 함께 편히 노후를 보내려 한다. 그러나 황처중이 자신을 모자란 부인으로 생각하고 황채란을 결혼시킨 후 재산을 반분한다고 하자 불만을 가진다. 그녀는 황처중의 사랑이 아들을 낳은 자신이 아니라 황채란에게 쏠려 있다는 사실을 알고 황채란의 혼사에 훼방할 결심을 한다.

일반적으로 '신혼 첫날밤 소박맞는 신부'는 신부에게 결함이 있는 것으로 인식되는데, 그 결함은 곧 신부의 부도덕함과 관련이 있다. 그래서 최씨부인은 윤리적으로 완벽한 여인의 모습을 지닌 황채란에게 도덕적으로 흠집을 내기 위해 철저히 준비하여, 황채란을 신혼 첫날밤 소박맞은 신부로 만든다. 최씨부인은 신혼 첫날 밤 자도를 보내 황채란과 유봉상의 신방을 망가뜨리는데, 〈장화홍련전〉과 〈황월선전〉, 그리고 〈정을선전〉에서도 계모가 전처소생의 딸에게 도덕적 흠집을 내는 데 주저함이 없었다. 특히 〈정을선전〉의 전반부와 유봉상·황채란의 離合과정이 흡사하다.

〈정을선전〉	〈기연회봉록〉
계모 노씨부인이 유추년의 혼인 날 자신의 사촌인 노태를 시켜 유추년이 자신의 여인임을 말하도록 한다.	계모 최씨부인이 황채란의 혼인 날 자도를 시켜 도적인 것 마냥 신혼방을 급습하여 유봉상을 놀라게 하여 도망가게 한다.
정을선은 노태와 유추년이 부정한 관계라고 믿고 유추년을 죽이려다가 마음을 고쳐먹고 상경한다.	유봉상은 도적을 황채란의 姦夫로 오해하고 도망 나와 더 이상 소식을 주고받지 못하게 막은 채 황채란을 찾지 않는다.
유추년은 누명을 벗고자 혈서를 쓴 뒤 죽고 원혼이 되어 노씨부인을 죽이고 익주를 폐읍으로 만든다.	황채란은 누명을 벗기 위해 죽으려 하지만 황처중과 황원길의 만류로 곡기만 끊은 채 寃鬼처럼 지낸다.[5]
정을선은 익주에 흉년이 들고 괴이한 일이 발생한다는 소식에 순무도어사로 내려가, 유추년의 유모로부터 유추년이 누명을 썼다는 사실을 알고, 유추년의 원혼을 달래어 재생시킨다.	유봉상은 석근에게서 점치는 법을 배우고, 점괘에 황채란의 위급함이 나오자 석근으로부터 약을 받아 황채란을 찾아간다. 주점 노파로부터 황채란이 모함을 썼다는 사실을 알고, 자도와 옥섬의 자백을 받아 황채란을 伸寃 시킨다. 죽을 지경이었던 황채란에게 가지고 갔던 약을 주어 살린다.

두 작품은 남녀주인공이 계모의 간계로 헤어지지만 여주인공의 억울함을 해소하고 극적으로 상봉을 한다는 측면에서 흡사한 서사구조를 가지고 있음을 알 수 있다.[6] 설화 '첫날밤 소박맞는 신부'와는 달리 〈기연회봉록〉에서는 여주인공을 죽기 직전 상황까지 몰고 갔다가 되살아나게 하고, 남주인공은 또 다른 만남을 위한 여행을 떠나는 반면, 〈정을선전〉에서는 죽었던 유추련이 회생하여 정을선과 혼인을 하고 이야기가 쟁총형으로 확대되고 있다는 점에서 소설적 재미를 더하고 있다.

〈기연회봉록〉과 〈정을선전〉에서 계모의 간계는 여주인공의 고난과 남녀의 이합을 유발하는 계기가 된다. 〈기연회봉록〉의 경우 계모가 전처소생의 딸을 위협하기 위해 꾸준히 간계를 만들어 내지 않는데, 이것이 일회성으로 그친 이유를 추정해 보면, 작품에 등장하는 여주인공이

---

5) 황채란은 설화의 여주인공과 〈정을선전〉의 유추련처럼 작품 내에서 죽었다는 설정은 없다. 황채란은 원귀와 같은 상황이었으며 작품 중반부에서는 아예 존재감이 사라지고 있다는 점에서 비슷한 상황이었음을 알 수 있다.

소졔 안고 눕지 ᄋᆞ니ᄒᆞ여 형용이 마르고 긔력이 모손하여 구름갓튼 머리의 씌글이 가득하여 얼키고 홋터져 쑥갓치 헛날니고 꼿가튼 얼골의 거믄씌 끼여 아롱지고 파리ᄒᆞ여 셔리 마즌 나문닙 갓고 의ᄉᆞᆼ이 더럽고 거머셔 ᄉᆞᆼ하를 분별치 못ᄒᆞ니 완년이 귀물과 다름 업난지라 계졍의 풀이 가득ᄒᆞ여 겨오 시비에 힝젹을 통ᄒᆞ고 임셕의 몬지 싸이여 원길의 발이 색지난지라……(46~47면)

6) 두 작품 모두 설화 '첫날 밤 신랑에게 소박맞은 신부' 이야기와 서사 구조가 동일하다.

첫날밤에 소박맞은 신부의 서사단락

① 부부가 혼인을 한 첫날밤에 신방에 앉아 있을 때 창밖으로 어른대는 그림자를 보았다.
② 신랑은 그림자를 신부의 姦婦라고 생각하고 신방에서 뛰쳐나갔다.
③ 사실 그림자는 바람에 흔들리는 나뭇가지였다.
④ 수십 년 만에 신랑이 신부의 집 근처를 지나다가 옛 신방에 들어가 보았다.
⑤ 신부는 첫날밤 그 모습 그대로 의복을 입고 앉아 있었다.
⑥ 신부는 순식간에 재가 되어 사라져버렸다.

『한국 구비문학 대계』에서는 첫날밤에 소박맞은 신부와 관련된 이야기를 '오해 때문에 아내 소박한 신랑'과 '원통해서 사그러진 신부' 이야기 유형으로 찾을 수 있다. 이 이야기의 핵심은 "첫날 밤 신랑이 신부의 정조나 순결을 의심하여 떠나버리고 난 후 오랜 시간이 흐른 뒤 첫날 밤 모습 그대로인 신부를 만나 오해를 푼다"에 있다. 설화의 경우 대부분의 신부가 억울한 마음에 죽지만 〈기연회봉록〉은 유봉상에 의해 伸寃이 된다는 점이 차이가 난다.

많은 만큼 한 여주인공에게 같은 시련을 반복해서 부여하기보다는, 각각의 여주인공들에게 서로 다른 시련을 배분해 놓을 수 있다는 사실을 충분히 활용한 것이 아닐까 싶다.

최씨부인은 〈정을선전〉의 계모 노씨부인처럼 전처소생의 딸을 치밀하게 음해한다. 〈정을선전〉에서는 여주인공이 정절을 훼손했다는 비난을 받게 만들고, 유추련은 노태와 관계를 맺은 것처럼 의심받는다.[7] 그녀는 화가 난 정을선이 떠나자 혈서를 남기고 죽는다.[8] 유추련은 스스로의 힘으로 신원할 방법이 없다는 사실을 인지하였고, 자결한 뒤 원혼이 되어서 직접 노씨부인을 응징하였다.[9]

---

7) 소졔 유모 촉을 잡히고 드러오거날 시랑이 팔을 다르 마자 좌를 정한 후에 인하여 촉을 물니고 원앙금니의 나아 갓더니 문득 창와의 슈상한 인젹이 잇거날 마음의 놀나 급히 니러안자 드르니 엇던 놈이 말하되 네 비록 시랑 벼살을 하얏시나 남의 계집을 품고 누엇시니 죽기를 앗기지 아니한다 하거날 소졔 경황중 옥션을 여러 갈오대 군자는 잠간 안자 쳡의 말을 드르소셔 하거날 시랑이 드른쳬 아니코 나와……(〈정을선전〉, 12면) (동국대학교한국학연구회편, 『활자본고소설전집』 권10, 아세아문화사, 1976.)

8) 오불승 분원하야 칼을 빠혀 죽으려하다가 다시 생각하니 이럿틋 죽으면 내 일신이 옥갓흐믈 뉘알니오 하고 이의 속젹삼을 버셔 손가락을 깨무러 피를 내여 혈셔를 쓰니 눈물이 변하야 피되더라……유뫼 소져를 붓들고 통곡하니 소졔 눈물을 머금고 왈 유모는 나의 언통ㅣ 죽으믈 불상이 너겨 후일의 변백하믈 바라노라 하고 혈서 쓴 젹삼을 쥬니 유뫼 소졔 죽을가 겁하아 만언을 위로하니 소졔 다시 일언을 아니코 반일을 애곡하다가 명이 긋쳐지니 유뫼 젹삼을 안고 통곡하며 외당의 나와 소져의 명이 진하믈 고하니……(〈정을선전〉, 13~14면)

9) 승상이 이졔 시비의 복초아니하믈 노하야 엄형 츄문하더니 홀연 공중으로셔 웨여 왈 부친은 애매한 시비를 엄형치 마르소셔 소녀의 애매한 누명을 자연 알니라 하더니 홀연 방안의 안졋던 노씨 문밧게 나와 업더지며 안개 자옥하고 무삼 소래 나더니 노씨 피를 무슈이 토하고 죽는지라 모다 닐오대 불측한 행실을 하다가 이러틋 쥭으니 신명이 무심치 아니타 하고 불상한 소져는 이팔청츈에 몹쓸 악명을 쓰고 죽으니 쳘텬한 원한을 뉘라셔 셜치하리오 노태는 그 경상을 보고 스사로 결항하고 노씨 자녀는 그날부터 말도 못하고 인사를 바렷더라……(〈정을선전〉, 15면)

〈정을선전〉과 〈기연회봉록〉의 여주인공이 남편에게 버림을 받은 후 이야기의 차이를 보이는 이유는 아버지의 태도에서 찾을 수 있다.

"부정한 여인이라는 증표를 달게 하고 일방적으로 떠난 남편과 딸의 정절을 믿지 않는 부친, 무엇보다 한 번 낙인이 찍히면 살아갈 수 없는 당대의 현실이 누명을 씌운 계모의 존재보다 더 폭력적이라 할 수 있다."(조재현, "고전소설에 나타나는 환상계 연구", 국민이에 반해 〈기연회봉록〉의 황채란은, 유추련과 같은 생각을 가지고 있었음에도 불구하고 쉽게 죽지 못한다. 황채란도 유추련처럼 정신적·도덕적 상처를 입었고, 죽어서라도 명예를 지키려 했다. 한편 황처중과 황원길이 모든 정황을 추론하여 황채란이 억울한 누명을 썼다는 사실 및 유봉상이 사실도 확인하지 않고 도망갔다는 사실을 알고 사람을 풀어 유봉상을 찾는다. 황처중과 황원길은 황채란이 자결할 것을 걱정하여 철저히 보호[10]하였던바, 이에 황채란은 자결을 시도조차 하시 못하고 신방에서 곡기를 끊은 채 寃鬼처럼 수년을 산다.

> 이ᄯᅢ 최씨넌 심중에 ᄉᆞᆼ쾌ᄒᆞ여 옥셤을 무슈히 칭촌ᄒᆞ며 밧그로난 ᄎᆞᆼ황망극ᄒᆞ여 밋쳐 신을 신지 못ᄒᆞ고 후션관의 다라드러 소졔를 붓들고 체읍 왈 ᄂᆡ 너를 ᄀᆡ출과 다름업셔 귀셔을 갈의여 영화을 볼가ᄒᆞ엿더니 의외지변을 당ᄒᆞ니 엇지 졀통치 아니ᄒᆞ리요 그러나 류량은 경솔한 ᄉᆞ람이라 밤의 도적을 맛나시면 불과 ᄌᆡ물이나 빗길 다름이어늘 그리 황겁ᄒᆞ여 쒸여 나가시며 외당의 통ᄒᆞ여 도적을 ᄌᆞ불거슬 그리안코 발오 다러낫시니 졔 아모리 경셩 경박ᄌᆡ나 쟝뷰의 쳐ᄉᆞ넌 아니〃 졀통ᄒᆞ다 너 갓튼 빙심은 옥의 틔가 업거늘 졔 분병 의심홈이라 ᄒᆞ고 힝셜슈셜ᄒᆞ다가 ᄂᆡ당으로 드러가니라……(44~45쪽)

대학교 박사학위 논문, 2005, 193면)

황채란 역시 남편과 사회의 폭력으로부터 자유롭지 못하지만, 철저히 아버지와 동생의 믿음으로 인해 유추련보다 최소한으로 억압을 받는다. 그래서 황채란은 원혼이 아닌 원귀의 형상을 가지는 것이 어색하지 않는 것이다.

10) 〈장화홍련전〉에서 배좌수와 〈황월선전〉의 황공은 후처가 조작한 딸의 낙태 상황만을 전해 듣고 딸들이 외간 남자와 사통하였다고 믿는다. 배좌수는 허씨부인과 작당하고 장화를 죽이고, 황공은 박씨부인과 딸을 죽이려고 구체적으로 의논까지 한다. 배좌수와 황공 모두 가문의 명예를 실추한 사실에 대해 분노만 할 뿐, 진위여부에 대해서는 무관심했기 때문에 딸들을 死地로 몬다. 이에 반해 〈기연회봉록〉의 황처중은 최씨부인이 만든 상황에 휘둘리지 않는다. 황처중이 여타의 작품 속 아버지와는 다른 모습을 가지고 있기 때문에 가정이 가족의 신뢰와 사랑으로 결속되어 있음을 알 수 있다.

최씨부인은 황채란이 여성으로 감당 못할 수치심을 주었고 재산을 보호하였다는 사실에 흥분하면서, 첫날밤 소박을 맞은 신부를 안타까워하는 집안의 암울한 분위기에는 아랑곳하지 않는다. 오히려 자신의 기쁨을 드러내지 못해 극히 불안정한 정신 상태를 드러내 보이기까지 한다. 최씨부인은 이제껏 전처에 대한 열등감을 떨치지 못했는데, 전처소생인 황채란의 고난을 관망하면서 열등감을 극복하는 계기로 삼는다.[11)]

황채란은 원귀처럼 지낸 시간 동안 남편의 오해를 받고 버림받지만 정절을 지키는 불쌍한 존재로 인식된다. 황채란과 직접적 연관이 없는 사람이라 할지라도 황채란이 수년간 남편의 경솔함으로 고생하는 신부라고 이야기를 하고 있는 것이다. 황채란은 스스로 억울함을 해소할 방법이 없기 때문에 작품에서는 〈정을선전〉과 마찬가지로 우연성에 의지해 남녀주인공의 상봉을 꾀한다.

유봉상은 석근의 집에서 전학선과 상봉을 한 뒤 석근에게 육도삼략과 음양팔괘를 배우는데, 어느 날 점을 치던 중 황채란에게 위급한 일이 생겼음을 알게 된다.[12)] 유봉상은 황채란과 헤어진 뒤 자신이 버린 신부에 대해 미련을 둔 적이 없었지만, 황채란을 다시 만나지 않으면 흉하다는 점괘를 본 후 석근이 준 약을 가지고 어쩔 수 없이 황채란을 찾아간다.

유봉상은 황채란을 찾아가던 중 주점에서 한 노파와 대화를 나누다가 자신이 황채란을 오해했을 수도 있다는 사실을 자각한다. 또 황채란이 신혼 첫날밤의 그 모습 그대로 지금껏 있었으며 현재 목숨이 경각에 달렸다는 사실을 알게 되자, 황채란의 無辜함을 밝히는데 적극적으로 나선다.[13)] 유봉상은 당시 노복으로 지냈을 법한 사람을 선별해 대질심문

---

11) 나탈리 에니크는 『여성의 상태』(서민원 옮김, 동문선, 2006.)에서 본처인 전처에게 갖는 후처의 열등감을 후처 콤플렉스로 정의 내렸다.

12) 어시 즉시 한괘를 버리니 그 졈의 하여시되 그 집에 드러가 그 안히를 보지 못ᄒᆞ면 흉하리라 한지라……(101면)

을 하려고 한다. 그러나 최씨부인과 일을 꾸민 옥섬이 지레 겁을 먹고 자수를 하는 바람에 손쉽게 범인을 잡아 처벌한다.[14] 이와 같은 급작스런 사건 해결은 〈기연회봉록〉의 저자가 유봉상의 영웅적 능력이 어떻게 발현되는가에 초점을 두었다기보다 남녀결연과정인 離合을 더 중요하게 생각했기 때문으로 보인다. 그래서 작자가 의도적으로 유봉상의 능력 확인 부분의 내용을 축소했는지도 모른다.

〈기연회봉록〉은 계모 처리 방법에서 〈정을선전〉과 다른 면모를 보인다. 〈정을선전〉의 유추련은 원혼이 되어 계모를 징벌하고 익주를 폐읍으로 만들지만, 〈기연회봉록〉의 황채란은 원귀의 형상을 한 채 인고의 시간을 보낼 뿐이다. 〈기연회봉록〉에서는 여주인공이 아닌, 남주인공인 유봉상이 악인을 징벌하지만, 계모는 처벌하지 않는다. 〈기연회봉록〉에 나타난 계모 최씨부인과 전실 소생 황채란 간의 갈등은, 결국 유봉상과, 전학선.손롱선.채혜운의 만남을 이끄는 계기인바, 작품에서 최씨부인이 징치되지 않고 또 급작스럽게 悔過하는 모습을 보이는 것도 결국 이 때문이라고 할 수 있다.[15]

---

13) 〈정을선전〉의 유추련은 원혼이 되어 직접 계모 노씨부인을 처벌하는 것과는 다른 해결 구도를 보인다. 여기서 〈기연회봉록〉이 〈정을선전〉을 그대로 수용하지 않고 또다시 변개하고 있음을 알 수 있다. 왜냐하면 악인 처벌 내용 부분은 또다른 작품의 이야기를 흡수하여 사건을 풀어나가고 있기 때문이다. 이와 가장 흡사한 작품이 〈황월선전〉이다.

14) 〈기연회봉록〉은 유봉상의 능력을 발현하는 부분에서는 이야기를 급마무리 하거나 급진전 시키는 경향이 있다. 가령 황제가 남방에 도적이 잦아 인심을 평정하고 돌아오라고 할 때, 괴수 범각을 잡아야 하는 상황인데 범각의 수하에 있던 백성들이 스스로 범각을 잡아 받치면서 더 이상의 군담 요소가 등장하지 않도록 하였다.

15) 〈황월선전〉의 이본에 따라 계모 박씨부인에 대한 처벌은 다양한 양상을 보인다. 하늘에서 불덩이가 떨어져 박씨부인을 죽이거나, 罰酒를 마시고 난 뒤 용서 받는 이야기도 있다. 그러나 수십종의 이본 중 박씨부인과 화해하고 가족구성원으로 흡수한 이야기가 더 많고, 김민조("〈황월선전〉의 이본연구", 『고소설연구』 제15집, 고소설학회, 월인, 2003.)가 밝힌 〈황월선전〉의 선본(『고전소설 필사본 자료 총서 37』에 실린 〈황월선전〉 45장본)에서도 박씨부인에게 벌주를 마시게 한 뒤 화해를 하는 마무리를 두고 있는 것으로 보아 박씨부인과의 화해담을 〈황월선전〉의 대표적인 계모를 징치로 파악하였다.

> 최씨 회과 ᄌᆞ탄ᄒᆞ여 소져의 손을 잡고 진정으로 체읍왈 ᄂᆡ 챡지 못ᄒᆞ여 가도을 엄슉히 못ᄒᆞᄆᆡ 너의 ᄋᆡᆨ회 다 나의 무ᄉᆡᆼ함이라 후회한들 엇지 밋츠리요 쇼져 함누왈 소녀의 불쵸하은 죄는 용납기 어러운지라 모친은 덕으로 존명을 보젼ᄒᆞ엿삽다가 오날을 당ᄒᆞ오니 깃삽기 측냥 업삽거니와 ᄂᆡ〃 강령ᄒᆞ시기 바라옵나이다 ᄒᆞ직후 ᄯᅩ 부친 ᄭᅴ 청ᄒᆞ여 원길을 다리고 길의 올나……(111~112쪽)

이처럼 최씨부인은 옥섬과 자도에게 했던 단호한 처단과는 다르게 가족의 화해와 용서를 받는다. 억울한 세월을 보내며 목숨까지 위협을 당했던 황채란은 오히려 최씨부인을 감싼다. 한편 황채란은 남편에게 버림받았던 시간 동안 학업을 全閉하고 生死苦樂을 같이했던 황원길을 데리고 집을 떠나 황원길의 든든한 후원자를 자처한다.[16]

황채란은 조선시대 여성이면 이상적이라고 생각될 덕목을 두루 갖춘 인물이라고 할 수 있다. 비록 계모의 모함으로 인해 남편과 헤어져 인고의 세월을 보냈지만, 유봉상을 원망하기 보다는 가족을 먼저 생각하는 사람이었다. 그래서 그녀는 개과한 최씨부인에 대한 처벌대신 후덕한 마음으로 용서하는 것을 선택했다. 유봉상이 돌아와 지난 날 자신의 과오를 토로할 때에도 묵묵히 받아들임으로써 유봉상과 원만하게 화해했다. 그렇다면 〈기연회봉록〉에서 최씨부인이 처벌받지 않는다는 것은, 결국 황채란의 厚德을 드러내기 위한 작자의 의도와도 일정한 관계가 있다고 볼 수 있을 것이다.

---

16) 황원길은 〈황월선전〉의 박씨부인의 아들 황월중과 흡사하게 의붓누이를 최씨부인으로부터 옹호한다. 황월선의 계모 박씨부인도 남편이 두 남매에게 재산을 나눠주는 모습에 시기를 하여 황월선이 낙태를 했다며 모함하고 내쫓으려 했다. 황월중은 황월선을 핍박하는 박씨부인을 원망하며 황월선을 위로한다. 황월선을 죽이려는 아버지 황공을 겨우 만류하여 황월선을 무사히 집에서 나가게 하고 황월선을 찾아 나서기도 한다. 황원길도 황월중처럼 의붓누나를 향해 무한 애정과 신뢰, 가족으로부터 보호하고 있다는 점에서 비슷한 성격을 지닌 인물이다.

3.2. 정절을 지키기 위한 家出과 기이한 재상봉

〈기연회봉록〉의 중·후반부는 유봉상·전학선·손롱선의 奇異한 만남과 재상봉에 관한 이야기이다. 유봉상은 황채란과 첫날밤을 보내던 중 도적을 피해 도망을 나오는데, 노새는 사람이 사는 안전한 곳으로 가자는 유봉상의 말을 알아 듣고 전팔주의 집으로 데리고 간다.

> 남ᄌᆞ의 글 익넌 고ᄃᆡ ᄒᆞᆫ번 의논ᄒᆞ야 ᄌᆡ죠를 샹고함은 문쟝에 샹ᄉᆞ라 쥬인이 알어도 허물이 아니라 ᄒᆞ고 즉시 담을 넘어 화원의 들어가니…… (23쪽)

유봉상은 전팔주의 집에서 유숙을 하면서 바람결에 들린 글소리를 찾아가 글동무를 삼으려고 학선루로 갔다가 여성인 전학선을 만난다. 전학선이 여성이었다는 사실에 놀라지만 글을 나눌 수 있는 능력을 높이 사고, 전학선 역시 처음에는 유봉상을 거부하지만 뛰어난 문장 실력을 가진 유봉상과 글친구로 정을 쌓는 대담함을 보인다. 신분과 성별의 장애를 뛰어넘는 개방적인 사고를 가진 두 사람의 결합은 글이라는 공통분모를 가지고 있기 때문에 수월한 편이다.[17)]

전학선과 손롱선은 庶人으로 사대부가와 통혼을 하지 못하는 신분이지만 전 상서의 아들 유봉상과 혼인을 약속하고 헤어진다. 두 사람 모두 사대부가의 여성들만큼이나 높은 군자의 덕과 학문을 가지고 있으며, 유봉상을 만나기 전 기이한 꿈을 꾸고 난 뒤 연분을 맺는다.[18)] 두 사람

---

17) 손롱선 역시 학선루로 찾아와 유봉상을 만나 글을 나누면서 자연스럽게 유봉상과 인연을 맺는다.

18) 학션 혼ᄌᆞ 아져 바느질 ᄒᆞ더니 홀연 곤ᄒᆞ여 조으다가 한 ᄭᅮᆷ을 으드니 초당 담으로셔 청용이 넘어와 몸을 감을려 ᄒᆞ거늘 피코ᄌᆞᄒᆞ니 그 용이 그비치며 오운이 이러나 일신을 ᄊᆞ고 공중으로 올나가거늘 부모를 부르다가 놀나셔 ᄭᆡ다르니 심신이 황홀ᄒᆞ고 긔운이 활발ᄒᆞ여 시젼으로 펴 노코 청〃한 소리로 놉피 을푸더니 홀연 문이 열니면셔 엇더한

은 유봉상을 만나기 전 꿈을 꾸었는데 이 꿈으로 유봉상과의 만남은 필연적이라는 사실을 인정한다. 신기한 꿈을 꾸고 난 뒤에 남녀가 만나는 일은 고전소설에서는 자주 찾아볼 수 있다. 자매처럼 지내던 두 사람이 연달아 꿈을 꾸고 한 남자를 만나 연을 맺는다는 이야기 역시 낯선 것이 아니다.

〈기연회봉록〉에서 전학선과 손롱선이 꾼 꿈은 유봉상을 만나기 위해 꾼 꿈이지만 성격이 다르다. 전학선의 경우 꿈을 꾸고 난 뒤 마음을 진정하기 위해 글을 읽다가 유봉상을 만나는 반면, 손롱선은 전학선이 선관과 하늘로 올라가는 예지몽을 꾸고 학선루로 찾아가 유봉상을 만난다는 측면에서 차이가 있다. 손롱선은 꿈을 통해 전학선이 좋은 배필을 만났음을 무의식적으로 감지하고 찾아간 것이다.

전학선은 갑자기 손롱선이 학선루로 찾아오자 유봉상을 곁방에 숨기고, 손롱선과 혼인에 대한 이야기를 한다. 전학선은 손롱선이 자신과 함께 한 남자를 남편으로 섬길 수 있을지에 대한 확신이 없었기 때문에 유봉상에 대한 이야기는 하지 않은 채, 혼인에 대한 이런 저런 이야기를 나누다가 마지막에는 서로의 꿈 이야기를 한다.

> 롱션왈 그러치ᄋᆞ니 ᄒᆞ니 한나라 두 황후 치ᄉᆞᆼᄒᆞ던 녀ᄌᆞ로ᄃᆡ 황후가 되어스니 ᄉᆞ림의 닐을 엇지 알니요 학셜왈 울이본ᄃᆡ 셔인으로 ᄉᆞ부가에 감히 통혼 못할거시오 경셩이 졀원ᄒᆞ니 엇던 ᄆᆡᄑᆡ 우리럴 알어 쳔거ᄒᆞ

청의 남지 엽희 와 안넌지라……(24면)

이날 밤에 롱션이 편치 못ᄒᆞ여 학션루에 오지 아니ᄒᆞ고 ᄌᆞ리에 누어더니 쟘이 홀연 들어 일몽을 어드니 학션루에셔 금슬소릐 ᄌᆞ아져거늘 반겨보니 일위 션관이 금관죠복으로 오운에 싸이여 학션을 엽희 안고 올나 가거늘 쳐다보며 불으니 학션이 숀을 쳐 불너 왈 네 나고 가면 신션이 되려니와 그러치 ᄋᆞ니ᄒᆞ면 ᄊᆡ글을 면치 못ᄒᆞ리라 ᄒᆞ거늘 쟈져할 즈음에 학션이 그 션관더러 롱션을 가르치며 웃넌소릐에 ᄭᆡ다르니 몸의 ᄯᆞᆷ이 ᄒᆞᆫ〃 ᄒᆞ고 긔운이 ᄊᆡᆨ〃 ᄒᆞᆫ 듯ᄒᆞᆫ지라 이샹이 여겨 다시 이러나 등촉을 들고 학션루에 오더니……(31~32면)

> 리요 ᄐᆡ급 공ᄌᆞ 동귀인 바라도 말나 ᄒᆞ니 롱션왈 그러나 ᄂᆡ 앗가 몸이 편치 못ᄒᆞ여 누엇더니 몽식 여ᄎᆞ〃〃ᄒᆞᆫ고로 이샹ᄒᆞ여 왓더니 일쟝 셜화가 다 쳐ᄌᆞ의 할말이 아니라 ᄒᆞ거늘 학션이 ᄯᅩ한 몽ᄉᆞ럴 말ᄒᆞ여 왈 ᄂᆡ 오운의 싸여가며 불으면 ᄒᆞᆫ가지로 갈랴ᄒᆞ넌냐 롱션왈 만일 그러ᄒᆞ면 엇지 ᄉᆞ양ᄒᆞ리요 청룡을 보ᄋᆞ시니 분명 귀한 긔샹이로다만은 네게 엇지 귀인이 ᄎᆞ지리요 ᄒᆞ니 학션왈 ᄂᆡ 발셔 귀공ᄌᆞ럴 만나 가약을 머르른지 슈일이라 죠운 몽우에 인연 잇나니 네 한가지 신션 되량이면 언약을 져바리지 말나……(34 ~35쪽)

전학선이 손롱선의 꿈을 듣고 더 이상 에둘러 말하지 않는다. "혹 자신과 함께 한 남자를 섬기겠냐?"고 하자 손롱선은 신기한 꿈에 청룡이 나타났으니 좋은 연분이라 생각하고 그러겠노라고 대답한다. 전학선과 손롱선은 하늘에서 맺어준 인연이라 믿고 서로 문장을 지으며 기이한 만남을 기뻐한다. 전학선과 손롱선은 유봉상에게 부모님의 허락을 받은 뒤 정식으로 혼례를 치르기로 약속하면서 서로 신물을 교환하는데,[19] 세 사람이 나눠 가진 신표는 옥지환, 거울, 그리고 유봉상이 천에 쓴 글이다. 기봉류소설처럼 하늘에서 내린 신물로 정표를 나눈 것은 아니지만, 신표는 세 사람이 꼭 만나겠다는 의지를 상징하는 표지이다.[20]

전학선과 손롱선은 부모에게 유봉상과의 정혼 사실을 밝힐 수 없었기

19) 공ᄌᆡ 양인의 글을 무슈 층찬ᄒᆞ고 ᄇᆡᆨ능 한삼 두폭을 ᄯᅥ여 우희넌 각〃 ᄌᆞ갸의 글을 씨고 아리넌 학션의 글을 써 롱션을 쥬고 롱션의 글을 써 학션을 쥬니……학션이 반홀난어 거울 우희 노릐럴 써 공ᄌᆞ럴 쥬니 일너시되 발기넌 거울갓고 비췌이 거울 도라올졔 ᄉᆞ람조ᄎᆞ 도라오소 롱션이 ᄭᅵ든 옥지환을 화젼의 싸고 그 우희 노릐써셔 공ᄌᆞ럴 쥬니 그 노릐에 ᄒᆞ여시되 옥은 군ᄌᆞ에 덕이요 둥근 거슨 ᄂᆡ 정이라 옥지환 쪄든 숀으로 날곱ᄋᆞ 기다리니 고리환ᄌᆞ 가도라 올환ᄶᅥᆫ가 ᄒᆞ노라 삼인이 각〃 품에 품고 이별할졔……(39~40면)

20) 기봉류소설에서 남녀 결연 방식을 결정짓는 매개 방식 중 신물점지형이 있다. 신물점지형은 천정연분의식이 내제되어 있는 유형이기는 하지만, 인간의 의지와 감정에 의해 결연이 이루어지고 있다고 본다.(양혜란, 『기봉류 소설 연구』, 이회, 1995, 198면)

때문에 억지로 혼인을 해야 하는 상황에 몰린다. 그래서 두 사람은 마치 약속이나 한 듯 아프다는 핑계를 대고 혼인을 피하는데, 이미 정한 혼사를 무작정 미루거나 마냥 피할 수 없는 상황이 되자 男服을 하고 가출을 한다. 가출 이후 두 사람은 잠시 같은 곳에 머물며 사람들을 속이는데 성공하지만, 옥녀봉 청년관에서 도적을 만나며 전혀 다른 장애를 경험한다. 전학선이 손롱선에 비해 여성의 모습을 빨리 되찾고 순탄하게 지내는 반면, 손롱선은 절로 들어가 여승이 된다.

먼저 전학선(유수재)은 도적을 피하던 중 손롱선(전수재)이 사라졌다는 사실을 알고 충격을 받는다. 또 자신들을 따르던 남동과 둘이만 살아남았다는 죄책감에 물에 빠져 죽으려고 시도를 한다. 그러나 석근이 미리 점을 보고 나와 전학선을 구하고, 자신의 딸 석운선으로 편안하게 지내도록 한다. 전학선에게 더 이상 고난은 없으며, 편안하게 석근의 보호를 받으며 지낸다. 이에 반해 손롱선은 분명 후일 두 사람을 다시 만날 수 있다는 굳은 믿음을 가지고 정안보살 밑에서 승려(혜각)의 삶을 산다.[21] 두 사람은 다시 여성의 모습을 찾지만, 서로 다른 모습으로 정절을 지킨다. 그렇다면 왜 손롱선에게 더 힘든 여승의 삶을 살아가게 하는 것일까?

손롱선은 "셩품이 씩〃 하(54쪽)"다는 평가를 받는 인물이다. 손롱선은 보광사에서 지내면서 자신의 처지를 비관하는 기색 없이 오로지 불경 공부와 여승에게 글을 가르치며 절 생활을 충실히 한다. 두 사람의 성향은 이미 작품 전반에 암시되어 있었다. 호방하고 능동적이며 적응이 빠른 손롱선은 승려로, 얌전하고 수동적이며 변화에 민감한 전학선은 석

21) 무슈 체읍ᄒᆞ니 나리 임의 느졋고 ᄯᅩ 힁탁이 읍스니 긔갈을 못이긔여 길가의 누어다가 궐연이 이러나 ᄉᆡᆼ각ᄒᆞ되 류슈지 분명 죽든 아니할지라 만일 인연이 두터우면 비록 이별ᄒᆞ나 필경 만날 거시오 홍진비릭ᄒᆞ고 고진감릭넌 텬지의 썻〃한 닐이라 ᄂᆡ 여긔셔 부즐업시 스러하면 도로혀 ᄋᆞ녀ᄌᆞ의 본식이라……(71면)

근의 딸로 被禍시켜 각기 다른 모습의 역경을 그려낸 것은 아닌지 모르겠다.

유봉상은 부모의 허락을 받은 뒤 자하동으로 매파를 보내지만, 이미 전학선과 손롱선이 병들어 죽었다는 사실을 확인할 수 있을 뿐이었다. 그는 또다시 자신의 혼사가 어그러졌다는 자괴감에 빠져 황채란과 혼사가 실패했을 때보다도 더 애통해한다. 그만큼 유봉상에게 두 사람은 소중한 존재였던 것이다. 그래서 유봉상은 남양으로 순무할 적에도 전학선과 손롱선에 대한 꿈을 꿀 정도로 그리워하며, 두 여인과 재회하기를 열망한다.

〈기연회봉록〉에서 석근은 기이한 능력을 발휘하여 유봉상이 헤어진 여주인공들과 만날 수 있도록 만드는 조력자이다.[22] 석근은 점괘를 본 뒤 전학선(석운선)과 연분이 있는 귀한 사람이 찾아오리라는 사실을 알고 아들 석연련과 남동을 보내 유봉상을 집으로 데려오도록 한다. 그리고 억지로 유봉상을 자신의 집에 머물게 하면서 전학선과 혼인시킨다. 유봉상이 적당한 폐백이 없음을 걱정하자, 유봉상이 학선루에서 받은 거울을 가지고 있다는 사실을 아는 것처럼 석근은 가지고 있는 거울로 폐백을 삼는다. 석근은 이미 유봉상과 전학선의 인연을 알고 있었으며, 서로를 알아 보지 못하는 두 사람을 만나게 함으로써 기이한 인연을 성사시킨다. 만약 유봉상이 준 천과 깨진 거울, 석근의 강권한 혼사 진행이 없었더라면, 두 사람의 상봉은 어려웠을 것이다. 하지만 전학선은 유봉상과 상봉 후에도 손롱선을 걱정하며 상봉의 기쁨을 온전히 누리지

---

22) 〈기연회봉록〉에서 석근은 점괘를 보아 앞일을 미리 알고 대처하는 신이한 능력을 가진 사람이다. 특출난 능력을 가졌음에도 석근은 유봉상의 영웅성을 증진시키는 역할보다는 유봉상과 전학선.황채란을 차례로 재상봉 시키는 중매자의 역할을 담당하고 있다. 또 석근의 아들 석연련은 유봉상과 손롱선을 아주 우연하게 만날 수 있는 계기를 제공하는 역할을 한다.

못한다.

유봉상은 석근을 만난 시점부터 자연스럽게 헤어진 부인들을 만났지만, 손롱선과는 여전히 만나지 못하는데, 이 문제는 석근의 아들 석연련이 해결한다. 유봉상은 석연련과 함께 순무하던 중 우연히 채혜운이 모함을 받아 집에서 내쫓겼다는 사실을 알게 된다. 찾아야 하는 사람이 두 사람이 된 상황이고, 대외적으로는 공무를 수행하는 중이었지만, 석연련이 충동적으로 보광사(관해암)에 들러 여승을 구경하고 가자는 바람에 보광사에 들른다.[23] 이때 유봉상과 함께 있던 남동이 멀리서 손롱선을 알아보았기에 유봉상은 손롱선과 재회하게 된다. 석연련이 세 사람의 상봉에 영향력은 적다. 석근은 점을 통해 미리 알고 대처하는 반면, 석연련은 임무를 무사히 수행하고 좋은 경치를 보고 싶은 욕망의 발현이었기 때문에 치밀한 계획 하에 만들어진 사건 해결 방식은 아니다.

남동이 멀리서 여승이 된 손롱선을 알아보고 유봉상은 옥지환을 손롱선에게 보내 서로 아는 사람임을 확신한다. 하지만 손롱선은 승려가 된 자신의 처지, 승려이며 전학선보다 늦게 유봉상과 상봉을 한 상황이라는 생각에 여성으로서 자신감을 상실한다. 그래서 유봉상의 뜻과 의지를 엿보며[24] 유봉상에게 자신은 어떤 위치에 놓인 사람인지 확인받으려 한다. 손롱선은 유봉상과 있었던 일은 과거의 추억에 불과하다고 치부하고, 세속을 초월한 수행자처럼 지내겠다고 결심한다. 엄밀하게 따지면 손롱선은 종교적 소신을 따라 승려가 된 것이 아니라, 현세적 고난과

23) 어ᄉᆡ 우스며 시랑다려 왈 우리 녀승 구경ᄒᆞ고 가ᄌᆞᄒᆞᆫᄃᆡ 시랑이 역쇼왈 불가 큰 경계를 모로고 남의 심공을 져훼코ᄌᆞ ᄒᆞ너다 ᄒᆞ고 시랑과 어ᄉᆡ 남동과 젼팔쥬 손중무럴 다리고 관ᄒᆡ암에 올나가니……(120면)

24) 혜각이 ᄒᆞᆫ참 보다가 왈 옥환은 ᄂᆡ거시나 셕년ᄉᆞ 되엿다 ᄒᆞ고 즉시 ᄉᆞᆼᄌᆞ에셔 한숨과 금랑을 ᄂᆡ여 주며 왈 이넌 밧게 오신 ᄉᆞᆼ공이 아르실 듯 ᄒᆞ니 도로 갓ᄃᆞ드리라 혜각이 혼ᄌᆞ ᄉᆡᆼ각ᄒᆞ되 젼쳐ᄌᆞ넌 발셔 맛나다 ᄒᆞ니 졍의 친밀할 거시오 나넌 ᄉᆞᆨ발ᄒᆞ여 몸을 바려시니 ᄎᆞ〃 그 뜻을 보리라 ᄒᆞ더니……(122면)

불행을 피하기 위해 출가한 세속적 형상의 승려이다.[25] 그럼에도 불구하고 유봉상을 피하려 했던 것은 여승이 된 자신의 모습, 전학선보다 늦게 유봉상과 상봉한 상황 때문이었다.

유봉상은 손롱선이 끊임없이 자신을 피하려 하는 모습을 보고 안타깝게 여겨 그간에 있었던 일들을 상세히 설명하며 손롱선을 설득한다. 손롱선은 유봉상으로부터 두 사람(전학선과 손롱선)의 집에 매파를 보냈으나 두 사람이 사라져 버리는 바람에 혼인의 뜻을 접었다는 이야기, 우연히 만난 채혜운과 혼인을 하였고 과거에 급제해 순무하던 중 여기에 왔다는 이야기 등을 듣고 조금씩 마음을 푼다. 유봉상이 꿈속에서 여승의 모습을 한 손롱선을 보았으니 자신의 모습에 자책하지 말라는 말에 위로받는다.[26] 그래서 유봉상과 맺지 못했던 인연을 맺기로 결심한다. 손롱선은 채혜운이 유봉상과 상봉하지 않으려고 하자, 그녀를 설득하면서 자연스러운 결연을 만들어 간다.

유봉상이 전학선과 손롱선에게 갖는 애정은 다른 여주인공들에 비해 각별하다. 처음 황채란과의 결연이 실패하고 난 뒤 문장을 나눌 수 있는

---

25) 경일남(“고전소설에 나타난 여승의 인물 유형과 문학적 기능”, 『어문연구』 제44집, 어문연구학회, 2004, 215면)은 세속적 형상의 여승을 다음과 같이 정리하였다.

이들은 속세의 여인으로 작품에 등장하였다가, 현세적인 고난과 불행을 만나면서 승려의 길을 택한다. 그러나 이들의 승방 생활은 대개 그들을 출가로 몰고 간 현세적인 고난과 불행이 종결되면서 마무리되어 영속성을 띠지는 못한다. 이처럼 속세의 여인이 일시적으로 승려의 형상을 하고 있는 고전소설 속의 여승 유형을 일컬어 세속적 여승이라 하기로 한다.

26) 숀랑지 죵시 ᄉᆞᆨ발ᄒᆞᆷ을 ᄌᆞ탄ᄒᆞ여 번화한 긔ᄉᆡᆨ이 업스니 시랑왈 그ᄃᆡ 샥발함을 ᄂᆡ 임의 짐작한지라 거년의 형쥬를 안찰할 ᄉᆡ ᄌᆞᄒᆞ동을 ᄎᆞ져 쇼식을 뭇고 졈ᄉᆞ의셔 일몽을 어드니 그ᄃᆡ 경쇠를 치며 언제 ᄎᆞ지랴 ᄒᆞ넌고로 ᄂᆡ 혼ᄌᆞ 마음에 그ᄃᆡ ᄉᆞᆨ발ᄒᆞᆫ쥴 짐작ᄒᆞ여 인연이 느즈리라 ᄒᆞ여노라 그ᄃᆡ 불계를 ᄌᆞ쳐ᄒᆞ여 고집ᄒᆞ니 인연이 엇지 늣지 ᄋᆞ니ᄒᆞ리오 위로ᄒᆞ며 말할 즈음에 홀연 미간에 슈ᄉᆡᆨ이 가득ᄒᆞ니 숀랑지 ᄉᆡᆼ각ᄒᆞ되 나의 ᄉᆞᆨ발을 ᄭᅳ림이라 ᄒᆞ고 왈 금일 시랑을 맛나 일ᄉᆡᆼ 원혼을 풀고 비반ᄒᆞ엿든 부친을 맛나오니 이넌 관음보살이 도으심이라 엇지 관음을 져바리〃오 진념을 아죠 ᄭᅳᆫ어 인륜을 모로나 ᄂᆡ ᄉᆞᆼ공은 너무 관념치 마르소셔……(125면)

知己로 생각하고 오랜 시간 詩를 나누며 생각을 공유했기 때문이다. 유봉상은 두 사람이 죽었다는 이야기를 전해 듣고 느낀 상실감은 황채란이 첫날밤 不正한 여인이었다는 사실보다 더 충격적이어서 속세의 모든 것을 내려놓을 정도로 공황상태가 된다. 비록 며칠 밤이었지만 세 사람이 나눈 대화와 오고 간 시는 서로에 대한 친밀도과 신뢰를 높이는 것이다. 그래서 〈기연회봉록〉에서 기이한 만남과 헤어짐의 무게는 이들의 만남과 헤어짐에 더 많은 비중을 두고 서술되고 있다고 볼 수 있다.

3.3. 再嫁한 여인의 가문 내 축출과 의도된 재상봉

유봉상은 전학선과 손롱선이 죽었다는 소식을 들은 뒤 다시 혼인을 하지 않겠다고 결심을 한다. 그래서 유봉상은 쌍운사로 가던 중 한 주점에 들르고, 거기서 만난 채성주가 그의 누이 채혜운을 맡아 달라고 부탁하여 마침내 채혜운과 혼인한다.

> 일홈은 혜운이니 일즉 셩혼ᄒᆞ여삽더니 합환젼의 봉셩지통을 당ᄒᆞ와 아모런쥴 모로더니 념금 십칠이라 그 홍안청ᄉᆞᆼ을 ᄎᆞ마 보기 가련ᄒᆞᆸ고 ᄯᅩ 문호가 한미ᄒᆞᆫ지라 부친이 쇼싱을 명ᄒᆞ와 ᄌᆞ쟝을 싯고 누의를 다리고 경셩을 향ᄒᆞ여 마음ᄃᆡ로 합당한 ᄉᆞ람의게 맛기고 오라 ᄒᆞ기……(75쪽)

채혜운은 독특하게 이미 喪夫한 경험이 있는 과부였다. 유봉상은 한 번 결혼했던 몸이라는 사실에 구애받지 않고 적극적으로 동침을 한다. 왜냐하면 그는 전학선·손롱선과 혼인을 실패한 이유가 바로 부부의 연을 약속했을 뿐 동침을 하지 못했기 때문으로 생각하였기 때문이다. 유봉상은 며칠 후에 부모에게 채혜운과 혼인을 하였다고 알리는데, 그의 부모는 유봉상의 혼인 소식에 기뻐한다. 그간 유봉상의 혼사에는 장애가 많았다. 유봉상의 부모에게 걱정거리는 유봉상이 혼인에 성사하는데 있지 부모의 허락을 받지 않고 동침을 했다는 사실에 두지 않는다. 그래서 낯설지만 그의 부모는 유봉상이 마침내 동침을 했다는 소식에 기뻐한다.

채혜운과 가정을 꾸린 뒤 유봉상은 탄탄대로의 길을 걷는다. 곧바로 장원급제하고 황제의 총애를 받는다. 황제는 형양 땅에 기근이 심하자 직접 유봉상을 불러 순무하고 오라고 할 정도로 유봉상을 신임한다. 그러나 앞서 살펴보았듯이 〈기연회봉록〉은 봉상의 영웅적 면모를 드러내려는 소설이 아니기에, 유봉상의 업적에 대한 서술은 매우 간략하다.

채혜운은 유봉상이 순무를 떠난 후 동서인 장씨부인과 시비 매향의 모해를 받고 시집에서 축출된다. 장씨부인은 최씨부인처럼 일을 직접 주도하지 않는다. 시비인 매향이 주인을 위해 계략을 꾸며 채혜운과 간부가 사통한 것처럼 모함한다. 매향은 채혜운의 방에 안탁을 숨어 있게 한 뒤 유씨 가문의 위상을 걱정하는 유열을 부추겨 채혜운을 내쫓는다. 유열은 가문의 명예를 실추시킨 며느리를 집에 둘 수 없었기 때문에 단호히 축출을 결정한다.[27]

이처럼 채혜운도 유봉상과 이별을 하면서 고난을 경험한다. 채혜운은 억울한 누명으로 내쫓기자 형양을 순무하는 유봉상을 쫓아가지만 결국 만나지 못하고, 우연히 만난 정안보살을 따라 보광사(관해암)에 들어가기로 결정한다. 채혜운은 정절을 지키기 위해 승려가 된다는 점에서 손롱선과 같은 목적을 가진다. 그러나 손롱선과는 다르게 항상 관세음보살 앞에서 유봉상과 다시 만나게 해 달라고 기도를 한다. 채혜운(묘희)이

---

27) 미향이 밧게 셧다 혼주말노 일으되 만닐 쇼문이 나면 류샹셔덕 규문이라 홀거시니 일근 바근손의 불이 나미 오과 돌이 다 타미라 ᄒᆞ니 샹세 그말을 듯고 갈오되 부인의 말숨이 그러하나 남의 청문을 엇지 일시나 의심되게 ᄒᆞ리요 군ᄌᆞ넌 혐의렬 멀니ᄒᆞ나니 아므리 가궁ᄒᆞ나 발셔 루명 즁에 잇셔 칠거지악을 범ᄒᆞ엿스니 즉시 닉쳐 져가 스ᄉᆞ로 계교을 싱각ᄒᆞ게 함이 올타 ᄒᆞ고……(92면)

불교에 몸을 의탁한 것은 종교적 소신에서 비롯된 일이라기보다는, 유봉상이 전학선과 손롱선을 잃고 난 뒤 정신적 공허함을 채우기 위해 잠시 절로 가려고 마음먹은 것[28]과 같은 맥락에서 비롯된 행동으로 여겨진다.

채혜운과 손롱선(혜각)은 잠시 유봉상이라는 공통된 화두를 가지고 있음에도 불구하고 금기어처럼 유봉상에 대해 말하지 않는다. 그러다 우연히 보광사(관해암)에 들른 유봉상이 손롱선과 만날 때, 채혜운 또한 유봉상과 상봉하는데, 이는 더 우연하고 급작스럽게 이루어진다. '기연회봉록'이라는 표제의 '奇緣'은 곧 이와 같은 만남의 기이함을 상징한다고 할 수 있다.

손롱선과 유봉상이 보광사에서 만난 뒤 유봉상은 그녀에게 채혜운과 혼인하였지만 지금은 생사를 모른다고 고백한다. 손롱선은 채혜운이 기도하는 소리를 들은 바 있고, 유봉상이 채혜운과의 만남과 외모에 대해 언급하자, 두 사람(묘희와 채혜운)이 동일 인물임을 확신한다. 그래서 곁방에 숨어있던 채혜운을 다그쳐 유봉상이 집을 비운 사이 억울한 누명을 쓰고 축출되었다는 사실을 알게 된다. 채혜운은 자신이 집에서 쫓겨난 뒤 승려가 된 여자라고 말하며 유봉상과 재회를 거부하지만 손롱선과 유봉상의 거듭된 회유에 마음을 돌려 환속한다.

유봉상에게 있어서 채혜운이 승려가 되었다는 사실은 그리 큰 문제가 아니었고, 이미 매향에게 죄가 있음을 알아낸 상황이기 때문에 그는 채혜운의 정절을 의심하지 않았다. 유봉상은 손롱선의 회유에도 마음을 움직이지 않았던 채혜운을 달래어 집으로 데리고 온 뒤 매향을 처벌한다.

---

28) 니 쳐〃의 복이 엽셔 팔ᄌᆡ 여ᄎᆞᄒᆞ니 다시넌 취쳐와 복쳐을 단렴ᄒᆞ리라 하고 불학의 뜻을 두어 ᄉᆞ출도 차져 구경하며 불경도 보더니 일〃은 샹서씌 엿ᄌᆞ오ᄃᆡ 셩시가 요란ᄒᆞ와 공부의 ᄌᆞᆷ심키 어렵삽고 듯ᄌᆞ오니 부용산 너머 ᄊᆞᆼ님ᄉᆞ란 암ᄌᆡ 잇ᄉᆞ와 가ᄌᆞᆼ 고요ᄒᆞ다 ᄒᆞ오니 슈월 공부을 ᄒᆞ랴 ᄒᆞ나이다……(74면)

〈기연회봉록〉은 가문의 부인들에게는 죄를 크게 묻지 않는다는 공통점이 있다. 앞서 황채란을 모함한 계모 최씨부인을 비롯하여 채혜운을 모함한 장씨부인 역시 〈황월선전〉의 계모 박씨부인처럼 피해자에게 비교적 쉽게 용서를 받고 있는 것이다. 이 역시 장씨부인의 모해가 남녀주인공의 이합을 위한 계기로 설정된 데서 비롯된 것이라 할 수 있다.

〈기연회봉록〉도 악인의 징치 과정을 통해 勸善懲惡의 메시지를 전하고 있기는 하지만, 가문의 부인들에게는 극단적인 응징을 가하지 않고 화해를 통해 가문의 구성원으로 수용하는 모습을 보여주고 있다. 즉 가해자인 악인은 피해자인 여주인공들의 가족이기에 가족 구성원으로 재편입시키고 있는 것이다. 작품에서 악인의 죄를 용서하고 화해하려는 시도는 전처소실의 자식과 계모, 동서 간의 화해를 통해 조화로운 가족상을 보여주고, 여주인공들의 德을 부각시키기 위한 의도에서 비롯된 게 아닌가 생각된다.

4. 맺음말

이상 살펴본 바와 같이 〈기연회봉록〉의 남녀주인공의 離合의 원인과 과정은 다채롭게 그려낸 독특한 소설이다. 이야기는 어느 한 인물에 집중되어 있지 않으며 황채란 · 전학선 · 손롱선 · 채혜운이라는 네 명의 여주인공들의 서사에 익히 한번쯤은 들어봤음직한 화소들을 적절히 분배하여 남녀 結緣回逢을 만들어내고 있다. 유봉상과 황채란의 이합은 〈정을선전〉, 〈황월선전〉과 흡사하고, 기이한 꿈과 증표를 나눈 유봉상과 전학선 · 손롱선[29]의 이합이 이야기의 주축을 담당하고 있다. 〈기연

29) 유봉상과 손롱선의 이합은 〈강릉추월〉의 조씨부인, 〈홍계월전〉의 양씨부인, 〈장경전〉의 초운, 〈소학사전〉의 정씨부인의 환속 과정과 흡사하다.

회봉록〉의 특이한 점은 초혼에 실패한 유봉상과 채혜운이 이합을 함으로써 가족을 이루고 남주인공이 성공을 하고 있다는 사실이다. 이는 필자의 학문이 미흡한 바 아직까지 비슷한 화소를 소설이나 설화에서 찾아볼 수 없는 이야기였다. 설화에서는 재혼한 여성에 대한 이야기는 있지만, 재혼한 여성이 남주인공을 성공시켰다는 이야기는 찾기 힘들었다. 아마도 〈기연회봉록〉은 재혼한 여성을 소설에 등장시킴으로써 변화된 사회 인식을 내포하고자 하는 시도로 기획된 것은 아닐까 조심스레 추측해본다. 그렇다면 〈기연회봉록〉은 조선 후기에 창작된 소설로, 이미 독자들에게 익숙하고 널리 유행하는 이야기들을 화소로 끌어들여 만들어내었지만 독특한 작품이라고 할 수 있을 것이다.

|| 이선형(국민대학교)

부록

- 간본 언해류 자료 목록(177종, 310책)
- 순천 뿌리깊은나무 박물관 소장 한문문집 자료 목록
- 정명기본 〈임화정연〉 자료1
- 〈임화정연〉 대조표1
- 〈임화정연〉 대조표2
- 〈임화정연〉 대조표3
- 작품 전문 : 규영헌가, 사낭자석별가, 사모가, 계미사, 동상연분가(同床緣分歌), 직여사(織女詞), 셰황가(歲況歌), 바늘가
- 필사본 〈유황후전〉 서사단락

간본 언해류 자료 목록(177종, 310책)

001: 警民編, 183-28, 조선(18c), 1책, 26.7×19.8㎝

002: 警民編, 204-7, 조선(18c), 1책, 24×19㎝

003: 警民編, 204-58, 조선(1808), 1책, 24×18.2㎝

004: 敬信錄諺釋, 261-16, 조선(光緖 6, 1880), 1책, 31.7×22.3㎝

005: 敬信錄諺釋, 269-16, 上之二十年嘉慶丙辰(1856년) 仲秋開刊楊州天寶山佛巖寺藏板 간기, 1책, 32×22.5㎝

006: 啓蒙篇諺解, 236-135, 대한제국, 1책, 28×21㎝

007: 啓蒙篇諺解, 263-26, 대한제국, 1책, 31×20㎝

008: 過火存神, 236-62, 조선(光緖 19), 1책, 22.2×13.8㎝

009: 過火存神, 267-19, 조선(光緖 6), 1책, 21×12.5㎝

010: 關聖帝君明聖經, 267-25, 조선(1892), 1책, 29×19㎝

011: 關聖帝君應驗明聖經, 236-89, 조선(19c말), 1책, 24.7×17㎝

012: 關帝君明聖經, 204-82, 조선(光緖 12), 1책, 29.5×19.5㎝

013: 校訂全韻玉篇, 262-24, 대한제국(20c초), 1책, 29.5×20㎝

014: 救荒撮要, 236-48, 260-32, 조선(崇禎紀元後 丙寅), 2책, 28×19㎝

015: 救荒撮要, 269-73, 조선(18c), 1책, 26×18㎝

016: 論語諺解, 235-59, 268-9, 조선(19c 말), 권1, 권3 2책, 33.5×22.5㎝

017: 論語諺解, 260-3, 268-39,40,41, 庚辰(1820)新刊 內閣藏板, 4책, 35.5× 23㎝

018: 農歌集成書, 235-39, 262-1, 268-18, 崇禎紀元後丙寅(1806) 간기, 3책, 30×20.5㎝

019: 農事直設, 235-35, 조선(18c 말), 1책, 29×18.2㎝

020: 楞嚴經諺解, 183-21, 조선(16c 초), 1책, 33×23.3㎝

021: 楞嚴經諺解, 260-26, 조선(18c), 1책, 31.5×23㎝

022: 大方廣圓覺修多羅了義經, 235-49, 조선(19c), 1책, 31×22㎝

023: 독립신문, 260-29, 조선(1896), 1책, 31.4×23.2㎝
024: 東國史略, 231-32,33,34,35, 대한제국(光武 10), 4책, 25×17.4㎝
025: 東醫寶鑑, 226-11,12,13,14,15,16,1718,19,20,46, 조선(18c), 11책, 34.5× 21㎝
026: 東醫寶鑑, 243-1~25, 조선(1704), 25책, 36×22㎝
027: 童子習, 262-21, 조선(19c), 1책, 26.5×17.5㎝
028: 馬經諺解, 260-11,21, 조선(18c), 2책, 35.2×21.5㎝
029: 孟子諺解, 235-60, 조선(19c), 1책, 34.5×22㎝
030: 御筆孟子諺解, 228-21~25/260-6,25, 조선(1693), 7책, 36×23.5㎝
031: 明義錄, 225-6,7,8, 조선(1777), 3책, 33.5×21.5㎝
032: 蒙山和尙法語略錄, 235-26, 조선(嘉靖 42), 1책, 30×19.5㎝
033: 蒙山和尙法語略錄, 260-36, 조선(16c), 1책, 26.6×18.2㎝
034: 妙法蓮華經, 175-10, 조선(17c), 1책, 30.5×18㎝
035: 妙法蓮華經, 175-13,17,20,21,22, 조선(嘉靖 26), 5책, 33×23㎝
036: 妙法蓮華經, 175-14, 235-50,51,64,66, 260-64, 조선(17c), 6책, 32.5×23㎝
037: 妙法蓮華經, 175-15, 조선(16c), 1책, 31.5×23㎝
038: 妙法蓮華經, 175-24, 조선(萬曆 2), 1책, 34×21.5㎝
039: 妙法蓮華經, 183-22, 조선(16c), 1책, 31.6×23㎝
040: 妙法蓮華經, 183-29, 조선(16c), 1책, 29.5×21.5㎝
041: 妙法蓮華經, 183-30, 조선(16c), 1책, 31.3×22.5㎝
042: 妙法蓮華經, 231-27,28, 조선(嘉靖 4), 1책, 29×22.8㎝
043: 妙法蓮華經, 235-65, 조선(16c), 1책, 32×22㎝
044: 妙法蓮華經, 260-27, 조선(16c), 1책, 31.4×22.7㎝
045: 妙法蓮華經, 260-62, 조선(17c), 1책, 36.5×24㎝
046: 妙法蓮華經, 263-41, 조선(19c), 1책, 26.5×24.5㎝
047: 낱장본 法華經諺解, 183-19, 조선(16c 초)
048: 武藝圖譜通志, 267-1, 조선(18c 말), 1책, 31×19.5㎝

049: 法學通論, 242-63, 대한제국, 1책, 21.5×15.5㎝
050: 兵學指南, 175-19, 조선(18c), 1책, 32×22㎝
051: 兵學指南, 235-57, 조선(19c), 1책, 34.3×23㎝
052: 兵學指南, 236-127, 조선(1688), 1책, 31×21.5㎝
053: 兵學指南, 269-42, 조선(18c), 1책, 33×23㎝
054: 保幼新編, 183-11, 대한제국(隆熙 3), 1책, 27.8×19.5㎝
055: 佛說大報父母恩重經, 204-43, 조선(乾隆 25), 1책, 32×21.5㎝
056: 佛說大報父母恩重經, 260-5, 조선(19c), 1책, 31.3×20.5㎝
057: 佛說大報父母恩重經, 269-45, 조선(康熙 25), 1책, 28×18㎝
058: 佛說阿彌陀經, 236-37, 대한제국(光武 2), 1책, 26.8×16.8㎝
059: 佛說阿彌陀經, 236-47, 대한제국(光武 11), 1책, 29×18.5㎝
060: 佛說阿彌陀經, 269-13, 대한제국(光武 9), 1책, 30×20.5㎝
061: 佛說阿彌陀經, 269-56, 조선(天順 8), 1책, 29×19㎝
062: 佛說阿彌陀經諺解, 260-53, 조선(19c 중반), 1책, 26.5×17.5㎝
063: 佛說天地八陽神呪經, 236-88, 대한제국(隆熙 2), 1책, 29.8×19.3㎝
064: 사민필지, 228-30, 대한제국, 1책, 33×22㎝
065: 三綱行實圖, 235-45, 조선(18c), 1책, 37×22㎝
066: 三綱行實圖, 260-24, 조선(1730), 1책, 39×24.5㎝
067: 三綱行實圖, 260-30, 조선(17c), 1책, 37.4×21.5㎝
068: 日課經, 課誦經, 262-22, 조선(19c), 1책, 26×18.5㎝
069: 阿彌陀經, 高王經, 光明經, 269-58, 대한제국(光武 2), 1책, 26.5×17㎝
070: 三略, 235-43, 대한제국(20c 초), 1책, 29×19.5㎝
071: 三略, 236-94, 대한제국(20c 초), 1책, 25×19㎝
072: 三略, 267-27, 대한제국(20c 초), 1책, 24.8×19.5㎝
073: 三聖訓經, 236-97/268-33, 조선(光緖 6), 2책, 22×14.3㎝
074: 三韻聲彙, 175-4, 조선(1751), 1책, 30.5×21.5㎝
075: 三韻聲彙, 235-61,62,63, 조선(1769), 3책, 30×20.3㎝
076: 三韻聲彙, 243-62, 조선(19c 중반), 1책, 33.8×22㎝

077: 三韻聲彙, 243-63,64, 조선(1769), 2책, 29.5×19.5㎝

078: 三韻聲彙, 262-6, 조선(17c 말), 1책, 31×21㎝

079: 三韻聲彙, 267-22, 조선(19c), 1책, 35×22㎝

080: 三韻聲彙補, 267-23, 조선(19c), 1책, 35×22㎝

081: 書傳諺解, 175-35,38,39,44,45, 조선(19c), 5책, 33×21㎝

082: 書傳諺解, 175-36,42,48/268-21/269-54, 조선(19c), 5책, 34×22㎝

083: 書傳諺解, 236-117~121, 조선(1820), 5책, 35.7×23㎝

084: 禪家龜鑑, 269-57, 조선(19c), 1책, 21×16㎝

085: 聖經直解, 241-71, 조선(1895), 1책, 22×14.2㎝

086: 聖經直解, 269-67, 조선(1892), 1책, 22×14㎝

087: 성교감략, 231-107,108, 대한제국(隆熙 2), 2책, 20.8×13.2㎝

088: 성교감략, 241-72, 대한제국(20c 초), 1책, 19×22.3㎝

089: 省察記略, 231-105, 조선(1890), 1책, 18×11.5㎝

090: 省察記略, 260-61, 조선(1882), 1책, 18.7×12㎝

091: 省察記略, 268-31, 조선(1892), 1책, 18×11.5㎝

092: 世界植民史, 236-65, 대한제국(隆熙 2), 1책, 22.5×15.5㎝

093: 셩샹경, 231-111, 대한제국(1900), 1책, 19×12㎝

094: 小學諺解, 175-37,46/235-41, 조선(19c), 3책, 34×21.5㎝

095: 小學諺解, 260-34, 대한제국(20c 초), 1책, 32.3×21.5㎝

096: 小學諺解, 268-4,5, 대한제국(20c 초), 2책, 32.5×22㎝

097: 續明義錄諺解, 269-52, 조선(乾隆 43), 1책, 34×22㎝

098: 袖珍日用方, 85-5, 1871 조선(高宗代), 1책, 3.8×9㎝

099: 시경언해, 263-94,95, 조선(1888), 2책, 33×21.5㎝

100: 神命初行, 231-61,62, 대한제국(隆熙 2), 2책, 20.8×13.5㎝

101: 十九史略諺解, 175-2, 대한제국, 1책, 28×19.5㎝

102: 十九史略諺解, 204-85, 조선(1869), 1책, 26.5×20㎝

103: 十九史略諺解, 235-46, 조선(19c 말), 1책, 31×20.5㎝

104: 十九史略諺解, 235-47, 조선(1869), 1책, 30×19.7㎝

105: 十九史略諺解, 260-18, 조선(19c), 1책, 29.5×21㎝
106: 十九史略諺解, 268-14, 대한제국, 1책, 29.5×21㎝
107: 十九史略諺解, 268-2,3, 조선(1869), 2책, 26×19.5㎝
108: 十九史略諺解, 268-22, 대한제국(20c 초), 1책, 34.5×22㎝
109: 十九史略諺解, 268-24, 조선(19c 말), 1책, 32×21㎝
110: 아미타경사셩례, 236-64, 조선(同治 辛未), 1책, 25.3×16㎝
111: 埃及近世史, 231-22, 대한제국(光武 9년), 1책, 22×15.5㎝
112: 御定奎章全韻, 243-69, 조선(同治 13), 1책, 33×22㎝
113: 御定奎章全韻, 243-72, 조선(嘉慶元年), 1책, 32×21㎝
114: 御定奎章全韻, 243-88, 조선(19c 말), 1책, 22.5×14.5㎝
115: 諺簡牘, 204-44, 조선(1882), 1책, 32×21.5㎝
116: 諺簡牘, 236-96, 대한제국, 1책, 27.7×18.5㎝
117: 諺簡牘, 260-12, 대한제국(20c 초), 1책, 27.3×19㎝
118: 諺簡牘, 268-36, 대한제국(光武 10), 1책, 28×18.5㎝
119: 諺簡讀, 267-31, 대한제국, 1책, 27.5×20㎝
120: 諺解圖像 童蒙初學, 267-10, 대한제국, 1책, 27×19㎝
121: 諺解圖像 童蒙初學, 269-30, 대한제국, 1책, 30×20.5㎝
122: 女四書, 175-26, 조선(18c), 1책, 32×22㎝
123: 女四書, 175-7/183-25, 대한제국(1907), 2책, 31.7×20.3㎝
124: 女四書, 183-24, 대한제국(1907), 1 책, 30.7×20㎝
125: 女四書, 183-31, 대한제국(1907), 1책, 33×22㎝
126: 女四書, 235-18/269-14, 대한제국(1907), 2책, 29×20㎝
127: 女四書, 236-39, 대한제국(1907), 1책, 31.5×30㎝
128: 朱子增損呂氏鄕約, 269-49, 조선(16C), 1책, 34.5×21.5㎝
129: 朱子增損呂氏鄕約, 236-87, 조선(16c말), 1책, 30.8×21㎝
130: 朱子曾孫呂氏鄕約諺解, 269-50, 조선(嘉靖 丙辰), 1책, 30.5×20.5㎝
131: 重刊杜詩諺解, (204-2, 235-1~15, 236-1~9, 236-116, 269-44), 重刊杜詩諺解序: 崇禎壬申(1632), 27책

132: 여자독본, 269-65, 대한제국(隆熙 2), 1책, 22.5×15.5㎝
133: 영세문답, 231-106, 대한제국, 1책, 18.3×12㎝
134: 耶蘇眞教四牌, 268-34, 대한제국(1907), 1책, 22×14㎝
135: 五倫行實圖, 183-32,33,34, 조선(1859), 3책, 31.5×20.7㎝
136: 五倫行實圖, 183-4, 조선(1797), 4책, 32×19㎝
137: 五倫行實圖, 204-3, 조선(1859), 1책, 32×19㎝
138: 五倫行實圖, 241-43/269-2, 조선(19c), 2책, 31×22㎝
139: 五倫行實圖, 260-51, 조선(18c), 1책, 27.6×17.6㎝
140: 五倫行實圖, 260-52, 조선(18c), 1책, 30.5×18.8㎝
141: 五倫行實圖, 267-8, 조선(18c말), 1책, 32×20.5㎝
142: 王郎返魂傳, 235-33, 조선(乾隆 6), 1책, 29.5×18.7㎝
143: 王郎返魂傳, 235-34, 조선(乾隆 18), 1책, 30×19.7㎝
144: 月印釋譜, 183-20, 조선(1459), 1책, 28×19.3㎝
145: 月印釋譜, 175-8,18, 조선(1542), 2책, 31.5×23㎝
146: 牖蒙彙編, 236-137/262-15/268-37, 대한제국(1906), 3책, 28×19.3㎝
147: 儒胥必知, 226-101, 대한제국, 1책, 26.6×17.7㎝
148: 諭湖南民人等綸音, 269-51, 조선(乾隆 48), 1책, 30×20.5㎝
149: 二倫行實圖, 260-13, 조선(1730), 1책, 37.5×22㎝
150: 臨終正念訣, 269-48, 조선(乾隆 6), 1책, 29.5×20㎝
151: 全韻玉篇, 262-9/267-9, 조선(1819), 2책, 34×21.5㎝
152: 全韻玉篇, 268-7,27, 조선(1850), 2책, 31×19.5㎝
153: 正俗諺解, 269-43, 조선(康熙 51), 1책, 31.5×20㎝
154: 濟衆新編, 226-90,91,92,93, 조선(1799), 4책, 35×22㎝
155: 조군령적지, 204-47, 조선(光緖 7), 1책, 19.5×14㎝
156: 周易諺解, 263-42, 조선(19c말), 1책, 24.5×22.8㎝
157: 註解千字文, 235-27, 대한제국, 1책, 31.7×21.5㎝
158: 註解千字文, 235-56, 조선(1804), 1책, 33×22.6㎝
159: 周年瞻禮廣益, 231-64,65,66,67, 대한제국(光武 3년~隆熙 2년), 4

책, 18.7×12.2㎝

160: 周年瞻禮廣益, 231-69, 대한제국(隆熙 2), 1책, 18.6×12㎝

161: 周年瞻禮廣益, 241-65,66,67,68, 대한제국(光武 3), 4책, 19×12㎝

162: 周年瞻禮廣益, 267-20, 대한제국, 1책, 19×12.5㎝

163: 延嗣經, 260-38, 대한제국, 1책, 24.8×16.2㎝

164: 지경영험전, 260-8, 조선(乾隆 乙卯), 1책, 30×20㎝

165: 直星行年便覽, 235-42, 조선(19C말), 1책, 27.5×18㎝

166: 眞言集, 260-43, 조선(隆慶 3), 1책, 23.3×16.7㎝

167: 斥邪綸音, 235-37, 조선(光緖 7), 1책, 34×22㎝

168: 斥邪綸音, 268-23, 조선(光緖 7), 1책, 32×21.5㎝

169: 斥邪綸音, 269-46, 조선(道光 19년), 1책, 35.5×22㎝

170: 斥邪綸音, 269-55, 조선(道光 19), 1책, 35.5×23㎝

171: 千字文, 235-55, 조선(18c), 1책, 29×17.3㎝

172: 太上感應篇圖說, 260-4/269-29, 조선(18c), 2책, 29.7×20.8㎝

173: 泰西新史, 228-3, 대한제국, 1책, 26.5×18.5㎝

174: 텬쥬셩교공과, 231-113, 대한제국(隆熙 2), 1책, 20.7×13㎝

175: 華東正音通釋韻考, 268-13, 조선(1851), 1책, 28.5×18㎝

176: 畵千手, 263-48, 대한제국, 1책, 25.3×17.5㎝

177: 孝經諺解, 183-23, 조선(1879), 1책, 30×20.7㎝

순천 뿌리깊은나무 박물관 소장 한문문집 자료 목록

일련번호	서명	권차	저자	판사항	발행사항
18	경정집 (敬亭集)	卷1-4	李民宬(朝鮮) 著	木板本	[刊寫地未詳] : [刊寫者未詳], [光武7(1903)]
28	경현록 (景賢錄)	卷1-6	金宏弼(朝鮮) 著	木板本	達城 : 道東書院, [肅宗 45(1719)]
31	경현재집 (警弦齋集)	卷1-4	姜世晉(朝鮮) 著	木活字本	[刊寫地未詳] : [刊寫者未詳], [憲宗 6(1840)]
42	고산유고 (孤山遺稿)	卷2, 卷3-4, 卷6	尹善道(朝鮮) 著	木板本	[刊寫地未詳] : [刊寫者未詳], [刊寫年未詳]
71	괴담유고 (槐潭遺稿)	卷1-6	裵相說(朝鮮) 著	木板本	[刊寫地未詳] : [刊寫者未詳], 純祖11(1811)跋
74	구봉선생문집 (九峯先生文集)	卷1-3	金守認(朝鮮) 著	木活字本	[刊寫地未詳] : 金志立, [1869]
76	구암집 (久庵集)	卷1-4	金就文(朝鮮) 著	木板本	[刊寫地未詳] : [刊寫者未詳], 1791
78	구옹선생유고 (矩翁先生遺稿)	卷1-2	金太乙 著	木活字本	密陽 : [刊寫者未詳], 1925
81	구촌선생문집 (龜村先生文集)	卷1-2	柳景深(朝鮮) 著	木板本	[刊寫地未詳] : [刊寫者未詳], [刊寫年未詳]
100	귀원유집 (歸園遺集)	卷1-4	黃起源(朝鮮) 著	石版本	密陽 : 歸園齋, 1938(密陽)
118	남고선생문집 (南皐先生文集)	卷1-6	朴應衡(朝鮮) 著	木活字本	[刊寫地未詳] : [刊寫者未詳], 高宗 7(1870)
123	남회당선생문집 (覽懷堂先生文集)	卷1-4	李而杜(朝鮮) 著	木板本	[刊寫地未詳] : 李國潤, 光武 1(18

– 총 93종 318책

형태사항	주기사항
;, 年譜2, 合3冊 : 四周雙邊 半郭 20.6 × 14.9cm, 界, 10行19字, 內向2葉花紋魚尾 ; 31.3 × 20.5cm	跋: 萬曆癸卯重五(1903)書 印: 玄澈槐堂
3冊: 四周雙邊 半郭 20.5 × 16.1cm, 有界, 10行20字 雙行, 內向2葉花紋魚尾 ; 30.5 × 20.0cm	序: 李楨謹識 被傳者: 金宏弼
2冊: 四周單邊 半郭 26.5 × 15.7cm, 10行20字 註雙行, 向2葉花紋魚尾 ; 31.0 × 20.0cm	
4冊(全6卷6冊): 四周雙邊 半郭 21.4 × 15.5cm, 10行 字, 註雙行, 花紋魚尾白魚尾混入 ; 32.5 × 20.0cm	
3冊: 插圖, 四周雙邊 半郭 22.5 × 17.7cm, 有界, 行23字, 內向2葉花紋魚尾 ; 33.5 × 21.5cm	序: 上之二十三年己未(正祖23,1799)……趙述道敍 跋: 戊辰(1809)……金翰東 跋: 戊辰(1809)……黃龍漢 跋: 辛未(1811)……金相溫
2冊: 四周單邊 半郭 22.3 × 16.8cm, 9行20字 註雙 內向2葉花紋魚尾 ; 32.0 × 21.5cm	序: 上之二十九年庚寅(1830) ……鄭奎錫 序: 崇禎紀元後四甲寅(1854) ……趙斗淳, 李正觀 跋: 上之元年庚戌(1850)……柳進翼 識: 歲丙寅(1869)……七世孫[金]志立
2冊: 四周雙邊 半郭 20.4 × 14.9cm, 10行20字 註 行, 內向2葉花紋魚尾 ; 32.5 × 20.5cm	跋: 崇禎紀元後三己酉(1789) ……吳載純 跋: 崇禎三辛亥(1791)……崔光璧 序: 聖上十三年己酉(1789)……丁範祖
1冊: 四周雙邊 半郭 21.1 × 16.0cm, 10行20字, 有界, 向2葉花紋魚尾 ; 32.5 × 21.5cm	序: 乙丑(1925)……宋奎憲.盧相稷 跋: 曺友仁, 辛夢參.
2冊: 四周雙邊 半郭 20.5 × 16.5cm, 10行19字, 內 葉花紋魚尾 ; 29.5 × 20.0cm	序: 黑蛇(1653)仲秋下澣……金應祖謹識
2冊: 四周雙邊 半郭 18.5 × 14.1cm, 有界, 10行18 註雙行, 上2葉花紋魚尾 ; 29.0 × 19.5cm	序:歲上章敦牂(1930)……宋曾憲 跋:歲乙亥(1935)……[黃]甲周 刊記:昭和十三年(1938)……慶南密陽郡歸園齋發行
3冊: 四周單邊 半郭 22.7 × 16.4cm, 有界, 10行21字, 向2葉花紋魚尾 ; 31.0 × 20.2cm	序:上之七年庚午(1870)……柳疇睦謹序 跋:崇禎紀元後四辛未(1811)……[朴]慶泰 跋:崇禎紀元後四辛未(1811)……[朴]時源
2冊: 四周雙邊 半郭 19.2 × 16.2cm, 有界, 10行19字, 向2葉花紋魚尾 ; 31.0 × 20.0cm	序: 丁丑(1877)聞韶金道和謹序 跋: 戊戌(1898)後學密城孫[李]昌鉉謹識

일련번호	서명	권차	저자	판사항	발행사항
118	남고선생문집(南皐先生文集)	卷1-6	朴應衡(朝鮮) 著	木活字本	[刊寫地未詳] : [刊寫者未詳], 高宗 7(1870)
123	남회당선생문집(覽懷堂先生文集)	卷1-4	李而杜(朝鮮) 著	木板本	[刊寫地未詳] : 李國潤, 光武 1(18
125	노계선생문집(蘆溪先生文集)	卷1-3	朴仁老(朝鮮) 著	木板本	[刊寫地未詳] : [刊寫者未詳], 光 8(1904)
127	노촌집(老村集)	冊 春,秋,冬	林象德(朝鮮) 著	木活字本	[刊寫地未詳] : [刊寫者未詳], [刊寫 未詳]
135	농서유고(農西遺稿)	卷1-7	安廈鎭 著	石版本	[刊寫地未詳] : 安秉浩, 1960
157	대암선생문집(大庵先生文集)	卷1-6	朴惺(朝鮮) 著	木板本	[刊寫地未詳] : [刊寫者未詳], 肅宗 5(1679)序
187	덕계집(德溪集)	卷1-2	朴增曄(朝鮮) 著	石版本	[發行地不明] : [發行處不明], 1959
202	동명선생집(東溟先生集)	卷1-10	金世濂(朝鮮) 著	校書館印書體字	[刊寫地未詳] : [刊寫者未詳], [刊寫年未詳]
222	두암선생문집(斗庵先生文集)	卷1-10	金若鍊(朝鮮) 著	木活字本	[刊寫地未詳] : [刊寫者未詳], 高宗 2(1836)
226	둔암선생일집(遯庵先生逸集)	卷1-2	徐翰廷(朝鮮) 著	木板本	[刊寫地未詳] : [刊寫者未詳], 純祖 14(1814)
227	등암선생문집(藤庵先生文集)	卷1-6	裵相龍(朝鮮) 著	木板本	[刊寫地未詳] : 道川書院, 1919
239	망우선생문집(忘憂先生文集)	卷 上, 下	郭再祐(朝鮮)著	木板本	[刊寫地未詳] : [刊寫者未詳], [光 9(1617)刊]
241	매헌선생문집(梅軒先生文集)	卷1-2	郭壽岡(朝鮮)著	木板本	[刊寫地未詳] : [刊寫者未詳], 18
296	모하당문집(慕夏堂文集)	卷1-2	金忠善(朝鮮)著	木板本	[刊寫地未詳] : [刊寫者未詳], 憲 8(1842)序

형태사항	주기사항
3冊: 四周單邊 半郭 22.7 × 16.4㎝, 有界, 10行21字, 向2葉花紋魚尾 ; 31.0 × 20.2㎝	序:上之七年庚午(1870)……柳疇睦謹序 跋:崇禎紀元後四辛未(1811)……[朴]慶泰 跋:崇禎紀元後四辛未(1811)……[朴]時源
2冊: 四周雙邊 半郭 19.2 × 16.2㎝, 有界, 10行19字, 向2葉花紋魚尾 ; 31.0 × 20.0㎝	序: 丁丑(1877)聞韶金道和謹序 跋: 戊戌(1898)後學密城孫[李]昌鉉謹識
2冊: 插圖, 世系圖, 四周雙邊 半郭 20.0 × 16.3㎝, 界, 10行20字 註雙行, 上下內向2葉花紋魚尾 ; 0 × 20.0㎝	印記: 光武甲辰(1904)印
3冊(全10卷4冊): 四周單邊 半郭 21.7 × 13.2㎝, 界, 10行20字 註雙行, 內向2葉花紋魚尾 ; 29.0 × 0㎝	
3冊: 四周雙邊 半郭 21.2 × 16.1㎝, 界線, 10行22字 雙行, 內向2葉花紋魚尾 ; 30.0 × 20.5㎝	序:己亥(1959)……金榥 識:庚子(1960)……從子秉運
4冊: 四周雙邊 半郭 18.3 × 14.7㎝, 有界, 10行20字 雙行, 內向2葉花紋魚尾 ; 29.0 × 20.0㎝	序: 崇禎後五十二年己未(1679) ……李元禎
1冊: 四周雙邊 半郭 20.5 × 15.0㎝, 有界, 10行18字, 向2葉花紋魚尾 ; 29.0 × 20.0㎝	序: 歲己亥(1959)……權相圭
5冊(全10卷6冊): 上下單邊左右雙邊 半郭 21.1 × 6㎝, 有界, 10行20字 註雙行, 內向2葉花紋魚尾 ; 5 × 21.3㎝	
4冊(全10卷5冊): 四周雙邊 半郭 22.1 × 14.5㎝, 10 0字, 內向2葉花紋魚尾 ; 30.5 × 19.5㎝	刊記: 歲丙申(1836) 跋: 潘南後人朴時源謹跋 序: 上之二年丙申(1836)……柳致明謹序
1冊: 四周雙邊 半郭 20.3 × 14.5㎝, 有界, 10行18字 雙行, 內向2葉花紋魚尾 ; 31.0 × 19.5㎝	序: 乙巳(1785)……蔡濟恭謹序 序: 上之二年戊戌(正祖, 1778)……眞城李守貞謹序 跋: 歲甲戌(1814)陽月日十代孫[徐]弘胤謹識
3冊: 四周單邊 半郭 19.3 × 16.3㎝, 有界, 10行20字 雙行, 內向2葉花紋魚尾 ; 30.8 × 20.8㎝	印記: 己未(1919)三月道川書院開刊
1冊: 四周單邊 半郭 22.5 ×17.6㎝, 有界, 12行24 註雙行, 內向2葉花紋魚尾 ; 31.5 × 21.5㎝	序: 萬曆四十五年(1617)秋… …裵大維撰
1冊: 世系圖, 四周單邊 半郭 21.3 × 16.2㎝, 10行 字, 內向2葉花紋魚尾 ; 32.0 × 20.5㎝	序:上之二十四年(1800)……李家煥 序:聖上二十三年(1799)……金是瓚 跋:李源祚
1冊: 四周雙邊 半郭 23.0 × 17.1㎝, 有界, 10行20 內向2葉花紋魚尾 ; 30.5 × 21.0㎝	

일련번호	서명	권차	저자	판사항	발행사항
354	묵헌선생문집(默軒先生文集)	卷1-12	李萬運(朝鮮)著	木板本	漆谷 : 景巖齋, 1938
362	미강집(渼江集)	卷1-19	朴昇東(朝鮮)著	木活字本	達城 : 暎湖齋, 1925
372	미호집(渼湖集)	卷1-20	金元行(朝鮮)著	校書館印書體字	[刊寫地未詳] : [刊寫者未詳], [刊寫年未詳]
383	박곡선생문집(朴谷先生文集)	卷1-4	李元祿(朝鮮)著	木板本	[刊寫地未詳] : [刊寫者未詳], [刊寫年未詳]
410	백곡집(柏谷集)	卷3-4	鄭崑壽(朝鮮) 著	木板本	[刊寫地未詳] : [刊寫者未詳], 1710
414	백운재실기(白雲齋實紀)	卷1-4	權應銖(朝鮮) 被傳	木板本	[刊寫地未詳] : [刊寫者未詳], [刊寫年未詳]
417	벽오유집(碧塢遺集)	卷1-4	金鳳喜 著	木活字本	密陽 : 紫巖書堂, 昭和 3(1928)
445	복재선생문집(復齋先生文集)	卷 上, 下	李道孜(朝鮮) 著	木板本	[刊寫地未詳] : [刊寫者未詳], 1894
621	서강선생일고(西岡先生逸稿)	卷1-2	金係錦(朝鮮) 著	木板本	[刊寫地未詳] : [刊寫者未詳], 1915
622	서계문집(西谿文集)	卷1-6	金在燦(朝鮮)著	木板本	[刊寫地未詳] : [刊寫者未詳], 1915跋
629	서애선생문집(西厓先生文集)	卷1-20	柳成龍(朝鮮)著	木板本	[刊寫地未詳] : [刊寫者未詳], [刊寫年未詳]
689	석주집(石洲集)	卷3-5	權韠(朝鮮) 著	木板本	[刊寫地未詳] : [刊寫者未詳], [顯宗15(1674)]
711	소곡선생유고(素谷先生遺稿)	卷1-22	尹光紹(朝鮮) 著	木活字本	[刊寫地未詳] : [刊寫者未詳], 1915
756	송계집(松溪集)	卷1-7	權應仁(朝鮮) 著	木板本	星州 : 道巖書院, 1809
760	송암선생문집(松巖先生文集)	卷1-6	權好文(朝鮮) 著	木板本	[刊寫地未詳] : [刊寫者未詳], [刊寫年未詳]
762	송암선생속집(松巖先生續集)	卷1-6	權好文(朝鮮) 著	木板本	[刊寫地未詳] : [刊寫者未詳], [刊寫年未詳]

형태사항	주기사항
卷6冊: 四周雙邊 半郭 21.0 × 17.5㎝, 10行20字, 向葉花紋魚尾 ; 32.0 × 22.0㎝	印: 玄澈槐堂
卷8冊: 四周單邊 半郭 20.5 × 15.7㎝, 10行20字 註雙 內向2葉花紋魚尾 ; 29.0 × 19.5㎝	
卷10冊: 四周雙邊 半郭 21.4 × 13.7㎝, 有界, 10行20 上下向白魚尾 ; 32.0 × 19.5㎝	
2冊: 四周雙邊 半郭 19.7 × 16.0㎝, 有界, 10行18 內向2葉花紋魚尾 ; 32.0 × 21.5㎝	
1冊(全4卷2冊): 四周雙邊 半郭 23.2 × 16.5㎝, 10 20字 註雙行, 內向2葉花紋魚尾 ; 34.0 × 22.0㎝	
2冊: 四周雙邊 半郭 21.3 × 19.8㎝, 10行18字, 內 葉花紋魚尾 ; 31.5 × 20.8㎝	
2冊: 四周雙邊 半郭 20.5 × 15.5㎝, 有界, 10行20字 雙行, 內向2葉花紋魚尾 ; 29.0 × 20.0㎝	
1冊: 四周雙邊 半郭 21.0 × 16.4㎝, 有界, 10行20字 雙行, 內向2葉花紋魚尾 ; 31.0 × 20.5㎝	序: 上之二十一年(1821)⋯⋯ 李敬儒 印記: 甲午正月二十九日 印: 玄澈槐堂
1冊: 四周單變 半郭 20.2 × 15.7㎝, 有界, 10行20字 雙行, 內向2葉花紋魚尾 ; 30.5 × 20.5㎝	序: 上之元年庚戌(1850)⋯⋯李彙寧 跋: 旃蒙單閼(1915)⋯⋯盧相稷謹跋 跋: 後孫[金]圭東敬識
3冊: 四周雙邊 半郭 21.0 × 15.2㎝, 有界, 10行20字, 向2葉花紋魚尾 ; 32.5 × 21.0㎝	
卷7冊(全20卷10冊): 四周雙邊, 半郭 20.9 × 15.6 有界, 11行21字 註雙行, 內向2葉花紋魚尾 ; 29.6 19.7㎝	
1冊(全8卷4冊): 四周雙邊 半郭 19.3 × 14.5㎝, 10 18字, 內向2葉花紋魚尾 ; 30.0 × 20.0㎝	
卷11冊: 四周雙邊 半郭 20.7 × 16.1㎝, 有界, 10行 字 註雙行, 內向2葉花紋魚尾 ; 30.3 × 19.7㎝	跋: 乙卯(1915)七月之上澣五代孫[尹]喬炳謹識
3冊: 四周單邊 半郭 19.8 × 14.6㎝, 有界, 10行20 註雙行, 內向2葉花紋黑魚尾 ; 29.0 × 18.0㎝	跋: 己巳(1809)星州都禹璟謹跋 印: 玄澈槐堂
2冊: 四周雙邊 半郭 17.8 × 15.1㎝, 有界, 11行21 內向2葉花紋魚尾 ; 30.0 × 19.5㎝	序: 後學安陵李玄逸序 跋: 歲庚申(1680)仲秋⋯⋯柳世鳴謹識
2冊: 四周雙邊 半郭 18.4 × 15.0㎝, 11行21字 註雙行, 向2葉花紋魚尾 ; 30.0 × 19.5㎝	序: 後學聞韶金竑謹識

일련번호	서명	권차	저자	판사항	발행사항
764	송은선생문집 (松隱先生文集)	卷1-4	朴翊(高麗) 著	木板本	[刊寫地未詳] : [刊寫者未詳], 憲宗3(1837)序
765	송재선생문집 (松齋先生文集)	卷1-3, 別集1-2	李堣(朝鮮) 著	木板本	[刊寫地未詳] : [刊寫者未詳], [刊寫年未詳]
767	수은실기 (樹隱實記)	卷 上, 下	金希聖(朝鮮)編	木板本	[刊寫地未詳] : [刊寫者未詳], [刊寫年未詳]
768	수은별집 (睡隱別集)		姜沆(朝鮮) 著	木板本	[刊寫地未詳] : [刊寫者未詳], [刊寫年未詳]
819	낙재선생문집 (樂齋先生文集)	卷1-10	徐思遠 著	木板本	[刊寫地未詳] : [刊寫者未詳], 憲宗 9(1843)
915	열성어제 (列聖御製)	卷1-18	太祖(朝鮮)等著	木板本	[刊寫地未詳] : [刊寫者未詳], 1726
944	오곡유고 (梧谷遺稿)		權洙(韓國)著	石版本	[刊寫地未詳] : [刊寫者未詳], 1961
957	오아재집 (聱齖齋集)	卷1-10	姜錫圭(朝鮮) 著	木活字本	[刊寫地未詳] : [刊寫者未詳], [刊寫年未詳]
962	오우선생실기 (五友先生實記)	卷1-2	閔九齡……等著	木板本	[刊寫地未詳] : [刊寫者未詳], 高宗 11(1874)刊
963	오휴당선생문집 (五休堂先生文集)	卷1-2	安玑(朝鮮) 著	木活字本	[刊寫地未詳] : [刊寫者未詳], [刊寫年未詳]
1069	옥동일고 (玉洞逸稿)	卷1-2	李東栽(朝鮮) 著	木板本	[刊寫地未詳] : [刊寫者未詳], 1924
1073	우복선생문집 (愚伏先生文集)	卷1-20	鄭經世(朝鮮)著	木板本	[刊寫地未詳] : [刊寫者未詳], 憲宗10(1844)
1079	김선생우정집 (金先生憂亭集)	卷1-5	金克成(朝鮮)著	木活字本	[刊寫地未詳] : [刊寫者未詳], 1860
1082	운악선생문집 (雲嶽先生文集)	卷1-3	李涵(朝鮮)著	木板本	[刊寫地未詳] : [刊寫者未詳], [刊寫年未詳]

형태사항	주기사항
1冊: 四周單邊 半郭 20.7 × 15.3cm, 有界, 10行20字 雙行, 內向2葉花紋魚尾 ; 31.0 × 20.5cm	序: 洪命周 序: 聖上三年丁酉(1837)……趙斗淳 跋: 柳致明
2冊: 四周雙邊, 半郭 18.7 × 15.1cm, 有界, 10行18字 雙行, 內向2葉花紋魚尾 ; 30.5 × 20.5cm	跋: 孫厚翼謹書, 不肖祀孫鍾洙敬書 [詩集]跋: 時萬曆甲申(1584) ……吳澐謹識
1冊: 四周雙邊 半郭 23.0 × 17.0cm, 10行20字 註雙 上下向2葉花紋魚尾 ; 31.0 × 21.0cm	序: 崇禎四丁亥(1827)……李度憲 跋: 崇禎四甲申(1824)……李度中
: 四周單邊 半郭 19.5 × 14.6cm, 有界, 10行20字 雙行, 內向2葉花紋魚尾 ; 29.0 × 19.0cm	表題: 睡隱集 印: 中村家藏
卷4冊(文集7卷3冊,年譜3卷1冊): 四周雙邊 半郭 3 × 15.7cm, 有界, 10行20字 注雙行, 內向2葉花紋魚 ; 32.0 × 20.5cm	
卷, 目錄2卷, 合11冊 : 四周雙邊 半郭 23.8 × 15.5cm, 界, 10行20字, 上白魚尾 ; 33.0 × 20.5cm	頒賜記: 雍正四年(1726)五月二十五日辛丑頒賜列聖御製件續刊一冊添補以賜……右承旨臣愼(無逸) 印: 玉汝, 宋相琦印, 恩津世家, 玉吾居士, 太史之章 ; 宋一德印
: 四周雙邊 半郭 21.0 × 16.0cm, 有界, 10行20字 雙行, 內向2葉花紋魚尾 ; 29.0 × 20.5cm	序:歲申丑(1961)……金在華 跋:辛丑(1961)……權泰喆
卷5冊: 四周單邊半郭 21.9 × 15.3cm, 10行20字 註雙 上下向黑魚尾 ; 31.0 × 19.5cm	
1冊: 四周雙邊 半郭 20.4 × 16.0cm, 有界, 10行20字, 向2葉花文魚尾 ; 31.0 × 20.5cm	序:[閔]致久謹序 跋:上之十一年甲戌(1874)……[閔]致洪謹跋
1冊: 揷圖, 四周雙邊 半郭 20.1 × 16.7cm, 有界,10行 字 註雙行, 內向黑魚尾 ; 33.0 × 21.5cm	
1冊: 四周雙邊 半郭 19.8 × 15.8cm, 有界, 10行20字 雙行, 內向2葉花紋漁尾 ; 28.5 × 19.0cm	序: 歲閼敦(1924)……金瀅模 跋: 甲子(1924)……金紹洛 跋: 五世孫[李]承立敬識
卷6冊(全20卷10冊): 四周雙邊 半郭 21.0 × 16.0cm, 界, 10行20字, 註雙行, 內向2葉花紋魚尾 ; 29.5 × 0cm	
3冊: 四周單邊 半郭 25.3 × 17.0cm, 10行20字 註 行, 內向2葉花紋魚尾 ; 33.3 × 22.0cm	序:崇禎紀元後四庚申(1860)……宋來熙 跋:崇禎四庚申(1860)……鄭龜錫
1冊: 四周雙邊 半郭 19.9 × 15.3cm, 10行20字 註 行, 內向2葉花紋魚尾 ; 32.0 × 20.5cm	序:李彙載 跋:金岱鎭

일련번호	서명	권차	저자	판사항	발행사항
1083	운천선생문집 (雲川先生文集)	卷1-5	金涌 著	木板本	[刊寫地未詳] : [刊寫者未詳], [高宗年間]
1089	월연선생문집 (月淵先生文集)	卷1-2	李迨(朝鮮)著	木板本	[刊寫地未詳] : [刊寫者未詳], 高宗 9(1872)序
1152	율곡선생전서 (栗谷先生全書)	卷1-44	李珥(朝鮮)著	木板本	[刊寫地未詳] : [刊寫者未詳], 純祖 14(1814)
1217	자유헌선생문집 (自濡軒先生文集)	卷1-4	李萬白(朝鮮)著	木板本	[刊寫地未詳] : [刊寫者未詳], 高宗 15(1878)
1241	철감록 (掇感錄)	卷1-5	李之運 編	木板本	[刊寫地未詳] : [刊寫者未詳], [刊寫年未詳]
1293	조경암선생문집 (釣耕庵先生文集)	卷1-2	蔣文益(朝鮮)著	木版本	[刊寫地未詳] : [刊寫者未詳], 乙卯[1915]
1342	존재선생문집 (存齋先生文集)	卷1-8	李徽逸(朝鮮)著	木板本	[刊寫地未詳] : [刊寫者未詳], 肅宗20(1694)序
1351	계산집 (桂山集)	卷1-2	辛志翊(朝鮮)著	石版本	[刊寫地未詳] : [刊寫者未詳], 1956
1364	죽계집 (竹谿集)	卷1-2	孫碩佖(朝鮮)著	木活字本	[刊寫地未詳] : [刊寫者未詳], 1914
1365	죽와집 (竹窩集)	卷1-6	權相奎 著	石版本	[刊寫地未詳] : 權泰吉, 1961
1368	죽파집 (竹坡集)	卷1-4	李而禎(朝鮮)著	木板本	[刊寫地未詳] : [刊寫者未詳], [刊寫年未詳]
1429	천사선생문집 (川沙先生文集)	卷1-19	金宗德(朝鮮)著	木板本	[刊寫地未詳] : [刊寫者未詳], [刊寫年未詳]
1438	천사선생문집부록 (川沙先生文集附錄)	卷1-4	金勳鍾 編	木板本	慶北義城 : 後山精舍, 1936
1450	첨모당선생문집 (瞻慕堂先生文集)	卷1-3	林芸(朝鮮)著	木板本	[刊寫地未詳] : [刊寫者未詳], [刊寫年未詳]
1451	청대선생문집 (淸臺先生文集)	卷1-18	權相一(朝鮮)著	木板本	[刊寫地未詳] : [刊寫者未詳], [正祖 21(1797)]

형태사항	주기사항
,附錄,合4冊: 四周雙邊 半郭 20.0 × 15.4cm, 10行 字 註雙行, 內向2葉花紋魚尾 ; 31.5 × 21.0cm	序: 上之二十年(1883)……權琨
1冊: 四周雙邊 半郭 21.8 × 16.0cm, 有界, 9行17字, 向2葉花紋魚尾 ; 31.5 × 21.5cm	序:壬申(1872)……陽川許傳序 跋:白羊(辛未,1871)……韓山李敦禹謹跋
卷38冊: 四周雙邊 半郭 20.8 × 15.1cm, 有界, 11行 字 註雙行, 上下向2葉花紋魚尾 ; 31.4 × 20.0cm	跋: 崇禎再甲子(1744)…… 李縡
2冊: 遺墨, 四周雙邊 半郭 19.4 × 15.1cm, 10行19 內向2葉花紋魚尾 ; 31.0 × 21.5cm	序:宗後生鍾祥謹序 序:聖上十年昭陽作噩(癸酉,1873)……李敦禹序 序:戊寅(1878)……晋山姜蘭馨謹序 跋:……鄭顯德謹跋 後識:十年癸酉(1873)…李晩慤謹識
2冊: 四周雙邊 半郭 21.0 × 15.9cm, 10行19字, 內 葉花紋魚尾 ; 31.5 × 21.0cm	
1冊: 四周雙邊 半郭 20.4 × 16.3cm, 10行20字, 內 葉花紋魚尾 ; 30.5 × 20.5cm	
3冊: 四周雙邊 半郭 19.5 ×15.2cm, 有界, 10行20 註雙行, 內向混葉花紋魚尾 ; 31.5 × 20.5cm	
1冊: 四周雙邊 半郭 19.6 × 14.6cm, 有界, 12行24 註雙行, 內向1,2葉花紋魚尾 ; 27.0 × 19.0cm	序:歲甲午(1954)仲夏日道州金在華序 跋:歲丙申(1956)小春月旣望日再從玄孫[辛] 容鎬謹識
1冊: 四周雙邊 半郭 21.3 × 16.4cm, 10行19字, 內 葉花紋魚尾 ; 31.6 × 21.3cm	序:甲寅(1914)……孫昌鉉.閼逢攝提(1914)…… 崔기述 跋:甲寅(1914)……孫龍秀
3冊: 四周雙邊 半郭 21.3 × 17.5cm, 有界, 12行25字 雙行, 內向2葉花紋魚尾 ; 29.0 × 20.0cm	序:歲辛丑(1961)……金在華 跋:歲辛丑(1961)……孫[權]泰吉, 曾孫[權]寧伯
2冊: 四周單邊 半郭 20.0 × 16.0cm, 有界, 10行19字 雙行, 內向2葉花紋魚尾 ; 29.7 × 20.3cm	表題: 竹坡公集
卷9冊(全19卷10冊): 四周雙邊 半郭 20.0 × 15.3cm, 界, 10行20字, 內向2葉花紋魚尾 ; 32.5 × 21.0cm	
2冊: 四周雙邊 半郭 19.7 × 15.7cm, 有界, 10行20字 雙行, 內向2葉花紋魚尾 ; 29.0 × 20.0cm	
1冊: 四周單邊 半郭 23.7 × 16.5cm, 有界, 10行22字, 向黑混入花紋魚尾 ; 31.5 × 22.0cm	
卷9冊: 四周單邊, 半郭 21.5 × 16.0cm, 10行21字, 內向 花紋魚尾 ; 30.5 × 21.0cm	序:丁巳(1797)……晋陽鄭宗魯序 跋:丙辰(1798)……門下生豊懷趙錫喆謹跋

일련번호	서명	권차	저자	판사항	발행사항
1460	청륙집(青陸集)	卷1-4	金德謙(朝鮮)著	木板本	[刊寫地未詳] : [刊寫者未詳], [仁祖 25(1647)]
1462	청음집(淸陰集)	卷1-40	金尙憲(朝鮮)著	木板本	[刊寫地未詳] : [刊寫者未詳], 哲宗12(1861)
1514	취원당선생문집(聚遠堂先生文集)	卷1-2	曺光益(朝鮮) 著	木板本	[刊寫地未詳] : [刊寫者未詳], [刊寫年未詳]
1530	퇴계선생문집(退溪先生文集)	卷1-49	李滉(朝鮮) 著	木板本	[刊寫地未詳] : [刊寫者未詳], [刊寫年未詳]
	퇴계선생속집(退溪先生續集)	卷1-8	李滉(朝鮮) 著	木板本	[刊寫地未詳] : [刊寫者未詳], [刊寫年未詳]
	퇴계선생언행록(退溪先生言行錄)	卷1-6	權斗經(朝鮮) 編	木板本	[刊寫地未詳] : [刊寫者未詳], 高 42(1905)
	퇴계선생문집 부록(退溪先生文集附錄)	卷1-2	李齡鎬 編	新鉛活字	安東 : [刊寫者未詳], 1935刊
1575	포은선생문집(圃隱先生文集)	卷1-9	鄭夢周(高麗)著	木板本	[刊寫地未詳] : [刊寫者未詳], [刊寫年未詳]
1578	포은선생문집(圃隱先生文集)	卷1-9	鄭夢周(高麗)著; 柳成龍(朝鮮) 校正	木板本	[刊寫地未詳] : [刊寫者未詳], [刊寫年未詳]
1580	하수선생문집(荷叟先生文集)	卷1-6	朴箕寧 著	木板本	[刊寫地未詳] : [刊寫者未詳], 隆熙 3(1909)印
1589	학양선생문집(鶴陽先生文集)	卷1-10, 年譜1-2	朴慶家 著	木板本	[刊寫地未詳] : 鶴陰齋, 1902

형태사항	주기사항
2冊(全6卷3冊): 四周雙邊 半郭 19.8 × 16.0cm, 有界, 行18字, 內向2葉花紋魚尾 ; 26.5 × 19.5cm	序:丁亥(1647)……李景奭 卷末:丁亥……尹尙, 乙酉……李植
卷7冊(全40卷14冊): 四周單邊 半郭 20.0 × 15.0cm, 界, 10行19字, 內向混葉花紋魚尾 ; 28.0 × 19.0cm	
1冊: 四周雙邊 半郭 20.9 × 17.5cm, 有界, 10行20 內向2葉花紋魚尾 ; 34.0 × 22.0cm	序:睦萬中 序:李彙寧 跋:曺采臣[從六代孫]
卷26冊: 四周雙邊 半郭 20.4 × 15.9cm, 有界, 10行 字, 內向2葉花紋魚尾 ; 33.8 × 22.5cm	印: 朴勝彦印, 溫知室藏
3冊: 四周雙邊 半郭 19.4 × 15.6cm, 有界, 10行18字 雙行, 內向2葉花紋魚尾 ; 33.4 × 22.5cm	跋: 丙寅(1746)……六代孫[李]守淵謹跋 印: 朴勝彦印, 溫知室藏
3冊: 四周雙邊 半郭 22.0 × 18.0cm, 有界, 10行20字 雙行, 內向2葉花紋魚尾 ; 33.3 × 22.6cm	刊記:英廟八年壬子(1732)陶山書院開刊, 今上四年丁卯(1869)重刊, 四十二年乙巳(1905)重刊 印: 朴勝彦印, 溫知室藏
1冊: 四周雙邊 半郭 22.4 × 15.2cm, 有界, 半葉12 26字 註雙行, 上下向黑魚尾 ; 29.7 × 19.8cm	刊記: 昭和十年(1935)七月十日安東郡陶山面 印: 朴勝彦印, 溫知室藏
3冊: 四周雙邊 半郭 19.2 × 16.6cm, 有界, 10行19 內向2葉花紋魚尾 ; 27.5 × 19.5cm	刊記: 丁巳(1677)重刊 詩集序: 正統三年(1438)……權採奉敎序 詩集序: 皇明萬曆乙酉(1585)……盧守愼奉敎謹序 詩藁序: 永樂己丑(1409)……卞季良謹序 詩卷序: 河崙序 詩卷序: 正統二年丁巳(1437)朴信謹序 重刊序: 崇禎己亥(1659)……宋時烈序
2冊: 四周雙邊 半郭 17.8 × 14.6cm, 有界, 10行19 注雙行, 內向混葉花紋魚尾 ; 29.0 × 20.0cm	文集跋: 柳成龍 詩藁序: 永樂己丑(1409)……卞季良 詩卷序: 河崙, 正統二年(1437)……朴信 詩集序: 萬曆乙酉(1585)……盧守愼 重刊跋: 萬曆丁未(1607)……曺好益 重刊序: 崇禎己亥(1659)……宋時烈, 目錄
3冊: 四周雙邊 半郭 21.9 × 17.5cm, 有界, 10行20字 雙行, 內向2葉花紋魚尾 ; 30.3 × 20.9cm	序:己酉(1909)……豊山後人柳道獻謹序
卷6冊(文集10卷,年譜2卷): 四周雙邊 半郭 21.1 × cm, 有界, 10行20字, 內向2葉花紋魚尾 ; 31.5 × 21.8	序:……許傳 跋:……再從孫[朴]英鶴 跋:……不肖孫[朴]英度 印: 我石 ; 玄澈槐堂

일련번호	서명	권차	저자	판사항	발행사항
1699	화석시고 (華石詩稿)		朴文理 著	木活字本	[刊寫地未詳] : 朴璟杓, 1920
1713	회우문집 (悔尤文集)	卷1-2	李忠國 著	木板本	[刊寫地未詳] : [刊寫者未詳], 1909
1714	회재선생문집 (晦齋先生文集)	卷1-6, 11-13, 年譜	李彦迪(朝鮮)著	木板本	慶州 : 玉山書院, 1934

'유물목록 총괄표(고서류)' 에 기재되어 있으나 실물 확인이 필요한 자료

37	계은집(溪隱集)			石版本	
361	문헌공실기 (文獻公實紀)		鄭逑(朝鮮) 編	木板本	
394	박천선생집 (博泉先生集)		李沃(朝鮮)著	木板本	
729	소재집(蘇齋集)			木板本	
780	시남선생문집 (市南先生文集)		兪棨(朝鮮)著	木板本	
1240	전주최씨문집 (全州崔氏文集)				
1151	율곡선생자경별곡 (栗谷先生自警別曲)		李珥(朝鮮)著		

형태사항	주기사항
1冊: 四周單邊 半郭 20.3 × 15.3㎝, 有界, 10行17字 雙行, 內向2葉花紋魚尾 ; 30.3 × 20.2㎝	序: 上章涒灘(1920)……金鴻洛, [朴]準杓 跋: 歲庚申(1920)……[朴]海徹, 璟杓
1冊: 四周雙邊 半郭 19.9 × 16.0㎝, 10行18字 註 行, 內向2葉花紋魚尾 ; 32.0 × 21.0㎝	序: 上之三十五年戊戌(1898) ……李晩燾 跋: 崇禎紀元後五己酉(1909) ……李中錕
3冊(全13卷4冊): 四周雙邊 半郭 23.0 × 16.7㎝, 界, 10行2字, 內向2葉花紋魚尾 ; 30.0 × 20.0㎝	刊記: 昭和九年(1934)四月三十日發行 序: 萬曆甲戌(1574)孟陽旣望……盧守愼謹序 跋: 萬曆甲戌(1574)二月……柳希春謹跋 跋: 萬曆二年(1574)孟春……陽川許曄謹跋

	덩어리묶음
: 31.0 × 21.5㎝	
: 29.0 × 20.0㎝	
卷5冊(全12卷6冊): 31.5 × 21.0㎝	
1冊(零本): 29.5 × 19.5㎝	
: 27.5 × 20.0㎝	
: 20.0 × 19.5㎝	

정명기본 〈임화정연〉 자료1

권12 앞표지

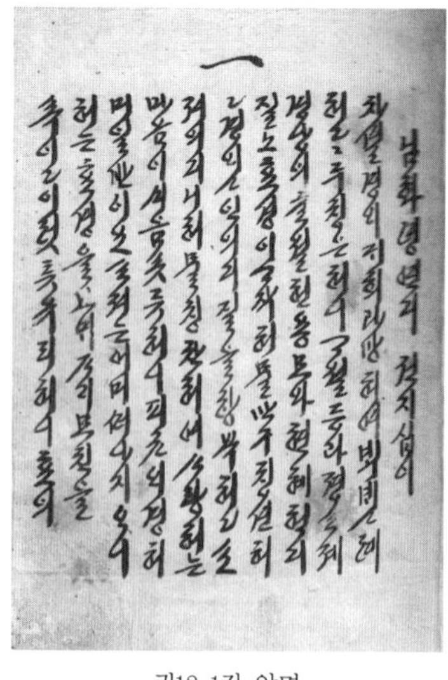

권12 1장 앞면

권12 44장 뒷면

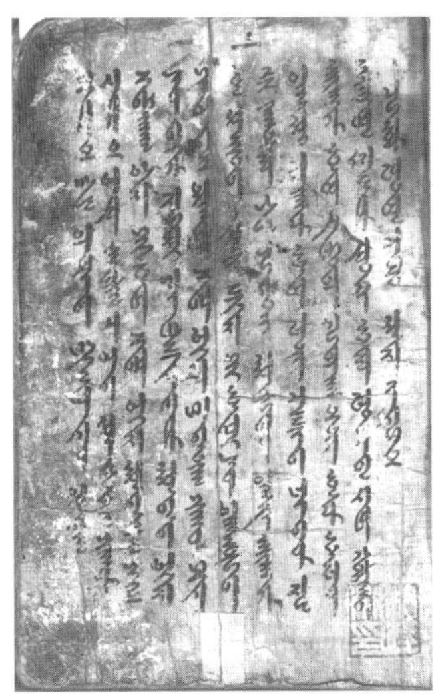

권95 1장 앞면

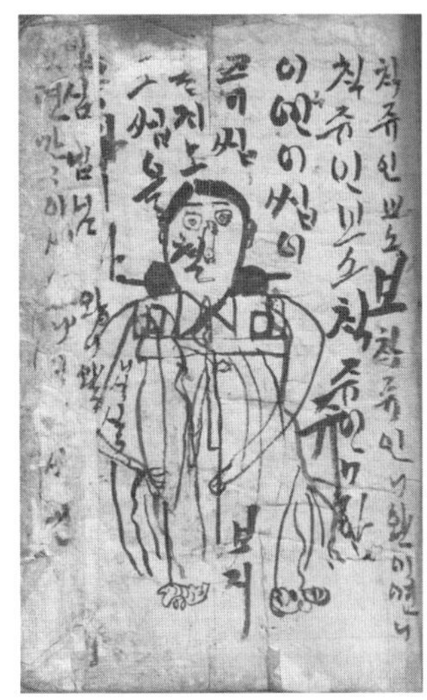

권95 3장 내지 좌편

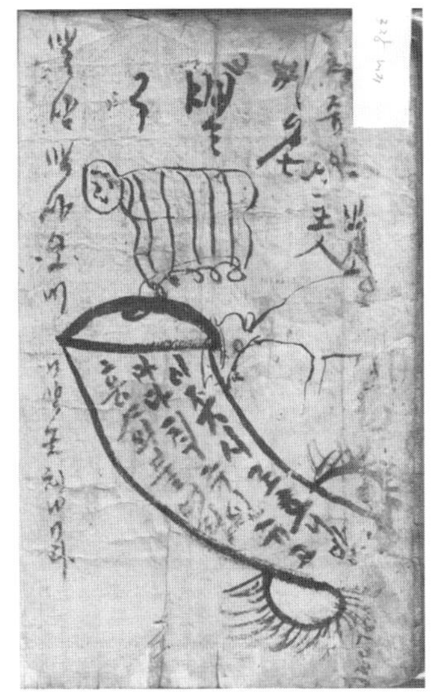

권 95권 3장 내지 우편

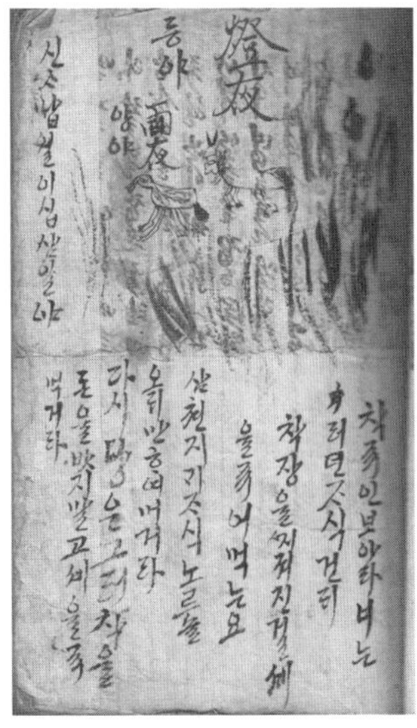

권95 10장 내지 좌편

〈임화정연〉 대조표1

가. 〈 〉는 강촌재본에서 대체 변이가 발행하는 부분으로, 그 옆의 ( )이 바로 세책본소설인 권 95의 원문임.

나. [ ]는 강촌재본에서 탈락되어 보이지 않는 부분임.

다. 굵은 글자는 강촌재본에서 새롭게 나타나는 부분임.

장 팔십을 〈듕치ᄒᆞ여 사ᄅᆞᆷ을 후려 ᄌᆡ믈을 탈취ᄒᆞ고 그ᄅᆞᆺ ᄆᆡᆫ든 죄를 징계ᄒᆞ며 다시 연화를 위업ᄒᆞ여 남의 절세ᄒᆞᆫ 녀ᄌᆞ를 억ᄆᆡᆨᄒᆞ여 만단으로 유세ᄒᆞ여 녈졀을 상ᄒᆡ오니 다시 블의디ᄉᆞ를 못ᄒᆞ게 ᄆᆡᄆᆡ 고찰ᄒᆞ여 듕히 다ᄉᆞ리니〉(쳐 ᄂᆡ치라." 좌위 응셩ᄒᆞ여 챵모ᄅᆞᆯ 결박ᄒᆞ여 형판의 동히고 큰 ᄆᆡᄅᆞᆯ 드러 녕악ᄒᆞᆫ ᄉᆞ예 힘을 다ᄒᆞ여 치니) 챵뫼 〈ᄌᆞ쇼로〉(쇼시로부터) 〈이런 듕장을 당ᄒᆞ여시리오〉(금슈 나릉의 ᄊᆞ여 긔븨 약ᄒᆞᆫ지라. 엇지 듕댱을 견ᄃᆡ리오?) 〈알프믈 견ᄃᆡ디 못ᄒᆞ여 살거디라 브ᄅᆞ디져 우니 어ᄉᆡ 다ᄉᆞ리기를 다ᄒᆞᄆᆡ 쓰어 ᄂᆡ치라 ᄒᆞ니 딘균과 챵뫼 반ᄉᆡᆼ반ᄉᆞᄒᆞ여 젼도히 실니여 도라갈ᄉᆡ〉(삼, ᄉᆞ십 댱의 둔육이 허여지고 긔운이 엄ᄉᆡᆨᄒᆞ니 마가 뷔 이ᄅᆞᆯ 보고 가슴이 믜여지ᄂᆞᆫ 듯 볼을 구르며 눈물을 흘니고 ᄒᆞᆫ갓 간장을 ᄐᆡ오더니 오십 댱의 미쳐ᄂᆞᆫ 아조 호흡이 ᄭᅳ쳐지니 어ᄉᆡ 명ᄒᆞ여 ᄂᆡ치니 마가 뷔 업어 나와 구호ᄒᆞ고 딘가〃동도 균을 구호ᄒᆞ니 반향의 졍신을 출혀 서로 원망ᄒᆞ니 좌우의 ᄀᆞᆺ 보ᄂᆞ니 뉘 오조의 ᄌᆞ웅을 알니오? 챵모ᄂᆞᆫ 인ᄉᆞᄅᆞᆯ 출히지 못ᄒᆞ니 마가 뷔 균을 ᄀᆞᄅᆞ쳐 욕ᄒᆞ니 ᄌᆞ연 요란ᄒᆞᆫ지라. 부문 안흐로셔 범ᄀᆞᆺ튼 노ᄌᆡ 쥬댱을 들고 나와 휘 좃ᄎᆞ니 허여져 가고) 균은 댱만이란 관니(치) 맛타 〈가니〉(갈ᄉᆡ) 니시 댱부의 거동을 보고 가슴을 두다리며(고) 눈물을(이) 비 〈갓치 흘녀〉(ᄀᆞᆺ트여) 구완ᄒᆞ〈노라〉(니) 가듕이 〈쇼요〉(솔난)ᄒᆞᄃᆡ(ᄒᆞᆫᄃᆡ) 관니ᄂᆞᆫ 밧긔셔 쥬육을 증식ᄒᆞ고 은젼을 ᄂᆡ라 ᄒᆞ니 니시 [살난] 망극ᄒᆞ여 무죄ᄒᆞᆫ 츈〈낭 모녀〉(화)를(만)

원망ᄒᆞ더라. 창모ᄂᆞᆫ **듕ᄒᆞᆫ ᄆᆡ를 맛고** 장체 〈아프니〉(알파) 딘균 원〈망ᄒᆞ믈〉(ᄒᆞ미) 통입골슈ᄒᆞ여 마가뷔 날마다 딘가의 [니르러] 은을 달나 슈욕〈ᄒᆞ고〉(이 만단이오), 관치ᄂᆞᆫ 조곰이나 졔 ᄯᅳ즐(의) 〈밧디 아니ᄒᆞ면〉(브죡ᄒᆞ면) 슈히 뉵시를 ᄎᆞᄌᆞ니라 〈슈욕〉(호령)ᄒᆞ니 균은 당하 여ᄉᆡᆼ으로 반ᄉᆡᆼ반ᄉᆞᄒᆞ엿ᄂᆞᆫ디라. 니시 혼ᄌᆞ 망극 **답답ᄒᆞ여 초갈ᄒᆞ여시니 균이 괴롭고 분ᄒᆞ믈 니긔디 못ᄒᆞ여** 가장을 다 ᄯᅥ러 관니를 **됴토록** ᄃᆡ졉ᄒᆞ고 [조토록 [관ᄃᆡᄒᆞ며 우션] 〈창모〉(마가)의 은이나 주어 욕〈을〉(이나) 면코ᄌᆞ 당·위 이 인을 청ᄒᆞ여 ᄉᆞ연을 니ᄅᆞ고 [아비 기친 바] 젼당을 다 파라 달나ᄒᆞ니 이인(ᄉᆡᆼ)이 불상히 넉여 **힘ᄡᅧ** 듯보아 팔ᄉᆡ 급히 파ᄂᆞᆫ 거시라, 어이 갑술(시) 온젼〈히 바드리오〉(ᄒᆞ리오)? ᄇᆡᆨ금 ᄲᅳᆫ 거시면 뉵, 칠십 금을 밧고 젼뎐이 다 파라 창모의 은을 다ᄒᆞ여 주니 〈맛치〉(ᄃᆞ만) 몸과 집만 남아 ᄡᅳᆯ ᄃᆡᄂᆞᆫ **만코** 탕진ᄒᆞ엿ᄂᆞᆫᄃᆡ **관니**ᄂᆞᆫ 줄ᄉᆞ록 증ᄉᆡᆨᄒᆞ니 균의 부체(뷔) 초조ᄒᆞ여 형ᄒᆡ만 남아시ᄃᆡ 균의 상체 **슈월을** 신고ᄒᆞ여 [나은 고로] ᄉᆡᆼ도를 엇고 어ᄉᆡ 무(남)창을 ᄯᅥ〈나시ᄆᆡ〉(난 고로) 져기 ᄆᆞᄋᆞᆷ을 〈뎡ᄒᆞ나〉(노ᄒᆞ나) 디뷔 **관니를 엄히 분부ᄒᆞ여** 뉵시를 ᄎᆞᄌᆞ드리라 [독쵹]ᄒᆞ니 **당만이 셩화 ᄀᆞᆺ치 ᄌᆡ쵹ᄒᆞ여** 균의 부뷔 망극 답〃(ᄌᆞᆸ〃)〈ᄒᆞᆫ디라〉(ᄒᆞ여). 가마니 〈의논〉(상의)ᄒᆞᄃᆡ 뉵시를 님듕의 다란 ᄃᆡ 오라니 벅〃이 ᄉᆡ〈호의〉(히) [잡아] 먹〈은 ᄇᆡ 되여시리니〉(어실 거시니) **이졔** 디하의 가 ᄎᆞ즐 밧 이 셰상의[셔] 〈어ᄃᆡ 가〉(엇지) ᄎᆞᄌᆞ며 츈화의 거쳐도(ᄂᆞᆫ) 모〈로니〉(르ᄂᆞᆫᄃᆡ) 관〈가의셔ᄂᆞᆫ〉(개) 져(이)리 ᄌᆡ쵹ᄒᆞ〈ᄂᆞᆫᄃᆡ〉(니) **엇디 못ᄒᆞᆫ즉 반ᄃᆞ시** 죽기를 면치 못ᄒᆞ리니 이를 엇디ᄒᆞ리오? **ᄇᆡᆨ계무ᄎᆡᆨ이라.** 셔로 ᄃᆡᄒᆞ여 **가슴을 치며 초조ᄒᆞ니** 당만은 **어셔 가ᄌᆞ 보치고** 듀야 〈ᄃᆡᆨ희여시니〉(독쵹ᄒᆞ니) ᄒᆞ로 ᄃᆡ졉ᄒᆞᄂᆞᆫ 거시 〈만흘 ᄲᅳᆫ 아니라〉(무슈ᄒᆞᆫ지라.) 어ᄃᆡ를(로) ᄃᆡ향ᄒᆞ여 ᄎᆞᄌᆞ리오? **밤낫 초조ᄒᆞ고** 세ᄉᆞ[ᄅᆞᆯ] 〈ᄲᆡ슨 ᄃᆞᆺ 됴셕을 니우디 못ᄒᆞᄂᆞᆫ디라.〉(다 ᄑᆞ라 관니ᄅᆞᆯ ᄃᆡ졉ᄒᆞ되) 관니ᄂᆞᆫ 졔 ᄯᅳᆺ의 브죡ᄒᆞ면 〈어셔 나오라 보치니〉(호령이 싱풍ᄒᆞ니) 쥰의 부체(뷔) 서로 의논ᄒᆞ여(고) 집을 바리고 도망코ᄌᆞ ᄒᆞ나 관니 쥬야 딕희여시니 〈용신홀 길 업셔 ᄒᆞ더니〉(쇽슈무칙이러니) 슈셰 히이 블의에 병을 어더 일야간 죽으니 쳡〃[이] 망극ᄒᆞ나 〈ᄋᆞ희를 무든 후ᄂᆞᆫ〉(두 몸) 쁜이오, 가ᄉᆞ의 〈뉴련〉(유렴)홀 거시 업ᄂᆞᆫ디라. 일계롤 ᄉᆡᆼ각고 집의 남은 거술 다 파라 힝니를 출히고 관니 인졍도 줄식[셰식] 파산ᄒᆞ미 약간 노복이 홋터디고 심복 창두 슈인과 물 〈ᄒᆞᆫ 필만〉(ᄒᆞ나히) 남앗ᄂᆞᆫ디라. 이의 됴흔 〈쥬찬을〉(슐과 맛 잇ᄂᆞᆫ 안쥬롤) 장만ᄒᆞ고 가마니 사롬 어리[오]ᄂᆞᆫ 약을 〈감초와〉(석거) 일 야ᄂᆞᆫ 관니를 쳥ᄒᆞ여 후당의 안치고 흔연이 〈니ᄅᆞ딕〉(말ᄒᆞ여 왈) "원싂 〈노창이〉(챵뫼) 날을 〈믜이 넉여〉(모함ᄒᆞ여) 대〈악으로 모함ᄒᆞ고〉(죄의 모라 너허 못 살게 ᄒᆞ고) 관〈니〉(인은) 날노 인ᄒᆞ여 누쳐의 〈뉴슉ᄒᆞ여 머믈고〉(오릭 머무니) 범ᄉᆞ를 극딘히 돌보와 [나의] 병잔 인ᄉᆡᆼ을 [극진이 돌보아] 됴리케 ᄒᆞ니 은혜 디듕(지극)ᄒᆞᆫ디라. 불승감은ᄒᆞ나 집이 탕갈ᄒᆞ여 후히 샤례치 못ᄒᆞ니 참괴ᄒᆞ고 관부의셔 눅시 ᄎᆞᄌᆞ〈닉〉(드리)기롤 지쵹ᄒᆞ니 오릭 디류치 못홀디라. 명일 집을 쩌나 ᄉᆞ쳐로 광(방)문ᄒᆞ〈고〉(려 ᄒᆞᄂᆞ니) 내 쏘 ᄒᆞᆫ낫 ᄌᆞ식이 죽으니 비창ᄒᆞ믈 니긔디 못ᄒᆞ더니 오〈날놀〉(놀은) 박쥬를 어더시니 그딕를 위로ᄒᆞ고 내 비회를 딘뎡코ᄌᆞ(코져) ᄒᆞ노라." 관니 됴흔 〈쥬효〉(슐이) 만흐믈 보고 가장 깃거 흔연이 [먹어] 술을 대취ᄒᆞ고(미) 냥안이 프러디고 졍신이 희미ᄒᆞ딕 가디록 [연ᄒᆞ여] 큰 잔의 넌ᄌᆞ시 약을 셧거 〈권ᄒᆞ니〉(먹이니) 오릭디 아냐 인ᄉᆞ를 모로고 것구러디거놀 급히 힝니를 거두어 도망ᄒᆞ려 ᄒᆞ니 니시ᄂᆞᆫ 녀ᄌᆞ의 ᄆᆞ음이라. 집을 바리고 가기를 셜워 〈집을〉(셰ᄉᆞ롤) 둘너보아 눈물〈이 비 갓더니〉(을 홀니더니) 믄득 방 겻벽ᄉᆞ이의셔 므어시 덜걱이거놀 니시 괴(고)이히 넉여 압희 널을 쩌(쌘)히고 나아가 보니 므어시 가히 노혓〈다가〉(거놀) [널을 쌘히미] 나려디ᄂᆞᆫ 소릭 슈상ᄒᆞ거놀 혼빅이 상텬ᄒᆞ여 급히 쥰을 블너 뵈니 [은이라.] 쥰이 은

봉을 보고 도로혀 가슴이 벌덕여 〈뎐쟝 우흘〉(즈시) 보니 일헛던 은지[라.] 흔 구셕의 가득이 노혓거늘 하 금즉[흐]고 괴이흐여(니) 깃〈븐 줄 모로고〉(부기 여식오,) 부체 낫치 펴러흐여 왈 [일신을 쩔기를 니윽이흐다가 ㅂ야흐로 정신을 정흐여 닐으되] '텬신이 나의 불인〈흔 힝실을〉(흐믈) 딘노흐여 은즈롤 감초와 대화를 밧게 흐여시니 사룸의 스오나오미 죵시 무스치 못흐믈 씨돗느니 비록 츄회흐나 밋츠리오? 이졔 은을 어더시나 집의 잇다가는 스화를 면치 못〈흐리니〉(흘 거시오, 은즈롤 만히 진이고 가기 어렵고 두고는 못 가리니) 엇지흐리오? 니시 쏘흔 놀〈나〉(난 마옴이) 젼일(쟈) 악심이 스라졋는디라. [이의] 답(디)왈 "젼일 상즈의 잇던 글이 신션의 됴홰어놀 우리 씨닷디 못흐엿더니 텬신이 은을 곰초앗다가 곤궁흔 씨 눈의 뵈게 흐시미(니) 실노 두렵고 긔특흔디라. 이거술 힘(몸)의 슈젼홀 만치 〈가져다가 싱계도 흐고〉(진이고) 명산 대천(찰)의 드러가 뉵셔모의 원혼을 위로흐여 크게 슈륙흐여 졔도흐고 우리 죄과도(롤) 소멸흐게 흐면 즈연 무스홀 거시니 깁히 뭇고 갓다가 오리면 관부의셔 〈대스로이 슈식디 아닐 거시니 갓다가〉(즈연 그만홀 거시니 도라와) [다시] 가장을 일워 술(사)고 다시 블의를 삼가면 엇디 굿트여 죽으리오? 쐴니 그윽흔 디 뭇고 다라나면 [셩화ス튼] 화롤 면흐리라." 쥰이 올히 넉여 냥개 창두를 불너 스연을 니루고 은을 동산 〈님듕의〉(그윽흔 디) 뭇고 슈빅 냥을 [몸의] 딘이고 힝니와 니시를 뫼긔 싯(언)고 급히 [뒤문을 나] 원방으로 다라나니라. 당만이 술을 먹고 대취흐여 인스를 모로다가 날이 〈반이나 된 후〉(반오의) 니러 안즈 사룸을 브루니 긔쳑이 업거놀 노흐여 안히 드러가니 사룸은커니와 긔도 업는디라. 실식 대경흐여 〈두로 어든들〉(닉외로 헤지르며 츳즈나) 어디 가 〈츳즈〉(어드)리오? 〈불을 굴너〉(돈쪽) 왈 "내 술을 탐흐여 먹〈기로〉(은 죄로) 딘가의 쇽이믈 닙〈어〉(으니) 〈이 놈을 일허시니 관부의 므어시라 고흐리오? 일정 죄를 닙으리니 갓가온

ᄆᆞ을 집을 뒤여 ᄎᆞᄌᆞ리라〉(관가의 듕죄ᄅᆞᆯ 닙으리니 이ᄅᆞᆯ 엇지ᄒᆞ리오? 일졍 닌가의 숨어시리라)." ᄒᆞ고 〈블시의 뒤니〉(일 촌을 ᄂᆞ리뒤니) 집마다 놀나 연고를 므러 알고 크게 노ᄒᆞ여 **ᄡᅡ화** 당만을 ᄡᅳ을고 〈고을〉(현듕)의 드러가 공연ᄒᆞᆫ 니(인)민을 보ᄎᆡ여 블시의 돌입ᄒᆞ여 ᄂᆡ외로 작난ᄒᆞ니 이런 무거ᄒᆞᆫ 놈이 어ᄃᆡ 이시리잇고? 〈ᄒᆞ며〉(오) 십여 인이 [일시의] 발괄ᄒᆞ니 디뷔 [대]노ᄒᆞ여 당만을 잡아드려 짐즛 딘쥰을 〈노홧다 듕치ᄒᆞ니〉(일흔 죄로 듕히 치니) 당만이 원억ᄒᆞᆷ을 니긔디 못ᄒᆞ여 발명ᄒᆞ나 [디뷔] 〈엇디ᄒᆞ리오〉(어이 샤ᄒᆞ리오)? ᄆᆡ이 쳐 가도고 다ᄅᆞᆫ ᄎᆡ(ᄎᆞ)인을 뎡ᄒᆞ여 딘쥰을 슈ᄉᆡᆨᄒᆞ라 ᄒᆞ다(권 95-17.앞~22.뒤)

〈임화정연〉 대조표2

ⓒ 각각 일홈을 ᄀᆞᄅᆞ치고 ᄯᅩ 먹ᄂᆞᆫ 법을 가ᄅᆞ치니 옥이 깃거 밧비 드러가 모친긔 드린ᄃᆡ 소시 대희ᄒᆞ여 하날긔 샤례ᄒᆞ고 모ᄌᆞ 고식이 셔로 치하왈 "하날이 우리를 어엿비 넉이샤 이런 긔특ᄒᆞᆫ 약을 어드니 이졔야 듕옥 죽이믈 근심ᄒᆞ리오? 이졔 급히 힝계ᄒᆞ여 〈무죄ᄒᆞᆫ 사ᄅᆞᆷ을 업시코져 ᄒᆞᄃᆡ 금오를 볼 길 업셔 몬져 여ᄎᆞ여ᄎᆞᄒᆞ리라〉." ᄒᆞ고 ᄀᆞ마니 의논ᄒᆞᆯᄉᆡ 엇디 신명의 믜이 넉이믈 면ᄒᆞ리오? ᄎᆞ시 츈옥 등이 명심ᄒᆞ여 긔미를 ᄉᆞᆯ려 알고 그 블인 극악ᄒᆞᆷ을 통히ᄒᆞ여 삼인이 의논왈 "부인과 공ᄌᆞ의 흉악ᄒᆞᆫ 심슐이 여ᄎᆞᄒᆞ니 져젹 ᄉᆞ 공ᄌᆞ의 변난도 부인의 작얼인가 시브니 이복 ᄋᆞ들은 이의어니와 져 참담 가련ᄒᆞᆫ 친 며ᄂᆞ리를 ᄎᆞ마 못ᄒᆞᆯ 일노 히ᄒᆞ려 ᄒᆞ니 엇디 사ᄅᆞᆷ의 ᄒᆞᆯ ᄇᆡ리오? 져런 블의디심을 가디고 죵ᄂᆡ 무ᄉᆞᄒᆞᆷ을 어드랴?" 벽난왈 "져젹 우리 쇼제 므ᄉᆞᆷ 글시를 쥬야로 ᄂᆡ이더니 오라디 아냐 변이 낫시ᄆᆡ 내 원간 의심ᄒᆞᄃᆡ 듕대ᄒᆞᆫ 말이므로 경이히 발셜피 못ᄒᆞ엿더니 일노 볼딘된 ᄉᆞ 공ᄌᆞ를 모히ᄒᆞ미 올흔가 시브거니와 아등의 ᄉᆞᄉᆡᆼ이 다 쥬인의게 달녀시니 그 홰 어ᄃᆡ 밋출 줄 알니오? ᄉᆡᆼ심도 구외의 ᄂᆡ디 말고 셰셰히 ᄉᆞᆯ펴 만일 어려온 일이 잇거든 한파긔 고ᄒᆞ여 무죄ᄒᆞᆫ 사ᄅᆞᆷ을 신원ᄒᆞ고 우리도 죽을 곳을 버셔나미 냥칙이라." ᄒᆞ고 ᄎᆞ야의 ᄯᅩ 츈옥 난셤이 긔미를 ᄉᆞᆯ피고져 ᄒᆞ여 ᄀᆞ마니 창하의 업ᄃᆡ엿더니 니시 창외의 인젹이 잇시믈 보고 문을 열치거ᄂᆞᆯ 냥인이 놀나 밋쳐 피치 못ᄒᆞ고 거ᄌᆞᆺ ᄌᆞᄂᆞᆫ 체ᄒᆞ니 니시 놀나 나아가 발노 박ᄎᆞᄃᆡ 냥녜 깁히 잠드러 군소ᄅᆡᄒᆞ며 도라눕거ᄂᆞᆯ 니시왈 "너희 뉘완ᄃᆡ 이곳의셔 ᄌᆞᄂᆞ뇨?" 소시 알고 경문왈 "뉘라셔 계셔 ᄌᆞᄂᆞ뇨? 슈히 ᄭᆡ오라." 니시 흔드러 ᄭᆡ오니 냥인이 ᄌᆞ던 양으로 니러안거ᄂᆞᆯ 니시왈 "너희 어이 이에셔 ᄌᆞᄂᆞ뇨?" 츈옥왈 "쇼비 맛ᄎᆞᆷ 아ᄂᆞᆫ 사ᄅᆞᆷ의게 술을 어더 먹

고 취ᄒᆞ믹 방의 가면 일졍 인ᄉᆞ를 모를 거시믹 부인이 ᄎᆞᄌᆞ실가 ᄒᆞ여 이에 업ᄃᆡ엿삽더니 잠을 깁히 드럿던가 시버이다." 난셤을 므ᄅᆞ니 셤왈 "쇼비ᄂᆞᆫ 츈옥이 이에셔 ᄌᆞ오믹 ᄭᆡ오고져 ᄒᆞ다가 ᄭᆡ디 아니ᄒᆞ옵기로 ᄭᆡ기를 기다려 업ᄃᆡ엿삽더니 종일토록 일ᄒᆞ여 곤븨ᄒᆞ던 ᄎᆞ 잠이 드럿ᄂᆞ이다." 소시 대로왈 "쳔녜 반ᄃᆞ시 우리 ᄉᆞ어를 엿듯다가 ᄌᆞ노라 ᄒᆞ여 간ᄉᆞ히 ᄭᆞ며 죄를 면코져 ᄒᆞ니 엇디 요악디 아니리오?" 인ᄒᆞ여 냥인을 잡아드려 큰 믹로 난타ᄒᆞ며 ᄭᆞ디져 왈 "너희 요ᄉᆞ이 네 업던 의복도 닙고 ᄌᆡ빅을 흔히 ᄡᅳᄂᆞᆫ 일이 극히 슈상ᄒᆞᆫ디라. 츌쳐를 뭇고져 ᄒᆞᄃᆡ 근닉 심ᄉᆡ 요란ᄒᆞ여 뭇디 못ᄒᆞ엿더니 금일 므ᄉᆞᆷ 뜻으로 창하의 업ᄃᆡ엿ᄂᆞ뇨? ᄌᆞ시 고ᄒᆞ라." ᄒᆞ고 마이 치니 머리 ᄭᆡ여디고 살이 ᄶᅥ러져 피 흐ᄅᆞᄃᆡ 냥녜 죽기로 발명ᄒᆞ고 ᄌᆡ빅의 복은 졔 아ᄌᆞ비게 어들와 ᄒᆞ여 울며 발명ᄒᆞ니 셩옥이 요란ᄒᆞᆷ믈 민망ᄒᆞ여 모친을 말녀 이 녀를 노흐나 소시 의심ᄒᆞ고 분ᄒᆞ여 냥 녀를 다 닉치고 안희 드리디 아니니 셤등이 믹즌 후 더옥 원망ᄒᆞ여 명일 한파를 보고 소시 모ᄌᆞ의 흉모와 요약을 어더 공ᄌᆞ를 ᄒᆡᄒᆞ려 ᄒᆞᆷ믈 젼ᄒᆞ니 한시 블승경악ᄒᆞ고 만분통히ᄒᆞᆫ 듕 간인의 소힝과 요약의 근본을 알믹 다힝ᄒᆞ여 이슈가ᄋᆡ왈 "우리 ᄉᆞ 공ᄌᆡ 언앙하 누명을 시러 쳔고의 죄인 되믈 창텬이 어엿비 넉이샤 츈옥 등을 어더 신원케 ᄒᆞ시니 엇디 하날 은혜 아니시리오?" 인ᄒᆞ여 냥인다려 ᄀᆞᆯ오ᄃᆡ "소부인이 필연 여등을 의심ᄒᆞ여 죽여 후환을 업시코져 ᄒᆞ리니 너희 공연이 죽으미 무익디 아니리오? 일이 불구의 패루ᄒᆞ리니 ᄉᆞᆯ기를 도모ᄒᆞ여 이제 명부로 ᄉᆞ졍을 고ᄒᆞ고 목숨을 ᄀᆞᆷ초와 타일 상을 어드면 이거시 보신디칙이 아니랴?" 이녜 ᄭᆡ다라 가마니 셰ᄉᆞ를 슈습ᄒᆞ여 가디고 츄밀부의 가 쇼져긔 뵈오니 쇼졔 경문왈 "너희 므ᄉᆞᆷ 일 이의 오며 거디 슈상ᄒᆞ뇨?" 이녜 즉시 한파의 글을 올니거ᄂᆞᆯ 부인이 ᄶᅥ혀보니 대개 소시 모ᄌᆞ의 흉모와 이제ᄂᆞᆫ 공자의 신빅ᄒᆞᆯ 일이 잇시믈 치하ᄒᆞ엿ᄂᆞᆫ디라. 쇼졔 간파의 심한골경ᄒᆞᄂᆞᆫ 듕 ᄯᅩᄒᆞᆫ 희힝ᄒᆞ나 일이 십분 듕대ᄒᆞ여 듕옥이 신원

ᄒᆞ난 날은 소시 모ᄌᆡ 환을 만나 가ᄂᆡ 불안ᄒᆞᆯ디라. 이러나져러나 가ᄉᆡ 불안ᄒᆞ여 인눈이 난ᄒᆞᆯ 바를 ᄉᆡᆼ각ᄒᆞᄆᆡ 불승한셤ᄒᆞ여 글을 깁히 간ᄉᆞᄒᆞ고 져두침ᄉᆞᄒᆞᄃᆡ 냥편디칙이 업셔 아딕 냥인을 머므ᄅᆞ고 ᄎᆞ야 밤든 후 냥인을 면젼의 블너 소유를 ᄌᆞ시 므ᄅᆞ니 이녜 온갖 ᄉᆞ어와 요약 셜홰며 셔ᄉᆡ 니시의 작용이믈 고ᄒᆞ니 침음ᄒᆞ다가 딥ᄌᆞᆺ 명ᄉᆡᆨ고 왈 "여등이 소부인 시인으로 은혜 닙으미 클 바어ᄂᆞᆯ 쥬뫼 비록 불의를 ᄒᆡᆼᄒᆞ신들 그 비ᄌᆡ 되여 누셜ᄒᆞᆫ 죄 위션 죽염즉ᄒᆞ고 원간 부인이 어디지 못ᄒᆞ시나 젼후의 가변을 딧디 아냐 계시거ᄂᆞᆯ 이졔 이런 블의를 ᄒᆞ실 니 업ᄉᆞ니 이 필연 여등이 부인 ᄎᆡᆨ을 닙고 한ᄒᆞ여 열ᄎᆞ 망극디언으로 쥬모를 함ᄒᆡ코져 ᄒᆞ니 내 비록 모친의 친녜 아니나 모녀디의 덧덧ᄒᆞ거ᄂᆞᆯ 여등이 감히 내게와 모친을 모함ᄒᆞ며 목숨 엇기를 요구ᄒᆞ니 하류 쳔견이나 이러ᄐᆞᆺ 무륜간교ᄒᆞ리오? 맛당이 너희를 ᄆᆡ여 모친긔 보ᄂᆡ여 그 죄를 ᄇᆞᆰ히리라." 셜파의 긔운이 츄상 갓ᄐᆞ니 냥인이 황황젼뉼ᄒᆞ여 고두 읍고왈 "쇼비 등이 본ᄃᆡ 쥬인을 반ᄒᆞᆯ ᄯᅳᆺ이 업습더니 한파랑이 가ᄅᆞ쳐 보ᄂᆡ미오, 요약디ᄉᆞᄂᆞᆫ 쇼비 명명이 듯ᄌᆞ왓ᄉᆞ오ᄆᆡ 공ᄌᆞ의 원앙ᄒᆞ시믈 ᄎᆞᆷ디 못ᄒᆞ와 한파긔 고ᄒᆞ여 화를 방비코져 ᄒᆞ오미러니 부인이 이러ᄐᆞᆺ ᄉᆞ디ᄌᆞ시고 ᄌᆞᆸ아 보ᄂᆡ려 ᄒᆞ시니 쇼비 등이 소부인긔 잡혀간즉 죽을디라. ᄎᆞᆯ하리 결항ᄌᆞᄉᆞᄒᆞ오리니 ᄇᆞ라옵건ᄃᆡ 살피쇼셔." 쇼졔 침음왈 "너희 경언이 가ᄋᆡ어니와 ᄎᆞᄉᆡ 듕대ᄒᆞ니 오딕 내 말ᄃᆡ로 ᄒᆞ여 소부인긔ᄂᆞᆫ 시비 니ᄅᆞ디 아니케 ᄒᆞ면 내 당당이 샤ᄒᆞ고 듕상ᄒᆞ리라." 이녜 황망이 ᄀᆞᆯ오ᄃᆡ "다 ᄀᆞᄅᆞ치시ᄂᆞᆫᄃᆡ로 ᄒᆞ오리니 션견디칙을 디휘ᄒᆞ쇼셔." 부인이 ᄀᆞ마니 냥인을 나호여 ᄌᆞᆷᄂᆡ 여ᄎᆞ여ᄎᆞᄒᆞ라 ᄒᆞ니 이인이 응낙ᄒᆞ더라. 쇼졔 ᄌᆞᆷ야토록 번민ᄒᆞ여 잠을 일우디 못ᄒᆞ고 쳔사만녜 층츌ᄒᆞ더라. 이에 상션을 본부의 보ᄂᆡ여 가마니 부인긔 셔간을 올니라 ᄒᆞ니 상션이 슈명ᄒᆞ고 본부의 니ᄅᆞ러 부인긔 뵈ᄋᆞᆸ고 쇼져의 ᄯᅳᆺ을 고ᄒᆞ니 부인이 좌우를 ᄎᆡ오고 셔간을 본즉 ᄀᆞᆯ왓시ᄃᆡ "시운이 블힝ᄒᆞ여 젼일디ᄉᆞᄂᆞᆫ 니ᄅᆞ디 말고 금번 듕뎨의 변고

ᄂᆞᆫ 쳔고의 업ᄉᆞᆫ 망극디홰라. 동ᄒᆡ슈를 기우려도 씻디 못ᄒᆞᆯ 누명이오, 실노 하날을 불너 고치 못ᄒᆞ고 ᄯᆞ흘 두다려 보치 못ᄒᆞᆯ디라. ᄒᆡᄋᆡ 쥬야 골돌ᄒᆞ옵더니 신명이 묵우ᄒᆞ샤 간계 근원을 ᄎᆞᄌᆞᄂᆡ미 힝이오나 간인이 듕옥의게 엇더ᄒᆞᆫ 사ᄅᆞᆷ이니잇가? ᄒᆡᄋᆞᄂᆞᆫ 심ᄉᆡ 삭막ᄒᆞ오니 태ᄐᆡᄂᆞᆫ 오딕 됴흔 모칙을 디교ᄒᆞ쇼셔." ᄒᆞ엿고 한파의 셔ᄉᆞ를 ᄌᆞ시 긔록ᄒᆞ엿ᄂᆞᆫᄃᆡ라. 부인이 남파의 불승경악ᄒᆞ고 만분통ᄒᆡ왈 "소시 모ᄌᆞ의 불인홈과 듕ᄋᆞ 모ᄒᆡᄒᆞᄂᆞᆫ 심술은 아란 디 오ᄅᆡ나 능히 ᄒᆡ셕ᄒᆞᆯ 참증이 업ᄉᆞ니 하날이 디공무ᄉᆞᄒᆞ심만 바라더니 ᄯᅩ 이러ᄐᆞᆺ 요괴로온 작용을 디어 내 ᄋᆞᄒᆡ를 신쇽히 맛ᄎᆞ려 ᄒᆞ니 삼ᄉᆡᆼ 원ᄉᆔ라. 엇디 모ᄌᆞ의 의와 슈죡디졍이 잇시리오? 임의 모ᄌᆞ 형뎨 되여 졔 날을 ᄉᆞ디의 너커날 엇디 져를 도라보리오?" 이러ᄐᆞᆺ 분ᄒᆡ ᄒᆞ나 곳쳐 대의를 ᄉᆡᆼ각ᄒᆞ미 ᄉᆞ셰 십분 난쳐ᄒᆞᆫ디라. 침음 반향의 필연을 나와 녀ᄋᆞ의게 회셔왈 "듕옥의 망극ᄒᆞᆫ 변환이 신ᄇᆡᆨᄒᆞᆯ 길히 업ᄉᆞ믈 초ᄉᆞᄒᆞ더니 간인의 소실간 근본과 즉금 요약이 잇시믈 드ᄅᆞ니 희힝ᄒᆞ미 무궁ᄒᆞ나 슈악인ᄌᆞᆨ 여등의게 듕난ᄒᆞᆫ 사ᄅᆞᆷ이오, 이뉸의 참혹한 마ᄃᆡ라. 져의 모ᄌᆞᄂᆞᆫ 죽어도 앗갑디 아니ᄒᆞᄃᆡ 듕ᄋᆞ의게 명분이 관듕ᄒᆞᆫ디라. 모든 형뎨 ᄉᆞ살 구ᄉᆔ 되니 이 엇디 사ᄅᆞᆷ의게 들념ᄌᆞᆨᄒᆞ며 듕ᄋᆡ 신원ᄒᆞ나 쾌ᄒᆞ미 이시리오? 슈연이나 인졍을 ᄃᆡᆨ희여 ᄉᆞ디를 감슈치 못ᄒᆞᆯ 거시오, 동ᄉᆡᆼ을 앗겨 쳔고 누명을 므릅뻐 죽으미 딘실노 어리디 아니리오? 져의 모ᄌᆡ 스ᄉᆞ로 악을 ᄡᆞ하 화를 ᄎᆔᄒᆞ니 엇디 우리 모ᄌᆞ를 원ᄒᆞ리오? 모로미 츈옥 등을 ᄀᆞᄅᆞ쳐 타일 증참이 될 젹 소시를 들추디 말고 셩옥 부쳐와 향ᄆᆡ로뻐 고ᄒᆞ게 ᄒᆞ면 소시ᄂᆞᆫ 거의 화를 면ᄒᆞᆯ ᄃᆞᆺᄒᆞ거니와 엇디 무ᄉᆞᄒᆞ리오? 내 ᄯᅩ 한파를 분부ᄒᆞ여 님시응변ᄒᆞ게 ᄒᆞ려니와 츈옥 등은 하류 쳔식으로 죵시 대ᄉᆞ를 변치 아니코 의긔를 ᄃᆡᆨ희여 죵ᄂᆡ 명명ᄒᆞᆫ 증참이 되기를 밋디 못ᄒᆞ리니 오ᄋᆡ 맛당이 이녀를 디교ᄒᆞ여 대ᄉᆞ를 ᄆᆡᆼ낭치 아니케 ᄒᆞ라." ᄒᆞ엿더라. 쇼졔 모친 슈셔를 보고 의견이 ᄌᆞ가 ᄯᅳᆺ과 ᄀᆞᆺᄐᆞ믈 감탄ᄒᆞ나 ᄉᆞᄉᆡ 크게 듕난ᄒᆞ믈 근심ᄒᆞ여 심ᄉᆡ 블안ᄒᆞᆫ디

라. ᄌᆞ가 남ᄆᆡ의 명되 ᄎᆞ타ᄒᆞ믈 한탄ᄒᆞ고 냥녀를 십분 무휼ᄒᆞ며 ᄯᆡᄯᆡ 가마니 경계ᄒᆞ여 소부인 신상이 무ᄉᆞ케 ᄒᆞ믈 브촉ᄒᆞ니 냥인이 쇼져의 현심을 감복ᄒᆞ여 그 명을 일일이 쥰힝ᄒᆞ려 ᄒᆞ더라. 쇼졔 한파의게 글을 븟쳐 ᄌᆞ긔 소회를 고ᄒᆞ고 소부인긔 악명이 니ᄅᆞ디 아니케 ᄒᆞ믈 ᄌᆡ삼 일ᄏᆞᄅᆞ니 패 발셔 강부인 분부를 드ᄅᆞᆫ디라. 부인 모녀의 현심슉덕을 만구칭복ᄒᆞ여 그 말이 뉸니의 올흔 줄 아ᄃᆡ 소시의 악착ᄒᆞᆫ 심슐을 통ᄒᆡᄒᆞ여 왈 "현인을 간인이 모ᄒᆡᄒᆞ거ᄂᆞᆯ 현인은 악인의 젼졍을 앗기고 의를 딕희여 악명 벗기믈 힘쓰니 인심의 ᄂᆡ도ᄒᆞ미 이러ᄐᆞᆺ 텬디 ᄀᆞᆺᄐᆞ니 하날이 엇디 현인을 돕디 아니며 악인을 벌ᄒᆞ디 아니리오?" ᄒᆞ더라. 소시 모ᄌᆡ 요약을 슈듕의 두ᄆᆡ 강부인 모ᄌᆞ를 닙ᄀᆡᆨ의 셰ᄅᆞᆺ고 황시 모ᄌᆞ를 졀졔ᄒᆞ여 ᄌᆞ개 가권을 젼일ᄒᆞ고 셩옥이 댱ᄌᆞ의 태산 ᄀᆞᆺᄐᆞᆫ 셰가 구더 금오을 슈듕의 너허 농낙ᄒᆞ고 희쥬를 모ᄒᆡᄒᆞ고 미쥬를 다려다가 뎡가 친ᄉᆞ를 ᄇᆞ라디 못ᄒᆞ나 달니 신셰를 경영ᄒᆞ여 만ᄉᆡ여의ᄒᆞ고 ᄇᆡᆨᄉᆡ 쾌ᄒᆞᆯ 줄 상냥ᄒᆞ고 깃브믈 니긔디 못ᄒᆞ나 금외 년일 마을의 국ᄉᆡ 만하 죵용이 집의 잇실 ᄯᆡ 업ᄉᆞ니 심하의 초조ᄒᆞ더니 소시 츈옥 난셤을 ᄂᆡ친 후 거쳐를 모로니 십분 대로ᄒᆞ여 노복을 호령ᄒᆞ여 ᄌᆞᆸ아드리라 ᄒᆞᆫ들 명부 협실의 깁히 든 거ᄉᆞᆯ 어이 어드리오? 맛ᄎᆞᆷᄂᆡ 죵젹을 ᄎᆞᆺ디 못ᄒᆞ니 소시 모ᄌᆡ 노복을 듕치ᄒᆞ니 노복이 각각 원심이 가득ᄒᆞᆫ디라. 향ᄆᆡ왈 "츈옥 남셤이 ᄂᆡ당 시녀로 밧사ᄅᆞᆷ 친ᄒᆞ니 업고 부모 동ᄉᆡᆼ이 업ᄉᆞ니 졸연이 어ᄃᆡ 가 의탁ᄒᆞ리오? 이 듕의 반ᄃᆞ시 초인ᄒᆞ여 거쳐를 알 니 이시리니 시녀 벽난이 상ᄒᆡ 디극히 친ᄒᆞ여 쥬야 동쳐ᄒᆞ여 ᄉᆞᄉᆡᆼ 동긔 ᄀᆞᆺ더니 부인의게 ᄂᆡ치인 후 ᄂᆡᄂᆡ 벽난의 방의 잇다가 도망ᄒᆞᆯ ᄉᆡᆫ 아니라. 쇼비 그윽이 ᄉᆞᆯ피니 츈옥 벽난 등이 한파랑 곳의 ᄌᆞ로 왕ᄂᆡᄒᆞ여 심히 친밀ᄒᆞ고 삼인의 셰간이 이후로브터 ᄉᆞᄌᆡ 유족ᄒᆞ며 의복이 만흐니 반ᄃᆞ시 한파랑의 당이라. 츈옥의 거쳐ᄂᆞᆫ 벽난이 알니이다." 소시 청파의 대경대로왈 "네 어이 발셔 이 말을 니ᄅᆞ디 아니ᄒᆞᆫ다? 내 상상 냥녀의 거디와 업던 의복 노리

ᄀᆡ를 의심ᄒᆞ더니 이 반ᄃᆞ시 한네 ᄎᆞ녀 등을 ᄌᆡ보로 회뢰ᄒᆞ여 ᄉᆞ졍을 탐디ᄒᆞ거ᄂᆞᆯ 져적 간비 창하의셔 쥬시ᄒᆞᄂᆞᆫ 거ᄉᆞᆯ ᄭᆡᄃᆞᆺ디 못ᄒᆞ여 죽이디 아니ᄒᆞ고 도망ᄒᆞ게 ᄒᆞ여시니 엇디 분ᄒᆡ치 아니리오? 벽난 간녜 일당이라 ᄒᆞ니 당당이 엄치 쳐 힐문ᄒᆞ리라." ᄒᆞ고 니시를 불너 ᄉᆞ연을 니ᄅᆞ고 벽단을 불너 알픠 니ᄅᆞᄆᆡ 소시 노복을 호령ᄒᆞ여 난을 형틀의 결박ᄒᆞ니 난이 크게 울고 소ᄅᆡ 딜너 왈 "쇼비 본ᄃᆡ 디은 죄 업거ᄂᆞᆯ 므ᄉᆞᆷ 연고로 이런 듕형을 ᄒᆞ시ᄂᆞ니잇고?" 소시 ᄭᆞ디져 왈 "너 요비 츈옥·난셤 간비로 더브러 일당이 되여 한녀의 금ᄇᆡᆨ을 밧고 우리의 ᄉᆞ졍을 규찰ᄒᆞ여 통노ᄒᆞ믈 아디 못ᄒᆞ엿더니 이제야 ᄌᆞ시 안디라. 츈난 간비 도망ᄒᆞᆫ 거쳐를 네 ᄌᆞ시 알 거시니 ᄲᆞᆯ니 딕고ᄒᆞ라. 한녀와 동심디ᄉᆞ와 냥 간비 간 곳을 딕고치 아닌ᄌᆞᆨ 당당이 ᄲᅧ를 바아 갈ᄂᆞᆯ ᄆᆡᆫᄃᆞᆯ며 간을 ᄲᆡ혀 육장을 ᄆᆡᆫᄃᆞᆯ고 바로 고ᄒᆞᆫ즉 일분 요ᄃᆡᄒᆞ미 이시리라." 벽난이 소ᄅᆡ 딜너 왈 "쇼비 니부 쇼쇽으로 쇼져를 뫼셔 이곳의 와시니 다만 쇼져와 친ᄒᆞᆫ 노쥬 ᄲᅮᆫ이오, 기여ᄂᆞᆫ 쇼ᄆᆡ평ᄉᆡᆼ이라. 한파랑으로 당이 되며 츈옥 등으로 일심이 되리잇가? 블과 일ᄐᆡᆨ의 이시니 면분이 닉을 ᄯᆞᄅᆞᆷ이라. 져 냥인의 ᄉᆞ오나오미 쥬인을 ᄇᆡ반ᄒᆞ올 거ᄉᆞᆯ 엇디 알니잇가? 부인이 거ᄌᆞᆺ 참언을 드ᄅᆞ시고 ᄋᆡᄆᆡᄒᆞᆫ 비ᄌᆞ를 혹형ᄒᆞ려 ᄒᆞ시니 이런 원앙ᄒᆞᆫ 일이 어ᄃᆡ 잇시리잇가?" 소시 대로왈 "간비의 쇼ᄒᆡᆼ을 내 ᄌᆞ시 알거든 쥐 갓ᄐᆞᆫ 부리를 놀녀 발명코져 ᄒᆞ고 날노ᄡᅧ 학졍을 ᄒᆡᆼᄒᆞᆫ다 ᄒᆞᄂᆞ냐?" 인ᄒᆞ여 호령ᄒᆞ여 큰 ᄆᆡ로 ᄆᆡ이 치니 십여 장이 넘디 못ᄒᆞ여셔 ᄲᅨ ᄭᆡ여디고 뉴혈이 님니ᄒᆞ니 좌위 차악ᄒᆞ고 벽난이 긔ᄉᆡᆨ이 엄엄ᄒᆞᆫ디라. 소시 소ᄅᆡ를 놉혀 츈옥 등의 거쳐를 힐문ᄒᆞ니 난이 엇디 간 곳을 알니오? 죵시 아디 못ᄒᆞ므로 ᄃᆡ답ᄒᆞ니 소시 익노ᄒᆞ여 ᄆᆡ마다 고찰ᄒᆞᄃᆡ 니시 일호 측은치 아냐 하·니 난이 통원ᄒᆞ믈 니긔디 못ᄒᆞ여 정신을 뎡ᄒᆞ여 니시를 향ᄒᆞ여 왈 "쇼비 ᄋᆞ시로브터 쇼져를 죵ᄉᆞᄒᆞ여 노쥬의 졍을 ᄆᆡᄌᆞᆫ 디 여러 츈취라. 쇼졔 츌가ᄒᆞ시ᄆᆡ 뫼셔 이에 니ᄅᆞ니 ᄇᆞ라ᄂᆞᆫ ᄇᆡ 쇼져 ᄲᅮᆫ이라. ᄉᆞᄉᆡᆼ의 쇼져만 바라고 잇

더니 부인이 뉘 참언을 드ᄅᆞ시고 ᄋᆡᄆᆡᄒᆞᆫ 쇼비를 이러틋 혹형ᄒᆞ시ᄃᆡ 쇼졔 조곰도 쇼비의 ᄯᅳᆺ을 모로시고 ᄋᆞ시로 죵ᄉᆞᄒᆞᆫ 졍셩을 도라보디 아니샤 ᄒᆞᆫ 말ᄉᆞᆷ 구ᄒᆞ미 업ᄉᆞ시니 엇디 노쥬의 바라던 ᄇᆡ리잇고? 쇼비 듕형을 니긔디 못ᄒᆞ여 죽게 되여시니 구쳔 원혼이 프러디지 아닐디라. 쇼졔 엇디 이러틋 인졍이 박ᄒᆞ시며 어믜 낫출 도라보디 아니시ᄂᆞ니잇고?" 니시 쳥파의 믁연 변ᄉᆡᆨ고 답디 못ᄒᆞ거ᄂᆞᆯ 소시 ᄭᅮ디져 왈 "네 어미 비록 쇼져의 유랑이나 네 쥬인의게 튱심이 업ᄉᆞ니 식뷔 엇디 너의 죽은 어미를 고렴ᄒᆞ리오?" 벽난이 앙텬 탄왈 "녯 말의 님군이 신하를 초ᄀᆡᆺ치 넉이거든 신햐 님군을 원슈ᄀᆺ치 넉인다 ᄒᆞ엿ᄂᆞ니 쇼졔 임의 쇼비 모녀를 플낫갓치 넉이고 어미 졋 먹인 공을 니ᄌᆞ시니 기여를 니ᄅᆞ리잇가? 이졔ᄂᆞᆫ 바랄 거시 업ᄉᆞ니 죽으미 원이로소이다." 니시 쳥파의 대로왈 "네 날을 원슈ᄀᆺ치 아노라 ᄒᆞᄂᆞᆫ 말이냐? 내 너를 의심ᄒᆞᄂᆞᆫ 거시 아니라 존고 죄를 니ᄅᆞ시니 내 엇디ᄒᆞ리오?" 난왈 "쇼비 일즉 쇼져긔 블튱ᄒᆞᆫ 일이 업고 부인긔 블민ᄒᆞᆫ 죄를 져ᄌᆞ디 아냣고 원슈 츈옥이 도망ᄒᆞᆫ 거시 내 몸의 죄를 당ᄒᆞ니 졔 쇼비의 친쳑이 아니니 이러틋ᄒᆞ시미 아니 원통ᄒᆞ니잇가? 바라건ᄃᆡ 부인은 잔명을 ᄉᆞᆯ오쇼셔." 소시 듯디 아니ᄒᆞ고 다시 듕히 치니 ᄉᆞᄉᆡᆼ이 경긱이러니 믄득 셩옥이 밧비 드러오며 왈 "야애 드러오시니 모친은 ᄆᆡ질을 긋치쇼셔." 소시 금오의 ᄎᆡᆨ을 볼가 벽난을 ᄭᅳ어 ᄂᆡ치니 모든 반듕이 블상이 넉여 다려다가 약믈을 쳐 구완ᄒᆞ니 난이 졍신을 출혀 졀치부심왈 "악인이 대악부도를 져즐며 입을 막노라 날을 이러틋 혹형ᄒᆞ니 내 아모조록 ᄉᆞ라나 간악ᄒᆞᆫ 졍젹을 창셜ᄒᆞ여 현인을 구ᄒᆞ고 오날ᄂᆞᆯ 원슈를 갑흐리라." ᄒᆞ고 졔 셰ᄉᆞ의 거ᄉᆞᆯ 다 파라 약믈과 듁음을 힘ᄡᅧᄒᆞ여 조병ᄒᆞ니 난이 침병ᄒᆞ여 슈십여 일의 향ᄎᆞᄒᆞ니 니시 ᄎᆞ디 아니니 난이 칭병ᄒᆞ여 나ᄌᆞᆫ 방의 잇고 밤이면 ᄀᆞ마니 한파의 곳의 왕ᄂᆡᄒᆞ니 패 디극히 심복으로 후ᄃᆡᄒᆞ여 셔로 상의ᄒᆞ여 간인의 ᄒᆡᆼ계ᄒᆞᄂᆞᆫ 날을 규찰ᄒᆞ여 발각기를 명심ᄒᆞ니 한파의 슬긔와 벽난의 영오

민쳡ᄒᆞ므로 져 혼암 협천ᄒᆞᆫ 간뉴의 동디를 ᄌᆸ디 못ᄒᆞ리오? 소시 학졍이 심ᄒᆞ고 니시 블인ᄒᆞ므로 비복의게 인심을 일허 간뫼 슈히 발각ᄒᆞ니라. 이ᄯᆡ 듕옥 공ᄌᆡ 폐인이 되여 두문블츌ᄒᆞ고 쥬야 심당의 잠와ᄒᆞ여 부모의 면목도 못 보거ᄂᆞᆯ 기여를 니ᄅᆞ리오? 계옥은 ᄯᆡᄯᆡ 드러와 위로ᄒᆞ고 식믈도 권ᄒᆞᄃᆡ 셩옥은 드리미러 보도 아니ᄒᆞ고 시시로 창밧그로 왕ᄂᆡᄒᆞ여 비소ᄒᆞ며 조롱ᄒᆞ여 인졍 밧 말노 ᄭᆞ디ᄌᆞ니 공ᄌᆡ 심하의 우분ᄒᆞ여 탄돌ᄒᆞ여 희허 탄식왈 "나의 운ᄋᆡᆨ이 참혹ᄒᆞ고 팔ᄌᆡ 긔구ᄒᆞ여 이러ᄐᆞᆺ 망극ᄒᆞᆫ 악명을 시러시며 누더기 일신의 얽어 ᄒᆞ로도 셰샹의 투ᄉᆡᆼ할 죄 아니로ᄃᆡ ᄌᆞ당이 셩녀를 져바리디 못ᄒᆞ여 이러ᄐᆞᆺ 구ᄎᆞ히 머므러시믄 하날이 디공무ᄉᆞᄒᆞ시니 나의 ᄋᆡᄆᆡᄒᆞ믈 신ᄇᆡᆨ홀디라. 강상의 구명을 버ᄉᆞᆫ 후 죽어도 한이 업ᄉᆞ리라. 녜브터 악ᄉᆡ 오ᄅᆡ 은닉디 못ᄒᆞᄂᆞ니 블구의 나의 누명을 신ᄇᆡᆨᄒᆞ려니와 소부인과 형이 화를 만날 거시니 내 비록 죄를 신원ᄒᆞᆫ들 모ᄌᆞ 형뎨 구쉬 되여 인뉸이 산난ᄒᆞ리니 엇디 슬프디 아니며 망극디 아니리오?" ᄒᆞ여 소시 모ᄌᆞ의 젼졍을 념녀ᄒᆞ미 극ᄒᆞᆫ 고로 셩옥의 허다 악연을 드러도 조곰도 원한이 업고 져의 몸이 졈졈 화듕의 갓가오믈 골돌ᄒᆞ더라. 공ᄌᆡ 두문 폐인이 되ᄆᆡ 뇨쇼셰 슈한이 창원의 ᄆᆡᆺ치이고 이칠 쳥츈으로 신세 맛ᄎᆞ믈 셜워ᄒᆞ나 명위부부로 외면의 듕이 깁흐나 금슬의 밀밀ᄒᆞᆫ ᄉᆞ졍을 아디 못ᄒᆞᄃᆡ 텬디의 듕흠과 인졍의 삼긴 ᄇᆡ ᄌᆞ연 범범치 아닌 고로 공ᄌᆞ의 져러ᄐᆞᆺᄒᆞᆫ 경상을 심니의 셜워ᄒᆞᄂᆞᆫ디라. 일야 옥용 화협의 슬프믈 머금고 뉴미셩안의 근심이 ᄆᆡᆺ쳐 화장 녹식을 폐ᄒᆞ여 담담ᄒᆞᆫ 소의소두를 거두어 존고 좌우의 잇셔 담쇼ᄒᆞ미 ᄭᅳᆺ쳐시니 부인이 감동 ᄋᆡ련ᄒᆞ믈 니긔디 못ᄒᆞ여 도로혀 호언으로 관위ᄒᆞ며 ᄋᆡ휼ᄒᆞ믈 강보 유ᄋᆞᄀᆞᆺ치 ᄒᆞ니 쇼졔 감은ᄒᆞ여 졍셩이 동쵹ᄒᆞ니 금외 식부를 볼 젹마다 불안참담ᄒᆞ여 어로만져 탄식왈 "ᄋᆞ부ᄂᆞᆫ 뇨공의 쳔금디란이어ᄂᆞᆯ 블초ᄒᆞᆫ 가부를 만나 셩ᄒᆞᆫ 디 ᄯᅩᄒᆞᆫ 슈년이 되디 못ᄒᆞ엿고 부부의 졍도 아디 못ᄒᆞ거ᄂᆞᆯ 블초ᄌᆞ의 죄악이 강상을 범ᄒᆞ여시ᄆᆡ 결단코 살녀두디 못

ᄒᆞ리니 져ᄂᆞᆫ 제 죄어니와 가련ᄒᆞ고 참혹ᄒᆞᆫ 바ᄂᆞᆫ 너의 일ᄉᆡᆼ이라. 노뷔 ᄆᆞ음이 버히ᄂᆞᆫ ᄃᆞᆺᄒᆞᆫ디라. 이제 듕옥을 요ᄃᆡ치 못ᄒᆞ리니 너ᄂᆞᆫ 블초ᄒᆞᆫ 가부를 위ᄒᆞ여 슬허 말고 우리 부쳐를 바라고 심ᄉᆞ를 널니라. 너의 일ᄉᆡᆼ을 노뷔 편토록 거나리다가 ᄉᆞ후라도 너의 신후 의탁을 극딘토록 제도ᄒᆞ리라." 언파의 상연 타루ᄒᆞ니 쇼제 일변 붓그리고 일변 슬프며 망극하미 유동ᄒᆞ니 ᄌᆞ연 냥인의 눈믈이 ᄆᆡᆺ치여 고개를 숙이고 옥슈로 돗글 집고 공경ᄒᆞ여 업ᄃᆡ여시니 방방ᄒᆞᆫ 옥뉘 돗 우ᄒᆡ ᄡᅥ러디니 금외 블승잔잉ᄒᆞ여 부인을 도라보니 부인이 ᄉᆞ긔 타연ᄒᆞ여 져두 믁연이어ᄂᆞᆯ 공이 ᄀᆞᆯ오ᄃᆡ "우리 므ᄉᆞᆷ 젹으로 이런 참혹ᄒᆞᆫ 거동을 안젼의 죵신토록 보리오?" 부인이 침음반향의 희허 탄식ᄒᆞ여 ᄀᆞᆯ오ᄃᆡ "이 다 쳡의 죄악이라. 오ᄌᆞ의 죽ᄂᆞᆫ 날은 쳡이 엇디 즉ᄂᆞᆫ 거ᄉᆞᆯ ᄎᆞ마 보며 ᄯᅩᄒᆞᆫ 셜우믈 엇디 ᄎᆞᆷ아 능히 견ᄃᆡ여 세상의 ᄉᆞᆯ ᄯᅳᆺ이 잇시며 내 몸이 위ᄐᆡᄒᆞ미 누란의 잇시리니 출하리 명을 ᄭᅳᆺ쳐 세상을 샤졀ᄒᆞ여 구원 텬ᄃᆡ의 기리 늣길디언졍 ᄋᆞ부의 일ᄉᆡᆼ을 고렴ᄒᆞ여 일시를 머믈 ᄯᅳᆺ이 잇시리잇고? 상공이나 죵신토록 어엿비 넉이쇼셔." 공이 명ᄉᆡᆨ고 ᄀᆞᆯ오ᄃᆡ "부인이 상ᄒᆡ 통달ᄒᆞ더니 엇디 이러ᄐᆞᆺ 협ᄎᆡᆨᄒᆞ미 심ᄒᆞ뇨? 듕옥 블초ᄌᆡ 부모의 듕히 바라믈 져바리고 녀ᄉᆡᆨ의 외입ᄒᆞ여 죄를 강상의 어덧거ᄂᆞᆯ 부인이 므ᄉᆞ 일 블초 패악한 ᄌᆞ식을 ᄧᆞ라 죽으려 ᄒᆞᄂᆞ뇨?" 부인이 공의 블명 소탈ᄒᆞ믈 한ᄒᆞ나 셜홰 무익ᄒᆞᆫ디라. 다만 블명ᄒᆞ믈 칭샤ᄒᆞ니 공이 다시곰 쇼져를 위ᄒᆞ여 블승잔잉ᄒᆞᄂᆞᆫ 고로 ᄋᆞᄌᆞ의 일명을 샤코져 ᄯᅳᆺ이 잇시나 죄목이 심상치 아니니 ᄉᆞ라시면 세상 기인이 될 ᄉᆡᆫ 아니라 고금 이ᄅᆡ로 아ᄅᆞᆷ다온 말은 세상의 들니미 더ᄃᆡ나 ᄉᆞ오나온 쇼문은 ᄒᆞ로 쳔니를 간다 ᄒᆞ니 ᄌᆞ개 비록 ᄋᆞᄌᆞ의 목숨을 살오나 풍문이 날딘ᄃᆡ 아ᄌᆡ 당당이 법뉼노 죽을 거시오, ᄌᆞ가 ᄌᆞ녀의 패륜 난상ᄒᆞᆫ 허믈이 ᄉᆞ림의 훼ᄌᆞᄒᆞ여 됴졍의 용납디 못ᄒᆞᆯ디라. ᄉᆞᄉᆡᆼ 냥디의 남쳐ᄒᆞᆷ과 붓거러오믈 측냥치 못ᄒᆞ니 심ᄉᆡ 분울ᄒᆞ여 슉식을 폐ᄒᆞ고 ᄆᆡᆨ온 술노 당위를 젹시나 마디 못ᄒᆞ여 ᄃᆡ임을 다ᄉᆞ리ᄂᆞᆫ디라.

이ᄯᅢ 나라히 큰 옥ᄉᆡ 잇ᄂᆞᆫ 고로 공이 쥬야 금의부의 좌긔ᄒᆞ여 밤이라도 부듕의 종용이 머믈 적이 업ᄉᆞ니 소시 모ᄌᆡ 간계를 베프디 못ᄒᆞ여 심회 우민ᄒᆞ더니 시비 벽난의 장체 소복다 ᄒᆞ거ᄂᆞᆯ 블너 ᄉᆞ덧고 슈션 방젹을 맛디니 난이 원을 픔고 공슌히 소임을 출히나 일심이 져 고식의 간모를 규시ᄒᆞ여 작화ᄒᆞᄂᆞᆫ ᄯᅥ를 여으며 스ᄉᆞ로 살피더니 이날 공이 맛춤 셔헌의 한가히 이시믈 타 간인의 모ᄌᆞ 고식이 힝계ᄒᆞ려 ᄒᆞ니 필경이 하여오? 분셕하회ᄒᆞ라. 이ᄯᅢ 금외 븍두갓치 의망ᄒᆞ던 ᄋᆞᄌᆞ 듕옥이 강상의 죄를 어더 일명이 경긱의 잇다가 요힝 녀ᄋᆞ의 간언으로 목숨을 브디ᄒᆞ나 삼, ᄉᆞ 삭 두문블츌ᄒᆞ니 면목을 못 보완 디 오란디라. 츄듕의 ᄉᆡᆼ각고 그리ᄂᆞᆫ 졍과 통한ᄒᆞᆫ 심ᄉᆡ 겸발ᄒᆞ여 ᄌᆞ긔 팔ᄌᆞ를 한탄ᄒᆞ고 냥지 이시나 ᄒᆞ나토 뫼시리 업셔 야심상월의 외로온 그림ᄌᆞ ᄲᅳᆫ이오, 다만 동ᄌᆞ 일인이 기동을 디혀 조을 ᄯᆞ롬이라(강촌재본 권 50-2~26).

㉰ 각〃일홈을 쓰고 먹난 법을 ᄀᆞ라쳐시니 쇼시 ᄃᆡ열ᄒᆞ여 하날게 샤례ᄒᆞ고 모ᄌᆞ 고식이 셔로 치하ᄒᆞ여 가로ᄃᆡ "우리롤 어엿비 녀겨 이런 신약을 쳔만의외의 어드니 이제야 듕옥 · 됴시 죽기〃롤 근심ᄒᆞ리오? 다힝ᄒᆞᆫ 바난 희쥬 요인이 업슨 ᄯᅥ니 밧비 힝계ᄒᆞ여 〈급히 셔르즈리라." ᄒᆞ고 이날 밤의 셩옥 부체 약을 삼켜 듕옥 · 됴시 되여 셔당으로 나가니 ᄎᆞ시 엇지 된고? ᄎᆞ쳥하회ᄒᆞ라〉.

ᄌᆡ셜 녀공이 아ᄌᆞ 듕옥을 가도고 셔헌의 도라와 두로 ᄉᆡᆼ각ᄒᆞᄆᆡ 심ᄉᆡ 번민ᄒᆞ여 셕반을 물니치고 향온을 나와 스ᄉᆞ로 수삼 ᄇᆡ롤 거우로ᄆᆡ 쥬긔 훈열ᄒᆞ고 심회 뉴동ᄒᆞ니 번연이 창을 밀치고 졍듕의 ᄂᆞ려 두로 건니러 ᄇᆡ회ᄒᆞ며 우러〃한텬 명월을 쳠망ᄒᆞᄆᆡ 문득 아ᄌᆞ의 ᄉᆡᆨ〃쥰졀ᄒᆞᆫ 긔상이 압희 셧난 ᄃᆞᆺ 평일 ᄌᆞ긔 이러ᄐᆞᆺ 월ᄒᆞ의 ᄇᆡ회홀 제면 ᄋᆞ지 뒤흐로 ᄯᆞᆯ와 신을 셤기며 막ᄃᆡ롤 잡아 시죵의 게우로미 업고 혹 시도 지으며 가ᄉᆞ롤 읇퍼 흥을 돕고 야식이 깁허 긔운이 잇

블 듯ᄒᆞ면 권ᄒᆞ여 드러가 쉬게 ᄒᆞ고 시듕 효봉의 동〃촉〃 ᄒᆞ여 일시ᄅᆞᆯ 좌우의 ᄯᅥ나지 아녀 ᄌᆞ가난 샹샹의 누으면 아ᄌᆞ난 촉하의셔 쇄옥낭셩으로 셩현젼을 잠심ᄒᆞᄆᆡ 듯난 재 흉금이 쇄락ᄒᆞ고 고금을 의논ᄒᆞᄆᆡ ᄃᆡ답이 도〃 ᄒᆞ고 의견이 명쾌ᄒᆞ니 두굿기며 ᄋᆡ듕ᄒᆞ미 측냥업서 일ᄉᆡᆼ 낫빗ᄎᆞᆯ 밧고와 ᄭᅮ지즌 젹이 업드니 도금ᄒᆞ여난 쳔만 ᄉᆡᆼ각밧 죄ᄅᆞᆯ 강샹의 범ᄒᆞ여 일명을 아직 진여시나 불구의 목을 보젼치 못ᄒᆞᆯ지라(뿌리본 권 57-12.앞~13.앞)

〈임화정연〉 대조표3

㉮ 동쟝은 졀강 동편)이오, 호왈 힝화촌이라. 좌우 젼답이 다 뎡공의 짜 히오, 동산의 수쳔 쥬 상목이 잇고 챵송이 십니의 둘너시니 경ᄀᆡ 졀승ᄒᆞ고 오십여 간 집이〃시니 고루 ᄎᆡ각이 굉장ᄒᆞ고 쥬문 분쟝이 화려ᄒᆞ니 이곳 뎡공의 유한ᄒᆞᄂᆞᆫ 곳지요. 녀로 남복 빅여 인이〃셔 농장을 다ᄉᆞ리며 잠농을 힘써 곡식이 고듕의 가득ᄒᆞ고 필빅이 여산ᄒᆞ니 일촌이 다 뎡가 노복이 ᄉᆞ난 고로 각〃소임을 부즈런이 ᄒᆞ야 브요 번화ᄒᆞ드니 홀연 본부 가인이 니ᄅᆞ러 노야의 명을 뎐ᄒᆞ고 후당을 쇄소ᄒᆞ여 쇼부인을 머물게 ᄒᆞ고 죠셕지공과 ᄉᆞ시 의련을 공급ᄒᆞ고 여로 남복이 ᄐᆡ만치 말물 분부ᄒᆞ니 쟝복이 연망이 후당을 쇄소ᄒᆞ고 범ᄉᆞ롤 진ᄇᆡᄒᆞ야 ᄃᆡ령ᄒᆞᄃᆞ니 명일 황혼의 부인 힝치 니ᄅᆞ나 죠곰도 위의롤 갓초미 업고 힝식이 초〃쳐량ᄒᆞ니 듕복이 다 고이히 녀기나 노야의 분부 잇난지라. 일시의 현알ᄒᆞ고 범구롤 진ᄇᆡᄒᆞ니 미쥐 칭병ᄒᆞ고 두문불츌ᄒᆞ야 ᄉᆞ롬을 보지 아니ᄒᆞ고 유뫼 뎨인을 은근이 ᄃᆡ졉ᄒᆞ더라. 녀시 이곳ᄃᆡ 온 수일의 본부 가인이 셰ᄉᆞ롤 가져 드리고 오시의 글월을 올니〃미쥐 경희ᄒᆞ여 쎠혀보니 셔듕식 은근ᄒᆞ고 부인명으로 즙물을 보ᄂᆡ난 셜홰라. 녀시 노쥐 불승감은희힝ᄒᆞ여 냥ᄋᆞ의 젼졍이〃시믈 힝희ᄒᆞ여 이에 회셔롤 닐워 구고의 일월 갓트신 은덕과 셔모의 후의롤 샤례ᄒᆞ니 ᄉᆞ의 간졀ᄒᆞ여 듯난 ᄉᆞ롬으로 ᄒᆞ여곰 ᄆᆞ음이 감동케 ᄒᆞ엿난지라. 가인이 도라와 회셔롤 드리니 오시 부인 안젼의셔 쎠혀보고 ᄎᆞ상ᄒᆞ기롤 ᄆᆞ지 아니〃부인이 비록 글을 ᄋᆞ지 아니나 오시의 슬피 닑난 소ᄅᆡ롤 듯고 말을 아니나 일분 감오ᄒᆞ미 이시되 츄밀은 일ᄉᆡᆼ 밋친 음부롤 죽기지 못ᄒᆞ고 쾌히 ᄂᆡ치지 못ᄒᆞ야

편이 잇게 ᄒᆞ믈 결치 통한ᄒᆞ나 ᄌᆞ가 임의로 못ᄒᆞ난 고로 분울ᄒᆞ믈 이긔지 못ᄒᆞ니 증한ᄒᆞ미 냥ᄋᆞ의긔 도라가난지라. ᄎᆞ후 냥ᄋᆞ롤 안젼의 용납지 아니ᄒᆞ고 만나면 치고 호령이 싱풍 갓트니 이ᄋᆡ 놀나고 두려 츄밀곳 보면 신식이 ᄌᆡ 갓ᄐᆞ여 숨을 곳들 ᄎᆞᆺ난지라. 부인이 가련이 녀겨 유ᄋᆞ의긔 연좌ᄒᆞ미 불가ᄐᆞ ᄒᆞ여 슬ᄒᆞ의 무ᄋᆡᄒᆞ미 지극ᄒᆞ고 오시 극진이 두호ᄒᆞ여 연ᄋᆡᄒᆞ미 각별ᄒᆞ니 싱이 모친과 셔모의 두호ᄒᆞ시믈 위월치 못ᄒᆞ여 치고 ᄭᅮ짓기롤 근치나 바로 볼 젹이 업ᄉᆞ니 셰ᄋᆡ 어린 나희나 춍명 슈셕ᄒᆞ미 ᄐᆞ류와 ᄃᆞ른 고로 냥ᄋᆡ 부친긔 치칙ᄒᆞ믈 불상이 녀겨 싱이〃ᄋᆞ롤 즐ᄐᆞ ᄒᆞ면 부친을 듯들고 울며 말여 냥ᄋᆞ롤 각별 (뿌리본 권 66-24.앞~25.뒤)

㉠ 장복이 모다 현알하나 그 행색을 괴이히 녁여 웃으니 시녀 등이 더욱 분안하더라(구활자본 84회, 486면)

작품 전문

–규영헌가, 사낭자석별가, 사모가, 계ᄆᆡ사, 동상연분가(同床緣分歌), 직여사(織女詞), 세황가(歲況歌), 바늘가–

새로운 작품은 ■표시를 하였고,
이미 알려진 작품이라도 새로운 부분은 밑줄을 그었다.

1. 〈규영헌가〉■

어와 거룩훌사 우리조선 거룩훌사
묘향산 단목ᄒᆞ의 단군이 도라간후
삼ᄒᆞᆫ적 옛풍속이 이젹의 갓갑더니
동봉조션 우리긔자 ᄇᆡᆨ마로 강을 건ᄂᆡ
평양의 도읍하여 교민팔조 ᄒᆞ온후의
준~ᄒᆞᆫ ᄒᆡ우 창ᄉᆡᆼ 비로소 셩언만ᄂᆡ
삼강을 처음알고 오륜을 ᄇᆡ와ᄂᆡ여
소중화 이르기난 예의지방 안이런가
활동토 수쳘이예 셩인지ᄆᆡᆼ 도야씨니
엇지ᄒᆞ여 고려말의 불도난 무삼일고
셩도가 용홍하사 문치을 숭상ᄒᆞ니
계~승~열셩조ᄋᆡ 차~로 윤식ᄒᆞ니
의관이 졔~호고 문물리 빈~하다
졔왕의 근본이요 국가의 원긔로다
어와 벗임ᄂᆡ야 다힝이 셩세만ᄂᆡ
유의유관 선ᄇᆡ로셔 당연이 ᄒᆞ올이리
옛글얼 ᄇᆡ와ᄂᆡ녀 이르고도 외와ᄂᆡ셔

어지신 우리나라 과가로 시험커던
장원급직 놉픠ᄒᆞ고 활노의 출신ᄒᆞ여
ᄇᆡ운 글로 임군셤겨 요순을 다시보식
엇지ᄒᆞ여 직금사람 문혹을 덜힘씐고
초야의 깁피 안자 세도을 ᄀᆡ연턴니
긔명유신 우리나라 쳔운니 도타보사
병자연 경자월과 경자일 병자시예
문명ᄒᆞᆫ 조흔기운 일시예 모혀드니
쳔직일시 이런 ᄯᆡ을 공연히 허송ᄒᆞ야
곳~지 셔설지어 공부을 ᄒᆞ려ᄒᆞ니
이러ᄒᆞᆫ 조흔 ᄯᆡ예 우리도 지어보식
글자ᄒᆞ든 도중셔도 광쳔이예 사라써던
ᄒᆞ물며 우리 마은 초명이 광쳔이라
광쳔은 어느ᄶᅡ고 홍주고을 소속이라
ᄇᆡᆨ두산 ᄂᆡ룡으로 ᄐᆡᄇᆡᆨ산 되야잇고
남치ᄒᆞ여 사십이예 명ᄀᆡ을 ᄇᆡ판ᄒᆞ니
간좌곤향 터얼보고 신득병차 수볍맛촤
일촌이 의논ᄒᆞ고 셔실을 지을젹의
공산의 낙~쟝송 즉그~~벼혀다가
들건니 녹커니 ᄉᆞᆫ컨이 다듬거니
목수난 다셔시오 감역이~십이라
삼십명은 봉족ᄒᆞ고 오십명은 역부ᄒᆞ니
ᄡᅳ질ᄒᆞᄂᆡ 톱질ᄒᆞᄂᆡ ᄒᆞᆰ이긴다 돌져온다
졔쟈가치 모여다가 벌ᄯᅦ갓치 나든난다
상방ᄒᆞᆫ날 방을 녹코 방노는달 벽을 ᄒᆞ니
풍운으로 조화런가 귀신으 도술인가

잠싼의 지은 집이 집언어이 거록ᄒᆞ고
동말리를 볼작시면 셔천왕이 버러서고
헌함디을 볼작시면 부체손도 긔못ᄒᆞ다
난간의 비겨안자 사방을 둘러본니
일홈조타 요암산은 구름어더 날상이오
그 아릐 구름지난 용을 조차 이러난다
다라난다 주마산은 홍진으로 달라난다
덧다바라 미봉지난 운소의 쓰졀두고
졔밋태 도술바위 쌍교갓치 쉼미녹고
긔이코 이상ᄒᆞ다 닉다보니 져봉두리
뉘서난 독서당 뉘서난 장원봉
ᄒᆞᆫ편은 괘방니오 ᄒᆞᆫ편은 쌍적닉라
엇지본이 뭇그치오 엇지본이 일산더라
그엽헤 낙안봉은 비취난닷 닉미난닷
어여부다 아미산은 우난단 찡긔난당
삼천분디 옥여봉은 주~리 버러서고
오빅부쳐 나안봉은 첩~이 안자난다
디장군으 힝차런가 빅만병의 힝군인가
긔든놈도 무수ᄒᆞ고 창든 놈도 무수하다
그 가온틔 집을 지고 그가온틔 공부ᄒᆞ면
문장이 절로나고 명필이 울홍ᄒᆞ여
소과보면 진사ᄒᆞ고 디과보면 급치홀터
사람마다 문장명필 집~마다 홍픽빅픽
진사나난 우물이고 급제나난 터이로다
천지가 도와주고 지영이 음질하여
벼살노 의논ᄒᆞ면 언는 벼살 막킬손가

홍문관 예문관의 옥당으로 분관ᄒᆞ여
홀임학사 검상사인 동벽셔벽 교리수찬
ᄃᆡ사셩 ᄃᆡ졔학과 좌찬셩 우찬셩의
참의 참판 삼티육경 외직으로 수령방빅
당세에 영광이요 죽빅의 공명이라
네 마암 엇쩌ᄒᆞᆫ요 ᄂᆡ욕심 이러ᄒᆞ다
공부고 ᄒᆞ려이와 풍경인달 아이보랴
문을 열고 ᄂᆡ다본니 빅연무근 늘근솔이
사시장쳥 푸른 빗치 뉘를 위히 푸르던고
현함압희 못셜파고 못가온티 고기길너
쒸노난이 저고기난 경명도의 분어런가
현함아픠 나난식난 두공부에 버지런가
오동우의 빈친달은 주염계의 긔상이오
양유가의 부난바람 소강졀의 금훼로다
별노조흔 부귀춘광 여도 잇고 져도 잇다
봉이~~피난 꼿천 군자화가 녜안인야
못둑지예 홍도화난 삼촌을 뉘반겨셔
꼿치피면 작~하고 엽티 피면 진~ᄒᆞ니
됴키사 됴타마난 앗가울사 봄빗치야
팔구월 시단풍의 무료히 써러지니
화단의 국화심궈 만졀을 보랴ᄒᆞ고
폭기마다 북걸주고 썰기마다 ᄆᆡ각구니
중양의 꼿치피여 서리을 넝소ᄒᆞᆫ다
어와 조흘시고 이집을 지은 쓰뎐
풍경도 여식로다 아무여나 글얼 힘써
관자넌 부거렵고 동몽언 노지마라

사셔삼경 ᄇᆡᆨ가셔을 흉중의 다여흐면
공명이 어려우나 부귀가 졀로오ᄂᆡ
푸른구룸 낙양기의 만ᄂᆡ나니 ᄒᆞᆫ집사람
홍진동 말머리에 웃고보니 친구로다
공명이 어려오나 엇지ᄒᆞ여 노잔말고
이집ᄋᆡ 단 현판언 규영헌 이름ᄒᆞ나
규영언 이인말고 규산이 빈취였다
찬~ᄒᆞᆫ 져규성이 하날우ᄋᆡ 빗쳐도야
들보우의 빈취난닷 창틈으로 빈취난닷
영남도 추로향의 노사숙유 만이날가
이집비 초~하나 여사집이 아니로다
집을 보고 이흠짓고 이름보고 ᄉᆡᆼ가ᄒᆞ소
규모가 정~ᄒᆞ고 졀목이 단~ᄒᆞ다
이마로 져그나아 탕선짜리 느러안고
이뜰리 저그나마 일산ᄶᅥ로 치와보세
이가사로 송축ᄒᆞ니 웃지말고 보압소셔

2. 〈사낭자석별가〉

어와 동유들아 이ᄂᆡ말삼 드러보소
우리비록 여자라도 붕우유신 모랄손가
불션불후 ᄒᆞᄊᆡ나셔 오락가락 셔로모혀
ᄆᆡᆼ셔지어 ᄒᆞ난말니 일ᄉᆡᆼ단취 ᄒᆞ자썬니
가련ᄒᆞ다 우리인ᄉᆡᆼ 여필종부 흣터지ᄂᆡ
옛법의 ᄒᆡᆼᄒᆞᆫ이리 낫~치 올컨만난
여ᄌᆞ으 원부모난 야속ᄒᆞ고 ᄆᆡ몰ᄒᆞ다

침선붕젹 여공사을 노심노골 ᄇᆡ와ᄂᆡ고
유순유화 착ᄒᆞᆫᄒᆡᆼ실 ᄂᆡ측편얼 익게 외와
지자우귀 ᄒᆞᆫ번기레 부모집은 영결일시
손잡고 ᄒᆞ난마리 여자되미 ᄒᆞᆫ니로다
우리부모 키울져의 남여지별 이실손가
ᄇᆡ곱흘가 밥을권고 치울셔라 옷설입혀
삼춘갓치 깁흔인정 ᄒᆞᄒᆡ갓치 널너쏘다
저진자리 박과눕고 나은엄식 ᄎᆞ자먹겨
병들세라 금심ᄒᆞ고 닷칠세라 조심ᄒᆞ여
ᄒᆞᆫ살두살 칠팔세를 안고업고 키울적기
무상ᄒᆞᆫ 우리윤달 그 은혜 모랄손가
촌초갓치 어린 마암 평ᄉᆡᆼ효자 ᄒᆞ자써니
이팔가긔 잠간이라 남여경중 판이ᄒᆞ다
치혼걱정 우번이요 사회사랑 허ᄉᆡ로다
부모마암 섭~ᄒᆞ고 일가치친 조롱ᄒᆞᄂᆡ
신ᄒᆡᆼ길 써날적의 경계ᄒᆞ여 이른말이
원부모 이형제난 옛글의 일너잇고
봉승군자 삼종예는 조심ᄒᆞ여 시ᄒᆡᆼᄒᆞ라
갈기리 쉽건이와 올기리 어렵쏘다
근친ᄒᆞᆫ번 ᄒᆞ자ᄒᆞ면 쇼각 편지 몃번인고
친정일가 지ᄂᆡᆫ기ᄅᆡ 안면으로 차자드니
반긴마암 압셔나서 ᄒᆞᆯ말조차 다이젓ᄂᆡ
어와 동유드라 우리신ᄉᆡ 가련ᄒᆞ다
동서로 훗터저서 몃~ᄒᆡ를 그렷던고
후ᄉᆡᆼ의나 남자되야 붕우조차 노라보며
효양부모 ᄒᆞ오후의 육식군자 되여볼가

사ᄒᆡ팔방 구경후의 영주선관 되여보ᄉᆡ
여ᄌᆞ신ᄉᆡ 박복ᄒᆞ여 ᄒᆞᆫ하온달 무엇ᄒᆞ리
일린국 소설긋ᄐᆡ 우리동유 모혀ᄭᅩ나
졔천집아 드러바라 금수산 놉흔봉의
봄푸리 ᄲᅦ여나고 ᄭᅩᆺ그름ᄌᆡ 어리렷다
도화동 ᄉᆡ빗달의 청영ᄉᆡ 실피울졔
네마암 ᄉᆡᆼ각ᄒᆞ니 나ᄅᆡ나 삼겨ᄶᅥ면
상~봉 놉피올나 고향산쳔 바ᄅᆡ볼걸
수ᄇᆡᆨ여리 타도길의 친정소식 아득ᄒᆞ다
목계강 흐란물리 우리고향 지ᄂᆡ올졔
편지써~뒤위시며 눈물ᄲᅮ려 부치던야
보고져라 ~~~~부모동ᄉᆡᆼ 보고지고
노림집아 드러바라 ᄇᆡᆨ가종족 다바리고
고젹한 져고촌의 혼자안자 긋쌀적의
어널조하 무엇ᄒᆞ며 픙경이셔 씰ᄯᆡ업ᄂᆡ
천부산 푸른봉이 연분ᄆᆡ자 놉ᄒᆞ썬야
부용ᄃᆡ 폭포수가 근훤으로 깁허썬야
파곡ᄃᆡᆨ 드러보소 동서이웃 ᄒᆞᆫᄐᆡ켜서
ᄶᅱ동갑 지은인졍 타성이라 ᄒᆞ올손가
ᄒᆞᆫᄒᆡᄒᆞᆫ달 성인ᄒᆞ여 상션상후 신ᄒᆡᆼ가니
자ᄂᆡ난 어이ᄒᆞ여 심이안의 친정일쇠
조셕으로 ᄂᆡ왕인편 이우지나 다를손가
날갓탄 혈~단신 시가조차 멀리타서
소ᄐᆡᄇᆡᆨ산 깁흔고ᄃᆡ 궁산궁학 답~ᄒᆞ다
청뜰형님 드러보소 어미업시 자ᄅᆡ나서
고문거족 만나씨니 무삼ᄒᆞᆫ니 ~실손가

동ᄉᆡᆼ지친 서울길의 친당소문 낙역ᄒᆞ나
어미업난 친정이라 자로못와 ᄒᆞᆫ니로다
시절이나 ᄐᆡ평ᄒᆞ면 일연일순 만ᄂᆡ볼걸
소셜조차 분~ᄒᆞ니 다시상봉 긔필ᄒᆞ야
어와 동유들아 노름이나 하여보시
ᄃᆡ판ᄒᆞ여 구ᄀᆡᆼᄇᆡᆨ반 졸판이라 화전쑥썩
먹기을 뉘알손야 놀기가 웃듬이라
압서그라 뒤서그라 먼저가자 ᄂᆡ종가자
셰초당여 도~신고 몽동삼ᄆᆡ 뒤ᄒᆞᆫ들며
업난풍경 인난다시 ᄂᆡ거름을 짜를손야
투기봉 놉ᄒᆞᆫ암석 벌바위 험ᄒᆞᆫᄃᆡ를
평지갓치 단이며서 역~히 구경ᄒᆞ니
우리갓한 여ᄌᆞ라도 녹두호걸 절로난다
실큰먹고 실큰노니 낫쁘다사 ᄒᆞ련만난
홍진비ᄅᆡ ᄒᆞᆫ 글쉬난 노름씃ᄐᆡ ᄒᆞᆫ마리라
오날갓탄 이런 노름 다시언ᄌᆡ 노라볼고
암~ᄒᆞᆫ 검문산은 묵~ᄒᆞ여 마리업고
졍~ᄒᆞᆫ 죽암ᄃᆡ난 ᄒᆞᆫ~이 젼송ᄒᆞᆫ닷
가련ᄒᆞ다 우리인ᄉᆡᆼ 훗터지면 모힐손가
네올젹의 네못오고 ᄂᆡ올젹기 네못오니
부모동ᄉᆡᆼ 만ᄂᆡ기는 각~셔로 잇러니와
우리동유 다모히기 황하지수 말세로다
눈물먹여 이른마리 일후상봉 언ᄌᆡ흘고
달보거던 긔약ᄒᆞ고 쏫보거던 ᄉᆡᆼ각ᄒᆞ게
비봉산 뜬는달리 부요성의 빈취던가
졔월교 흐른물리 귀호성ᄋᆡ 나리온가

원ᄒᆞ난이 우리인싱 물과달과 갓히더면
흘너가서 만닉보고 놉피써서 빈취볼걸
어와 동유들아 ᄒᆡ여지날 머자닉다
네갈날 언제되노 날오락고 긔별왓닉
다시보자 ~~~~동유들라 다시 보ᄌᆞ
가ᄆᆡ머리 다시멋ᄌᆈ 어나 ᄯᆡ 다시보ᄉᆡ
압뒤집흔 ᄒᆞᆫ년차 외우이서 궁금ᄒᆞ며
당닉지친 ᄃᆡ소상의 이편ᄒᆞ여 ᄒᆞ번갈가
부모성젼 친졍이라 공논ᄒᆞ고 ᄌᆞ로보식 .
어와 도유들아 이닉 말삼 잇지마소

3. 〈사모가〉■

을유납월 염칠릴은 정인ᄒᆞ난 기릴리라
셰상의 남녀인싱 길흉우락 상반이나
인ᄌᆞ으 부모츅원 향수ᄒᆞᆫ나 읏듬이라
ᄒᆞ무며 이닉일신 편모시ᄒᆞ 미더썬이
가운이 불힝ᄒᆞ고 조몰리 져히ᄒᆞ여
실푸다 우리 모씨 이낼잇ᄯᆡ 병이들러
연긔은 고사ᄒᆞ고 타약의 골물ᄒᆞ며
예셕을 미필ᄒᆞ여 의방의 분주ᄒᆞ니
아무리 구요ᄒᆞᆫ달 ᄃᆡ명얼 어이ᄒᆞ랴
ᄇᆡᆨ약이 분효업셔 인ᄒᆞ여 별식ᄒᆞ니
혼실리 경황ᄒᆞ고 천지가 문허진닷
초종을 수습ᄒᆞ여 침실의 토롱ᄒᆞ니
관곽을 겻티뫼셔 싱신가 미더써니

장예을 ᄐᆡᆨ일ᄒᆞ니 삼월갑오 초삭이라
초이례 경자일ᄋᆡ 을유시 ᄒᆞ관이라
가후서산 불원지예 유턱을 경영ᄒᆞ니
모여간 이인정이 입지ᄒᆞᆫ날 영결이라
전일석 긔ᄒᆡ일의 불초ᄒᆞᆫ 말여ᄉᆡᆨ이
감미척작 ᄌᆡ비ᄒᆞ고 영구압헤 고결ᄒᆞ니
오호 통ᄌᆡ ~~젼ᄉᆡᆼ의 무삼죄로
낙지ᄒᆞᆫ 두ᄒᆡ만의 선친이 기셰ᄒᆞ고
무남양여 우리 두리 형졔가 삼기나서
쳔지간 고로인ᄉᆡᆼ 고~히 장성ᄒᆞ니
조부모님 ᄒᆡ로ᄒᆞ사 신근이 구휵ᄒᆞ여
실부ᄒᆞ미 불상ᄒᆞ고 여자되미 ᄒᆞᆫ탄ᄒᆞ사
모씨으 김ᄒᆞᆫ ᄌᆞᄋᆡ 남녀가 간격업서
슬ᄒᆞ의 쌍일지어 고심혈성 길너ᄂᆡ니
여ᄌᆞ의 존골물리 어무근심 허다ᄒᆞ다
잠월의 쎵을퀼ᄌᆡ 멀이갈가 경계ᄒᆞ며
후원의 화전할ᄌᆡ 더듸온다 걱정ᄒᆞ며
상자의 청홍ᄉᆡᆨ은 물ᄉᆡᆨ을 서로돗타
농중의 무근지틸 가사씨려 다업ᄉᆡ며
외ᄂᆡ일촌 동유여자 셰시예 조치놀졔
장육처라 구경ᄒᆞ고 웃노라~말써주며
머리빗겨 모욕ᄒᆞ고 ᄇᆡᆨ골흘가 춤을두어
화초갓치 길러ᄂᆡ고 주옥갓치 사랑ᄒᆞ여
바람부러 씨러지며 비온날의 업떠질가
모씨의 자사ᄒᆞ미 일염이 여게이서
유월염쳔 덥다ᄒᆡ도 어무그늘 두터우며

동지납월 칩다ᄒᆡ도 엄무품ᄆᆡ 덧ᄀᆡ자고
칠월유화 싱양되며 집~이 송등이라
지당의 삼을 투기 형ᄌᆡ가 마조안ᄌᆞ
삼사경 깁퍼가니 젹등이 히미ᄒᆞ다
벽간의 쑬쑤라미 추가을 제촉ᄒᆞ고
이락에 예치별리 볏틀을 비러울고
섬돌밋ᄐᆡ 우난지용 돌겻소ᄅᆡ 자아ᄂᆡ니
ᄋᆡ여야 어이알랴 모씨으 ᄒᆞ신말삼
인간의 저런별기 천시을 미리아라
칩고더운 졀후마다 사람으게 아구미라
창경ᄉᆡ 울고가면 수위길삼 느저가고
탈과ᄉᆡ 운난뒤에 춘복갈기 ᄌᆡ촉ᄒᆞ며
ᄒᆞ날의 직여셩도 치량긔 더듸 짜서
옥황이 죄을주사 하동하셔 갈나보ᄂᆡ
연~칠셕 은ᄒᆞ수의 눈물비 나려오다
어이ᄒᆞ여 지금여ᄌᆞ 미무마도 못ᄒᆞ도다
춘ᄒᆞ추동 다지ᄂᆡ도 침선직임 젼폐ᄒᆞ고
가을바람 빈볏틀의 나부탄 조롱반ᄂᆡ
예글의 칠월장은 규중의도 ᄇᆡ울게라
ᄇᆡᆨ사을 미리둘너 잠시달 어이노랴
이말삼 긋친후의 예말ᄒᆞ고 체읍ᄒᆞᄂᆡ
ᄂᆡ가너집 드러오니 너으조모 자상ᄒᆞ여
이연도 이상ᄒᆞ고 철륜이 지중ᄒᆞ다
흔문중 흔지친니 이지의 ᄒᆞ테모여
고부간 지은~정 고금의 희흔ᄒᆞ다
청흔~이 집안의 친노가빈 어이ᄒᆞ랴

ᄂᆡ마암의 셰~ᄒᆞ고 ᄂᆡ손이 근~ᄒᆞ여
둘노인이 강영ᄒᆞ고 동셰가 어지러서
일실이 화합ᄒᆞ여 ᄇᆡᆨ역강낙 바ᄅᆡ던니
너에엄미 명박ᄒᆞ여 긔사언의 붕셔ᄒᆞ니
년미삼십 ᄂᆡ신명이 일조에 몸을 맛촤
셰상을 도라보니 만번죽거 앗갑잔타
당상의 둘노인은 ᄇᆡᆨ수졍경 가이업다
눈압ᄒᆡ 두아ᄒᆡ난 강보중ᄋᆡ 누어씨니
ᄂᆡ마암이 돌아이라 너을 노코 어이가며
ᄂᆡ마암이 쇠ᄭᅩ진달 너을잇고 어ᄃᆡ가랴
이러그러 셰월간니 왕ᄉᆡ가 어제갓다
쳔지가 변역ᄒᆞ고 상뇌가 ᄯᅥ러질졔
심장의 일ᄇᆡᆨ회포 잠잔ᄌᆡ가 다시 탄다
너의 모발 자ᄅᆡ나고 너으 모양 눙성ᄒᆞ니
삼신이 도읍쎤들 ᄒᆞᆫᄲᆞᆯ리나 남자되야
너으부친 요몰ᄒᆡ도 고목낭게 열ᄆᆡ여러
조선향화 부탁ᄒᆞ고 양노인을 봉양ᄒᆞᆯ걸
이ᄒᆞᆫ이 철쳔ᄒᆞ여 철야토록 잠미업다
적막한 ᄂᆡ심회난 ᄂᆡ나아제 뉘가아야
농중의 언서ᄒᆞ런 너의외가 유젹이라
고이보고 간수ᄒᆞ여 이런밤 적막ᄒᆞᆯ졔
잔촉을 다시도돠 어무심회 덜게ᄒᆞ라
양여난 ᄎᆡᆨ을일고 모씨난 누어드려
고담을 맛친후으 늣긴눈물 환~ᄒᆞ며
이갓ᄒᆞᆫ 무상ᄒᆞᆫ걸 정심으로 교화ᄒᆞ사
부귀다남 조타ᄒᆞᆫ달 가도화순 웃씀이라

여자으 규중힝실 어느이리 경홀손가
방적도 ᄒᆞ련이와 봉제접빈 허소ᄒᆞ며
어룬얼 삼긴소리 나무어런 ᄒᆞ가지라
이웃연차 갈지라도 하로동경 보살피며
집안닉 씨셜거지 어설푼일 사렴말고
방의동미 볏마치예 나무흉건 ᄒᆞ기쉽다
닉부모 너을아졔 나무부모 너을아야
비복을 ᄭᅮ지저도 □순킈 타이르고
부여으 놉흐소릐 외당의 낫씩긴다
너도 아직 나어리나 힝도 쳬신 초심ᄒᆞ라
손작고 가랏치며 귀익게 훈계ᄒᆞ나
여즈으 조은소견 만분일도 모빅와셔
우리두리 나어려셔 동서을 분별홀졔
아반임 어딕간고 모씨말삼 죽고업다
젼식이 ᄭᅮᆷ갓타여 정형좃치 뎐미하다
전처름 자릐나니 부친싱각 통곡일쇠
모씨실ᄒᆞ 상의ᄒᆞ여 ᄯᅥ나잔ᄎᆞ 밍서던니
빅형은 출가ᄒᆞ여 질리씨 화문이라
석평과 뇌턱기리 상게가 지쳑이라
동긔간 우리 형졔 어나날 이질손가
다달리 인편이서 서면으로 반겨보고
잠시도 막킨정회 풍편의 븟처듯닉
ᄒᆞ물며 화곡마은 모씨으 친정이라
야진당 너른고딕 번화케 장싱ᄒᆞ여
고적ᄒᆞᆫ 화곡촌의 고초이 우거ᄒᆞ니
풍산의 날인입히 바람의 붓치옷다

ᄒᆞ회강 흐란소리 ᄀᆡ천이 머러젓다
동기간 우에인정 감쳔의 ᄒᆞ테모혀
먼친졍 각가와서 ᄂᆡ한테난 다힝일다
춘추로 예가이서 쌍ᄂᆡ가 육속ᄒᆞ다
맛이ᄒᆡ 셩인ᄒᆞ여 석평의 출가ᄒᆞ니
그몃ᄐᆡ 화곡마이 계산이 격잠이라
암~한 눈과 맘이 두고ᄃᆞ 가치빈취
곡조난 알을품어 봄소릭 돗타울고
춘풍인 ᄭᅩᆺ쳘부러 고원ᄉᆡᆼ각 이르키고
ᄒᆡ가ᄒᆞᆫ 긴봄날리 버들두리 잠기엿다
ᄎᆞ환을 압ᄉᆡ우고 무망의 ᄂᆡ달나다
친정외자 셕평가고 석평길리 친정오ᄂᆡ
모씨으 흉중회포 오며가며 이지실가
외손자 옥갓ᄒᆞ여 ᄒᆞᆫ쌍으로 ᄀᆡ졀ᄒᆞ니
낭장ᄒᆞᆫ 아ᄒᆡ모양 집의 와서 자랑ᄒᆞᄂᆡ
조부모 야위분니 우심짓고 ᄒᆞ신말삼
우리평ᄉᆡᆼ 칠십년에 ᄒᆞᆫ일호사 업셔쩐니
외손사랑 방ᄋᆡ리라 예말리 셩~ᄒᆞ나
장ᄂᆡ예 오며가며 네한ᄐᆡ난 자황업다
쳔식은 곗헤이서 정심이 간졀ᄒᆞ니
모씨가 도라보고 소화가 자상ᄒᆞ다
무부ᄒᆞᆫ 더으두리 형졔가 이미큰이
너의어미 공안이라 조부모임 은덕일다
ᄒᆞᆫᄶᅡ은 출가ᄒᆞ야 선혼의 자미보고
ᄒᆞᆫᄶᅡ은 미ᄉᆡᄒᆞ여 침식간 걱정일다
노인은 우ᄋᆡ계서 근역이 점쇠ᄒᆞ이

서산의 빗긴ᄒᆡ가 여경이 불원ᄒᆞ고
시ᄒᆡ의 공구심이 박빙을 발는다시
너의어미 약질리라 질병이 무상ᄒᆞ다
상사난지 져려셔 ᄃᆡ취밤의 웃고울며
동서으게 아달비러 종사를 이워씨나
말여을 성취못히 뉘ᄒᆞᆫ틔 부탁홀랴
일심이 죽들못틔 지원이 여게잇다
이평싱 어나랄의 혼가을 다마추면
조크려 눈을 짬고 천ᄃᆡ에 도라갈다
이말삼 ᄒᆞ실젹게 심상이 드러던니
전정이 지촉ᄒᆞ고 심령이 미이늣겨
자연이 비창ᄒᆞ여 이말삼 ᄒᆞ시던가
왕연납월 혹ᄒᆞᆫ풍 모씨마암 허비ᄒᆞ여
□가의 혼이 범빅 목흉도 자심ᄒᆞ다
잔ᄒᆞᆫ실 나문오리 자모의 손끗치라
동ᄒᆞᆫ이 율열홀졔 침식을 겨리못히
가간의 억천쇠가 모치업셔 무엇되랴
천식은 병의이서 일지을 요동안코
모친은 박게도라 두손기리 다조엿다
동긔간 이날회포 다른 씩와 별노달나
셕평간 우리 빅형 풍설을 무릅씨고
혼일을 전긔ᄒᆞ여 모친압히 귀경ᄒᆞ니
예부텀 여자힝이 원부모 형졔란이
동긔분형 우리두리 동셔에 각~논혀
화흡이 쉽지안코 상면의 어려워라
중간의 그린정회 만당으로 서로홀졔

모씨으 이날심회 비홍이 상반이라
결계가 둥그잔코 호ᄉᆡᆨ가 마ᄒᆡ만ᄒᆡ
모씨으 약ᄒᆞᆫ글역 졸시에 병이드러
어졔저역 누은병이 수일간의 우국ᄒᆞ니
정신은 여일ᄒᆞ여 면~이 자상ᄒᆞ다
상아을 어로만제 겻헤인나 자로찻고
불초여 못이저셔 도라보고 훈계ᄒᆞ며
병석의 ᄒᆞ신소회 일염의 ᄒᆞᆫ일리라
ᄂᆡ병이 ~러ᄒᆞ니 ᄂᆡ어이 다시살랴
흉중으나 문ᄒᆞ이 사회아면 ᄃᆡ토못하
초힝드자 병이나서 조ᄒᆞᆫ날리 경ᄉᆡᆨ업다
ᄂᆡ손을 당거잡고 인ᄒᆞ여 별세ᄒᆞ니
일실이 방조ᄒᆞ여 곡성이 철천ᄒᆞ고
조부임 가삼치고 조모임 긔절ᄒᆞᄂᆡ
노이으 이 경경이 썩근심회 ᄉᆡ로밋처
ᄒᆞ물며 셰초날리 ᄂᆔ라서 위로ᄒᆞᆯ고
국풍언 살갓ᄒᆞ여 사람을 쏘난다시
ᄇᆡᆨ설은 성을 싸서 사방의 쳬렁ᄒᆞ다
이날의 이경ᄉᆡᆨ이 ᄂᆔ아이 실허ᄒᆞᆯ야
상ᄒᆞ촌 모인사람 치ᄒᆞ와서 울고가ᄂᆡ
일ᄉᆡᆼ의 우리모여 잠시을 안ᄯᅥ나서
잠을자면 갓치눕고 잠을ᄭᆡ면 서로차자
깁고깁ᄒᆞᆫ 어미은혜 ᄐᆡ산하ᄒᆡ 비ᄒᆞᆯ손가
사심으로 축수ᄒᆞ여 친연이나 미더쎤이
어제날 ᄉᆡᆼ인ᄒᆞ여 오나의 실모ᄒᆞ니
치단을 입는마듯 속복이 왯이리며

예석을 못거더서 곡성이 어인일고
셰상천고 사람마다 날갓흔니 뉘이실랴
두살의 실부ᄒᆞ여 면목도 망미ᄒᆞ고
모씨을 의지ᄒᆞ여 잔명이 자릭나서
빈혀지른 처음날릭 어미조ᄎᆞ 이별ᄒᆞ니
유~한 저 창천은 무심ᄒᆞ고 미정ᄒᆞ다
이~홀사 우리 모씨 어이간이 ~러난고
이덧흔 풍설라의 치운줄 모라신가
소릥흔 여맥중의 젹막히 어이ᄒᆞ며
삼시의 올린 상식 흔닷도 주덜안닉
이~홀사 우리모씨 어딕가서 안오신고
원ᄒᆞ난이 ~닉몸이 긴바람 비러타고
옥경의 올나가셔 장졔전의 축원ᄒᆞ여
우리모친 나을 비러 여여연만 더사라도
조부모임 의탁ᄒᆞ고 상아나 성취씨겨
출가한 여식이나 모친품의 상의홀걸
여식의 효셩업서 창천의 젹~ᄒᆞ이
어나날 어나곳딕 엄무안면 다시볼고
침실의 도라드러 소리업시 통곡ᄒᆞ니
싱시예 언조성이 역~히 귀예잇고
성전의 어무그늘 인정의 의~ᄒᆞ다
서창의 달리드러 사방이 고요홀졔
원촌의 위방망치 동인의 무릭소릭
얍흔잠을 자로씨셔 빈베기을 헛만지며
뜰압헤 가을입히 바람기의 소~홀졔
어마임 오시난가 문을 여러 몃번보닉

양친이 ᄌᆡ당ᄒᆞ여 여연이 머자는이
삼사시을 나온ᄀᆡᆼ반 뉘을밋고 어ᄃᆡ간고
실푸다 울리숙모 상봉ᄒᆞ솔 ᄒᆞ온처지
논힌세간 다시 합ᄒᆡ 고역중의 혼자드니
어마님 동긔우ᄋᆡ 어ᄃᆡ가서 모나신고
상아난 철륜이라 조석으로 차자우니
어먼님 자져으로 이결차마 이질신가
셕편의 우리형님 날가갓치 님종ᄒᆞ고
두아희 날노우러 집얼가자 ᄌᆡ촉ᄒᆞ니
동긔간 이날니별 힌가ᄆᆡ의 젼송ᄒᆞ니
어만님 어듸가셔 잘가그라 말도업ᄂᆡ
오호통ᄌᆡ 오호 통ᄌᆡ
잇ᄃᆡ가 희가뒤눠 ᄉᆡ봄니 쳐음든니
ᄒᆞ무며 양~짜은 혀산ᄒᆞᆫ수 번화지라
상ᄒᆞ닐촌 남녀드리 집~니 세황닐쇠
계명초 일즉일어 사당의 세ᄇᆡᄒᆞ고
도소쥬 ᄉᆡ로 벼져 친당의 헌수ᄒᆞ고
샹워야 둥근달의 녹의홍샹 난만ᄒᆞ며
납ᄆᆡ화 등을지어 춘ᄉᆡᆨ니 령농ᄒᆞ다
청홍녹의 동ᄌᆞ들은 쳐~의 쌍을지어
실버들 긴방쳔의 편장치며 연씌우며
망월봉 놉희올나 달빗쳘 경션ᄒᆞᄂᆡ
어니ᄒᆞ여 우리집은 챵샹세계 연쳡ᄒᆞ여
원닐니 조타ᄒᆞᆫ들 ᄂᆡᄒᆞᆫ티난 슈일이오
셜중의 져청산은 날과갓치 소복니요
챵천의 우난홍안 우리형제 곡셩니라

죽님의 져가마귀 쟈모품의 갓ᄯᅥ나셔
반포션 못다갑ᄒᆞ 밤중마다 우지진가
세월니 여류ᄒᆞ야 삼월니 즘간이라
샹일니 지격ᄒᆞᆫ니 갈ᄉᆞ록 망극ᄒᆞ다
침실뫼신 관구 어듸로 향하신고
구겨국니 머다ᄒᆞᆫ들 이더지 젹막ᄒᆞ며
쳔듸가 깁ᄯᅵ히도 언제ᄒᆞᆫ번 다시올가
젹막ᄒᆞᆫ 등촉ᄒᆞ의 륙아시을 울고읍허
져긔산의 올나가셔 모씨간듸 쳠망ᄒᆞᆫ니
남희예 날니더워 촌초가 밍동ᄒᆞᆫ다
져풀은 엇지ᄒᆞ여 잠잔고듸 다시나며
마로압헤 언초화은 쟉야동풍 다픠엿다
져쏫쳔 어니ᄒᆞ여 ᄯᅥ러진듸 ᄉᆡ로피고
어마님아 ~~어나날 다시볼고
영구을 겨복ᄒᆞᆫ니 명졍이 압헤가ᄂᆡ
어만님아 어듸간고 어마님아 갓치가ᄉᆡ
아무리 통곡ᄒᆞᆫ들 잠든어미 다시ᄊᆡᆺ셔
천번불러 ᄃᆡ답하며 만번불러 도라볼가
노인정경 ᄉᆡᆼ각ᄒᆞ여 우둔무릅 다시착고
모친계신 예침실의 문얼열고 들러서이
혼빅좃차 산ᄋᆡ가고 빈휘장만 느리처ᄂᆡ
휘예느려 입든의복 예수젹만 걸려잇고
술궝우의 잔솔굴ᄲᅧᆺ 뉘게다 전장ᄒᆞ고
농안의 호튼ᄉᆡᆼ치 뉘가다시 간수ᄒᆞ며
위당의 손이든들 반감을 쥐살피며
사절의 ᄌᆡ가적염 뉘라서 ᄲᅢᆫ바드며

삼시의 조셕정괴 주귀을 그뉘ᄒᆞ며
각쳐의 인사통졍 뉘ᄒᆞ나 계적ᄒᆞᆯ가
일ᄉᆡᆼ의 우리모씨 ᄇᆡᆨ가지 ᄒᆞᆫ일갓치
웨ᄂᆡ친척 원근간ᄋᆡ 뉘안이 칭도ᄒᆞᆯ야
온집안니 화양ᄒᆞ여 촉쳐의 눈물일시
문의나서 통곡ᄒᆞ이 호천이 막극ᄒᆞ다
모여간 이날이별 천고의 영결이라
엄아 엄아 ~~우리아ᄇᆡ 보시거든
조부모임 여긔업고 숙부모임 그만ᄒᆞ고
상아난 조이고고 우리형임 셕평가고
불초운 쏫티여식 엇그지 정인ᄒᆡᆫᄂᆡ
부모임 젼ᄉᆡᆼ인연 오날ᄋᆡ나 만ᄂᆡ신가
소등의 부절비러 누수로 고결ᄒᆞᄂᆡ
오훼라 모친ᄒᆞᆯ령 아르신가 모르신가
청산의 겨신혼ᄇᆡᆨ ᄇᆡᆨ골리나 편ᄒᆞ소셔
오호통직 오호통직

4. 〈계ᄆᆡ사〉■

슬푸다 우의님아 이ᄂᆡ말삼 자세듯소
이ᄉᆡ상 억만일을 손꼽혀 헤여보니
긔박고 가련ᄒᆞ니 ᄂᆡ가ᄒᆞᆫ이 뉘인난고
인간의 타난후로 긔ᄒᆞᆫ으로 길어ᄂᆡ야
심셰을 넘듯마듯 양친널 다여희고
ᄌᆞᄆᆡ형제 넷사람이 영정고~삼겨나서
광ᄃᆡᄒᆞᆫ 천지간의 의탁ᄒᆞᆯ곳 바이업다

육촌이 뉘임실야 마지못ᄒᆡ 사졍으로
친누으 ᄯᆞᆯ겸ᄒᆞ여 다려다 길너ᄂᆡ니
ᄂᆡ혼자 이리헤나 남ᄃᆡ도 그리아야
손우에 ᄭᅮ중듯고 손아ᄅᆡ 서름보와
눈물로 날보ᄂᆡᄭᅩ 효심으로 시보ᄂᆡ니
겨울날리 더울졔도 너혼자 치워ᄒᆞ고
풍년이 진다ᄒᆞ나 너혼차 주으리니
마암의 불상ᄒᆞ고 눈아ᄅᆡ 졀박ᄒᆞ다
이러저러 세월간니 가연이 잠간이라
초류ᄒᆞᆫ 용ᄒᆞᆫ실낭 ᄂᆡ먼저 구ᄒᆡ보고
현귀ᄒᆞᆫ 가진집을 ᄂᆡ부ᄃᆡ 구ᄒᆞ더니
사주의 ᄆᆡ여잇고 삼싱의 연분으로
구고엄고 가난ᄒᆞᆫᄃᆡ 바린다시 드러가니
섬~고 ᄋᆡ달기야 그지가이 업거이와
옥낭으 긔준함은 바ᄅᆡ기예 넘어씨이
사남밧게 ᄯᅩ인난가 ᄌᆡ물형졔 여서로다
슬푸다 누의님아 점꼬일을 아란난가
ᄂᆡ아니 일너써던 네어이 아리시랴
부위쳐강은 삼강의 웃듬이오
부~유별은 오륜의 드러시니
사라서 동실ᄒᆞ고 죽거서 동혈ᄒᆞ니
남으로 지은졍니 즁ᄒᆞ기 이러ᄒᆞ다
여자의 ᄒᆞ난이리 남자와 달나씨니
유슌으로 근본ᄒᆞ고 공경으로 힝실ᄯᆞᆨ가
청츈의 만넌부~빅발토록 긔약ᄒᆞ고
첫날헤 먹근마암 일평싱을 가자서라

혼마암 어긔리면 빅연니 거의로다
만본의 쳣근원이 부~로 일너씨니
홍안발 어린안히 셰상의 잇건마난
청츈의 발린낭군 만고의 업써씨니
닉말을 올타말고 저의릴 쏘차ᄒᆞ며
내마암 죠티말고 저의말삼 쏘ᄎᆞ시오
이목의 걸인일을 힝코나며 후회로다
시욕의 부린마암 지닌후난 허물리라
구고읍흔 다을ᄒᆞ여 일시방심 말으시고
시동싱 형제분을 시부갓치 섬기시며
맛동세 죵동셰을 시모갓치 딕졉ᄒᆞ소
벗짜라온 난손을 미워박딕 마르시고
긔한을 못이긴달 못홀일을 힝하오며
욕심의 갈연ᄒᆞ여 안흔소릭 마르시고
간인의 말을 드러 골륙을 이간말고
염야을 잘셔살펴 사람마다 잘 괴시고
문경이 말리업고 일가의 화목ᄒᆞ며
어린이를 사낭ᄒᆞ고 어룬을 존딕ᄒᆞ며
노비을 친타말라 자식갓치 혜아리소
조선향화 중흔쇼임 정성으로 밧듯시소
규문의 착흔힝실 닉측펴이 짜로업닉
시죵일심 갓치씨면 억만사가 어려울랴
간난흔 셰시라도 힘을씨면 긔이미고
부족흔 물재라도 존절ᄒᆞ면 넉~ᄒᆞ리
연고업고 나졀물졔 힘가지로 서드시소
형제가 흔집되고 부~가 흔뜻되야

가난타 근심말고 인사만 싹그시소
금의치단 됴타ᄒᆞᆫ들 마포길삼 박ᄧᅡ쥬며
수륙진품 죠타마소 소사채가 본분일쇠
군자을 즁메섬겨 죠심을 푸지말고
시족을 놉히보와 홀ᄃᆡ을 말르시소
ᄂᆡ마암의 저근히믈 남모른다 말르시고
내인사 극진ᄒᆞ면 하날죠차 이르시리
어릴졔 서러씨나 큰후의도 설게되며
이전의 궁곤ᄒᆞ나 후일죠차 궁곤ᄒᆞᆯ랴
필공필계 죠심ᄒᆞ면 의실의가 ᄒᆞ여시라
누으임아 잇지마소 명심각골 잇지마소

5. 〈동상연분가(同床緣分歌)〉

이보소 우리님아 이ᄂᆡ말삼 드러보소
천지만물 삼긴후의 삼람이 최령ᄒᆞ고
사람으 오륜중의 부~가 웃듬이라
육십사ᄭᅬ 주역의도 건곤ᄭᅬ가 졔일리오
삼ᄇᆡᆨ시편 모시예도 관져장이 거수ᄒᆞ니
우리도 낙지초의 남녀모미 각~되야
ᄇᆡᆨ이밧 이서가의 못보고 서로커서
삼오이팔 청춘시에 두르나이 상적ᄒᆞ이
표유ᄆᆡ 가지긋헤 몃열ᄆᆡ나 ᄆᆡ자던고
실낭구코 규양그코 피ᄎᆞ가의 구혼ᄒᆞᆯ제
한고ᄃᆡ 살든친구 중ᄆᆡ을 하단말가
지ᄂᆡ여 안지ᄂᆡ려 삼사난 무삼일고

달아ᄅᆡ 불근실을 전ᄉᆡᆼ의 ᄆᆡ잣던가
삼ᄉᆡᆼ의 금실줄을 ᄇᆡᆨ연으로 골나썬가
발설ᄒᆞᆫ제 일연만의 피차가의 허낙ᄒᆞ니
아마도 연분히라 안지ᄂᆡ예 홀체업ᄂᆡ
길일양신 날을밧다 교ᄇᆡ예 ᄒᆞ온적의
춘삼월 호시절의 작~도화 자~진ᄃᆡ
옹~명안 욱일조의 ᄊᆡ난어이 조탄말고
상화꼿 죽병입히 엉고려 트러진ᄃᆡ
합근예 ᄒᆞᆫ잔술노 서로삼고 절ᄒᆞᆫ후의
삼사월 긴~ᄒᆡ예 밤은 어이 더ᄃᆡ던고
계우ᄎᆞ마 밤든후의 신부든다 ᄒᆞ임오니
철리타향 고인만ᄂᆡ 어예서 더반기며
소연 금방 괘명시에 이예서 더홀손가
ᄒᆞ물며 우리님이 출중ᄒᆞᆫ 고은낭ᄌᆞ
아미을 나초우고 촉ᄒᆞ의 안진양은
철석산인 이ᄂᆡ 간중 잠시예 다녹안다
청신으로 부을 쓰고 문걸살을 당게걸고
산수병풍 그늘안의 두로~~살피보니
철업난 처남사촌 상직은 무삼일고
삼경사경 깁흔밤의 계우그러 틈얼어더
녹의홍상 향ᄂᆡ속의 ᄇᆡᆨ년언약 ᄆᆡ질적의
ᄒᆞ날의난 비익되소 짜의난 연이지라
폭반요의 두리누니 반이나 젼혀비고
ᄒᆞᆫ벼기을 두리빈이 ᄒᆞᆫ구역이 다남난닷
이러ᄒᆞᆫ 조흔인ᄉᆡᆼ 남ᄃᆡ도 쏘잇난가

일연삼빅 육십일의 오날밤이 별노절너
여활계명 이러나니 창승으 소리로다
히도닷다 놀리쎈이 월출지광이로다
미명의 못설입고 안방으로 급히가니
전~반칙 혼지누어 달쏫든 긔가되야
계우이러 건질ᄒᆞ고 현구고 ᄒᆞ올적의
장인장모 깁흔사랑 은혜엇지 갑을손가
예문이 무정ᄒᆞ여 삼일퇴상 급히ᄒᆞ니
할졔업서 도라오니 인정이 무궁ᄒᆞ다
문을열고 닉다보니 학가산 쁜이로다
잠이들면 쑴의뵈고 씐후에난 싱각이라
그럭저럭 날리만히 이질쎡가 이실손가
빈말몬 앗던아히 무망의 다~른이
급히이러 문을여니 억삼이 왓단갈가
편지을 엄듯보니 직힝오라 ᄒᆞ여씨니
가마는 우심이오 남모라난 춤이로다
식비아츰 씨계먹고 직촉ᄒᆞ여 급히가니
종언어이 쩌러지며 말은엇지 더듸던고
ᄒᆞ로 계우 득달ᄒᆞ여 영호수얼 건닉간니
그 사이 □인 안면 우리 임 보고지고
촉ᄒᆞ의 다시보니 오날은 구면이라
되갓탄 상방안의 정다이 마조아ᄌᆞ
포회을 무러보니 님도 역시 닉듯지라
소~한 정담이야 남든난듸 다홀른가
일월이나 유삭ᄒᆞ여 도라올 듯 전혀업닉
상육으로 벗절삼고 히농으로 소일ᄒᆞᆫ니

셰정엄난 어룬드른 전과난 무삼일고
셰ᄌᆡ가 탄강ᄒᆞ여 경과을 보이기로
십팔세 쳣과ᄀᆡ의 진사을 ᄒᆞ단말가
조고만한 초립동이 연화방의 이홈걸고
사은숙ᄇᆡ ᄒᆞ온후의 어주삼잔 통음ᄒᆞ고
단삼기졔 ᄇᆡᆨᄑᆡ쉽고 삼일유과 ᄒᆞ올젹ᄀᆡ
먹만장안 집~마다 주염것고 구경ᄒᆞᆫᄂᆡ
어와 조흘시고 이ᄂᆡ파자 조흘시고
잇ᄯᆡ예 ᄉᆡᆼ각ᄒᆞ니 우리임 보고지고
신힝젼 우리임이 이ᄂᆡ쇼문 드르신가
ᄌᆡᆨ촉ᄒᆞ여 나려오니 도문날리 머러기로
그 사이 임을 길려 도문전의 처가간니
ᄀᆡ목물 다리건너 쌍무동으로 졋소ᄅᆡ예
장인은 등을 치고 장모난 소을 잡고
어엿쌸사 ᄂᆡ 사회야 긔특홀사 ᄂᆡ 사회야
염눈으로 업푼보니 부용갓탄 우리임이
창틈으로 보난양은 불고염치 ᄒᆞ난고야
그날밤 그 상방의 남~업시 두러누어
다므자는 옛실낭을 다시잡고 ᄒᆞ난마리
올봄의 유학서방 진사서방 되단말가
신힝젼 진시ᄃᆡᆨ이 이아이 조흘손가
정담으로 밤을 ᄉᆡ와 홰치고 달기운이
문밧게 ᄀᆡ침업시 사관와난 저소ᄅᆡ예
일나다가 다시누어 다시안고 조ᄒᆞᄒᆞᆫ니
부족잔는 에인정이 ᄉᆡ로이 덧탄말가
ᄐᆡ산갓치 놉흔 사랑 창ᄒᆡ갓치 깁흔 근원

우리둘만 아난일을 어이다 측약ᄒᆞ랴
신힝도문 ᄒᆞᆫ날이라 일지가 박두ᄒᆞ여
탄~ᄃᆡ로 너른 길ᄅᆡ ᄒᆞᆫ가지로 ᄯᅥ나올졔
마을마다 ᄂᆡ다보고 사남마다 구경ᄒᆞ니
요조ᄒᆞᆫ 광녹촌을 바ᄅᆡ보고 드러간니
선학갓턴 삼현소ᄅᆡ 쌍~이 마조오ᄂᆡ
서왕모 옥교타고 요지연의 니리낫듯
무산선여 구름타고 양ᄃᆡ상의 나리난닷
이러ᄒᆞᆫ 조흔이리 세상의 ᄯᅩ인난다
도문영전 맛친후의 유과길노 도라드러
강산구경 화류구경 여러달을 유련ᄒᆞ니
조긔사 조타마난 님ᄯᅥ난 ᄒᆞᆫ이로다
집으로 돌라와서 황송치송 ᄒᆞ온후의
ᄃᆡ과공부 ᄒᆞ련이와 여가의 ᄒᆞ울일리
못다한 옛인졍을 임으ᄃᆡ로 펴련만난
남쟈난 거외ᄒᆞ고 여쟈난 거ᄂᆡᄒᆞ여
셩현의 뉴훈이라 할체업씨 반게이서
허다이목 구의ᄒᆞ여 만늬보기 희활ᄒᆞ다
도로혀 ᄉᆡᆼ각ᄒᆞᆫ니 나저근 우리님이
타관 ᄯᅡ 타셩가의 뉘을 밋고 와인난고
일홈난 화산 ᄯᅡ의 번화케 쟈ᄅᆡ나셔
깁고깁흔 도쟝안의 졍다온니 나ᄲᅮᆫ이라
쳥춘홍안 소연시에 춘홍을 못이기여
사이ᄯᅳᆫ 학실방의 야심ᄒᆞᆫ후 나려온니
쟈박~~잣최소ᄅᆡ 미운 ᄀᆡ가 다진난다
남모라게 가려ᄒᆞ고 상방을 살펴본니

담으로 너무란니 담니놉ᄒᆞ 할체업고
슈치을 려러본니 궁기소라 가망업ᄂᆡ
홀쳬업써 창을치며 뭇려러나 쳣소ᄅᆡ예
안방니ᄂᆡ 샹방간니 쟈든아희 다 씌엿다
사랑ᄋᆡ 자든 어런 도적와다 소ᄅᆡᄒᆞ고
홀쳬업씨 창을치며 그침잇다 소동ᄒᆞ니
핑쇠난 짝~웃고 학섬니난 쏙겨가ᄂᆡ
열젹은니 ᄂᆡ이리 우습고도 졀통ᄒᆞ다
이리져리 지ᄂᆡᆫ 후의 일즉이러 밧게온니
산드라신 종형드른 우시며 긔롱ᄒᆞ고
일업난 종ᄆᆡ들은 모혀안자 조롱ᄒᆞᄂᆡ
쩽ᄉᆡ깃흔 화쟝눈님 가마는말 탓듯고셔
만반업시 단니면셔 가곳마다 조리돌고
쳘업난 아희종은 졍담얼 어니알고
이집져집 두로가셔 안ᄂᆡ쏙~ᄌᆞ룽ᄒᆞᆫ니
남ᄌᆞ난 담니굴거 마음의 쳔연ᄒᆞ나
부여의 잔붓그럼 엽눈으로 날얼보ᄂᆡ
마암을 곤쳐먹고 공부을 ᄒᆞ려ᄒᆞ고
모시초권 펴여녹코 글이른다 ᄒᆞ압시고
관~저귀 쳣ᄃᆡ문과 금실우리 말겨장을
빈ᄎᆡᆨ장만 뒤젹이며 마암업난 염불니라
ᄎᆡᆨ장마다 님니뵈고 글ᄌᆞ마다 님니로다
우리두리 조혼연분 근본얼 ᄉᆡᆼ각ᄒᆞᆫ니
우리부모 날을나코 님의부모 님을나아
다큰후의 셔로만ᄂᆡ 이러타시 조ᄒᆞᄒᆞᆫ니

<u>ᄂᆡ안이면 님이나며 님안이면 ᄂᆡ날손가</u>
<u>조흔바람 다시부러 쟝원급졔 ᄒᆞ압거던</u>
<u>쌍교우의 님을 실고 ᄇᆡᆨ연영회 긔약ᄒᆞᄂᆡ</u>

6. 〈직여사(織女詞)〉

천상의 저직여야 옥경황ᄌᆡ 짠임으로
일ᄉᆡᆼᄒᆡ ᄒᆞᆫ가ᄒᆞ여 ᄒᆞᆯ일이 바이업다
문압폐 별ᄯᅩᆼ밧헤 목화나 주어볼가
씨ᄋᆡ기 듯지ᄒᆞ니 벽역소ᄅᆡ 귀압푸고
물넷살 압헤노니 세상정신 다돌인다
군박ᄒᆞᆫ 살임실리 연장조ᄎᆞ 칠~찬타
벳틀을 지려ᄒᆞ고 월궁의 긔별ᄒᆞ이
계수서편 ᄒᆞᆫ짝가지 통방희아 부탁ᄒᆞ고
부상목 ᄭᅩᆺ던목을 오강자 드도치로
목수맛든 성관불너 소의맛게 당부ᄒᆞ고
칩도덥도 조흔ᄣᆡ에 칠월길삼 ᄒᆞ여보자
무지ᄀᆡ 활을 뫼워 황하수 줄얼달고
무지ᄀᆡ쪽 안ᄀᆡ뭉치 솜~미 곱게타셔
번ᄀᆡ불 조심ᄒᆞ여 벽공의 실경다라
쳡~니 장니언ᄶᅩ 션궁의 열두낭자
둘게명 손품아사 천문의 금ᄡᆞᆯ울여
면면ᄉᆡ베 신고ᄒᆞ여 운모씨 니운낫틀
낫틀엇자 힘다간다 일연포로 나아보자
삼ᄇᆡᆨ뉵십 바ᄃᆡᄉᆡ가 ᄀᆡ~솜~별쑹기라
별살흘여 쎱아나라 날기사 날아씨나

밀기리 아득ᄒᆞ다 곡석주고 ᄆᆡ자ᄒᆞᆫ니
창고성니 다비엿고 손ᄲᅮᆷ박과 ᄆᆡ자ᄒᆡ도
이운동미 만~찬타 셔ᄶᅡᆨ의 져왕모은
아ᄅᆡ보고 만좌년니 요지여 뉘잔차의
복상ᄶᅡ 부조ᄒᆞ고 청조ᄉᆡ 사환부려
못온다고 ᄀᆡ별오고 천ᄐᆡ산 뒤편마의
마고홀미 청힛던니 ᄲᅧᆼ밧테 갓든길에
군산쥬 찬걸마셔 ᄂᆡᆼ체가 협발되고
바다조ᄀᆡ 들쓸다가 손톱도리 ᄉᆡ로나셔
ᄇᆡᆨ셜갓튼 종장머리 요두징 셜~돌여
아조실타 한속한니 노혼징도 잇거니와
사세드러 그러ᄒᆞ고 동ᄒᆡ용씨 소ᄅᆡᄒᆞᆫ니
가직잔은 니운지라 그걸사 자세ᄒᆞ여
우의닛다 ᄂᆡ일가마 횃김의 이러나셔
사황ᄃᆡ비 좁쌀으로 폭~을어 베풀쑤고
동천의 ᄉᆡ베번ᄀᆡ 볏붙얼 달ᄀᆡ녹ᄉᆞ고
남북극 말얼박아 은ᄒᆞ슈 긴ᄲᅢ침의
무져울별 ᄉᆞ침질너 여와씨 왕글여니
큰돌눌녀 ᄊᆡᆼᄋᆡ녹코 잇지못ᄒᆞᆫ 선솜씨예
맛소엽씨 어이ᄆᆡ랴 월궁항아 전갈ᄒᆞ여
볏마지로 마조안자 여자두셋 모힌마다
세상만사 식그럽다 괸석은 적여와씨
아기낫턴 옛이ᄋᆡᆨ이 맛이ᄒᆡ 수ᄌᆡ이서
낭걸후어 집을짓어 유소씨 ᄑᆡ명ᄒᆞ고
둘ᄌᆡᆨ아ᄒᆡ 어이하여 ᄃᆡ홍씨 사장정코
소ᄅᆡ반ᄒᆡ 오입가고 세ᄌᆡ자식 쌍둥이로

수ᄒᆡ장ᄒᆡ 일홈ᄒᆞ여 거름발 인ᄌᆡ타서
불심부름 수인씨오 홀밥질은 신농씨라
목슘이나 엇더홀지 글ᄒᆞ기ᄂᆞᆫ 버서낫다
창ᄃᆡ에 엇던아ᄒᆡ 글자을 일수짓고
모ᄅᆡ에 팔괘긋든 그사람은 뉘라다냐
늘근정신 이덧ᄒᆞ여 일홈은 이젓시나
쎵은아마 풍성이라 그런아달 나ᄒᆞᆫ노구
ᄌᆡ죄이서 그러ᄒᆞᆫ가 반고씨 우리동싱
친정ᄌᆞ랑 비식~~씨기잔은 고담으로
뭇잔난 말ᄃᆡ답ᄒᆞ며 이보소 저아씨난
이압성품 종ᄂᆡ잇소 사람의 삼싱낙이
부~밧게 업난거살 긋헤야 고집ᄒᆞ여
숫처자로 헷늘거서 크닥ᄒᆞᆫ 광ᄒᆞᆫ전의
ᄒᆞᆫ자이서 어이ᄉᆞ오 항이씨 그말듯고
닝소ᄒᆞ여 이른말리 인역살임 걱정ᄒᆞ제
나무세사 차락업소 ᄒᆞᆫ자사난 ᄂᆡ평싱의
저런소ᄅᆡ 통분터라 이ᄂᆡ싱ᄋᆡ 드러보소
나도 상이의 전싱으로 유궁후씨 ᄇᆡᆫ을비러
인간시집 마다라고 월중으로 도라와서
달과갓치 항상잇자 항아로 일홈지어
광ᄒᆞᆫ전 놉ᄒᆞᆫ고ᄃᆡ 반월형 터을ᄶᅡᆨ가
선후천 수법맛촤 천지중간 경기밧다
사방광명 경조ᄒᆞᆫᄃᆡ 월궁ᄒᆞᆫ간 지어녹코
북두추성 쌍창다러 바람막겨 ᄀᆡ폐ᄒᆞ고
청쳔지 온쪽반자 쌍ᄐᆡ을 구분낫간
동천은 싱경궁 서편언 면공ᄃᆡ라

오식운무 단청ᄒᆞ여 좌우로 현판달고
공중누 놉피소솨 별궁반간 ᄉᆡ로지어
허공의 공보언저 이허중의 중문ᄂᆡ고
무중챵의 영창다라 능허궁 흰현판의
별제도로 지은모양 반고의 동~썻다
선보름 정궁거처 후보름 후궁처소
옥정수 말근심의 달물에워 양치ᄒᆞ고
명ᄒᆞ수 발근거울 만경우리 ᄃᆡ를맛촤
병공의 도~언고 옥호방의 갈건빠사
삼청의 단이실노 옥비불러 조석짓고
ᄒᆡ궁삼천 구경갈제 어름갓탄 수리빡휘
ᄂᆡ겻ᄒᆡ 외별ᄒᆞ나 물종으로 압서우고
순식간의 단여와서 달ᄊᆡ불너 삽작닷고
계수나무 짝달리을 낙엽쏫ᄎᆞ 뒤그러서
남방화서 분부ᄒᆞ여 연기적게 군불역코
금두텁이 나놀적에 비설거지 미리ᄒᆞ고
옥톡기 귀잠드러 사방이 고요할졔
구름운두 소병풍을 쳡~이 두러치고
월촉을 도~다라 만사틱평 호노누니
진자리 말는자리 셰상자미 ᄂᆡ사실소
저와씨 글역보소 ᄐᆡ괴라 ᄒᆞ날실졔
와씨혼자 걱정인가 부주산 놉흔봉의
희고검고 굴근돌을 ᄆᆡ머리에 여을일제
수직잇단 맛이달과 소리오입 둘지양반
그렬졔도 ᄃᆡ힝못ᄒᆡ 자식조타 무어ᄒᆞ고
오날사 ᄉᆞᆼ의들은 와씨오기 싱광ᄒᆞᆫ니

풍두요통 놀ᄂᆡᆫ병니 잔ᄒᆡ산 큰들역부
ᄌᆞ취하여 그른탈리 참물셩도 바니업소
반고씬가 ᄐᆡ고씬가 친정ᄌᆞ랑 그만ᄒᆞ오
만호광명 ᄂᆡ가문의 ᄒᆞᆫ쪽인들 비뤄볼가
여와씨 무류ᄒᆡ여 머리쓸고 ᄒᆞ날보며
묵~히 무러간니 직여아씨 ᄒᆞᆼ아다려
우시며 ᄒᆞ난마리 우리도 져나되면
그다지 추솔ᄒᆞᆯ가 ᄒᆞᆼ아씨 안싸마리
도리여 ᄉᆞᆼ쾨하다 우리두리 지ᄂᆡᆫ도리
무ᄉᆞᆷ말 못ᄒᆞᆯ손가 나도ᄉᆞ 시집명식
져건ᄂᆡ ᄒᆞ도마의 머잔니 츌가ᄒᆞ여
견우씨 우리낭군 틀실업고 체중ᄒᆞ다
츌닙조차 일정하여 연~칠월 초ᄉᆡᆼ드ᄃᆡ
가지호박 다늘글제 오작불너 다리녹코
옥용불너 멍ᄋᆡ메와 일연닐슌 오난걸ᄉᆞ
번그럽고 ᄉᆞᆯ난시러 정담도 못맛치셔
ᄉᆡ문다시 쎗쳐간니 ᄂᆡ역시 홍심푸러
젼ᄒᆞ던 베틀길ᄉᆞᆷ 셔천간치 던져둔니
우리어런 영이엄ᄒᆡ 시집간후 방심ᄒᆞᆫ다
쳔동갓치 쑤지신이 시가기ᄯᅩ 다시못ᄒᆡ
약수쳔리 지척일쇠 몃십연을 ᄐᆡ몽업서
잠자리 편ᄒᆞᆫ법은 앗씨방과 방불ᄒᆞ오
잔사실 그만하고 볏뒤감기 밧바서라
구만장천 ᄒᆞ날수로 낫~치 볍ᄊᆡ녹코
춘ᄒᆞ추동 네 구비을 차~례로 빗계ᄂᆡᆯ제
가는손 약ᄒᆞᆫ힘의 비지기로 안고웻체

도트말리 굴단양은 탈구삭 악기선닷
도독~~불러온다 초ᄒᆞ로 ᄒᆞᆫ눌장의
아무라도 못밋칠가 ᄐᆡ청궁 ᄉᆡᆨ빅경쇠
일즉이러 볏치릴졔 셰~ᄒᆞᆫ 잔언싱기
낫별갓치 홋터젓다 차예차자 창계보자
건삼연 ᄒᆞ날뙤로 잉ᄋᆡ쎡 골라걸고
천지수 둘에갈나 눈썹ᄃᆡ 마조곱고
열심자 쌍다리예 ᄒᆞᆫ일자 가르세라
삼ᄐᆡ성 세모나셔 뻬ᄀᆡ미 뫼와역코
횃쎡구름 가로누어 눌늠쎡 눌너두고
청용황용 쌍을틀러 요두머리 도~언고
외무지ᄀᆡ 신끈짜지 집신별로 줄을 다라
구름 방식 안질씨예 초싱반월 비ᄐᆡ둘너
옥난간 ᄐᆡ양창의 동그락게 안진양은
우리 상제 용상체로 옥경선관 도듬체로
세우갓ᄒᆞᆫ 간은오리 천지ᄉᆡᆨ로 ᄉᆡᆨ을 지워
일월로 북얼지어 ᄒᆞᆫ자갓치 왕ᄂᆡ홀제
북바듸집 진난소ᄅᆡ 작근~~벼낙친닷
요두머리 우난소ᄅᆡ 외봉황이 짝부르고
돗트마리 뒷친고ᄃᆡ 천동소ᄅᆡ 뒤누잇다
ᄂᆡ친바람 도불쎡오 쎠러진별 빕ᄃᆡ로다
황하수 물져질ᄀᆡ 구비~~휘두루처
인간이 어ᄃᆡᄆᆡ야 코비온다 소동ᄒᆞᄂᆡ
아마도 이벼틀리 온갖조화 다드렷다
북멋추고 ᄉᆡᆼ각ᄒᆞ니 우리낭군 상ᄉᆡ로다
상사고~~~상사실로 주물짜셔

벳틀노ᄅᆡ 지어보ᄉᆡ 잠실성 진취고ᄃᆡ
부상누의 다늘것다 달갈갓틋 통큰ᄭᅩᆺ치
천지형용 삼긴조화 뉘다려 불러볼가
칠량시 실을쏍아 이십팔수 좌우ᄉᆡ로
이빈단을 나으쓧선 뉠주랴고 나아던가
우리낭군 옷설지어 천황갓치 상수ᄒᆞᄉᆡ
찰그락 찰~벳틀리야 천문의 저금달건
날씌우야 홰을치나 계명성 ᄌᆡ촉ᄒᆞ고
두우성 기울러다 옥경누ᄃᆡ 적~ᄒᆞᆫᄃᆡ
선여선관 잠드러다 ᄂᆡ혼자 이벳틀의
뉘을위ᄒᆡ 신고ᄒᆞᆫ고 우리낭군 공부씨겨
월궁의 저계화을 놉고놉흔 한짝가지
항아다려 부탁ᄒᆞ자 찰그락 찰~벳틀리야
은하수 저물ᄭᅮ비 벳마듸로 뻿체고나
ᄒᆡ쓴짝은 것구비요 달쓴짝은 안쪽이라
약목가지 놉흔울ᄋᆡ ᄉᆡ빗달의 벳써기자
바람아 부지마라 은ᄒᆞ날게 날리놋차
찰그락찰~벳틀이야 ᄒᆞ교우의 저흰돌은
비단씻짜가 다늘것다 실씨짜가 네늘글랴
망부상사 졀노늑네 이실ᄭᅩᆺ쳘 다시 잡아
잉ᄋᆡᄃᆡ 눈썹ᄃᆡ 잠ᄆᆡ지 말고 흘러난가 저세월을
묘마만치만 잠ᄆᆡ두ᄉᆡ 우리낭군 연분으로
천장지구 긔약ᄒᆞ고 벳틀멀리에 실거미바라
ᄂᆡ벳틀ᄅᆡ 실나지마라 우리낭군 호령ᄭᅳᆺᄐᆡ
동그라동~격ᄭᅮ로달나 착그락 찰~벳틀이야
이러타시 ᄒᆞᆫ창짤제 용을 타고 엇던선지

구룸비단 쇼원으로 유난달게 날을 찬ᄂᆡ
ᄂᆡ손으로 ᄒᆞᆫ폭갈라 인간으로 전송ᄒᆞ고
가지로 치ᄆᆡᄒᆞᆫ감 유의ᄒᆞ여 두엇더니
동정소상 엇던낭자 정~ᄒᆞ게 홀로서~
칠ᄇᆡᆨ평호 물바람의 천손불러 우지진이
ᄂᆡ마암 참마못ᄒᆡ 육촉지ᄆᆡ ᄶᅦ여주고
어느ᄒᆡ은 하날게 별ᄶᅦ탄 엇ᄶᅥᆫ손임
ᄂᆡ벼틀 괴운돌을 뉠주야고 쎼여간고
그후로 볏틀병나 벼기울고 다리져ᄂᆡ
인간의 마을여자 ᄂᆡ솜씨을 교ᄒᆞ다고
칠석양신 노는날의 물ᄶᅧ녹고 날을빌며
어던 집은 옷설지어 칠석볏 쐬이랴고
고지ᄶᅥᆨ 긴~슷헤 날을 향ᄒᆡ 놉피거ᄂᆡ
볏틀노릐 멋쵀두고 구름잉ᄋᆡ 손의걸고
인간구경 ᄒᆞ려ᄒᆞ고 구주산천 연긔나ᄃᆡ
너리다 구어보니 가소놉다 인간아ᄒᆡ
첩~심산 부룡봉을 빅두노옹 싱ᄋᆡ부처
북바듸집 외난소리 천상사람 다놀넌다
엇던낭ᄌᆞ 솜씨업서 비속갓ᄒᆞᆫ 선비낭군
석식길삼 콩바느질 추립~성 뒤못짝가
가장눈으 박ᄃᆡ바다 콘물눈물 세월보ᄂᆡ
종ᄌᆡ버리 졔ᄎᆞ나락 틈~이로 품씩주니
글런아ᄒᆡ 살임시리 나부탄이 곳~지고
엇던여자 ᄌᆡ죄이서 목동초부 짝을 만ᄂᆡ
가는오리 고은수품 지긔밋헤 다부샛다
안히눈의 버서나서 곤상건ᄒᆞ 도틈나고

엇던부인 팔직조화 직상규문 놉히드러
쌍교별연 뒷쩟시러 고량진미 비고눕고
금수능나 조흔의복 만연입어 넉~ᄒᆞ나
바날귀난 밍갈리오 벳틀소릭 전벽이라
이리타시 호부타가 일조의 탕픽ᄒᆞ면
벼살길도 글너지고 노비사환 흐저지니
성짝휘 기운집의 촌만및고 훌~불제
네팔자의 네쏙아서 사람ᄒᆞ날 원망마라
엇덧사람 박복ᄒᆞ여 초연청춘 호노이서
환부사리 못경정의 관여탄식 밧갈기라
찍~이로 어근나서 세상싱익 제미업다
성남의 쌩킨여자 어나곳딕 실을탈라
나무낭군 입혀주고 눈물씻고 도라와서
잠부사로 자탄ᄒᆞ고 진천의 저낭ᄌᆞ은
짜든비단 북을멋좌 먼딕사람 뉠싱각소
황운성 저가마귀 이주로낭 가지마라
녹양기지 가는실의 황금갓ᄒᆞᆫ 저 쐬쏘리
금쌕울려 봄을 쌀제 계우든 잠 놀릭쏘야
요서의 비단글자 긔려기조차 인편업서
무정세월 허소ᄒᆞ며 홍심업시 씨곽마락
정부살임 가련ᄒᆞ고 장안부귀 준적업고
여럼싱익두서업고 시전풍속 식그럽다
두로~~구경ᄒᆞ고 은ᄒᆞ수 구비싸라
병공을 휘여잡아 직여궁익 도라와서
세상쏙쌀 다버리고 월궁을 ᄎᆞ자가서
항아보고 손을 잡고 볏튀보든 이럿수고

세상갓든 오날리별 서로안자 반기후의
월노불너 문목ᄒᆞ되 너의이씨 너을보ᄂᆡ
인간의 ᄒᆞ송홀졔 불근홍사 연분실을
귀천남여 노소간의 기우잔케 짝을 지워
원망업시 ᄒᆞ란거설 네가 무삼 용심으로
고은이씨 미운가장 ᄇᆡᆨ발낭군 청춘홍안
형세요부 인문간난 ᄌᆡ죄절등 모양박ᄉᆡᆨ
벳틀일노 보드라도 비단실의 삼베오리
구근날의 가는씨와 깃섯츰의 저른오리
뒤석거서 베을나면 ᄇᆡᆨ공ᄌᆡ조 속절업다
ᄆᆡ고찌고 ᄋᆡᆨ선길삼 천상인간 다르잔타
그다지도 분수업서 억조만ᄉᆡᆼ 원망소ᄅᆡ
젼국셰계 그안인야 월노의 거동보소
고두ᄇᆡᆨᄇᆡ 사죄ᄒᆞ고 다시이러 아뢴마리
그분부 지중ᄒᆞ나 그ᄃᆡ로만 시ᄒᆡᆼᄒᆞ면
막모갓탄 박ᄉᆡᆨ여ᄌᆞ 독숙공방 일ᄉᆡᆼᄒᆞ고
두목지으 고은 풍골 텽자술게 뭇처죽고
석숭갓ᄒᆞᆫ 기민부ᄌᆞ ᄃᆡ~로 석숭이며
ᄒᆞᆫ퇴지의 문장궁귀 사람마다 한퇴질가
길삼일노 말삼켄뎐 비단실을 난~ᄌᆡ죄
ᄃᆡ~로 그ᄌᆡ죄며 마포질삼 ᄒᆞ난솜씨
사람마다 그솜씰가 물ᄂᆡ갓치 도는천지
북실잣치 오낙가낙 ᄃᆡ소장단 뒤석거서
평~ᄒᆞ게 ᄒᆞ난길삼 그게기역 연분이라
공평일심 ᄒᆞ은일리 충산득죄 발명업소
만일이씨 ᄒᆞ잔ᄃᆞ로 일정부간 ᄒᆞ지ᄒᆞ면

곳~지 초ᄒᆞᆫ전장 나날이 삼국풍진
졔갈진평 부ᄉᆡᆼᄒᆡ도 ᄀᆡ~균평 속절업소
직여씨 묵~ᄒᆞ여 항아불러 도라보고
월노으 말드러보니 송사결처 코압푸다
그러나 저럴불러 ᄃᆡ답업씨 보ᄂᆡᆯ손가
월노야 말듯거라 인간의 다시나가
이전일리 더러잇다 만고의 효부열여
천문의 정여ᄒᆞ고 부모효샹 일가목족
착ᄒᆞᆫ ᄒᆡᆼ실 가진사람 난~치 상을 주고
그나마 설인일리 선비살림 불상ᄒᆞ다
ᄇᆡ옥 한천 저문날의 부부안자 ᄒᆞ난말희
글일러도 ᄇᆡ고ᄒᆞᆫ니 서중유속 예말리오
길삼ᄒᆡ도 등버신니 가빈양처 빈말리쇠
칠석갓탄 조흔달을 허송ᄒᆞ기 어려워라
ᄇᆡ을 헷처 볏씌이고 쇠코중으 ᄂᆡ여걸며
ᄂᆡ지못ᄒᆡ 성정이오 밋천업시 탄식ᄒᆞ나
ᄆᆡᆫ손으로 다려가서 비단ᄒᆞᆫ자 못주엇다
ᄂᆡ부ᄃᆡ 나려갈지 ᄂᆡ집으로 단여가라
이번ᄉᆡ베 톱머리예 규성문휘 문장포가
베짜이나 맛썬니 ᄂᆡ친칼로 표정ᄒᆞ고
괫심터라 인간아희 죄버실날 머러쩌라
ᄒᆞᆫ날의 우리 황후 ᄐᆡ을궁의 벳틀녹고
삼천선여 다리고서 부상의 쌩얼킈여
ᄒᆞᆫ날빗 간문비단 중앙토ᄉᆡᆨ 누른치마
옥수로 친히 ᄶᆡ셔 상지옷설 지엇썬던
하물며 ᄉᆡ상여ᄌᆞ 볏틀쪼차 박ᄃᆡᄒᆞ여

안진ᄀᆡ 도ᄆᆡᄒᆞ여 볏틀다리 살광달고
눈썹ᄃᆡ ᄒᆞᆫ나~마 정주빗짱 쏫자두고
도불ᄊᆡ 눈물흘여 조왕압헤 드난ᄒᆞ고
ᄉᆞᆫ업난 쪽각비ᄐᆡ 불치ᄀᆡ로 번을서며
연~묵는 잉ᄋᆡᄃᆡ여 거무줄리 잉ᄋᆡ걸고
문지벽의 걸인북은 용이되야 날아간가
앗가울사 저볏틀리 나무손의 구양왓ᄂᆡ
춘하추동 노다가서 찬바람이 선듯불면
시집올ᄃᆡ 거든옷시 쪽~이로 으러저ᄂᆡ
감고감은 힝주치마 칠신귀가 환싱ᄒᆞ고
벗고벗신 ᄆᆡᆫ적신이 여장승이 완연ᄒᆞ다
그중의 힝동체신 ᄇᆡᆨ천ᄐᆡ가 구비ᄒᆞ다
나무임ᄂᆡ 살님걱정 이웃파라 방구자랑
흘인구변 소진이오 몹신잔씌 조~로다
손씨이료 다시우며 소경잘게 썩을 쥐고

바랄귀을 뒤쒸며서 환싱포을 입에난ᄂᆡ
그런여자 잇거덜낭 북을치여 우ᄉᆡᆨᄒᆞ고
곳~디 차자가서 볏틀가로 타이르며
ᄀᆡ과천신 다씨기고 부ᄃᆡ~~속히오라
두세번 당부ᄒᆞ고 항아으게 ᄒᆞ직ᄒᆞ니
항이씨 문의나서 밤부ᄃᆡ기 압서워서
수이보자 긔약ᄒᆞ고 잘가소서 ~~~~

7. 〈셰황가(歲況歌)〉■

어와 셰황이야 우리집 셰황이야
일연삼ᄇᆡᆨ 육십이의 원일리 웃듬이라
원일은 무산날고 송구영신 ᄒᆞ난ᄊᆡ라
ᄋᆡ달홀사 하날님은 품부을 고로안ᄒᆡ
언던이닌 복이 언코 언던이은 녹이업셔
셰상을 ᄉᆡᆼ각ᄒᆞ니 우락이 상반이라
셰월을 다보ᄂᆡ고 신셰을 만날젹의
상시에 조흔 경사 금일의 덕으 조코
평일의 실푼 근심 오날의 더옥 만타
오날은 무산날고 신미연 원일리라
자야반 달소ᄅᆡ예 급히이러 건질ᄒᆞ고
북당의 셰ᄇᆡᄒᆞ니 부모님이 편ᄒᆞ시고
ᄃᆡ소각ᄃᆡᆨ 도라드니 숙부모님 강영ᄒᆞ고
무고ᄒᆞᆫ 우리 형제 다서시 느러안자
우ᄋᆡᄒᆞ난 마암이오 담낙ᄒᆞ난 정이로다
상체곳치 피엿난닷 척영ᄉᆡ가 논이난닷
ᄒᆞᆫ자리 우숨소ᄅᆡ 차례로 모혀드니
청춘홍안 우리종반 열너이 도야쏘나
가묘의 첨알ᄒᆞ고 지친기의 셰ᄇᆡ갈졔
형님은 압헤서고 아으님은 ᄃᆡ이서~
갓철ᄃᆡ기 서로ᄃᆡ고 옷기시 서로이예
좁은기례 못다가고 단간방의 못다안자
보난쏘~치ᄒᆞ~고 간ᄃᆡ마다 충찬ᄒᆞᄂᆡ
셰ᄇᆡ을 맛친후의 공부을 ᄉᆡᆼ각ᄒᆞ고

사서삼경 서안우의 각박으로 도라드러
여게저게 안진사람 남~업시 종반이라
규풍의 현부여은 ᄂᆡ칙편을 강논ᄒᆞ고
칭의 동자 아ᄒᆡ들런 동몽선집 일난소ᄅᆡ
장유남여 삼사십이 삼형제분 지질이라
옛일을 ᄉᆡᆼ각ᄒᆞ니 명조상의 후여로서
중간의 고이ᄒᆞ여 자손이 혈~턴이
수ᄇᆡᆨ연 지ᄂᆡᆫ후의 중흥홀 길운이라
조상임 가신밧테 싹나난 곡석이오
부모임 심은낭게 ᄆᆡᆼ이리핀 ᄭᅩ치로다
천운이 순환ᄒᆞ고 지영이 음질ᄒᆞ여
언제나 우리종반 부귀얼 겸전ᄒᆞ여
어사화을 마조쏩고 청삼삼ᄃᆡ 서로잡고
부모임 계신압헤 열친ᄒᆞ기 원이로다

8. 〈바늘가〉■

어와 여자들라 바늘가 들러바라
금천씨 나신후로 쇠금자 삼겨나고
쇠금짜 삼긴후로 쇠철자 훗터덧다
납쇠 통쇠 잡철 중의 바랄쇠 웃뜸이라
금천씨 ᄂᆡ용으로 쇠금짜 음을ᄭᅩ차
ᄃᆡ중소침 삼형제가 바날침짜 항열짜라
침자로 관명지어 별호난 바날리라
ᄃᆡ침은 맛지되야 쳬티ᄒᆞ고 글역차서
수편은 조타ᄒᆞ나 셰밋공부 바이업ᄂᆡ

썩덕기 퍼명ᄒᆞ여 ᄡᅳᆯ썩실의 연분잇고

콩바느질 손너 마자 마을노귀 다여가고

다음 도싱 중침되야 크도적ᄯᅩ 체수마자

두소설리 직필소니 벗성은 조타만난

일싱의 몸이 폴러 요통중 자로 나서

필사본 〈유황후전〉 서사단락

명나라 성화 연간 충직하고 명철한 유랑(양)과 정씨부인이 있으나 부부 아이가 없어 근심하던 중, 월궁항아가 득죄하고 관음보살의 지시로 내려온다는 몽사 후 태기가 있어 아리따운 딸을 낳는다. 이름을 유태아, 자를 월궁선녀라 지어 사랑하며 기른다.

하루는 정씨부인이 유태아를 데리고 친정 간 사이 비복들이 알 수 없는 병이 들어 신음하였으나, 유태아가 돌아오자 귀신들린 병자들이 헛소리로 '황후낭낭이 와서 있을 수 없다'한 후 병이 나았다.

유태아가 13세 때 정씨부인을 여의고 아버지와 둘이서 살게 되었는데 만귀비의 오라비 만풍경이 조정 권세를 전횡하던 중, 유태아의 소문을 듣고 아들 만춘훈의 짝으로 들이기 위해 호시랑을 매파로 보낸다. 호시랑이 유랑에게 찾아와 혼인을 권하였으나 유랑이 단호히 거절한다.

혼사를 거절 당한 만풍경은 앙심을 품고, 남방에서 변란이 일어나자 이를 토벌하고 진무할 사람으로 유랑을 참모관(위무사)으로 천거한다. 이에 유랑은 만풍경의 음해인 줄 알고, 유태아에게 자신이 떠난 후 얼마 지나지 않아 만풍경이 겁측하러 올 것이니 보중하기를 당부한다.

유태아는 아버지와 이별한 후 하인들로 하여금 '소저가 아버지와 이별한 슬픔을 이기지 못해 혼절하여 죽었다'는 소문을 내게 한 후 빈소를 차리고 제사를 지내게 하고 후원 양춘각에 몸을 숨긴다.

만풍경 부자가 열흘 후 사람들을 끌고 유태아를 데려가기 위해 찾아왔으나, 유태아의 빈소를 확인하고 실망하여 돌아간다.

태자 장이 일찍이 양순의 딸 양비와 결혼하였으나, 왕비가 병이 많고 지혜롭지 못해 2년 만에 세상을 떠난다. 태자는 태자비를 산택하지 못하던 중 궁중에 변이 일어나자 양평궁으로 피접 나간다. (양평궁은 양춘각과

담 하나를 두고 가까이 있는 곳이다.) 봄 밤 우연히 꽃구경 나와 꽃을 꺾으려다 바람결에 유태아의 글 읽는 소리에 이끌려 그곳을 살펴보고 유태아의 미모에 반한다.

태자는 유태아가 동화문 밖 관음사 부처님께 발원하러 간다는 사실을 알고 만풍경의 딸을 태자비로 간택하는 일을 그만두고, 어질고 기상이 정정한 유태아를 정비로 삼고자 결심한다. 이에 태감 강문창에게 관음사에 가서 지낼 공양 준비를 하라 이르고, 보모에게 여복을 부탁하여 여자로 변장(주시랑댁 주소저)한 후 관음사로 간다.

주시랑 댁 주소저는 관음사 동편 정자로 와서 유태아가 서편 정자에 왔다는 소식을 듣고 보기를 청한다. 이 소식을 들은 유태아는 보기를 주저하였으나, 주소저의 아리따움을 이야기하는 주지스님의 이야기를 듣고 주소저를 만난다.

태자는 유태아와 혼인을 바라며, 관음사 부처님께 혼인이 성사될 것이면 옥반에 담기고 그렇지 않으면 옥반 바깥으로 나가라 빌며 금전을 던지자 옥반에 담긴다. 태자는 기뻐하며, 유태아와 빨리 혼인하기를 바라며 금전을 던지자 이번에도 옥반에 담긴다. 태자가 이번에는 만씨의 혼사가 어그러지길 바라며 금전을 던졌으나 옥반에 담기지 않자 마음에 두지 않는다. 이번에는 유태아가 아버지가 도적을 파하고 공을 이룬다면 옥반에 담기고 그렇지 않으면 옥반 바깥으로 나가라 빌며 금전을 던지자 옥반에 담긴다. 유태아가 기뻐하며 아버지가 그 땅의 참모관이 되기를 바라며 금전을 던지자 옥반에 담긴다. 유태아가 아버지가 빨리 돌아오기를 바라며 금전을 던지자 옥반에 담긴다.

주소저가 일부러 유태아와 흡사한 처지인 것처럼 꾸며 이야기하여, 유태아의 동정을 산다. 아버지 주시랑이 없는 사이 억지 결혼을 당할 위기를 겪고 있다며 슬퍼하자 유태아는 눈물을 흘린다. 이것을 보고 주소저는 유태아의 처소에 머물기를 청하고, 유태아는 처음에는 거절하였으나 유모 등이 간절히 권하여 마침내 주소저를 집으로 들인다.

주소저가 금은채단을 궁에서 가져다 유태아에게 선물로 주었으나 유태아가 엄정히 거절하는 모습을 보고 탄복한다. 태자는 몇 개월이 지난 어느 날 바둑을 두다가 자신이 남자임을 밝힌다. 유태아가 기절할 듯 놀라 노복 등을 불러 꾸짖자 태자임을 밝혔으나, 유태아가 원망하며 눈물을 흘리자 위로하고 황궁으로 들어가 황제에게 혼인을 허락받는다.

황상이 승상 오경과 예부상서 진군사와 그 부인 이씨에게 주선하여 혼인을 성사시키라 명한다. 만귀비는 자신의 질녀가 태자비가 될 줄 알고 있었으나 황상이 태자 본인이 원한 일이라 하자 어쩔 수 없어 하며, 한편으로 황상이 총애하는 정첩여를 없애고자 한다.

유태아 태자와 결혼 후 정첩여와 친밀히 지내던 중, 정첩여를 충고(만귀비를 조심하고, 유랑을 황궁으로 돌아오도록 하지 않는 것)를 받아들여 태자에게 아버지를 전장에 그대로 계시도록 태자에게 이야기한다. 그리고 유모와 시비를 집으로 돌려보낸다.

만귀비는 유태아가 아들을 낳으면 세력이 더 커질 것을 두려워하여 그 전에 제거하고자 비단을 유태아에게 주며 황제의 용포를 지으라 명한다. 유태아가 어쩔 수 없이 용포를 짓자, 이번에는 황제에게 가서, 유태아가 태자의 용포를 짓는다(역심을 품었다)고 하여 부자 사이를 이간질시킨다. 또한 정첩여와 태자가 바둑을 두고 있는 것을, 황제에게 '정첩여가 태자를 더 좋아하여 황제의 명도 어긴다'고 이간질한다. 또한 매수한 궁녀로 하여금 태자가 정첩여에게 기대어 잠이 들어 못온다 거짓 명을 전하게 하여 황제를 분노하도록 한다. 황제가 정첩여에게 화를 내자, 정첩여는 칭병하고 밖으로 나오지 않는다.

만귀비의 아들 홍이 병으로 죽자, 만귀비가 죽은 아들의 입에 독약을 넣은 후 유태아의 짓이라 통곡한다. 황제가 국문을 펼치자 유태아전의 시비(만귀비에게 매수된) 괴난, 난경 등이 거짓으로 자백한다. 황제는 분노하여 만삭의 유태아가 아이를 낳으면 죽이라 명하고, 엄동설한에 영양궁에 가둔다.

유태아가 아들을 출산하자, 황제는 태감 강문창으로 하여금 사약을 보내 죽이도록 한다. 태자는 강문창에게 유태아를 살려주기를 부탁한다. 강문창은 태자에게 받은 황금 천 냥으로 어여쁜 여자를 사서 유태아로 변장시킨 후 사약으로 죽이고, 유태아를 동산문을 열어 피신시킨다. 그리고 황제에게 유태아를 죽였노라 거짓말을 한다.

유태아가 동교 암실에 피신하여 세월을 보내던 중, 한편 황제는 만풍경의 딸을 태자비로 들인다. 얼굴은 예쁘나 행실이 만귀비와 같아 황후와 태자는 싫어하자, 만비가 앙심을 품는다.

태자는 동교로 가 유태아를 만나 정을 펼친다. 유태아가 태자에게 만비와 결혼한 사실에 대해 이야기하자 태자는 본의가 아님을 이야기한다. 그리고 아이가 황후의 덕택으로 잘 자라고 있음을 전한다. 이후로 태자는 황궁으로 들어가기 싫어하고 자꾸 유태아에게 드나든다.

황후가 이 소식을 듣고 태자에게 사실을 탐지한 후 진실임을 알고 유태아와 태자를 보호하기 위해 강문창으로 하여금 유태아를 다른 곳으로 피신시키도록 한다.

유태아는 강문창에게 사실을 듣고 옥소아와 계섬을 데리고 남복을 한 후 배를 타고 숙부 정문헌이 있는 장사로 가다 전 이부상서 이원충과 만나게 된다. 그를 통해 장사태수 정문헌이 다른 곳으로 갔음을 알고 실망한다. 이를 본 이원충이 자신의 집으로 가기를 청하여 이원충의 집에 의탁하여 세월을 보낸다.

이원충은 유태아가 남자인 줄 알고 13세 된 외동딸 이소영과 결혼시키려 한다. 유태아는 거절하기 어려울 줄 알고, 아황여영의 모습을 본받기로 결심, 태자가 주었던 옥패를 신물로 삼아 결혼한다. 시일이 지난 후, 이소영의 팔에 있는 앵혈이 그대로 있는 것을 본 이원충의 아내가

이 사실을 이원충에게 이야기한다. 이원충이 유태아에게 연유를 묻자, 유태아가 태자비임을 밝히고 장차 좋은 날이 오면 이소영과 함께 태자에게 돌아갈 것을 약속한다.

태자는 동교에 갔다가 유태아가 떠났다는 사실을 알고 유태아가 남긴 편지를 보고 슬퍼한다. 황궁으로 돌아와 유태아를 그리는 글(상사글)을 지었는데, 만비가 이를 보고 만귀비에게 보이고, 정첩여의 글씨를 본떠 상사하는 서간을 지어 태자의 글과 함께 봉한다. 만귀비가 이 편지를 황제에게 가져가 태자와 정첩여가 정을 통하였다 거짓말을 고한다.

황제 분노하여 태자와 정첩여를 죽이려 한다. 황후는 이것을 보고 만귀비의 꾸짖으며, 직접 괴난 난경 등을 잡아 국문하기를 청한다. 이에 황제가 '정첩여는 강주궁의 내치고 태자는 폐궁대죄하라' 명한다. 황후는 며느리 만비를 국문하고자 하였으나 황제가 허락하지 않는다.

유태아 이 소식을 듣고 근심하자, 옥소아가 자신은 본부에 있는 고로 궁중사람들이 다 모르니 자신이 궁중으로 들어가 태자의 억울함을 풀겠노라 자청한다. 유태아의 허락을 받은 후 상원교위로 있는 친척에게 부탁하여 황제를 만나 시침한다.

옥소아의 아름다움에 반한 황제는 옥소아를 숙인에 봉한다. 만귀비가 투기하여 해하려 하였으나, 세도가 강하여 기회를 보지 못한다. 옥소아는 황제에게 간비의 참언을 들어 부자의 천륜을 도라보지 않느냐며 시녀 괴난 등을 국문하여 간계를 파헤치라 간언한다. 황제가 그 말을 듣고 홀연 깨달아 소학문에게 명하여 만비 궁에 가 문서를 찾아오라 명한다. 한편으로 교란, 난경을 잡아들여 국문하자 고문을 이기지 못하고 모든 죄를 자백한다.

정첩여가 만삭의 몸으로 갇혀 아들을 낳은 후 누명을 벗고 풀려나자 숙인의 공을 칭찬한다. 태자가 옥소아를 알아보고 몰래 다가가 묻자 옥소아는 유태아가 있는 곳을 알려준다. 태자는 황제에게 남교 산천이 좋다 하니 구경하기를 청하여 허락을 받아 유태아가 있는 곳으로 간다.

태자가 유태아와 부부상봉한 후 이소영을 보고 숙덕한 자태에 기뻐한다. 한편 황제가 유태아의 억울한 죽음을 가엾게 여겨 황후예로 장사하라 명하자, 태자가 강문창으로 하여금 사실을 고하도록 한다. 이에 황제는 강문창에게 상을 내리고 유태아를 황궁으로 데려오라 명한다.

이날 밤 숙인이 황제에게 태자에게 황제를 전위하라 고한다. 황제는 숙인을 귀비로 봉하고 유랑을 국군에 봉하고 태자에게 양위한다.

유태아는 황후가 되자 정첩여와 옥소아 숙인을 관대하며 주인과 시비의 분별을 아는 체 하지 않는다. 태자는 이소영을 귀비로 봉하고 강문창에게 벼슬을 돋우어 주고 궐문 밖에 집을 지어준다.

유랑은 교지국에서 이겨 도적을 평정하고 진무하였는데 유태아가 황태자비가 되었다는 소식을 듣고 기뻐한다. 그러나 얼마 후 유태아가 애매히 죽었다는 소식을 듣고 슬퍼하던 중, 유태아가 살아 황후가 되었고, 황궁으로 올라오라는 소식을 듣고 깜짝 놀라 황궁으로 올라간다. 7년만에 유태아와 부녀상봉을 하여 눈물을 흘린다. 새로운 황제는 유랑을 승상 겸 병후에 봉한다.

유태아는 신황제에게, 아버지의 후사 없음을 걱정하여 자신의 둘째아들로 하여금 유씨가문의 후사를 전하게 하기를 청하여 허락 받는다.

세월이 지나 선황제, 황후 붕하자 신황제 부부가 슬퍼하며 안장한다. 유랑이 구십세에 세상을 떠나자 슬퍼하며 둘째아들에게 제왕을 제수하여 뒤를 잇게 한다. 이소영의 부모가 졸하자 이소영의 둘째아들로 이씨가문의 뒤를 잇게 한다. 유태아 4자 2녀를 두고 이소영은 3자 1녀를 두어 사해태평하고 평안하기로 유황후의 사적이 지금껏 전하게 된다.

참고문헌

▌순천시립뿌리깊은나무박물관 소장 자료의 국어사적 가치

박병채, 「해제」, 『몽산화상법어약록언해』, 아세아문화사, 1980.
백두현, 「계명대학교 동산도서관 소장 국어사자료의 가치」, 『한국학논집』 37, 2008.
서울대학교 국어연구회, 『안병희 선생 회갑기념논총-국어사 자료와 국어학의 연구』, 문학과 지성사, 1993.
안병희, 「여씨향약언해 해제」, 『여씨향약언해』, 단국대학교 동양학연구소, 1976.
______, 『국어사 자료 연구』, 문학과 지성사, 1992.
______, 『국어사문헌연구』, 신구문화사, 2009.
이현희, 「중세국어자료」, 『국어의 시대별 변천연구1-중세국어』, 1996.
이호권, 「규장각 소장 국어사자료의 정리와 관련된 몇 문제 : 서지목록과 刊年 추정을 중심으로」, 『규장각』 22, 1999.
______, 「조선시대 한글 문헌 간행의 시기별 경향과 특징」, 『한국어학』 41, 2008.
홍윤표, 『國語史 文獻資料 硏究 : 近代篇』, 태학사, 1993.
______, 「근대 국어 자료」, 『국어의 시대별 변천연구2-근대국어』, 1997.
황문환, 「조선시대 언간자료의 종합화와 활용 방안」, 『한국어학』 59, 2013.

▌순천시립뿌리깊은나무박물관 소장 한문 문집 자료의 성격과 가치

1. 자료
순천시립 뿌리깊은나무 박물관 소장 한문 문집 자료 93종(목록 참조).

2. 단행본 및 논문
유춘동·서혜은·장여동, 『한글고소설 우리말이야기』, 순천시립 뿌리깊은나무 박물관, 2013.
심경호, 「한국한문문집을 활용한 학문연구와 정본화 방법에 관한 일고찰」, 『민족문화』 제42집, 2013.
안재원, 「왜 '정본'인가」, 『정신문화연구』 통권128호, 한국학중앙연구원, 2012.
엄경흠, 「『해수선생문집』에 대한 고찰」, 『동남어문논집』 제32집, 동남어문학회, 2011.
열상고전연구회, 「한창기 선생이 수집했던 고문헌 자료의 가치와 인식」, 열상고전연구회 제66차 정례 학술발표회 자료집, 2014.
정명기, 「순천시립 뿌리깊은나무 박물관 소장 고소설의 현황과 가치」, 『열상고전연구』 제35집, 열상고전연구회, 2012.
조계영, 「조선후기 『列聖御製』의 편간과 보존 : 1726년 『景宗大王御製添刊時謄錄』을 중심으로」, 『서지학연구』 44집, 한국서지학회, 2009.
한창기 저, 윤구병·김형윤·설호정 엮음, 『뿌리깊은나무의 생각』, 휴머니스트, 2007.
황위주 외, 「일제강점기 전통지식인의 문집 간행 양상과 그 특성」, 『민족문화』 제41집, 2013.

3. 해제
신승운, 『퇴계집』 해제, 한국고전종합DB(http://db.itkc.or.kr), 한국고전번역원.
______, 『율곡전서』 해제, 한국고전종합DB(http://db.itkc.or.kr), 한국고전번역원.

▌뿌리깊은나무 판소리 음반 전집의 현황과 가치

1. 자료
〈뿌리깊은나무 판소리〉 전집, 뿌리깊은나무, 1982년.
〈뿌리깊은나무 판소리 다섯 바탕〉 전집, 뿌리깊은나무, 1990~1992.
《경향신문》, 《동아일보》

2. 단행본 및 논문
강운구와 쉰여덟 사람 지음, 『특집! 한창기』, 창비, 2008.
국립중앙극장 엮음, 『세계화시대의 창극』, 국립극장, 2002.
김기수, 『한국음악』 5(〈적벽가〉, 〈춘향가〉), 전통음악연구회, 1981.
______, 『한국음악』 6(〈수궁가〉, 〈흥부가〉, 〈심청가〉), 전통음악연구회, 1981.
김석배, 「판소리의 보존과 전승 방안」, 『문학과 언어』 31, 문학과언어학회, 2009.
김형윤, 「언제나 고향 길 가던 사람, 한창기」, 『월간 사회 평론 길』 87권 3호, 1997.
노재명 편저, 『판소리 음반 사전』, 이즈뮤직, 2000.
신 위, 『신위전집』 4, 태학사, 1983.
유영대, 「판소리 전승현황과 보존방안」, 『판소리연구』 36, 판소리학회, 2013.
이보형, 「금요일마다 남몰래 들인 공-일백 고개 넘은 뿌리깊은나무 판소리」, 『뿌리깊은나무』 1978년 10월호.
정병욱, 『한국의 판소리』, 집문당, 1981.
『국립국악원 구술총서 2, 이보형』, 국립국악원, 2011.

『국립극장 30년』, 국립극장, 1980.
『판소리 다섯 마당』, 한국브리태니커회사, 1982.
『판소리연구』 1, 판소리학회, 1975.

▌한창기 선생이 수집했던 조선시대 출판문화 관련 자료들

1. 자료
순천시립 뿌리깊은나무 박물관 한창기 수집 자료.

2. 단행본 및 논문
강관식, 『조선후기 궁중 책가도』, 국립중앙박물관, 2001.
강운구와 쉰여덟 사람, 『특집! 한창기』, 창비, 2008.
계명대박물관 편, 『민화』, 계명대박물관, 2004.
국립민속박물관 편, 『민속유물 이해Ⅱ : 민화와 장식병풍』, 국립민속박물관, 2005.
김영자, 「한글 부적의 역사와 기능」, 고려대학교 국문과 대학원 박사학위 논문, 2007.
김재원·김선미, 「조선시대 민화인 책가도를 현대화한 벽지디자인 연구」, 『한국디자인문화학회지』 20권 1호, 2014.
김종대, 「부적의 기능론 서설」, 『한국민속학』 2007.
김진송, 「책거리로 본 민화의 정신세계」, 『미술세계』 42, 1988.
남권희 외, 『목판의 행간에서 조선의 지식문화를 읽다』, 글항아리, 2014.
노성환, 「일본 속의 한글 부적」, 『일본학』 22, 2003.
무라야마 지준, 최순애·요시무라미카, 『조선인의 생로병사 : 1920~1930년대』, 신아출판사, 2013.
박경희, 「책가도에 나타난 도자의 심미의식」, 『한국디자인포럼』 32, 2011.
박심은, 「조선시대 책가도의 기원」, 한국학중앙연구원 한국학대학원 석사학위 논문, 2002.
박암종, 「출판을 통해서 한국미를 구현한 고(故) 한창기」, 『비블리오필리』 8, 1997.
부산박물관 편, 『행복이 가득한 그림 민화』, 부산박물관, 2007.
삼성출판사 편, 『고판화 특별기획전』, 삼성출판사, 2004.
서울역사박물관 편, 『옛그림을 만나다: 조선의 회화』, 2009.
순천시립뿌리깊은나무박물관 편, 『뿌리깊은나무 : 한글고소설 우리말이야기』, 순천시립뿌리깊은나무 박물관, 2013.
________________, 『뿌리깊은나무』, 순천시립 뿌리깊은나무 박물관, 2010.

유춘동, 「경판본소설『월왕전』의 책판」, 『문헌과 해석』 54, 2011.
이인숙, 「책가도·책거리의 제작층과 수용층」, 『실천민속학연구』 6, 2004.
이태영, 「새로 소개하는 완판본 한글 고전소설과 책판」, 『국어문학』 43, 국어문학회, 2007.
정병모, 『무명화기의 반란, 민화』, 다할미디어, 2011.
홍윤표, 『한글이야기1 : 한글의 역사』, 태학사, 2013.

▌박효관이 하순일에게 준 생애 마지막 가집, 한창기본 『가곡원류』

1. 자료
『가곡원류』(한창기본), 필사본, 뿌리깊은나무 박물관 소장.
『가곡원류』(육당본), 1929년 경성대학교 조선어문학회 등인본.
『가곡원류』(동양문고본), 필사본, 일본 동양문고 소장.
『가곡원류』(국악원본), 필사본, 국립국악원 소장.
『가곡원류』(규장각본), 필사본, 서울대학교 규장각한국학연구원 소장.
『해동악장』, 필사본, 황순구 편, 『가곡원류』, 시조자료총서 3권, 여강출판사, 1987.
『가곡원류』(하합본), 필사본, 일본 하합문고 소장.
『화원악보』, 필사본, 성균관대학교 존경각 소장.
『가곡원류』(일석본), 이재수 전사본.
『가곡원류』(가람본), 필사본, 서울대학교 규장각한국학연구원 소장.
『가곡원류』(하순일 편집본), 필사본, 단국대학교 율곡기념도서관 소장.
『금옥총부』, 필사본, 서울대학교 규장각 한국학연구원, 충남대학교 중앙도서관 소장.
『승평곡』, 필사본, 최정해(崔政海) 소장.
『靑丘詠言』(가람본), 서울대학교 규장각한국학연구원 소장.

2. 단행본 및 논문
권순회, 「단독여창 가집의 형성 과정」, 『우리어문연구』 47, 우리어문학회, 2013.
김석배, 「승평계 연구」, 『문학과 언어』 제25집, 문학과 언어학회, 2003, 259~269면.
김태준, 「조선고대음악가열전」, 『중앙』 2권 6호, 소화 9년 6월호, 조선중앙일보사. 1934.
신경숙, 「근대 초기 가곡 교습 : 초기 조선정악전습소를 중심으로」, 『민족문화연구』 47, 고려대학교 민족문화연구원, 2007.
______, 「안민영 예인 집단의 좌상객 연구」, 『한국시가연구』 제10집, 한국시가학회, 2001.

______, 「하순일 편집 『가곡원류』의 성립」, 『시조학논총』 26, 한국시조학회, 2007.
______, 「동양문고본 가곡원류 해제」, 고려대학교 해외한국학자료센터(http://kostma.korea. ac.kr/riks/)
안 확, 「歌聖 張竹軒 逝去 120年」, 『조선』, 1929.11(통권 145).
이동복, 「박효관의 생애와 업적에 관한 연구」, 『국악원논문집』 제14집, 국립국악원, 2002.
이병기, 「서문」, 함화진 편 『증보가곡원류』, 鐘路印文社, 1943.
장사훈, 「여명기 양악계」, 『한국악기도감』, 세광음악출판사, 1991.
______, 「가곡계의 거장 河圭一」, 김진향 편, 『善歌河圭一先生略傳』, 민속원, 1993.
______, 「박효관」, 『한국민족문화대백과사전』 9, 헌국정신문화연구원, 1991.
장지연, 『逸士遺事』, 匯東書館, 1922.
함화진, 「唯一한 古歌의 權威 河圭一翁의 長逝」, 『朝光』 3권 7호, 조선일보 출판부, 1937, 7.
多田正知, 「青丘永言と歌曲源流」, 小田先生頌壽記念會編, 『小田先生頌壽記念朝鮮論集』, 大阪屋號書店, 1934.

▌한창기본 필사본 〈별춘향전〉에 대하여

1. 자료

〈별춘향전〉, 한창기본, 필사 75장본.
〈별춘향전〉, 연세대학교 소장, 완판 29장본.

2. 단행본 및 논문

김동욱, 『증보춘향전연구』, 연세대학교 출판부, 1976.
______ · 김태준 · 설성경, 『춘향전비교연구』, 삼영사, 1979.
김진영 · 김현주 · 김희찬(편저), 『춘향전전집』 1, 2, 박이정, 1997.
배연형, 「별춘향전(완판 29장본) 연구」, 『판소리연구』, 제22집, 2006, 10.
설성경, 『춘향전의 형성과 계통』, 정음사, 1986.
______, 『춘향예술사 자료 총서』 전8권, 국학자료원, 1998.
우쾌제, 『구활자본 고소설전집』 전33권, 은하출판사, 1984.
이가원, 『춘향전』, 태학사, 1995.
임성래, 「발별춘향전에 대하여」, 『동방학지』 제148집, 연세대학교 국학연구원, 2009.
전상욱, 「방각본 춘향전의 성립과 변모에 대한 연구」, 연세대학교 박사학위논문, 2006.

▌한창기본 〈장경전〉의 특징과 가치

1. 자료
한창기본 〈장경전〉.
경판계열[경판 35장A, 35장B, 25장, 21장, 16장, 천리대(세책), 동양문고(세책), 박문서관].
완판계열[완판 64장, 나손, 고려대, 홍윤표, 단국대, 전남대, 세창서관].
박순호 본, 『한글필사본고소설자료총서』 41권, 오성사, 1986.
이윤석·김유경 옮김, 『현수문전·소대성전·장경전』, 이회, 2005.

2. 단행본 및 논문
김준형, 「장풍운전 이본고 – 한문본 금선각을 중심으로」, 『우리어문연구』, 우리어문학회, 2013.
류탁일, 『완판방각본소설의 문헌학적 연구』, 학문사, 1981.
박일용, 「영웅소설의 유형변이와 그 소설사적 의의」, 서울대학교 석사학위논문, 1983.
______, 『영웅소설의 소설사적 변주』, 월인, 2003.
서대석, 『군담소설의 구조와 배경』, 이화여자대학교 출판부, 1985.
서인석, 「장경전의 판소리계 소설적 변모 – 박순호본 〈장경전〉을 중심으로」, 『선청어문』 18, 서울대학교 국어교육과, 1989.
______, 「장경전」, 한국고전소설작품론』, 집문당, 1990.
이경희, 「장경전 이본 연구」, 연세대학교 석사학위논문, 2003.
조동일, 『한국소설의 이론』, 지식산업사, 1985.

▌강촌재본 『임화정연긔봉』을 넘어서

1. 자료
고려대학교 도서관 소장 『하진양문록』.
김기동 편, 『활자본고소설전집』 8·9권, 아세아문화사, 1977, 6.
필자 소장, 『님화명연긔』 권 12·권 95.
박재연 외, 『님화명연긔봉』 1~6, 학고방, 2008, 8.
순천시립 뿌리깊은나무 박물관 소장, 『님화명연긔』 권 57·66.

2. 단행본 및 논문
김지연, 『〈임화정연〉의 서사전략 연구』, 고려대학교 박사논문, 2009, 12.

송성욱, 「"필사본 〈임화정연〉 72책본 텍스트 연구"- 구활자본과의 비교를 중심으로-」, 『한국문화』 36, 서울대학교 규장각, 2006.
송정진, 「〈임화정연〉 연구 - 필사본 72권 72책을 중심으로」, 고려대학교 석사학위논문, 2009.
순천시립 뿌리깊은나무 박물관, 『한글고소설 우리말 이야기』, 2013, 12.
이윤석·정명기 공저, 『구활자본 야담의 변이양상 연구』, 보고사, 2001, 11.
정명기, 「세책본소설의 유통양상」, 『고소설연구』 16집, 한국고소설학회, 2003, 12.
정병설, 「도서원부를 통해 본 경성제국대학 도서관의 한국고서 수집」, 『문헌과 해석』 63호, 태학사, 2013, 6.
정규복·박재연 교주, 『제일기언』, 국학자료원, 2001.
최남선, 「조선의 가정문학」 八, 〈각종 소설류〉, 『매일신보』 1938.07.30; 『육당 최남선 전집』 9, 현암사, 1974, 10.

▌한창기 선생이 수집했던 한글 필사본 번역고소설에 대한 연구

1. 자료
순천시립뿌리깊은나무박물관 소장, 『개벽연역』, 『분장루기』, 『삼국지』 3종, 『서유기』 2종

2. 단행본 및 논문
江蘇省社科院文學硏究所編, 『中國通俗小說總目提要』, 中國文聯出版公司, 1990.
魏安, 『三國演義版本考』, 上海古籍出版社, 1996.
劉世德 外, 『古本小說叢刊』 23, 中華書局, 1991.
中川諭, 『三國演義版本の硏究』, 汲古書院, 1998.
김 영, 『조선후기 명청소설 번역필사본 연구』, 학고방, 2013.
민관동·김명신, 『조선시대 중국고전소설의 출판본과 번역본 연구』, 학고방, 2013.
박재연, 『三國志通俗演義』, 학고방, 2010.
______, 『기벽연역/분장누』, 이회, 2002.
선문대학교 중한번역문헌연구소, 『조선시대번역소설희곡자료총서』 1-74, 1995~2003.
순천시립뿌리깊은나무박물관편, 『뿌리깊은나무: 한글고소설 우리말이야기』, 순천시립 뿌리깊은나무박물관, 2013.
유춘동, 「부산광역시립시민도서관 소장 삼국지연의의 연구」, 『동양학』 49, 단국대 동양학연구소, 2011.

이겸로, 『통문관 책방비화』, 민학회, 1987.
이윤석·大谷森繁·정명기, 『세책 고소설 연구』, 혜안, 2003.
이은봉, 「삼국지연의의 수용 양상 연구」, 인천대 국문과 대학원 박사학위 논문, 2007.
정명기, 「순천시립 뿌리깊은나무박물관 소장 고소설의 현황과 가치」, 『열상고전연구』 35, 2012.
정원기, 『최근 삼국지연의의 연구 동향』, 중문, 2000.
조희웅, 『고전소설 연구보정』(상)(하), 박이정, 2006.
한창기, 『뿌리깊은나무의 생각』, 휴머니스트, 2007.

▌한창기본 〈숙영낭자전〉 소재 가사 작품 8편에 대하여

1. 자료
『슉영낭ᄌ젼』, 뿌리깊은나무 박물관소장본.
권영철, 『규방가사Ⅰ』, 한국정신문화연구원, 1979.
이대균 편, 『낭송가사집』, 안동문화원, 1986.
이화여대 한국어문학연구회 편, 「내방가사 자료」, 『한국문학연구원논총』 15집, 이화여자대학교, 1970.
임동권, 『한국민요집Ⅰ』, 집문당, 2011.

2. 단행본 및 논문
권순회, 「한창기본 〈가곡원류〉의 성격과 가치」, 『한창기 선생이 수집했던 고문헌 자료의 가치와 인식』, 열상고전연구회 2014년 여름, 제66차 정례 학술발표회, 2014, 7월 12일.
권영철, 『규방가사-신변탄식류』, 효성여자대학교 출판부, 1985.
______, 『규방가사연구』, 이우출판사, 1980.
김일렬, 「비극적 결말본 〈숙영낭자전〉의 성격과 가치」, 『어문학』 66권, 한국어문학회, 1999.
뿌리깊은 나무, 『한글고소설 우리말이야기』, 순천시립 뿌리깊은나무 박물관, 2013.
서영숙, 「규방가사 연구의 문제와 방향」, 『한국가사문학연구』(정재호 편), 태학사, 1996.
정명기, 「순천 시립 뿌리깊은나무 박물관 소장 고소설의 현황과 가치」, 『뿌리깊은 나무 한글고소설 우리말이야기』, 순천시립 뿌리깊은나무 박물관, 2013.
한영균, 「뿌리깊은나무 박물관 소장 자료의 국어사적 가치-임란전 간본 및 주요 필사 자료를 중심으로」, 『한창기 선생이 수집했던 고문헌 자료의 가치와 인식』, 열상고전연구회 2014년 여름, 제66차 정례 학술발표회, 2014, 7월 12일.

▌한창기본 〈주씨청행록〉과 〈도앵행〉의 관련 양상 및 구성적 특징

1. 자료
경상대학교 남명학관 소장 국문필사본 〈도앵행〉.
규장각 소장 국문필사본 〈구운몽〉(『구운몽(한글本)』, 고려서림, 1986).
단국대학교 율곡기념도서관 소장 국문필사본 〈주씨청행록〉.
박순호 소장 국문필사본 〈손천사영이록〉(월촌문헌연구소 편, 『한글필사본고소설자료총서』 25, 오성사, 1986).
박순호 소장 국문필사본 〈주씨청행록〉.
뿌리깊은나무박물관 소장 국문필사본[한창기본] 〈주씨청행록〉.
연세대학교 도서관 소장 국문필사본 〈도앵행〉.

2. 단행본 및 논문
박은정, 「도앵행 연구-옥환기봉 연작과 관련하여」(『동아인문학』 13, 동아인문학회, 2008).
______, 「옥환기봉 연작 연구」(영남대학교 박사논문, 2008).
신재홍, 「구운몽의 서술원리와 이념성」(『한국몽유소설연구』, 계명문화사, 1994).
이수봉, 「도앵행전 연구」(『개신어문연구』 11, 개신어문연구회, 1994).
이승복, 「인물 형상을 통해 본 도앵행의 의미」(『국어교육』 107, 한국어교육학회, 2002).
최윤희, 「도앵행의 갈등 양상과 그 구성 방식」(『어문논집』 56, 민족어문학회, 2007).
______, 「도앵행의 문헌학적 연구」(『우리어문연구』 29, 우리어문학회, 2007).
______, 「손천사영이록의 이본 특징과 존재 의미」(『한국학연구』 32, 고려대학교 한국학연구소, 2010).
한길연, 「도앵행의 재치있는 시비군 연구」(『한국고전여성문학연구』 13, 한국고전여성문학회, 2006).
화봉책박물관, 『한글 중국을 만나다』(화봉문고, 2012).

▌한창기본 〈유황후전〉 연구

1. 자료
〈류황후〉, 인천대학교 민족문화연구소 편, 『구활자본 고소설전집』 20, 은하출판사,

1981.
〈유황후전〉, 순천시립 뿌리깊은 나무 박물관 소장.
〈이봉빈전〉, 김기동 편, 『활자본 고전소설전집』 7, 아세아문화사, 1976.
〈정비전〉, 김기동 편, 『활자본 고전소설전집』 7, 아세아문화사, 1976.
〈태아선적강록〉, 단국대학교 도서관 소장.
〈태아선적강록〉, 국민대학교 성곡도서관 소장.

2. 단행본 및 논문
김광순, 『오일론심기·명각녹 연구』, 박이정, 2006.
김일렬, 「취암문고 소장 한글본 고전소설 연구」, 『영남학』 3, 영남문화연구원, 2009.
김진영·차충환, 「〈태아선적강록〉과 〈유황후전〉의 비교 연구」, 『어문논총』 146호, 한국어문교육연구회, 2010.
서정현, 「황실을 소재로 한 고전소설의 형상화 방식과 주제의식 연구」, 경북대학교 대학원, 2011.8.
정은영, 「정비전의 구조와 갈등 양상」, 부산대 석사논문, 2004.
조재현, 「〈박만득전〉과 推奴系 小說의 비교 연구」, 『국민어문연구』 8, 국민대학교 국어국문학연구회, 2000.
조희웅, 「국민대 省谷기념도서관 소장 고전소설에 대하여 -「태아션젹각녹」·「장하뎡슉연긔」·「홋씨호공록」을 중심으로」, 『어문학논총』 18, 국민대학교 어문학연구소, 1999.
주형예, 「19세기 한글통속소설의 서사문법과 독서경험」, 『고소설연구』 29, 한국고소설학회, 2010.

▌한창기본 〈기연회봉록〉 연구

1. 자료
순천 시립 뿌리 깊은 나무 박물관 소장 〈기연회봉록〉.
〈정을선전〉, 『활자본 고소설 전집 10』, 아세아문화사, 1976.

2. 단행본 및 논문
나탈리 에니크, 서민원 옮김, 『여성의 상태』, 동문선, 2006.
김민조, 「〈황월선전〉의 이본연구」, 『고소설연구 제15집』, 고소설학회, 월인, 2003.
조희웅, 『고전소설 이본목록』, 집문당, 1999.
양혜란, 『기봉류 소설 연구』, 이회, 1995.

저자소개

허경진 연세대학교 교수
임성래 연세대학교 교수
김석배 금오공과대학교 교수
정명기 원광대학교 교수
한영균 연세대학교 교수
구사회 선문대학교 교수
권순회 한국교원대학교 교수
김준형 부산교육대학교 교수
백진우 고려대학교 연구교수
엄태식 조선대학교 연구교수
조재현 국민대학교 조교수
이선형 국민대학교 강사
유춘동 선문대학교 조교수

열상고전연구회 연구 및 자료총서1 : 한창기 선생이 수집했던 고문헌 자료
한창기 선생이 수집한 고문헌 자료의 가치와 인식

2014년 11월 28일 초판 1쇄 펴냄

저 자 허경진, 임성래, 김석배, 정명기, 한영균, 구사회,
권순회, 김준형, 백진우, 엄태식, 조재현, 이선형, 유춘동
편 자 순천시립뿌리깊은나무박물관·열상고전연구회
발행인 김홍국
발행처 도서출판 보고사

등록 1990년 12월 13일 제6-0429호
주소 서울특별시 성북구 보문동7가 11번지 2층
전화 922-5120~1(편집), 922-2246(영업)
팩스 922-6990
메일 kanapub3@naver.com
http://www.bogosabooks.co.kr

ISBN 979-11-5516-310-8 93810

정가 25,000원

이 도서의 국립중앙도서관 출판예정도서목록(CIP)은 서지정보유통지원시스템 홈페이지(http://seoji.nl.go.kr)와 국가자료공동목록시스템(http://www.nl.go.kr/kolisnet)에서 이용하실 수 있습니다.(CIP제어번호: CIP2014031266)